# 南溟出版基金

莊子《逍遙遊》

鵬之徙於南溟也，水擊三千里，摶扶搖而上者九萬里。

南溟出版基金之創立是為了紀念蕭宗謀先生。蕭先生任世界書局總經理多年，對台灣出版界貢獻良，曾因領匯出版《永樂大典》流失於海外的珍貴佚文而獲金鼎獎，臨終得見《四庫薈要》面世，含笑九泉。

本基金以資助澳州及紐西蘭華文作家出版其作品為宗旨，凡在澳州及紐西蘭以華文寫作者，均可申請。

**特此鳴謝南溟出版基金資助本書出版。**

# 安義坊

弄堂往事如浮雲

金幗敏——著

# 序

　　寫了本書，彷徨不安。不斷地問自己：「這行嗎？這寫的是書嗎？是小說嗎？」

　　出版社讓我寫序跋，說是添些導讀功能，增些書籍的豐富度。

　　我搜腸刮肚想找些九鼎神句來押押陣腳，李白杜甫、孔孟老莊、查特拉斯、柏拉圖、托爾斯泰、福克納……。

　　城市是一本打開的書本，弄堂是書本裡的章節，每個章節是不同的，是很個體的，大師說他們不知道我們弄堂裡發生的故事。小說安義坊是我居住過的　一條真實的弄堂，裡面人物是我曾經鄉鄰的剪影，一道道血緣的記憶。三更燈火五更天，我的童年、我的青春。

　　有說寫作者的前二十年涵蓋了其全部經驗，餘下的歲月則永遠是在觀察、在觀察……。

　　然後發現真實，收集真實，傳達真實。

　　序寫著寫著，突然又回想起些許年前的另一道真實鏡頭，前去探望安義坊的那個屼峭的傍晚……。

　　暮春三月，佇立弄口時，梧桐樹枝杆早已縱橫，嫩芽綴滿，大自然的綠葉必從淺到深、至黃葉飄落，俱是極美的，我不擔心。近鄉情怯讓我忐忑，這條相識又陌生的弄堂，已經不知道還有誰認識我，散葉的發小，飄走的長輩。過街樓的頂彷彿更低了，走道也更狹窄了，那堵當年專貼大字報的紅磚牆幾經風化，涮了一層黑灰，又涮了一層白灰，殘留的是橫橫豎豎、五顏六色的廣告招貼碎片。

　　臨街門面房紅紅火火，私營小老闆像『胡漢三』一樣回來了，就差腰裡沒有別駁殼槍。

　　生意興隆通四海，財源茂盛達三江，曉荔家客堂間一塊「穩得福酒家」金色招牌閃閃發光。從她家後門經過，雞鴨血水淌的不知道應該先抬哪條腿。

　　一家隔著一家的飯館，叫賣聲噪雜不絕於耳，稍斜，髮廊兼足浴的三色斜轉燈箱暗了一色，按摩女站門外，靠著玻璃門嗑瓜子。

　　再稍稍斜，卡拉OK小舞廳，蓬拆拆、蓬拆拆的聲浪，把當年的底弄堂阿旭的黑燈舞擠的無路可走。弄堂像都市一般在擴大，維度我已不熟悉。

急跨幾步穿過後弄那條落日餘暉殘剩一絲的通道，流水淌過總還剩些什麼，斜陽無跡真正是無情。

伸頭探腦踏進舊家門檻時，走廊和門扉附近那些不曾漆刷的木椽已經塌陷，沒人認識我，我該是報出我的姓與名呢？還是報出曾是居住過此屋的鄰人姓名？

所問皆搖頭，長亭短亭，我的舊鄉鄰皆已漸去漸遠，雖有不滅之痕，卻無道可跡。天翻地覆慨而慷，又換了一回人間。

我簡而曠的悠悠歲月，我一夢再夢的弄堂遺夢，竟無人拾得，我童年時的風景不再。

嘴角傻傻的笑意在板結，尷尬又傷感，故鄉是一個空間的概念，確實也是一個時間的概念。

我是誰？我今天來有什麼事？我怎麼找不到表達的詞語，我怎麼忘了早點拼一個有些說服力的故事……。

後廂房前客堂、擱樓亭子間，改了鄉音的陌鄰客氣的招呼我，踢開幾大包胖鼓鼓的彩條塑膠袋、撐開一把帆布沙灘椅，讓我在天井沿廊歇歇腳。

灰白簷角潮濕的磚石散發一股淡淡的黴味，高高低低數張桌子擺放的壓縮煤氣，不用煤球爐，灶台的火仍舔黑了兩邊的牆壁。樓梯口走出一個有點當年小廣東模樣的黃毛後生，穿一身緊身的格子呢服，遞給我一瓶炭酸飲料，朝我擺擺手，忙去了，我急起身揮手道別謝過，身影橫斜，已閃出牆跟。後弄原先海明家的那個方向飄來一陣陣鋼琴聲，好像還有手風琴音，笛子口琴是沒人吹了。

辭別時，一場細雨已不緊不慢的飄灑起來，時不時有輛汽車駛過弄口，遠風近雨，走著走著，夜色漸沉，雨草淒淒，有寥落之感，衣單微有寒意。

昔日的弄堂已經稍歇，喧嘩與騷動是有時代感的。

今晚無月照，冷月葬冤魂。

小廣東父子、黎莉莉、寶妹、李偉、琴琴一家同框相片七口人、米店朱老闆、三號醫生、電影製片廠的一號父母、脊背挺的筆直的舊黨部秘書先生、保定軍校的尹連長……，今天不用擔心他們會踏月而來。

曾經的一切現在已經如落潮一般，消退成了遠遠的水霧，殘留最多也就是身後的一灘水跡。幾步路外，在霧的光暈中，街燈發出閃閃的微光。燈光使得腳下的路有些孤寂。再遠一點，有幾扇照亮的玻璃窗，窗外搖曳著清瘦樹影的景致，是一家食店，我靜默推門而入，外邊陰沉的天和寒冷的風一下就隔開了。

2019.5.29
作於悉尼‧Canada bay

# 目次

# 第一章

兒家門戶舊弄堂

# （一）

十九世紀三十年代末的上海，華洋雜處、紙醉金迷、無數人趨之若鶩。史載這裡曾是一塊古太湖沼澤地。六千年的湖泊、八千年的江海。因此又被人稱之為上海灘。灘，水濡而乾。指河、海、湖邊淤積而成的平地。

有史不吝筆墨詳盡舉證，稱戰國楚公子春申君，鑿通江面，初成雛形。然直至宋時，始人跡稀少無生氣，月亮低低地掛在天上，蒼穹梵音，茫茫混沌，荒野黃昏，夕陽沉重，欲落未落。

又至一個半世紀時，仍大片低窪水灘，光照被醞釀陣雨的水氣攪散，蒹葭蒼蒼，白露為霜，滿眼是苦澀的荒地水溝。街道瘦弱，環牆坍塌，門洞岌岌可危，前朝勝跡，遺碣荒茅。

三百年的老城無序縱橫，房屋極似北方荒野小縣，矮小相連，小童騎在城牆上扔石頭，鵝卵石巷道狹窄磕碰，挑一幅竹擔半路換肩，橫一下撩人，豎一下碰鋪，衙門裡的捕快揚鞭行駛，遇著紅眉毛綠眼睛於夾道，欲捕捉，難以回馬，馬蹄子下的響馬，猶如浪花碰在岩石，一下子就分散的無影無蹤。

城外除了農田就是沼澤泥塘、農舍窩棚，荒草白骨的墳堆起伏，大片大片用茅草、蘆葦、瓦片搭建的低矮民居潮濕頹喪、荒草叢生，積滿污垢。紅日西斜，歸鴉陣陣，苦澀的江水霧氣在天地、樹幹間交錯繚繞。

宣紙上走筆擱一半，開埠引領，商賈活躍，海派文化，市井摩登，雖隔江千萬裡，卻韻味私藏。如此藏了一個半世紀，藏出了一座清晨的都市。

上世紀中末，我睜眼墜地在一條江湖不遠、文脈不近，距黃浦江、南京路、徐家匯、靜安寺均方圓三公里軸心，嘈雜繁亂的三流弄堂裡。好似花果山的石猴，下得地來，搖晃蹣跚，妥協在紛爭蕪雜的階級鬥爭年代裡。

城市被塞進了弄堂，弄堂成了城市的縮影，呈現在一個大窗框裡，跨進去，畫面像海市蜃樓一樣朦朦朧朧，錯雜處伸出一條支弄，碰鼻子了，又推開一扇夾弄，一排粉牆，一溜青磚，一道籬笆……，多少人暗藏心中的故園。

我們弄堂的房子魚龍混雜，弄口是典型的江南四合院、一廳兩廂房三層石庫門，沿街長長的聯排商棧門面房，迎來火紅朝霞的老虎窗遙對馬路，前弄幾十幢無天井的法式公寓，後弄的石庫門則無廂房，前客堂後天井、中屋零仃細瘦，托住一隻玫瑰晚霞的三層閣曬台。

穿過一條曬不到太陽的煤灰羊腸道，橫一排土磚瓦楞、欄柵矮屋，木門扇扇對沖，有一種古代牢房的幻覺，梆子一響、各飯入號，鐵鍊哐當哐當，再喀嚓一聲，黃銅鎖軸中間一抽，像煞是戲文裡崇公道來提蘇三了，然後再套上兩片木枷，「九也恨來十也恨，洪洞縣衙無好人……。」

我最要好的同學菊娣家就在這裡。

有人說這裡曾是馬廄與狗窩，我原不明白養寵物怎麼與居住屋隔開呢，後轉念一想，南京路跑馬場世紀初就有了，定是為賭馬獵狗之癮癖好者備的庫房。管中窺豹，足見當年建築商跑馬圈地、營造弄堂的任性與瀟灑。

此細節讓我感慨，上海灘到底還是瑕不掩瑜，似此等憋腳弄堂，還要擺身價窮講究，頓時消失了的東方大都會影像，如風裡鐘聲，雖無蹤跡，卻倩影朦朧。

一個渾水摸魚的年代，能享有遠東第一城市、冒險家樂園之名號，也許並非浪的虛名，二十世紀仙樂飄飄，化香不散，」大家都到上海去，大家都到上海去，胡天胡地新天地……。」

如果不太自負，我們弄堂其實與泰康路的田子坊，建國路的步高里，及梅蘭坊、豐裕裡等，在地界、建築、人口稠密度上，也相差無幾。緣正史、野史地方志，卷帙不全缺記載，因此就這樣被湮沒了。

故友相聚，席間論起海派風情、弄堂文化，言必稱延安中路的四明村，重慶路萬宜坊，三陰路文人坊，瑞金路淮海坊……。」座中泣下誰最多，江州司馬青衫濕！」而我卻難以心服首肯，和而不唱，暗暗較勁。

我們弄堂的娛樂消遣、飲食著裝，離不開江浙滬的傳承，西裝長衫、旗袍短打，方領衫港褲、皮鞋木拖屐，蜜斯凡陀香粉，百雀鈴雪花羔、甘油蛤唎油，咖啡大蒜、色拉豆漿，沙利文麵包，哈瓦那雪茄、大前門飛馬，老克臘小赤佬，黃包車、腳踏車，文人掮客、引車賣漿，十三太保、油頭光棍，懶散又慵倦的糾纏不散。

這邊嗲兮兮的稱呼密斯脫王、方格里、李老闆，張太太，那邊哇哩哇啦的一口一個國罵：「赤那、憨浮屍，缺西、阿污卵，乖乖隆嘀冬，韭菜炒大蔥。」小市民的口頭嗜好，戲謔味重，雖江湖氣濃，卻也不討厭。

弄堂正對面，躍過圍牆，有一排排簡陋、沾滿灰塵屋頂的建築，這些房屋牆身單薄，煤灰侵蝕四壁，污漬中泛出黃褐色澤，昭示著工業製造的密集煙囪迎風威武，牆頭裂縫與機器引擎同節奏震動，走入裡面晴天煙塵滾滾，浮動的塵土隨著鞋跟揚起數尺。

　　陣雨乍歇，泥濘寸深，路徑此處不但要貼牆扶壁、有時候還不免踮腳，攀著人家門環，跳過一汪又一汪的水潭，旁屋簷下的雨水沿窗戶牆縫流淌，不小心就把後背擦出一團黑印。

　　傍晚空中，落日紅光，煙囪噴出一串串火星顆粒與室內的煤爐灰、鍋爐的白色蒸氣，沉靜絞合，長長的塵霧翻滾交媾，二郎神大戰孫悟空。

　　上海的石庫門弄堂，不同地界等級森嚴，層層以大家閨秀、名門望族、小家碧玉等劃分。

　　我們主弄堂進口有一塊紅牆，牆上方端嵌一塊藍匾，角上四支釘子，嚴嚴實實規矩本分，如磐石般堅定，角都不斜一分，遺憾尺寸偏小不算，還釘的老高，只離二樓小窗尺遠，這一點我懷疑過工部局裝飾牌匾的紅頭阿三，定是個缺心眼，哪有人瞧弄堂匾額像抬頭看天上雲彩般，冒脖子被擰折的風險，莫非以為是他們印度教風格的壁畫裝飾，高大神祕。

　　我曾花足了十二份的耐心，托著脖子，仰面凝神觀過此匾，雖字跡略小，鑲嵌有誤，其餘格調尚屬上乘，鐫刻在上面的「安義坊」三個字，筆鋒淡隱，斯文猶在，我也去翻閱過商務局記載，二十年代的牌匾也是花銀子請的墨寶，有可能是康有為、於右任、鄭孝胥，大膽一些推測，張大千也不是沒有可能。我不懂書法，太高又拓不下來，書法藝術古代太浩瀚，從甲骨文算起，四千多年歷史，現代又太鬼魅，拖把潑墨，腳丫跳神，不容易考證。

　　安義坊是我們弄名，這三個字聽起來派頭不小，」安家樂業、安貧樂道、忠孝仁義、仗義執言……，」文字恢宏、吉祥大氣、鏗鏘有力。可惜上海灘的弄堂用安義命名太多，安義坊、安義裡，滿大街睜眼便是，一如我們那代人取名建國、躍進、解放、勝利一般的大眾化。

　　「茅茨之屋，或有侯王」巷亂人雜必是難擋胡謅亂侃，有一回我竟聽見有鄰人在咬耳朵說：「弄口這塊舊牆與京城故宮極相似，多人在風雨雷電的黃昏，見有人影隱隱綽綽幻出……。」

　　這個我有些相信，故宮這麼冷寂，太監宮女每日裡能走幾回，大內紅牆還鬼影僮僮，飄來浮去，人言鑿鑿、信誓旦旦。而我們弄堂人流這般密集，暑蒸濕氣殘留些印痕，應有可能。

　　每當清晨曉霧升起時，弄堂裡陣陣的騷動同時響起，天際線的一抹魚肚色正在樹梢，白霧夾著噪音飄在梧桐樹枝裡，舒展的吐出，便潑在弄口一堵殘缺的舊牆上，像足一幅浸潤的水墨畫，蒼蒼一壁半陰半陽，仔細一瞧，又明明是字跡，

我有一段情，說與春風知。

　　一個無聊沉悶的冬日午後，閒悶的我在弄堂裡漫無目的跑來跑去，趴著牆頭踮起腳、手擎白粉筆在紅磚上塗鴉，突然發現有霧氣沿著牆裂蜿蜒流下，似有斑斑痕跡，遂抬手拂試一下，一波波的往日鄰裡，瞬間赫赫有光清晰可辨，三更燈火、油鹽醬醋，晨昏奔波，嬉笑怒罵，人影在牆上跳動。突然樹枝擺動沙土揚灰，又拂，驀地一團被太陽裹脅的霧氣，從遙遠的西方幽靈般飄蕩遊過，吞噬了光亮，潮濕了牆頭、溶化了笑容，滌忽虛化的影像幻影重重，六月落雪三尺、八月大旱無雨。牆上的一聲一笑，一悲一泣，霎時化成了亂磚廢瓦、斷樑殘柱，風雨如晦、飛沙走石，好一似「看前面，黑洞洞，定是那賊巢穴，待俺不免趕上前去，殺他個乾乾淨淨……，」慌忙中乘手一隻舊竹籃，頂上去，一陣滴滴答答，淅淅瀝瀝，打濕了篾條，刮飛了竹籃。殘月拂曉天已亮，卯時得夢有雨下，世事隨流水，浮生若夢。照夢詳來，我該與它共舞做交易。

　　窗外冷雨給了我無限穿堂過巷的想像空間，勾出了我的萬花筒碎片記憶，我不追憶，我這人懶散，沒有日記，也沒有筆記，出生前、出生後，見過、聽過、讀過的，卻被這只萬花筒的幾卜搖晃，迷茫中那些迷茫的過去，滴滴答答就晃了出來。

（二）

　　石庫門都是左右兩扇型，兩扇門通常不會同時開啟，內插銷固定一半，然就這半邊院門一經拉開，出出進進的吱呀聲，響在寂靜的清晨，卻似空山迴音般驚悚，哐當哐當的司別林鎖聲，極其尖銳刺耳，足以吵擾好夢，配以啪噠啪噠木拖屐，踩樓梯，跨廊沿，你就是拉過被子把頭蒙起，也難擋弄堂早晨這道從安謐到蠻橫的的進行曲。

　　門棟裡一些頭髮蓬鬆、睡眼惺忪的女人和男人，陸陸續續的走出來。他們扣掛提籃，穿巷走道，有趕工買菜的，也有推開後門在水門汀上劈哩劈哩啪啦，砍柴點火、燃爐子，木屑四濺，嗆人的煤煙裊裊升起，唏里嘩拉的關窗聲基本上是二樓亭子間發出來的，要說二樓亭子間屬近水樓臺先得月，向陽花木易為春，弄堂窺秘的最佳領地，卻也有欠缺之處，實在太嘈雜了。

　　拐角一輛塗抹黑柏油的方型糞車，晃著響鈴駛了進來。這種糞車從我的兒童

期進入至青春期,它唯一的變化是兩個輪子進化成四個輪子。隨即就是深淺一片的蹲陰溝衝涮馬桶的動感畫面,至此弄堂一日的帷幕則全面掀開。

我們弄堂有前後出口,前出口就被我家門幢斜對面那極其小家子氣的過街樓給遮住了天空,不過也擋了風雨,國王乞丐都能進。迎面一棵闊葉老梧桐樹,盛夏時,樹冠遮住了弄口,從大樹下經過,風從早上吹到黃昏,嘩啦作響,樹下不乏有擱下菜籃,踢幾下腿,伸伸腰的路人。

其實弄口原本也不算太狹窄,只是被一些舊竹竿、洗衣板、木凳子等雜物逐漸蠶食,成了夾道。罩衣夾衫、內褲尿片,天天晃在你的頭上。

東南角有一個自行車修理灘,這是我同學曉荔阿爸的攤位,逢到天氣好的時候,樹葉在陽光中顫抖,水氣在空氣中飄浮,那修車的水盆、打氣筒、破橡膠皮等,則向外挪挪、佔些人行道,弄口的走道便寬敞些,雨雪天此處就遭了殃,大伙穿梭來往,這塊戎馬倥傯的要塞之地,飛進一隻蒼蠅,雌雄能辨。

風水講究人丁繁盛、六畜興旺,我娘說:當年與我爹結伴來看時,發現這條弄堂蠻像紹興戲九斤姑娘裡唱的:「前面有點鬧盈盈,後面有些冷清清,挑挑擔子鄉下跑,日出走到月上梢。」的模樣,興許是塊吉地。

我嘴快差些就要將說書先生的一段話往下接:掘地三尺、青蛇百腳、蚯蚓螞蟻,皆成雙成對,蔭及子孫世代榮華,雁塔題名。後來一不小心鎬頭一掘,大富大貴的風水,祖宗十八代的陰德,頓時龜鱉魚蝦遊走,浮雲難尋。

一想這可是綠水青山龍脈老墳的通常描述,趕緊咬舌打住。

弄口雖繁雜,然這裡存著冬日的陽光、夏日的風。誰都喜歡軋鬧猛扎在這裡,不但理髮椅、裁剪鋪固定擺放,那些竄街走巷的遊走小販,比如挑擔磨剪刀、扛稻柴卷捏麥芽糖,搖爆米花小車,到了這裡就走不動,身子一蹲,縮頭抄袖,牆角邊靠著,十個小販九個滑,咧嘴逗趣、滿嘴跑火車,王婆賣瓜,自擂自誇。

然各路博聞大神相聚,不乏探馬飛報耳目崛起,道聽途說、官報野史,自此關卡過濾傳開,發枝散葉可達半個上海灘。

當年有一檔滑稽戲「七十二家房客」,風摩上海灘。故事敘述一幢石庫門房子,住著大餅攤的老山東,汰衣裳的小寧波,擺香煙攤的老楊頭,蘇州裁縫、舞女、醫生、流氓、警察、丫頭阿香、小皮匠等人,其中一個巡捕房的偵緝人員名三六九,在戲裡面有個綽號叫包打聽。三六九開拓了十里洋場市民偵探的里程碑,我們弄堂很多人秉承這種天賦。

南看城市北看山，弄堂象徵就是嘎三胡。

當晨起的微光還在抖動，尚未騰起時，弄堂另一處的人氣之地已很興旺了，就是每幢樓的竈披間水槽。一個個眉眼虛腫、手捧刷牙茶缸，肩上搭一塊半潮半乾的毛巾，一隻隻印有牡丹金魚大紅花、亦或工農兵肖像的洋搪瓷臉盤，排滿在接水盥洗桌上。我們前弄堂的每棟樓都有一個工藝粗糙的水磨石洗滌槽，長寬五十多公分，有的裝在廚房，有的接在過道，供三四十口人合用，後弄平房的露天水籠頭，共用的人口更多。

大夥排隊輪流接水，蹲靠在濕漉漉長著青苔下水溝，彎著、站著，靠著，有人蘸濕了毛巾胡亂擦擦便促急離去，有人會邊洗邊找話搭訕。

一棟不起眼的樓房，從底層竈披間數起，有客堂間，二樓亭子間，三樓亭子間，客堂樓上是前樓廂房，前摟廂房上層是一半斜頂的三層擱樓，有些樓棟的三樓是曬台，寸土寸金的還搭出一間曬台披屋。

整棟樓就像一個大的收納櫃，每個空間大的有一二十平方米，小的窄如鴿籠，，關上門是一塊隱蔽的折疊方塊魔方，每個方塊裡都能探出幾隻人頭，每個方塊裡有些什麼鬼玄機，你也猜不透。

上海灘的老式石庫門亭子間從文字裡流出，不與魯迅沾親帶故，也與左冀文人蕭紅、胡風、矛盾、丁玲綁在一起，讓人錯以為亭子間不但是一間很靈氣舒適的書房，且充滿感性與性感，鴛鴦蝴蝶、言情武俠等文字，必出自亭子間文人之手！我既媚君姿，君亦閱我顏……，風流不拒。

而我見過的亭子間，卻滿是一種螺絲殼裡做道場的無奈。比如同幢的龍龍姆媽家，八平方米的豆腐方塊住五口人，隔壁寶妹與她姆媽、阿爸、兄長，弄底德偉家姐弟父母也都只住八平米的亭子間，再加上家家飯桌底下，養上幾隻生蛋母雞，這個拳養生蛋母雞的歷史很短，好像在文革前就被居委會一手提刀、一手舉著小彩旗，「響應國家號召，城市不准養雞養鴨！」咚咚嗆，咚咚嗆後，小雞小鴨斬盡殺絕，禽踪滅跡。

通常亭子間長寬不足三米，開門見床，疊疊被鋪蓋要有棱角，床單要扯平，沿床口墊一條窄裙邊，招呼人坐就不怕弄髒了，房門掛一塊花布遮視線，倘布幔垂下未鉤起一角，即使房門沒關嚴實，踏進去時要篤篤兩下，毣毣躁躁探身，男女偎枕難免窘迫。若將整幢樓像畫卷般鋪開，儼然一副集市畫軸，活奔鮮跳絕不遜色於十六鋪、唐家灣、太平橋。

夜深人靜歇下來，每扇房門底下顯出的燈光細縫，宛如一條金色的繩帶。喘

氣聲帶出了人體的氣息，堵滿樓層的拐彎末角。

冬天氣味冷藏，發散慢，夏天不行，人體一股股汗水餿氣，跑鞋腳臭味，滿樓亂竄。一到黃昏，每間屋門推開，桌椅床腳邊，碟碗盒蓋上全是一盤盤裊裊青煙的蚊香。這種蚊香上面標有茉莉花味，芳芬撲鼻滿枝芽，又香又甜人人誇。一餅濃鬱的蚊煙香，又防蚊蟲叮咬，又能嗅到茉莉味，香氣還能發散異味，不誇也說不過去。只是最近傳言蚊香對人體有害，說一盤香等於抽進肺裡五十根香煙，在蚊煙裡薰大的我甚是惶恐。

前面說過弄底的馬廄平房，有我的同學菊娣一家，我禁不住會一二三、四五六的往那鑽，那裡不但房屋簡陋，大水門汀上才一個水籠頭，幾十戶人家上百口人合用，一排排人蹲在這塊無槽無蓬的接水地上搓衣洗菜。不過，遠遠的瞧過去，你眼睛別往翻，也別下移，不改變視角，這畫風也很美，很像河浜灘頭，擴大些想像穿透的話，藍藍的天上白雲飄，白雲下面馬兒跑，遙遠山岡上幾隻黃牛白羊，在悠閒的啃青草。

一旁有三二幢回廊柱子東倒西歪的老屋，獨門舍院，青瓦粉牆，臥在那裡略顯不搭，滄桑牆身裂縫幾處，籬笆豁口顯見，院子裡垂柳雜草，天暗下來經常能聽見長長短短，酷似嬰兒啼哭聲，如絲帛撕扯，有說是野貓咪在生貓崽，我並不很信，那聲音非貓咪，許是狐仙生子，雖然我也沒有聽過狐狸的叫聲，但我願意弄堂裡來幾隻狐狸。

屋旁依偎著一塊空地，空地上栽有一棵歪脖子桑樹，這棵桑樹也不怕乜斜的醜樣，一直擠眉弄眼臨風搖曳它那幾片殘葉，桑葉稀疏是弄堂裡養蠶孩子太多，生長跟不上之緣故。

一圈爬滿喇叭花的籬笆牆不緊不慢的紮在當口，不規則的圍欄，藤子乾了，花光樹影，錯雜在籬笆上，無風自搖，嘩啦作響。

那粉的、紫的、藍白的花朵，把弄堂點綴了好些鄉野景色。我年幼時喜歡這種喇叭花，採一朵掐去一點點頭部，用嘴對著它吹一下，喇叭花拂過我的臉頰，吻著是那麼的香甜。每回晃蕩在這裡時，活色生香是一塊紹興戲桑園訪妻的舞台佈幔掛在那裡。「七寶涼亭來穿過，九里桑園面前呈。」

弄堂盡頭處有一聳破磚殘瓦的泥土廢墟，糾結纏繞在上面的野草春夏呈綠色，秋冬泛銀光，我們在上面奔來奔去，官兵捉強盜、老鷹捉小雞。踩在上頭跳呀跳，整個一塊小山崗的野趣，再踮腳伸脖子地用竹竿費勁敲打從老房裡探伸的無花果樹枝丫，打下幾隻青澀的果實，雖無法吃，卻也珍惜地捏出水還不捨的丟棄。

幼時養蠶是一件夢裡都能出聲笑的樂事。蠶寶寶須往新城隍廟購買，我娘的腦海裡四歲前、亦或是隔世的記憶，浙江南潯河塘邊的蠶農屋瓦，為了不辜負她的血脈傳承，每年我們老老少少前呼後擁，喜氣洋洋去連雲路集市，一堆蠶胎，一茶缸小金魚、一袋魚蟲，一棒棉花糖，一根竹籤串幾塊油炸臭豆腐，到家後將早已準備好的紙鞋盒，剪幾個出氣孔，看著蠶寶寶的蠕動，半透明的蠶，到金黃色的繭，肥碩的蠶兒，漂亮的蠶繭，一直到變成蝴蝶飛走，我們個個興奮到發抖。

我家的蠶兒每日裡要吃掉大量的桑葉，我娘欣喜我們養蠶，卻排斥我們養金魚，她強調金魚靈性高雅，應觀賞不可狎玩。而我們走過路過不抓些魚食喂喂，心裡甚膩，若見它不食，還要抄起網匙追餵，然後只要敢游進我家的一缸缸金魚，無須換兩回水源，一條條便仰面浮上。弄底桑樹春來發芽茂葉無隙，金黃嬌嫩喜人，卻無法供足整條弄堂的養蠶孩子，每年這時候，我就跟在男孩子後面溜進復興公園對面重慶公寓花園，帶上布袋籃了爬樹摘葉，賊頭賊腦被撞後，睡好一覺，趁月黑風緊，翻牆竄弄再走一遭。

## （三）

過了這個口子，迎面一塊三角爛泥地，蹚過去則是商舖和菜市，這裡不屬於我們弄堂。

沿街口左面的門面房，後門是從弄堂裡進出的，底層全部是店鋪，經過國家的小商業運動改造，我懂事起見到的店鋪不是窗戶已封，就是門板被釘死，很少幾家尚存，不過店鋪雖無蹤，店東的名份仍延續，招牌、樣式風貌殘遺，所以我仍曉得從前這裡是什麼店。比如豆腐店老闆娘、小煙雜店翹腳阿爹、腳踏車行老闆、醬菜店外公、裁縫鋪老娘舅、牙齒店曉露阿爸等……。店鋪外牆是暗紅洋磚砌就，年代已久，粉筆墨跡油漆塗鴉，牆面凹凸不平，被歲月洗刷得斑駁古舊傷痕累累。不過當你走入店堂時，有貌似「客大欺店」的感覺，心情特別好，無論多麼幼稚的聲音，大家一幅熟面孔，無拘無束的罩帳，店東和和氣氣一臉親密。「一包香煙、一把乾面，一卷水果糖，一包鹽！」板牆上一塊小黑板，隨手塗上一筆「隔壁底層廂房王家，老虎灶樓上阿蔡，十二號曬台阿二姆媽、前弄堂三號良良阿爸。」店堂裡進了什麼新貨，順便讓小孩捎上一句給大人，我腦海裡一直存著一句話：「四一四毛巾，現在只要三千元兩條，回家告訴你娘一聲。」這是隔幾間門面雜貨店翹腳老爹見我走過，探出頭對我講的，我應承後，一奔一跳

趕回家，衝我娘拚命喊叫：「四一四毛巾、三千元兩條！四一四毛巾，三千元兩條！」大妹在學話的當口，齊齊的也跟著喊「四一四毛巾，三千元兩條」喊的我娘樂了：「都別喊了，我馬上去買！」回頭又沖我說了句：「平時他糴給你們吃的糖，都是娘去付的錢。」現在想來錢幣喊三千元的年代，大妹和我的年齡，最多也就兩至四歲，可見童稚的記憶也知好歹，小的生意經確實有一套，小恩小惠讓小孩開心，狡猾也淳樸，老少融融。弄堂市民之間的仁義誠信，不用簽名，沒有疑惑憂慮的淳樸民風傳統，竟然一代都沒有往下傳，只留住一個江湖傳說，半信半疑，愧對先人。

門面房與馬路菜場毗鄰，不要說開市時人聲鼎沸、喧嘩，就是午夜歇市時，裝卸貨物的車輛喇叭嘀嘀叭叭，裝菜的鐵筐拖來拖去，吆喝招呼聲，此起彼伏不沉寂。

門面房的背後，就是前面說的要從弄口借道，才能進入的一條細窄深深的小弄堂，一溜地面全是方青石板鋪就，走路人把原本的青色走掉了，呈黃白色很光溜。

弄底有一口早年挖好的老井，每當端午一過，夏季的風帶著夏季的雨剛剛來臨，便有人撬開了整個冬天都上了鎖的井蓋，用麻繩捆紮著水桶，熱熱鬧鬧的一桶一桶往上吊井水。

我們外弄堂這幾十戶人家，三九酷暑全指著這口清涼的水井，浸西瓜黃金瓜、冰鎮米粥綠豆湯。

有一回，井旁一家住戶將一鍋赤豆糯米粥用繩索吊勾，掛在沿井口下端，結果被打井水人不慎碰翻，男女老少一陣舌戰，夏季的水井讓我稀罕，吉地不可無水，盯著天井裡的水泥地，我老做夢，夢境裡已挖好一口井，沉沉暗夜裡，掉進幾顆星星的井裡，嘩嘩嘩，一根一根的沉香木暗泉湧動，自己從井裡冒出來，似濟公造靈隱寺一般，取啊取啊，最後一根得算準，不麻煩活佛替我們把主梁用泥巴再搓，我們不講究，弄口這幫天天談山海經的閒人出出力，扛扛刨刨，鋸鋸刷刷，一座大觀園也就拔地而起，怡紅院、瀟湘館、蘅蕪院、稻香村，標籤貼上，綠柳青楊，竹院起風、盈窗芭蕉，無事便待在裡面讀書寫字猜迷作畫，飲酒吃蟹尋歡作樂，井底聚寶盤、搖錢樹只管再往外冒。

隔壁弄堂我同學秀玉家，天井的角落裡真的有一口石欄方井，一株矮矮的石榴樹，沿井台青磚一叢紫藤爬在粉牆上，暖風遲日杏花肥，梅花落眉間，我每次去過她家後，回來就資產階級思想嚴重，必昏頭昏腦做上幾天白日庭院夢。

有水井的小弄堂裡，浣衣的皂沫將石板地沖淨洗白，女孩子跳一隻腳落地、

兩隻腳落地的造房子，看誰能最快跳到最遠的那個方格。

　　牛皮筋一分錢可以買十根八根，也不是每個小姑娘手裡都能拿出一整根橡皮筋，臨時幾個人拼湊一下，然後嘴裡唱著「馬蘭花，馬厩花，風吹雨打都不怕，勤勞的人們來說話，請你馬上就開花。」腳尖再勾來勾去的跳出一身汗，男孩子打彈珠，把用壞了的馬桶、腳桶的鐵圈拆下來，手執竿子，在地上追著圈滾。

　　沿牆上還砌有幾個不能移動的水泥板洗衣台，這些水泥台除了能洗衣服外，是永遠的甩麻將塊、玩乒乓球的好玩處。每張桌前散不去的一堆小孩，在弄堂裡形成了一道獨特的風景，也讓我回憶兒童生涯時，充滿了對往事甜津津的回味。

　　桌上擱兩塊揀來的磚塊，一根竹竿在中間一放，搭搭搭乒乓球的拍擊聲是那麼的清脆悅耳動聽。

　　小弄堂的屋簷牆腳下，成年放有晾在那裡的竹椅條凳，難得在暴雨傾盆時，看不過了，伸把手往牆腳邊挪挪，那些淅淅瀝瀝的秋雨，清清爽爽的春雨，打在上面時，無人顧及。

　　一溜鋪開的凳椅成了下象棋甩撲克的聚集場所。

　　弄堂裡的娛樂玩具大多是自製的，記憶裡兒時除了碰過一隻斷擘折腿的賽璐璐金髮大娃娃，及一輛鏽鐵皮、缺輪子的小火車，除此都是土造的。嬰兒時捏沒捏過高級玩具，有些記不清。

　　製作乒乓球板、象棋、陸軍棋的棋盤、工序不是太複雜，有單位的人在木工房討一塊三夾板、油漆間拿個小瓶子裝些油漆回家，。

　　一塊剪裁適當的夾板，楚漢分界畫格子，拿一枝濃色鉛筆塗描，罩上清油、紗紙打磨、罩一層，打一層，罩一層，打一層，一個漂亮的棋盤就出來了。

　　還有女孩踢的毽子，毽子的製作是有些程序的，底部要用正反數層棉布縫製，中間夾層一定要嵌一隻孔方兄銅錢，我家老櫃子抽屜裡，那酷似崑劇十五貫婁阿鼠懷裡掏出的一串串頭繩串起的銅板，隨著我們晨昏飛舞的毽子，累百累百的散遺殆盡。

　　底部針線活做成後，配上三根公雞的漂亮羽毛，截去一段硬的羽冠，剪成一朵小花狀，撐開後一半縫進底部，一半插上三根羽毛，一個精緻且輕重合適的好毽子就算做成了。

　　秋日黃昏，曬台瓦頂上的天空紅塵靄靄，弄堂牆根的夕輝也饒有興致，我爹回家隨意對我娘說了一句：「到底是女孩子有禮貌，每次我走進弄堂，小姑娘都甜甜的沖我笑，爭著喊我，有些臉生的，我都想不起來是哪家的孩子。」

「男孩子有這樣嗎？」我娘問。

「我就是想說女孩比男孩有禮貌呢。」我爹回應。

我爹的單位屬於食品公司下屬禽類批發部，每天會收購滬郊及外地農村養殖場的雞鴨，然後再將這些雞鴨發去全市的菜場。風過留痕，雁過拔毛，拔幾根公雞羽毛讓我們做毽子，我爹覺得責無旁貸。

一開始是我們幾個女兒排著隊到了適齡踢毽子的年齡，我爹回家主動拿出夾在書裡的漂亮羽毛給我們，我娘也熱情制出一隻只毽子讓我們去弄堂裡顯擺。漸漸的，我家的毽子有了名氣，樓上樓下、隔壁的隔壁、同學的同學，見到我爹出差回家，都拖著我們的衣襟，指望也給她們幾根公雞羽毛做毽子。

「爹，她們是讓你別忘了拔幾根漂亮的公雞羽毛回來。」

我著急的插了上去。左右隔壁我的同學，大妹的同學，我都應承她們好幾回了。

此外還有吃下來的五香橄欖核，也是不能丟棄的，洗乾淨後，兩頭尖角在水門汀地裡，花些時間使勁的磨，中間會有一個個小孔，再用繩子竄起來，便是一串造房子的小珠子。

吃下來的螺螄殼也一樣，洗乾淨磨出孔串起來，但是螺螄殼太脆，跳房子不小心跳在上面，踩成螺螄粉。

## （四）

自己製成的棋盤一點不比買的差。做完後寫上兩行精緻的小楷，「觀棋不語真君子，落棋無悔大丈夫。」下棋的高雅在於下棋和觀棋之人都是安安靜靜的。更不要說那些也不下棋，也不評論，終日悄立在你身後的高人。不過據說下棋之人反而最怕這種悄無聲息的隱士，老立在你身後，空山不見人、但聞呼吸聲。兩軍對陣靜者贏，你不站對面，老站我後面，我的這點步棋心思，全都讓你嚇毛。

但說一旁打撲克牌的群堆，情形則截然不同，旗牌那三通戰鼓軍令狀只對著一旁擠眉弄眼、暗渡陳倉者播，更警告別做球拍間來回彈飛的板羽球，不說日蔣汪暗勾結吧，也有王連舉嫌疑，倒來倒去三姓家奴，自己都不確定站哪家的台。至於言語談吐俚井粗俗，忽略不計。

那時市井鬥牌尚未興起斗地主，通常玩一種叫四十分的遊戲，四人分陣對打歸屬婦孺小兒，精壯漢子玩六人隔座配搭子，手攥三副牌，就是現今網絡上稱之謂拖拉機的「大怪路子」。

　　這種牌搭子之間埋怨、指責，甚至怪三怪四，滔滔不絕的議論，錯總在對家，觀者也七嘴八舌群雄紛爭，亂成一團，一輪一輪的亢奮，磨拳擦掌，互不買帳。好在成本低，那雜貨店阿爹不顧單腳站不穩，抄著袖籠、脖頸伸長探出鋪櫃，關鍵處一臉陰笑，巴不得挑唆幾句，此時櫃門裡撲克牌貨源充足，及時雨宋江古道熱腸，慷慨免費供應桌椅板凳。激奮之下的看牌人拉過桌子就是一搭，再激奮、再開一桌，滾雪球態勢。

　　天上的星月，街上的電車，夜氣已深，嘈雜聲洪亮突顯，前後左右便飄出一些不太和諧的音符：「我們家阿三頭昨晚上夜班剛睡下，你們打牌輕一些好伐。」

　　「亭子間裡小毛頭睡覺都讓你們吵醒了，你們移遠些好伐。」

　　「夜已經蠻深了，今天的牌局能不能結束一下啊，明天大家都要上班的。」

　　「好的、好的，最後一付，最後一付。」

　　「幾點鐘啦，哦喲，又不是太晚嘍，十一點鐘還缺幾分，急啥啦，再打一付，再打一付。」

　　「哦喲，儂不要不買帳，有種肇家浜花園去約幾付，敢不敢啦。」

　　「這有啥不敢啦，過幾天尋好搭子，一起去好了，誰不去誰是縮頭烏龜。」

　　最後曲終人散，竹椅板凳的碰撞聲，嘰嘰呱呱邊走還在相互指責的吵鬧聲，遠遠近近的喚開門聲，乒乒乓乓關門聲，一天的熱鬧就這樣消停，口袋裡摸的出些，剛才搭子又搭的開心，相互拉拉袖子、擠擠眼，太平橋跑一趟，一角錢吃碗小餛飩，弄兩隻蟹殼黃，八分錢一碗的光面最不吃虧。每回我去吃麵時，見到麵師傅一把長柄勺在一個蔥花醬油調料裡晃幾下，澆下的一勺勺湯料，此刻薰魚爆肚大排與光面，皆同等待遇，陽光普照，油水平分。我就內心激動到難以控制。

　　沿黃陂南路一直往南到底有一條肇家浜路，兩邊梧桐樹茂盛，遮蔭蔽日，花卉灌木漂亮整潔的街心花園，石凳、陽傘十里長亭的擺放，成了人們娛樂休閒的好場所，尤其是牌攤為主，哄戰之人如潮汐不褪，能坐在那裡玩牌的，不但上乘牌藝、思路清晰，智商拔高到對手的每張牌都像偷看過一樣。

　　因此在我們那一帶，誰要是誇口怪路子打的好，就有人免不得激將「殺君馬者道旁兒」起鬨去那裡殺幾副吧，其高冷傲視不亞於趕了一趟大漠孤煙、快意恩仇的龍門客棧。

　　冬練三九、夏練三伏，春風徐徐、秋風陣陣，三角旌旗威風凜凜、蒙霧街燈銀光閃閃，只要你身懷絕技不要擔心槍挑小梁王會引來殺身之禍，也不要錯將呂

布吆喝成銀樣蠟槍頭，你就篤定扯一把竹椅過五關、斬六將，殺牠個昏天黑地沒人敢吱聲。

不過遺憾的是現代文明的棋牌運動、，竟然把女性束縛在亭子、客堂間，或者就是竈間與曬臺，女人堂爾皇之端坐室外玩牌，確不常見，那裡屬男人的一方天地，鮮有幾個婦人，比我們弄堂裡的阿珍還要潑辣，感覺不是一丈青扈三娘，也是母夜叉孫二娘。

記得十八歲那年中學畢業等分配時，我與曉荔、毛豆、菊娣等老躲在幺二角落里操練牌藝，炸彈，俘虜，垃圾拖，血光沖天、爐火純青，弄堂大怪爐子女大王的冠蓋數年不易主，好幾個同學就給我支招，讓我化妝去肇家浜比武校場擊鼓打擂台。「誰說女子不如男，咱也學學木蘭，『雄兔腳撲朔，雌兔眼迷離，雙兔傍地走，安能辨我是雄雌』。」

曉荔拿來一頂她爸的海芙絨帽子讓我戴上，這種帽子兩邊的耳朵可以翻下來，與雷鋒那張戴帽的標準像一模一樣，只是顏色黑沉些，當年草綠色乃權勢象徵，對我們弄堂人而言貴如春雨般稀罕。我套上這頂烏黑的帽子，十八歲生日未過的軀體，缺乏營養，發育遲緩，細骨伶仃，鏡子裡妝出一個活脫脫智取威虎山裡面的小爐匠，不男不女、賊眉鼠眼。

如此「唧唧復唧唧，木蘭當戶織」只是個哄人的戲文，男女喬裝不易，更有嗓門若非裝聾做啞，也難以過關。

肇家浜路曾傳說是由一條臭河浜填成，在上海的聞名程度比蘇州河稍稍遜色一些，在我出生前已被填石改造，據黃頁地方志記載，大清朝這兒曾浜渠密布，出行全憑搭舟撐竿、並櫓穿市、屋樹拂柳、清波蕩漾，漁民在這裡捕漁捉蝦，曾是一條松江漕運糧食至老城廂的通航水道，舢板、涼亭、船塢、只是後來被一段段堵截荒廢，八一三日本人打進上海，肇家浜路是法租界地面，大批難民在這裡生存，河流就無法再彰顯它都市的品位，從河流變成一片混沌的水域，再後來就澈底淪陷為享譽上海的臭水浜。

雖然我無緣目睹此河浜，臨近它有個叫石灰港的地方，我是有些印象，名字叫港，就必定有一條河，碼頭也缺不了，由於和石灰連接在一起，確實再沒有見過比這個更骯髒憋腳的港口碼頭，及更污濁的河流。

滿地石灰，荒草都不長，連天空也渺渺混沌，有一棵、兩棵極細的小樹，犯霜似不解凍，僵兮兮的，周圍棟棟簡陋矮小的棚屋平房，目注彷彿在往下沉降，黑瓦鋪著厚白灰，門窗跟洞穴般張著口，低低的，一抬腿就能跨進窗口，煤煙從

洞裡飄出，渾濁河流中首尾相連著載貨船隻，船夫赤腳踩船板發出撲通撲通的沉重腳步聲，女人蹲著洗衣洗菜，六、七歲孩童船幫上跳蹦，驚險讓你發顫，再幼稚些嬰孩則腰腿綁繩，船頭船尾亂爬，一根長長的木釘跳板，一頭搭岸邊，一頭伸進停靠的破爛駁輪，扛包工嗨喲嗨喲晃晃悠悠，跳板踩出彈性，在節奏中裝卸貨物，聲音沙啞飽含勞累，大糞駁船劃過，污穢難聞。天空雲層污染濃密雲團不散。那條河曾是原肇家浜的一條支河，所以我想那條被填平的肇家浜，一定也和石灰港河浜不相上下，後來石灰港究竟是乾涸斷流，還是暗沙湧動移走，我就不太清楚，總之消失了。

後來讀到老舍筆下的龍鬚溝，我頓覺這一溝一浜有相似之處。

秋月春花的晨昏午後，石庫大門吱呀一聲響過，跨過天井，走出來幾位大姐姐、小阿姨，拖一把竹椅，讓板凳圍著圈，坐下來手不停、嘴不停的勾針打毛線，棒針飛舞，遊來移去的編織著各色的毛衣、圍巾和線袋，無比美妙的花草貓狗金魚飛鳥，翻來轉去從那一隻只玲瓏的繃架裡浮出。再伴嘰嘰喳喳的閒話打趣，說男人話公婆，也是我們弄堂陰陽平衡的一抹色彩。

說三道四、數短論長的八卦傳聞是弄堂生活的浮世繪。其故事之精彩搶去不少順昌路上雅廬書場那蘇州評彈的風頭。

這些我樓居過的舊故裡，大牆下面，繁華背後，襁褓曾經的溫暖，風裡湧動的氣味，緣分落地生根，轉世也不敢忘。

# （五）

座落在尋常巷陌的雅廬書場，斜陽草樹，一道粉牆圍欄，磨損了的木榫門窗，走廊窄窄，室內光線幽暗，牆外一塊小黑板每日裡更新預告評書內容，壁角悄站一人，恭敬收票，青灰木條欄柵的矮踏門全部收起，冬日湘妃色夾層棉簾，夏日深青土竹布簾，半邊撂起，半邊軟垂，看客撫扇輕掀，步履穩重，一定要搭足花過一角錢幣，那種上等人腔調的花架子。

綿糯的說書先生講的是姑蘇方言，逗彈說唱妙語連珠、中氣十足，睜目張須、鏗鏘有力、大有金戈鐵馬，氣吞萬里如虎之勢。

不說從門外經過，就是乘在噹噹的有軌電車駛經此地，書場的嘈嘈切切三弦琵琶聲，和時而幽咽泉流、時而銀瓶乍破的說唱聲，都能一絲不漏灌你耳中。

在這裡我跟著我爹娘聽過唐伯虎點秋香，寶玉探晴雯，白娘子水漫金山斗法

海，九紋龍大鬧史家村，武松醉打蔣門神、曹操殺害呂伯奢，黃慧如與陸根榮的官司一打打了多少年，等許許多多的故事。

我娘有個戲迷新嫂嫂的綽號，所以我們也算是在娘的肚子裡，就擠進了聽故事的行列，她年少時與龍門路金榮大戲院隔牆而居，自來水公司當職的外公與黃府上下有點頭之誼，迷上了戲文的小女孩，蒙黃家嫂嫂關照，進戲院不用買票，堂而皇之蹭戲吃白食。

萬事皆有利弊，看戲不花錢成就了我娘經常的曠學，外公一氣之下將她書包扔上屋頂，「不是讀書之料，隨你吧！」從此我娘日日泡戲館書場，外婆卻還額手稱幸「矮中取長，總歸比跌進舞池好些，娘舅家二個女兒天天在百樂門、麗都、大都、楊子舞廳出出進進，到底碰到了壞人，聽講搭了一個洋裝癟三，學了坏道，遭人仙人跳，娘舅花了麥克麥克鈔票才擺平的所以還是聽戲好、聽戲好！」我娘就這樣京昆紹興戲的挨至十八歲嫁人，又嫁進了一戶老老少少抱話匣子聽評彈、伊伊呀呀票京崑劇、捧紹興戲的蘇州人家，用我娘的話講，「原本一個人泡場子，後來就和你爹、你孃孃們一起追場子。

幼時起我就一直很崇拜我娘，認定她肚子裡的戲文故事，比天上的星星還要多，我娘有時也很驕傲，她會說：「哦喲，雅廬書場說的那些戲碼，我都聽過很多遍，隔壁茶館店裡說的那些大書，洋涇浜、噱頭過了頭，不正宗，哦喲，迭個角色新手，弄堂史拖長了……。」

我娘十七歲上，雖讀書少文化低，然日日聽書看戲，出落得清秀灑脫心氣高，外婆家的七姑八婆拿著一疊王開照相館西裝嘩庭、魔登的男人照片讓她挑選，那時年輕不懂事臉皮薄，現在後悔已經來不及，終身大事賽過像變戲法一樣，讓我隨便抽兩張，第一張是位大學的教授，文化蠻高當然是不用講，每個月要賺好幾百塊銀洋鈿，介紹人還講他在極司菲爾路上有一套打蠟地板鋼窗、電梯上上下下，派頭很大的公寓。

那日與他第一次見面，約在不遠的兆豐公園，他帶我去裡面植物園的湖上租了一條船，這個植物園風景倒是蠻好，有點像牡丹亭裡唱的：「奼紫嫣紅良辰美景，湖光山色嚦嚦鶯聲。」

「本來那日我心情倒也蠻好，哪裡曉得上船的時候，船一晃，我差點站不穩，撐船的船伕趕緊過來攙我，那位大學教授卻只顧自己坐下去，也不來扶我一下，蠻自私！我便有些不開心，轉過身，恰好他低頭，頭頂心的頭髮禿了斜氣大一塊，等伊坐好後，一付洋瓶底眼鏡對牢我，我有些別別跳，三十四歲，年紀比

我大一半，介紹人講老婆去年過世，留有一個小女孩，教授是不錯，想想一進門又是填房又是禿頭，也有些委屈，回家我就告訴你們外婆婉拒了他。」

「第二張照片，就抽到你們爹爹，你們爹爹比我大一歲，十八歲，屬龍的，我屬蛇，你外婆將我們倆個人的八字拿到龍門路車站口張鐵嘴那裡去配過，張鐵嘴講天龍配地龍，一世不但吃穿不用愁，還能差婢使奴過一生。張鐵嘴這是騙你們外婆的鈔票啦，瞎講八講，我聽說書先生講過：天龍地龍一世窮，歷史上朱買臣和他老婆就是天龍對地龍。」朱買臣是西漢年間的窮書生，日子過的很貧寒，其妻崔氏耐不住清貧，見朱買臣幾次落弟，大風大雪的飢寒難忍，便逼朱買臣寫下休書，改嫁了隔壁家道殷實的張木匠，後來朱買臣官拜會稽太守，崔氏想要回來，朱買臣讓人端出一盆水，馬前潑水難收起，最後崔氏羞愧跳入洶湧波濤一命歸西了。

但說朱買臣和崔氏是屬龍和蛇的，大概也只有我娘這種不分正史、野史，歷史就是驚堂木一拍、茶樓戲院演的上下五千年。

「你們爹爹那張穿白色西裝的相親照片拍的的確風流俊朗，一表人才，站如松、坐如鐘，當然這句話是出自你外婆之口，不過那天見面，他的確肩背筆直，待人接物面面俱到，殷勤乖巧。」

相親那日約在外婆家客廳，名乎其實「春二三月草青青，百花齊放鳥齊鳴。」天井的落地長窗悉數敞開，走廊屋簷下白月季、紅牡丹喜氣洋洋，雙妹牌的花露水像煞不要鈔票一樣，從牆角的洗臉盆架清水裡盪出來，香氣溢滿一客堂兩廂房。你們爹爹初次上門就拎了好幾隻火腿蹄膀，外婆就是歡喜吃火腿蹄膀湯，見了自然是咪花眼笑，嘴巴合也合不攏。

我本來以為是介紹人暗地裡關照的，後來曉得他家有肉舖開在牛莊路，再後來我嫁進去後，只要出門走親戚去，你爺爺總是在黃包車上扔一些鹹肉臘腸火腿，拎出去倒也威風凜凜蠻有派頭。

儘管你們迎勳路上的外公外婆對我嫁進這種小生意人家蠻有意見，嫌我嫁的寒酸，主要是你們爹爹蠻惡的，要結婚了，開心的發了昏，去四馬路書畫社買了一些花紙頭回來，自己將洞房裱糊的鄉裡鄉氣，儂想，馮家爹娘的派頭，怎麼看的上呢，看了就直搖頭，埋怨王家擇親不張眼睛，說我嫁進了癟三人家。不過你們王家外公倒講了，「伊自己挑選的，雖然是小生意人家，吃穿不用愁，人品不是吃喝嫖賭，勤奮上進，不敗家也可以了。」

「我雖然也被講的沒有面子，不過想想也就算了，開肉莊吃肉總歸是不用

愁，比隔壁豆腐店天天吃豆腐，傷心死了。」

「姆媽，隔壁豆腐店姆媽天天一臉笑容，從來不傷心的。」

有人插嘴，替隔壁豆腐店胖姆媽打抱不平。

「這倒是真的，我好幾次見到她出門做客，黃包車上幾個小囡，幾板濕答答的豆腐，嘻嘻哈哈蠻有趣的。不過我認為送蹄髈火腿總歸比豆腐有面子，伊拉講是這樣講，後來我每次去迎勳路馮公館，你們爺爺要面子，總是在黃包車裡扔好幾隻蹄髈火腿，伊拉不是照樣喜笑顏開啊。」

「那日我故意在樓上梳洗打扮，拖沓了小半個時辰，樓下籠子裡雀鳥交關鬧猛，慢悠悠走下樓梯時，見你們爹爹的頭髮和皮鞋一樣錚亮，穿著一套和相親照片上一樣的白西裝，不同之處是襯衫領子是翻開的，買相是蠻好的。他和外婆談的已經斜氣熱絡，一盞茶的功夫，稱呼也從進門時的伯母，改叫姆媽了，你們外婆像憑空得了一個兒子般，笑的合不攏嘴，後來我指出你們爹爹本人的眼睛比照片上小，你們外婆信心百倍的講，伊迭副眼睛是的的刮刮的丹鳳眼、臥蠶眉！」

「哦喲姆媽，真吃不消，儂是不是還想講他『面如重棗，手持青龍偃月刀』。」

「姆媽，儂是姐兒愛俏不重才啊！」

「是呀，姆媽曉得，不但是不重才，還不重財！嫁進去曉得已經來不及了。」

夫妻姻緣天注定，外婆對我爹爹的投緣，從見到蹄髈火腿的咪花眼笑，再將細眼誇張到三國五虎上將關雲長的龍鳳眼，必是天意。


我娘不是外公外婆的親生閨女。她小時候的記憶也只是停留在她三、四歲時的南潯鄉下，老槐樹涼蔭下的捉迷藏、青石板石拱橋的台階，緩緩地流淌的苕溪河水、繰機整天吱吱呀呀響個不停，她和哥哥姐姐在大大的蠶房裡，嚼著梨膏糖奔來跑去看蠶蛹，用荸薺餵小貓等等。

然後所有的一切彷彿只是剪影，兒時的模糊映像就是這樣被停格。

多年以後，我娘嘴裡隱隱約約的一幕，像慢鏡頭一般，漸漸的、漸漸的，被清晰的放了出來。

那是一個剛過了清明的五月裡，脫了紫紅棉夾襖，才將洋布小碎花圓領罩衣給換上的她，拖著小姐姐的衣襟在擺滿竹莨雁架的蠶房玩，由於她小，踢毽子、甩骨牌都沒她的份，小姐姐們嫌她累贅，一會兒哄她去找前廊耍滾珠子的小哥哥

玩，一會兒又哄她去廚房，說那裡在包端午的粽子了，有很多好玩的。

　　櫻桃紅、梅子青，清澈的的河水蔚藍的天……，她沉醉於自己的遊戲中，蹦出了蠶房，手裡搖著小姐姐塞給她的六菱西洋鏡，嘴裡哼著「三月清明青團子，四月蠶寶寶結繭子」，唱著唱著獨自嬉戲走到了河堤岸邊。

　　荷花深處水草繁密、菱角茭葉的河邊，撐來一條烏蓬船，掀開簾子走下一個戴著氈帽、一身藏青衣衫的陌生男人，她抬頭眼還沒來得及對上一秒，那人急跨幾步，一把抄起她，哇的出了半聲，一塊有些淹漬的土布蒙住了嘴臉，船身晃了幾下，她就已經什麼都不曉得了，河對岸臨水灶間鍋台邊人眼睜睜見了，不及呼叫，船如飛鷹。

　　碧碧河水，兩岸青山，燈影樂聲裡，也不知過多久，烏蓬船駛進十里洋場的上海灘。

　　途中她糊里糊塗的被餵過幾口糯糯的稀粥，再睜開眼睛時，就見這個氈帽男人在數銀洋錢，隨後就是幾聲鞋跟拖沓、漸行漸遠的回音。我娘手裡仍然捧著她小姐姐塞給著六菱西洋鏡。

　　她說後來她也沒有再哭過，她被抱進了迎勳路上開針織行兼洋行的馮公館客廳裡，客廳門敞開，淺紅花朵三兩株，牆頭一排竹，那穿著鑲上滾邊錦緞的太太將她抱在身上，她用手去摸一下很滑，太太開口說叫她姆媽，給她很多的玩具和吃的，她隱約覺得自己家中姆媽穿的竹布衫雖也鑲邊，但摸上去沒有這般光溜。

　　我娘模糊記憶她老家在湖州南潯，是一個很大的家庭，向姓，大哥吸鴉片煙，父親嚴肅少見，她小小年紀也要經常站在祠堂聽訓話。絲棉蠶寶寶的蠶房，開始一點一點在她腦海裡稀薄。

　　懵懵懂懂的做了馮家的大閨女，稍後肩下又抱來一妹妹，我娘貪玩，讀書沒有這個妹妹好，父母便有些偏心疼愛妹妹。


　　在她十一、二歲那年，馮家姆媽的表親家裡發生了一件很詭異的事，表親王太太的先生在法商水電行當工程師，家資殷實，生有一對模樣秀氣但有些文弱的兒子，王太太一直很喜歡我娘，經常說要我娘長大了給他們家做媳婦的，倆小表哥知書達禮斯斯文文，我娘也經常去他們家玩樂。

　　老話說「天有不測風雲，人有旦夕禍福！」還真讓王太太應著了，她家大兒子在十二歲生日那天，感冒發燒，去南洋教會醫院打針吃藥，回家後彷彿好了許多，這是四月天一個下弦月夜的春花季節，整個晚上風雨搖窗拍門，屋簷下的風

鈴晃的飛起來，良久，聲音停了，宅中昏昏暗暗，沒有挨到清晨，竟然睡了過去。

　　過了兩年的一日晚上，落日之後起了風，廊下的風鈴又被吹得叮噹亂響，天氣驟變，小兒子一場感冒咳嗽，請醫服藥不見效，居然也在十二歲生日那天，清晨的秋風刮進庭院，小兒子的一絲遊魂隨他兄長而去，拋下一雙父母，一對兒子就這樣撒手人寰。

　　王太太病倒在床上，凝望著月色滿窗的屋外，她神思恍惚囁嚅的說出一件事，讓人聽了簡直和看聊齋誌異一樣毛骨悚然，說她倆兒子去世的前夜，她都守在床前，萬籟俱寂，忽聞風聲隆隆、陰風慘慘，兩回她都看見有一隻白色像貓一般大的靈狐，幽光一現，嗖的一下從你眼前竄過，頓時一陣迷惑晃忽，她剛想要追上去仔細看看，這邊兒子已咽了氣，衣袂飄飄的走了。不知道是狐仙將她兒子接走的，還是她兒子變成了狐仙。

　　聞者無不汗毛倒豎，但是我娘聽到馮家外婆在背後偷偷講，因為王太太倆兒子都是當年在杭州靈隱寺燒香求來的，俗語說，求來的兒子不做種，是有道理的，要麼是和尚投胎，比如是濟公活佛，要麼就是那些千年修煉的妖精，想要投胎做人，一般都聚在寺廟周圍，所以，求福求壽都可以，千萬不能求子！」

　　後來還說漏嘴一句：「所以我當年情願出銀洋鈿買，也不去求子……！」

　　我娘清楚自己不是馮家親生，然而在馮家的日子一直無憂無慮，傭人保姆服待，最大的不愉快只是自己讀書不上進。

　　後來因為經常會去安慰王太太，也許是有緣、也許是我娘乖巧懂事，王太太夫婦倆又將我娘認作了親閨女，也許我娘骨子裡帶有讓人喜愛的稟賦，大度的馮家外婆不反對我娘搬進龍門路王家府上。

　　春日的一個午後，石庫門外樹木新葉已爬上枝頭，沉靜而溫暖，爺爺燙了一壺黃酒，酒意真濃，八仙桌上叮叮咚咚的蘇州評彈寶玉夜探「隆冬，寒露結成冰，月色迷濛月斷魂，一陣陣溯風透入骨，烏洞洞的大觀園裡冷清清……。」

　　泰山藝人蔣月泉那淒涼委婉的唱腔竟然壓不過前廂房兩孃孃在唱尹桂芳、竺水招的越劇「盤夫」。青衣嚴蘭貞、女小生曾榮，嗓門一個高個一個：「你嚴家，一朝天下得半朝，我好比，枯藤高攀你娑婆樹。」

　　「莫不是，你嫌我蘭貞妝奩少，害的你官人少面子，你十里紅妝到鄞門，城裡城外誰不知」「……！」爺爺被攪的帶進了溝裡，也哼了一句，」十里紅妝到鄞門，城裡城外……。」「儂姆媽倒也是十里紅妝嫁過來了。」

　　後來爺爺的這句話，在我娘那裡得到了證實。我娘說：「爺爺沒有講錯，我的嫁妝前門到了舊倉街，後面的還在民國路上了，十里沒有，三里肯定有！那天一路上也是蠻轟動，儂爺爺一直覺得蠻有面子，婚禮辦在自己一家春酒樓，大門口你爺爺綢緞長衫皮馬褂、氣宇軒昂發彩禮給前來賀喜的乞丐都發掉了幾個時辰的銅錢……。」

　　「姆媽，王家外婆也不是很有錢的大家庭，為啥會有那麼富庶的嫁妝呢？」我娘講了她的婚禮，簡直和爺爺一般榮光煥發，讓我們有些不解。「主要是王家和馮家有些軋面子，倆家對外都宣稱嫁女兒，我是小狗掉進糞坑，老鼠落在米缸，賺了雙份嫁妝的，所以嫁過去後，弄堂裡都曉得我戲迷新嫂嫂是十里紅妝來的，儂爺爺一直覺得蠻有面子。」

　　人老了都會思念故鄉，步履搖搖出巷口，宛轉又上小橋頭。六十年後，我們姐妹陪我娘回過一次血地南潯鎮，江南水鄉的河水仍然清澈，仍在緩緩的流淌，腳下曲曲彎彎青石板路，道旁疊疊重十重粉牆瓦屋，小童仍在春蘭秋菊裡嬉戲打鬧，遙遠的不太清晰的故事卻沒有傳下來。

　　搖啊搖，搖到外婆家，青磚粉牆的舊牆門依稀難辨，歸來的燕子找不到舊時巢，風光已經不與兒時相似。我娘一生沒有歸終到她的血緣宗族。生身之恩天下大，養育之恩大於天。說到底，我娘她是非常走運的，她雖身世如無根浮萍，但能在遇拐失散親人後，天涯相遇戶戶厚道富庶人家，享容膝之安，一肉之味，也算是百裡挑一、千裡挑一的蒼天厚待，婦復何求。

　　夏季的夜晚描述在書中是：「啊！如夢如幻的夜，那麼的寧靜，啊，迷人的仲夏夜，繁星點點、蛙鳴蟬叫，一聲短，一聲長……。」

　　我們弄堂的夏夜卻沒有這般美妙，有一種夏夜叫仲夏夜，是寫在書上的，而我過的夏夜就像那時兒歌裡唱的：六月裡的癩痢真煩惱，蒼蠅叮來蚊子咬，亞亞里青。

　　夏日潮濕的暑氣褥熱會從門窗，粉牆磚頭縫裡滲透進入屋中，紅磚下的弄堂彷彿一隻蒸熟的鱘蟹，腥紅冒著熱氣，鮮有幾日氣象預報說「有一股從廣東、海南島、菲律賓洋面上，吹來的十二級颱風，馬上就要在吳淞口登陸了……。」

　　於是大家擔心出外會被樓上花盆砸中，嚇得躲在屋內，不敢在弄堂裡乘涼。

　　多數日子都是白天驕陽似火，晚上溽熱難褪。曬捲了梧桐的闊葉，曬軟了冒

煙的柏油馬路，弄口牆壁上的日影剛剛隱一些，窒息人的熱氣尚未散去，一桶桶涼快的井水已經打上來，沐浴澆地，嘩嘩的嘻鬧著，給烤熱的水門汀降溫。

　　晚飯過後，洗澡，灑花露水，露手露腳處，再塗抹些龍虎牌萬金油，然後就搖著蒲扇，扛著椅凳，去弄堂里閒坐湊樂，若遇上了要奪過你手中扇子的，嘴里一句：，「六月不借扇，借扇請到八月半。」必定要扔出去，不肯吃虧。

　　此刻的弄堂與你一起消遣的還有成群繞著昏黃燈泡撞來撞去的飛蛾，及追著你嗡嗡叫的吸血蚊子。

　　一顆大星星出來了，夜涼就要來了，仍舊是熱，仍舊沒有風。然此刻心裡的煩躁卻去了好多，因為綽綽樹影下每一堆的乘涼圈，都已展開了娓娓的說長道短，這些煞有介事的胡侃，能把飛蛾與蚊子都說暈。

　　「你們聽講了伐，前面淡水路轉彎的泥土浜弄堂到底，底層天井裡有一家人家的兒子平時性情兇惡，專門虐待小動物，他曾將一隻貓綁起四肢抽打至死，後來這人生了個孩子手腳都縮在一起的，臉孔也特像貓……。」

　　「昨天隔壁沈家姆媽講，弄堂三號裡謝家，那保姆阿花的男人在鄉下一直遊手好閒、好吃懶做不干活，家裡生計全靠阿花在謝家當保姆的錢寄回去過日子，這男人一輩子就是拿著釣魚竿在河浜裡釣魚，然後就喝酒撒酒瘋罵大罵小，後來有一次在吃一條魚時，大概是沒把魚鉤清理乾淨，又罵罵咧咧時被魚鉤鉤住了喉嚨，窒息死了。」

　　「儂曉得伐，隔壁煙雜店三層擱住著的薛嫂嫂，一直講是老闆娘新嫂嫂的阿姐，其實她是親阿姐沒有錯，但是她還有一個身分，是煙雜店阿蔡老闆的大老婆。嫁給阿蔡三年多養不出小孩，阿蔡講他是三代獨苗，無後對不起祖宗，要討小老婆，老闆娘就把自己的親妹子從鄉下接出來，讓她和姐夫生孩子，後來妹妹生了兩男兩女，大家叫她新嫂嫂。再後來婚姻法出來，一夫一妻制，大老婆就縮在三層擱樓不經常露面，也是蠻作孽。」

　　「隔壁五號洋房裡趙先生的太太四九年到香港去了就沒有回來，那海門保姆沈阿姨和趙先生早就是夫妻，只是沒有對外說。」

　　「哦，難怪沈阿姨的皮膚越來越好，白白嫩嫩，聽說趙先生每天訂兩瓶牛奶棚的新鮮牛奶，一瓶就是給沈阿姨喝的。」

　　「不過聽說趙先生的倆個兒子對沈阿姨不太尊重，平常喊起來哇啦哇啦蠻兇。」

　　「那年『二六轟炸』時，大世界門口一輛黃包車在飛快的跑，但是那車夫已

經被炸飛了頭顱，也就是說那是一位沒有頭顱的車夫，他雙手緊拉著車桿，軀體四肢仍在移動，在硝煙瀰漫中拚命的奔著，了車上的乘客你們知道是誰嗎，」「是誰，」「你們不要不相信，竟然是後弄堂阿生伯的娘舅，伊講當時他自己也不曉得是嚇暈還是炸暈，一動也不敢動，馬路上逃命的人也不怕炸彈，全部停了下來，目瞪口呆的看著這輛無頭黃包車⋯⋯。」

無根無攀的山海經，弄堂文化的啟蒙，延續在底層的家道教，發散著濃厚的煙火氣、市井氣。

這樣一直要侃到高樓起風刮進了弄堂，舒展了捲著的樹葉，吹開了聚攏在腳下的暑氣，滿天的星星都困了，大夥才提起竹椅板凳，陸陸續續回轉家去。

豆腐店在我家隔壁，豆腐店過去是老虎灶，老虎灶隔壁是算命館，在我們弄堂裡，這也是一個繁忙的場所，一分錢泡一壺開水，每戶人家每天都要去上幾回，煤球爐燒開水太慢。

老虎灶裡放了十來張大的八仙桌，人氣水汽鼎沸，春來茶室甚是興旺，前後左右十六方的閒散鄰人，每日裡喝茶談天，個個博古通今，張三李四、王五麻了，上通天文、下曉地理，平頭百姓，芝麻綠豆，開茶館盼興旺，江湖義氣第一樁。

我娘說老虎灶的茶室，女人是不能坐進去，背後會讓人講是白相人嫂嫂，然我每次去泡開水，總是到算命館的老闆娘阿珍喜笑顏開、抬胳膊伸腿，與一幫男人一起開心。算命館的王先生是我的爺爺輩，阿珍卻比我娘還年輕，阿珍長的蠻好看，臉若銀盤、眼似水杏，唇不點而紅、眉不畫而翠，也有人說她面如朝霞，太艷太俗。

阿珍是揚州人，阿珍身上有皇妃血統，她祖上是當年隋楊帝經大運河帶去揚州的妃子，這個典故老虎灶裡人人都知曉。據說這是王先生替她排前世今生排出來的，不過阿珍說她自己也經常做同一個夢，而且一夢再夢，不知做了多少次，夢裡老出現一古代女子，泯嘴笑嘻嘻朝她招手，只是每次的夢一到這裡就醒了，阿珍無限懊惱夢為啥這麼短。

阿珍只要一走出來，身上灑的花露水香會浸潤半條小夾弄，她總在老虎灶茶館裡嘻嘻哈哈，說話又先天嗓音區域很寬，弄底音樂專科畢業的三爺叔也贊她有中音歌唱家的潛質，只是錯過美聲專業訓練，說起話來音質不美，她自己又不注意，一開口就如砂紙一般，非常粗糲，加上一直喜歡吃零食，吃自己炒的黃豆和蠶豆，有人說她牙齒特別堅硬，吃東西的能力也很強，當中斷空的間際很小，算

命的王先生是一個在精神和物質上都比較吝嗇的人，他不喜歡阿珍這個樣子，擔心這些粗俗男人吃阿珍豆腐，阿珍是他的女人，自己看不見，已經一直給你們看了，還要一直陪你們開心，王先生覺得很堵心，有一次弄口有人講王先生氣量小，老婆讓人家看看，又不會少掉一塊肉！有人賊兮兮回一句：就怕多塊肉！我不明白看看怎麼會看多出一塊肉？問我娘，我娘說他們下作坏。

　　會算命的王先生，沒有發生的事、已經發生的事，騰空八隻腳，他都能掐指一算，阿珍在他眼皮子底下這樣，王先生這口氣很難忍。於是，大夥就經常聽見他在隔壁家中客堂間裡，用盲人杖猛戳地板，再伴一口咣咣響的寧波話，刮辣鬆脆。

　　阿珍也是一刮兩響的脾氣，而且年紀輕、力氣大，倆人就要扭成一團打起來，王先生扯阿珍頭髮，阿珍更兇更潑，不但將王先生打的經常眼角一塊烏青、嘴唇一塊血印，還專門踢打王先生的下身，當然阿珍也說王先生扯掉她好幾把頭髮，但是由於阿珍的頭髮長的密，扯掉幾把看的不明顯。有人就說，阿珍身上看不出是古代皇妃的血脈，更有人嚼舌跟，說她十八代祖奶奶肯定是宮裡的燒火丫頭，不過有時候她也會像后妃娘娘般的搭一點架子，凜然不可侵犯。

　　我問我娘，「阿珍這麼年輕，看上去像王先生的女兒一樣。」我娘先說：「小孩子別問這個」後來忍不住又對我說：「聽豆腐店老闆娘講，阿珍原來是從鄉下來的小大姐，上海人喊小大姐的意思，就是現在的小保姆，後來王先生老婆死了，阿珍有了王先生的孩子，阿珍曾對豆腐店老闆娘講，想去告王先生，精明的王先生將祖傳的一根金項鍊和幾隻金戒指提前給了阿珍，本來說好是臨終前才給的，暗底裡又花錢請隔壁豆腐店伙計吃了一碗大肉面，這人是阿珍的老鄉，阿珍信他。於是這人就半勸半恐嚇：「若去告王先生，政府辦了王先生，也會捋她歸入無業遊民行列，遣反楊州鄉下還算好的，多半抓去蘇北大豐勞改農場……！」

　　阿珍便將伸出來的半截舌頭縮了進去，調槍花說：「主要是看在肚裡孩子的面上，生米煮成熟飯，嫁給他就算了，否則告不死這隻老甲魚，我阿珍倆字顛倒叫……。」

　　於是就洞房花燭，味哩麻拉，吹吹打打的嫁給了王先生。王先生在隔壁老虎灶裡辦了幾桌酒席，豆腐店老闆娘等幾個都去喝喜酒的。若干年後阿珍兒子都老大了，弄堂裡還在傳當年阿珍六隻眼睛拜堂。

　　我以前對阿珍是有些看法的，後來我就放棄了，雖然我每次去老虎灶泡開水，見到阿珍潑腳潑手的樣子，總有些彆扭，但感覺也許她有委曲，敵後武工隊

小說裡面寫好漢無好妻，醜漢娶仙女，保定醜八怪哈八狗娶了美豔的二姑娘，與阿珍嫁王先生一樣。所以阿珍坐在茶館裡痴頭怪腦，也是因為她一朵鮮花插在牛糞上，潘金蓮嫁給武大郎，心有不甘。雖然王先生比大郎長的高，但大郎總歸比王先生年輕。

　　弄堂裡另有一大樂趣，不能少了看小人書一說，小書攤一般都設在馬路邊、弄堂口、梧桐老樹的蔭影下，一面斜靠磚牆，一面遮搭半塊油蓬。什麼事物都相生相剋，那會兒城管尚未誕生，攤販和顧客卻一百二十倍的自覺規矩本分。小人書一分錢可以借兩本，這是坐在書攤上看的價格，如果要借回家看，一分錢只能借一本，還需付一角錢的押金，我們弄堂斜對面對，長城電影院不到，就有幾個小書攤。然後我們樓裡小孩就經常一人一分的湊份子，把小人書借回家輪著看。

　　有一回弄堂裡十幾個小孩一起湊足了份子，租了一堆小人書，放在小弄堂洗衣板上，幾小時要還的，大夥興奮的輪著看，就怕時間來不及。我們看《三毛流浪記》、《孔融讓梨》、《司馬光砸缸》、《武松打虎》、《穆桂英掛帥》等，也看劉胡蘭、邱少雲、白毛女。

　　文化大革命來了，那曰對面小人書舖被一把火燒掉的時候，亭子間龍龍和豆腐店三毛都候在一邊，乘亂搶出來好幾疊小人書，雖然書紙都已經脆的一碰就碎，弄堂裡大家還是很開心的翻閱了一陣。

　　我們弄堂的大門是開在黃陂路上的，當年尚屬冷清地段，由於馬路對面是整片的工廠圍牆，煙囪裡一直有飄落下來的黑煙，靠牆積著了層層的厚灰，牆沿下的人行道就少有人踩，因此我們這塊地段稍顯安靜卻不太乾淨，家中的桌子櫥櫃天天可以拂出塵。這條馬路雖窄窄瘦瘦，不過倒是筆直的，不像有的馬路九曲十八彎。小時候看人民廣場放煙花，站在馬路中間，踩一個骨牌方凳上就能看見。

　　幼年時只曉得黃陂路過了復興路，再過淮海路，到人民廣場還比較近，最遠走到南京路，其餘就去的很少。

　　我外婆講，這個是按上海灘牢早的叫法是：「大英法蘭西，大家勿來起。」

　　也就是「再過去就出了法租界，進了公共租界，後面是英租界……」如果去一趟虹口橫浜橋，大自鳴鐘，就要嚷嚷，「哦喲，去了一趟日本人的地盤，到處掛一塊膏藥，當中一隻太陽，曬也曬死了。」

　　「哦喲，姆媽，儂從前誇張講，到虹口像啥是去了一趟蘇州官前街，杭州得月樓，現在儂索性講，膏藥旗幟上的太陽都能曬死你，我也真正是服帖儂。」

　　這個是我姆媽咕嚷外婆的話。

小時候剛搬來這裡時，我外婆是很不喜歡的，她每次來我家，進門就會說：

「哦喲黃包車勒拉辣菲德路蠻好，一拐進貝勒路，像啥是郊區了，冷冷清清，西北風溲溲刮過來，比霞飛路結棍多了。」

貝勒路即黃陂路，霞飛路是淮海路，辣菲德路就是今天的複興路，極司菲爾路即萬航渡路，民國路就是現在的人民路。

# （六）

祖母家是住在老城廂九畝地舊倉街，祖母也會經常說些租界的往事。

她一邊拿刨花水替我梳頭，一邊嘴裡會說「小娘魚頭髮梳的光，標致的像淮海路小姐一樣。」（蘇州人把小姑娘喊成小娘魚）有時候也會換句話說：「標致的像日曆牌畫畫張上的女人一樣。」

祖母認定淮海路的小姐是與日曆牌上的美人一般美。

上小學前我是在老城廂，跟著祖父母散養長大。

老城廂房子是一幢幢粉牆木柱的樓房，一排排高低錯落，四合院天井，廊簷上落地紅漆長窗一溜十扇八扇，也很氣派，底下一段用一砣圓石盤托著朱梁，樓房的窗戶及裙邊，則是古老的木板雕飾而成，青磚石板黛瓦，窗格子木柵欄形狀各異。

從屋門跨出去，繞幾步碎石子小徑拐個彎，一個冷僻後院長長的走廊角落，悄悄地穿過一扇從來不關的後門，一段倉庫白石灰舊城牆，曲曲小巷，路邊人家籬落，菜園田地的蔬菜，細河流蜿蜒輾轉，一小片一小片開油菜花，尤其走在開蠶豆花的田埂，嘴裡必要念一句「蘿蔔開花白如銀，蠶豆開花黑良心」，然後就一跳一蹦，去一處熱鬧街，街上有酒館雜貨舖、茶樓書場、戲園，大境廟、青蓮閣……。

後來看了電視水滸傳，裡面有個鏡頭，潘金蓮掀開窗戶，漏進來細碎陽光，那竹桿誤打西門慶那一幕，一直讓我錯覺是在咱們老城廂拍的。

隔上一、二天的清晨，祖母就會帶我去梳頭阿婆那裡一次，用桂花油樟木刨花水把二根辮子盤的光光的，午後便跟著爺爺去城隍廟湖心亭茶樓喝茶聽評彈。

去湖心亭茶樓聽書是學齡前幾年，雅廬書場聽書則已是讀一、二年級了，前者是每天被聽書，後者是很願意跟去聽故事。祖母囑我每天一個下午、一個下午

的跟定爺爺，是何緣故，終是年幼而不得知，現在想來，莫非祖母怕爺爺在茶樓拈花惹草，不過茶樓裡除了女先生外，是沒有俏麗娘子的。而我就只管像一隻二月菜花田裡的蝶蜂，一跳一奔在花開成海的野地裡。

湖心亭聽書不太理解，只是開心有零食吃。台上說書先生幽默詼諧，紫檀驚堂木一拍，場子裡聽眾一片搖頭晃連連叫好聲，混合著茶香和西瓜子味，跑堂一手抹布一把熱騰騰的水壺，踮腳快步的竄來竄去，「龍井一杯，毛峰一壺，二兩西瓜子，蘇州豆腐乾一盒！」「來了，老同志先上座！」然後一隻只細小的碟子，甘蔗、荸薺、金桔、薑糖像變戲法一樣，從挎著的籃子裡取出，放在桌子上，茶樓裡夥計竄來竄去很忙，渾身上下都是手眼，客人招呼從不就擱。

那會兒倘在聽書的大人身邊的，不乏有似我一般大的小孩子，我們聽著聽著就缺乏了耐心，於是就抓把瓜子，拿上幾塊芝麻寸斤糖，悄悄地溜去樓下湖心亭玩，在九曲橋上奔來奔去。

早年這橋是由一塊塊木板拼起來的，低著頭從空隙裡能看見下面的湖水和紅色的鯉魚，儘管那襟隙窄窄，腳不會伸進去，但在奔跑時，總會有一種要掉下去的感覺。

夏日午後酷暑困乏，店鋪都會歇夏數小時，楊柳垂湖濃蔭蔽日的城煌老廟行人寂廖，蟬鳴蛙叫，風起吹皺一池河水，很是寧靜。九曲橋湖心亭只剩下我們這些從書場裡溜下來的小孩子了。以前的石頭階梯是沒有欄柵的，我們可以沿著樓梯直走下去的，踢了鞋子，把腳伸進了荷花池。雖然夏天溫度高，但滿池荷葉遮擋了驕陽直曬，池水仍然那麼清涼，猛一伸腳，還是會打一個寒顫，趕緊再縮回來，再一次將兩腳伸在水裡，無聊地撲騰著，隨後便嘻嘻哈哈笑個不停。

池子裡有人駕著小船在湖面兜來兜去的，那是清理殘荷池子植物的，遇上他高興，扔上幾個蓮蓬讓我們接著，我們便跳呀跳的叫著「再給一個、再給一個，」蓮蓬裡扣出來的蓮心比茶樓裡的瓜子和糖都好吃。

夏秋的荷花夾著伏天里的冰雹，春冬的衰柳殘葉寒煙的雪。湖心亭四季變換景色，尤其是雨天煙雲濛濛，遙看近看都是灰色的，水天一色，那蜿蜒探到水裡的扶梯拾級，咪著眼睛都找不見了，站在茶樓窗戶前，隔湖橋邊沿街一排排舊牆門，還一些竹葭油布搭的雨蓬、環以土牆，有人坐在竹椅上在打毛線，水籠頭旁的青石板上，有人蹲在那裡洗衣洗菜，搭燒飯，一陣陣炊煙的香味飄過湖心亭，斷斷續續的江浙滬小曲飄過，與人影一般迢迢遠遠，霧裡看花，越看越花。

台上在說大書和唱長段開篇時，是厭氣的，小囡聽武戲總歸比文戲聽了開

心，景陽崗打虎，王母娘娘蟠桃會、徐篤昭求雨，一說文戲，除了嘴裡不斷的吃，否則就像蟲頭蟲一樣了。

有一回大雨滂沱了幾天，茶館台上削削瘦的說書先生一件青布長衫，細細的眼睛，鼻子筆筆直，彈一個小小的三弦樂器，祖父告訴過我，評彈裡面彈三弦的是上手，評彈裡面的樂器比京劇簡單，說一遍我就能記住，京劇的文武場就比較不容易記，小時候能記住京劇道場的，最多只能記住文場京二胡月琴，武場鼓和鑼，再分出一些青衣花旦、老生花臉的，其餘的都搞不清楚。那日這位上手先生說起話來不死不活，一雙咪細眼睛總是盯著己的鼻子，一下一下往上翻，每次他將眼睛冷冷的往上翻著眼白，台下竟然還爆發陣陣喝采聲，開心的搖頭晃腦，戲台裡喝采頗有講究。

女先生一身小碎花高領旗袍，優雅嫵媚，彈大月琴的，一定是下手，長的很漂亮，至少坐在那裡比上手先生閃亮，我也喜歡她那清脆悅耳的嗓音，可是場子裡捧她的人不多，掌聲也不給她。

黃梅季節，淅淅瀝瀝下了數天的雨，我困在茶樓的朱紅窗欄下，走也走不了，耐著性子連著聽了幾天，台上老是在說一位千嬌百媚的小姐要走下樓來，小姐怎樣梳粧打扮，怎樣的心情，跨一步要說半天，跨一步說上半天，就是跨不下閨房繡樓的扶梯樓梯，樓上的房間花團錦簇的擺設，樓下客廳雕欄玉砌的樣式，從樓梯的木頭花紋，到地板的朱漆色彩，竟然說了三天，那小姐還沒有走下樓梯，那齣戲叫送花樓會，說的是有一天書生文必正和小姐霍定金在廟宇裡燒香時見了一面，然後倆人便一見鍾情愛上了，小姐在臨走時故意將頭上戴的一隻珍珠鑲就的鳳凰悄悄地扔在地上，書生便不動聲色的揀了藏在袖子裡，然後書生想方設法賣身投靠進了小姐家，這一點有點像唐伯虎點秋香的，不同的是書生做了三個月的僕人，還沒有能夠見上小姐一面，後來終於一個送花進小姐閨樓的機會，單單小姐和書生繡樓相會那一場，說書先生在大雨天講三天還沒有講完，說的我難受極了，急都替他們急死了，和我爺爺說：「明天不來書場了。」

「後面就精彩了，馬上文必正要考上狀元，霍定金會被人害，然後要火燒繡樓，女扮男裝逃出去。」爺爺願意讓我跟去，解說了後面的內容。

「嗯，這個不是和《女駙馬》又差不多嗎？」

「結局不一樣的。」爺爺又回答。

「姆媽麼又要瞎講了，儂三輪車是往南來的，西北風當然是從北面刮過來的好伐。」

我娘在數落我外婆，前面扯遠的外婆話題被重新拉了回來。

因為外婆老是嫌我們搬的太落鄉，呃尼角落太憋腳。不過外婆也是經常像認錯似的掛在嘴邊說：「房子的事情是斜氣對不住你們一幫小囡……，哎，五八年公私合營時，你們爹爹食品公司倒是給過一間房子，在控江新村，交通相當不方便，比浦東三林塘也要遠很多，你們搬去後，我包了黃包車去過幾趟，一陣陣風吹過來，爛泥灰沙夾頭夾腦，路程賽過去杭州，一間房子倒的角方正，二層樓，還有一隻水泥陽台，貼對一條爛污泥路，行人過往稀疏，哦喲你們幾個倒是還蠻快活，在陽台上排排坐、吃果果，牢遠看見你們爹爹騎著自行車回來，一起拍著手跳呀叫呀，走出去村旁到處是農田和小河浜，田埂路，太陽落山後，黃昏夕陽從一大片蘆葦叢裡照出來，野鴨子、秋雁飛進飛去，斜氣淒涼，我對你娘說，你們爹爹一直要去外地鄉下出差，和當年發配充軍也差不多，你住在這個荒山野地，倒是像獨守寒窯寶釧。沒有想到你們姆媽的心情倒還蠻寬敞。」，他回我：「姆媽，我比王寶釧好，我還有他們幾個天天圍著我，只是他們爹爹去的地方，真正的窮鄉僻壤，一個人孤零零的，收購站設在破廟裡，人也要睏在裡面，昏沉沉黑洞洞的古廟，牆坍壁倒屋瓦斷，遇上寒冬臘月大雪紛飛，雪堆的厚一些，破廟真要倒下來，倒是要唱一齣林沖風雪山神廟了。」

「那是要關照他不要睡到草料場去。」

外婆聽了我姆媽在發牢騷，比喻我爹爹經常去出差的河南駐馬店、蘇北鹽城、安徽蚌埠的條件很差，並舉出水滸傳裡八十萬禁軍教頭林沖被高俅陷害，發配充軍，看守草料，後又遭奸人暗算，火燒料場，幸虧那晚夜宿在破舊的山神廟，才倖免於難的故事來形容我爹爹的糟糕處境，因此用「關照他不要睡到草料場去」來擠兌我娘。

「外婆，河浜裡有拿蟆溫的！」（上海人把小蝌蚪叫成拿蟆溫）

「哦喲，那幾個月我真是天天提心吊膽過日腳，晚上睡覺也從夢裡嚇醒，我怕你們會爬陽台跌下去，怕你們落進田埂旁小河浜裡了，是我一定要你們搬回來的。」

其實外婆這番話，我已經聽過好幾遍。

「外婆，搬回來怎麼不找一間好一點的大一點房子啊。」

大哥大姐有些沒有想通，問了外婆。

「房子不是都被公私合營，頂的頂、收的收了嗎。你們搬回來住的這間破房子，當年外婆也是付了二房東的兩根條子的。」

當年外婆嘴裡私有財產被政府統一收走的故事，我們聽不懂。

# （七）

弄堂右拐數步，有一條小徑可以通往二號樓。一堵矮磚牆一級石頭階綠，隔開了兩排房屋。舊牆的白粉早已剝落，裸露出殘損的青磚，牆身蜿蜒爬滿了許多濃濃淡淡的苔痕，宛如綠色的絲絨青簾。

這個角落走路人少稍顯冷僻，逢到陰雨季節，地磚縫裡鑽出一根根嫩綠的小草也少有人踩踏。這裡是二號樓與我們外弄堂的隔段。兩處住宅的距離不遠，但中間的一段抹灰牆，及兩邊房屋的式樣結構卻大相徑庭，房屋不一樣，自然裡面住戶也不一樣。

這些樓房的地基打的高，門外有一排很氣派的台階，兩側尺寬的花崗石斜坡，能讓我們充當滑梯遊玩。

曲裡拐彎的這幾十幢樓房，是有抽水馬桶設備，住家大多是舊上海遺留的市政官僚及法商，英商電燈，銀行、自來水公司、寫字樓的買辦職員，也有不少資本家和文藝界的人。從那裡走出來很多人頭上的髮蠟錚亮錚亮。衣裳也很體面，冬呢夏綢的，穿旗袍高跟鞋和身著長衫、手拿司帝克。

府綢料子的白襯衫，筆挺直筋的背帶褲，雅緻毛衣背心的男孩，飄逸秀氣格子連衣裙的女孩，穿著打扮就把裡外弄堂的層次給隔開了。

好些樓棟我都進去過。一號裡有個男孩叫喜喜，是我一個班上的同學，他還有個姐姐叫歡歡，文革沒有開始多久，就聽說被北京來的紅衛兵打的受不了，幾天後消息傳進弄堂，深秋寒夜，淒涼的月光下，夫妻雙雙上吊去了黃泉路。當然我也不曉的上海的紅衛兵是不是與他們合在一起打，只是那會兒弄堂裡都在傳聞，北京來了幾千幾千的紅衛兵，嫌上海紅衛兵太溫良恭儉讓，然後駐進多所大中院校，天天去文化名人，或大資本家那裡奉旨抄家，野蠻虐打，不分老人婦孺。歡歡喜喜的父母因為沒有吊死在家裡，我腦海裡存留的印象不深，只知道他們是上海電影製片廠的演員。

這對父母被迫害死後，喜喜和歡歡就被他們的親戚接走，從此他倆如斷了線的風箏，消失在風裡。浮浮沉沉海茫茫，不落痕跡生死莫知，讓我至今有一種童稚的悲涼。

這是我們弄堂在文革中的首例死訊。

他們家隔壁是英娣一家，英娣和我同班，英娣還有個弟弟。她娘是上海國棉十七廠的工人，加入了造反隊，說話嗓門很大，英娣有時候也會頂她娘幾句。

英娣她爹是黃浦江上開小火輪的，一個月休假一次，他喜歡吹口琴，每次英娣爹休假的時間，英娣娘的罵聲更大。多數是罵她爹不參加革命，只知道吹口琴，有時候英娣爹也會還的。「我吹的就是革命的曲子！」

「你以為我聽不懂嗎，」英娣娘很兇。「我讓你別吹《紅湖赤衛隊》，知道韓英是叛徒嗎。」

「你以前不是也唱的麼，」

「以前是以前，現在文化大革命了，你們單位不學習嗎，不但韓英是叛徒，很多人都是隱藏在革命隊伍中的壞人！」

「這首《數九嚴寒北風吹》，現在不能吹了，《江姐的紅岩上紅梅開》和《不要用哭聲告別》都不能吹，寫紅岩的作者都是國民黨叛徒。」

英娣姆媽是國棉十七廠的黨員，受的教育比一般人多，是上海造反派先鋒，反正我去她家時，只要她娘在，一定會罵她爹，我和英娣是要好同學，英娣娘卻是這條弄堂裡我最恨的人，她娘曾經將我借給英娣的兩本書給燒掉了，一本魯男子、一本夜深沉，後來夜深沉被我找到讀過了，那本魯男子卻至今未曾照過面。後來從此我就恨她，我還曾經暗暗的咒她死，幾次想剪個紙人戳上針，放她枕頭底下。

二號樓是常常進去的，春夏秋冬一天一天的在裡面看看畫報什麼。

他們家很顯眼的是廚房裡有一隻圓弧門的大冰箱，小時候都不清楚這大物件是派什麼用場的，他們家有兩個比我還小些的女孩，大的叫蘭青小的叫文青。

那父親瘦瘦的臉上戴了付眼鏡，很少說話，母親稍胖些，沖我們笑笑，和風細雨。

他們住在三樓，我去他們家時，除了下樓吃飯，別的時候見不到。二樓右房住著小孩的外公，是個癱在床上的老人。左邊是一間闊大的書房，窗戶掛著厚實的紅色棱紋絨布窗簾。四周圍著全是塞滿了書的大玻璃櫃子。一樓左客廳空閒著，擺置些大櫥桌椅，捉迷藏的時候常常躲在裡面鑽進鑽出，右邊前半間是飯廳，後面是廚房。

上上下下忙碌的是個紹興娘姨，白白淨淨，滾肥滾肥，永遠圍著一條毛蘭布的布兜，別看她胖，智慧還是均勻分散她那飽滿的肉體上，行動舉止和語速都透出一種很諧調的利索。

　　我幼小時對娘姨的概念劃分不清，一度以為娘姨是一家之主。因為什麼她都可以替東家作主，答應你的事情一刮兩響，從不拖泥帶水。我參加學校唱歌跳舞時，都是她自告奮勇拿出她家姑娘的小花裙、繡花襯衣、羊毛衫等借給我。

　　我家人口多，就靠我爹一人賺工資，日子一年緊過一年，爹娘講：這個叫做八隻缸只有七個蓋，遮了這個，缺了那個，寅吃卯糧捉襟見肘，我娘有個我見過好多次的小青布袋，裡面裝著約摸幾十來個小方及銅鼓金戒指，是她婚前的積蓄。

　　我娘曾熱衷過兩件事：「看戲與買金戒指。」由於她不像有些戲迷，戲看到激動時脫下戒指就往戲台上拋，因此尚替自己存了下來，文革抄家風刮起時，家家戶戶都心驚膽慄，金子一律收繳國有的鑼鼓敲在每一個角落，我娘便將這幾十個金戒指全部縫在我哥的棉襖棉褲，這事做的連我爹都不知曉。這逃過一劫的金戒子確實讓我們全家涯過了二十多年的飢餓貧寒，用我娘的話講，她是用金戒指把我們當飯餵大的。記得一直吃到我結婚嫁人時，家中已吃完了所有的戒指。

　　所以每次一見我娘在翻箱搗櫃的拿出這個青布小袋，我便知道二號娘姨要來了，我娘和二號娘姨倆人鬼鬼祟祟的交易，可以換來我家幾天的好吃好喝，我那時從心底裡由衷的喜歡這位二號娘姨。

　　「儂要小心一些，私人是不可以買賣黃金的。」

　　「曉得！曉得！又不是現在不可以，四八年蔣經國限價，上海灘就不可以私下裡買賣黃貨，那年我們馮家錢莊小姨夫囤黃金、拋金圓圈，被小蔣打老虎打進了班房，要不是你外公託了自來水廠外國大班求情，充公了金條拾了條命，總算比王家爺叔枉死要好一些，所以小老百姓麼，胳膊總是擰不過大腿，黃金榮杜月昇也要買蔣經國面子的，蔣經國不是照樣鬥不過孔樣熙、宋子文。所以歷朝歷代總是『只須州官放火，不許百姓點燈』。」

　　「哦喲、朝代也換了十多年了，儂還講啥個老閒話啦。」我娘孩子生的多，一直沒有出去參加過熱火朝天的建設社會主義工作，無階級意識，她最值得追憶的人生，也就是她在民國末年的成長歲月，這是她擦不去的痕跡、她保存著她的青春歲月，她懷念她的過氣時光。

　　「為啥胖娘姨在那個年代會有那麼多的閒錢。」

　　還是很久以後閒聊起這件事，我問我娘的話。

　　「娘姨買些金戒指算什麼啦，六號裡紹興娘姨阿菊講，她們村裡有一個地主

婆，以前在上海灘哈同花園做娘姨，每個月連賞錢加在一起，有幾十隻銀洋鈿，後來十幾年下來，攢了幾百塊大洋，跑到鄉下買了幾塊水田，一本正經做了地主⋯⋯！」

「那不成地主了嗎，」我爹說。

「哦喲、做夢也想不到會闖那麼大的禍啦。」

「怎麼啦，」我插嘴問。「土改時差一點就要被槍斃。」

「阿菊講後來還好啦，算伊是小地主，鬥的脫了一層皮，槍斃倒沒有槍斃！土地全部充公。現在她女兒又出來做娘姨了，吃一虧長一智變聰明了，賺到的銅鈿再也不買土地，就買兩隻金戒指藏起來白相相。」

「現在這條前後弄堂的娘姨，來上海幫傭時間長了，吃住開銷全部是東家的，存下來的錢啥人不買一些金貨啊！蝴蝶牌縫紉機也不曉得被這些娘姨扛到鄉下去多少，我看是奧斯汀轎車叫做不好買，否則娘姨買了轎車開回去也不是沒有可能！現在麼只有阿拉這種人家，小囡養的多，活錢沒有，鐵板釘煞，靠幾｜元死工資，徹徹底底做洋裝癟三。」

「好了、好了，姆媽你不要再講，再講下去當心被人抓去！」我娘一口氣講了許多，怕我娘又會講豁邊，大家及時止住我娘開出去的無軌電車。

新石庫門樓房裡有時也會飄出的一些優雅的鋼琴旋曲，不時還夾著洋唱機裡那蒼涼的皮黃聲。五號裡峰峰的爸爸和他爺爺是唱京劇的，她爺爺還會拉胡琴。

文革時抄家，他家在弄堂裡被燒掉很多書和唱片，滿牆的大字報說他爸爸是日本特務，他爺爺和他爸爸一起被一輛卡車帶走，後來只有回來了他的爺爺，再後來峰峰和我姐一樣，去了遙遠的黑龍江農場。

有時候我們溜去峰峰家，他爺爺高興時讓我們遂個唱一段樣板戲，李鐵梅、小常寶，好幾段戲我都能大段唱的，記得他曾經鼓勵過我一句話說，「京戲講究個氣息、咬字、圓，腔、韻味，難得的是你唱的蠻有韻味的，有機會好好學。」

清晨送牛奶的工人那清脆銳耳的自行車鈴聲，一定也是在這片區域迴盪，我經常注視這瓶牛奶，彷彿是注視另一個世界。

光明牌牛奶是裝在一個厚玻璃，非常有個性的瓶子裡，掀起一層印著出廠時期的油紙，被牛奶上面浮起的一層油花浸潤過的厚紙片，揭開後油膩膩可以㖞一下，這是浸過的奶酪，價格是每瓶一角六分。我家不訂牛奶，三塊錢一袋光明牌全脂奶粉，甜蜜濃鬱的奶香，用調羹匙起乾吃更好吃。

# （八）

石庫門樓因為取締了大房東，二房東的權利，公私一合營，產權都歸政府房屋所了。大大小小的電錶間、樓梯過道雜物間，都被政府房管部門塞進了一些住戶，形成了七十二家房客的局面。

就我居住的那幢樓，從頂層排下來，曬台搭建是我同學毛頭一家門，毛頭他爹娘是從山東人來的，上海話說的不地道，口音很重，他爹平時出出進進悶聲不響，一件籃顏色的工作服，左邊胸口上有一隻口袋的，袋口上面有一圈弧形的紅字，上海江南造船廠，正宗的工人階級，踩一雙厚重的工作靴。毛頭姆媽有點兇，還有個山東來的小腳奶奶，毛頭下面有個妹妹叫小毛，毛頭姆媽又生了一個小毛頭叫毛囡。

那個山東來的小腳奶奶是來照顧毛頭姆媽生小毛頭的，但是毛頭姆媽一直對小腳奶奶大聲地訓斥，有一次罵的整幢樓都上去勸了，因為那小腳奶奶一把鼻涕，一把眼淚的坐在曬台的水泥地上哭：「我冤枉啊，我冤枉啊。」

哭聲讓人心酸，一棟樓鄰居都上去勸了，原來毛頭姆媽讓小腳奶奶洗海蜇頭，小腳奶奶把它放鍋裡煮了，後來海蜇頭就沒有了，毛頭姆媽就說小腳奶奶愉吃了，小腳奶奶冤死了，就一屁股坐在地上，不但哭冤枉，還哭她年輕時就死了的男人「我傷心啊，我傷心啊，你就早早地把我扔啦。」

明明姆媽一聽是這個事，便笑著拍胸脯對毛頭姆媽解釋了海蜇頭一燒就找不到的原因。毛頭姆媽感覺理虧了，又難為情又心疼，也跟著小腳奶奶一起拍腳拍手嗚嗚哇哇的哭了開來。

「這個海蜇頭一燒就會化成水，我倒是也不太清楚呢，」「我也是猜想的，我也沒有煮過。」

幾天後，悶聲不響的毛頭阿爸就將小腳奶奶送回了山東鄉下。

斯斯文文戴付眼鏡的鄭家大哥住曬台樓梯轉彎閣，讀書樓上終不會錯，鄭大哥師範畢業在南市鹹菜街小學當老師，這間有兩扇老虎窗的斜頂擱樓，倚牆斜靠一把竹梯，窗下擺一張書桌，上端有一根滾圓劣實的木頭粗梁，一半嵌在白粉牆裡，一半露在外面，裸露的木樑上用圖釘摁著一張張紙片，紙片上抄滿名人名言，夏季的擱樓很悶熱，我去曬台搭間毛頭家時，見小鄭老師打著蒲扇在看書寫字，除了能聽到他朗讀英語的聲音，也會飄出一陣悠揚嗚咽的笛子旋律，還會引

吭幾曲，「二呀麼二郎山、高呀麼高萬丈」，亦或「我們年輕人有顆火熱的心」等等。

小鄭老師的女朋友叫春梅，經常來的，短髮前額一排梳海，樸素又精神，他們是一個學校的老師，小鄭老師向明中學畢業，向明中學在當時簡直與復旦、交大一樣讓人羨慕。據說小鄭老師的成績是可以進大學的，因為家裡供不起他上大學，就讀了師範。

鄭家爸爸以前是百貨行業的小開，我娘講鄭家姆媽年輕時是漂亮時髦的摩登小姐，有一次去現在閘北公園，以前叫宋公園裡拍照白相，楊柳青青、桃花盛開，那日鄭家爸爸一幫滬江大學的同學在八角亭遇上鄭家姆媽，雙方郎才女貌一見傾心，鄭家姆媽不顧娘家反對，堅定表示，一定要嫁給他。

有一次鄭家姆媽在竈披間笑著又提起當年，她執意要嫁鄭家爸爸一事事，說她那老父親本已替她訂下親事，極其不滿意她自作主張的婚姻，怒氣沖衝的將司的克手杖，在地板上擲的咚咚響，讓她滾出去，咆哮著說「一分嫁粧也不會給的！」說是這樣說，鄭家姆媽家二樓廂房間，成套的西式紅木家具，鎢赤錚亮，大理石鑲嵌臉盤、沉沉的鵝蛋形狀拼花桌凳、雕欄明鏡的大衣櫃、三門暗雁的五斗櫥、電影裡資本家小姐坐著打扮的梳妝櫃、寫字桌、屏風、帶床邊櫃的紅木大床、滿滿噹噹一屋子，白瓷罩的西式小檯燈，燈光映襯牆上鏡框裡一對風姿綽約的新人的儷影結婚照，一切的派頭都蓋過洋石庫門紹興娘姨的二號樓，這是都是鄭家姆媽的嫁妝。

鄭家姆媽和我娘一樣，是伴著牆上貼的多生多育，趕英超美的宣傳畫一路走過來的，齊肩比挨，一家半打，日子也是過得不尷不尬。因此小鄭老師就沒有讀高中，報考了師範，兩年後做了一名小學老師。

他兄弟申強去年進了復旦大學。

「一米陽光照一米塵，家家都有一本難唸的經。」

二樓轉角的亭子間住著龍龍一家，胖胖的龍龍和我二姐一般大，小學將近畢業，上面還有一對雙胞胎姐姐，上海房屋小，這對雙胞胎姐姐長年寄在龍龍姆媽浦東三林塘老家。

龍龍姆媽是肇周路菜場賣豆腐的，一幢樓的鄰居沒少吃過龍龍媽帶回來的那一方方的豆腐，四分錢一塊，她帶回來就只收兩分錢，菜場說賣不出去也要壞的，拿去便宜你們鄰居吧。

龍龍爹是橡膠廠的工人，不管天晴下雨、陽光燦爛，他總穿黑色橡膠雨靴走

來走去，橡膠鞋是工廠裡發的。

　　樓梯半腰間那斜斜的門洞，裡面也有七、八個平米，一扇小窗戶對著廚房夾道，一點也不敞亮。

　　我娘說這裡原先是空屋，樓裡的人堆些雜物的，後來也被房管所分配進了一對年輕夫妻和一個嬰孩，男的我們叫他小狗爺叔，一條腿短了一寸，是五八年全民捉麻雀運動時，從屋頭頂上摔下來，然後一條腿卡在水槽上，另一條腿耷拉在旁邊，他使勁一掙扎將一塊大的水泥板壓在那條腿上，壓斷了兩截腿骨，我聽明明說他脛骨和踝關節裡面裡面固定有隻大鐵釘，但三層樓毛頭講明明瞎說，鐵釘打在骨天里，碰了血不會生銹嗎？總之他走路若走的慢一些，是看不出的的，若奔跑起來，你透過他一重一輕的落地腳步聲，能覺察出他的腿有一高一低，還有就是看他下樓是一件很令人難過的事，但是一到平地，他渾身上下的蓬勃浩氣沒有因為腿疾帶來任何損害，軀體雄偉膨脹，兩塊發達的胸肌肉將他常年穿的一件衛生絨套頭衫撐的滿滿當當，短一截的腳也不妨礙他從早到晚跑路的速度，和蹦跳起來左右腳的力度，幹起重活也毫不遜色。他在五金廠做車工，只要是休息日，總在弄堂口一臉開朗的笑容，樂樂呵呵的閒聊，一條褪了色的工裝褲胸口還插一支筆，矮壯的個子，方臉圓眼，胳膊和腿的肌肉都很發達，殘疾不妨礙精力旺盛，舉手投足充滿自信。

　　他老婆是南匯上海人，雖五短身材，面龐微黑，張瓜子臉形長的很秀氣，但是有個很大的缺點是生了一付鬥雞眼，有時候對你說話時，眼睛明明是對著你，卻讓你感覺是她自己的左眼盯著自己的右眼，她說這是小時候父母將她放搖籃裡，上面吊隻小葫蘆，她就這樣從早看到晚，看鬥雞的，她父母也非常後悔，說放一隻大點的葫蘆也不至於這樣。

　　不過，她和小狗爺叔站在一起，不是一家人，不進一家門，高低相貌都匹配的很和諧。她在隔壁弄堂的凹凸彩印廠上班，工作蠻積極的，還當上了車間小組長，我們叫小狗爺叔的老婆小狗阿姨，她說難聽死了，你們叫我阿娟阿姨。生了一個小毛頭，叫小強，後來又生了一個小女孩叫英英，阿娟阿姨上班去，趁著小毛頭餵奶的時侯奔回來，其餘時候則放在搖籃裡，小狗爺叔三班倒，不知是在睡覺還是去上班了，每次小毛頭哇哇哭吵起來，一幢樓裡的人都會去搖籃裡搖搖小毛頭，替小毛頭換換尿布，這個小毛頭的哭聲還挺響的。

　　小毛頭經常半夜發燒，我娘和龍龍姆媽、後廂房的明明姆媽等幾個都會陪阿娟阿姨一起去最近的重慶路南洋醫院吊鹽水，那個小毛頭三天兩頭髮發感冒，回

家後我們還可以跟在小狗爺叔後面，憑醫院病歷卡去南貨店買西瓜，那時候只要發燒上三十八度，有醫院急診圖章，買西瓜可以插在人家排了幾小時隊的人前面，長長一溜隊伍個個露出羨慕神態。小毛頭比我小四、五歲，十幾年後，小毛頭長的俊朗虎彪，當兵去了，小毛頭幼兒時經常發燒，一口四環素牙齒讓他不敢張嘴大笑，長年笑容缺乏的小毛頭很嚴肅，「一人參軍，全家光榮」的大紅標語糊在我們樓棟的兩扇黑漆大門上，一幢樓都沾光驕傲了幾個月，一直到大紅標語經風吹雨淋褪成粉紅色，亦不捨得剝去，後來小毛頭復員回滬在川沙六里橋派出所當了一名警察。

黃昏來臨，夜色泛起時，底樓明明姆媽的貴妃醉酒，我爹娘的評彈寶玉夜探，龍龍姆媽喜歡聽滬劇小珍子、雞毛飛上天，每檔阿富根談家常她也不錯過，問她為什麼這麼關心農村的事，她說她老父親在三林塘有幾進屋子，國家要收去，兄弟們在分家，老父母見她在上海只有這麼小的一間亭子間，就一直想留些祖產給一對雙胞胎，她鄉下的兄弟不肯，她說現在只能靠阿富根了，說的一幢房子的人都丈二和尚摸不著頭腦，城市的方針政策也沒有人能搞懂，農村的房屋土地誰能聽懂啊，反正龍龍姆媽聽阿富根談家常，就像聽戲一樣不脫檔。曬台搭間是天津大鼓，三樓紹興好婆耳背，梁祝前十八、後十八的聲音最響，淮劇秦香蓮纏綿悱惻，崑曲牆頭馬上顛倒半個上海灘。

金陵塔、塔金陵，金鈴寶塔十三層，風吹金鈴汪汪響，不唱前朝亙古事，唱之唱金陵寶塔層又一層，雨打金鈴唧鈴又唧鈴……。

袁一靈的說唱，無論是「東判官、西判官，豆腐乾調蘿蔔乾」還是「東邊一個腐子、西邊一個駝子」都能讓阿娟阿姨與小狗爺叔樂的前仰後翻，特別是阿娟阿姨，眼睛瞇中間，笑成一隻圓圓的老貓臉。

# 第二章

浩劫華夏明月淚

# （一）

五月的風，吹在花上，朵朵的花兒吐露芬芳。一日，陽光明媚碧空如洗，石榴花開的妊紫鬼魅，卻有炸雷迸裂了天空，伴著隆隆雷聲，交織的火焰似血色晚霞騰在那裡，天地瑟瑟。

「野草閒花不當春，五月榴花照眼明。」人們常說：「石榴開花不藉春風，避邪多子，有領望金扉的風水。」一如八月的桂花，靡靡風還落，簌簌似黃金，是民間四時迎好運，八方進財寶的吉祥花。

然一九六六年的這倆個月份，卻是罪惡之月，詛咒之月。烈焰下的啜泣聲，恐慌的眼神，天光火石擦出黑色塵埃，是那麼絕望與痛苦，布滿大地的隕石，讓露水帶血色。

沒有器皿的雙手，抓不起飛濺的火星。弱小的門神，難擋大鬼小鬼的肆虐，太多的含冤而亡、掩面蒙羞，聞過雷聲的靈魂，不僅在荒唐中迷失徬徨，注定要背負上十字架。

弄口的這道舊牆，原本存有隔夜遺落的夕暉，一次次狂飆經過時，被吞噬的連碎屑遺印都成了昔日夢痕。

平靜消失，忽隱忽現，太陽東昇西落，翻捲無聲，人人都是木頭人，不能講話不能動。

原本走進弄堂抬頭會見高牆壁上掛下的小葉常春藤，及牆角水流處的一條粗苔痕，淌狀宛如蛇形。

這些是曬台背面二樓的洪先生育的，他在曬台上搭了數個梯形鐵架，層疊置放泥瓦磚盆，雖非園徑村舍豆棚花架可比，但稀疏幾條爬藤薔薇，雜亂纏攪，順牆而掛，常春藤探出，四季不凋。

洪先生喜歡花草，日起晨昏、猶是夕陽西沉，樹影晃動之時，手執長柄鐵皮花壺，翻土澆水，寒暑不輟。肥料酸臭味飄過，過街樓下面打牌的人會大呼小叫誇張的嚷起來，洪先生探出頭，隔著枝葉花朵，用他那招牌式的眉開眼笑，和大夥打招乎賠不是，有辰光是對面陽台人家晾的衣裳在滴水，下面的人呼叫「上頭滴水了」心照不宣的人會裝佯，裝沒聽見，反正滴上一會，自然就停了，只有洪先生又探出頭賠不是，把人逗樂了：「勿是儂，迭個水搭儂勿搭界，儂牢歡喜道歉哦。」

有人路過一句誇讚：「洪先生，儂山牆上藤條掛的斜氣好看！」洪先生擺手客氣一句：「有意栽花花不發，無意插柳柳成蔭。」

洪先生這是謙遜，我同學大燕家就住在這棟樓，我們經常在曬台上搭桌子做功課，洪先生培育的盆景花卉愣是講究，上面掛有小紙牌，棠棣、晚牡丹、薔薇、山茶，他修枝剔葉、略彎著身子，像極龍華苗圃的花匠。細雨如粉，青青向晚，不求工巧，工巧自在。

據我娘講，搬來時我們弄堂這堵牆有兩扇大鐵門，綠藤一直掛下來，在黑鐵柵上勾來蜿去，是蠻洋氣的。

「後來鐵門呢？」

「大練鋼鐵時熔化成鐵渣造了飛機。」

轟轟烈烈練鋼鐵造飛機時我乃嬰孩，沒有印象。不過七十年代頭裡一次備戰備荒、打擊美蘇、全民造磚運動，我曾親身經歷。此運動與造鋼鐵相似，也是一場荒唐無用功的運動。那時說蘇聯與美國原子彈箭頭已經對準北京上海，需造防空洞來抵禦核戰爭。由於造防空洞缺磚塊，民間就土法製作。當時不惟製磚，還將舊報紙裁剪成條狀，將門窗玻璃皆貼成米字形，防止震波，人人還備貯紗布口罩，遮擋原子彈核氣體。

造磚時，我們弄堂手腳能使喚的男孩子都被居委會派上用場，幫忙運土踩黃魚車，弄堂口堆滿了生坯黃泥土，看了這些泥土，弄口又有人七嘴八舌說上了：上海的泥土比不得人家黑土地，人家東北的土，插根筷子都能長成樹，那馬玉濤怎麼唱來著：「肥沃的土地，好像是浸透的油，良田萬頃，好像是用黃金鋪就……。」我們上海的地下土是最推板的，挖出來只有死人骨頭，到處有外國墳山，埋人也太潮濕，文革那時，全城轟轟烈烈掘祖墳，不管是安琪爾、安德烈、還是左尚書右太守，那些鳳冠霞帔蟒袍盔甲，不是全部泡在水裡麼，所以上海爛污泥最差了，生坯糙土，做磚也不行。為了將生土變熟土，我們便採拚命夯，與揉麵團一般。此刻天氣雖說已入冬，卻還比較暖和，大夥全脫去鞋襪，挽上褲腿，在泥土上跳啊跳，爛泥跳硬跳乾了，就澆水，澆完水再跳，跳了幾天，面孔都虛眸浮腫。

「小姑娘這樣武頭鬮拍，像啥樣子啊，不作拍，嘸沒腔調。」

那時十六歲以上的兄姐們已插隊去了農村，青黃不接的我們是弄堂的生力軍，頂起了造磚運動的半片天。踩泥、甩泥、用木頭制模具，一塊塊拍打刮刨，在太陽下曬乾，若逢下大雨，堆積在弄堂裡尚未運走的土磚成了泥土，便重新踩

過，再用黃魚車一次一次送去指定場地。

一段日子，我每天去上學的路上，路過一處桉樹飄香，花落藤蘿石橋的地方，這裡連片堆著我們製作出來的土磚，尾牆內外蔓生的灌木叢與土磚混生，沒有一塊遮蓋的布篷。三月的冷雨，無情的稀里嘩啦，雨水將土磚又還原成爛泥，朝陽起始夕陽浮現，一日又一日，五顏六色的落葉，與泥土再一起傾貼在地上。又過一陣，花園空地搭起了竹籬笆，要砌房子了，然後東風牌大卡車日夜轟鳴，連同挖出來的泥土一起，一車一車被運走。

紫藤花開的夏季已過，弄口梧桐樹木仍很茂盛，天空似被雲層牢牢遮住，霧氣沉降，秋高氣爽的日子一直不來，秋天遙遙無望。

連日神色疲憊的洪先生不見影踪，綠藤枯焦，曬台上的花盆再不上架，苗圃荒蕪，蒼涼悲勁，後弄堂周家兄弟養的幾只鴿子時兒打著小圈子盤旋飛過，咕咕低叫，還有就是那些五八年消滅不徹底的麻雀，不但像打不死的吳清華一般傲然活著，而且還繁殖的很昌盛，一群群隨風向上上下下的飛來落去，雖然小狗爺叔的腿算是白白地斷了，但總算給我們弄堂增添一些生氣。

替代的是白紙黑字打著紅圈叉叉的大字報，陳年舊事覆蓋了整堵牆。——「反動記者洪源聲，一貫道特務、隱藏在人民隊伍中的變色龍」。

洪先生是圓明園路解放報社工作的，弄堂裡大人小孩都十知道他是知識份子，頭髮灰白、身材瘦削，永遠穿一件洗白的卡其布上裝，補丁的顏色都一樣色彩，一付毛布袖籠套挽臂上，濃濃的一付知識份子接受改造，工農化舞台典型形象。

他會帶隔夜過期的解放文匯報給弄堂口的人看，大字報說他解放前是大公報的記者。

當過反動報紙記者的洪先生是反動文人，說他「一貫對人民政府心懷不滿。」還有洪師母的大字報，說洪師母當年是「日本紗廠的拏摩溫，和洪源聲一丘之貉，解放前加入過三青團，負隅頑抗……。」

我娘在竈披間悄悄與鄭家姆媽講，別的不清楚，說洪師母是拏摩溫，這是瞎講八講的，我娘有個小姐妹在小沙杜路紗廠幹過活，有一次她來我家，在弄堂口見到洪師母，她覺得面熟，後來想起來對我娘說，洪師母曾是他們小沙度路紗廠的會計。

洪師母曾讀立信會計學校，現在是南市區萬竹街小學的老師，三層閣樓小鄭老師的鹹菜街小學與她同一社區。

「什麼拏摩溫，冤枉人不作興。」小狗爺叔講，文化大革命開始後，廠裡天

天有人來查檔案材料，找證人，如果有人肯作證人，情形或許會好一些，我娘說她去試試，讓她小姐妹來作證人。鄭家姆媽講，鄭家爸爸看了大字報說「當年立信會計學校和他們滬江大學的三青團是很活躍的。」

　　我從小就知道國民黨三青團是反動組織，還有一貫道，與希特勒三K黨一樣反動。瞧著洪師母，我卻很難將她與納粹希特勒放在一起。還是這次經鄭家爸爸一說，我才明白了國民黨、三青團原來就是今天的共產黨與共青團。

　　「新嫂嫂，從前講造反是要禁忌的，不是滿門抄家，就是要發配充軍，現在做啥天天講造反光榮，造反有理，儂講是伐。」

　　「好婆，現在事體看不懂，也不能講。」

　　紹興好婆年近七旬，手背上雖皺皮疙瘩，臉上卻連淺淺的老人斑也不顯，她悠悠的步子，胖瘦適中、略顯佝僂的身子，老是晃在竈披間屋角，低調安靜。竈披間這個角落有扇對開窗，窗格子長年清掃不淨，玻璃也碎了幾塊，碎痕都用橡皮膏、舊報紙粘糊，舊報紙泛黃快，新貼上去過不了幾日，破紙角就飄來舞去。這個角落裡說的話，與這些舊報紙一般，跟不上外頭嶄新的時局，比如：「這個讓別人去做好，你們不要做，做這類事將來一定會有報應的，這個一定是不對的、以前並不是這樣的、這樣又有什麼好呢？」

　　一種壯懷能蘊藉，無端絮語織慈悲。渾濁的黃浦江水在流淌，切斷的史實就在這些煙火繚繞裡薪火傳承、重新銜接。

　　十一月的天空開始起風，高牆上的大字報貼了一層又一層，形勢波譎雲湧，洪先生雖然一直沒有回來。太陽仍照常升起，活人還是要活，日子還是在過，頭髮被剃的怪裡怪氣的洪師母，白天不常出現，總是在黃昏天色暗的時候，才走出來做些倒垃圾，出煤灰的活，走路貼著牆跟，嘶的一下就過去了。

　　又過數週，小狗爺叔好幾回想與她搭話，都沒逮到機會。一日傍晚，她又出來倒垃圾，小狗爺叔快速一步竄過去，身體直接就把垃圾箱翻蓋擋住，洪師母抖索蹙眉，疑惑的看著小狗爺叔，小狗爺叔一急反而不知所措，一個勁的擺手。

　　「有什麼事嗎小狗，」還是洪師母先開的腔。「有人可以證明你在紗廠當會計，不是拏摩溫。」

　　「哦，這事啊，謝謝你哦小狗，我已經離開學校了，也不知道對誰去講，」她邊說邊用左手推開垃圾箱蓋門，小狗爺叔伸出手替她擋住蓋，她又恐灰塵飄出來，示意小狗爺叔讓開，倆人也就沒有再說下去。小狗爺叔後來講，本來還想好幾句話要對她講的，一著急都忘了。

　　洪師母轉過身仍貼著牆跟往回走，留下一個夾雜著浮灰的背影，靠牆的一溜路面有積水殘漬，濕漉漉的，她竟踩在上面。

　　第二年春節過後，佝僂著身子、懸垂著兩臂的洪先生囹圄釋放，然他那往日笑嘻嘻的面容，卻再未跟隨著他。一張瘪進去的臉頰，一付漠然遊離的神情，一種木訥冷漠的反應，與之前眼睛充滿意識光彩的洪先生判若兩人。

　　黃昏敞開的窗戶裡，竈披間七嘴八舌言語洪先生，零涕不已，「記者都是有信仰和理想的人……，當年能選擇報人的職業都不是普通人，是知識份子裡面的精英，沒有骨氣與抱負是不能當新聞記者的……，士可殺不可辱。」

　　連續幾週天氣酷似小陽春，曬台上的花架，綠色的小葉春藤也不在掛下，又到爬牆牆紫藤花盛開的夏季，趴在牆磚上的幾根枯焦細小的藤蔓，斷斷續續宛如冬蟲夏草。窗戶外風景在四季變換，一個夏天過了，又一個夏天又來到了，這堵原本二度開花的紫藤紅牆仍未現植物的影痕，死氣沉沉連苔鮮也不生，再後來那十條八條鐵綉的焦蟲子也全部掉光了。

# （二）

　　五十年代末自文革始，我家一屋胞姐兄妹亦步入學齡、信筆塗鴉的高峰時段，因此紙張在我家就很緊俏，我爹難得領回一本信箋，大夥需均攤分享，儉惜使用，質地稍硬的紙，須使用正反面的，雙面寫過鉛筆字後，也不能扔，擱一旁疊起，描紅硯墨時再派用場。

　　然而文革一來，馬路上北風那個吹，雪花那個飄，五彩繽紛的紙片滿天飛，全民貼大字報刷標語，刻臘紙印傳單，紙張蓋住了城市，革命壓倒一切，節約用紙是過去式，我們這代人把一輩子要用的紙張，提前消費殆盡。

　　我家前弄堂斜出去有個衛生局大樓，七、八層樓高，方圓幾裡屬它最高。於是這裡就成了撒傳單橋頭堡，各派組織都來佔領。亂世英雄起四方，有槍便是「草頭王」。不過烏合之眾沒槍沒坦克，更沒有突突突的機關槍，窗洞裡發射出來的不是真子彈，也不是橡皮子彈，只是成疊成疊的紙片。沉沉浮浮的紙片底下，是一群群歡歡喜喜趕來撿傳單紙的我們，亢奮的奔跑穿梭，風吹著紙片朝一個方向跑的時候，幾十個孩子再一起尖叫追著紙片，在車流中險象環生穿行。

　　五顏六色的紙片折疊出來的飛標，把弄堂的水門汀甩的拍拍響，紙鳶飛機在頭頂上肆意呼嘯。

　　文革停課鬧革命的那天晌午，氣候悶熱，清晨上學時，天空瓦藍瓦藍，也有白雲翻來滾去，遠處雲霄紅塊往頭頂襲來，從黎明到黃昏，日日晨夕抬頭就見天空，然今天卻如頭回見似的，大夥皆仰脖子往上瞅，腥雨奮跡來襲，血色霧靄降臨，應有預兆。

　　臨近中午，第四節課的鈴聲沒有聽見，低年級的室不知發生了什麼事，鬧轟轟的課間休息已過，老師卻沒有進教室。隔壁中高年級那裡，傳出陣陣掀桌倒凳拍椅的噪雜聲。

　　坐在我旁邊同弄堂的男生德偉溜了出去，回來後告訴大家說：「老師都在禮堂裡。」

　　他姐姐德華是高年級的，剛才在樓梯口相遇，姐姐告訴他「大家不用上課了，趕緊都去大禮堂鬧革命。」

　　「革命啦！革命啦！」德偉口裡叫喊著奔進教室。於是我們便一轟而起，你推我揉地從樓上教室裡簇擁出來，嗷嗷呼叫著「革命啦，革命啦！」跌滾般地衝下樓、擠進掛著馬恩列斯毛領袖像的小禮堂，滿滿噹噹的全校師生都在那裡。

　　小禮堂已經擠滿了人，牆上掛著的麥克風響著刺耳的歌聲「拿起筆，做刀槍，集中火力打黑幫，敢想、敢說、敢造反，文化革命當闖將。殺！殺！殺。」

　　給我們上體育課的洪老師，手裡拿著鐵殼子話筒，在講台上大聲地喊叫，招手讓我們過來，台上站有好多頭戴紙糊尖帽子、胸前吊著紙牌的人，弓背低頭，帽子的尖角衝著台下，「反動學術權威李潔、黑幹將週國仁、美國特務葉恩思、地主階級的孝子賢孫張賢珠……。」

　　「他們在幹什麼啊？」大燕推揉了我幾下，見我沒有理她，又轉向尋求曉荔問答案，曉荔也懵懂。

　　我被高年級的學生擠到了後面，踮起腳也很難看清台上的全部，我們幾個就跳一下，跳一下，「一二三四……」數起台上彎著腰的人，那頭上一頂頂尖尖的鬼帽子，然後再讀他們胸前的牌子，不斷的振臂鬼吼鬼叫，響應著台上的洪老師，學生湧來湧去，瘋狂地跳上跳下，朝台上戴鬼帽子的人吐唾沫、扮鬼臉。

　　小禮堂的口號聲一陣高過一陣，場內一片嘈雜。發言人的嗓門尖銳刺耳，很難聽清在說什麼，台上的紙糊尖帽子以前是與戲文裡小鬼戴的，記得有一齣越劇情探，說有個書生名王魁，窮苦潦倒時，賴在妓院吃軟飯，高中狀元後，一紙休書，將痴心的風塵女子敷桂英拋棄了，羞憤的敷桂英接到休書自縊身亡，一絲悠

魂哭到海神廟狀告王魁，當初王魁和她曾在海神廟山盟海誓，海神爺曾是證人。
於是海神爺被氣的鬍鬚顫抖，降旨勾去王魁的命，派了一位判官，帶著敫桂英，
一路飄飄蕩蕩從山東的萊陽到西安的汴京，過青州淌沂水，越黃河飛泰山，判官
在前面引路，手裡舉著一塊勾魂牌，腳踩風火輪，桂英在中間一路哭哭唱唱：
「海神爺降下了勾魂的令啊，不枉我桂英棄殘生，判官爺你與我把路引，卞京城
捉拿負心人……。」倆地獄裡的黑白無常小鬼壓陣幫桂英去討公道……。台上這
種帽子與舞台上小鬼所戴，一模一樣。

「打倒資產階級走資派，打倒修正主義！打倒美蔣特務，」台上的口號把我
思緒拉了回來。
「從今天起，學校響應黨中央毛主席的停課鬧革命號召，同學們可以回家
了，什麼時候復課會通知大家。」
自此，我便蕩漾在一浪一浪的語錄歌聲中，閒晃在弄堂，無憂又無慮，不思
明天做什麼。停課鬧革命、氣死帝修反。
馬路上的鑼鼓聲無論晴天下雨，晝夜不停，都能聽見。「打碎一個舊世界，
建設一個新世界！」

霪雨霏霏，梅天連月不開太陽，死氣沉沉的日子，淅淅瀝瀝，仔細聽聽，又
像是雨滴擦著樹梢。昨日明明在竈披間講他見著一隻大的黑烏鴉拍打著翅膀，在
弄口人行道樹上飛來飛去，從一棵樹叫到另一棵樹，還老是盤旋不走，我娘說這
不是好兆頭。

## （三）

那年我大哥初中一年級進了淮海路上外婆家隔壁，早先是嵩山巡捕行的東
風中學，和大姐同校。我爹說他們倆的第一志願是向明中學，東風是第二志
願，考東風的原因是離外婆家近，貼隔壁。因此就很高興，天天在校門外的林
蔭道抬頭往上看，好幾回對他們講：「囡囡啊，外婆看到人家小囡的頭都伸出
窗外，就是沒見到你們倆……。」我娘對外婆解釋了好幾回，「孩子的教室窗
戶不在沿街。」外婆擺手說沒有關係，沒有關係，大樓外站一會兒，瞧瞧這些
孩子都挺高興。

夏天的早晨，薄霧散盡，初升的太陽從窗簾上照進屋子，窗外吹進的灰塵在陽光中飛舞。

大姐大哥一前一後的跨了進來。

「娘，你把這塊紅布替我縫一下，做塊袖章。」

「你戴這個也要去人家那裡抄家嗎」

「娘，別替他做這個，他低年級的跟在人家高年級的後面不合適。」大姐初三，學校放假，她躲在家裡讀閒書唱她的紹興戲，一套紅樓夢顛來倒去看，數年後，大夥聊起紅樓夢，裡面什么葬花吟，枉凝眉，芙蓉女兒誄，篇篇難不倒她。文革的風雨將她刮到西湖邊，她竟然西湖清宴不知回，送夏迎秋苦作樂，遊哉優哉的呆了半年。

大哥初中年級，跨進中學大門才幾個月，習慣在我們面前充老大，很羨慕胳膊上也能套一隻紅衛兵袖章，威風威風。

「媽、班上有人說我們外婆是官僚資本家太太。」

大姐告訴爹娘說，學校裡只有少數幹部子女和響噹噹的產業工人子女才能當紅衛兵，像我們這種外弄堂裡的人，絕大多數是小業主家庭，是不容易當上紅衛兵，很多家庭還是工商界、文藝界的剝削階級，這些子女能逃過抄家批鬥，已經是幸運了，所以也是當不成紅衛兵的。

「外婆去年都走了，為什麼還被牽扯，」我娘疑惑的問了一句。

「外婆以前天天站在校園外，有時還會走進操場，同學們都知道。」

「那學校怎麼說你外公是資本家呢？外公又沒有當過資本家。」

「外婆不是穿綢鍛就是穿香雲紗，隔壁弄堂裡有我們學習校好幾個同學的，沒有說外婆是地主婆算好的了。」

大姐大哥說。

「這倒不是自己誇的，你外婆還真當得起地主婆的。」

我娘沒有出去工作過，階級教育受的不深，她從那個遠去、湮滅的時代走過來，她不認為有錢有產業是壞事，沿著她的思維回答，必會答非所問。

「姆媽，地主婆不是要有土地的嗎，」

二姐在問：

「打浦橋頭徐家匯路上，簇簇新的朝南四間平房，當年是外婆用金條頂下來的地產，還有這幾幢沿樓面，都是你外公的祖產，早些年我們搬來時，這裡的二房東哪個不提當年你們外公西裝長衫司的克，穿出來的襯衫上面永遠沒有一點汗

漬，大房東的派頭十足。」

「姆媽、你最好別再講這種事情了，會被人抓起來的。」

「是呀你總說外公是大房東，我們就住這麼破的一間房子，光線暗幽幽，燒飯汏衣裳幾十個人一隻水籠頭，洗澡的浴盆要從床底下拖出來，無論刮風下雨，一家人都要坐在弄堂等一個一個的洗，沒有一點體面。」

「姆媽，隔壁姜家姆媽在菜場刮魚鱗、賣蔥薑、撿煤渣，家裡房門推進去不但有兩間，還有擱樓可以睡覺……。」大妹小妹都插了進來。

大哥大姐雖不居住在此，但對我家住房條件仍頗有意見，說老實話，我家那種居住環境連年幼的我們幾個都有感於一種迫不得已的屈辱，自尊心受到傷害。致使小學二年級的我在一次語文造句；「越……越……」時，我就造了一句「房子越大越好，錢越多越好」的詞句。那日老師來我家，將作業簿攤出來給我娘看，說我怎麼會有這種資產階級思想的，老師前腳剛邁出，後腳我就被娘指著罵了一句。

「沒有見過這麼笨的小孩，怎麼總分不清內外呢……。」

「哎、你們是落魄的鳳凰不如雞，五零年你們大姐出生時，外公外婆說好的將來打浦路橋頭的房產會寫在她的名頭上的，啥人想得到就變天了，財產全部公私合營合去了，當年你們外公常掛嘴上說『家有隔夜糧，屋無催租吏，流水諸候萬年地！』又講一個家庭的子孫後代一定不要淪落到變賣祖產……，哈、現在全部成了空頭支票，這些祖產都沒等你們長大去揮霍就沒了，真正應了程硯秋先生在鎖麟囊裡唱的那句：這才是人生難預料，不想落魄在今朝，回首繁華如夢渺……。」

「這是你們命不好啊。」我娘總是胡蘿蔔上在蠟燭帳。

「娘、你們不是說全家就我的命是最不好的嗎？」

我從小就知道，在我哇哇落地時，隔壁算命館的盲人王先生替我算過命，說我寒冬臘月生人，冰天雪地，草木凋零，此命一生學堂讀書無考運、見官傷官缺官運、謀事艱難、財如流水、敗了娘家、再克夫家，八敗之命，一直要到七十歲再枯木逢春，苦盡甘來。從此一種茫然的宿命感便永遠伴我左右。

「千真萬確是你的命相有問題，你出生一年未滿，家中鋪子關門歇業，撤走夥計，公私合營，養活幾十口子人的肉庄店鋪都成國家的了，你爹的人也成了國家的了，讓他去國營公司工作，五十七元工資，阿拉一家門就開始小雞啄米，啄你爹的這把碎米。」

我爹的學歷不高，商賈人家小本買賣，讀完中學後就在自家的鋪子裡幹活，爺爺投資些股份在老城「一家春「酒樓，我爹算也落了一個「一家春小開」的頭銜，後來一直聽我娘說，她就是被我爹一套白色西裝的這樣一個空頭「一家春小開」給騙的。

我娘是在四九年改朝換代的砲聲中嫁給我爹的，她說她從來也不知道有什麼遼瀋、平津、淮海三大戰役，她只知道馬路上警車呼嘯而過，是在抓亂黨、抓共產黨，她是知道的。嫁過來後雖然日子一天不如一天，但還算可以，自家的生意，賺得總是活錢。「每天晚上店鋪打烊後，夥計們把飯吃過，那張油膩膩的大八仙桌上嘩拉拉的錢就倒了上去，點錢、盤帳、然後你爹總要塞給我一些小鈔票，第二天我就會叫輛黃包車，抱著你阿哥，拖著你阿姐，和你外婆一起八仙橋布店兜兜，恒源祥的五顏六色絨線派頭蠻大，西藏路點心店吃碗湯糰，五芳齋的鹹肉菜飯來一客，金榮大戲院看場戲，再帶包糖炒栗子回去，屋外刮著風，夜裡廂一家門圍著煤爐，照著馮秋蘋的絨線書，背心馬夾小衣裳，拆拆結結，翻翻時新花樣，糖炒栗子剝了吃吃。」

「自從你出生後，店鋪被收走，你爹進了國營公司，從此這個家就敗落下來，當年我嫁給你爹爹時，你外公還說，只要人品不賭不嫖，規矩本分，節儉勤懇守一份家業，不要坐吃山空，日子過殷實是不用愁的，偏偏我們這個家跌進坐吃山空，與你們爹爹的人品沒有牽連。」

「姆媽：五八年公私合營大妹已經出生，這個不能算在我頭上，五七年爹爹沒有被打成右派，你們怎麼不說是由於我給爹爹帶來的好運呢……。」

「哎，窮算命，富燒香，也是算算白相相的，不過自打你出生後，這日腳真是活脫脫一個王小二過年，一年不如一年，這些年咱們家連絨線都沒有添過一磅，你們身上穿的絨線衫，裡裡外外衣裳，包括你們幾個孃孃嫁人，不是都用空我一隻只賠嫁箱子，怎麼辦呢，人總要活下去，現在啥人家不是空心大佬倌，勿講赤膊戴領帶，棉夾袍裡絨線衫都穿不出好好交一件。」

「本來儂外公還可以貼補一些，沒想到天災人禍，偏偏屋漏又逢連夜雨，一九五九年的冬天特別的陰冷，寒風凜冽、一陣一陣吹得人發顫，弄堂口那棵光影斑駁的梧桐樹，葉子竟然被吹落的一張也不剩，總是不祥之兆。」

「姆媽，每年寒冬臘月，梧桐樹葉子不是都要掉盡的嗎。」

「往年會剩下來幾張的。」

我娘很自信。

「講起你出生兩年後的那日，眼看快過農歷年了，冥冥之中就像是要出事體，寒冬臘月、雨雪霏霏，你外公走在重慶路電力公司門外，突然就中風倒了下來，送進廣慈醫院後再也沒有醒來過。你們外婆拿了金條急的在醫院裡要向她過房女兒跪下來，也沒有救活。」外婆的過房女兒，是我馮家外婆後來領養的女兒，就是我娘的妹妹，因為讀書好有出息，嫁的先生是廣慈醫院院長。

「你們外公走的時候歲數又不大，六十還不到，什麼倒楣的事，都是發生在你出生以後。」

「你的命相有問題，是隔壁王先生算出來的，總之，我們這個家就是自打你出生後，就一步一步開始往下滑，什麼倒楣的事都會發生。」

外公是法商水電洋行的工程師，四九年法國人走後，大概還有一百來元薪水，多多少少會貼補我們一些，突然在馬路上一倒下來，我家的日子真的喘不過氣。

## （四）

我爹娘書讀的不多，接受新生事物比較慢，對外界反應是比較遲鈍的，對革命形勢非常後知後覺。

我們在學校裡受了革命教育，看了革命電影、革命小說，有時候拿回家問問他們：

「上海灘當年這麼戰火紛飛，烽煙四起，渡江偵察記裡幾十萬輛獨輪車，百萬雄師過大江，你們怎麼沒有想到去參加呢。」

「南京的事情我們怎麼會知道呢。」

「噢，就算長江天險離的稍許遠了一些，那麼戰上海在蘇州河畔和湯恩伯湯司令打了三天三夜的槍砲，你們不但不去運送炮彈，竟說連槍砲聲都沒有聽到過。」

「千真萬確，槍砲聲是真的沒有聽到過，傳來的壁裡啪啦聲音像是放炮仗一樣，再說了，運送砲彈給誰，給國軍還是共軍！一個在守、一個在攻，你們倒是說風涼話，如果明天上海也殺出一支武裝，炮火連天打起來，你們先說說看，你們替誰去運送砲彈，造反的誰不說自己是正確的，劉邦與項羽誰不講自己為民請命，誰又不打蒼天已死、黃天當立的旗號，你們是站著說話不腰疼，揀現成話講。」

「姆媽，我們肯定是保衛現在江山的，不能讓階級敵人進攻。」

「哈，那就是了，勝者為王敗者寇，與執政黨對抗，是不是你們也認為是犯法啊，當年我們只曉得做一個本本分分的老百姓，怎麼會去做亂黨呢，記得四九年一天，我已經懷了你們大姐，和外婆倆人在西藏路八仙橋，青年會路邊買炒熱白果，燙手的白果剛剛拿在手裡，不遠處有個戴鴨舌帽的年輕男人，撲通一聲倒了下去，大家講這是流彈，流彈大概就是蘇州河那邊打仗飛過來的！哦喲，真是觸黴頭，一包熱白果叭嗒一記，全部散落地上，後來再買一包，變成吃一包，出了兩包鈔票。」

「姆媽，地上一包不要啦。」小妹對吃上心，一臉心疼。

「姆媽，那麼永不消逝的電波裡面，中共地下黨李白，就是孫道臨演的，他就一直隱藏在上海灘，你們也從來沒有聽說過嗎。」

「你們也說是隱藏，那麼上海灘藏個人，怎麼能知道呢。」

「姆媽，爹爹說你天天捧著五十塊銀洋鈿買來的德國貨無線電聽的很鬧猛，難道從來沒有聽過國民黨電台嗲聲嗲氣播送戰況嗎。」

「啥叫嗲聲嗲氣，這是有些污衊的，當年電台播音很正常，那年月上海灘誰家不是聽戲曲節目，京崑評彈說書、廣東粵劇紅線女，都是蠻吃香的，當然聽的最多是姚慕雙周柏春的雙擋……。」

「姆媽、短波就不會竄來竄去嗎，聽到一半竄進來一句延安新華電台有伐。」

「你們這個就叫洋盤，啥辰光有這種事體啊，上海灘規規矩矩老百姓怎麼會去聽延安電台呢，哦喲，這種話現在都是不可以講，不過也許有人聽吧，姆媽不曉得。」

「媽，儂王孝和聽到過嗎，國民黨要炸自來水廠，他為了保護自來水廠被殺害……。」

「不曉得，你們外公在法商水電行做的，照道理他應當曉得自來水的事情，他都從來沒有講過。」

後來我爹讓我們問的沒了面子，說他也想起了一件事，那年在學校時，是有共產黨的地下組織拿了一卷紅紅綠綠的傳單，要我幫忙拎一隻漿糊桶，半夜裡去南京路淮海路的牆上涮標語。

「那你去了沒有啊。」

「這種事怎麼能去做啊，這是要殺頭充軍的。」

「這種造反的事體，小老百姓怎麼會去做呢，不要性命啦。」

我爹如是說，我娘在後面還加上一句。

「那你們是真的很落後，而且一點眼光也沒有。」

爹爹你當年若是接過這只漿糊桶，去大街上涮上幾下標語，現在你就是老幹部了，當年國民黨從重慶回來，接收的是虹口日本人小洋房，共產黨老幹部更高級，新華路淮海路南京路的洋房，都可以去接收。」

「你們都不要瞎講，當年爹爹如果真的去涮了傳單，被捉去槍斃了，還有我們嗎。」

「你們沒有聽過越劇袁雪芬當年也講一句：應當清清白白做人，認認真真唱戲麼。」

我娘很敬重袁雪芬，說她是個正派的唱戲人。

「你們祖父和叔祖父夾一隻包袱來上海灘，借幾塊銀洋鈿，一步一步從小攤販做起，你們祖父一直說做生意要有長性，不要好吃懶做，啥人會活不下去啊，杜先生當年不也是十六鋪碼頭簽簽爛水果、扛扛門板，後來手勤腳儉，腦子活絡，做人做事有腔調，鯉魚跳龍門飛黃騰達的，我認識的小姐妹在紡紗廠做，伊講，那些蘇北鄉下來上海的小姑娘每月都要拿五元、六元銀洋鈿，我小姐妹和勞動模範裔式娟在同一家紗廠做，你們可以去問她，勞動模範總歸不會瞎說吧，就是住在泥塵橋的四妹阿姨，說她們紗廠的小姐妹多數是鄉下小姑娘，哪個不是銀洋鈿寄回去養活一家老小啊，解放後為啥紗廠女工的工資定的這麼高，就是因為解放前她們銀洋鈿不低，我小姐妹一直是八十多元工資，比銀行工資定的還要高，當年拉黃包車三天可以買一隻金戒指，又不是講的嘍，大家都曉得，你們外公的車夫阿春，我都幫他去老鳳祥挑過好幾回金戒指，這個又不好瞎講的嘍，都可以對證的，阿春雖然已經不在，上次阿春老婆來我們家，手上那隻銅鼓戒就是以前我幫她挑的，隔壁良良阿爸就是從浙江農村來上海灘學生意，在南貨店不但要天天早晚扛門板，還要生煤爐，倒痰盂，抱小孩，後來攢了銀洋鈿，去讀夜校，老闆見他勤奮努力，借錢資助他上大學，後來他有出息去了重慶，一直在中中交農四大銀行供職，當年老蔣撤退時，機票金條都送在他手上，他因為要供養農村的父母姐妹，就留了下來……。」

「你們外公以前經常說『上蒼不生人上之人，也不生人下之人』。當年的上海灘，有錢人沒錢人，都能來冒險，這個國際樂園不歧視你是乘飛機和火輪來，還是搖舢板和赤腳挑擔，亦或是討飯來，你只要規矩本分勤勞，當然遇上兵荒馬

亂是另當別論，否則誰不在勤懇做個體面人……。」

「這種事體儂不要與孩子講，影響不好，說出去萬一要牽連良良阿爸倒楣的，」我爹著急的在制止我娘的滔滔不絕。

「這個是事實。」

「事實更加不能講，爛在肚子裡吧，現在是可以講事實的年代嗎，單位上天天鬥老李夫妻倆，我以前就聽老李講過，事實上他們與李鴻章家族八竿子都打不到，一點關係都沒有的，天大被掛上李鴻章孝子賢孫的牌子，拖上卡車，還有辦公室老俞認識以前被槍斃的那個說是賣假藥給志願軍的王康年的親戚，你還記得嗎？」

「記得、記得。」

「他說王康年是冤枉的，這樁事體從頭至尾是編造出來的，草菅人命，那家孤兒寡婦活的很淒慘，現在什麼都不要講，沒地方去講事實。」

我爹斬釘絕鐵煞住我娘。

「哦喲什麼都不能講，仁義道德、禮義廉恥都要打倒，簡直是吃飽了飯沒事幹，把幾千年的孔子拿出來批鬥，以前我馮家、王家爹娘時不時就舉出『朱伯廬治家格言』來教育阿拉，現在倒好，老祖宗樣樣都是反動的，陳勝吳廣、白蓮教紅燈照倒又不反動了，整天教他們造反，這些小囡將來長大，也只好去做長毛了。」

我娘沒有工作單位，居委會開會也推三托四，整天捧著無線電匣聽她的戲曲評彈，有些「癩痢頭戴帽子無髮無天」的固執。我爹就不一樣，據我祖母講，我爹年幼時，街上有個測字看相，拖著祖母要算命，指著我爹說小孩患有先天性心臟病，活不過四十，祖母啐了他一口，」你這殺千刀的窮算命，你下作坏啊，儂哪能這樣強討飯啊……，」嘴上雖罵了幾句，心裡卻還是被攪亂，疑神疑鬼疑了幾十年，我爹嘴上也說不介意，私下裡卻將這話捅給我娘，一家老小到了緊要關頭總是忘不了一句，「你有心臟病，自己要小心！……」幾十年戰戰兢兢，我爹終於平安跨越了四十壽限，用事實擊退了窮算命的瞎嚼舌根。

這些扯的都是弄堂史，過場白，主要是這些年的社會主義改造，我爹比我娘瞭解無產階級專政的威攝力，每次出差回家，見我們一回、就警告一回，提心吊膽的樣子，與有先天性心臟病的人也嘸啥倆樣。

有一回我們學校開憶苦思甜大會，會後人人發一個糠菜窩頭，說是舊社會窮人都吃這個，那天大燕、曉荔和我都攥在手裡沒有吃，我還偷偷藏口袋裡帶回

家,「姆媽,學校發的糠菜窩頭,說解放前,無產階級窮人都吃這個。」

　　儘管沒吃,我因為頭回見這種東西,覺得挺稀罕,在我娘面前揚了一下。

　　「誰告訴說舊社會無產階級都吃這個。」

　　「工宣隊和老師講的。」

　　「娘沒吃過,也沒有見過,要麼你問問阿姨吧,她們農村有人吃嗎。」

　　「這種糠不能吃,我們家鄉豬都不吃。」出生紹興農村的二號娘姨恰好來我家,輕快利索的走來,將我手上的窩頭一把奪去捌開,爽快的說了一句「扔掉,這是做作騙人,人吃這個東西還能長大嗎。」

　　朗朗聲從二號娘姨那潔白豐腴的肉體裡發出來,一點不受束縛。

　　從那以後,學校吃的幾次憶苦飯,都讓我帶頭扔了。我爹知道後及其緊張的說:「這要讓學校知道是你娘說的,你娘可要倒楣。」

　　「這是二號娘姨說的,又不是我講的,二號娘姨家可是的的刮刮的貧下中農。」

## （五）

　　「這個上海灘麼,就是一夜間變天的,晚上睡下去還是青天白日國民政府,困醒了早上推出房門,一腳踏出去,馬路上都睡了成排成排的兵,講是換了五星紅旗,的的確確叫做城頭變幻大王旗,你們外婆講那天早晨她後門一推開,搞不清楚嚇了一跳,平常寒冬臘月裡最多一個兩個乞丐躺倒牆腳,現在都是開春季節,嫩芽已成蔭,怎麼會一排一排倒在那裡呢。」

　　「後來弄堂裡膽子大一些的人,慢慢圍攏過去,問了才知道是共產黨打進城,老蔣的軍隊被打跑。」

　　「外婆還講,當時看了蠻罪過,馬上叫車伕阿春去老虎灶泡開水,給他們揩揩洗洗,這些人黑不溜秋齷齷齪齪兮兮,一隻只面孔賽過裘盛戎勾的包龍圖,弄堂裡人醒來後,前門後門一客堂兩廂房的人統統走了出來,好多人拿了大餅油條、粢飯羔豆腐漿送過去叫他們吃……,哦喇,後來你們外婆嘴裡都會哼:解放區的天是明朗的天,解放區的人民愛和平,民主政府愛人民呀……,外婆講淮海路上天天鑼鼓秧歌扭個不停,唱的哇哩哇啦,弄堂裡老老少少都會唱了。」

　　我爹雖後知後覺,不過在一件事情上,現在回憶起來,感覺又出奇的先知先覺,在城市人還渾然不知不曉得農村人紛紛倒下餓死的悲劇時,我爹卻極其先知

先覺，也許是親眼所見之故。

　　我爹這種小舖店東的後代，規矩本分，一生無風雨，無彩虹，二九年出生，進國營公司前，腳印只在上海灘打轉轉，他說十八歲前除了蘇杭，就是在十六鋪外灘、八仙橋小東門走走，靜安寺大自鳴鐘都去的很少，五八年始，為了一份出差津貼，接了去農村地區當雞鴨採購員的職務，晨暮黃昏在蘇北鹽城、安徽蚌埠，河南駐馬店一帶奔波，風吹草屋，雨滴床頭，深一腳、淺一腳的幾十年在那片荒涼貧瘠的土地上奔波。他對我們說過「天下窮人的悲慘，我算是見識了，許多事我不能對人講，都將它爛在肚子裡。其實我爹雖說都爛在了肚子裡，難免總會漏一些出來，有　一次他聽到我在背誦毛主席詩詞『宜將剩勇追窮寇、不可沽名學霸王』時竟然感嘆說「如果當年老蔣能守住長江天險，我們上海人就好了……。」

　　這下把我娘樂翻，轉身笑他說「哈、你這句話我聽了都知道算反動的，你整天說孩子們講右派言論，你這句話若讓人聽去，是要被打成反革命的……。」

　　「家裡說說！」我爹口才不好，說不過我娘。

　　「爹、你說過，記憶力不好的人，就不要撒謊，你平時教育我們的，其實也是違心，是撒謊吧……。」

　　「爹也沒有撒慌，也沒有要你們出去撒謊，爹要你們保持沉默，不要快嘴快舌，禍從口出，並沒有要你們去講假話……。」

　　小學的時候，跟我爹過一次安徽淮北，天空藍悠悠，高天白雲，城市裡很難見到這般色彩的天，但這棉花般白雲下面的生活，卻沒有讓我羨慕，我們下車，爬過柵欄，一眼望去，禿禿的樹木，寥落的小村，牆根下的農人，一座座白石灰的土坯房，透過窗戶往裡面裡面望，窗戶上沒有玻璃，大多數人衣著粗陋，面黃肌瘦，貧窮的鄉村找不出幾個衣著穿的稍稍體面些。這讓我很不理解走出上海才半日多的旅程，竟然有如此大的貧富差距。「爹爹，原來農村是像你所講的，這麼苦哦！」

　　「現在已經好了許多，挺過來一些了，早些年爹爹是見過農村人受的何種苦難，家家戶戶都挨餓死人，其悲慘入地獄莫過如此。」隨後他感慨的說「毛主席有一句詩詞『千村薜荔人遺失，萬戶蕭疏鬼唱歌』的確沒有講錯，只不過並非蟲害造成，是人為的因素，爹看見那些農村幹部壞人當道，層層瞞上欺下，討好上頭，欺壓下面，造假作惡，農村田地都不好好種，大片大片荒掉……。」

　　歌頌這首詩詞的電影我看過，山清水秀的江南水鄉、古鎮拱橋，楊柳依依，

上官雲珠主演的，說是舊社會碧波蕩漾的河浜裡全是血吸蟲，新社會共產黨把藥放進了河浜，消滅了血吸蟲，她從人變成鬼後又從鬼變成了人，後來農村人口就猛增了……云云，後來農村又變成了萬戶蕭疏鬼唱歌，而且比這個還要苦，苦成何樣，雖然那會兒我不甚理解，可我一直有一個小疑問悄悄藏在心裡，讀小學時，我會唱一首滬語歌，不但會唱，還去台上表演過，歌詞是這樣的：「大家看一看呀，大家想一想呀，地主搭子農民，到底啥人養活子啥人，沒有我伲來勞動，地主哪能吃白米，夯地靠我伲啊，地主佛勞動啊，頓頓吃白米啊！頓頓吃白面啊……。」我穿一件漂亮毛衣，在舞台上又唱又跳的蹦躂，後來我總琢磨這句唱詞，以前的白面都給地主吃了，所以就把地主槍斃了，現在地主已經沒有了，農民為什麼不給自己吃白面呢，為什麼我爹說農村人沒有飯吃，又餓成鬼唱歌了呢，一唱起這首歌，我眼前就會浮出一隻隻白面饅頭，到底誰在吃白面，到底誰在吃白面。

六十年代的上海許多小工廠尚未遷往市郊，我們弄堂對面那排圍牆裡，散落著不少工業、馬鐵廠、紙板廠、益豐搪瓷廠、天廚味精廠、無線電廠、針織廠等，天空中豎著短短長長的煙囪，黑灰塵霧在周邊弄堂裡徘徊，一些未燃盡的煤渣，從焗爐房的後門一倒下來，殘渣一眨一眨的紅光仍在忽閃著，絲絲的白氣尚未吐盡，便有人一擁而上，也不怕燙著，扒著就往籃子裡裝，還有針織廠倒出來工業垃圾，裡面五花八門的線頭線腦不少，勤勞手巧的人竟能將這些殘線剩絲編織成衣衫圍巾手套等。

姜家姆媽是我們弄堂裡很勤勞的一個人，每日凌晨在菜市場撐個活絡小桌、替人免費刮帶魚鱗，不過至今我也不知這種泛著銀光的帶魚鱗是乾什麼用的，弄堂裡有說是塗在冥間流通的錫鉑紙上面，也有說是提煉出來造飛機用的軍工產品。確實飛機是銀色的，與帶魚顏色很相似。

「姜家姆媽是鼎刮刮的老闆娘倒不瞎講，以前姜老闆的生煎饅頭燒餅鋪在這條街也是廣有名氣，什麼刮魚鱗、揀煤渣，也不是公私合營將他家店合去，她家才遭的難，這個叫做自從盤古開天地，秦瓊賣馬，楊志賣刀，一文錢逼死英雄漢，大丈夫能屈能伸罷。」

我娘接了剛才大妹小妹羨說隔壁姜家姆媽的話頭。

姜家姆媽家的生煎饅頭店一定也是一九五八年被關掉，所以我小時候沒有見到過，文革結束後，姜家姆媽白天在家煮肉皮、拌肉餡、捍麵團、包生煎的忙上，姜老闆上午早市在國營店裡幹活，下午在自己家，菜場旁邊的屋簷下，將一

隻工廠裡扔出來的圓形鐵皮桶，裡圈圓壁上塗了厚厚的黃泥土，修整成爐子，然後成套的鐵鍋、木蓋、鏟子、油桶等備的妥妥，地下生煎饅頭攤的開張，豐富了我們前後幾條弄堂的下午茶點，每天爐子的火尚未捅旺，等候生煎饅頭出爐的隊伍已經長長的。

秦瓊是中國古典小說隋唐演義裡一號響噹噹的豪傑，江湖上又稱秦叔寶，

「姆媽，儂拿姜家姆比秦瓊一點也不像。」

姜家姆媽的生煎饅頭因為皮薄汁多肉香，遠近聞名，生煎饅頭與江湖豪傑好漢秦叔寶放一起，感覺彆扭。

因為家中住房逼仄，大姐大哥從小生活在祖父母的家裡。

爺爺家原先住房還寬敞，底層一溜長長的統廂房、天井院子客堂間擱樓，後來家境落魄，便將最亮堂的前廂房分出租給一對紹興人小學教師，客堂間也住進人家，西廂房門廳也租出去、隔廊沿，走後門，窘迫的讓這幢原味十足的三層老式石庫門，光樓下圍繞著天井就住著五戶人家，家家垂一塊竹簾子，避免視線尷尬，祖父的湖心亭書場不知是關門了呢，還是口袋裡摸不出茶水鈿了，那些個楊乃武、秋海棠、啼笑姻緣，也被李雙雙、蝶戀花，白毛女、奪印等全盤接了去。好在說書的器樂不改，琵琶三弦的清音仍如寒山寺的鐘聲一樣幽冷，那些新開篇、新彈詞天天在中廂房的舊門牆裡繞來繞去。但不管內容有多麼雄究究、氣昂昂，跨過鴨綠江，蘇州評彈的弦律，始終像冬夜深巷裡的桂花赤豆湯、白糖蓮心粥，糯是糯來甜是甜。

一九三七年八一三日本人打進上海，淞滬戰爭爆發，國軍和上海市民奮力抵抗，數月後防禦失守，除租界外全城淪陷，爺爺家當時住小南門老城，南市貧民都要往租界逃生，日本人把著租界城門，一定要有租界房產及親戚作保，才能進入租界，那年我爹九歲，爺爺將一些銀洋錢綁在他腰上，將他送到城牆下，那裡有被人挖掘的一個個小洞的破籬笆，在日本人的眼皮下爬進了租界，爺爺說那會兒日本人不對孩子開槍。這句話我一定要重申一下，確實是我爺爺講的。

有一回我娘也講一件事，說她小時候與馮家爹娘一起去看戲，鄰坐是一個東洋兵及一個穿著和服的女人，她見那個東洋兵褲子口袋裡有一塊彩花絲綢巾露出一大半在外面，於是就偷偷地抽一下、抽一下……，

「姆媽，你不是想偷人家花絲巾吧。」

我們都讓我娘說樂了。

「沒有，只是小孩子手賤抽著玩。」

「那東洋兵沒發現嗎。」

「發現了，嚇得馮家爹娘忙朝人點頭賠禮。」

「後來呢？」

「後來那東洋兵與那穿和服的女人約西、約西的嘀咕了幾句，那女人就從包裡拿出兩塊糖，再用絲巾包著，米西米西的塞了給我。」

「哦喲、儂這些事不要對孩子講哦，你們一個個都聽好了，你娘剛才講的東洋女人送絲巾，什麼米西米西、嘟西嘟西，一句都不要去外面講……。」

「知道了、知道了！做人煩死了，每句話後面都要跟一句：『不能出去講噢……。』」

我們集體反抗了一句。

我爹逃進租界後，尋到了住在洋涇浜的表娘舅，用銀洋鈿頂了一間房，全家人才搬進了租界，暫時安定下來，爺爺與叔爺爺就在馬力斯菜場租個攤位，一天一塊銀洋鈿，做點小本生意，免去了炮火之虞。後來戰火平息一點，祖母講法租界住宅區小生意難做，老闆太太都變懶的，喜歡每日裡新鮮菜送進公館，生意多數被挑擔的搶了，還是英租界生意人多，三馬路、四馬路風光足，還捨不得早年逃去租界時，寄放在老家的硬貨家具，於是又肩挑手扛回來了，在福州路租門面開舖子。小巧玲瓏的祖母，娘家就是蘇州金門三官塘開小店鋪的，遺傳基因強大，天生很能幹，帶著夥計在舖子裡燒包飯，一條街上那些文化界的報人，唱戲的伶人、長三堂子的倌人，都是她舖子裡的包飯客人。

有倆念中學的孃孃、平時票越劇哼蘇州評彈，因此大姐潛侈墨化也跟在後面呼呼呀呀。

讀小學的時候，戚亞仙的合作越劇團招生，她就偷偷地拿來表格要去報考。

祖父母說女孩子不能吃開口飯，祖母還說那年唱紹興戲的畢春芳等在我家吃包飯時，經常在天井拖把竹椅、搭把琴吊嗓子，彼此之間大家蠻熟悉，開心時她們都說要拜我做過房娘，你們爺爺都沒有同意讓你孃孃們去學戲。

說起孃孃們唱戲，我依稀也是記得一些，一九六二年一個冬日的下午，小妹還在我娘的肚子裡，天空中飄落著細碎的雪花，說是我孃孃市八女中開慶祝會，我們全家老少出動，頂風冒雪，我爹娘抱著、攙著、拖著從二歲到十二歲的五個孩子，興致勃勃地趕去學校禮堂看表演。

那天我孃孃扮演越劇《孔雀東南飛》裡面的小生焦仲卿角色，舞台上青衣花

旦劉蘭芝被婆婆休回娘家，坐在那個有倆人抬的假轎子裡，淒淒慘慘的一路哭一路唱：「惜別離，惜別離，無限情絲弦中寄，弦聲淙淙似流水，怨郎此去無歸期。」

然後幕後一聲「快馬加鞭追送蘭芝歸寧去……，仲卿難捨我愛妻……」我爹我娘便齊聲關照「快！快拍手、你孃孃要出來了！」然後我們這一群聽懂的和聽不懂的都一齊使勁的拍手。

有一句話形容「黃連樹下操琴，吃粥看戲。」戲謔窮的飯都吃不起，喝口粥也要趕去看戲，外婆喜歡說一句：「上海赤佬真正叫做窮風流、餓快活。」

當年有說京劇角兒雖在北平天津唱紅，不讓上海的天蟾逸夫和黃金大戲院被捧一下，不被上海的戲劇小報公開評論吹一下，是算不上名角的，我想大概就是這個緣故，瞎捧場的人多。

外婆和我娘嘴裡津津樂道上海灘角逐四大名旦、四小名旦、四大須生及的場面，那些包廂裡的黃金戒指、鐲頭項鍊像天女散花般的拋向戲台，梅蘭芳的「海島冰輪初轉騰，見玉兔（哇）玉兔又早東昇，那冰輪離海島，乾坤分外明……。」一句中間一個腰身彎下去，就可以拾一隻金戒指，否則梅蘭芳怎麼能蓄須明志，整套梨園班子閉門坐吃八年。「五陵年少爭纏頭，一曲紅綃不知數」一定是真的。

# （六）

「娘、你紅袖章到底是替我縫不縫啊。」話題像開無軌電車一般去了外國大馬路，不是我哥及時截回，這輛電車沿著太平洋，快開到了大西洋。

「袖章娘是不會替你制的，這個紅衛兵組織，是怎麼回事，不用報名批准，表格也不填，也不用家長簽名嗎，學校不發袖章，自己私自做一塊，不犯法嗎。」

「媽，學校裡同學都是剪了紅旗做成袖章戴在手臂上，學校老師早就都被打倒，大的紅衛兵組織都是幹部子弟，一般人他們不會發給你紅袖章。三三倆倆同學就剪制了紅旗，刻個圓章，自己成立一個組織。」

「那紅布都是哪裡來的呢，」我娘瞧著我哥手上一大塊紅布，納悶的問。

「媽，現在去每家布廠、布店，去拿紅布，告訴他們是製作紅旗和袖章的，他們都給。」

「是這樣啊，這個娘倒是有些聽不懂。」

「媽，每個中學都有幾十個紅衛兵司令部，我們學校的紅衛兵組織，什麼名字都有，驅虎豹、鬼見愁、井崗山、叢中笑等等。這些人的袖章也就是自己縫好，再用墨汁寫上去。」

「那就是說隨便三個人，五個人戴個袖章，撐一面紅旗，都可以上人家那裡去抄財產了嗎？」

「媽，抄家領頭的紅衛兵都是乾部子弟，和公安局關係密切，造反司令部批准哪家抄家，他們事先都知道，也有今天是紅衛兵領袖，明天被別人批鬥，這是因為他們父母被揪了出來，從紅色革命幹部一下子跌到四類份子，一般人組成的紅衛兵組織，也就是在學校裡根據形勢，做些刻傳單，貼大字報的事情。」

「那你這幾天都在外面幹什麼，」

「我們在馬路上看人剪小褲腳管，褲腳不能小於七寸，否則一律剪去！有跟的皮鞋都不能穿……！」

「哦喲，俗語講打蛇要打七吋，從來嘸沒聽過穿褲子也要穿七吋的。」

「還有娘你也不要出去！」「為啥？」我娘不解。

「女人燙髮也要剪掉，你也是燙髮，小心被人剪了！塗口紅也不可以，你的那支金殼的口紅唇膏趕緊扔了吧。」

「你這是要發神經病吧，娘這只口紅的殼子是二十四KK金的，你爹特意去銀樓刻上我姓氏，可以傳代的，怎麼可以扔掉！」

「你自己去問姐，今天要不是我反應快，拉她一起快奔，她的裙子都要被人剪了！」我哥一臉詭計多端的得意樣子。

「啥事體啊老大？」

「姆媽，今天我們倆從祖母家過來，老西門馬路上站著一堆堆剪人褲角和頭髮的人，我們從旁邊走過，弟弟要看，我攔著想讓他別軋鬧猛，幾個人拿著剪子衝過來，剪裙子！剪裙子的叫，弟弟推我一把，讓我趕緊跑，後來一輛三輪車駛過，這夥人又猛叫，尖頭皮鞋，尖頭皮鞋，隨後就堵了車子，車子上女人的尖頭高跟鞋救了我。」

「一大早就出這種事啊，」

「姆媽，這個叫破四舊、立四新，你千萬不要講口紅殼子是金子做的，我這條裙子也不能再穿。」

「哦喲，伊拉倒也蠻有眼神，這條裙子是美國貨塔夫綢，這種料子穿在身

上，一看就有派頭，快點脫下來換掉，剪壞了也蠻不捨得。」

「姆媽，昨天祖母家弄堂三號裡謝家被抄家，夫妻倆被押著遊街，雙手捧著一座金菩薩，說他們家很多金條。」

「哦喲三號謝家，一隻金菩薩啥稀奇啦，這條弄堂也全部都是他們家的祖產，謝家在清朝時，九畝地是他們祖上的私家花園，太湖石假山、亭台樓閣，氣派不比拙政院差到哪裡去，那些桂花樹香氣要飄幾里路，赫赫有名，啥人家不曉得。」

「姆媽，儂有點誇張了吧，」「哦喲，啥叫誇張啊，奈麼你們真的是劉佬佬進大觀園，皇后娘娘吃大餅卷大蔥了，沒有見識。

「姆媽，謝家爺叔是蠻倒楣的，祖母是講他們一家大小都去了香港台灣，他們夫妻倆本來都是醫生，現在謝家阿姨在家裡替人打打針，謝家爺叔已經不工作了，也要抄家。」

「姆媽，他們家的金子肯定全部被國家收走，人民日報刊登橫掃一切牛鬼蛇神，要把幾千年來剝削階級毒害人民的舊思想、舊文化、舊風俗、舊習慣全部掃除，這幾天街上所有舊的東西都要被砸碎。」

「那麼哪一年的東西才叫新的呢，」

「姆媽，新舊不是按年代劃分，是按階級劃分，無產階級用的東西都是新的，資產階級反動派用的都是舊的……，報紙上說對舊制度修修補補已經沒有用，必須連根剷除。」

「噢，不是十幾年什麼都已經頒布新政策了嗎，還要怎麼新法，難道把老的人都殺光嗎，他們自己就不老了嗎。」

「媽、昨天徐家匯路教堂旁邊的墳墓全部掘開了，死人穿朝和外國人衣裳的都是舊的，要被打倒，後來紅衛兵就將這些墳墓都倒翻，還有拿死人骨頭扔來扔去嚇唬人。」

二姐小學高年級，學校也放假了，跟著人群在看熱鬧。

「你見啦，墳墓都要掘開嗎，那以後人死了是不是壽服都要改綠顏色軍裝才算新的……。」

我娘問了我二姐，似乎又想起了什麼。

當晚星月依稀，夜色莊嚴。一家人都歇了下來，我娘對我爹說：「今天聽老二老三講有人把墳墓都掘了，簡直發痴！難怪前天我五更的時候做了個夢，夢見我娘說她冷，渾身浸在水裡，問我要衣服穿，我還回答她說，現在文化大革命，

這些都是迷信，我沒法燒錢給你們錢財，然後外婆就飄走了……。」

「哎，今天我也是從徐家匯路經過的，掘墓砸教堂，死人挖出來牢多……。」

我娘越想越覺得對不起外婆，並且還堅持說五更天做的夢絕對精準。

為此還時不時地抹了幾天眼淚，我爹不知咋辦，沉吟幾日後對我娘說：「要不我去漕河涇桂林路墓地看看。」

我外公的家族在漕河涇是有地產的，因此也有一塊家族墓地。

這段日子，天空淅淅瀝瀝的連著下雨，氣候悶熱潮濕。週日清晨，我爹讓我早些起床，說帶我一起去外公外婆的墳地上看看。城市已經像發神經病一樣，無法阻擋處處在掘墳墓。我外婆的新墳，週年尚未過，也不知是什麼狀況了，我爹娘沒敢明說是去祭拜，只跟左右鄰裡說去墓地看看，現在除了去烈士紀念碑獻個花圈，祭拜執政黨先烈，是合法的，其余祖宗十八代都是四舊。

一直到隔天午後，秋雨歇下，微弱的白光從我家唯一的那扇窗戶裡透進，雨後霞光很弱。

我娘怕墓地荒野泥濘，又擔心帶著我不方便，猶豫說或者就換個日子吧，我爹認為都已備妥，去看看無妨。

靠牆一輛老舊自行車，我爹昨晚上讓曉荔阿爸整過，曉荔阿爸打包票說五十里來回，爆胎斷鋼絲算他的。曉荔阿爸原來是出名的浪蕩子，現在儘管沒有衣錦還鄉做賢人，卻做人做事很有底線，一言九鼎，浪子回頭金不換可以送給他。我爹對他很信任。我爹將我娘燒的一條鯽魚、百葉紅燒肉、一些青菜和米飯，還有一小盅黃酒，在自行車的左邊和右邊各掛上一個漆籃。

把我放妥在自行車的後車架上，吩咐我要緊抓住座位的牛皮墊子。

從黃陂路拐出徐家匯路再沿著肇家浜路時，積雨初收，爛樹葉的氣息濃濃地往上冒，濃蔭蔽日的馬路更是潮濕，自行車在一地樹葉的馬路上行駛，自行車輪胎涮涮的將我清晨卡其長褲的下半截都濺上粘粘糊糊的碎葉泥土，讓我極其懊惱出門才換的干淨褲子。

我爹一邊騎一邊說「一場秋雨一場涼」，都快十月的天氣怎麼反而更加濕熱。」

早已是涼秋季節，按理樹葉也應該日漸枯黃至蕭瑟，今年就是反常。

除了褲腿被濺上黑糊糊的泥水外，我坐在自行車的後座架上，非常愜意悠悠，兩旁的樹木和建築，排排的向後在倒退，吹在臉頰上的風很和藹，秋涼秋熱

對我來說無所謂，掃墓就是一場郊遊。

一個小時光景，我們來到了鄰近上海中學的外公外婆墓地。

很寂靜空曠的一大片墳地、周圍樹叢高低錯落，一壟壟的田埂，翻倒的爛泥堆、砸碎的碑石、稀疏的野草有些發黃，幾座墳塋裸露，浸在水裡的棺木，破布爛衫搭在盤虯的老樹枝上，時而往這邊飄、時而又往那也揚，十分詭異。頭頂上幾隻烏鴉在盤旋，這些烏鴉在空中撲簌簌地飛上一圈後又繞回來，不遠處有一根粗壯橫斜的枯樹幹，是烏鴉的老窩，枯藤老樹昏鴉，破碑草深空墳。

我爹將自行車鈴摁個不停，一副驅趕烏鴉的手勢，他是壯自己的膽，黃土壟中塊塊碎石的墳地，讓我爹的車籠頭也掌不穩，大人竟然也怕鬼。滴鈴鈴、滴鈴鈴的鈴聲一直在響，聒噪的老鴉卻理也不理，又行進了十幾米，前後左右更不見人影，鈴聲反招來幾隻烏鴉跟定我們，月亮走我也走，我送阿妹到村口……，始終盤旋在我們頭上，不時還發出幾聲穿透力極強的呱叫，也有可能在替我們招呼亡靈。

越往深處走，小徑沙石路面坑坑洼窪越甚，我被彈跳數次。

「不進去了。」

廢墟的陰影越來越重，團團白色霧氣瀰漫。

我爹用腳踮地，然後再跨過一腿，自行車停穩後，順手遮著眼睛上方，目光越過農田，凝視四處，轉了幾圈說：

「你外公外婆的墳肯定就是這一塊。」

我趕緊跳下了車子，兩隻手揉著自己的膝蓋與發麻的雙腿，乖巧的接著我爹的話：

「嗯、爹、那咱們就停這裡吧。咱們在這裡把外公外婆的飯就在這裡供上！」

「是的，總是這塊地不會錯！」我爹肯定了一下。

我不置可否的也朝四處張望了一下，原先這裡有不少的祖墳碑石，外婆落葬時我曾來過，漢白玉的雕塑像，外公的家族墓碑是一本碩大翻開的石刻書，遠遠的就能瞧見，現在什麼都看不到。

「咱們將齋飯放好後，對著遠處叫幾聲，他們會聽見的。」

「好的。」我應著我爹，一起蹲下身子，拂去了一些碎石，鋪開了我娘給的一塊包袱布，擺上了飯菜酒。

我爹替我外公點了根煙，嘴上說

「爹，煙不好，您將就著抽一支吧。」

又拿出幾根用報紙包上的茉莉花衛生香，點燃後交給我一枝，讓我和他一起對著空中喚我外公外婆的名字，過來吃飯，然後再將香插在裝了一些米的小瓶子裡。

衛生香細細的不經燒，野地風大，燃的很快，我爹說，香在燃燒的時候，你外公外婆才能吃到這些飯菜，香滅了，他們吃到一半就要停下來，這個把我緊張死了，每當香快要燃盡時，我抖著手，火柴擦了一根又一根，大半包火柴快燃完，才連續點了好幾枝香，外公外婆的齋飯終於吃好，我爹又拿出我娘關了門窗在家偷偷疊的錫泊焚燒。

不遠處一隻禿鷹飛舞盤旋了幾圈，在我的注視下，突然就靜止一般立在樹捎上，一動不動的看著我們，猶如一付標本，一瞬間，我產生出這只禿鷹就是我外公外婆變的，轉而一想，人死後變成禿鷹太沒面子，也沒敢告訴我爹，祭奠結束前，我爹囑我對著空中，及左右隔壁亡靈鄰居拜上幾拜，希望他們能夠照應一下我外公外婆，遙拜後，我又扭過身子，對準禿鷹的方向，倉促的也拜了一拜，我敢說當時禿鷹真的對我眨了好幾眨眼睛。

收拾了齋過的飯菜，便啟程回家。

此刻天空藍了好些，一陣陣清風已將霧氣吹散。

我提著籃子裡的魚和肉，齋過的供品是能吃的、有先人的庇佑作用。

我惦記著要吃齋菜，所以守候燃燒的茉莉香很上心，野外的風沙和燃燒的香灰，儘量不讓它掉進去。

頭頂上淡淡的日頭有些明晃晃，比來時亮了許多。外公的香煙已燃盡，我爹將一盅酒灑在地上，我快手快腳將滿滿的魚、肉菜收拾停當。

一路回程，陽光很足，我爹一定騎車騎累了，看著我爹的後腦勺，感覺他騎的比來時吃力，風順著他脊背滑下，我發現這脊背竟比以前窄了許多。

西風斜陽郊外，墳頭親人眼淚。我對剛才那片荒蕪墳地，存了些小九九，擔心拜錯祖宗燒錯香。

## （七）

回來後我娘對我們的上墳起了疑心。

「咱們家祖墳不是有一大本漢白玉書，這麼容易找的，怎麼就看不見了

呢。」

「哪裡還有什麼漢白玉的書，我都看了半天，就是一片荒地。」我爹回答。

「盡頭那一大片菜田也沒有見嗎？」

「哪裡還有菜地啊，早荒蕪了。」

「我娘說早年鄉下來過倆個看墳的老佃戶，他們說國家在查這幾畝地的東家，我們知道老東家都過世了，也沒敢說出你們，這些田地後來都按無主土地被收走，我們只是來告訴你們一聲，現在產下的糧食也輪不到我們收，都給國家收去了，以前我們租種時也是按規矩每年來看老太太，老太太都讓我們將稻米挑進寺廟做善事，我們知道你們城裡人現在不稀罕，我們也要來告訴一聲……。」

「哦哦，真是謝謝你們，你們看我們現在都窮成這樣子，還要什麼地啊，是的、是的，這些地當年是小孩外公父親攢的家當，現在還能說什麼，沒死算不錯了，被打成地主還要拖去槍斃，哦喲，好死賴活，嚇都要嚇死，謝謝儂、謝謝儂，謝謝你們沒有將我們說出去……。」

「錫鉑他收的快不快啊？」

我娘仍在問。

「錫鉑燒的很快，火焰一卷就沒有了。」我嘴裡嚼著一塊紅燒肉搶著回答我娘。

我娘忐忑不安的像掉了魂兒似的樣子，我爹悶著頭一聲不吭在抽他的大聯合香煙。

「姆媽，在火焰捲著錫泊向上飛走的時候，瞬間很靜很靜，我好像看見外公外婆坐在一輛三輪車上，後來紙錢被一陣風刮過，我都聞到外婆身上的梔子花白蘭花的香味。」

「你這小孩在學校裡這些話不要亂講哦，會讓人家說封建迷信。」

其實我想說外公外婆乘黃包車上面的景象，是我夢中曾經見過，只是忘了是哪天做的夢。

我娘說我小的時候一直會語出驚人，有一次，我娘和明明姆媽幾個在說後弄堂愛香的外婆剛剛斷氣，我正好睡晌午覺從裡屋走出來，滿臉頰是睡蓆的印痕，懵懵懂懂的我便衝著她們幾個說「我剛才看見的。」

「你看見什麼啦，」我娘問。「我見了幾個人拿著鏈條進弄堂就問我，愛香外婆是哪一家。」

「然後呢？」

「然後就是鏈條哐當哐當銬著愛香外婆走出弄堂。」

那天我娘和明明姆媽，樓上鄭家姆媽都直瞪瞪的看著我，有些被我嚇著。

後來鄭家姆媽也說了一段陰陽天界的傳言，說她中學的一個同學是廣慈醫院護士，有一次值夜班，稍微瞌睡了幾秒，便見到走廊裡嘩啦嘩啦一串陰曹地府的差人，馬上嘩拉拉的哭聲就從病房傳了出來，病人立馬斷氣……！我娘也安慰她們說：「是的、是的，你們不要怕，隔壁瞎子館王先生說過這個小丫頭生辰八字是『陰年陰月陰日陰時出生，四柱皆陰』，也許能見陰的東西，她說過幾回這種事，我們也不理她，是有點瞎勢勢的，不過你千萬不要到外面去說哦，封建迷信會抓進去的，曉得伐。」

「好的。」

我娘一直認為我養成了說話誇張、遇事有不如實敘述的習慣，而且發現我這種性格有逐漸加深趨勢，於是不但為我擔憂還經常提醒我要有一說一，不要添油加醋。

外婆去世五七那日，合家在大境廟裡做水陸道場，幾個場景，我仍依稀記得。那天夏日炎炎，除了廟外圍著不少看熱鬧的人群，就是濃密大樹上的知了拚命的叫著，「熱死了！熱死了，」廟內擠滿了一波一波前來磕頭的人，道場從清晨做到黃昏，做了整整一天，天剛亮我們就被父母喚起，攜著一大堆食物箱籠，兩輛黃包車載著我們一家老小趕過去，和尚道士咪咪嘛嘛，不停的敲木魚誦經，我們便跪在墊子上不停的磕頭。

黃昏降臨夕陽西下那一刻，是道場進入最高潮的時候，廟個裡所有的子孫親屬扶著一座用綢布搭起來的轎，說是外婆馬上回來，今天是五七，陰陽兩界的親人只有相處這最後一天。場子裡經文念的很響，兩邊的吹鼓手咪哩嘛哩在使勁的吹，廟裡濃濃的一股花露水加梔子花白蘭花、康乃馨百合花的混合的氣味，以及滿屋子嚶嚶飛舞的蒼蠅。親人的哭聲隨著念經輕重配合的非常默契，最後燒了大堆的陰鈔和金條元寶，一幢紙紮的洋樓、黃包車，及兩個紙紮的黃包車佚，車佚的背上還有個名字，叫阿春，阿春是前經常替外公拉車的車佚，早幾年生病死了，臨終前外婆去看過他，他說如果陰間裡看到外公，他還會替外公拉車的，人死後再相逢可能都互不認識，雙方需要憑胸牌相認，因此燒紙人時都要寫上名字，明陰間的人似乎比陽間的人守規矩，焚燒紙錢紙物時，標上姓名後，就沒有偷蒙拐騙消息傳來。

還有倆個紙紮的傭人，一個叫翠香，一個叫福貴，一邊燒一邊還在念念叨叨

的關照，要他們如何細心的照料外婆，看起來人死後，地獄天堂也都要自備零錢乾糧生辰綱。

　　一個悶熱潮濕有些透不過氣的午後，每個人都有些懶洋洋，我爹神色嚴峻的趕回家和我娘密語，只見我娘這個平時大大咧咧的人，終於也有了些焦慮的負壓，不但將通往弄堂的後門給關上，大白天的把我家那塊輕飄飄的綠格子窗簾也摁的嚴嚴實實，晌午時分，門窗緊閉、簾幕遮嚴，我們也一派緊張氣氛。我爹在移來拽去、翻箱搗櫃，我娘先是隔著牆壁聽外面動靜，然後拉開房門，探頭左右一望，走廊裡沒有人，於是快速的肢體動作將牆角邊一隻很破損的鋼精臉盆拿進了家，無瑕顧及我們幾個疑惑的眼神，沉吟一下又出去，這次帶進屋的是灶間爐子旁的一扎破紙廢柴。隨即利索的將屋中央的板凳桌椅、及散亂的拖鞋都移開，騰出中間一米寬些的空圈，直到破鋼精盆裡那些紙柴起了明火，我們才明白我爹娘要燃燒東西。

　　我爹陸陸續續往火盆裡扔了幾樣東西，關照我和大妹、小妹離這遠一些，屋子才十幾平米，我們已經貼著窗台牆腳站著，眼睛都被煙熏的嗆出淚水，緊張的是不知發生了什麼事情，大氣都不敢喘，竈披間沒有關嚴實水籠頭在滴答滴答，聽的清清楚楚，天井的地面有幾片落葉，我嚴防死守，不讓吹進屋，透過布簾縫隙，一隻麻雀落在窗外電線桿上，蝴蝶在撞窗，我警惕的舉手揮趕。

　　這幾天弄堂裡除了燒書，也有人一車一車的騎著黃魚車將書籍往廢品收購站送。

　　我爹把五斗櫃的抽屜抽出來，又推進去，不知道他要找什麼，隨後又把疊起的箱蓋掀開，我娘隨即配合遞過一串鑰匙，最上面一隻皮箱的鎖被扭開，我爹伸手掏出一隻公文包「爹，要幫忙嗎？」我問。

　　「不用。」我爹這只寶貝牛皮包，得空時他經常要拿出來顯擺顯擺，我娘卻一直會譏諷我爹的這隻公文包，她總說，「你們爹爹這只包，皮倒是小牛皮做的，斜氣挺括，不過裡頭裝的全都是垃圾，這個叫做金玉其外敗絮其中。」

　　我爹這是黃牛皮的公文包，其實除了牛皮挺刮，那根拉鍊也像是塗蠟般的挺括滑溜，打開後裡面層層綢緞也很精緻，不過裡面確實沒有金銀珠寶，甚至連一角鈔票，一兩糧票也沒有，鼓鼓囊囊全是一沓沓的電影票根，一疊疊的戲曲、電影說明書，老郵票，泛黃有年頭的舊報紙剪貼，我爹像收藏了一件古董似的珍惜，不過，由於被我娘整天「癮三麼事，癮三麼事」的叫，叫的我爹吹噓起來中氣有些不足，今天為啥這倆個人對這個「癮三麼事」這麼緊張兮兮。

打開後，我爹竟然一點不猶豫，一把一把抓起就往火盆裡扔。一陣陣濃縮的歷史味飄過。

旋見我娘的一雙玫瑰紅麂皮高跟鞋，被她惦在手上，沉吟了幾秒鐘，通的一下，也扔進火裡，一起跳進火葬盆的還有我娘的檀香扇，我娘有一把說是什麼鳥毛扇，貴重物品，反正我們瞧著也不是雞毛、也不是鴨毛，每次一見到這把扇子，我們幾個就會起鬨說是「少奶奶的扇子。」如今也成了灰燼。

濺出的火灰，竄出來的火苗，趕緊再手忙腳亂拿起桌上的茶杯潑水，煙更大了，我爹娘在房間裡頭頭轉，嫌我們幾個在屋裡礙事。

「要不你們出去一會吧，」我娘望著我們說，「你們站在門外，別讓人進來。」我爹又吩咐一句。我們應著去了門外，仍然掀開一條門縫，叁人從上排到下，扒在門框上往裡瞧。啪啦啪啦，扔的最多的是照片。我家除了照片，拿不出什麼。那些塗嘴唇穿著西裝旗袍的，都是資產階級。我爹手上晃著一張已經褪色的大照片，這是我爺爺年輕時迎風站在一條小船上，白竹布衫，怯生生挎了個青布包，活脫一付許文強初進上海灘的毛頭小伙架勢。我爹拿手上沉默了好一會兒，我娘沉吟片刻，拿了把剪子將照片攔腰截斷，留下半張，半張扔進火裡，嘶嘶幾聲，一縷黑煙飄過，盆裡浮出一層淺灰。

過後我悄悄的問過我娘，「那天你把爺爺的照片剪去什麼啦？」

我娘說是把船頭上刻的國民黨青天白日旗徽給剪掉。」是你爹膽子小，這是當年你爺爺在王開照相館拍的一張藝術照，照相館裡的青天白日旗幟，和我們有啥關係啦。」

我娘埋怨我爹。

「那你不是也燒了許多照片？」

「有些照片你爹說因為塗脂抹粉，都是資產階級，都不可以留下，有一張照片是他中學的同學，全家人都去了台灣……。」

「娘、人家去了台灣，和我們也有關係嗎？」

「我也和你爹說了：「我問他，當年你們學校不是有共產黨的地下組織，你怎麼沒有和這些人照張像。」

「說明爹眼光不准。」我開心的咧嘴笑。」

「其實這也不怪你爹，誰有那種亂世的魂啊，報紙上天天戡亂共匪，長江天險，固若金湯……，小市民誰管這些，真是應了水滸李逵言，江山輪流坐，明年到我家。不過你們爹爹也真是屬老鼠的，他把我們的結婚證書都燒了。」

「結婚證書為啥要燒？」

「證婚人裡面有你爹一位堂兄，當年他是黃浦軍校畢業的國民黨軍官，四九年被共產黨槍斃在提籃橋監獄裡了，就是你無錫嬤嬤的丈夫，你不要出去說噢！」

「哦，我曉得。」

無錫嬤嬤是我們家族中活的比較凄慘的一個人。小道上血紅的殘陽，夜色籠罩下的一輛警車，嬤嬤夫妻永訣前互相的一瞥，這熟悉的一瞥，她們的靈魂就在另一個世界相遇了。

姑媽的男人姓趙、單名文，畢業於黃浦軍校。我們家族祖祖輩輩官運不濟，好不容易出了一個娶了我爹堂姐的黃浦軍官，濃濃的家族榮譽感讓他當選了我爹娘的合法證婚人，撐撐場面威風顯擺一下，時運不濟，卻成了歷史反革命。

「一朝天子一朝臣，金兵打進來，崖山之戰，南宋小朝廷全部投江了斷，明朝滅亡，朝廷臣子不死也都脫層皮，英雄抱負，悲情滄桑，所以他也不能不死。」我娘是看慣叢林法則、江山易主的戲文，也聽慣書場開場「皇有皇猷，帝有帝德！」皇帝頭銜，非功德造就，實是腥血鑄成。開國當頒定國法，君主政體奉為準繩……，然眼前這種株連九族、普通百姓被折磨的連一張結婚證書都不能留存，我娘還是沒有看懂。

「你爹和我在結婚前，也經常去蘭心劇場看看電影、大馬路喝杯咖啡，照相館拍一張照片，公園裡逛逛，蠻舒心的日子，四九年結婚後，就再也沒有這種日腳了，這十幾年，你們排著隊出來，你爹像是換了一個人，低著頭，破衣爛衫的深一腳、淺一腳的往農村跑，上一趟回來時，頭上一頂破草帽還戴著就進門，彆扭的像煞唱蓮花落的方卿，家中是只有一斗二升黃熟米，三捆乾柴別娘親，我母親一天吃去二合半，四天之內吃一升……，真正是一幅癟三相。那年我們結婚的時候，你爹這個姐夫我也是第一次見面，據你們爹爹講，那年他帶著蘇州嬤嬤從重慶回來，他也跟著出過風頭的，你爹有一張站在美式敞篷吉普車上的少年照，微風拂過頭髮，掩不住他的春風得意，後座的嬤嬤夫妻新婚燕爾，是他們最風光的時刻。」

「那照片也燒啦？」

「解放那年燒了，這要留著還了得。」

「那年婚後我與你爹是曾去過幾回他們在虹口的洋樓，確實相當氣派，你嬤嬤請我玩過幾次舞廳、看過幾場戲，這個姐夫的官不小，臉龐清癯，整個人的精神氣質是蠻像一個軍人，剛毅沉穩，真不曉得他們當年為啥不跟去台灣，落了個

殺身之禍。你們嫲嫲這麼漂亮的一個人，一輩子任誰看中她，或要替她做媒，她都不應允，趙五娘吃糠一世守寡，如同秋水黃昏，無言惆悵與淒涼。夫君血淚流，別妻赴陰關。」

「情海無驚波濤兇，風流淹沒紅塵中，孟姜女哭長城，千古絕唱誰人聽。」

遠去的枝跟錯節家族史，已經與我們若即若離。

# （八）

我家大門外有一處牆腳，長年擱著幾個破瓦泥罐，舊搪瓷盆，盆中栽有幾片僵兮兮的仙人掌，及一撥撥零丁細瘦的小蔥。

這些破盆爛盤擱在牆垣屋簷下，雨水陽光被遮蔽不少，泥土也不肥沃，沒人呵護，風霜雨雪中卻終年成活著，還會經常竄出一些不知名的野花野草，一簇簇黃、白、藍、粉、紅各異，雖然花香不濃，也沒長成樹形，風兒在天井壁角裡轉了一圈又一圈，年年歲歲陪伴小蔥從殘破的泥土裡竄出芽尖，一弄堂的蔥孩跟著又長了一歲。

文革的第一個除夕夜，鞭炮聲很冷清。二號胖娘姨對我娘講，她們家倆小孩的父母，文革開始後一直沒有回家，胖娘姨說過，他們夫妻倆一個是大學教師，一個是工程師。知識分子都是臭老九，除了自殺、都去辦學習班關牛棚、下農村五七幹校了。只是苦了胖娘姨，她又要管倆小女孩，又要照顧癱床上的外公，老上我們家要我娘幫忙捎買物品，我在他們樓梯上看畫報時，就要差我遞送食物，給那躺床上的外公，那外公只是半身不遂，語言思路都和常人一般無二，一雙眼睛仍然目光炯炯。

我經常給他遞報送飯，他也老和我說話，詢問我弄堂裡的事情。

他知道我老看他家的圖畫書，就很高興的指著床底下說：「我這裡也有很多書報雜誌，你也可以看的。」

「哦，好的。」我應承後趴在他床底下張望一番，他點點頭，我便怯怯的掀起一角床單，雙腳跪地，伸手拖出一梱梱連報帶雜誌的書籍，也不管能否讀懂，亂翻一氣。他問我大牆上的大字報你能看下來嗎？我回答，「都能看下來，但有的意思不明白。」

他對我說，你把它抄下來，可以講給你聽意思的。從那時起，我就多了個事情，每天拿撿來的傳單抄牆上的大字報。

多日後，我了解許多弄堂裡被抄家人的過去，比如一號里三樓錢先生是國民黨舊市政府的官員，是舊市長吳國楨的走狗，曾當過警察局長毛森的秘書，罪大惡極！那日送抄的大字報給外公時，他問我，」你見過一號公館錢先生嗎？」我說這幾天見過，你要我去找他，也可以的。」

錢先生是一個臉色有些蒼白，身體像苦行僧般的筆直堅定，頭髮齊梳向後，一件薄灰呢四個口袋的中山服，像他所梳的頭髮一樣，光滑無痕，戴一頂鴨舌帽，帽簷斜邊遮住一部分臉，腦後髮夾線的頭髮已經灰白，清爽乾淨，五十多歲的年齡，面孔像一型皮鞋一樣削削瘦，進出弄堂悶聲不響，走路經過家樓時，不管有多少鬧猛喧囂，他從來不停下來，也不搭訕，守著他的一份孤獨，一份至尊的氣派。最多是簡短的一個招呼，匆匆的一瞥。但總歸算相互熟識的鄰人，因此我便自告奮勇，放下畫報就要往外走。

「我就去叫他來。」

「你不要白天去，晚些若見了他，讓他上我這兒來一次。」

「好的，外公。」

第二天清晨，弄堂口又涮上了新的大字報。

我告訴外公，弄口新貼的大字報說他自絕於人民，自絕於黨，爬上外灘的高樓跳了下來。

外公瘦削的臉由紅泛白，眼神透出了一絲絲畏怯的味道。嘴裡喃喃道「活不下去了，活不下去了。」我不明白他是說他自己，還是說一號樓的錢先生。

「他是功臣吶，他是上海的功臣呢，」上海和平接管，有他的功勞啊！」

「外公，我知道，大字報說他當年拿了蔣介石的金條，潛伏下來的。」我已經將大字報抄了一遍。

「什麼是潛伏啊，不能這樣說啊，」

「他和蔣介石、何應欽、毛森，這些罪大惡極的反動派常年勾結在一起，還和隱藏在我黨內的階級異己份子、資產階級當權派週祖康串聯，與反動警備司令湯恩伯關係密切……等等等等，」

「外公這是剛剛新抄的。」我讀了幾句，隨手將剛抄的大字報遞給了外公。「上海警察局掛白旗，槍枝入庫不抵抗，讓共產黨和平接管上海，這本來就是老蔣的命令，他們都是執行這個命令的，上海城沒有遭到炮火的損壞。陳毅市長接管了上海，他們都是有功之臣呢。」

「哎，飛鳥盡，良弓藏。狡兔死，走狗烹！終究是個市井無賴！」

外公這些嘟嘟嘟嘟的自語,我沒有聽懂。

大字報說錢先生跳樓,確實是真的,沒過幾天,一號樓錢先生家就來了一輛大卡車,家就被搬空了,大櫃子往卡車裡抬的時候,有人輕聲嘟噥了一句「桃花心木」,馬上有人糾正「懂什麼啊,這是黃花梨!你瞧瞧櫃門上的鬼臉。」一個年輕女子,悲傷陰沉的臉,忙裡忙外在招呼著,有人說這是錢先生的姪女。我聽見說櫃門上有鬼臉,以為是錢先生的臉被映在櫃門上,鑽在人群的頭裡,扒著卡車打量著,琢磨老半天,直到一條破毛毯將大櫃遮蓋,也沒看見什麼。回家聽我爹嘆聲:「哎!孑然一身孤孤單單,如果有個家眷,也就不會跳了……。」

「外面跳樓自殺的,也不見得都是單身。」我娘回一句。

「聽人說那天批鬥他,紅衛兵將他的頭髮剃成陰陽頭,還逗樂取笑污辱他,你想啊,他是多自尊的一個人吶,能夠這樣受污辱嗎。」

「君子死,冠不免,輕生重氣節的錢先生當夜就跳了樓!」

千古艱難唯一死。

「什麼年代哦,這麼欺負平民百姓!」

錢先生在弄堂裡是個遠離喧囂紅塵的人,我爹讀了大字報說他是個人物、一個孤傲的人,他應該出走的。

室外氣候寒冷,陰雲低垂,黑沉沉,天空刮起了風。

錢先生在我們弄堂的花名冊上被抹去,我腦海裡只存下如他皮膚一樣蒼白的印象,與一個睿智、敏感的側影。

幼稚的我把興趣全部押在戲劇電影畫報裡了,給了一份抄好的大字報,作交換似的抱一疊畫報回家去。這些雜誌畫報都是五六十年代香港和上海的戲劇電影刊物,邊翻我們還七嘴八舌的討論,誰誰誰比誰更漂亮,誰誰誰比誰更英俊,《漁光曲》女主角是王人美嗎,男主角是誰啊,「阮玲玉」是哪一年自殺的啊,「鄭君裡」也當過導演啊,白楊、李雙雙,康泰、趙丹,林道靜。美國電影《出水芙蓉》的劇照,香港演員夏夢的《小月亮》劇照,人猿泰山、蝴蝶、周旋,都讓我們看的羨慕不已,還有一種香煙牌子,反面有水滸三十六地罡星、七十二天煞星的,於是大家就可以當遊戲猜,一人手持卡片報名字,另一個人回答綽號,說「拚命三郎」就要回答「石秀」,「小旋風」,「柴進」,封神榜、七俠五義、三國演義都可以這樣玩,但是難度高,水滸能背的人最多,看了畫報後,也可以玩報電影明星,一個人說人名,一個人要講戲碼,看多了電影畫報和夾在中間的電影說明書,玩這種遊戲也很開心。

　　十一月深秋的一個晚上，被家具和布幔隔成了裡外兩間房的我家，二姐、大妹小妹和我睡在裡間，窗戶前徜徉著清澈的月光，低一截的方格小花軟布窗簾，只是遮擋住行人視線的尺寸，能見到天空中幾顆忽明忽暗的星星。外屋的燈光已經熄一會，爹娘卻尚未入睡，倆人的交談斷斷續續，夜靜風定、秋蟲唧唧，突然一聲如嬰兒般哭喊的貓叫聲，又讓你汗毛倒豎。我爹娘輕微的話語，一句不漏的傳進裡屋，清晰的送進我的耳朵。

　　「明天開始我考慮不抽飛馬牌香煙了。」

　　「是店裡買不到了嗎？」

　　「不是。單位上有人檢舉說我抽每包兩毛八的飛馬香煙，是資本家小業主的派頭。」

　　「哦喲，現在儂還有派頭啦，罪過噢，還有啥好講了。」

　　「怎麼辦呢？」我娘在問。

　　「我今天買了一包大聯合，便宜倒蠻便宜的，只要一角陸分一包，倒是省了一角貳分了，但是抽起來是兇了一點，旁邊還有一種叫生產牌，只要八分一包，我拿在手上，手有些發抖的，伐曉得裡頭到底是什麼了，不敢買。」

　　「聽人家講大聯合、大聯合，就是香菸廠每天將地上的菸絲下腳料掃掃攏，把這些下腳料菸絲製作的香煙，然後就起了個大聯合的名字。」

　　我娘講這句話，倒也不是憑空亂講，隔壁算命館王先生的老婆阿珍最近去閘北香菸廠上班了，是居委會給的名額，阿珍本來是不干活的，只是有人來算命，阿珍負責倒杯茶而已，現在算命館已關閉，王先生天天坐在客堂間的紅木八仙桌旁，手裡拿一桿紫銅水煙壺，呼嚕呼嚕的抽水煙。我有時候路過他們家，裡面濛濛暗，王先生頭頂戴著瓜皮小帽，掛著那付阿炳式的墨鏡，眼睛從來都不轉的端坐在那裡，猛一看有些嚇人。

　　王先生的測字看相在我們這一帶，是有些名氣的，南到肇家浜路垃圾碼頭，西到徐家匯育嬰堂，北到老北站街、東到十六鋪外灘小東門，都有人趕過來讓王先生算命的，阿珍講，甚至江灣五角場，滬東工人文化宮都有人不嫌千里迢迢趕來，一定要王先生指點迷津，所以雖然館子早就關閉，私下裡仍然有人偷偷拿些時辰八字，來這裡算命，所以阿珍仍然嘻嘻哈哈在隔壁老虎灶喫茶談山海經。不過現在文化大革命來了，肯定真的沒有人敢來算命，阿珍就去居委會一把眼淚一把鼻涕的哭訴，居委會安排阿珍去了上海捲菸廠，阿珍現在搖身一變，變成了響噹噹的工人階級，弄堂裡四處留有她的芳踪，身上一股股濃鬱的廉價香水味與大聯

合的劣質煙草味讓她很受歡迎，儘管她目前只是在香菸廠掃掃車間，她說領導已經答應她，有機會替她換工種去軋菸絲的。這個香菸廠的菸絲下腳大聯合一說，我娘肯定是聽阿珍講的。」「哎，儂從光榮後來吃前門，現飛馬吃到大聯合，真不曉得江山不是都坐穩了吶，怎麼還這般興風作浪。」

「這就說明江山不穩，出現了問題，單位上開會說毛主席周圍全部是壞人，他被壞人包圍了。」

「勝者為王敗者寇！歷朝歷代都是這樣，管老百姓啥事體，現在是天天老百姓鬥來鬥去，要幹什麼啦，」

「昨天單位上大卡車又拉人去遊街了，那個從前踏三輪車的老李現在是工人造反隊頭頭，他說卡車上壞分子太少，一定要拉我上去陪鬥，講我出身不好，讓我去湊湊數，後來還是辦公室的小余幫了我，說有任務讓我在廠門口牆上放大一幅毛主席像，這才放過了我。」

我爹沒有師學過美術，他只會打格子放大畫人物玩玩，他說是跟一位王開照相館描摹著色的朋友學的，一開始是學著放大照片，塗抹些色彩，單位上幫同事見了，都讓他幫忙放大照片，文化大革命開始，工廠要在外牆上寫語錄，蜀中無大將廖化作先鋒，這種癟三單位就一定要我爹將毛主席像放大畫在牆上，說畫不像不追究責任，我爹極其小心的畫了幾次，造反派還比較滿意，但我娘卻始終很緊張：「聽說有人不小心打碎了毛主席石膏像，被抓進了提籃橋，你以後也不要再去畫，會出事的。」

「知道，我也有聽說，據說現在反革命畫家畫的全國山河一片紅、毛主席去安源的兩幅油畫像，裡面故意隱藏蔣介石的頭像，說是嚴重的政治事件，被槍斃了，所以我也不會再畫了，好在工廠外面兩牌牆面，都已經畫滿了。」

「現在這些癟三都狠了，儂落在這種單位也算觸黴頭，隔壁良良阿爸在銀行做事，銀行職員全部是資本家、小業主、知識份子家庭出身，大家一樣的身分，聽說好一些，良良阿爸就天天辦學習班寫檢討書。」

「本來良良姆媽講，她們一家這幾天一直七上八下，良良阿爸從重慶回來的事情早就家喻戶曉，單位裡的造反派也想把他拉上車子去遊街，結果查出來銀行從寫字間到營業廳的職員全部是國民黨銀行裡留下來的，一半人從重慶回來，拉不均勻。」

「是呀，解放前上海灘銀行又沒有看見過共產黨開的嘍，就是儂這種癟三單位，小家敗氣，從來沒有見過世面的一群赤佬當家，還搞的好啦。」

「哦喲！儂輕一些呀。」

「曉得，曉得，儂看，阿拉這種推板弄堂都出這麼多的事體，一號裡錢先生跳樓，前樓鄭家阿爸進牛棚三星期都沒有回來過，過街樓上的洪先生事體最大，四十年代的只有做過幾個月的大公報副刊主編，解放後門房間收信發報紙卻做了十幾年，災難仍舊避不開，聽說來抓他的，不是單位裡的造反派，是公安局帶了逮捕令上門的。胖娘姨昨天來講，二號裡的蘭青文青的爸爸媽媽帶信給她，說這段時間，他們夫婦也回不來，要胖娘姨照看老人和小孩，三號裡奇峰的爺爺和爸爸，是京劇團來抄家後被捉上卡車押走……。」

「儂還記得嗎？就是寫字間裡坐在我對面的老李夫妻倆個，已經不他們上班了。」我爹隨手熄了一盞床頭小燈，仍在輕聲的和我娘說話：

「噢，啥人啊？」我娘有些搞勿清楚。

「就是想領養我們家老四的，那丁香花園李鴻章的後代，儂忘了嗎？」

「噢！曉得曉得，」

聽見我爹娘談丁香花園，深埋在泥塘裡的記憶，又完整的跳了出來。他們和我爹是在一個寫字記帳間的，前幾年我跟我爹去單位時，由於我爹一直講我生出來的時辰八字不好，外公要將我送出去的故事，那對夫妻沒有孩子，就一直纏著我爹要收養我。

開始只是開開玩笑，後來有一次，他們夫妻倆個帶了一籃紅蕉蘋果、一罐黑赤赤的咖啡、一斤太妃糖、還有老大房紙頭包的一塊花布，來到了我家，正式提出要收養我，我娘說好是蠻好的，就是自己小孩總有些不捨得，我爹那天正式拒絕了他們，還使眼色讓三姐帶我出去，後來我爹對我娘說：「咱們家再落魄潦倒，也不能把孩子送人，你看隔壁曉荔家比我們窮多了，六個小孩也沒聽說要送走……。」

那天我娘回我爹說：「曉得、曉得，我爺娘早就說過，你是和尚投胎來的，前世裡沒有見過孩子。」

## （九）

講起丁香花園，我長大後，每次乘車經過這片林蔭茂密、花草遮掩的花園別墅時，總是會探出頭去看看，思念這對沒有成為我父母的夫妻倆，儘管我爹娘說，當年他們曾說過，從來也沒有住過什麼丁香花園，然而這些泛黃的記憶，猶如晚風中

綻放的丁香花，一絲香氣讓給遐想。甚至吃丁香山楂時，也會神遊一番。

「老李夫妻怎麼啦？」我娘在問。「他們倆是會計，現在不讓他們做帳，開大會時經常要拉上台去批鬥，昨天還拉出去戴高帽子遊街。」

「哦喲！他們不會想勿開自殺哦！老二講，今天他們東風中學一個體育老師也是被批鬥的從樓頂跳下來自殺了。」

「應該不會吧，現在沒有出差任務，大家白天都在一個辦公室裡，私下裡小余，阿丁，我們幾個會相互勸勸的。」

「熬一熬吧，摒過風頭，不曉得會不會好一些。」

「朝廷自己出事體了，攪得天下一團糟，真是不作興的噢。」

「單位裡天天要講要肅清叛徒工賊劉少奇的流毒。」

「那什麼時候會結束呢？」

「不像會結束的樣子，講要進行到底了。」

「哦喲看見過戲文上有哪個江山不換代呀，哪個朝代不是萬歲萬萬歲的山呼海叫，又看見哪個皇帝萬歲過啊，看旁邊的面孔，一臉的奸相，天天讓大家叫身體健康，一定是身體不健康了！」

「哦喲儂這些話是千萬不能出去講的，要是講出去天也是會塌的。」

「哦喲，曉得曉得，儂看我外頭講過啥啦。」

「小孩子麵前也不要講！」

「曉得！」我爹總是太緊張。

我娘剛才說的一臉的奸相，是指在天安門城樓上接見紅衛兵時，站在毛主席旁邊的林彪，及中央文革小組的張春橋，中國人講究面相，哪個皇帝走出不是天庭飽滿、地閣方圓，就算騎在馬上打天下時，瘦一點，等到龍庭一坐，萬歲萬萬歲一呼，宮庭御用雞、御用鴨，御用茅台酒，想不飽滿都不行，大臣瘦一點，官大一級壓死人，伴君如伴虎，劉公道大街淚雙流，不瘦不行。

「這年月能太太平平活下去，就是菩薩保佑了。」

「哦喲，儂不曉的啊，現在那些和尚尼姑自己都遭到麻煩，廟宇裡是泥菩薩過江，自身難保。」

「怎麼啦？」

「都中了魔咒，好端端的去沖法藏寺，將尼姑捉上卡車，吊著牌子在遊街示眾呢。」

法藏寺是靠著復興路旁邊，一條窄窄的小馬路上一座小小的寺廟，小時候我

經常去的，我娘說我外婆在世的時候，每年秋天七寶老家的新穀子，一擔擔都是外婆吩咐往寺廟裡挑進去的，所以這家寺廟與大境廟一樣，也算是咱們的家廟，後來三年自然災害了，外婆的金鐲頭金戒指沒少往裡扔，其實外婆也不是認真佛門的信徒，她只是初一十五，二月十九、六月十九觀音生日，去寺廟吃素齋，平時做些積德行善之事，好幾回我跟外婆去寺廟時，總是見那些年長尼姑青燈古佛，香火繚繞，說話輕聲細氣，遠離陽光世俗的紛擾，與世隔絕，彷彿就是上一世的仙人，縮在一角安安靜靜的敲她木魚，嘴裡念念有詞、「嗡嘛呢唄咪吽、嗡嘛呢唄咪吽」非常本份規矩，柔和親澈的出家人眼神，似清涼安靜地蓮開一朵。

「尼姑老實來兮，捉去做啥啦，」不單單捉尼姑，還把廟裡的觀音像都砸了，前幾天弄堂裡有人講，泥塵橋廟裡的觀音在牆上顯靈，那些紅衛兵就不敢再砸，嚇得嗑頭就拜，不知真假。」

「真的呀，現在的人真是不怕報應的！」

「老三前幾天說，那徐家彙的天主教堂已經讓紅衛兵給全部砸了。」

「日本人都不敢砸寺廟、教堂，現在的人真是天不怕、地不怕，什麼都不忌諱！」

「浮圖塔斷了幾層，斷了誰的魂！」

「殺人放火堀祖墳，難道儂就不怕子孫受報應嗎……。」

我娘自言自語，咕嘟幾句，一陣沉默，歸於寧靜。

大聯合菸絲，教堂、菩薩，迦藍遭劫、佛佗留淚、洪先生、跳樓、丁香花園、大公報、林彪、張春橋……，天上的星星在忽閃，子夜明月半窗戶，天空清清冷冷，夜深人靜，遙遙有電車聲音傳來，交叉的回憶，末日的恐怖，從清晰到朦朧，似煙雲繚繞，我進入睡眠。

從那一天起，我爹就開始抽捲菸車間地上掃起來的垃圾菸絲，大聯合牌香煙。

三十多年後，我爹人未出現，總是咳咳咳的聲音先到。

哪怕在遙遠的大洋彼岸和我爹通電話時，都能聽見我爹肺裡呼嚕呼嚕的喘氣聲音。

那一年冬日，雪花飄舞，我爹被診斷出肺部有陰影，拿著我爹的CCTT報告，托關係找人，一家一家的醫院跑，胸科醫院的主治醫生接過報告問了一句：

「有抽煙史嗎？」「有的，已經戒了八年了。」我回答。

「噢，二十年的抽煙史，戒了作用也不大，都是抽的劣質煙。」

「是的，是的，曾經抽過一毛六的大聯合香煙。」

「這個絕對脫不了乾系，只有半年時間了。」醫生權威的肯定，語句冰涼徹骨，透著陣陣寒氣。跨出醫院的大門後，我淒涼慌亂的倚在屋簷燈柱旁，天空中浮出淡淡白色太陽的暈光，柳絮般細碎的雪花仍然在飄，一點點霜，一點點雪，還有一點點風……。不太遙遠的記憶精靈在遊蕩，盪出了一個炎炎夏日的午後，我爹問大妹和我，一起去第二醫學院遊場泳如何？重慶路上第二醫學院的游泳池比建國游泳池小一些，門票便宜一分，七分一張。我想了想回答說：「不去。」

「為啥？」大妹那跳起來的興奮勁一下子被我擼去，我家沒有泳衣，泳池雖有免費借穿，由於我個子矮小，管理員抬頭打量一下，啪的一下，一條小短褲就扔在我跟前，這讓我很窘迫，羞憤的我也曾抵抗過，聲音太輕，只有泳池裡的水花能聽見，用一圈圈波紋漣漪，對我表示同情。所以提起游泳，我就心煩意亂，今年夏天，我已經好幾回見到班上女同學勾肩搭臂，提著裝有泳衣的網兜去游泳時，我就端只洗臉盆盛滿水，拿一隻小雞啄米的鬧鐘掐時間，蹲在弄口，把頭浸在水裡，一趟一趟練屏氣。

「沒有已經讀書的女孩子，光著上身游泳的。」說時眼淚委屈的差些控制不住。

「你可以只把頭露出水面，身子沉在水下的，我就是這樣的……。」

「你閉嘴吧，你還沒有上學了呢……。」

「那去看電影吧。」

我爹見我和大妹爭持起來，便改主意，帶我倆去看了場電影，看的是《雞毛信》五分錢一張票。

半個月後五號是我爹發工資的日子。傍晚我爹回家稍稍比平時晚了半小時。

「我爹回來了。」大門外有踢自行車桿子的聲音，大妹小妹「爹爹、爹爹」的迎了出去，我也側著頭從窗口探出去，我爹在解綁在自行車後架上的鋼精鍋子，有饅頭的肉香順風飄進屋，每個月發薪水的這天，我爹會用食堂飯菜票買一鍋大肉和黑洋酥餡的饅頭回家，我走出去準備和大妹小妹一起抬盛著饅頭的鍋子，我爹拍了拍我肩，塞了一個牛皮紙包裹給我，摸了摸軟軟的，「打開看。」我爹微笑的點點頭。

我手指敏捷地拆了細麻繩和包皮紙，掀開又一層薄薄的黃皮紙，

「游泳衣！」一件全新大紅色的泡泡泳衣，外加一頂藍色的塑料泳帽。我帶著一張滿足的，漲得通紅的臉，抬頭望著我爹。好幾回路過順昌路，形形色色的人群，五花八門的櫥窗，我只對順昌百貨店這套泳衣帽子心向神往，佔有它的慾

望遐想，見一回噴發一回，雖然每回路過櫥窗時總記得我娘關照我們的一句話：「走路進店門都小心一些，咱們家現在窮的打碎人家玻璃都賠不起……。」

我還是忍不住停下腳步，隔著櫥窗使勁的盯上幾分鐘，一旁標有的藍牌價碼讓我難以向爹娘啟齒，「游泳衣三元，塑料帽四毛。」

因為慢吞吞的走進家裡，我的腳跟與地板摩擦發出了輕微的響聲，讓我娘發現了，「這是你爹的菸錢！」我娘瞧著雙手捧著泳衣呆呆的我，沖我說了一句，也許他倆商量過，我娘肯定不主張買，我爹只能省出他的香菸錢。

隔壁樓房滑出了一陣手風琴演奏器樂，打亂了我的思緒，我是一個繆斯不眷顧的人，單位裡一個小姐妹出身音樂世家，她媽與周小燕是同事，經常會聊交響樂，我是山東人吃麥冬一懂不懂，暗暗的自己較勁，偷偷買了一組欣賞交響樂的聯票，坐在劇場裡裝模作樣的將每一場都聽完，後來感覺應該買一本交響樂普及大全讀讀。此刻手風琴歡快旋律中夾雜著傷感的曲調，我卻聽了出來。遙遠的另一段時光，遺忘了很久的記憶，填滿了我此時的意識，浮現在眼前是那麼近，近得能用手去觸碰，碎片完成了一幅拼圖，我又曲折地穿梭了進去。

春光明媚的二年級教室裡，音樂老師說學校準備教手風琴，家中有條件置備手風琴的同學，下課後來登記一下。這事讓我精神恍惚了好幾天，偷偷盯著我娘連買菜錢都要摳老半天的臉，我沒有勇氣吐出手風琴三個字，後來逮了一個和我爹單獨在一起的機會，忐忑的試問我爹：「爹，您知道一個手風琴要多少錢啊？」

「學校教手風琴了嗎？」爹反問我。

「嗯……，不過老師也只是說說，也沒有說啥時候建手風琴班。」這一次的假裝隨便問問，大概讓我爹認為我們也該學點音樂了，某天回家，我爹掏出一隻虎口長的國光口琴，並教我怎樣摳口琴調手指，及嘴巴怎樣移來移去發出音符，一家子排著隊吹，前面一個人吹好了，後面的人便拿去自來水龍頭，用手指來回挫捏的洗洗，我不是最挑剔，馬虎沖一下，甩去些水，二姐就不行，不但狠命的洗，還倒過來、順過去，攤手心底上狠拍，誰都朝她翻白眼，我們口水有這麼多細菌嗎。然洗的干淨並不等於吹的好聽，當我們幾個還在斷斷續續一卡一卡吹的時候，我哥接過我們吹過的口琴，洗都不洗，只用袖口擦一下，就能吹出很悅耳的歌聲，他不但能將一條大河波浪寬吹的圓潤悠揚，用嘴唇調節音時還能發出哀訴的調子，比如天上布滿星，月芽亮晶晶的哀傷調，再把兩隻手一彎，吹出雪皚皚，夜茫茫，高原寒，炊斷糧，這種帶和聲的旋律。

　　口琴替換了手風琴，我的手風琴夢就這樣擱置了，不過，怎麼說也算是接觸了一回西洋樂器。

　　往日圖景浮現，溫暖縈繞，我生出咧嘴的羞澀，抬手去捂時，被攥在手裡我爹的X光片子刮了一下，思緒被帶回現實，睜開眼睛，快樂的回憶已倉促離開，似手心裡攥著的沙，一不小心就掉了，再捧時，已被海浪沖刷。

　　倚牆而立，夜幕將臨，天空陰沉、多雲、灰暗，身影融入夜色的過程，似煙似幻，落寞的我淚水奪眶而出，空氣濃稠的讓我呼吸都有些困難。

　　西北風抽打著林蔭道的樹枝。霏霏細雪在風中上下翻飛，飄出一片發白的天光，寒風下的路人行色匆匆，每個人都那麼忙忽，誰也無暇顧及一個靠在電線桿上，一頭冬天顏色的頭髮被風掀亂，表情比冬天還要冬天的驚恐女人。

　　空氣中飄過一陣生煎饅頭油香，雞鴨血湯的腥味，一家剃頭店的圓柱霓虹燈壞了一面燈泡，仍在吃力的旋轉，油蓬伸出人行道的小吃店門口，手攜鋼精鍋子的隊伍在悄無聲息中加長。一對中年夫妻走在我前頭，男的停下來盯著玻璃櫥窗裡的靈芝孢子粉廣告橫看豎看，女的嘴裡嘮叨不休，男的回一句，」儂講好了伐，伊是我姆媽哎，我買脫房子，也要救她的……。」

　　「不是我不捨得鈔票，醫生今朝不是已經講嘸沒希望了麼……。」

　　我拍打著身上的雪花，橫穿過馬路，燈光、人群和喧囂的汽車聲在周遭響起，那對夫妻推開一爿藥店的玻璃門，男的回頭見我猶豫在張望，似要跟進去，替我擋了一下門，我旋即謝過踩躓跟進。

　　如今的藥房日光燈簇簇新，與走進永安百貨大樓沒啥兩樣，全場藥品甩水跳樓價，大拍賣廣告做的儂勿生毛病，也想去囤點藥，買一送一、購五贈十，女孕搭男秘，禿頭搭腳癬，放開膽子出手不要摳摳索索，最多王道士給寶玉開的療妒湯，吃勿好，總歸吃不煞，吃過一百歲，人橫豎是要死的。

# 第三章

承恩堂前不在貌

# （一）

一個地方的風景，在於它的傷感。

盛夏在大境廟替外婆做道場的那日，回到家裡時，月光穿過樹葉灑在弄口牆壁上，樹梢蕭蕭，又將光影碎成一條條小魚，上下的跳。

終於我也像大人一樣，躺在床上翻來覆去睡不著覺。白天也會常常站靠在弄口牆下，透過梧桐樹葉傻望天空，如夢境般，凡事到了回憶的時候，虛實會分不清。

我娘見我總這樣似醒非醒，便對我爹講：「我見這孩子現在怎麼老木頭木腦的呆著，帶她去杭州靈隱寺燒柱香吧，我看是娘把她的魂靈給帶走了……。」

「不可能！你不要想一出、是一出，這樣落後迷信，讓人聽見不好……。」

我爹受不了我娘的信口開河。

學齡前那幾年，一段有記憶的寧靜時光，麻雀在梧桐樹葉間嘰嘰喳喳，空氣中都有一股舒緩而愉悅的氣息。外婆坐著黃包車一三五、二四六，來到我們弄堂，悉悉索索被我們扶下車子的一刻，荷葉小籠饅頭肉香，先行飄了出來，外婆坐定後，我們就一個個像木樁子夯在泥土裡，不移了，我娘那幾句客套話，我耳朵都已聽出了繭子，「哦喲姆媽，儂來就來了，勿要每趟彎到太平橋去買小籠包的，儂現在嘸沒包車，人家車伕等儂要不開心的，等一些踏起來像飛一樣，儂又要嚇著……。」

「不要緊的，我又勿刮皮，稍許彎一彎，不討人厭，每趟我會多給伊拉一些銅鈿，伊拉不但不催我，還斜氣好了，拿我擾上擾下……。」

「哦喲，儂勿曉得的，小囡看見我，外婆、外婆圍上來，儂空空兩隻手，伊拉喊一聲就走開了，儂要是帶了點心來，伊拉就圍了儂旁邊，篤篤轉，旋旋轉，勿走了，我看了開心，現在我也老了，儂阿爸走了這些年，我也是『樓頭楊柳青不返院中海棠花無味』的未亡人，迭種日腳也不長了，小囡罪過，長發頭裡，多少饞啦，買點給伊拉吃吃，要的……。」

我們穿新衣，嚼食物，盡得樂狀，未不未亡無感觸。

如今細碎叮叮的黃包車鈴仍在響，卻香車系在別家樹，走下來的是人家的外婆，我一下子真轉不過這個彎。

十幾年裡我家熱熱鬧鬧、奔前奔後出來六兄妹，五八年始，爺爺叔伯的鋪子

店堂都被公私合營，我爹分出老家，進國營公司拿五十七元工資，窘迫養活一家八口，我娘說我爹的工資可以用武家坡王寶釧的話來形容：「十擔乾柴，八斗老米，慢說是吃，就是數也數完了。」我家的半畝方塘在公私合營前，靠了祖上的餘蔭庇佑，活的還滋潤，公私合營後，外公外婆合力澆灌，還有些天光雲影，我們活蹦鮮跳數年。

「大河有水小河滿。如今大河的源頭是澈底枯竭，頭頂上倒了遮陽的靠山，小河裡的蝦兵蟹將真不曉得如何存活。」

「新嫂嫂儂也不要太傷心，天下沒有過不去的路，沒有邁不過的坎，小囡一天天長大，等他們出道就好了。」

度過了冬天，打發了春天，又是一年的初夏到來，弄口梧桐樹下一片清陰，蟬鳴不輟，我娘在竈披間裡，仍愁腸百結的向三樓紹興好婆攤苦經，好婆勸了一堆的話。

「閒記憶、舊家事，暗香浮動影橫斜。」我娘的鄉關往事離不開外婆家的石庫門，這麼多年，老屋總是堆積著她的層層記憶。她對我們反復講述的總是同一棟樓，同一個故事，這幢如今早已半離半散半荒蕪的舊宅，成了她的精神老宅。

我娘一直活在她的時代，她做姑娘時的一間可心閨房，牆上的戲照、床下的戲報，天井裡的紅月季、白玉蘭，「小樓一夜聽春雨，深巷明朝賣杏花。」嗲嗲糯糯的深巷賣花「梔子花白蘭花，」夜寂時的篤篤篤白糖蓮心粥，梳頭阿婆的玫瑰露刨花水，姐妹牌花露水。濃鬱的美國咖啡摻著報紙的油墨香，裊裊拂過倦怠貪懶的臥房，曬台上的藤架，貓咪碰翻的花盆、麻雀啄落了花蕾……。

炎熱夏日的一次午飯桌上，日影反光穿過打開的窗戶，我娘在廚房走廊里用黑煤灰漿封了小爐火，進了屋子。寧靜無事的我們，由於無聊，又開始了一搭搭的閒聊，不知是哪一段公案的撩撥，讓我娘剛離了嗆人煤煙，突兀又沉湎在她那美好的舊時代裡不能自拔，雖然我們有時候懷疑過她，將過去編造得太過美好，不過誰都樂意聽她編造出來的那份精美樂趣，一份如今縫縫補補、洗洗涮涮的窮愁困厄，也不能使她惆悵悲觀與潦倒的自信。當然中間少不了我們由於見聞所囿而產生的迷惑，插進一些輕易就被她擊敗的提問：

「媽，您說的那些事，為什麼現在我們除了那幢屋子的輪廓相似，其餘相差都那麼大。」

「嗯、是的，外婆家那幢樓這麼破落，一點不像你口中描述的那般粲然應景……。」

「嗯，這麼陰森的房子，難怪狐仙出沒。」

「是的，有一次我走在樓梯口，在後窗探頭一望，見了隔壁院子中間堆了許多板箱，旁邊有一隻野狼。」

「不要無中生有、瞎講好伐，那條崇明狼狗我見過好幾回了。」

「是呀，除了外婆，這棟樓的人都陽陽怪氣不正常，嬤外婆也太恐怖了，讓我見一回緊張一回⋯⋯。」

大哥、二姐、三姐都在七嘴八舌的編排，一番煞有其事的誇張，外婆家的客堂、走廊、樓梯、院子，都已經陰雲密布，二十多年前外婆杭城靈隱寺燒香懷孕，狐仙投胎轉世，從前的從前，從前的從前，長可圓、圓可方，搓到哪裡算哪裡，」呼星召鬼歕杯盤，山魅食時人森寒。」晌午時分，陽光直射窗戶，飯桌上，剛離了爐火的一鍋芋艿胖頭魚湯，原本熱氣蒸騰，卻被狐仙寒氣生生壓了下去，過氣的妖也是神，不敢輕薄，好好的一個小陽春，猶如海神山鬼來座中，寒風颼颼。

二姐沒想明白，怯怯的問了一聲：「媽，為什麼別人求子那送子觀音都送人，單給外婆一對狐仙啦，」

「哦喲，狐仙也不是一般人說給就給的，不是說九尾白狐需修九千年，才能修出個人形。」

「觀音送子不送，送個羅漢也不錯的，外婆為啥這樣倒楣呢，一直去廟裡廂拜菩薩，結果羅漢不來，還來一對狐狸，勞嚇人的。」

「噢，這個主要是那些道行不深的小仙小妖，或是犯了誡規的金童玉女、天庭使者等，被罰下人間，都在寺廟周圍遊蕩，一來等著投胎，二來也說是沾些神仙的法力，你們外婆也是碰巧撞上。」

不過傳說再森寒，這幢樓再蕭蕭，卻仍然阻擋不住我們隔三岔五的往那裡去，有一回外婆見我們進去後都立定在一旁的角落，笑著對我娘說：「他們不是來看我的，是來看這對大罐的。」

外婆屋裡黃銅床腳下有一對湖綠龍泉青瓷大罐，其罐色澤雅緻，用手撫摸冰涼光滑細膩，頂蓋上一粒小圓滴子，被拂擦的褪了色更是如潤玉一般，我娘說從前外公活著的時候，雖也作貯物用，是很珍惜的，只貯一些不常開蓋的物品，如當歸木耳、桂圓燕窩等，每次我與你們外婆去掀蓋時，外公會緊張兮兮的關照：「輕些、輕些。」不過怕什麼來什麼，越是關照越是會失手，呼的一下，蓋子就重重的落了下去，嚇的蓋的人和你們外公一起跳起來，現在的東西也是在隨便亂

放，大家也都乒乒乓乓的亂掀蓋子，不過你們外婆倒不相信這對將軍罐值錢，她總說：「這對大罐粗看不錯，上面鏤刻的飛龍也搖頭擺尾蠻活的，細看就有些露餡，龍要五爪是官窯瓷器才值錢，這條龍趴開的爪子是四根，普通民窯貨。」她還說那年替她採辦嫁妝的倒落娘舅，一世好吃懶做抽鴉片，騙她爹娘的銀子，說買回來箱籠綢緞都是蘇杭、錢塘江洋莊的貨，後來傳出來，他是貪吃了銀子，進的全是太湖上的水貨，這對罐無年份無落款，道道地地的憋腳貨，你們外公不識貨……。」

龍罐值不值錢，我們不懂也不介意，每回我們來到這裡時，陽光透過陽台落地窗照進屋裡，照著這對大罐，巴巴的候著外婆一聲：「打開吧！」裡面的芝麻餅、梨糕糖、油棗果、熏青豆、山楂皮，霜糖柿餅，不但可以開心的吃，臨走時外婆還會講，各人用手絹裝一些，帶回去吃。

「姆媽：這些孩子可都是儂給寵壞的，一個個像是叫花子投胎來的。」

「『女兒不斷娘家路，外婆屋裡外甥王』，外婆是不怕你們『強盜女兒賊外孫』的，這是玉皇大帝封過的！你們不來，外婆倒是要不開心的，不過你們一定要記得，在外婆家可以這樣，在外面是要有規矩噢。」

外婆家的日子似天堂一般，想起紅樓夢黛玉進府時的那句：「不可多說一句話，不可多走一步路……」覺得林黛玉有些小心眼了。

## （二）

話說回來，確實每次跨進外婆家大門那一霎時，也是要具備一些勇氣的，那兩扇不太靈活的黑漆石庫大門，吱吱嘎嘎推都推不動，鏽了銅綠的門環僵在那裡，晃也不晃，角落裡的電門鈴長著紅銹、結了蛛網，在向來人訴說它的滄桑、和這幢樓的故事。

大門推開後，客堂間一排落地長窗被灰塵蒙成毛玻璃，見外婆用雞毛撢子彈的時候，我也有搶著幫忙過，灰塵彈不出，玻璃也彈不亮。叔嬸婆住一樓廂房，外婆和叔嬸婆家女兒佔著二樓東西房，三樓統樓住著叔公兒子一家，我們喚他娘舅，有倆孩子，舅媽和婆婆不和，經常帶著孩子往娘家跑，樓內寂寂沉沉，室冷幬空缺少生氣，有時候前腳剛踩進天井，見客堂間的簾子都沒有捲上去，就能估摸今天三樓舅家又沒人，板壁隔著樓梯的花柵，偏廊通後天井，一眼能瞥見一扇封死的木門，青灰磚上扔著成堆的舊花盆，一蓬蓬的野草青了又黃了，枝蔓根秧

亂爬亂長，這風也邪，無緣無故就刮起來，捲起殘葉掃過塵土，揚起後落下，瞬間眼前就浮出了早年狐仙在這棟樓隨便出出進進的景象，枯枝盤旋大仙出沒，一堆堆被風吹的打轉的塵土，我怊諤的眼睛快速在驚恐的大腦裡，幻出了一個個小翠、王生、青鳳的錯覺。啊！趕快、趕快！隨後就越想越怕，大氣都不敢喘一口，手腳並用往上爬，更怕一不小心踩踏到狐狸大仙那條拖地的尾巴，踢開房門後爭先恐後滾進外婆的房間，再不出來。

　　嬬外婆看上去就很老，雖然她以前肯定也年輕過。身體有些僵硬，轉身很慢，不過耳力絕對好，針尖細的聲音都能灌進她的耳朵，進門時無論如何輕手輕腳，虛掩著的落地長窗微微吱呀一下，兩腳剛踩上黑沉沉的方磚地，欲悄悄繞她背後溜進去，卻一次也沒有成功過，她跪在客堂間角落的軟墊上，明明是背朝外一手敲木魚，一手捏珠子，卻像腦後長眼似的，直直的身板慢慢扭過來，一對冷淡陰鬱的眼神，瞧的我手心沁汗，我們站停恭恭敬敬的喚她一聲「嬬外婆」，她不說話、微點一下頭，就算是招呼了，總感覺少了一些親戚長輩見到小輩的溫馨。當然我們少不了在娘跟前經常埋怨，「嬬外婆不待見我們，不喜歡我們……。」可我娘總說：「她並非刻意針對你們，她對自己的親孫女也是這樣……。」

　　一九六五農曆七月初三，天剛破曉，青色的空中殘星尚存，篤篤篤……，有人敲我家臨街窗戶，「外婆病重，已送去南洋醫院急診間，」叔嬬婆的兒子仲德娘舅來我家報的訊，當我爹娘趕到時，外婆已經蒙上了白被單。爹娘去外婆屋內清理遺物時，室內稍稍值錢的皆已移走，剩些箱籠衣物硬通貨家具。辦完外婆七七四十九天喪事的一天，已經是一個冬日的傍晚，靈臺拆了，牆窗門上的黑紗白幡仍在風中輕輕搖擺，樓道天井的茉莉康乃馨的淡淡香氣尚未散去，一幅裝有外婆遺照的鏡框被我哥捧在手裡，走過昏暗的走廊，客廳，帶著我們在雨中跨出了這幢樓的門檻，推上大門，屋簷滴著水，滴答滴答。我娘關閉了她與娘家的所有關連，所有娘家的愛與溫暖都化作了淡然浮在她的雙眸。牡丹成了山茶，收於阡陌的相忘。歸家，天已薄霧，一家人踩著腳踵走在樹葉落盡的人行道上，不懂事我戀戀不捨地一路回頭張望，直到外婆家的弄堂從模糊到消失，合撐的雨傘，將我臉上、身上都打濕，真是討厭，這段路以前來來往往從未下過雨，好吧，讓我就在雨頭里走吧。我執扭的把頭探出雨傘，漸漸的，我便拖在了後面，遠處還透出燈光的兩兩三個窗口，不知不覺間，窗戶的燈光一個接一個地熄滅了。

　　從此我家所有人再也沒有踏進這幢樓一步。

我爹說我娘這是學王寶釵「三擊掌」是「阿耿耿、胖千斤，爭氣不爭財！」

我娘道出原委，說當年公私合營我祖父家道中落，房屋抵出去後，外婆有意讓我們一家搬進來的，叔孁婆雖女流之輩，卻是吃長素的出家人，她說沒有意見，跳出了叔孁的兒子，說我娘是王家領養的女兒，不能佔王氏祖產，這次外婆突發急病送醫院，幾條街的距離，「丑時斷的氣，他卯時敲的我家窗戶，你們外婆貼身衣裳鈕絆上，一直有一串藏細軟的箱籠鑰匙，已經摸不到了，曉得是伊拉做過了手腳，我與王家沒有血緣，爭訟不過，爹娘不在了，親情就嘸沒了，錢財是身外之物，生不帶來死不帶去……。」

昏黃雖無聊，卻也蘊含深刻。

我娘的浩然正氣將我們壓的妥妥，然沒什麼大出息的我們這班人卻有些想不通：

「姆媽你的志氣是不是有些強過了頭啊。

「姆媽，葬禮上您不是以女兒身分首席捧盤發喪的麼……。」

「是呀，遺照也是我捧的！」

我哥覺得他擔任了整個喪事儀式的第一孝子賢孫角色，怎麼這麼快就被人忘了啊，簡直就是過河拆橋。

「弔唁悼詞也是我爹念的，答謝也是我們一家，怎麼這麼快就剝奪我們的名譽與財產繼承權啊……。」

「收餘恨、免嬌嗔，人生數頃刻分明。」

為避瓜前李下的嫌疑，原本去祖母家也是可以走外婆家門口這條道，打那以後我家所有人都繞道而行改換路線，幾十年心再癢癢，也不曾跨進過這扇舊牆門，這扇古老而有靈性的門扉，承擔了一個沉默的見證者身分。

「繁華聲遁入空門，夢偏冷輾轉一生，情債有幾分……。」

「姆媽，爹爹沒有講錯，儂真是三擊掌裡的王寶釵，『先脫日月龍鳳襖，後解山河地理裙，此去寒窯十八載，從此不登相府門。』只是爹爹不是薛平貴，沒有西出陽關當上西涼王，儂是王三姐守寒窯，一直守下去，沒有出頭日子了。」

## （三）

這棟三層石庫門是外公弟兄倆分層居住，叔公也算是擠進重慶回來，工部局接收大員中的一名小八臘子，據外婆講，他的風光像半夜三更開的曇花，花開花

謝實在太短。

我娘說叔公是能說會道蠻聰明，年輕讀書時相當出風頭，重慶回來後，講起他那些跋山涉水的長沙逃難，日本人封鎖下的廢墟，飛機狂轟下的屍體，湘貴雲川與土匪打交道，重慶防空洞死人等經歷，很讓人著迷。

那會兒的客堂窗明几淨，三朋四友席間杯盤交錯、酒酣耳熱，仕途經濟文章、金融期貨交易，手頭闊綽，高朋盈門，日日是座中客常滿，杯中酒不空。窮泊大街無人問、富居深山有遠親。然而他這個人不剛毅，得意時忘形，天地無窮事，失意時惶恐，悲憤走麥城。第二年，他在重慶討小老婆來了，上海人管這個叫抗戰夫人，他在橫浜橋是有小公館的，奧斯汀轎車開來開去，嬸外婆睜隻眼閉一隻眼，大家心知肚明也不捅破，後來他跟著二夫人去洗禮信了基督教，又過一陣，他與大嬸婆扯了離婚文件，說是因為基督徒不能有兩個太太：「這樁事體大家都講他做的蠻缺德，當年儂去重慶，老婆兒子女兒都不管，養家生活費也是有一頓嘸一頓，儂老婆這些年也不容易過，現在還要離婚，真正不作興的。」

後來的結果，就是我們長大見到的叔嬸婆，臉上從無笑容，性格非常陰鬱孤僻，認準萬物終是前因，於是佛台越擴越大，脖子佛珠越來越沉，手裡一圈念珠，煙火裊裊、青燈木魚，嘴唇翕翕地合動，把一輩子的心事，都交付給了菩薩。每回我們跨進客堂間，整個一幅黃昏寺廟壁畫。

「後來兩個春秋尚未過，臨解放那年，一個晴天霹靂霹霹似乎有將房頂都擊穿的勢頭，他被下了大獄，當時申報、大公報也都有登，說他倒賣黃金、白銀，擾亂金融囤積貨物，其實這年頭很多人做這種事，法幣不值錢，金圓卷一捆捆燃煤爐當廢紙白相，收購黃金總是騙騙小老百姓，搞亂金融市場本來就是他們大資本家、大商人的事，伊是跟錯人撞在了槍口上。」

我娘說的是當年小蔣整肅金融界新秩序，上海灘打老虎一事。

「後來你們外公剛剛託人打聽了消息，當頭一記悶棒，隕星曳空暮色和陰影籠罩在客廳四周，全家人都屏氣斂息驚恐不已，他在提籃橋監獄自殺了，通知去監獄收屍，然後大家忙亂了一天，把他送到殯儀館裡去殯殮。」

曹操劉備青梅煮酒論英雄，看人論世的確各有胸襟。圍繞這位叔公的死，我從不同的人嘴裡，聽過好幾個不同的版本，對此也有了些了解，外婆講：「叔公和你們外公，雖是同胞一母所生，但龍生九子，子子不同，他讀書做官攢家當，一輩子爭強好勝、出人頭地，做過了人上人，掙到了功名富貴，卻掙丟了性命，出頭的椽子先爛，人還是不張揚的好。

我娘說外公曾託了英商洋行大班去瞭解官司緣由的，事情還未問出頭緒，上海灘街頭的青天白日旗已經換作了五星紅旗，連他二太太的下落，也沒有搞清楚，二太太迭種樣子，蠻像捲包仙人跳，日落東山月西開，烏龍院裡撞上了閻惜姣，這個女人就是一個閻婆惜。」

這位嬺外婆卻幽幽的將此事怪罪於信仰上面，她說「祖上世代是佛門弟子，怎麼可以另換神靈，自古忠臣不事二君，信仰豈可換來換去。這是大逆不道，遭了報應……！是大神咒是大明咒，是無上咒是無等等咒、般若波羅蜜多咒……。」

於是便眼睛合上，專心致志念她的經。

我爹講述的一段情由，很有細節。那年叔外公下葬日，晨起天色就特別陰沉，按嬺外婆的意願，雖然叔外公已信了洋教，家中還是替他在靜安寺廟做了水陸道場，帶些錢財散散小鬼，黃泉路奈何橋上打點打點，讓祖宗先人早接早超生，陰曹地府免眾鬼欺侮之虞。所以那天也就一些親屬，誦幾場經、化些紙錢紙物，排場不大的，奇怪的是始終有一黑衣陌生人從寺廟一路跟去了漕河徑墓地，外公悄悄對我爹講：「怕是暗探！」「這又是為何呢。」不黯世事，十八歲的我爹沒有聽明白。

「這說明案件未了，你看往日你叔公的官場好友都未曾露面！真是人情似紙張張薄。」

那日墓地落葬到一半，天空驟然電閃雷鳴，一場大雨下得如潑下來似的，地面泥土坑積了不少水，外公關照家屬中留幾個男性至親外，其餘眷屬皆可先行方便。於是一部分人就作揖離去，隨即那黑衣人也不見踪影。一會兒，滂沱的大雨有些停了，但是天色彷彿更是黯淡，厚而低的雲層在頭頂飄浮，觸手可及，怕是一場大雨又要降臨，葬禮完成後，看墓人表示讓大家放心，天氣晴了他會打理墳墓的。於是一輛輛包好的黃包車陸續駛出了墓地，我和你外公剛要鑽進昏暗郊道上的黃包車，迎面一人撐著把骨架很大的黃油布傘，一頂銅盤呢帽壓低著頭，深色風衣被風刮的衣角飛舞，下半身褲腿和皮鞋彷彿是浸在水裡撈出來似的，他走近外公，銅盤帽推上去，外公認識他，他叫葉子青，當年和叔公，及另外倆人一起讀之江大學，後來一起去的重慶，在學校曾讓人戲稱過「之江四進士」，四人中一人在重慶逃避炸彈不及，被大石塊砸中，像四郎探母裡唱的「黃沙蓋臉，屍骨不全。」另一人失踪，後來居然出現軍統公佈的延安共產黨的名單裡，做的老大不小，給叔外公和葉子青一度帶來過麻煩，他和叔外公在抗戰勝利後，都是回

了上海，他在農業銀行做經理，外公讓黃包車阿春和我在一旁等他，一會兒，外公轉回來，上了黃包車，什麼都沒講，我扭過頭掀開車篷遮布的角，暮光中風淒淒，影搖搖，踽踽獨行的一個人影，在大雨傘的遮擋下，漸漸的消失在墓地的另一頭。

大雨讓墓地罩上了一層煙霧，霧雨中的一切都很模糊。

沉默了幾天的外公把我叫去了嬭外婆的屋子，說讓我做了個證人，說開了這件事，葉先生說叔公是和二太太一起是囤了些金條和銀洋鈿的，這種事當時市面上做的人很多的，物價飛漲，人心惶惶，紙幣不值錢，誰會相信金圓券，只有大洋，那些短打漢子手攥兩塊銀洋鈿，不時的放嘴裡吹一下，然後在耳邊聽聲，口裡鬼鬼祟祟「銀洋鈿換伐。銀洋鈿換伐。」早早晚晚竄在後門電披間。硬通貨兌換金圓券，也只是騙騙小老百姓。後來講橫梽橋的二太太倒早已逃往美國，叔公卻沒有跑路，事情穿繃後，他自己拖泥帶水跑晚了一步，也許是老家未安妥，也許是命不好，也許太氣盛，總之再拖拖，事情或許會有出路，不必尋短見的。他忿忿的罵完了老蔣罵小蔣：「這八年大家容易過嗎，忘恩負義啊！小畜牲打老虎。」外公從懷裡唔唔嗦嗦掏出一個紙包交給嬭外婆，這裡是幾根大條，他留下的，說是幾個朋友湊的，也不讓問是誰給的，只說朋友一場，他先赴了黃泉，留給太太孩子過日子吧，那天他在靜安寺時跟著我們好久了，見有密探混在人堆裡，一場暴雨人全散了，他逮到機會見了我們，兩天後也搭輪船去了香港，說好讓我等他走後把金條給您。

爹說當年他知道的事情始末就是這樣了。我娘說叔公還真是四進士田倫的命，那葉子青到底是宋士傑、還是毛朋，就不得而知了，但二太太一定就是田氏。我爹說這種無頭案，不要妄自判斷。

「上寫田倫頓首拜，拜上了信陽顧大人……。」

「四進士」是一起明嘉靖年間的謀財害人案，其中四進士毛朋、田倫、顧讀、劉題同年為官，遭奸相嚴嵩排擠，幸遇海瑞舉薦，四人在雙塔寺盟言誓做清官，然各自上任後，劉題、顧讀貪贓枉法如虎似狼，田倫也因庇護他姐姐循私行賄，最後都被八部巡按御史毛朋拿下。

## （四）

連續幾天空氣中已隱約嗅到初春的氣息，但氣候卻仍悶熱的讓人窒息，轟隆

轟隆的雷聲，夾雜著忽輕忽響的鑼鼓聲、喇叭聲，填街塞巷，一天到晚無所事事的我，真的睡個午覺卻又不踏實。

沙沙沙沙的雨點響在竈披間窗子外面，好幾塊玻璃又壞了，糊的舊報紙又黃又油膩，焦黃的報紙被風吹出了窟窿，滴答滴答，打在破紙上，聲音還特別響。多少年一直沒有將這幾塊玻璃裝上，最近隔壁弄堂廚房因為門窗關緊，有人煤氣中毒，醫生說再晚幾分鐘就難講了，這人從鬼門關被拉回來據說全靠廚房窗戶上那塊碎空的玻璃，這種事體一出，我們竈披間這幾塊玻璃就再也沒有配的日子了，風雨中飄了幾十年。甚至於故意乒乒乓乓將玻璃窗的砸出窟窿的也有。

「阿娟，你們家水開了，還不來啊。」暮色沉沉雨中的廚房人很多，儘管昏暗的採光令視線模糊。

「噢，來了、來了。」紹興外婆在竈披間看見阿娟家爐子上水沸了好一會，已經叫了幾聲，阿娟才頭髮亂的像稻草一樣，灰頭土臉一身的霉味，左手抱著女兒英英，右手提著熱水瓶走了進來，英英一歲生日剛剛過好，抱在手裡扭來扭去的，阿娟將熱水瓶往矮桌上一放，倉促的從爐子上提起一把滾的冒著突突水氣的鋁水壺要往裡灌開水，紹興外婆叫了起來，「哎呀、阿娟，你這樣小毛頭太危險、她又這樣在動，」紹興外婆自己手裡鉗住一隻旺火的煤並，動彈不得，著急的喊叫了起來，在煎魚的龍龍姆媽快步走上去，將阿娟左手的英英一把接了過去，也抄在左手上，「阿娟啊，這幾天怎麼沒有看見小狗啊，」龍龍姆媽單手翻了下有些焦味的帶魚，一邊在問，「是呀，好多天沒有見到小狗。」

好婆的爐子煤並已經換好，又將英英從龍龍姆媽手裡接了過來，朝阿娟看了看，覺得不單單是小狗這幾天沒有看見，阿娟是個心思簡單又爽快的女人，今朝吞吞吐吐蠻奇怪。

前段時間，小狗爺叔的臂彎上套了一隻工人造反隊的紅袖章，一陣風似地沖進來，幾句話一講，又一陣風地沖出出去，有些忙，有一天傍晚，夕陽西下酷暑蒸人，他汗淋淋的在水龍頭沖洗後，站在竈披間衝大夥講起他們五金廠的造反隊去抄他們資方老闆家的事情，老闆住在陝西路復興路、陝南邨弄堂裡的，一大清早，他們工廠的大卡車要開進去時，沒有想到，弄堂裡面抄家的解放牌大卡車擠的水洩不通，這一天弄堂裡從早到晚火光沖天，每幢樓房外都在燒四舊，造反隊之間互相打著招呼、看西洋鏡，竄來竄去鬧猛的不得了……。

「哦喲，這是不作興的哦，人家辛辛苦苦一輩子的家當，一把火燒掉不作興的噢！作孽噢……。」

　　小狗爺叔講到一半，紹興外婆插了進來，一開頭大夥還弄不清他在講什麼，，無有人接話，外婆一說，都回過了神，沉默了好一會兒，小狗爺叔有些窘困不堪，眼睛一霎一霎，答不上外婆的話，便倚在窗台上，用手托著臉腮，盯牢窗外落日的餘暉從房頂盯到西牆，又從西牆盯到天井大門，一道道抖動微塵的光低了許多，始終沒有人與他搭話，整個一幅被人活逮的倒楣相，隨即便無趣的抬腿跨過門檻，徑出門去，這幾日還真沒有再露面。

　　阿娟已經衝好開水，從紹興外婆手裡又接過了英英，明明姆媽走來，帶進一陣風，吹起爐火劈啪響，紹興好婆在煤球爐上用火鉗夾出一隻一半燃紅的煤餅，搗去死灰，再放進爐子裡，上頭摁好生煤餅，淡藍色的火焰馬上竄上竄下不講，還生出一簇簇濃醇的煤煙，伴隨著煎魚的味道，「哦喲，難聞死了、難聞死了⋯⋯」阿娟一邊拿手遮住小毛頭的鼻頭，一邊想往外跑，被龍龍姆媽聲問，兩只腳有點僵牢，紹興好婆拿圍裙遮了遮鼻子，也跟進一句「是呀，一個多禮拜沒有見到小狗了，」這一下，竈披間所有人都瞧著阿娟，紹興外婆還伸頭嗅了嗅阿娟身上，問阿娟怎麼身上一股這麼濃霉味嗆人，「哦喲都快悶死啦，窗戶全部打開吧，」阿娟又叫一聲。隨著大夥七手八腳開門開窗，凌亂的阿娟欲言又止。

　　紹興好婆住在三樓亭子間，我沒見過紹興老爹，我娘講紹興老爹以前是西藏路協大祥綢緞行的帳房先生，這種綢布店我是見過的，而且還很喜歡裡面的風格布置，寬敞的店堂，滿壁滿枱花花綠綠的布匹，香氣撲鼻，屋中央搭一高櫃，端坐一位先生，溜溜的鐵鍊子連接四面八方，嘩嘩嘩的滑來滑去，左手錢款收進，右手找零夾出、算盤劈裡叭喇的響，有趣又利索，每回跟我娘走進商舖時，我都很羨慕，還透露過長大了想做這個工作。

　　「這個工作也不簡單的，左右手都要會寫字打算盤。」「是的，我看見這種帳房先生都同時招架幾根繩索，手勢清爽，不慌不忙不耽誤，像有武功一樣。」

　　紹興老爹在冷霧瀰漫的一個早晨突發中風，倒在了記帳台上，救護車到了醫院，人已沒了呼吸，因為老爹是工作時間死在單位裡，所以好婆每月有生活費，紹興好婆無兒無女孤單一人，她曾經生過一個兒子，小時候在黃浦江裡游泳淹死了，老爹死後鄉下的侄子要接她回去，她說和鄰居已經住慣，就沒有回家鄉。

　　阿娟衝完開水，在眾人的催問下，終於屏不牢，講開了小狗爺叔這一個多禮拜的去向。

　　「小狗他們廠裡的老闆自殺了，是上吊自殺的！」

　　「哦喲，就是那個住在陝南邨的老闆啊。」

「是的。」

「哦，罪過柏辣哦，那麼他自殺與小狗搭啥界啦，小狗為啥不回來啊。」

「要講搭界麼，也不搭界，要講不搭界麼，也有點搭界。」

「哦喲，阿娟，儂最好講講清爽，這樣有些繞口令，有點聽不太懂。」

「小狗他們廠裡的造反隊去抄家時，見到這個老闆一個人住在這麼大一層套房，有人就眼紅了，認為老闆又不經常在這裡住，他在老家鄉下還有房子，於是就將他掃地出門，所有的房間大X封條貼的密密滿滿……。」

「老闆沒有老婆孩子嗎，」

「老闆的老婆前幾年生病過世，女兒在福建廈門大學教書、兒子講是勘測石油的地質工程師，不曉得在哪裡……。」

「那麼老闆就去老家啦，」

「是呀，房間全部上了封條，他失魂落魄一個人回到了松江老鎮。」

「噢，這老闆與你們小狗是同鄉人嗎，」

「老闆是松江人，當年開廠招的大多數都是松江家鄉人，小狗阿爸就是老闆從鄉下帶到上海來的，其實這老闆人牢好的，上次三反五反，公私合營他把廠都捐了出來，早已傾家蕩產孤身一人，不曉得這次為啥又要抄家，「所以就想不通出事體了，回到鄉下後，當夜就用一根麻繩將自己勒死了。自己怎麼麼能勒死自己呢？是被人殺害的吧？哦說錯了，是掛樑上吊死的。」

「哦喲，罪過噢，又自殺啦，？是呀，農村房子為啥要造一根大樑呢？上吊自殺太方便了！那你去把黃浦江裝個蓋子吧，上海城市里就沒有投江人啦吧！現在這日子，天天有人自殺，像早年三反五反公私合營辰光一樣，不是跳樓就是跳黃浦，報紙上登講這個叫啥空降兵，真正不作興的噢。」

「小狗講廠裡有幾個造反派也認為封條全部封掉是錯的，不過已經來不及了。」

「人都死了，還講啥呢，作孽噢。」

「那麼小狗現在人呢，」

「小狗被他阿爸喊到鄉下去料理老闆後事了，小狗本來也不敢去，怕被工廠裡造反隊講沒有原則，與資本家同流合污，阿拉小狗阿爸在電話裡講，儂要是不死回來，我也一根繩子掛到樑上去，儂要試試看伐！」

「阿拉小狗就去了，其實阿拉小狗講，老闆的事，他也蠻難過的，他不讓我講他老闆的事，講心裡蠻難過。」

「是呀，擱誰身上，良心上總有些講過不去。」

那天阿娟把小狗爺叔廠里老闆老闆自殺的事一說，竈披間像打翻田雞籮般，嘰嘰呱呱沒的停，紹興好婆的話有些嗆人，讓阿娟有些尷尬，停頓了片刻，沒有接紹興外婆的話頭，自顧自又繼續往下講。

「阿拉小狗這只翹腳是五八年大躍進辰光爬在屋頂上打麻雀時摔斷的……。」

「這個我們都聽小狗講過的。」

「但是你們可能不曉得，當年都是老闆拿出的鈔票，帶伊去看接骨專家石筱山，腿上的骨頭都摔成幾段了，後來雖然有些殘廢，總歸不妨礙走路的，本來講肯定要坐輪椅，最主要是沒有工作單位要他，是老闆幫忙讓他頂替伊阿爸在廠裡做，所以小狗阿爸為了老闆抄家上吊的事，拍桌子舉凳子的罵死阿拉小狗，也罵單位裡這些赤佬強盜坯，都不是東西，忘恩負義會遭報應，阿爸又講上海太亂，讓小狗不要去工廠做，回鄉下算了，小狗向阿爸保證，退出造反隊是可以的，不讓回廠工作，我阿娟怎麼能養活倆個小孩呢，所以下只禮拜，阿拉小狗就回來。」

「噢，回來就好，儂一個人帶倆小孩，也蠻吃力。」

「哎，伊拉老闆也算是白死！」

「現誰不是白死的，不死也給鬥的脫層皮。」

「哦喲，輕一些、輕一些，大家講話輕一些，後門還開著呢，不過阿娟啊，我剛剛從樓上下來，你家樓道裡的門開著，我看見地上全是包袱與紙板箱，啥人要出遠門啊……，」

山東人毛豆姆媽走進來冷不丁的一句話，不但阿娟紫漲著臉，回答不出，所有人的臉一下子都看著阿娟。

「哦喲、阿娟對不起哦，我不是成心要打聽你們家私事。」

毛豆姆媽從樓上下來，扶梯轉彎角上阿娟家房門敞開，一屋東西亂遭遭，幾隻大紙箱當門打開著，未免有點好奇，脫口而出見阿娟難回答，又怕讓人著穿她喜歡刺探別人私事，趕緊又替自己尋落場勢。

「阿娟啊，你不方便講，可以不講的，沒關係哦，瞎問問的。」

阿娟的尷尬沉默有些反常，明明姆媽也出來打圓場。

「其實我說出來也沒有關係，一周前小狗回家說，他們老闆的陝南邨房屋不是空下來了麼，廠裡幾個造反隊就商量好搬進去住，他們知道我們家的住房條

件，就給我們小狗也騰了一間，雖說是一套裡面朝向最差的一間，也總歸比我們家扶梯角要好，所以小狗叫我打包搬場，現在出了這麼大的事情，阿拉小狗如果敢搬進去，阿拉英英的阿爺肯定殺不了小狗，自己也要去上吊的，所以這樁事體肯定就不提了。」

「現在外面都在搶房子，那些造反司令都一部部卡車、先抄資本家的家，將人家全家趕去樓上縮在一起，然後再自己一家搬進花園洋房，那些鋼窗臘地、煤氣衛生設備的房子被搶去很多，我同學美沁家樓下就搬來一戶人家，說是從閘北滾地龍搬來的，他們用滾滾燙的鹼水將打蠟地板洗的雪雪白，然後晚上男女老少全部鋪上蓆了稻草睡統鋪，白天再捲起來，小孩子就在地板上騎小腳踏車，一幢房子的人上上下下啥人都不敢發聲，因為這家人家的爸爸手臂上一直套一隻造反隊的袖章，穿一條草綠式的軍褲，梅沁講是還是造反隊頭頭……。」

我搶著把我看見的都說了出來。

「是的、是的，這叫搶房風，我們這種弄堂也不是大公寓與花園洋房，所以聽說少，我同學住在建國西路曲園，他說裡面每幢花園住宅都讓人搶住。」

二樓申強在幫我證實。

「癡子望天塌、窮人盼造反。」

「阿娟啊，你家住房條件是不好，但是這樣搶進去總歸不太好，房管所又不會發房產本，還是不搬的好。」

「是不搬了，小狗已經叫我拿紙板箱送去廢品收購站，小狗躲在松江一個星期，還幫老闆辦喪事，他們廠的造反隊都已經警告過他，房子肯定沒了我們份。」

咸一句淡一句的又扯了幾句，所有人都沒有找到可以再繼續往下說的談資，悻悻作罷一個個走出了竈披間，這場閒聊就此結束，惟留紹興好婆坐在她的柳條椅上，邊打瞌睡邊守候著她小煤球爐上的一鍋赤豆粥。


（五）


又一個星期天的清晨，柔和的秋陽高照，霞光從敞開的窗戶裡照進來，窗簾被微風輕輕吹拂起，早飯的碗筷剛剛擺上桌子，住在祖父母家裡的大哥大姐一前一後進了家門。大姐告訴娘：「學校裡同學都去全國串聯了，」他們也想去。

「乘火車、吃飯、住宿，都不用花錢的，」我哥在一邊補充。

「外面這麼亂,不花錢也不要出去。」

我娘不太願意讓他們出去,尤其怕我哥闖禍。我哥小時候戲文看的不少,他跟著我爺爺奶奶長大,紹興戲、蘇州評彈天天叮叮咚咚說書不停、所以每回我哥回家時,晚上我媽講戲文,我哥總搶著代勞,說起那些隋唐、三國、水滸、七俠五義等,搶足了我娘的風頭,開口閉口五鼠鬧東京,三英戰呂布、老令公碰碑、洪羊洞盜骨,也不知是否古書看多了,還是讓爺爺奶奶給寵壞了,沾上了梁山好漢那路見不平的習氣,三碗酒、四海情,一言不合就出手。

晨昏午後,一家人趴在桌子上寫作業、看書時,弄堂裡只要傳出一絲騷動,我們幾個便習慣的左右環顧一下,若發現我哥不在屋內,大家都會放下手中的一切,第一時間衝出去,擠進人群查巡一下,有沒有我哥的參與,全家都怕他「一拳打死殷天錫。」

因此我娘聽見我哥要去大串聯時,自然是百般不願意。

「你在家我還套不上籠頭呢,一出去還不是野馬脫韁啊。」此刻太陽陰影移過了立櫃,一抹塵灰的亮光斜射出我娘的臉潮紅又堅決。這次大姐一定也很想出去,她證實了學校、弄堂裡的中學生大都已經去了全國各地,毛主席也戴了紅衛兵袖章,站在天安門廣場,已經接見好幾回北京紅衛兵。

「你們不要去招惹北京來的紅衛兵,樓上申強說他們復旦大學來了北京紅衛兵,年輕輕的小姑娘都會抽出皮帶打人,皮帶上都有銅頭會打死人的,男的就更兇,一號裡電影製片廠的那對夫妻自殺,就是被北京來的紅衛兵打的受不了,雙雙尋短見的,這些人前世究竟是什麼投胎的啊,打人時這個手是怎麼舉的起來啊,還有二號胖娘姨講:文青父母大學裡來抄家的,也有很多北京來的的紅衛兵,皮鞭舉的呼呼響,這是要幹什麼啦,怎麼可以打人啦,是不是天子腳下出來就狠一點,是毛主席讓他們打的嗎。」

「姆媽,我們不曉得,打人的紅衛兵大多數是北京來的干部子弟,他們講江山是他們父母打下來的!」

「咦,現在不是作興講人民當家作主的麼,怎麼又跑出父皇的江山了,再講了,哪座山、哪條河,是他們父輩娘胎裡帶出來的嗎。」「姆媽,儂也想得出來哦,賈寶玉含塊玉出來,大家也不相信的,山河怎麼能含出來,他們拿槍殺了原來的皇帝,普天之下莫非王土,那麼山河就歸他們了。」「噢,就是有金書鐵券,難不成就永遠不換代了嗎,《打金枝》你們也都看過的,李瑞英扮的公主,那戲裡面皇帝不是也曉得勿要一天到晚將『江山、江山』掛在嘴邊,現在倒好,

口口聲聲的江山、江山……。」

越劇打金枝講唐朝汾陽王郭子儀的兒子娶了皇家公主，驕蠻無知的公主將「父皇的江山」放在嘴上威風，遭到附馬的反感，這句「父皇的江山」是諷刺皇家後代的口頭禪。

「前三國，後六朝，草生宮闕何蕭蕭。」

「張天師祈禳瘟疫洪太尉誤走妖魔。」

前幾天米店樓上曉英講，她們市三女中和上海中學也有老師被打的自殺的，所以你們最好不要去北京，我是不放心的，要不等你們爹爹回來商量商量。」

「姆媽，你放心好了，不會有啥事體的，我們已經約好，小弄堂後門醬菜店的彩雲、和後弄堂牙齒店的李梅，我們幾個一起走。」

大哥說他和豆腐店二毛、自行車行小鶴也已說好一齊走。

「這麼兵荒馬亂的年代，按道理亂世是應該在家避避，就算吃飯乘火車不要錢，家裡又沒有斷炊，做啥要出去討飯吃，在家千日好，出門萬般難，最好不要出去軋這個鬧猛。」

「媽，這叫無產階級革命大串聯！到了你這裡，怎麼就成了出去討飯了呢。」

大姐平時從來不軋鬧猛，任何弄堂裡馬路上聚集人群鬧轟轟時，她不但自己不去湊熱鬧，還管著不讓我們出去，這次她很不一樣，耐心努力的在說服我娘，放他們出去。

「媽，這次是毛主席發動的文化大革命，他站上天安門城樓接見紅衛兵，就是鼓勵支持紅衛兵運動的，所以這次你要讓我們去的。」

「媽，學校老師說了，毛主席身邊現在有很多壞人，他們去北京是去保護毛主席的。」

二姐說這是他們老師講的。

「你們越講我越聽勿懂了，我們一個小老百姓，毛主席身邊有好人壞人與我們搭的上嗎，這個叫謀王篡位、宮廷鬥爭，自古就有的，哭祖廟、探皇陵都與我們老百姓搭不上關係的，讓你們去保護皇帝，從來沒有聽見過。」

我娘想上去問問樓上小鄭老師。

「姆媽，小鄭老師大概有麻煩了，他好幾天沒有回來，我大境路小學的同學說，她弟弟讀鹹菜弄小學的，學校裡貼出大字報，說小鄭老師偷聽敵台。」

「哦喲，小學老師也要出事體啊。」

「姆媽，小學裡是老師鬥老師，老師鬥校長，老師把校長和教導主任都揪出來了。」

「姆媽，前幾天大姑媽他們街道鬥當權派，大姑媽是當權派的秘書，也被人一起拉上台鬥爭了，被人揪著頭髮吐唾沫，晚上祖母偷偷哭了一場，讓大姑媽不要再去上班了。」

「搞勿懂了，顛倒了，出了這麼一個鼓動老百姓起來造反的皇帝……！」

「姆媽，儂勿懂，不要亂講！」

「文化大革命不是叫你們造皇帝的反，皇帝是好的，主要是一部分大臣太監是不好的，要人民幫助皇帝一起造這些人的反。」

「那麼你皇帝要殺個人，不要太容易噢，君要臣死，臣不得不死。這個你要告訴百姓幹什麼啦。」

「因為咱們中國人多，從上到下的壞人多，殺都殺不完，所以要讓人民都起來。」

「那麼人民裡面殺來殺去，是什麼意思呢？」

「你們好像都不可以這樣直說的，雖然是這個意思，但是不要再比喻了，讓人聽見了不好！」

大姐感覺我娘和大哥、二姐都越說越呦口，不讓他們再繼續往下說。

「噢，好了、好了，姆媽是勿懂，春秋無義戰，上無禮、下無學，姆媽不講了。」

碗也洗了，爐子也封了，時遠時近的口號鑼鼓聲，斷斷續續沒有停過，屋內倒是靜了一陣，重挑的話題已經圍繞著北方的氣候，出門該備些什麼物品，討論開了，北京大串聯一事，我娘沒能止住，還翻箱倒櫃拉抽屜的，找出了一些珍藏的全國糧票交給了他們。

弄堂經常會來一些胸前背後甩著青布搭鏈的近郊農村人，「雞蛋要伐，芝麻黃豆要伐。」

「還有些啥伐，新糯米赤豆都有，儂要多少。」

隨後悄悄的從後門鑽進了竈披間，一番糧票黑市交易，悉悉索索像變戲法一樣，眼睛一霎，老母雞變鴨。

此外還有走街穿巷用塑料鞋底、廢玻璃絲換高郵鹹鴨蛋的人，穿壞的塑料底破鞋、舊塑料包都可以換，每回見到高郵鹹鴨蛋的人走來，站在弄堂牆角下的我就會將腳上的塑料底鞋子拚命磨幾下，再拿鞋幫倒過來在牆上蹭蹭，尤其是高郵

鹹鴨蛋的人要走出弄堂的那一刻，我會懊惱沒有早一些拿剪刀將腳上的舊鞋面子鉸碎。

我家女孩多，每月的配給糧票有多餘，我娘階級覺悟低，法制觀念不強，既充當了弄堂黑市交易的中流抵拄，也是江浙一帶投機倒把分子的堅定靠山。同意我哥我姐去北京大串聯後，我娘在傍晚的蒼白太陽下，用糧票又迅速悄悄的換了一些雞蛋，煮熟後讓他們捎上，又湊了些毛票塞給他們，然後大姐、彩雲、李梅、我哥、二毛、小鶴、等幾個高高興興，挎著書包、揣著茶缸、毛巾、換洗衣物，在一個無風微霜的早晨，告別我們，興高采烈的出發了。

## （六）

二姐和亭子間的龍龍一般大，都是小學快畢業的人，跟在兄姐後邊，也上了一趟城中區的北火車站，一直到黃昏前的薄霧籠罩弄堂的那一刻，倆人才神采飛揚，臉龐漲的通紅的回來了，然後在比他倆更小的我們面前盡情誇張的描述：「啊！你們真應該也去看看，那裡真是鑼鼓震天，紅旗飛舞，革命形勢一片大好，現在上海就像是一片紅色的海洋，我們彷彿就邀遊在紅色的海洋裡！」

「東風盡吹，紅旗招展。」「可上九天攬月，可下五洋捉鱉！」

爭先恐後的將所學到的詞彙，全部吐了出來，渾身一種「手捧寶書滿胸懷，一輪紅日照心間」的亢奮狀態。

「大串聯、大串聯，就是允許大中學生竄來竄去，沒有我們小學生什麼事的！」

秀氣的二姐，梳有兩條齊腰的小辮子，是小學高年級的學生，已經知道要漂亮了，晚上睡覺前總是將卡其長褲折疊的齊齊整整，然後掀開床褥，小心的伸進去鋪平，這樣經過身體躺在上面，壓上一整晚，第二天穿起來出現兩條筆直的褲線，走起路來，兩條腿一跨一跨，綽約多姿。

雖然她已經小學快畢業了，小學生是不可以出省市串聯的，她沒能趕這個浪潮，見大哥大姐雄姿煥發的告別了我們，尤其是去了一趟紅海洋似的火車站，更是羨慕，私下裡憤憤不平。

其實二姐對我和大妹小妹來講，也是很有興奮點了，那次她回家也將書包一扔，告訴我娘：「媽、文化大革命了。」

「解放到現在，不是一直都在革命麼，這十幾年革命又沒有停止過嘍。」

「這次不一樣的，這次是文化大革命，學校不用去了。」

「學校裡的男生將課桌椅一排排推倒了。」

「革命了和推倒課桌椅有什麼關係呢，」

「媽，我們學校也是的，男生將每個教室的課桌椅都推倒了，」我在一旁替我二姐證實。

二姐讓我娘用紅布做個小袋，放一本學校發的毛主席語錄，斜跨在身上，她說學校給她們的任務要天天乘公交車。上去輪流背誦毛主席語錄。

我家屋子光線暗淡，讀書寫字需要聚在靠窗的角落。大妹和我儘管語錄背不過二姐，但也都要擠在這裡背課文的，於是朗朗的背書背語錄聲音，此起披伏地在這裡，不分晨曦黃昏的響徹著。

「偉大領袖毛主席教導我們：房子要經常打掃，不打掃就會積滿灰塵，我們的思想也會積滿灰塵……。」

偉大領袖毛主席教導我們：一切帝國主義和反動派都是紙老虎……。」

「爺爺六歲去放羊、爸爸六歲去逃荒、今年我也六歲了，公社送我上學堂。」

「爸爸小時候，扛活地主家，地主心腸黑，把人當牛馬，三頓糟菜粥，哪能吃飽啊……。」

二姐說背誦的段子越多越好，乘客還會鼓掌，司機和檢票員不會為難你，上車背不出新的語錄段子，那會讓售票員趕下去的。

二姐每天晨起搶先佔了窗台的光亮，神聖熟練的朗讀一會，隨後風雨無阻地斜跨語錄袋，從早到晚擠在巴士上，十六鋪、徐家匯，虹口足球場、中山公園，乘來乘去開心死了。

無論是朝陽下玫瑰色的天空，還是滂沱大雨的氣候，她興致勃勃的乘了一個多星期。又一個清晨，天陰沉，霪雨薄霧，她磨磨嘰嘰賴著被窩不起身，娘問她是否生病了，她說：「媽，班上同學都說不能再聞汽油味了，這車晃的我頭都發暈。」巴士乘厭的二姐終於藉暈車名，當了一名毛澤東思想巴士宣傳站的逃兵，自此只要一有同學來叫她，我娘就與她一起配合演雙簧，一個在外屋故意大聲說：「哦喲，是找老三的同學是伐，我家老三是感冒了，有什麼事嗎，」二姐聞聲就一把扯過被子，外罩也不脫的連頭一起悶進去，等同學走進來時，果然臉紅樸樸的，哼哼唧唧感冒發熱不容置疑。

歷時半年，弄口梧桐樹叉已然掉光了全部葉子，一片光禿禿的枝桿冷落交錯

的時候，弄堂裡去串聯的中學生開始陸陸續續的回來了。

頭回出外的他們什麼都是新鮮鮮的，走過風，走過雨，望不盡的青山綠野，欣賞不完的連片田畝，麥浪起伏，以及各種各樣的樹木，遼闊的蒼穹，沿途倒退的秋景層林盡染，水邊柳葉泛黃，垂在湖面上，地裡有黃燦燦沒有收割掉的稻穀，燒了稻桿留下的黑黑的農田，一切讓他們叨叨不完。

原本弄堂裡幾十個人結伴行的，途中他們卻分了道。說是那日列車徐徐靠站，幾分鐘後紅旗一揮，著白煙鳴著響笛，沿著軌道又啟動了，啾啾唧唧、眉眼盈盈，興奮勁未褪，就被一陣話語打愣：

「老子英雄兒好漢，老子反動兒混蛋，基本如此！」「什麼階級出身！」一抬頭，一群紅衛兵站在她們面前，男男女女個個都一身草綠色的軍裝，腰扎牛皮帶，打了個冷戰的李梅和大姐左顧右盼地不知是什麼意思、發生了什麼，「什麼出身，」對方又催了一句。

大姐吞吞吐吐說了句「職員」，馬上紅衛兵回了一句

「北京不歡迎！」「你！問你呢！什麼成份！」」

一個渾身草綠軍裝、滿臉漠然驕橫、手持皮鞭的人指著彩雲，彩雲愣了一會，虛虛的目光抬起頭仰望著，顫著聲音說了句「小業主」。

彩雲家的醬菜店是她外公開的，就在我家過去幾個門面，彩雲的父母工作在外地，她打小就在外公家生活的。過後彩雲告訴我大姐說，為何回答遲了些，因為她想說自己父母是工程師的，由於最近父母去了農場，也不知道出了什麼事，外公是右派，自己不敢說，最後想想以前父母戶口本上部填寫小業主，於是於是就這樣回答了。不知是否彩雲的回答不情不願惹了他們，還是因為慢了半拍，或者就是小業主與革命時代不和諧，總之彩雲話音未落，一根鞭子就飛了過來，彩雲頭側一下，手擋了上去，但已經慢了，鞭子甩在耳朵肩膀上，隨著彩雲的一聲尖叫，我大姐看見她的右耳朵在流血，那位臉頰肌肉緊繃，享有打人特權的紅衛兵舉鞭子的手，第二次又要抬起來時，旁邊有人擋了上去，這是二毛、我哥和小鶴他們。

「要文鬥不要武鬥」

「偉大領袖毛主席教導我們『人的出身是不能選擇的，但是道路是可以選擇的』。」

雖然是制止了武鬥，北京肯定不歡迎了。因此大姐彩雲和李梅只能灰溜溜的下了火車，轉去了天堂杭州。

大姐說再不敢往前乘了，李梅的出身更糟，她家的牙齒店現在還開著，這種成份該劃在哪一檔，她猜不出來，李梅不講，大夥也不敢問。

我哥他們幾個確定說是到過天安門廣場前的金水橋。

年前的一個夜晚，偏斜的月光已有些灰暗、星星也沒有幾顆，走廊里的爐子用濕灰封了好些時辰，我始終能聞到煤煙的味道，我家那塊黃、綠、紅、藍小花的窗簾在飄舞，襯托著窗戶五彩繽紛。

弄堂裡夜深人不靜，幾聲小鞭炮的壁啪聲傳出來，尤其我們這幢樓，小孩竄流不息，我姐帶回來一斤小核桃，每個人都分了幾隻，那時候杭州小核桃是很稀罕的，我哥扛回來的小半米袋的帶殼花生和香瓜子。

北方的長生果和香瓜子顆粒很大，以往我們吃安徽、江西產的，都比較小，二姐辛苦了一陣，伴著鹽將這些炒了出來，炒貨熟了溢出的香氣，和一家人聚在一起說笑的快樂，多多少少沖淡了一些這半年來文革給我們弄堂帶來的慘烈陰影。

第二天晨大家都有些起不了床的感覺。通常我爹只要在家，會將電台五點檔的氣象預告從溫度、雨訊、潮汐、降水量、風速、都聽的詳詳細細、一字不漏，然後再精確的提醒我們，表現出他對氣候有非常敏銳的洞察力。由於屋子小，這種自裝的半導體聲音，不但尖細刺耳，還有卡殼的怪聲，不斷調整角度的拍打，絕對攪到一屋人的清晨好夢。我娘說我爹應該去當一個出海捕魚的漁民。那日天還濛濛亮，窗外路燈尚未熄滅，一家人卻反常的都醒了，跟著我爹聽了一遍氣象預報，大妹起床從抽屜裡拿了一把竹尺，伸進身子在抓癢。

小妹也說背心癢，二姐把手伸進襯襖裡替她在抓，「前幾天不是都去浴室洗澡過，怎麼都還這樣。」我娘瞧著我們怪樣，覺得有些奇怪。一會兒似乎察覺了什麼，下床將我哥脫下的衣襖翻查，「哦喲，出事了！」原來我哥把一種當時叫「光榮蟲」的跳蚤帶至家中，紅色的小蟲子在我們身子周圍亂躥，他卻酣沉沉地一直在睡，天尚未明，我們膚癢難當，然後冰天雪地，一家子簇擁趕往順昌路公共浴室，洗完澡回家，我娘將爐子捅旺，添煤燒水，床底下拖出一隻廣漆大浴盆，拆被子，燙棉襖，滾沸的開水澆的跳蚤嗶嗶啵啵，鬧轟轟的家又混亂了一陣子。

## （七）

「孃孃好！」「嗯，好好，白相是伐。」

　　和我們打招呼的是住在三號公館底層優雅得體的黎莉莉，全弄堂人都知道她是舞女出身。她的頭髮總是燙的捲卷的，嘴上塗著顏色，細細描過的眉毛像煞三十年代的電影明星，彎彎柳葉在額頭上弧一下，與《一家春水向東流》裡的演員舒繡文有七分吻合，腰肢纖細，脖頸柔韌，不要說她有時還穿旗袍，就是著一件普通的襯衫，也能給人星月明亮、夏荷清爽的感覺，一年四季脖子上搭配著不同色彩的喬其紗絲巾，特別不同凡響，走起路來一扭一扭，配著嗒嗒嗒嗒的高跟鞋，踩在水門汀上的清脆響聲，踏步的姿勢、言語的曼氣，天天換一根不同色彩的絲巾，想讓人不回眸也難，不過我們能脆脆的喚一聲，不僅僅是她的美和高雅，因為舞女孃孃的手提袋裡少不了裝幾塊橢圓形的水果糖什麼，她矜持但不高傲，眉宇之間不缺一抹正常人的溫柔，我娘說她一個懂得做人的客氣人。

　　弄堂裡還有一個人也和她一樣經常穿旗袍，她是五號樓裡尹先生的太太尹師母，尹師母也長的很漂亮，也燙頭髮，經常也會塗紅描眉擦粉，尹師母不穿高跟鞋穿軟底繡花布鞋的，走起來細聲碎步，嫋嫋婷婷有些曖昧。如果拿尹師母也放進電影《一江春水向東流裡》裡來形容角色的話，她便與上官雲珠有幾分相似，帶著一絲憂鬱，有一種屠弱的優美。倆人身上有個共同的特徵，無論怎樣的穿著，都有一種上蒼賦予的優雅氣質，不但帶著舊時光的痕跡，還散發出一種複古的氣息。

　　閉門家裡坐禍從天上來！

　　陽光日漸和暖，夏日到了，晨午厚厚的雲層遮擋了太陽，使太陽看起來仍高高掛在天上，弄口的老梧桐在熾熱的光影下，滿地的斑駁樹影依舊，天空也不算陰暗，天氣仍很悶熱。

　　一陣喧鬧，車喇叭鳴笛長音不息，一輛綠色的東風牌軍用卡車，幾十個造反隊，擴音器、鑼鼓、標語牌，大呼小叫駛進我們弄堂，「快閃開，快閃開」一霎時那些竹椅板凳上揀菜洗衣的人，提凳子，抬洗衣盆，舉菜籃子，吸肚貼牆的在讓道，車子在弄堂口裡卡住了，左避右讓的，還是沒能開進，於是車上的人便跳了下來，直接往弄堂裡面奔去，很多拖著鞋根的弄堂裡人也跟在後面，尾隨紅衛兵到了三號門口，正要踮腳伸脖子的想擠進去看清楚一些，只聽一陣閃開閃開的吆喝聲，舞女孃孃被紅衛兵簇湧著推了出來，在眾人的注目下，再推揉上了那輛卡車，黎莉莉家中只有一個女兒名喚培琪，培琪在我們弄堂裡大家都喊她的綽號「外國人」，她有點像畫報上的外國人，也有點像香港電影明星夏夢，大眼睛、長捷毛、高鼻樑，不但頭髮褐色，連眼珠子都褐色的，去年中學畢業，是弄堂裡

的社會青年，居委會一直在她家門口敲鑼鼓，要動員她去新疆。二號胖娘姨講，培琪不去新疆是有道理的，培琪那一屆獨苗應該分在上海。

這裡黎莉莉上了卡車尚未站穩，後面培琪像發了瘋似的追著趕了過來，追到了弄口卡車邊，她哭喊著踩著輪胎也欲往爬，卡車後板咔嚓的被人翻了上去，她伸手夠不著，抓了幾回都沒抓到欄板，卡車上頗有慍怒火氣的幾個造反隊指著她在大聲的訓斥，她一下就癱軟下來，伏住卡車輪胎嚎啕大哭起來，卡車在突突發動，還有人在卡車後面指揮著「倒、倒、倒、讓開、讓開」，弄堂裡看墊鬧的鄰居一擁過來將她奮力拖開，黎莉莉被塞在卡車中間，一邊一人揪著她，儘管她頭垂的很低，一個紙糊的帽子已經套在了她頭上，胸口也垂了一塊白紙黑字的方紙牌，上行寫黎莉莉，打上紅叉，下行粗體黑字歷史反革命。擴音喇叭綁在卡車車頭上，大海航行靠舵手的的歌曲旋律激昂，車上造反隊打倒某某某！打倒某某某！某某某負隅頑抗，讓他死無葬身之地！的口號聲高亢威武，卡車有些被弄口的拐彎給卡住了，辛虧大餅店姜家姆媽的兒子勇強騎著自行車趕到，他一邊指揮鄰人拉住培琪，一邊散開眾人，打手勢協助卡車倒出了弄堂。卡車沿黃陂路北向絕塵而去，甩下弄口梧桐樹陰影下一群惦腳伸脖子的鄰人，弄堂裡有人眼尖說這批造反隊是上海電影製片廠的，今天是文化局開批鬥大會。大夥一下就醒悟過來。

我娘在家說「黎莉莉也真是觸黴頭，她只是電影廠的合同群眾演員，一個小八臘子，誰要這麼害她哦。」

培琪被大媽好婆們摁在過街樓下的竹椅上，大餅店姜老闆娘的大兒子勇強是一個粗線條，五官端正，肩膀寬厚、肌肉發達的年輕工人，本來倒是生的買相蠻好，就是一對耳朵生的不好，招風耳朵像炒菜的鐵鍋子攀，有人講伊一副壽頭碼子腔調，不過勇強進出弄堂一直揚著臉，蠻神氣的，他自己認為自己是弄堂大老倌。

此時他拙手拙腳，左手捏一隻烘山芋，一邊吃，一邊臉頰通紅，騎著一輛自行車火燎似衝進弄堂，也帶來一個很可靠的消息，今天是人民廣場的大型批鬥會，黎莉莉肯定是被拉去那裡了，他們柴油機廠工人造反隊今天有糾察任務，他回家取東西，見了弄堂裡這陣架勢，特地趕來通風報訊。

「文化界不是剛剛開過鬥爭大會麼，」小弄堂愛珠的大姐是求新造船廠的工人，她說前幾天文化局在他們廠開的規模很大的批鬥會，「牛鬼蛇神」簡直是黑壓壓的站滿了一個臨時搭建的大台，廣播裡叫一聲押一個人，光口號也叫掉一個

時辰，起碼押上台四五十名之多，以前只知道這些人是名人，那天是開眼界了，周信芳、袁雪芬、巴金、豐子愷……，反正都是頂呱呱的名人，那天喇叭裡叫一聲，台下就轟一聲，再後來拍手都出來的，名人效應實在太強了，這些被組織、被操縱的群眾都早已忘了自己是來批鬥他們的，拚命往台前擠上去瞻仰名人，如果不是造反隊呼吆喝六擋住，估計衝上台去握把手的狀況也能發生，結果這次批鬥會草草就收場了，後來愛珠大姐說市革委會認為普通群眾的思想覺悟實在太低，從此再開大型批鬥會就採取抽調各系統的造反骨幹出席。

「勇強，儂上趟不是講參加赤衛隊的，今天怎麼又是造反隊啦？」

弄堂口有人認為勇強思路不太清爽，他從來講不清楚到底參加了哪一派造反派，剛才協助讓這輛抓人的卡車走掉，這不是助桀為虐嗎？姜老闆娘在一旁也在罵他「憨浮屍管閒事，仗著自己碼子大，自己也不曉得參加什麼派，廠裡哪一派有任務，他都參加，關照伊不要去、不要去，講了他也不聽。」

「不過，我認為像黎莉莉這種角色，在今天的批鬥會上，估計只是陪鬥，所以培琪和大夥也不要太擔心了，如果培琪想溜進批鬥會場，可以包在他身上，但培琪要保證不能哭喊，更不能像剛才那樣嚎叫著爬卡車，如果這樣，馬上就套一個現行反革命份子破壞無產階級文化大革命的帽子，也是說不定，或者就直接就拉去了白茅嶺。」

勇強不是小資階層那種遮遮掩掩傲慢又儒弱的人，他不太介意別人對他的評價，他不但對自己身體自信，沉著指揮這輛東風牌卡車倒出弄堂，對自己的頭腦更充滿了自信。

弄堂裡有人講勇強一出現，上帝都會笑。

不過勇強不介意別人對他的褒貶，包括他姆媽的埋怨。勇強身上男子漢味道還是很濃的、剛才感覺超好的一番話，大家都覺得有道理，好幾個阿姨、婆婆都翹大拇指讚揚他「到底是頂呱呱的工人階級。」

勇強自己也神采飛揚。

「但願吾兒愚且魯，無災無難到公卿。」

一直到天黑前，太陽從雲層裡鑽了進去，月亮都快要出來，弄口牆壁樹影輪廓都分明了，幾個鄰居仍在勸慰哭哭啼啼的培琪。

又過了幾天，黎莉莉再出現在大家視野時，已經是頭上盤纏著一塊藍黑的格子頭巾，一身毛藍布衣褲，臂上套了付袖套，一雙憨兮兮的男式草綠球鞋，穿的不倫不類特別滑稽，清晨天微亮時，她低著頭在弄堂裡掃地，也沒與人搭訕。

　　弄堂口新糊上的大字報標題特別粗大，下面還用紅墨水勾的十分刺眼「剝開美蔣特務黎莉莉的畫皮」大字報的第一行我就沒有太明白，「黎莉莉大叉、一隻腐化墮落下流的玻璃杯！國民黨的交際花。」

　　「姆媽、玻璃杯為啥是腐化墮落下流的啦，」明明姆媽和我娘在竈披間燒飯，讀了第一句就有些沒搞明白的我，決定先回去問問再來讀，大字報前擠滿了人，整整的一堵牆，黎莉莉、黎莉莉的紅叉涮的滿壁都是。「你們不要去看了，你們小孩子不要再去讀這種大字報。」「媽，您說呀，為啥她是玻璃杯啦。」

　　「玻璃杯是從前舞廳對陪人跳舞的舞女一種蔑稱，這種詞是污辱人，極其不禮貌的，當年正派規矩的人是不會用這種詞的，現在這樣寫出來，小孩子都受什麼影響啊。」

　　「我們關起門來說說噢，要說下流，大字報寫黎莉莉與美國水手、及陸庭升之間的事，才寫的下流呢，彷彿他們在旁邊似的。」

　　「剛才明明也問我啥叫玻璃杯，為啥要這樣污辱人哦，我已經聽見有小孩跟在黎莉莉後面在叫。」

　　天色漸暗，大字報前的人群仍有一堆，晚飯桌上我爹對我娘說：「按大字報上所言，黎莉莉還算運氣好的，似乎條條都是殺頭的罪，如果都是真的，就只是拉出去開開批判會，剪剪頭髮、衣服，沒抓進去判刑坐牢，不太可能，我讀大字報都讀的嚇出一身汗。」

　　「這種冤枉官司吃起來，可是上天無路，入地無門的，保不成唱一齣竇娥冤，也蠻難講。」

　　人們通常以為舞女社會關係複雜，見多識廣蠻難弄，其實黎莉莉出出進進一點都不搭架子，思想也很進步，解放後參加過上海電影厂《姐姐妹妹站起來》的故事拍攝，後來專業當了上影厂的群眾演員，在裡弄教家庭婦女識字讀書讀報一直蠻熱心。

　　「伊平常倒也是一點不得罪人的，怎麼就攤上了這種事！」

　　「樹大招風啊。」

　　「她平時也沒有招搖啊。」

　　「生的太標致了，與無產階級長相不符……。」

　　「瞎三話四……。」

　　黎莉莉曾是靜安寺百樂門的舞小姐，在上海灘就算擠不上頭牌，二牌也是有的，聽人說當年她還會在小報上發發文章，她讀過高中，生的瑰麗迷人，秀美高

雅，有曹禺《日出》裡陳白露的影子，大字報講黎莉莉有個同父異母的兄長，當過國民黨反動派的空軍飛行員，叫黎啟文，打仗摔死了。

（八）

黎莉莉是在四八年嫁給了南洋橋南華舞廳的老闆陸庭升，算是蠻倒楣的，福不雙至、禍不單行，更倒楣的是陸庭升被抓進去，她十月懷胎卻分娩了黃頭髮藍眼睛的外國小囡，百樂門紅舞女黎莉莉與南華舞廳陸老闆生了一個外國洋娃娃，牆有縫，壁有耳，這椿新聞以及許多關於她的私下傳說真被炒得沸沸揚揚，讓曹家渡靜安寺到外灘十六浦、虹口大自鳴鐘到浦東三林塘的市民，津津有味的談論了大半年，後來洋囡囡培琪的頭髮、眼睛顏色一點一變深，轉成了褐色，每件事情初說是新聞，再說就是贅語，然後這椿新聞也就壓箱底，堰旗息鼓無人再提，遇上外街坊有人大驚小怪重掀話題，一準招我弄堂人的白眼，久遠的老皇曆二報三報，鬼都嫌煩。

沒有想到這次揪鬥了黎莉莉，不但揭開了百樂門的蓋了，還將她與國民黨反動派、流氓陸庭升的恩怨清清楚楚的貼出來，讀完大字報，大家都倒抽了一口冷氣，說黎莉莉早就加入了美國特務機構，孩子的親爹是美國特務，四九年美國特務逃跑前，黎莉莉與潛伏的國民黨反動流氓、南華舞廳老闆陸庭升勾結，接受美國特務的指令，妄圖反攻大陸，陸庭升罪大惡極，判了無期徒刑死在勞改農場，黎莉莉歷史反革命難逃無產階級專政的天羅地網……。

「黎莉莉倒看上去不太像美國特務。」弄堂裡讀大字報時，有人說了一句，瞬間大字報周圍形成兩派人，相互辯論絲毫讓。我娘說外婆與南華舞廳老闆陸庭升熟悉，外婆的娘家老房子就在南洋橋，與陸庭升的大房太太有過來往，陸庭升娶黎莉莉的結婚啟示，小報上是鋪天蓋地登過，大房有倆兒子，原來是住在南華舞廳樓上，後來陸庭升被抓去判刑，舞廳被國家收走，就拿人家一家老小趕了出來，就在南洋橋外婆娘家那條弄堂裡，那時候外婆經常見到陸庭升大房太太和倆個小囡，外婆講，陸庭升被捉走的時候，說他是流氓出身，這是瞎講，陸庭升雖然開舞廳，倒不是流氓出身，他與你們外公認識，是的的刮刮聖約翰大學出來，聽說是舞廳裡搜出幾把勃郎寧手槍，哦喲滑稽伐啦，從前有支把槍啥稀奇啦，洋盤伐，上海灘開舞廳的啥人腰上不別手槍啊，杜月昇、黃金榮當年啥人不別手槍啊。就算杜先生是跑路了，那麼陸庭升總歸比不過黃金榮吧，噢，開大世界的黃

老倒沒有事體，開南華舞廳的陸庭升卻被捉去了提籃橋……。

「黎莉莉從此在弄堂裡就一直低著頭出出進進，不過培琪喉嚨還是蠻響，居委會一直來做她工作，要她去農村，她就是不買帳，拖到後來，居委會給他派了一個裡弄生產組去糊紙盒子的工作。

樹色深黃，蕭蕭木落，梧桐樹的年輪在沉默中增添。

黎莉莉和培琪的故事傳了一陣，雖然沒有消聲匿跡，卻也沒有再往壞的發展。

不過四號樓的尹先生就沒有這般幸運，貼滿牆頭的大字報說尹先生國民黨殘留在大陸的特務，是凶狠殘惡的歷史反革命份子，尹先生自從被不知道哪裡來的紅衛兵抓走後，就再也沒有回來。故鄉遙，何日去，很多年後傳來消息說死在蘇北勞改農場裡。

大字報貼在牆上，經過風吹雨淋日曬，墨跡糊了、紙片剝落了，隨風搖曳猶如戲文裡死了人，發喪隊伍舉著的白幡，悲戚又凌亂的把尹先生淒慘的故事，刮進了弄堂的每一幢樓。

風雪破屋瓦斷，蒼天弄險。

尹先生是河北人，上海人把長江以北都喚成北方人，所以我一直知道尹先生和曬台上的毛豆阿爸一樣，是北方人。說他讀過反動的保定軍校，我是第一次聽說還有個保定軍校，那時候只知道有一個反動的黃浦軍校，因為我爹的表哥是讀過黃浦軍校被槍斃，我們全家聞軍校色變，說他在抗日戰爭中，是國民黨上尉營長跟著蔣介石假抗日、真賣國。我的腦海裡刷刷的就浮現出舞蹈史詩東方紅，八路軍新四軍在抗日，蔣介石躲在四川峨嵋山上摘桃子的一幕……，尹先生雖然是行伍出身，眉宇間的英武之氣也早已褪盡，胖蹲蹲有些像敵後武工隊裡的胖翻譯官，大樹下吃西瓜不付錢，城裡下館子也不付錢，敵後武工隊寫的就是保定。

尹師母是常熟城裡弟一美女，我又將尹先生與沙家浜裡的胡司令給妥妥的用繩子綁在一起，「日蔣汪、暗勾結。」

那日一家人在餐桌上討論尹先生時，我們嘻嘻哈哈沒輕沒重的開起玩笑：「大字報上的罪名已經夠多了，並沒有說過尹先生去重慶、摘桃子，你們就不要再加油添醋、無事生非。」

我爹要我們謹慎別瞎說。更別拿這種人命關天的事開玩笑。

尹先生，保定軍校出身，國民黨上尉營長，打過淞滬會戰，在岳麓山打過九天九夜的長沙保衛戰，打散後撤至常熟，與尹師母相遇，僱一條小舢板躲進船

艙，駛進了黃浦江，水道陸路在郊區徐家匯立了腳，用金條開了家五金配件廠，併購下四號這幢西式石庫門三層樓房，有人說他這個金條是「大砲一響黃金萬兩」來的，工廠靠近徐家匯諸聖堂，夫妻倆信了天主教，信奉天主後，蒙天主的恩典，幹得很順利，業務逐漸地興旺起來，他們夫妻相信哪怕是褻瀆天主的人只要一旦懺悔，主及聖母和天上的諸聖都會寬赦他們，何況他只犯了這麼一點點罪過，主就赦免了他們。不知最後一次虔誠懺悔已隔開多少日子，也不知道後來是否違背著天主在行事，總之自五零年工廠被國家公私合營合去後，不斷有倒楣事跟定他，這回又抖出了他是國民黨軍官的老皇曆，他那沉淪在深淵中的靈魂永遠也贖不回來了，早些年他們夫妻倆每次去懺悔時，都有神父表示：我的孩子，你們已經做的很好了，天主會寬恕你們的，天主的仁愛和恩德是無邊無涯的……！後來替他行赦罪禮的神父都沒了踪影，於是他就被公安局抓走。

每天紅日初升及夕輝滿樹的辰光，都能見到尹師母掃弄堂的身影。一日，土紅色的火球辣辣的掛在馬路高壓電線的上端，尹師母瘦弱的身軀拖著一把大掃帚從我們樓前經過，小狗爺叔悄悄走過去地問她：「尹先生有沒有消息，」尹師母那張面頰蒼白的臉，泛起一縷迷亂的哀愁，搖了搖頭什麼也沒說，尹先生從此音塵絕、杳無訊、據說在關押中死於腦溢血。

「可憐無定河邊骨，猶是深閨夢裡人。」

傳聞尹師母還每星期至少齋戒三天，只吃些麵包和清水，床邊祈告是不容置疑的，然而天主卻始終吝嗇賜福與她。

不過多年後有消息傳來，一張臉比苦艾還要苦澀的尹師母，終日禱告還是感動到了天主，在她接近八十高齡的時候，上天到底發了憐憫之心，她被法國的兒子接去，她兒子家與白牆、紅瓦、尖頂的巴黎聖母院後園籬笆只隔一條街，一堵城牆，弄堂裡有人說她如今天天在巴黎聖母院與卡西摩多、艾絲米拉達一起聊天禱告。

大小弄堂抄家游斗糊大字報進入白熱化。

## （九）

土改運動我在電影裡見過的畫面曾是這樣，「春雷一聲天地動吶，打倒土豪和劣紳吶！天上布滿星，月芽亮晶晶，生產隊裡開大會，訴苦把怨伸……」然後去地主老財家分浮財，摁個紅手印，領一張地契，扛櫃子，抬大床，地主的形象

則是白毛女裡面的黃世仁、收租院裡面的劉文彩，紅色娘子軍的南霸天、和閃閃紅星的胡漢三，窮兇極惡，陰險毒辣、污穢妖魔。

夏日傍晚，已是掌燈時分，曬蔫了的梧桐葉子仍然低垂。

我爹被弄口的公共電話亭喊去接了個電話，回來時說：「是我們三陰路的孃孃打來的，讓我爹馬上去一下，有事商量「。

「爹，我也去，」「那就走吧。」我跟著爹興匆匆的就出門了。

半道上我爹說了句：「去孃孃家的事你不要說出去！」

「怎麼啦？」

「孃孃讓親戚們去商量事情，說是她公公婆婆從浙江紹興逃來上海。」

「噢、鄉下親戚來城裡也不可以說出去的嗎，」

「她公公婆婆是地富反壞右裡面的地主！」你出去不要對任何人說這事！」我爹鄭重的又說了一遍。

山陰路坐落在虹口，街旁梧桐樹的樹冠已形成了拱穹，多幢連排獨棟的小洋房首尾相接，比較寂靜冷落的一條街。我家居住的不是小洋房，只是黑漆大門紅瓦磚牆的一套普通石庫門樓，長長的底層西廂房。前半間有窗戶對著一個四四方方的青石板天井，後半間是沒有窗洞的暗房間，上面還搭有三、四平米的小擱樓，平時堆堆雜物之用，由於搭建了擱樓，底下小房間不但逼仄狹小，空間高度讓大人都抬不起頭，我們推門進去時，先我們來的幾位親戚都已在那裡圍攏坐著，表情肅穆，一台舊鐵風扇，左右搖時，咯咯有響聲。我眼睛向四周轉了一圈，沒見地富反壞右公婆，我爹見我東看西看的，便抬手指了指小擱樓。牆角靠著一把竹梯子，趁大人們談話時，我手腳麻利的蹭了上去。

幾個平方的小擱樓，雜物顯然被移去一些，中間騰出比行軍床大些的一個地舖，倆位老人斜倚在那裡，地板上散放著熱水瓶、白色搪瓷茶缸，鋁飯盒，幾袋紙包藥片，昏黃的一盞十五支光燈炮，釘在板壁角上，燈火不亮，地板上一台新風扇，打著細風，幾處蜘蛛網飄浮。地主公公抬手朝我打了招呼，灰白頭髮一普通老人，平和慈祥的臉消瘦憔悴，深深的皺紋嵌著憂傷，地主婆婆也向我點下頭，並擠出一絲微笑，一種戰戰兢兢的僵硬，我抖豁著扶梯上的雙腿，身體靠在擱樓木地板上，竟想不出說些什麼好，沉默了一會，「你們好！」便默默的退了下來，撫摸自己的臉，感覺比那地主婆婆還僵硬。

兩週後，我爹向我娘全程匯報，家屬中選了兩名成份是工人的親戚，連同孃孃姑夫一起陪送老人回鄉，向農村造反隊請罪，此外願意將家裡所有財產、房

屋、土地，統統上繳給貧下中農造反派，托關係在上海的醫院開出了老人病情嚴重的證明，希望能放過他們去治病，最後將這老人帶回了上海。這件事得到了我娘的連聲讚揚，表示「千金散盡還復來、財產都是身外之物！韓信要忍胯下之辱，唐太宗無奈蛾眉馬前死！」我爹回了一句：「老人家怕時日不多。」一語成讖，好像沒多久，倆位老人便相繼離世。

這是我除了在電影小說裡見過的地主除外，首次接觸的地主和地主婆。

第二次則是我小學同學的姨外婆，據說也是地主。

那一年的雪花飄飄灑灑的落在地上，竟然是乾的，能一把一把的捧起來扔來扔去玩耍的，但是那一年的冬天，北風呼嘯淒厲，異常的寒冷。

一會兒雪停了，弄堂裡打雪仗的嗨聲翻來轉去的傳進屋裡。大妹和小妹踩在椅子上趴著窗戶，呼出的熱氣把玻璃窗上一層厚厚的白霜閃閃爍爍的給化開了一圈又一圈，撫掌跺腳的在瞧熱鬧。

天空發出五色的光芒，初陽照殘雪，難得一個晴朗的冬景。

大燕和菊娣來叫我出去，說隔壁弄堂五號我同學秀玉家又有造反隊的卡車來抄家。

「去年不是抄過了嗎，」聽豆腐店三毛講，這次很奇怪，天井大門全部打開，門廊屋簷下有一口黑棺材，棺材裡躺著一個老太婆，現在造反隊就在天井裡開鬥爭會，咱們去看看吧！」大燕和菊娣搶著告訴我，「趕緊走。」

「馬上塌苦菜糯米粥就要燒好，冷了不好吃的。」

「知道了，去去就回。」

我娘衝著我背影在提醒。爐子上煮著噴香的糯米粥，我偷偷曾去掀過幾次鍋蓋。

秀玉家的樓房比我們弄堂的洋石庫門樓還要漂亮，雖然格局差不多，底層客廳廚房，二樓正房亭子間，三樓書房曬台，但她家鋼窗打蠟地板，房型寬敞開闊。兩扇大門打開，天井院子裡盆樹古樸雅緻，一隻大魚缸，一半嵌在地下，鈿鐵絲網格繃在上面，嚴防老貓釣魚。

心目中我認定秀玉家是有錢人。光她吃飯的樣子，浮現在我的眼裡就是大觀園裡的黛玉、寶釵。她家雖沒丫環，但有一老保姆，我們跟著秀玉稱她好婆。每回吃飯時，她託一個貝殼嵌線的廣漆大盤，輕放在一張紅木雕花鵝蛋型的桌上，一小碟一小碟暈素菜餚從盤裡取出來，一塊紅腐乳，一蝶鹽水毛豆、油蘿花生、

荷包蛋、蒸香腸、番茄炒蛋，盆蝶碗筷均輕聲細氣，搞的像兒時過家家一般，和我家那一大碗、一砂鍋，八仙桌中間一放，筷子舉起在空中像畫圈般亂舞，粗俗的吃相讓我娘直呼：「看看！看看！眼神似閃電，筷子如雨點，一個個前世都是閻羅五殿餓煞鬼投胎來的。」

「娘，餓煞鬼為什麼都是聚在閻羅五殿啊，」

「是呀，娘，你怎麼知道地獄的事啊？哈哈哈。」

幾步路的功夫，趕到了秀玉家，只見前院原先那緊閉的大門，今天在寒風中直直的敞開著──一大堆人自門外一直堵進院子，口號聲哭泣聲叫喊聲亂成一團，自從去年她們家被抄後，學校也沒有恢復上課，這大半年的，我和秀玉沒有再見過面，好幾回路經她家門口時，兩扇黑漆大門總是緊閉著，一對銅環紋絲不動，慢慢的，同學聚在一起玩耍時，就有些把她給淡忘了。

為了要擠進去，我們貓腰沿著牆跟拚命往裡鑽，透過空隙，前廂房和院子中間的長窗屋簷下，我竟然見有一具底座黑漆周圍有彩雕的棺材，大概是棺材讓人驚悚刺激，人群在不斷的互相推搡，忽然頭裡的曉荔、毛頭、捂著眼轉身又在往外擠，嘴裡還叫著「死人，死人。」我沒瞧見越發心急的扒開毛頭和德偉，棺木裡真躺著一個老太婆，穿的與我去年死去的外婆一般，黑綢帽子、黑綢衣褲，黑綢鞋子和白色納布鞋底，帽子和鞋子上都綴了黑綢花邊，瘦骨骨，腿倒筆筆直，像個鬼一樣，動也不動，我伸長了頭頸，又被駭絕而退。

秀玉及她倆哥哥，她爹娘，保姆簇擁著棺木，一門涕號。

「不是死人！她剛才睜了眼睛，我見她眼珠子在滾動。」德偉率先大叫起來，是的，」我也看見了「秀玉母親搖晃棺木時，那老太眼中淌淚的。」我迴轉時也見了秀玉和她哥在推搡老太，嘴裡哭叫「外婆，外婆。」

「堅決打倒漏網地主！無產階級專政萬歲！」「毛主席萬歲！」口號在繼續，有造反隊提出要連人帶棺材一起抬走，但秀玉一家都趴在棺木上，拉開了這個，撲上去那個，一旁看熱鬧的鄰裡有滿臉怒容的，也有眼圈紅紅動容哀傷的，更有七七八八彎下身子拭著去扶秀玉爹娘及棺木裡的老人，整個亂成一團槽。

秀玉的的外公外婆以前是寧波鄉下的地主，土改時外公被人綁在烈日下用鞭子活活抽死，外婆隨後也上吊死了，這個垂死躺在棺材里被稱叫外婆的，其實是秀玉的姨外婆，她一輩子沒有嫁過人，沒當過新娘，也不是寡婦，她跟著姐姐、姐丈過日子，土改劃房產劃田地，都沒有她的份，姐姐、姐丈死後，土改隊

倒是還分了她一間院舍，自生自滅的過著深居簡出的日子，本來土改就定了身分，她也不是地主，文化大革命的鑼鼓又敲到了她頭上，把她拉出去鬥了幾回，要她交出當年地主姐姐、姐夫給她的金銀財寶，她在農村被鬥的實在吃不消，便逃來了上海，躲在一個親戚的三層閣樓底部的矮夾層裡，據說那閣樓里還砌起一堵牆牆，每天夜晚才偷偷拆去磚塊，送上飯食就這樣與世隔絕不見天日，如活埋般的過了一段日子，秀玉的父母親商量後認為自己家裡已經抄過家，便偷偷將她接來，也安置在三層亭子間，一家人將前後門都關的實實，大人小孩都刻意迴避弄堂鄰人，大半年過去了，倒也悄無聲息，後來這姨婆大概感覺自己也活不久，說她不想死在城裡，說她攢有一口上好的木料打的棺木，存在農村當年他家的一個老僱農長工家裡，秀玉父母不敢將她送回去，也想不出更好的辦法，只得託人悄悄地去了趟寧波，用卡車將棺材拉了回來，放在院子的屋簷下，那位老長工也一口答應，說姨小姐故世後，你們將卡車暗夜裡車來，我會將她葬在山上，一定是棺木之事透露了風聲，農村的造反派聯合了秀玉父親單位的造反隊今天就一起上門來，造反隊要衝上三樓亭子間抓人時，秀玉父母擋在樓梯口，央求造反隊不要去抓老人，說老人已經快要不行，正僵持著，亭子間的門打開，秀玉姨婆穿著一身她自己備好過世時穿的這套黑壽衣，顫顫微微的扶著樓梯欄桿就往下走，秀玉爹娘和玉及她倆哥哥見姨婆這樣子，都嚎啕大哭起來，走頭裡的一夥造反派見秀玉姨婆彷彿是死人復活一般，給嚇的節節後退，秀玉姨婆也不說話，抖抖豁豁一步一邁下了樓，秀玉娘想去攙扶，被她輕輕的一拂，在造反派不明就裡的注目下，在秀玉家人的哭聲中，她走過客廳，經直走向屋簷下的棺木，哐鐺一聲，笨重的棺木蓋子竟被推開一半滑在地磚上，另外半邊仍斜靠在棺木上，她沒再去推另一半，扶著棺木的邊框，慢慢的蹲了下去，側著身子緩緩的躺了進去，看了看簇擁過來的秀玉一家，乾癟的眼眶流下渾濁的眼淚。這時候一夥造反隊才有了反應，其中一個舉著右擘喊了一句「打倒地富反壞右！」「毛主席萬歲。」隨後便此起彼伏的口號聲夾著哀哭聲在小院的上空迴繞。

　　天色逐漸黯淡了下來，西邊最後一抹余暉將有殘雪的弄堂映照上一層冷瑩瑩的光，北風呼嘯著刮了起來，旋起了地上的干雪，向四周揚灑，天空又開始飄起了雪花，且一陣密似一陣，最後還是很多人一起將她給抬出來，送上三樓亭子間。棺木被移在弄堂中間，澆上汽油焚燒起來，這次燒棺材讓我們這一帶人都開了眼界，圍觀人群裡三層、外三層的密密麻麻，這是一隻雕龍刻鳳的棺木，黑色廣漆寂冷幽寒，蓋子上及棺木四周青藍絳紅暗黃五彩龍鳳焰舞，圍觀中有人輕聲

說了句「應該抬去工藝美術商店，」我是頭回見到棺木也有雕刻的，在圍觀人群噴噴讚歎，萬分惋惜聲中，棺木濃煙四起火星四散，灰燼在天空灑落，如雨點般地濺在圍觀人的身上，在街燈的四周打旋，泛著金黃色的亮光，隨即這抹光與棺材灰旋旋一起，飄在暮色的天空里帶出一片片藍光，隱沒時，又帶走了秀玉姨婆的魂。我們縮成一團，側低著頭，始終圍攏在即熄的余燼邊，北風刮著細雪，陣陣寒意襲著後背。

「吏呼一何怒，翁嫗一何悲」幾天後，秀玉一家手臂上戴著黑紗，秀玉姨婆最終還是送火葬場給火化了，後來秀玉說，這具雕刻棺木是家鄉著名的棺材匠替她打製的，後來她父母將姨婆骨灰送回寧波鄉下時，她們家的老長工偷偷請棺材匠又雕了一口棺材，將骨灰裝在棺材裡，儘管不能與上一次的比，但也算完成了秀玉姨婆一輩子惟一的念想。

## （十）

咚咚鏘！咚咚鏘！人民日報又發社論了，居委會的鑼鼓再一次的敲了起來「文化大革命已經取得了決定性的勝利，復課鬧革命是現階段革命的迫切需要，也是廣大革命群眾的共同願望。」當日下午，陽光尚未從弄堂口大字報牆上移走，居委會的新標語「我們居委的全體革命群眾堅決擁護黨中央毛主席關於復課鬧革命的決定！復課鬧革命，氣死帝修反。」已經熱熱鬧鬧的貼好，原先的「停課鬧革命」是我黨英明偉大的決策，「停課鬧革命，氣死帝修反」的標語被撕的很乾淨。

說我們弄堂有二三百個學生，那是只少不多的，因此開學的氣氛很濃厚，大夥在弄堂裡相遇，哪怕在竈披間、走廊、樓梯口撞上時，都要說上一句，「開學了，開學了。」「總算開學了，總算開學了。」

這一年多的賦閒歲月是有些無趣乏味了。

春走了，夏也去了，我們可以上學了。返校的那天，天空一片藍澄，可就是不明白，弄口梧桐樹上的秋蟬呱噪的厲害，不知是要叫回春夏呢，還是恐懼冬天的來臨。

我的小學座落在近復興公園的淡水路上，由數幢二三十年代建造的小洋樓拼聯，小禮堂、音樂室、跳舞、打乒乓什麼都有，操場原是洋樓的前後花園，面積不大，但也有小塊沙灘、沙灘上幾根竹竿、排球網，藍球架、草坪、做早操跑步

的水泥地，自從六歲那年，按胸前掛的小兔、小猴畫片，尋找到了貼有同樣動物的教室的一刻起，這裡在我的心目中的神聖，不亞於我居住的弄堂。

淡水路是一條幽靜的林蔭小路，兩旁的梧桐樹又大又茂密，夏天濃蔭蔽日，使你感受不到暑熱，幢幢棟棟的洋樓與石庫門比肩而排，據說三十年代，艾青、蕭紅、丁玲、沈叢文、焦菊隱、等許多文人都在這些擱樓老虎窗，曬台亭子間、前廂房後客堂居住過，這條曖昧的馬路，承接著知識沉澱的重量。

有說英國的「彌爾頓街」是曾經的文人作家所居之地，現在這條街名已成典故，有「窮文人」或「文壇」之稱。我想這條濃蔭夾道的淡水路就算不與虹口魯迅故居爭鋒，至少也應該與亭子間齊名。

一年多沒來學校了，一直緊閉的兩扇大門今天打開了，大門兩旁貼著長對聯「雄關漫道真如鐵，而今邁步從頭越。」白底黑字的小學牌子很舊，緊貼著一塊「小學教育革命司令部」的牌子，紅漆描寫的鮮豔奪目。側邊傳達室的窗戶被釘死了，虛掩的房門露出一隻燃著的小煤球爐，一把突突冒著蒸氣小鋁壺，旁邊木箱的黑煤球堆的滿了出來，火鉗、舀灰用的小揪，一切還都那樣擱著。迎面操場上用木板搭了一座台，兩邊立著木柱子，碩人的喇叭掛在上面，《大海航行靠舵手》的樂曲循環播放，聲音很響，一定能衝出校園。操場上也掛著「復課鬧革命，氣死帝修反！」的標語。

上學期的班主任馮芷玲老師來接了我們。「你們都長高了。」馮老師說了一句。

校園處處是五彩繽紛的毛主席語錄標語，有壁板上往下吊的，沿樓梯往上刷的，許多紅紙黃字，鮮豔奪目，都是新糊上去的。往裡走才見到牆上老的大字報還在，雖已斑駁，卻還能辨別上面打上大叉的人名。

大鑼鼓扛上了台，教體育黃老師、大隊輔導員李老師等幾個，竄來竄去很忙，其余老師們則在台下站著，少不更事的我們，嘰嘰喳喳的圍著馮老師：「老師，這學期您還是我們班主任嗎，老師。算術周老師不教我們了嗎，老師。怎麼不見校長啊，」馮芷玲老師已經帶了我們兩年。她是我人生第一個偶像，小學上的第一堂課，就是馮老師給我們朗讀高玉寶的「我要讀書」，講舊社會窮人讀不起書，共產黨來了以後，高玉寶才能去讀書。

老師常常穿藍白、粉綠的小碎花連衣裙，淡雅飄逸。有一次她帶我們去淮海電影院看蘇聯電影《鄉村女教師》，回來路上我們發現老師很像電影裡的女主角，便喊「一、二、三、馮老師，薇拉。馮老師，薇拉」，老師秀麗的臉上

露出得意的笑臉。老師的頭髮不太濃密，兩條辮子細細的，但在我們眼裡，看哪哪舒服。

今天老師沒有穿這件連衣裙，穿了白襯衫黑長褲，像大隊輔導員一樣，還出奇地消沉，見到我們也沒了她以往那般熱情。

馮老師家在學校的同一條馬路，前花園與有一座聖母抱嬰孩雕像、十字尖頂的諸聖堂緊連一起，貼牆幾棵橡樹雄渾古樸，每次去老師家時，不忘溜進諸聖堂花園裡轉一圈，靜悄悄的小院，一扇邊門，夏日茂密的梧桐大樹遮擋了烈日驕陽，也擋住了路人的視線，清晨的陽光照射下，小教堂顯得冷冷清清。彩色玻璃擋住熾熱的陽光，裡面很涼快，男同學爬上去逮知了和西瓜金蟲，我們就用水果糖紙和他們換，拿回家中放在西瓜皮上養著，讓金蟲細細的爪子在手上爬來爬去，開心的發出一陣陣誇張又興奮的尖叫。春天的時候，一樹樹嫩芽葉兒，陽台上恣意盛開的鮮花，那紅瓦的屋頂，沐浴在流金般的陽光下，與斑斕的花朵搭配出來的奼紫艷紅，簡直是童話國裡才有的色彩。秋天來了，大樹稀疏了，踩著地上厚厚的落葉，仰望著枝竿裡那蔚藍的碎片天空，眯縫著眼閃過太陽的直射、斑駁的一地枯葉子都成了金色，「飛吧、飛吧，七色花……。」興奮不已的轉著，幻想著七色花會在花園裡飛出來。

老師家住的是一幢鋼窗打蠟地板，淺灰牆面的法式洋樓裡的三層，外牆壁上的窗戶是圓洞型的，格外與眾不同。

我們沒有見過馮老師的父親，她與母親倆人一起生活。每次去她家時，馮老師的母親坐在藤椅上，不是織織毛線，就是看書，矮矮的個子，說一口糯糯的紹興官話，最不能忘記的是當年一定有一篇報紙登著打倒「王陽明」的文章，因為她見我們來，大慨剛剛讀了報紙，心裡悶的慌，竟然衝著我們幾個嘰嘰咕咕說「王陽明。」「媽，他們是小學生。」馮老師趕緊制止了她。我雖然不知道誰是王陽明，但我一輩子記住了有一個人叫王陽明。長大後無意中才了解到王陽明是馮老師母親的先人，那日她見了報紙上有文章批判王陽明，心情鬱悶，逮了我們字都沒有認全的小學生髮了牢騷。馮老師的媽媽，長的比我外婆年輕些，又比我娘老一些，士丹林或藏青、棉灰的旗袍，外罩厚薄絨線開衫，乾淨利索的短髮，每回見了她，我總會聯想到魯迅說他母親喜歡坐在藤椅上讀小說，記性還特別好，魯迅給她送書，不容易哄騙，若是讀過的，馬上就會說「這本讀過了，換一本，」魯鎮的瓦房、青石板鋪就的小路，紹興的女姓中有祥林嫂，有魯迅的母親，也有我們馮老師的媽媽。

每次她一見到我們，會放下手上的絨線針，問候我們幾句，和她道別時，她一定也會讓我們等等，然後我們就等她蹲下身，撩開床單一角，從床底下拖出一隻漂亮的青花瓷罐，手伸去摸摸索索，最後遞給我們每人一顆桔子鹹味糖。一路上吃著糖回家，再將包糖紙用水洗淨，夾在書本裡。

「排隊了，同學們去操場排隊。」「看！快看！我們馮老師上台拉手風琴了」大燕在後排推了一下我。其實我也已經看見了，馮老師讓我們在操場上站穩後，就去辦公室背了她的手風琴走上台伴奏了，馮老師拉的手風琴是我童年時代聽到的最美好的樂器。

深醬色的外殼，奶白色的皮子，拉起來一張一馳會鼓起來，一、二年級的時候，馮老師教我們唱過「讓我們蕩起雙槳，小船兒推開波浪、我們是共產主義接班人……。」

我們家的經濟狀況在下坡路上越滑越深，我爹自公私合營進了國營公司後。多少年從來沒有增加過一分工資，每個月我爹拿著一張細窄的工資條裹著的幾十元線交給我娘時，我會用最快的速度朗讀工資單內容：「姓名、工資、大額貸款，預支、飯菜票……。」

「哎，這點錢我要擺平一個月，要讓我唱一齣陸雅臣典娘子呢，還是唱一齣小珍子啊。」陸雅臣典娘子與小珍子都是上海灘膾炙人口的滬劇，前者是主人公陸雅臣窮的沒有辦法了，只能將娘子也典當了出去，後者小珍子是滬劇星星之火裡的紗廠包身工，未成年的童工。

所以逢學校開學，我娘牢騷就比平時大一些，「哎、你們開學，就是我的年關，從前窮人過年關還可以去澡堂子裡避避，現在恐怕躲澡堂的錢都湊不出，劉志遠敲更也有翻身時，我也不知造啥辰光翻身了……。」除夕夜躲澡堂子避債，是上海灘借債人和討債人之間一種墨守的規矩，澡堂是一個霧氣繚繞的江湖，既是江湖就有血腥，大世界消遙池在民國就發生過幾次大的拼殺，據我爺爺講，那年子彈一飛，池子裡翡翠戒指波光閃閃都無人撿了，所以有泰興澡堂夥計拾了當年慈禧老佛爺的翡翠項鍊，連夜逃走的傳說。「除夕鐘聲響過，市面上煙火放的差不多了，躲債人才迴轉。」「難道就不會在你家裡等嗎。」

「噢，過新年是不作興逼債的，這是討債人的腔調規矩！」

「那新年期間雙方遇上了呢。」

「雙方就是在路上恰逢，也只能拱手互賀新禧，道一聲生意興隆，回一句財源茂盛，就此別過，千萬不可提及債務，彼此不能破規矩，生意人誰也不能保證

不進澡堂，那會年卅的小北門消遙池，沿池子水面伸出的十個人頭裡，五個是做小生意的，避年關躲債是常事，滴水的毛巾蓋在臉上，喘口氣也艱幸。

《劉志遠敲更》是五、六十年代上海灘家喻戶曉的一檔滬劇，著名演員王盤聲的當紅節目，其中一句「夜闌人靜，只見大小百家完全才勒床上睡……。」其曲調淒涼哀怨繞梁，和碧落黃泉裡那句「志超、志超，我來恭喜儂……。」都是弄堂滬劇的精髓。

劉志遠是五代十國的英雄豪傑、戰亂中虎落平陽，夜深人靜敲更為生，從流浪漢到開國皇帝，夫妻母子團聚告終。所以一般人若認為自己英雄失勢、懷才不遇，就拿這句「劉知遠敲更」來吐一下怨氣，我娘認為自己遠不如劉知遠，看不到前景。

學校是恢復上課了，但是工人造反隊和解放軍代表代替了校長和教導主任，學校裡就經常要開批鬥校長和老師的鬥爭會，很難記住還學過什麼。

## （十一）

小學生涯滴答滴答的日子裡，有一件最貼身的記憶，讓我不敢忘記。

一個冷得出奇的冬日，我們寒假返校，天空飄著雪花，寒風瑟瑟，雨雪霏霏，淡水路上的梧桐樹葉子早就掉光，樹下一攤一攤的殘雪，我哈著手，跺著腳趕去學校。

大門敞開，空曠的校園操場上停有一輛三輪帶鬥的摩托車，很多老師同學都站在那裡，驚訝讓我們也默默圍過去，靜謐謐的操場，濕漉漉的雪地，頭頂上飛過的烏鴉也默不作聲，我們互相瞧著，不知發生了什麼。

洋房小樓裡倆人抬著擔架走出來，這輛雙輪摩托原來是儐儀館的車子，人群自覺閃開了一條道，擔架上的身軀，抬的人一點不費力，輕飄如一片樹葉。我知道她是誰。

她有個好聽的名字叫葉恩思，但我們都喚她「駝背」。她是學校門房間裡燒開水、按鈴的校工。她的背很駝，戴了付很深度的近視眼鏡，我不知道她的歲數，我見到她時及到她死，感覺她一直就是這個樣子。她也給我們上過課，不過她只是代課老師。

馮老師說過她曾是個孤兒。從小讓人遺棄在徐家匯育嬰堂裡，四九年美國神父回去後，她就在這裡教課了。

　　她與教堂和美國神父之間有無法擺託的、千絲萬縷關係。文革前她就是反動派，裡通外國，一直干雜務活的。文化大革命來了，說她是美蔣安插在學校的潛伏特務。

　　電影海島女民兵裡特務劉阿太的發報機是裝在假肢裡，她的發報機是裝在她駝背裡。

　　發報機我沒有親眼見過，她住的頂樓斜三角擱樓裡，確實藏有一隻小收音機，據說是接受美蔣敵台指令的。

　　駝背羸弱而失了重心的身影無論在刮風下雨，酷署嚴寒，永遠出現在操場和廁所，學校所有的男女廁所，都是她一個人打掃。

　　她在學校裡一直被大伙看成是一個怪物，一個幽靈。像雨果小說巴黎圣母院裡的卡西莫多一樣。晴天雨天、三百六十五，她披著一件自行車雨衣，拿著鉛桶拖把，貼著牆根幽幽的走來走去，誰都不會和她講話，有學生走過她身旁時，會忍不防朝她吐唾沫，捶一拳、踢一腳，推來搡去的欺負她，而她總是露出一副氣憤、困惑的神情，所有見到這一幕的老師與同學，都不會站出來指責這種行為。

　　天空細碎的雪花漸漸在加密，雪是能夠吸音的，操場上異常的寂靜，擔架上那具苟僂身軀上的蓋布，白的刺眼。

　　其實她生病的消息，傳出來已經有一段時間，她一直孤零零的躺在小樓頂層、風琴房旁邊一間小擱樓裡，那裡光線陰暗，老有一股淡淡的霉味，樓道裡還擱著許多跳舞的道具和雜物，我偶爾也會路過，卻從未進去和她說句話，甚至想都沒有想過替她倒杯熱水。此刻的操場冷的像冰窖，冷的我腦子裡全是一幅幅不協調的回憶碎片，拼都無法拼……！冷風裏挾著難以抵禦的寒氣在學校上空盤旋，逼視著我酣眠的靈魂。

　　三輪靈柩摩托車開動了，緩緩的駛出了操場，融進了車道。她的靈魂慢慢騰騰越行越遠，然後開始在雪花飄飄中變得模糊，天寒地凍白成一片，雪白聖潔的絨花飄落在我們頭上、臉上，朔風凜冽、寒風吹衣我側低頭呈縮瑟狀，突然發現自己因為雨雪路滑，於是就在鞋子上扎根草繩，這個樣子像極了戴孝，我再扭頭瞧周圍，大夥一樣。

　　今天是寒假返校日，若早十分，晚一刻，恐怕早已進了教室，不會有全校師生雪地送別的一幕，我有些感嘆，回家便將此情形一五一十訴與我娘：「媽，你說這是不是上蒼讓我們都做她的孝子，安排與她送別。」

　　「別說這些沒用的，活著時候對人好點才是真的，死後虛頭八腦全是做出來

裝樣子給活人看的。」

「媽，那你每年不也祭拜祖先嗎，也是做做樣子嗎。」

「娘祭拜祖宗不虧心，生前孝、生後思，你們學校生前欺侮了人家，死後替人披麻戴孝，這罪是贖不了的。」

「媽，學校沒有說讓我們披麻戴孝，是我覺得很像，才說的。」我甚感委曲。

「你們學校這樣欺負人是喪盡天良，會有報應的。不聞黃河尚有澄清日，豈可人無得運時。二十年風水輪流轉，你不也知道前面淡水路弄堂裡那人虐貓，都有報應的，何況是虐人呢，娘小時候聽你外婆說有個人看中了好朋友的妻子，倆人乘船過江時，乘朋友不備，將他推入水中淹死，後來他幫忙料理後事，最終如願以償將朋友妻娶進門，十幾年後，已經有了倆孩子了，一家人又乘船過江時，一隻蛤蟆跳在船幫上，他邊喝酒邊用手中的筷子輕輕一拂，蛤蟆就掉入水中，那人得意忘形的說了句：哈哈，太像當年某人被我推入水中一樣了，那婦人聽聞就將此事告到官府，據說這只蛤蟆就是那朋友的陰靈來報仇的。」

「姆媽，你這個故事是三言二拍裡的。」

# 第四章

憶得別家傷心事

# （一）

一日黃昏天色已暗，雖說已是早春季節，天空依舊寒風瑟瑟，呼嘯的西北風將細雪顆粒刮的到處飛舞，真是一個冬冷不算冷，春冷凍煞小羊羔的日子。我家竈披間熱氣蒸騰人頭簇簇。隔窗有人叩玻璃尋問找黎莉莉怎麼走，小狗爺叔頭手並用、大聲地在指路：「你左轉到底、然後右轉，前後左右看看，這時候她一定在掃弄堂的……。」

「噢、好的、好的、謝謝儂哦！」

「不用客氣、不用客氣……。」

問路有些戳痛了大夥：「哎、都這麼陰沉的雪天，就不能不掃嗎，」

「真正不作興這麼欺負人的……！」

「一天早晚兩次叫人家掃弄堂，真不知道是哪一個傷陰騭的人想出來的，這種人真要斷了絕孫的！」

「他們不信神靈、不信報應，不怕斷子絕孫的！」

竈披間裡大夥對這種霜寒天仍然折磨「牛鬼蛇神「掃弄堂一事，表現出憤怒與同情。

大燕告訴過我悄悄話，她爺爺在浙江農村開了一個鄉村裁縫鋪，家中有幾塊水田，裁剪鋪生意清淡的時候，他爺爺也是要再種地的，土改那年被劃成富農，將她爸藏在老家的一些金銀首飾抄走，當時抄家的物品堆在倉庫裡，她爸挑了一個月黑風高的夜晚翻進放財物的倉庫，他想拿回屬於他的財產，結果被人發現，法庭上他爸就將縫在衣服角的一張老鳳祥銀樓發票取出來呈上，還是按偷竊罪判了他五年刑期。她爸釋放回來後，就天天在弄堂掃地。

大燕說到他爸半夜三更翻進放土改財物的倉庫，去要回他的結婚戒指時，我有些覺得不可思議，我無法將大燕父親這種勇敢的時遷形象，與這個整天耷拉腦袋、低眉順眼掃弄堂的牛鬼蛇神，剪影成一個人。後弄堂同學嘉寶的父親也是牛鬼蛇神，嘉寶的父親是一家小工廠的資方老闆，抄家時發現他極其不老實，將幾十根小黃魚揉進黑煤球裡，這件事的抖落，是因為在搓煤球的反常行為，被樓下鄰居發現的，這個鄰居曾是他父親的徒弟，他父親開了一家做拉鍊的小工廠，去老家鄉下招來的遠房親戚，還騰出樓下房屋給他住，現在他是工廠的造反隊革委會，他向革委會悄悄的寫了一檢舉信，說他們家將黑煤灰抬樓上曬台上搓煤球，

而且將搓好的煤球不堆在竈披間爐子旁，全部堆在前樓陽台上。那天廠裡來了一卡車的造反隊，熟門熟路直赴他家陽台，且一人手持一把鎯頭，進房門時，他媽以為要用鎯頭砸他們，和他爸一起擁著姐弟仨，雙腿顫抖難以直起。後來窺見他們的鎯頭並非沖他們而來，只是將陽台上的煤並都還原成了煤灰，繳獲了金條揚長而去後，此時屋外下起了雨，雨打窗櫺，被煤灰弄髒了的雨水順著窗玻璃慢慢地流淌下來，他們一家雖然沒敢有半句怨言，他爸還是被套了一頂抗拒文化大革命，牴觸無產階級專政的帽子，凌晨要掃弄堂，不過嘉寶說他父母講，只要一家人平平安安就好，金銀財寶都是身外之物。

　　煤球金條換了嘉寶一家的平安。一日，四毛和明明會與嘉寶開玩笑：「你也搓過金條煤球嗎，」臉上堆一副詭秘的笑容。

　　嘉寶回答：「這事和他無關，是他爸媽倆人搓的，他們姐弟仨人都不知道。」小狗爺叔與勇強等幾個背後講：「這等創造性天賦開廠做老闆，還賺這麼多小黃魚，夠不錯了。」引得大夥哄堂大笑。弄堂裡大夥認為嘉寶爹做下這麼容易被識破的金條煤球一事，是智商不高的表現，其實據大字報內容看，嘉寶他爹真的挺讓人佩服，說當年他只是猶太生意人手下當一名卜上門板、生生爐子的學徒，那會兒中國還造不出拉鍊，這個猶太佬做的雖是當舖生意，但老是讓他去收有拉鍊的舊衣服，然後拆了各式拉鍊，研究琢摸進機器，成了全上海灘唯一的拉鍊大王，沒吃過豬肉也見過豬跑，猶太人沒走時，他就開始飛單半收舊拉鍊半籌資金學手藝，地下作坊賺足後，堂而皇之開了家小工廠，再後來就不說了，好在沒有死去，只是掉了層皮。再後來恢復高考，嘉寶從崇明農場考回了華東師大，他家抄家退補的金條錢，供嘉寶去美國加州大學攻讀碩士，嘉寶成了我們弄堂同代人裡面第一個高學歷，圓了他家幾輩子的社會理想。

　　地主富農、已經見過不少，反動派就是國民黨，國民黨就是反動派，壞份子則範圍廣一些，貪污、腐化、盜竊、生活作風、穿著打扮、亂搞男女關係、說牢騷話，對領導不滿、都是壞份子。最後就是右派。我周圍熟悉的人裡面，有倆個人是右派，一個是醬菜店彩雲的爺爺，一個是後廂房明明的爸爸。彩雲的爺爺這個右派，在我留存的腦海裡，沒有很深的印象。長大後有一回我們在廚房裡談論彩雲爺爺這個右派，我沒輕沒重插嘴說右派又怎麼啦，彩雲爺爺走出來那派頭整個是天龍八部裡的南帝段爺，一套白綢中裝，白須飄飄、凌波微步、瀟灑自如……。「黃藥師吧，不怒自威。」有人還跟進一句。

　　「事過境遷你們可以這樣說，每日清晨掃弄堂的滋味你們去嚐嚐，很侮辱人

的，說話不託下巴。」

我娘氣惱我們油嘴滑舌。

我們雖有些輕率，然彩雲爺爺的右派在弄堂裡，確實沒有太顯眼，也許因為是爺爺輩，隔的遠，反正我見大夥對他仍然很尊重。

彩雲爺爺的醬菜糟坊在我們那裡算是較氣派，雙開間門面，泥土封灌的酒甕擺滿了半壁店堂，彩雲爺爺清晨掃地不假，但他白衣白褲掃完地又在店堂裡忙碌，在我們這片人性壓過了階級性的小市民弄堂裡，不但老爺子是令人敬仰的飽學儒士，還覺得他挺有趣的，簡直是把筆當長矛、稿紙當風車的唐吉珂德。實在是閒暇時光太多，吃飽飯太空。有人說老爺子是不識時務，芻蕘之言其實與才高八斗沒有什麼區別，這頂右派帽子，是因為他上書給中央，並具上周恩來總理親啟：直言正諫他對國家在糧食問題上，統購統銷政策上，農業合作社，公私合營、工商業改造、以及社會主義制度下，如何發展私有製等問題的看法和建議，一封信換回了一頂帽子，多數人還認定這封信周恩來總理根本就沒有收到，有人說如果總理真的給他回信，他一定還會談談「社會主義經濟蕭條、戰爭賠款、知識分子應該不黨，一黨制不合理等」理論。

鄒忌聞諫，齊王納諫，書生意氣，揮斥方遒。恭恭正正的一封顏體楷書掛號件，他以為能裹攜他一顆赤子之心一起翻山越嶺、千山萬水飛進紫禁城，然而風從北邊刮來，信件在郵政筒裡掏出來，就被狂風吹落，驛道上的層層都察御史衙門馬上給截走，一頂右派帽子妥妥的按在了他灰髮頭上，彩雲爺爺想沒想通也無人知曉，不輕不重的悲憫。好在他並不沮喪，心智也正常，黎明即起，灑掃弄堂，白衣白褲白須飄飄。

不過彩雲爺爺也不盡相同真正唐吉珂德般的孤戰獨狼，他前後娶過幾房老婆，生了九個兒子，兩幢門面樓除了底層仍是醬菜糟坊外，三代聚集人丁興旺，各個年齡段的男女都是人物，拍拍打打江湖味十足，與大夥混的猶如未出五服的族人，弄堂裡無人會輕侮彩雲爺爺，居委會與他說話的嗓門也比對付別的牛鬼蛇神輕半拍。上次彩雲與我大姐在去北京的火車上被人削了一鞭子，這個是虎落平陽、龍困淺灘，強龍不壓地頭蛇，我們弄堂哪個門幢站不出一窩同胞兄妹啊，打仗親兄弟、上陣父子兵，窩裡鬥時你爭我搶青筋暴出，推開房門則打斷骨頭連著筋，胳膊朝外彎是會脆斷的，聽見自家弄堂孩子被外弄堂欺負了，軍情緊急，豆腐乾的一塊地方，撂下泡飯、操起汗衫，不用哨子，也不要放倒消息樹，烏泱泱的就可以沖出一群人，速度比受過正規軍事訓練差不了幾秒，因此被外人欺負這

種事，基本上不可能在我們小弄堂裡發生，也不會區分誰家是地富反壞右、誰家父母在牛棚裡，三兄四弟一條心，灶下灰塵變黃金，弄堂鄰里，不講階級鬥爭。

記得一日黃昏，隔壁煙雜店樓上小阿姨的兒子國慶急促敲了我家窗玻璃，大呼小叫「你家老二與三毛等人在隔壁弄堂打架了！」我與大妹就急追著他往外奔，沖在我們前頭的婦孺老小二十來個已經有了，遠遠的隔著一條馬路，我就見到迎面有一群人勾肩搭背在往這邊走來，一張張青澀的臉，一幅幅得意的樣子，一眼就看出我們弄堂這批混混今天又旗開得勝，佔了上峰。

「我嘴裡頭笑的是呦啊呦啊呦，我心裡頭美的是嘟個里個嘟……。」

## （二）

明明爸爸這個右派就不同了，我家與明明家也可謂拆了牆就是一家的，但我第一次見到明明爸爸已經是八十年代了。明明爸爸於一九五七年寒冷冬至被抓，次年押送到三千多公里外的青海勞改農場，路上花費數週，

明明和我同年，他還有個大一歲的姐姐，我娘說明明媽這些年家裡沒有個男人，一個女人帶著倆個小孩真的很不容易的，有一年倆個小孩同時出痧子，那明明痧子出的身上的毛髮根根豎了起來，醫生看了後關照預備後事的，明明媽摟著五歲的明明哭得天昏地暗，你外婆聽說這事，拿出一兩當年東印度公司的鴉片膏化水讓他喝了下去，從閻王爺手裡將他搶了回來，我娘這個口述史，我是有些半信半疑：

「姆媽。鴉片膏作用這麼神奇，為什麼吸鴉片人都骨瘦如柴、奄奄一息的樣子呢。」

「這個姆媽也不曉得。」

明明爸爸是四川人，在杭州唸書讀戲劇，我爹講明明爸爸剛搬來時風流倜儻，一付玳瑁邊眼鏡，方正白臉，一表人才，酷似電影皇帝金焰。他與明明姆媽的兄長是同學，明明姆媽在上海讀師範，他從雷峰夕照六和塔一直追到黃浦江畔，倆人不負韶華喜結良緣，一個江南小鎮的娟秀女子，嫁了才貌雙全的儒雅書生，說一段評書的話，那一定是襄王神女會陽台、鳳凰於飛在雲霄，然而明明姆媽卻獨守空幃二十多年，狼煙塗炭，亂世倥傯，一齣思悠悠恨悠悠的《生死恨》她一個人攬了全本。

明明爸爸在南洋中學教書，我本來以為所有的右派都是自己跳進當權者布下

的陷阱，聽明明姆媽講，他當年並沒有中這個圈套，他沒有向黨提過什麼意見，他被打成右派的罪名是，日記寫有讀過胡風的著作，不但讚美胡風的文章，還與胡風見過面。我爹說：「這條罪狀是致命傷，足以壓到他永世不得超生！」明明姆媽講：「當年他只是讀了胡風的著作，因為崇敬作者，以讀者身分在出版社見過一面而已。」

祁連山的羌笛，吹的不是幽怨，而是夾著風沙的悲憤，藍關前的駿馬不是穿不過雪地，而是不忍踐踏那累累白骨，柴達木的鹽湖原來是月亮婆婆滴下的眼淚。

文弱書生的明明爸爸被抓走那年，明明姐弟一個肆歲，一個才一歲多。

說好了鳳凰台上鳳凰遊，你卻負約而去！說好了斷橋綠蔭白沙堤，你卻人跡踪絕。時代讓明明父母的浪漫灰飛煙滅。讓明明姆媽望不盡門外天涯路，倚不盡樓前闌欄干。明明姆媽被離開了小學老師的崗位，恆靜無言的在一家集體企業小工廠當了一名女工，一直守到明明姐弟均長大成人，一直守到秋空見皓、東方將白，傳來了明明爸爸有希望平反回家的消息，然而弄堂裡誰也不願相信，世上還有明明姆媽這種天格地命的人了。

一個葉落枯枝的冬日清晨，天色暗淡寒露被霜覆蓋，團團的白霧裹著著陣陣煙味，昨晚的雨水積在人行道上，讓路面濕滑，一層薄薄的殘冰一直在等陰沉的天空能現出一絲陽光，頭髮灰白、神態安詳，藍布棉襖罩衣上一條藏青混紡長圍巾繞在肩上，飄逸而不失穩重的她在公交車站上等車，突然一輛大貨車駛上了人行道，失控的刮過站台，猶如一株瘦弱白菜的明明姆媽就這樣被輾的無聲無息，模糊血影，等到明明姐弟趕去時，只撿到地下殘留的一條藏青混紡圍巾，被薄冰稠血粘在地上，晃在風中。蒼天吞下這條消息的時候，並沒有為她暫停一秒鐘的運轉，明明姆媽委曲了一輩子的靈魂飛出了她那壓的皺巴巴的軀殼，淒淒切切游到了閻羅殿，斷腸人在天涯。誰都不知道這個可憐女人一世的冤憤，應該向誰訴說，應該誰來給她一句道歉。

一天傍晚，天際出現了一朵金黃色的雲朵，將弄口的梧桐樹籠上了一點點暖光。明明爸爸右派平反，步履蹣跚灰頭土臉的回來了。

照片中他有著高聳明亮的額頭，挺立的鼻子，一個倔強的下巴，簡直是另一個時代，另一個人……！這個人不復存在了。出現在大家眼前的是一張溝壑縱橫的臉，頭髮皮膚枯槁髮灰，這形貌讓我爹娘驚呆半晌說了句「真不敢認！」他拖著一幅困倦疲憊的身子，不是啞口無言地坐著，就是斜躺在床上、眼睛盯著天花

板一動也不動，如雕塑一般靜默，又似乎沉浸在遙遠的白日夢中，他在迴避所有的人，隻有別人主動與他說話的時候，他才開口，開口也隻是三言兩語馬虎應付，他把自己封閉在深深的緘默中。有書上講曾經的囚徒都不願驚動以往不堪的歲月，真不是逛言。

　　夏日傍晚一日，天色有些暗沉，黃昏的夕陽已澈底褪盡，屋外街燈的光線射在我家窗台，明明爸爸出現在門外，恰遇我爹，我爹招呼他進屋坐坐，他躊躇著進了屋。我娘油炸了一盤花生，燙壺黃酒，囑我去弄堂口的慶豐熟食鋪切了些紅腸豬頭肉，樓上樓下慢慢聚集的鄰居擠滿了我家小屋，他點起一根香煙，搖滅了火柴，吹散了第一縷煙，下巴顎骨嘎吱作響，臉上的肌肉在抽搐，緩慢的一句句話語，從他嘴裡向外飄出，聲音蒼老而沉痛，聽的我們眼淚奪眶而出。他說他為什麼一直沒有說這些事，每一個能夠活著回來的人，都不願意再談這些事的，難以忍受的身體勞累與精神抑鬱、單調荒涼的日子，飢餓恐懼造成的神經過敏，血肉之軀都成了被控制、失去良知與羞恥心的行屍走肉，西寧亙古的風沙，湮沒了多少冤魂，農場裡的右派，如他般活著走出來的，比二戰期間猶太人，活著走出奧斯維辛集中營的比例還要少，長長短短的慘烈欺凌，壓抑顫抖的一個個活生生事件，出在他的口，灌進了我的耳，儘管已是春盡夏濃的日子，我卻感覺後背冷水澆身，寒意順著皮膚爬上頭皮。讓我毛骨悚然，汗毛戰栗。我是頭回知道了勞改農場原來是那麼一個殘忍的，迫害形的人間地獄！要說地獄，我也是看過一些鬼戲，探陰山裡面的包公，日斷陽，夜斷陰，白天斷不了的案件，夜晚在塌上一眠，那額上的月牙儿一動，魂靈就去了閻王殿，張龍趙虎把風、嚴防死守酣塌上包大人的肉身，嚴防蛇蟲百腳侵害，壞了包大人的真身，宋朝亡的更快了。還有目蓮生救母，那老母其實特不積德，行為不檢點，在陽間時打僧罵道，不惜老憐幼，死後被幽囚在餓鬼司，蓬頭垢面，披枷帶鎖，此時目蓮生已修成正果，成了羅漢，不忍見其母受此人難，趕往豐都鬼城……，馬連良的九更天，奸相賈似道殺害的李慧娘……，等等等等鬼戲。

　　然戲文總歸是戲文，戲台上搭制的地獄，編出來的故事，都是沒有去過地獄的人臆造的。洞房花燭空快活，金榜題名白衣人。台上瘋子、台下癡子，什麼都是假的。人間地獄才是真正的地獄，青海的勞改農場才是一個能讓人魂飛魄散真正的地獄。

　　明明爸爸語句哽咽，嘴唇牙床仍在不斷抖動，稀落的上下牙齒磕磕直碰，整個身子劇烈地哆嗦著，說他對不住明明媽媽，害了她一輩子，說當年她兄長去香

港，是讓他們倆一起去的，是他熱血沸騰，一定要建設社會主義，我把明明媽這一生害慘了⋯⋯，我爹娘勸他說，這事不賴你，「當年她家父母是不讓她嫁給我的，她就不應當嫁給我啊⋯⋯，她為什麼要嫁給我啊！⋯⋯嗚嗚嗚。」

凡人無法負載這種哀愁。我從來沒有聽見過一個成年男子這樣幽怨的嗚咽聲。

「這都是命吧，常言道紅顏薄命的。」

「是啊，你要保重身體才是，日子再難過，總要過下去不是。」我爹娘在勸他。

「一念之差千秋恨，回憶前塵怨自身。」

夜色沉沉，屋外濃霜四起，天色漸漸變得晦暗，微涼的夜風吹進屋來，明明攙他父親回去，臨走時，他把一隻手臂撐在門上，另一隻手搥著胸脯，老淚縱橫的說：今天說出一些，心情舒暢好多⋯⋯，我目送他邁出的步子，相比來時的搖晃趔趄，要穩健許多，也許是酒精將他哀傷麻痺的神經打通，也許是他把惶惶的淚水與難解的疑惑，都拋給了我們的緣故。

我爹娘一邊收拾桌椅飯筷，一邊籲嘆著明明父母的哀怨愁恨，「哎天蒼蒼野茫茫，青海這麼些年，比蘇武牧羊還要苦了，蘇武牧羊久不歸，入耳心痛酸。」

「哎，孟姜女哭倒了長城，範杞良回來了，孟姜女卻不在了，真正不作興這樣欺負人的噢⋯⋯。」

「一世人生就被毀了。」「下世投胎真要睜眼看著，千萬別再投在這裡。」

「哦喲，你講話要當心一些。」

「鳥兒從此不許唱，花兒從此不許開⋯⋯，」弄口過街摟下最時髦的雙卡磁帶錄音機裡傳來金嗓子周璇「這是個瘋狂的世界⋯⋯」旋律，夾雜著蓬拆蓬拆，透過門板磚牆，鑽進廂房。

## （三）

如果說土改是農村人的災難，反右是知識分子的劫數，這場史無前列的文革狂飆便是城市人的苦難。

年少時的刻痕比日後一切印記要來得深，記憶的河流，表層結了厚濁的冰，水流在冰下凝滯地蠕動四散。

夏末的一個早晨，玻璃窗灰濛濛泛著曙光，薄霧尚未散去。弄堂裡的路燈仍然亮著，染著晨靄，交叉著柔和的暈光，破曉前城市的投影射在這裡。

　　趕早的鄰人輕輕的腳步聲和幾聲咳嗽聲，偶爾還傳來開啟石庫門發出來的碰撞吱呀聲。

　　這些幽鳴的響動，尚不足驚擾仍在睡鄉的人們。

　　酷暑炎熱的大伏天，上半夜的蒲扇，斷斷續續的搖個不停，熱浪下飄浮在弄堂裡的人體酸腐氣息，就是靠這樣搖啊搖，才搖走的。弦月的涼風絲絲拂過，凌晨的曦光又未升起，真正進入酣睡的，也就指望這一刻，這是一個最能讓人昏沉沉恣睡的好時光。

　　突然一陣嘶心裂肺的哭叫聲，極其恐懼地迴盪過來，破曉前一片死寂被打碎，夢鄉裡我的靈魂剛剛飄出去，就被狠狠地從萬丈雲彩拍落到地面，空氣窒息。滴答滴答，是五斗櫥上三五牌臥鐘的聲音，幾秒後的弄堂有了反應。聲音是從洋石庫門深處傳出來，人們驚慌從各門頭裡衝出去。側弄的窄弄堂裡的男男女女由於家中悶熱，或拾掇椅子，或鋪涼蓆，徹夜躺在室外，他們是沖在最前面的人。我自然也不甘落後，拖著鞋跟急切的混進人群，一邊揉著睡眼朦朧的眼睛，一邊推搡著人群，往哭叫聲處奔走。

　　九號門整幢住著是個大家庭。他家孫女是我同學。小名叫琴琴，前幾天剛抄的家。大字報說她爺爺是沙遜洋行的買辦有四個兒子，三個女兒，她大伯，二伯都跟著蔣介石去了台灣，琴琴她爸是老三，也在外灘洋行做事，西裝長衫進進出出，天天頭髮梳的亮亮。琴琴說她家洗衣娘姨阿菊每天光洗衣燙衣還抱怨跟不上。

　　昨天被抄家的傍晚，琴琴她媽看我倚在他們家牆跟，就讓我幫她去找找琴琴。我在弄堂底的土堆裡找到了捲縮的她。我讓她回家，她一言不發也不肯回家，直到天快黑，我說我要回家去，她才哭著對我說「我鋼琴沒有了。」這個我看見的，卡車裝走她家好幾車的抄家物資，裝車的時候，並不像搬家一樣抬，什麼東西都往上扔，一隻讓我無限羨慕的大鋼琴被拖到卡車沿口，幾個人將它顛倒塞進去，在一旁看抄家的阿生伯咕嚕一句：「這批人真是壞透了，當年日本人也沒有這樣壞……。」她老婆趕緊去捂他嘴，並把他拽了回去，嘴裡還罵他：「又灌了黃湯啦，亂說話，回去吧，不要看了，還是再去灌你的黃湯吧。」那時候抄家有貼封條，也有火燒四舊書畫，像這樣把人家整個一鍋端的「三光政策」，確實也不多見。

　　「我爹說淮國舊的鋼琴已經堆成山，現在都很便宜，你讓你娘再去買一隻吧，」琴琴看看我沒作聲，我知道我又說錯了話，隔靴搔癢又無腦，我娘若聽

見，一定會沖我翻白眼，能隔天去買一個回來，也不會被抄走了。

「淮國舊」就是隔幾條馬路的淮海路，淡水路的一家舊貨商行。文革時期堆滿了各類上海灘古今中外稀奇古怪的家具洋貨古玩珍品。「淮國舊」在那個年代和大光明國際飯店一樣喊的響。

尖哭聲就是從琴琴家傳出來的。還夾雜著空氣中濃烈的煤氣味，最先沖進去的是前弄堂豆腐店的三毛及腳踏車行的阿五頭，等我趕到的時候，只見三毛和阿五頭等幾個首批上樓的弄堂裡鄰居都已經連滾帶爬的跌了下來。

「怎麼啦，怎麼啦，」大夥扯著他們在問，三毛和阿五頭幾個大小伙臉都發白了，「全死了！全死了！」。

救護車淒瀝警報器響徹了整條弄堂。我躲在人群裡默默的數著，救護車的擔架都不夠，弄堂裡藤塌睡椅都派上了用場，一、二、三、四、五……，共抬出去十一人。

此刻頭頂上淡檸檬色的燈光不知何時成了青綠色，比灰蒙蒙更晦暗，一定是被一批批陰曹地府派來的小鬼給染的。

這幾天弄堂裡都在議論琴琴家，「哎，抄家抄去些財產也就算了，生不帶來死不帶去，怎麼搞出這等事，合家赴黃泉，老天爺真不睜眼。」

二號娘姨來說，他們家有三個娘姨，有一個還是她從紹興老家替他們物色的，是她嫂子的姪女，那姪女被公安局叫去倆天才回來，到現在說話還在抖，上下牙齒碰不齊也張不開，二號娘姨衝了杯紅糖水硬灌進去，她才說了句「不想做了！」但公安局說案子沒結，所有人都不能走，姪女後來悄悄對她說，讓她一定要保密，主要是她家院中央那口井裡發現了槍枝彈藥……。

「井也跳下去搜嗎！」我娘把二號娘姨的保密話，一五一十的說了出來。我爹有些不信。

「怎麼不信呢，她姪女親眼見的。」

「琴琴回來了，豆腐店的四毛偷偷告訴我，」「真的嗎，」我有些狐疑。

「琴琴家救活了七個人，居委會讓我哥三毛，阿五頭，三爺叔、曉鶴借了菜場裡的黃魚車，將她們接回來了。」

「我能去看琴琴嗎，」我問。

我哥說不行，公安局都不讓跟他們講話。

　　幾天後，弄口紅牆上關於琴琴家的大字報就刷了出來，一層又一層，情節曲折離奇，人物糾葛混亂，內容宛如小說。我光是將人名核對，讀了幾遍都沒有核准。

　　琴琴的大伯二伯是國民黨政府大官，已經去了台灣。琴琴的大姑林韻貞解放前是國民黨的遺孀。這次在井裡發現的槍枝彈藥就是她大姑串通蔣匪特務準備反攻大陸時使用的。而且根據情報，她大姑已將她家所有人都發展成蔣匪僭伏特務。琴琴她爸、他二姑三姑及姑父等天天開收音機聽蔣匪敵台，領取行動指令。

　　聽二號娘姨說，公安局還在排查琴琴她大姑在弄堂裡發展過什麼人。

　　「這段時間不要去琴琴家。」四毛很嚴肅對我擺擺手。

　　這幾天除了繼續抄大字報外，我和四毛，明明等有意無意，仰脖子盯著琴琴家，陸陸續續有人進出，終於也等到了琴琴的出來。

　　我們拉著琴琴躲，躲進了後弄堂那棵無花果樹下的泥堆裡，琴琴壓抑的哭泣，支離破碎的敘述，我斷斷續續聽明白一些。

　　那天本來抄家已快結束，對面弄堂在抄越劇院編輯的家，那邊的紅衛兵走過來聊天。說他們上次抄永安公司老闆郭家時，將花園裡井水抽乾後，搜出很多金條。啟發了她家紅衛兵，他們也借來了抽水機，井水抽乾後，爬下去真的摸到一大堆槍枝彈藥。

　　「這件事，我爺爺真的不知道。到了晚上我大姑才說是她扔進去的，我大姑父是美國空軍，大姑嫁給她才三年她就戰死了，這是她留下來的遺物，我大姑一直藏著。後來怕有事，才扔在井裡了。」

　　她哭著將事情告訴爺爺，我爺爺奶奶說，大家都沒法活了，就一起死吧，夜很黑很黑，家家戶戶的房子裡的燈光都熄滅了，我們全家聚在一起，開了二樓煤氣。爺爺，奶奶，我爸我媽，大姑，我和我哥還有我表哥，二姑、二姑父，小姑，我媽將我哥和我及表哥塞進了衣櫃，後來我就什麼都不知道了。

　　前幾天我才聽說，最後是我小姑怕了，昏迷前爬到電話機前打電話給她男朋友，她男朋友讓她趕緊爬去窗戶，我小姑開了窗就昏迷過去，她男朋友趕來，將傭人全都叫醒。我爺爺，奶奶，大姑，二姑，我爸，都沒有救活。

　　萬籟俱寂，漸漸變黑的天色絲風俱無，我們蹲著圍著她，不知道這時候應該說什麼話，陰風慘慘，冤魄沉沉。幽暗的空中飄過她爺爺奶奶、大姑二姑、她爸那些屈死的靈魂，聚在一個相框中，一張組合照，漸漸地盤旋消融在空中，淒風苦雨中上海灘的這些靈魂，不知都飄向何處。

小鬼卒、大鬼判，屈死的亡魂，項戴著鐵鍊……那一張張蒼白的臉一齊被釘上弄口紅牆，暮鼓晨鐘，異響隙聞。

「悲慘慘、慘悲悲、陰風繞、吹得我透體骨寒……。」

數月來大夥聚在弄堂裡，天天不是傳南京路誰跳樓，就是黃浦江浮了幾具屍體，國際飯店樓上，上體司紅衛兵殘虐，三木之下，何求不得，行人聞之，無不賠淚，不堪凌辱的錚錚漢子，烈女驕娃，高樓縱身一躍，壓傷經過路人，時有耳報，電影明星上官雲珠墜樓，翻譯家夫妻雙雙上吊自盡，又聞西區醫院廊簷有合家喝毒藥，攜手共赴黃泉，說是彈鋼琴的藝術家，因只隔幾條馬路，弄堂人都趨集趕往，驚見日出日落，整整一天，擔架始終擱置地，無人救助，傳言自絕於人民，自絕於黨的反動派，沒有造反隊允許，不能收屍。

# （四）

初冬的晨午，出太陽又刮風，比起秋天那友善的陽光，今天那薄而淡的日頭，便有些滄桑的味道。

我在屋子裡溫暖的翻著畫報，明明篤篤篤敲了我家的窗玻璃「快出來！快出來！又有啥事啊，」明明一臉緊張神祕，「前弄堂米店裡又吊死一個人。」「公安局的車子也已經來了」一旁的龍龍證實著。我拋下畫報，旁邊有聲音飄出：「媽去買菜時關照我們不要出去的，你又出去了。」「姐去去就來，別告訴媽。」隨即跟著明明、龍龍飛奔直往米店。是出事了，米店一排門板仍像夜裡打烊一樣，緊緊關閉著，一扇平時進出的邊門虛掩斜斜，門外裡三層、外三層，烏泱泱一片。我們擠不進去，先我們到的大燕和曉荔也在外圍踮腳跳著看，三毛和龍龍個頭比我們幾個轉了幾圈也沒見什麼，明明說他有辦法，米店後面有堵牆，搭了半間廚房，另有半堵掩在狹窄又暗黑的夾道裡，平時堆放些麻袋雜物廢棄物品，弄堂裡沒有明明不曾踩點過的旮旯，他一邊找一邊還說，我真的見過有個燈光會漏出的小孔，趴著能看見店裡……。

「找找看。」我們幾個沿著牆面找來找去，沒見有孔，「估計被人給堵上了，我猜想。「洞在這裡。」明明指著一個凹坑，「我們湊上去，卻什麼都沒有看見，」「去拿根棒子來捅一下。」龍龍說，三毛貓著腰在夾弄裡找了一會兒，「有了，有了。」三毛手裡揀了一把生鏽的夾煤球的鉗子，對我們晃了幾下，「我來。」這裡數龍龍個子最大，他接過鐵鉗對著小孔捅去，我們在一旁幫腔喊

著「一、二、三」，三毛、明明在龍龍後面還拚命的推了一下，突然裡面哇哇的傳來一片叫聲，幾個警察帶頭竄出了房間，那些看熱鬧的人見頭戴大蓋帽的警察在往外逃，一個個爭先恐後狂奔，膝蓋嚇軟跑不動的，就抱住路邊大樹，閉上眼睛，現場一片慌亂，一口氣奔了一百米才停下也有，頃刻工夫，好像裝了彈簧似的，又全部合攏過來。後來弄堂裡就一直傳聞，米店朱老闆冤太深，一腔愁恨無處訴，在警察和眾人面前顯靈晃悠……。

聽說米店吊死的人就是朱老闆，他恰巧掛在孔眼裡，把孔蓋住，讓我們一捅，他便晃了起來，在警察和看熱鬧的人還沒有搞明白時，我們幾個早就慌裡慌張竄的比他們還要遠，我們又躲進了盡頭處那塊蠻荒地裡，

「朱老闆的屍體這樣硬繃繃，肯定死了，不可能再活過來的。」

我們為此感到傷心，一會兒又覺得剛才嚇死他們太開心了，又樂的前仰後翻。天色暗了下來，飯菜的炊味飄過來，天空有了星星，草堆裡有蟋蟀在叫，豆腐店姆媽扯著嗓子在喊三毛回家吃飯，估計沒什麼事我們就拍拍泥土，賊兮兮的溜了回家。

「米店裡吊死的人自己晃動了起來！」

「千真萬確的。」

「哎、陰魂不散呀，像烏盆記裡一樣，屍骨化做了烏盆，也要到包公那裡去申冤的。」

「生要見人，死要見屍，他不甘心呀，」

「他沒有見到自己老婆和女兒，當然不甘心的呀。」

「聽米店樓上的阿大頭曉英姐講、那朱老闆昨晚一直在唱戲，咋就吊死了呢，」

「哦、是的呀，阿拉三毛是跟在警察後面一起進去的，阿拉三毛講桌上放著酒杯和喝剩的黃酒，還有未吃完的油氽花生米，朱老闆這時候的心情一定是很痛苦的，哭哭唱唱的心裡太難受，」

「哦、不曉得他唱些什麼啦，」豆腐店老闆娘三毛姆媽在問。

「昨天黃昏起我就聽朱老闆在唱京劇了」樓上曉英走了過來。

「他唱烏盆記，家住南陽城關外，離城十里太平街，劉世昌祖居有數代，務農為本頗有家財……。」

「噢，朱老闆是蠻歡喜唱烏盆記的，沒有想到，他真的命這麼苦，望鄉台上冤難告。」

　　我娘也有說過朱老闆最喜歡唱烏盆記，人也長的像劉世昌，文文雅雅，十足一個小本經營的商人。

　　「哦喲倒是太淒慘了一些。」過街樓亭子間嫂嫂也插了進來。

　　「那你指望他臨死前還能唱什麼暖，」

　　三毛姆媽回答了亭子間嫂嫂的話。

　　「儂勿要觸我霉頭哦，我倒勿是這個意思，因為平常朱老闆勞歡喜唱滬劇的。」

　　「這倒也是的，朱老闆唱滬劇這條弄堂裡人恐怕都聽過的，最近唱《為奴隸的母親》裡面楊飛飛的那段，還鬧過笑話了，」她經常唱一句：「忽聽得秋寶還在哭，但是卻從來不唱下面一句，有一趟我實在摒勿牢了，就和他開玩笑講：『朱老闆，秋寶哭了後怎麼了呢，儂從來不唱下面一句的，』婷婷娘倒笑了起來，指著朱老闆講，伊下面一句還沒有學會呢！」

　　朱老闆只是搔頭憨笑。

　　「這倒是的，有一次我去買麵粉，他臨窗坐著，也哼了這一句，我稱完麵粉，他還哼這句，我聽了也說：『朱老闆儂能勿能拿下面一句也唱出來，』婷婷娘還打趣地說，」他這段戲剛剛學，只會唱這一句。」

　　滬劇《為奴隸的母親》是二十年代左翼作家柔石的同名小說改編的，情節悲哀，唱腔悠怨，滬劇是男女同台演出的劇種，和越劇是女子戲種有區別，上海灘男人在弄堂裡哼唱滬劇很普遍。

　　暮色裡我磨磨蹭蹭溜回家，我娘、鄭家姆媽、明明姆媽、米店樓上的曉英大姐、豆腐店老闆娘、紹興好婆等，仍在弄堂口的過街樓下聊米店朱老闆的事。

　　昏黃的路燈光與米店斜角樓頂上的月亮光交彙在一起，照射著路旁一堆堆議論米店老闆的圈子，慘澹光照下的慘澹人臉，散散合合，有默默在聽的，有講述的，有嘆息，有流淚，悄悄走的，悄悄進來的，米店外一直圍著一堆人。

　　上吊的、開煤氣的、喝來沙水三乃的、臥軌跳樓的、跳黃浦江的，我們弄堂都有了。

# （五）

　　弄堂上空晾曬的衣裳和被單，雖然都用木頭夾子夾住繩子，但仍然像有生命一般，飄來蕩去，啪一聲投在剝落的白灰泥牆上，嘩拉一下又揚過水門汀，東一

下、西一下，低沉的嗚咽，讓你寒冬臘月額頭上都能沁出冷汗。

　　次日清晨天空灰濛濛，寒冷刮風，又有濃霧和暴雨，「你知道嗎，那米店老闆娘也死了。」

　　明明一幅早晨的惺忪狀態，仍不忘把最新消息及時傳遞於我。

　　米店的老闆娘留了張紙條給老闆，說是跳了黃浦江，米店老闆尋了幾天，回來就上吊了。

　　米店老闆夫婦平時很和氣，四十不到的歲數，與我爹娘年紀不相上下，家中一女，名喚婷婷，在上海中學唸書。

　　弄堂裡中小學生從不混耍，況且她又是住宿生，所以我與她不熟。

　　很快米店的事在整條弄堂傳開了。米店老闆原名叫朱玉卿，出生在上海南彙的一戶地主人家。他爹和杜月昇是拜把子兄弟，年輕時也在十六鋪碼頭髮跡。杜月昇生日堂會請了全班梨園界名伶，拍了一張很寬的照片，前排坐著的都是角兒，梅蘭芳、程艷秋、譚富英、言菊朋、馬連良等，東道主的杜月昇卻低調的站在後排側面，緊貼站著的就是朱玉卿的爹，解放後被政府鎮壓了。老闆娘原名朱玉英，是他父親和丫環所生的閨女，也就是說朱玉卿和她是同父異母的兄妹。從小青梅竹馬一起長大，後來倆人漸漸流露出了愛的情愫，父母有些察覺，替他說了一門親事，剛送了彩禮，定了婚期，朱玉卿便和朱玉英一起跪在那丫環後娘跟前，哭著說倆人已經分不開，後母怕朱玉卿父親知道，火爆性情的他，拿刀追殺他們的可能性都有，於是便哭著掏出些細軟，吩咐他們天涯海角走的越遠越好，永遠不要回來，也不要生孩子。

　　那年波濤洶湧的巨大暴風雨撕開了這座城市的幕布，瓢潑大雨肆虐了三天三夜，天空一道閃光、一聲霹靂尖叫呼嘯，後娘對他倆說：「你們趁夜色趕快走吧！」哭著將他倆推了出去，倆人趴在地上朝後娘八拜叩別，踏出門檻的倆人迅即被黑暗吸走，抹去了傷心欲絕後母淚眼裡的蹤跡，他倆奮力奔跑擺脫了即將到來的劫難，狂風驟雨中的隆隆雷聲，全部化成他們老父帶著萬千家僕來追趕倆人的聲音，老天爺可憐他們，淒風苦雨的黃浦江面顛出一條下江輪，綿長嘯幽的笛聲，倒海翻江的把他們送到四川涪陵，後終究因人生地不熟，倆人悄悄的又潛了回來，盤下弄口這家米店，改名換姓悄無聲息的立下腳，雖壓抑又有些扭曲，兄妹倆這檔子事也無人知曉，過著一種「有妻有酒春常在，無燭無燈夜也明」的日子。

　　朱婷婷是他們在五零年，從一個安徽女人手裡抱養過來的孩子，日子朝朝暮暮似行雲流水般的在流淌。

　　朱玉卿夫婦倆人說話做事謹小甚微，鄰里鄉親客客氣氣，店堂裡一塊小黑板，有糴米麵的鄰人門號姓氏，一旁是劃的正字和數字。

　　朱記米行的一排門板被風雨洗滌的只剩下木筋突出，瞧著彷彿有幾百年的蒼桑的老古董一般，朱老闆夫婦白天卸門板，天黑上門板的習慣動作，已經成了我們弄堂的一景。

　　尋常日子尋常過，雖然朱記米行早就是集體企業的一家下屬分店，因為屋舍實在小的局促，上級糧局也沒有再派員工進來，所以外面鑼鼓敲的震耳欲聾，文化大革命的急風驟雨彷彿也沒刮進去，朱老闆仍然哼著他帶滬味的京戲，和從來沒有從頭唱到尾的幾段滬劇，再就是每晚要喝幾口燙熱的黃酒。

　　誰料平地風波起。幾週前朱婷婷回來過一趟，說學校同學告訴她，他們班紅衛兵調查了她家身分，去過南匯杜家祠堂，說她們家以前是地主，現在又開米店，是資本家，還追著問父母那老家對你倆的傳言究竟是真是假，婷婷娘羞愧詫異，一時語塞不知該何言以對，只是一個勁的抹眼淚。

　　婷婷甩了句「這幾天學校紅衛兵就會來抄家的，我在學校已經沒法呆。」滿心的焦慮不知將要遭受何種屈辱的她把自己關在房門裡，哭了一個晚上，想了一個晚上，往事一件件魚貫而入，浮現在她的腦海中，從一些微不足道的小事情裡，她認定此事必定不是空穴來風，一連串的恐懼與猜想伴了她一個晚上。

　　第二天凌晨。城市尚沉睡未醒，她將門推開，回看一眼壓及窗框於門板的霧痕，怨恨負氣含淚而走，冷冽、乾燥乾燥的水門汀傳出幾聲馬蹄般的嘚嘚重擊聲。她娘追出幾步已寂無人影。

　　婷婷娘茫然四顧拂曉冬日清冷的街頭，念自己畸型的婚姻，孩子的痛苦，從今往後弄堂鄰人的眼神，她失去了再活下去的勇氣，恐懼奪走了她心中的一切希望，恍恍惚惚幾天，她給朱玉卿留了封遺書，逕出門去，遂絕再未回來。

　　朱玉卿去過婷婷學校，學校奔進奔出的紅衛兵扛著紅旗，提著一桶桶漿糊、一捲捲大字報，都忙得很，他也沒敢佇立打聽婷婷消息，他是地富反壞右，不敢報上姓名，怕被人掛牌子游斗，午後出的學校，伶仃獨步竟已走至江邊，三四十里半個上海灘之遙，自己也沒明白是如何橫穿而過，夕陽的最後一抹粉紅色已褪去，二月的黃昏被黑夜的迷霧取代，大街上的路燈已亮，他蹲伏江邊查打撈投江屍體，睜著一副比黃浦水還要渾濁的眼睛，再無妻女踪兆，暮色中江邊棟棟房屋跳人眼簾，他貪婪窺屏這一扇扇桔紅燈光，兒女歸家，燈前笑語，幻想有他的妻子女兒，黃浦江水漸漸變青變黑，青黑亂草叢裡的露水又迴轉銀光，西北風將江

面掀起一潮潮白浪，此時天水微明，苦澀的夜晚已悄悄轉為白晝，他斷定渾沌世界再無他妻兒。

他往回走，都市的萬家燈火被他甩在身後，趺腳踩踵跨入家門，在屋內無意識的亂撲亂撞，抽屜裡的回憶，櫃櫥裡的芳香，衣櫃的每個把手被旋開，層層抽屜被拉開，多麼熟悉的味道，他貪婪的呼吸著，兩手亂抓亂摸，掏出一條玻璃絲連褲襪，一股淡淡的明星牌香水味，這是他四八年從西施百貨店買給婷婷娘的美國貨，當年袖中取出此物時，婷婷娘嬌小含笑的影子立時往來燈下，心驟喜，欲呼，卻沒了，他忙將連褲襪朝影子甩拋，連褲襪躍上木樑，突然漆黑一片，門板上氣窗忘關，有風吹進，一盞垂下的白熾燈搖曳不定，燭爐燈昏，似有影半繞樑間、伸頸做樣。壁上樸索索灰土掉落，世上的喧囂與瘋狂瞬間就消失了。

在馬路上第一班電車開過的時辰裡，一丁香染色官衣小吏，頭戴黑白軟紗尖帽，手持生死簿，隔著柵門板，朱筆一揮，勾去了朱記米行朱玉卿的大名，被西施百貨店買的玻璃絲襪牽走時，他飄浮在空中，一點也無懼，他笑了，哼了幾句京劇荒山淚，「到三更真個是月明人靜，猛聽得窗兒外似有人行，……。」

咦、自己怎麼聲音尖利得就像玻璃瓶碎片，再聽聽又似狼叫，哦，頭頸還卡著，原來頭頸一卡，還真就卡出了鬼哭狼叫，他解脫了與塵世的最後一線聯繫，聲音都沒了，凌晨五點在鬼魂的世界裡是日暮時分，人間總以為鬼魂喜歡深夜在走廊屋簷、過道裡游盪，其實鬼魂和世人一是時差上晝夜顛倒之緣故，二是在人世已經忍氣吞聲了一世，何必再與人類沒話找話、虛以委蛇，就像狼根本不想見獵人一個理。

茫茫六道，魂隨索命小吏直趨閻羅五殿。

「一陣陣那陰風起甚是悲慘，那就是受罪地名叫陰山……。」

公差小鬼皆身輕如葉，一息百里，雖說鬼魂也是腳不沾地，然新鬼尚未修成此功。朱玉卿腳上已經磨損的木拖屐，一隻掉在地上，一隻仍勾在腳上，他索性將一履脫下，手執一履行走，雙腳更是慘愴不能，遂又套上，淚沾衣衿。淒慘的天空下，烤焦的空曠的平原上，黃泉荒道灰色連成一片，單調起伏、猙獰百鬼夜蹲，穢招汝魂，小鬼看他可憐，不時的還執手相扶一把。黃泉路即靈魂擺渡，閻王促小鬼前來助你渡奈何橋等關隘，此路無季節，亦無晝夜，終日蒼茫，灰白霧氣冷寂無光，一堆堆冒煙的野火，讓你有一種懸在空中，上不沾天，下不沾地的感覺，身子隨之顛簸遊晃，無法控制，風中盡是黑煙焦味，尤其此段時節，靈魂擺渡進入旺季，驚濤駭浪、奔騰起伏，摸不著的追逐於你，不但聞馬嘶狗吠之喘

息聲，更有嗖嗖的劍弩兵器撞擊的危急，劍山刀樹皆在燃燒，烈火燒身的灼熱於左右，潑墨黑煙與熊熊烈火又在空中金蛇狂舞，牛頭馬面、三頭六臂的淒厲小鬼，一波又一波，稍一走慢，有被炙烤成肌膚爛掉，慘遭灰飛煙滅的可能。出谷口寄宿一晚，來到城隍廟，小鬼攜他在城隍老爺那裡驗明正身，廟裡香霧繚繞，熙熙攘攘，廟外地上的落葉與泥土都被踩得雜亂無章，門縫裡都塞滿了鬼魂，插不進腳，四周的柱子被眾餓鬼你推我擠，奮力搖晃的嘎吱作響，因為大家都要側身擠到城隍老爺跟前面訴冤情，城隍老爺在大殿的座位差點被擠翻，他索性站了起來，一手朱筆、一手傳票，眾所周知地獄是有十大閻羅的，人死後要一殿一殿的走完發十殿，如果有冤情，要去五殿最好，因為五殿現任是包拯包大人，沿途靈魂擺渡的小鬼都關照過，有冤情一定要讓城隍老爺發往五殿，讓包公包大人審，今生是沒有返回人間的可能，但關係到在地獄要受什麼樣的苦，及來世等等，以前包大人是在一殿，七日之內你人世的肉身尚未腐爛，一有冤情，包大人就平反昭雪，返回人間，壞人狡猾難抓，冤枉的人又都放回，「地獄空蕩蕩，魔鬼在人間。」

後來閻帝告到天庭，玉帝就將包公換到五殿，一殿一殿走過五殿，包公也沒法再將好人的靈魂送回，小鬼一般就將這些淺顯的道理分欣給新的靈魂聽。朱玉卿是敦厚老實之人，同樣也是善良木吶之鬼，他做不出同道鬼魂那種呼天嗆地、頓足搥胸之行為，只會默默淌淚，默默地張望，儘管眼神充滿企求，小鬼還不時安撫他，勿駭。

城隍老爺的公正顯然陽間裡的官爺沒法比，掐指一算就清楚他的冤情，然自尋短見的，畢竟要先囚禁在枉死城，待案情了結再發配，無限歉疚不忍直視，待以鄉先生禮，賜坐，飲茶，朱玉卿謹慎側站不敢接。冥王老爺表情肅穆遞上一張通往五殿的火漆牒本，靈魂擺渡小鬼將他一路護送往五殿疾奔，煩請包大人眷顧，特色年代，暫不投胎也罷。小鬼說錯過了時辰的墓門會關閉，遊蕩在杳渺黑暗的冥河會無立足之地，至此已奔波幾日，時限緊，囑他千萬緊跟不落，憐哉朱玉卿腳上單只木拖屐，磨地痛徹心腑，追趕甚苦，數里，有一高台，小鬼亦引他紛然登至，遊人甚多，引頸翹首一望，十字路口米店門板緊閉，內室空曠清淒，人言望鄉台，朱涕零站了有些時辰了，不忍別，戀戀回盼。又數里，道旁橋頭有一老媼，張棚施飲，承迎給奉，他接受，嗅嗅無味，甚是飢渴，一碗喝下，顛倒迷糊，勿悲勿啼，小鬼視之粲然。此橋謂奈何橋，老媼名孟婆。

而後，趕去投胎的鬼群中，有一雙腳仍只一屨，亂糟糟你推我揉撕扯，究其

因皆欲排後，黃泉非幸福的歸宿，也非靈魂永久飄蕩之地，最近很多新鬼都不願回陽間，孟婆手摯長柄匙不解，塵世果真煩惱至此，來者不投胎重新做人，冥間也會住不下，孟婆這回有點老鬼吃癟。

　　抓一把沙土揚灰塵，父母盼兒兒不在，妻子盼夫夫不轉，望求老丈將我帶，望鄉台上盼包拯。

<h1 style="text-align:center">（六）</h1>

　　革命不是請客吃飯，不是做文章，不是繪花繡花，不能那樣雅緻。那樣從容不迫，文質彬彬，那樣溫良恭儉讓，革命是暴動，是一個階級推翻一個階級的暴烈的行動。

　　日子在晨昏間渡過新歲，一九六七年的一月，馬路上亂轟轟小道消息普天蓋地飛進弄堂，軍用大卡車像戰爭片《戰上海》一樣在街上開來開去，車子上站滿了手拿鐵棒，頭戴藤條帽的工人階級。

　　「毛主席說：『工人階級領導一切』，上海的工人卻還沒有當上領導，北京紅衛兵就南下包圍了舊市府，替上海的革命派來挑頭，要舊市府將權力交出來，隨即國棉十七廠的工人造反隊就配合行動，決定上京告御狀，要告訴毛主席，上海市委在抵制無產階級推翻資產階級。人民日報又發了重要文章，中央強調文化大革命的緊迫性和必要性。」

　　以上的話是一號英娣姆媽在弄堂裡的講話。她學著報紙上的革命語言，在弄口頤指氣使、呱呱宣傳「目前上海的形勢是一片大好，不是小好。」

　　她說偉大領袖毛主席說過，「文革打人是好人打壞人，活該！好人打好人，誤會！今後不要再打了。因此，打就打了，死就死了！」她說這句話時，很多人有些鬱悶語塞，因為她把偉大領袖搬了出來，沒人敢口說異議，誰也不知道被打死的人是壞人還是好人。

　　「現在上海的主要情況是舊市委那些走資本主義道路的當權派仍在掌控著人民的大權，我們工廠的造反派逼他們把權力交出來，他們卻負隅反抗垂死掙扎，這幾天上海的工人造反派搶占了火車，要上北京去見毛主席，告訴毛主席他老人家，上海的走資派太猖狂，不接納造反派的奪權……。」

　　一道道散落的陽光照在英娣姆媽上揚的面龐，驕傲自信的在講解上海灘文革形勢的走向，英娣姆媽是浙江桐廬人，一口方言說起來像唱紹興戲一樣音色不難

聽，只是好好的方言從她嘴裡吐出來，就變成了官方語言，官方語言是國家機器武裝過的方言，聽起來會讓人汗毛豎起。

寒冬上海的一月風暴，又稱安亭事件。王洪文等帶領工人造反隊搶占鐵路進京，火車頭粗壯的汽笛不停地叫著，待發的火車頭停在線路上，噴吐的汽體在著冬日的冷雲裡翻滾。

搶佔的火車在黃昏的冷霧裡被上海市政府攔停在安亭鐵路旁邊的田野上，天漸漸黑了下來，鉛灰色的寧靜的天空，眼看要飄雨雪，一月份的上海一定會下一場雪的，造反派高唱著「雪皚皚，野茫茫，革命理想高於天……」「臥在鐵軌上不爬起來，黑雲壓城城欲催，上海鐵路系統全面癱煥，上海告急。

毛主席的好學生張春橋趕回上海，宣讀毛主席指示「上海應該服從工人階級的領導」，上海學巴黎公社之名，取名「人民公社」，後來毛主席將名改為「上海革委會」全面否定上海舊市委。

張春橋，姚文元，王洪文等革命造反派全面控制上海。工人階級進駐了各個領域，領導一切。上海迅速的出現了以上海柴油機廠為代表及聯合復旦等高校組織的聯合司令部，打出反對否定上海市政府，堅決捍衛市政府口號。雙方進入了白熱化辯論階段。人民廣場，馬路上，弄堂裡到處一堆堆的人群，辯論這場革命的正確性。

還有一群群的工人學生，簇擁在一起，及其熱血的辯論，國家的前途，人類的命運，並出謀獻策。誰都知知道當前世界命運堪憂，都盼望著偉大的中國共產黨來救世界……。

我們弄堂的大字報，仍舊一層又一層的涮在高牆上。

我仍然一如既往地抄些大字去二號外公那裡換戲劇電影畫報。

上革會（簡稱東方紅），聯合司令部（簡稱聯司）拉開了武鬥的序幕。

三層擱摟上的小學鄭老師被關了一段時間，偷聽敵台證據不足，他上交了一隻晶體半導體，學校造反派旋轉半天，也轉不出敵台，人就放了回來。他在竈披間與小狗爺叔幾個議論外地武鬥的激烈。

冬日的康平路，梧桐樹葉雕零，欹風搖曳著光禿禿的樹，馬路兩旁的燈光因電力不足呈琥珀色，柔和的街景便顯蕭瑟。

往日夜靜時分，這條街上的小提琴、鋼琴，旋律悠揚，琴聲慢慢，今天卻甚是寂寥，只有遠處一架鋼琴，一遍又一遍地在彈奏兩三節合唱曲的複調，音樂聲黯然，天空中黑雲掠過時，單調的演奏聲就聽不見，黑雲緩慢靜止時，音樂聲與

詭異的雲朵一起湧動，陀螺旋轉，層層匯聚。

匆匆的路人縮著脖子，加快走路的步伐。彤雲低鎖、疏林冷落，月黑風高，賊人出沒。這條馬路的盡頭是上海市政府的辦公大院。

萬籟寂靜的子夜，我被弄堂裡的嘈雜聲驚醒。

今日晌午，我娘在竈披間燒飯時，與明明他媽一起在聊時局，外面這麼亂，我爹人在外地，原說這幾天會回來，日出到日落，總不見踪影，不知外地文革鬧的厲害不厲害。我已一天幾回的趴窗台、站弄口的張望，沒有我爹的身影。

早起我娘就沖我和二姐說，今日你爹若仍無消息，該擬個稿子，去郵局拍個電報問問。午前弄堂裡有人在叫嚷：「趕緊去前面復興路三○○一禮堂，那裡在批鬥滑稽戲演員姚慕雙和周柏春，場子裡一陣陣笑聲傳出來，與聽滑稽戲一摸一樣。」二姐無事也忙，平時就沒有影蹤，早與幾個高年級同學一起飛似的溜了。

「往外地去的鐵軌上都趴著人，很多火車線路都不通了，」樓上曬台搭間裡，平時不大言語的山東人毛頭阿爸剛巧經過，聽見說我爹的事，插進來，樣子是想安慰我娘。

「噢，原來這樣啊」我娘應著：「再等一二天吧，應該不會有什麼事。」明明姆媽也說不出別的話。「我爹有時候是乘汽車回來的！」我也插上一句。

「長途汽車站更堵，人山人海的汽車站裡面都空蕩蕩，汽車都被造反派和紅衛兵包了。」毛頭阿爸回答我。

「我小時候長毛造反也這樣……，」聽了這話，大夥才注意到山東阿爸旁邊的小腳奶奶又來了，山東阿爸是回山東接了小腳奶奶，大概剛從火車站回來。

「噢奶奶你好」我娘和奶奶打了招呼，「娘你不要亂說話」！山東阿爸著急制止了奶奶。告別一聲，隨奶奶一起踏上樓梯。

電報最終沒有去拍。

三、五天後，路燈已亮，我爹回來了。他灰頭土臉，邊在面盆裡洗臉，邊對我們講：「沿途好幾段公路已經搭不上汽車，鐵路上火車奔馳著，掛著的指示牌與時刻表都已不作數，沒有人確定它是否會來，站台已是擺設。鄭州上的車，到了皖南，卻又往北開，停在荒涼的小各莊讓大家下車，幾經輾轉才回的家。」

「哦喲，這樣兵荒馬亂，你就別再往外走了。」

「是要停了，收購上來的禽類蛋品，都斷了運輸車輛，站裡的貨物都有農民造反派來搶，我們採購員擋不住，也不擋，讓他們搶，我裝在背包裡的一蘿鹹鴨蛋也被搶了。」

「噢，上海的食品供應若斷了，天都會塌。」

當晚入睡後，半夜的弄堂突然出現蟋蟋嗦嗦，嘰嘰呱呱的響聲，又過一會，雜沓的腳步聲，壓著喉嚨的說話聲，一陣大一陣的傳進家中。

我娘扯亮電燈線，我們幾個都已被吵醒，各個腦袋探出被窩。

「媽，是紅衛兵又來抄家了吧，」

「聲音不像。」

我娘已披衣下床，一旁半個身子晾開的小妹也想撐起來，被我娘一把摁了回去，掖實了她透鬆的被子，「誰都不要起床，我去看看就回來。」

被好奇心煽起的我，已經跳在我娘前頭，套上棉襖褲，拔上棉鞋，顧不上牙齒打顫，頂著刺骨的寒氣，一點不猶豫的隨我娘一起，幾步就衝到弄口。

# （七）

天空稀淡疏落幾顆星星，過街樓下的人影晃動，走近後見到這麼一大波人，小狗爺叔、鄭老師，豆腐店三毛、十五號三爺叔，我同學菊華、她姐姐菊瑛……，門鎖還在碰撞，不斷有人在往這邊來。

「都準備好了嗎，」有人在說。

「就等你另一輛黃魚車來，就差不多了。」有人回答。

我們滿臉疑惑。小狗爺叔見了轉過身，語速超快的趕緊講述，雖不斷有人插進來問事，我大致聽明白。

我同學菊華她二姐是衡山賓館的服務員。前幾天菊華就說過她二姐上班的賓館，住滿了全國各地來上海的紅衛兵領導，成了造反司令部的前線指揮所。

「現在住賓館都不要錢了，只要見著穿軍裝，綁皮帶，戴像章的，都要給他們吃喝，我二姐天天上班忙死了，家裡已難見人影。」

菊華她父親早年就過世，去年她母親也走了，她大姐去了新疆，大哥海光在柴油機廠工作，二姐菊瑛中學沒有畢業，居委會介紹她去衡山賓館做服務員，她二姐菊瑛和大哥海光接替了他們家的父母的責任，擔起養活菊華、二哥海強、妹妹菊香的生活。

幾天來，賓館氣氛凝重，出出進進人員很多，紅旗牌轎車都停過她們賓館，菊瑛和她的師付榮發都被派去給設在賓館裡的指揮部，端飯送水、捎煙遞茶。

晚飯過後，落日餘暉已掉盡，賓館裡外的霓虹燈也已開啟，五光十色的射在

酒店三層走廊那堵綠色的壁牆上，忽閃忽閃，不遠處徐家匯街頭輪廓空曠。

　　指揮部在走廊底部，淡米黃牆的一間大房，沉重的棕色皮製橡木拉門一扇關上，一扇扳牢，沿街窗戶厚絲絨窗簾垂著，吊燈壁燈全部開亮，房間裡煙霧籠罩，嗆的使踏進房間的人需用手揮拂，菊瑛和她師傅很是忙碌，菊瑛忙著泡茶，清倒煙灰缸裡厚厚的煙灰，遞送廚房新鮮出爐的點心，煙霧噪聲下忙活的菊瑛不知道這些人在幹什麼。但她師傅榮發就有些敏感，今晚很異常，這些人激烈亢奮，桌子上十幾部電話鈴聲不停。「要出大事了、要出大事了，上海肯定要出事了。」榮髮師傅故意在一個陰暗的角落吧台邊磨磨蹭蹭，支起耳朵。

　　「行動方案……」他聽了斷斷續續的幾句。「放心吧，今晚一定踩平康平路，讓赤衛隊消失。」有人拍著胸脯在表現。榮髮師傅以前是德國西餐館的西點烘焙師，見過洋人在一九四九年大車小輛、扛包拖箱，慌裡慌張逃走的樣子，德國人威廉臨走之前還送了兩箱高檔西餐刀具給他，儘管榮髮師付自己家裡從來不煮西餐，這些正宗的銀餐具，他是喜愛的。榮髮師傅是個很勤勞的人，在烘焙麵包時，經常手不停、腳不停的擦試那些刀叉，德國老闆威廉平時看在眼裡，欣賞他對刀叉的感情，在逃走前用司的克指著店堂的兩箱子亮晃晃的刀叉對榮髮師付講：「榮，這個歸你了，扛回去吧！」榮髮師付開始那陣很激動，經常用番茄燒茄汁濃湯，羅宋麵包削削片，麵包粉兩面蘸蘸、炸幾塊豬排，打幾隻雞蛋，土豆切成丁拌拌，主要是拌土豆的色拉油，一定要花上一小時，自己用白醋一滴一滴攪勻拌出來，不能買店裡現成的，吃口不一樣，然而一家老小與朋友都是土包子，誰也不肯使用刀叉，竟然只用筷子調羹，這兩箱高檔西餐刀具就一直壓在床板底下，灰塵積滿，沒有用場，不過，時常也會從床底下拖出來，讓朋友欣賞欣賞，到底是正宗的德國貨。漸漸地發現大多數人沒有興趣，眼皮子太淺，不識貨。然榮髮師傅是見過大場面的人，認識他的人都蠻尊重他。

　　今天他發現賓館情況異常，彷彿回到了洋人撤退前夜的上海灘，他的心七上八下的亂。

　　「龍華殯儀館的頭頭也來了，」上次榮髮師傅的老婆過世，朋友引線讓榮髮師傅和這位殯儀館頭頭見過一面，特殊關照過，榮髮師傅老婆的臉在玻璃罩子裡面，明顯的就比別人化妝的好看，所以榮髮師傅一直記得這個人。

　　「殯儀館來幹什麼啦，我們賓館死人啦，」菊瑛被嚇的跳了一下，榮髮師傅好不容易逮到一個機會，伏著菊瑛的耳朵，神祕的說了一句，菊瑛沒有反應過來。

　　「今晚的屍體要神不知鬼不覺的處理掉的。」

「哪裡來的屍體啊，師傅儂不要嚇我噢。」

「赤衛隊包圍了康平路市府大院，現在裡面就是在討論。」

師傅一把拖過菊瑛手臂上的藍色袖籠套，菊瑛很識相的的跟著師傅走到一個偏僻陰暗的角落，師傅把聽到的，和自己猜出來的，一古腦說了一些，菊瑛才明白。

菊瑛她哥海光長的高大魁梧，方臉大眼，一套白色帆布粗舊，沾著油污的工作服，腳上一雙毛絨絨的大頭靴，騎著一輛哐哐會響老坦克自行車，進出弄堂也從來不下來，因為他腳長，不小心碰到人，腳一撐笑一笑就過去，菊華說他參加了上海柴油機廠的赤衛隊。榮髮師傅有個侄子，名字叫大昌，住在弄堂斜對面的瑞華里，榮髮師傅說他侄子大昌也是赤衛隊，已經好幾天沒有回家了。榮髮師傅只有一個女兒，幾年前硬偷了戶口本去了江西共青墾殖農場，每次回滬探親，抱著她娘嘶心裂肺的哭到眼淚都哭幹，就這樣把榮髮師母哭的一病不起，雙手一攤走了，榮髮師傅早年就將鄉下侄子接出當兒子養，見師傅說到大昌時，眼神急的發直、嘴角抽搐，顯然很緊張，菊瑛連忙安慰著師傅，「師博你放心吧，我們一家都要靠我哥，大昌哥也是我哥，我馬上去柴油機廠把他倆叫回來！」菊瑛拍著胸脯。」

「來不及的！赤衛隊不在廠裡的」榮髮師傅說。

闃寂無人的走廊傳來一陣腳步聲，遠處有人朝這裡走來，慌忙中師傅一把將菊瑛推全黑暗，沉吟後說：「他們講過好幾遍，赤衛隊在昌平路什麼，你趕緊騎我的自行車回家報訊，多叫上幾個弄堂裡的鄰居小伙，讓他們想想辦法，把大昌和海光倆給拖回來，別真被打死拉進龍華殯儀館燒成灰，我將來怎麼見我死去的老哥。」榮髮師傅抹了抹眼，對菊瑛使了下眼色，側著身子，托著點心盤子，朝來人迎上去打了個招呼。矮小敦實的菊瑛惦著腳、黑暗中朝師傅點了點頭，用余光瞥了一眼來人，把倆條小辮子從後面甩到胸口緊緊的用手攬住，從背後貓著腰，一路小跑衝進地下室取了師傅的綠色永久牌自行車，還沒坐穩就稀里嘩拉的衝出了賓館，這時候大街上車輛警報聲已經在呼嘯，無數的卡車從他們賓館門口駛過。菊瑛橫跨過一條大馬路外，其餘都是從七彎八拐的小馬路裡竄出竄進的繞著走，自行車踩的很順利，半小時不到，菊瑛發出來的情報就憾醒了整條弄堂。過街樓底下已經聚集了豆腐店的二毛、三毛，及自行車行的阿三頭、算命館王先生家的大兒子王奇石等十來個小伙子，磨拳擦掌準備騎自行車和三輪黃魚車一起趕去康平路。

「黃魚車已經很難借，」前弄堂的強強等幾個人推著一輛黃魚車從外面一邊

走進來一邊嚷著。

「小菜場裡的黃魚車不肯借，我們幾個走了幾家工廠，過了幾條馬路，還是天廚味精廠值班的認識我們，答應好兩小時來還，也不知來得及否。」

車隊馬上要出發，小狗爺叔和鄭老師騎自行車尾隨。

明明媽媽問：有昨晚吃剩的炒年糕，要不要帶一些吃早飯，大家都說快去拿，我和明明一起奔回去拿了又追出來。

大餅店姜老闆娘拿了一包大餅追出來，塞在馬上要出發的二毛手裡，拖著二毛在說：「這幾天勇強也沒回家……，」

「勇強到底是赤衛隊還是造反隊啦，」有人問，姜老闆娘說，「我也不知道，他赤衛隊和造反隊的袖章都有。」

「放心吧，只要見到勇強，不管是什麼隊，都會搶回來，」小狗爺叔對姜家姆媽拍著他繃繃緊的二頭肌，響亮保證。

「對的，大家放心，只要是咱們前後弄堂的鄰居，不管是赤衛隊、造反隊，統統拖上黃魚車。」三爺叔、小鄭老師都承諾。

北風呼嘯掃過弄堂，三輪二輪混雜的人力車被刮了出去，黑咕隆咚的馬路像足了無垠的曠野，噪音漸漸平息，前面十字路上的紅綠信號燈像鬼火似的忽閃忽閃，他們的影子被化進濛濛天地，弄堂口回歸靜寂。我倚在高牆下，感受一種「風蕭蕭兮易水寒，壯士一去不復返」的豪情。「楚雖三戶能亡秦，豈非我堂堂弄堂空無人」。

「團結就是力量，這力量是鐵這力量是鋼，比鐵還硬，比鋼還強，向著法西斯的開火，讓一切不民主的製度死亡。」

「姆媽，他們在演《梁山英雄智襲生辰岡》」，被我娘一把拖著回家，我急於表現自己。

「不是！」

「這個比喻不恰當，要比也只能比梁山泊好漢劫法場。」

「燕青救主，石秀跳樓，李逵背宋江。「太平車子不空回，要收此山奇貨去。」劫法場這詞太過癮。

已近午夜，馬路上時而有一輛車駛過或一個路人匆匆走過，遠處傳來宵夜電車的聲響，響聲過後，又歸於一陣寂靜。沉默下來的弄堂，路燈昏暗，泛著暗光的門幢下，始終有三三倆倆的婦孺老少，看不見她們的臉龐，卻能感受他們的焦慮，這是個不平靜的夜。

# （八）

康平路的市府辦公地愛棠大院，一溜十幾米的白粉外牆，二扇緊閉的黑鐵大門，很氣派的院落爬藤，因為枯冬毫無生氣，栽著幾棵玉蘭樹，花也落盡了，只剩的幾片寬闊的葉子仍稀稀的掛在樹上，牆角邊的秋海棠早已凋謝，爛桿黃葉倒在泥盆裡，無一絲骨感可言。

院裡院外突然擠進上千上萬的赤衛隊，顧名思義，赤衛隊就是赤膽忠心保衛革命政權，又稱保皇派。現任市長曹荻秋屬資產階級當權派，與當今皇帝不是一條心，所以今天要逼官曹荻秋，讓他交出市政府的大印。

「月昏昏狂風捲沙吹得緊，夜沉沉更深寂靜斷行人，羊歸圈，鳥歇林，我要革命就不怕火燒身，任你們千變與萬化，總難逃黨和人民手掌心。」

瞬間，這四周馬路的梧桐光禿禿樹杆和路燈柱子上，橫跨馬路的橫幅，被佔領者懸滿了擴音器喇叭。金屬器材的反光，透著路燈光的反射光，照在這一波一波湧動的人群，左臂上都套著用黃漆寫著赤衛隊的紅袖筒，頭戴柳條藤帽，聲嘶力竭的喊著打倒的口號並唱著用毛主席語錄編的歌曲，通過擴音器材的喧囂，一浪高過一浪，彷彿要將這條往日厚重又寧靜的馬路吞噬。

「螳螂捕蟬黃雀在後」先行逼官的赤衛隊被坐鎮北京的幕後軍師張春橋，遙控指揮的一場奪權大戲給澈底打垮，造反派司令王洪文與潘國平在衡山飯店聽從中央文革的指示，十萬反圍剿。

小狗爺叔他們弄堂車隊將黃魚車、腳踏車，停靠在隔壁小巷後趕過去，根本無法進入中心，黑壓壓的人群四處流竄。

「打起來啦！裡面打起來了……！」東方紅與聯司打起來了，喧雜混沌中的看熱鬧人奔走相告。

千萬條腿、千萬張嘴、千萬根木棍，千萬顆紅星，千萬張笑臉……，墜落的黑夜，千萬道人牆把我們弄堂去劫法場的十幾個人擋在外圍。

此刻外圈與裡面的棧道已斷，木棒鐵棍橫舞，瓦片石灰亂飛，巷戰局勢進入最激烈階段，赤衛隊員除了被打傷後橫著被人往外抬，無人可以豎著逃出來，中心地帶重兵圍擁，早已鐵桶般密不通風。外人無論如何的踮腳伸脖子，一條地隙難尋，我們弄堂這支隊伍猶如宋公明二打祝家莊，聲勢浩大，毫無用場。

一直挨到天空現出魚肚白時，霜凍過的薄暮穿過了城市，吆喝呼叫呻吟，救

護車淒厲的叫聲，在上海最幽靜的路段此起彼伏。

　　晨起的市民對昨晚的事茫然無徵兆，三三兩兩，竊竊私語駐足街頭，一輛輛卡車上，戴造反隊袖章的儼然是勝利者，中間抱頭蹲著和寒風一起瑟瑟顫抖的，全是臂上掛著赤衛隊的袖章。

　　這些赤衛隊員沒有演一場高唱馬賽曲，退至最後一堵牆，于挽手彈盡糧絕的曠世鏡像，早早就全部棄械投降，兩小時後武斗場地打掃利索，蛛跡難尋，以至於家住虹口及閘北想看熱鬧的人乘電車趕來時，硝煙散盡，巷道空空，上柴東方紅、聯司武鬥已成江湖傳聞。

　　上海的文革首次武斗在三百多輕重傷員分送華東，華山，等多家醫院搶救而落下帷幕。

　　街頭巷尾的弄堂市民，事後諸葛亮，開始繪聲繪色、加油添醋，盡情描述這場武鬥。

　　上海法院還有一場公審赤衛隊頭目的判決，赤衛隊便成了反動組織遂漸銷聲匿跡。

　　人民日報、文匯報刊登毛主席、黨中央高度讚揚上海奪權，充分肯定這是奪了一小撮走資本主義當權派的權，是巴黎公社的勝利，是蒙馬特爾高地和塞納河橋上的勝利，是打碎了舊的國家機器，是一場偉大的舉措。

　　偉大領袖的一句指示，人民日報的一聲號召，全國爭先恐後學習上海一月革命的奪權經驗，一條從金水河流出來的紅色溪流縱橫蔓延，被鮮血染黑。灌溉了九百六十萬平方公里的土壤，轟轟烈烈的全國奪大印帷幕澈底拉開。

　　弄堂裡又到處在傳說，青海、黑龍江、四川、武漢等地都扛著槍砲，真槍實彈的戰爭了一回，上海人的膽小，總歸要讓全國人民恥笑，武什麼鬥，一槍一彈都沒有發出來，還好意思說武鬥，雷聲響、雨滴小。

　　因為大報小報、廣播喇叭三句不離巴黎公社，世界革命，偉大的時代，偉大的法蘭西革命，前沿是馬克思舉著論共產黨宣言，在理論指導，然後是毛主席、林副統帥，然後是江青、陳伯達、張春橋，然後是國棉十七廠的工人領袖王洪文、然後是我同學國娣的姆媽……，上海造反派這場巴黎公社奪權，儘管比法國大革命落後了一百年，卻比法國大革命更成功，羅伯斯庇爾沒有被砍頭，火箭發射進了紅色凡爾賽大牆。

　　如火如荼的紅衛兵組織隨之消聲匿跡。我家抽屜裡、櫉窗旁扔有我哥幾塊拿紅布做的袖章，讓我娘剪碎當補釘縫了衣褲。

　　菊瑛姐師傅的侄子大昌在那天晚上被打斷了一條腿，送往醫院上好夾板，沒多久又被關進了虹口提藍橋監獄。

　　他師傅求了單位的造反派領導，也求了殯儀館那領導，殃求了賓館的指揮部人，天天拎著蛋糕、水果，逢廟進香、見佛就拜，總歸有用，後來人就放了出來，不過腿已殘廢，這個殘廢比小狗爺叔嚴重的多。

　　起先他坐在輪椅上，單位上給了一份低保糊口。後來到膠州路上的假肢廠裝了假腿，那時候假腿質量不好，他說夾著勞痛的，與裝假牙的人一樣，沒人的時候，要拿下來扔在清水里。因為是對面弄堂，抬頭不見低頭見，多少年來，我就經常見他坐著輪椅，風雨無阻在弄堂過街樓底下打大怪路子，仍然牛氣轟轟。

　　本來菊瑛的師付很想撮合大昌與菊瑛的婚事，菊瑛與大昌當年也不是沒有意思，她師付都講好了結婚時，他把瑞華里一間統前樓給他們做新房，後來就沒有再提。

　　菊瑛家中有弟妹靠她贍養，她不可能嫁個沒有工作的殘疾人。

　　悠悠歲月，欲說當年好困惑⋯⋯，大昌有時候就很困惑，他都想不起來自己那天為什麼要打架，自己在跟誰打，憤怒所為何來，雙方都說是為保衛毛主席，自己一場保皇革命就這樣以斷腿告終。

　　後來師傅去無錫老家農村找來一個姑娘，嫁給了大昌，生了個兒子。

　　榮髮師傅的女兒在遙遠的鄱陽湖畔，江西墾殖農場。一直託人在辦舉家回滬，遲遲辦不下來，每回探親回滬，嫌父親厚此薄彼，虧待親生女兒，把這些年的苦水全洩在榮髮師傅身上，旁人提及一句「當年你偷了戶口薄硬去的農村，」她便歇斯底里的哭的昏天黑地，哭完自己哭親娘，哭完了親娘再哭她兒女。榮髮師傅理解她的痛苦，總是老淚縱橫的陪著掉眼淚。

　　大昌念榮髮師傅的恩，拍著胸脯對大姐說：「如果你們一家能回滬，我將統前樓讓出來給你們住。」儘管他老婆在背後囉哩囉嗦，大昌朝他老婆撒氣的本事很大。

　　榮髮師傅把弄堂裡竄街走巷做私活的鄉下木匠喚來，拿出十來塊以前當床舖的木板，在前後樓的過道上搭了一個幾平方米，只能夠躬身鑽進去，放平一個人躺下尺寸的小擱樓，菊瑛她大哥海光騎了兩小時自行車，去川沙六里橋，在人家拆遷舊房的地方淘了一把竹梯子，榮髮師傅準備著女兒一家一旦回滬，把自己住的後樓讓給大昌一家住，自己則爬上擱樓去睡覺。

　　去年榮髮師傅到了退休年齡，早早的就託朋友在浦東陸家嘴一家私人蛋糕廠

找了一份裱蛋糕奶油花的活，手心是女兒、手背是大昌。菊瑛有些憐惜師傅活的挺累的。

有一次大昌媳婦告訴菊瑛說：「你師傅現在經常喝了幾口老酒，半導體裡的戲曲聽聽就會睡過去了，幾次在睡夢著沒知覺嘔吐了一身……，」

菊瑛問：「師傅吃什麼下酒菜的呢，」

「有時候沒燒菜，他就剝花生下酒！」大昌媳婦回答菊瑛。

「噢、別讓師傅老是花生米下酒，不消化的。」

「有時候他還哭，他喜歡聽錫劇，我就給他幾盤錫劇雙推磨等一些錄音帶，他一直倒來倒去聽，一會兒會聽哭抹眼淚，一會兒又撲桌上睡了」大昌媳婦繼續在說。

菊瑛老家是蘇北籍，平時也不經常聽戲，錫劇更沒有聽過，聽大昌媳婦這樣講，她就去買了一盒錫劇雙推磨的磁帶，反復聽了幾遍，終於有些明白了她師傅為何傷心的緣故。

錫劇是江蘇無錫地區的地方戲，蘇錫吳儂軟語伊伊呀呀、纏纏綿綿，雙推磨講一個寡婦和長工雙雙逃出去，結為夫妻追求自由婚姻的故事。

師傅一定是想起了自己的身世，想師母了。菊瑛告訴阿昌媳婦一段師傅以前說給她聽的故事。

師傅年輕時還是蠻開化的，抗戰勝利後的第一個年頭，師傅的老家在無錫惠山腳下，太湖邊上一個古老、淳樸、山青水秀的小村莊。師傅家有倆兄弟，大哥已娶妻生子分房單過，倆兄弟分割田產，師傅分到一塊水田，不遠處斜坡上，有一個和師傅同年紀，嫁過來才一年就寡居的小媳婦名叫梅子，梅子才十六歲，五塊銀洋錢，梅子爹明知訂了親的小女婿是癆病，閉著眼睛將她送進門沖喜了。梅子進莊時那俊巧的身影，孔雀洋藍的罩褲，落在師傅的眼裡，揮散不去。

「種豆南山下，帶月荷鋤歸。」從晨霧的霜寒到黃昏的落寞，遠山逶邐的晚霞下的梅子，到暮色沉沉，百年老桑樹下，換了灰白寡婦褲的身影，眼瞅著其豐滿的身子在一天天的干癟，拖著鋤頭融進山坡地，融進榮髮師傅的眼中，從此榮髮師傅天天站立田頭，日初呆到日落，不到西沉不下壟收犁，牽牛歸家後仍心思重重。

山腳下，水田邊，井台旁，河灘上，郎有心、妾有意。

村莊上的人都為小寡婦捏把汗，那戶人家婆母兒、大伯壞，刻薄尖酸出了名，一家子明擺著都欺負小寡婦，幹完了農活磨豆腐，磨完了豆腐幹農活。公公

壯年、大娘呆傻，她的日子過的心驚膽戰。

灰暗寒冷的一個夜晚，在若隱若現的月光中，小寡婦不露痕跡地溜了出來，取了白天就藏在茡薺地旁邊，齊腰深的冬日蘆花蕩裡，幾件替換衣服裹成的小包袱，灰濛濛的夜色裡，湖中有一隻小船在等她，四周樹影綽綽，船上躲著的就是躡手躡腳的榮髮師傅。接了忐忑不安的小寡婦梅子後，榮髮師付貼著水藻，撥開散亂的蘆葦枯枝萎葉，師傅說，那日靠菩薩保佑，雖輕手輕腳的著槳，仍驚嚇了棲息熟睡在深處的水鳥，蘆花蕩裡撲楞楞的發出很大響聲，極容易被村裡人發現，你師娘嚇的好幾回要往水裡跳，一個多點時辰，我就把船劃進了風帆沙鳥的太湖，清晨湖面升起了霞光，搭上約好的舢板，幾天幾夜躲在救命方舟船艙裡，脖子都不敢伸直，黑暗中見到遠處有燈光的幻覺，突然見空中噴出一團團火星，原來舢板已經駛進黃浦江，那火星是乳白色的大輪船煙鹵裡吐出來的，再睜眼看好幾艘亮晃晃的蒸汽小拖輪，五花八門都有。榮髮師付說，幼兒時隨親戚來過一次上海灘，販過些針頭線腦、香皂毛巾的洋貨，記得之前船一停靠江邊，全是小灘小販在吆喝，滿江燈船漁火，此刻雖說是晨曦，但眼睛睜開卻嚇了一跳，疑似到了洋人的地界，怎麼麼變成都是五顏六色、一艘艘高高的大輪船，幾個醉了一晚的士兵仍在甲板上吵吵嚷嚷。嚇的倆人伏匐在沙礫上好一陣子，一直到碼頭上清風徐來，陣陣漁腥昧撲鼻，紅日跳出了江心，江面金光閃閃，紅光下的黃浦江面，一片片油漬被照的紅黃藍澄青綠紫，呈出七彩顏色。榮髮師傅心中暗喜，真是個好兆頭。小船上人影在晃動，衣著粗陋的漁夫船老大、腳伕伙計背著籮筐陸續出來，這才肯定是到了上海灘。又聞到了一股股升火點煙的柴火味，不遠處一家老虎灶的爐火已燃，跳躍的火焰、白色的水氣迎風威武，賣豆漿的小店冒著熱氣，三三兩兩的碼頭有了人氣，我和你師娘就互相壯膽走出去，在一旁的油布粥灘要了兩碗白糖粥。吃飽後，我們問女攤主，哪裡有買紅蠟燭的，她指了指斜對的小舖，小舖沒有開門，旁邊有一個小舊貨舖，一伙計聽說我們要買蠟燭，就把他燒剩半截的蠟燭給我們，於是我們千恩萬謝，對天對地，對著家鄉親人的方向拜上幾拜，結成了百年好合。

後來我大哥來上海說：村子裡一晚上消失了一對孤男寡女，任誰都會往一處想，但是捉賊捉贓、捉姦捉雙，無憑無據捉不到不算，那戶人家在莊子裡人緣不好，沒人幫他們，大夥還為小寡婦額手稱快、暗自慶幸。

師傅和師母一開始在十六鋪黃家碼頭做些水路郵貨的零工，年輕腳儉又讀過幾年私塾的榮髮師傅經常被派去外灘一帶大飯店送貨，有一次送貨去了德大西菜

館，老闆缺人手，看見榮髮師傅蠻活絡的，便讓他留在了西菜館，並教了他一手烘焙外國麵包糕點的手藝，幾年後，師傅師娘省吃儉用攢了幾根大條就在瑞華里頂了這套前後樓，師娘生了個女兒，好景不常，四九年外國老闆被趕了回去，榮髮師傅從德大西餐館出來被派到華亭賓館烘麵包去了。

多年以後，在一個泡在寒冷雨水裡的清晨，菊瑛趕上班前，把師傅報銷的醫藥費送過去，正趕上師傅急匆匆地一路小跑出了弄堂，氣喘吁籲揚手在追一輛熟練拐過街角的公共汽車，菊瑛猛踩一下車子超了上去，攔下師傅說：「別追了，後面車子就來了。」

師傅見了菊瑛，便緩了腳步棄了前進駛走的車輛，轉頭輕聲的嘟噥了一句：「下一輛是空調車，沒關係，再等下一輛吧！」師傅自己對自己咕嚕一句。

「師傅，你還好吧，大昌哥還好吧。」菊瑛的寒暄有些哽咽，語句的尾音在發顫。「師傅沒事，師傅好著呢！大昌也就這樣，有人慫恿你大昌哥要向原單位提出按工傷事故賠償，也不知行不行。」

菊瑛也不知道行不行，菊瑛想當年因為說是毛主席周圍都被壞人包圍了，大昌哥也是滿腔熱血的參加了赤膽忠心保衛毛主席的隊伍，才被人打傷的。誰又曉得毛主席卻沒有保衛他，大昌哥也是運氣不好罷了。

菊瑛固執的認定好有好報，惡有惡報，懲罰應該是跟在罪惡的人後面，不應該欺軟怕硬，老跟著大昌哥這種老實人後面。

她有些想不明白，側過頭剛想對師傅說些寬慰的話，一輛非空調車斜進了車站，師傅跟著售票員拍打車廂的節奏，往前小跑，菊瑛趕忙靠邊停穩了自己的電動車，緊隨其後，車剛一停，菊瑛便扒著車門，半推半扶的將師傅簇擁上車，汽車駛出了站台。

# 第五章

不知風雨幾時休

# （一）

　　春日，窗外雨聲闌珊、陰冷潮濕，新的一層大字報已經上牆幾天，一陣強風刮過，把貼在牆牆上的大字報發出嘩嘩聲。這是貼四號樓倪先生的。竈披間大家很好奇，外貌非常謙卑的倪先生，解放後一直沒有參加過工作，早已過著一種退隱的日子，這會是哪個單位來貼的大字報呢，這麼熟悉他的情況。滿滿噹噹一堵牆。不但罵他好吃懶做，還揭露他出身湖州大地主家庭，剝削階級思想嚴重，最詳細的是他平時喜歡吃什麼、穿什麼、家裡用什麼，都一清二楚，別人家的事，我有些想不起來了，因為我身上也有一半的湖州南潯血統，半個老鄉見老鄉，仍有一半淚汪汪，所以我對他家的大字報就有些上心，又說他一直吃稻香村的鴨肫，更是不敢忘記，現在說說無妨，當年沒敢說。這個鹽水鴨肫肝真把我家也害的不輕，我爹做了三十年的農村禽類蛋品收購，近水樓台先得月，向陽花木易為春，每回他從外地歸家，雞鴨蛋禽帶一些，肯定是天經地義，那一蒲包、一篾簍的鴨肫肝，是逃不過的。當年又沒有冰箱，我娘會將鴨肫肝洗淨抹鹽，用繩子竄在竹竿上，像晾衣服一樣滴水收乾，再掛在屋內牆角。後來倪先生的大字報這樣貼出來，我爹就不讓我娘將鴨肫肝晾出去，說要惹起兩層風波，一怕人說吃鴨肫肝是資產階級，二怕人起疑有貪污之嫌，我爹每次說是貧下中農送的，他也說意思意思給過錢的，為何單給你，總歸也是你有權，人家拍你馬屁吧。我嘴裡嚼著鴨肫幹，心裡明晃晃，我爹與小菜場切肉的，或是開卡車跑運輸的司機相似，也算特權階層。

　　若逢臘月天自然無事，就算秋風豆熟之季，也馬馬虎虎，腌貨窩藏室內，勉強也能風乾。交四月上海進入黃梅節氣，五六七八三伏炎天，我家的鴨腥臭味，就久久不彌散。後來倪先生在我們弄堂裡，得了個鴨肫肝的綽號，他可能一直不知道，我一家人遭到他的稻香村鴨肫肝連累，個個鼻子都薰出鼻炎。

　　文革第一個春節人民日報發文取消國定假日。不過雖說取消了，清晨弄堂裡仍是一地的砲仗小紅紙屑。學校不用去，我家也沒有外地親戚，過新年的老規矩還是有，長生果、香瓜子，水磨糯米圓子、寧波年糕也沒有缺。二號胖娘姨就愁容滿面，一直來我家嘆苦經，屁股跟長刺似的，一坐下就跳起來，說她東家一對夫婦都去了五七幹校，家裡除了倆小孩，就一躺床上的外公，她一步都走不開已經大半年，她女兒在結婚生孩子她都沒有撈到回家一次，她男人便說她是「有錢

人家住慣了，不想回自己窮家！」這句話她一說出口，我就會想起滬劇《為奴隸的母親》那窩囊男人將老婆典出去，自己只會罵罵咧咧說這種話。

　　不過胖娘姨儘管腳不沾地的在忙忽，匆忙中還趕過來告訴五號三樓趙先生家又出了件大事。趙先生的太太五二年去了香港就沒有回來過，海門娘姨沈阿姨和趙先生是地下夫妻的傳聞，十幾年過來了，趙先生天天訂牛奶給沈阿姨吃，沈阿姨的皮膚才這麼白等等，反正沈阿姨吃一瓶牛奶，弄堂裡無人不曉，這句話每回傳來時，還會帶出一句，當年宋美齡用牛奶洗澡……。弄堂裡皮膚白的人有很多，喝牛奶的人也不少，也就是沈阿姨皮膚白一些，喝一瓶牛奶，就招來這麼多閒話，胖娘姨自己也很白，也不可能沒有喝過牛奶，我娘說這就是上海人小市民腔調太私利，因為沈阿姨是老媽子，現在烏鴉變鳳凰攀上高枝，搖身一變成了主任醫師夫人，遭人妒忌的，不過後來沈阿姨家裡發生的事情，就不僅僅是通房大丫頭賈璉扶正平兒這般尋常，沈阿姨破繭成蝶在我們弄堂裡贏到的榮譽、口碑，瞬間上升到可以與諸葛孔明平起平坐的級別。

　　趙先生是第一人民醫院的主任醫師，皮膚白淨、溫爾文雅，文革沒多久，聽說在醫院裡被揪出來掛牌鬥了幾次，回來時不但臉孔慘白，兩隻眼睛都翻魚珠色，臉部肌肉不停地抽搐，事後紹興好婆講這種情形的人，三魂已經掉了兩魂，靈魂早已飛出，不再是陽間人，亂世為人不及太平犬。

　　沒過幾天，一個陰沉沉的日子裡就傳來他失蹤的消息，說他失蹤在一條長江輪上。儘管一直沒有搞清楚趙先生為什麼去乘這條長江輪，這條長江輪從出發到目的地，沿途沒有任何一個他的直系親屬，儘管始終沒有打撈到趙先生的遺體，污辱趙先生的大字報卻糊滿了弄堂紅牆，他被加入了自絕於人民、自絕於黨的隊伍之中。有人說那日舟駛江心，他一直呆呆站立桅杆甲板下頂風痴望，弓背倦縮身影孤獨，疏星皓月，漫漫江波，舟中有人欲與他搭訕幾句，他的一張臉終是陰沉不答腔，問多了惟見搖首，那人尷尬，熱臉貼冷屁股，萬一人家願意看月亮，聽風濤呢。那人便走開。後復又惦記，返身出艙，四顧渺然，惟見一地散落的證件物品，及被風吹開的十幾支煙頭，水流摩擦，河水渾濁呈螺旋狀，一道道螺旋中有身體在徐徐蕩漾，越來越遠……，越來越遠……，此人急促呼喊「救人！」圍攏觀者數人，頭頸伸前，身體俱往後仰，非常怕自己也被水流旋進。一陣浪湧，波濤大作，月在天上，船在江上，黑點傾刻下沉，撈取無望，浪平息，已無影。船畔有婦人望江虔誠作祈禱狀，莫非盼望水神能挾潮送出。生命之始，獨自而來，生命之末，獨自而去。人不樂

生，奈何以生誘之，人不畏死，奈何以死唯之。

月兒眨眼，海兒掀浪，我們弄堂就從此再無趙先生。

河水映出一個活生生的趙先生，及一個他想遺忘的世界。恁身沉在浪濤裡，往事今朝休再提，人命渺小如草芥。

趙先生的倆個兒子身上有一種無法模仿的富家子弟的優越感，白白胖胖，寶寶子肉肉子的長大，哪天牛奶不喝出來，保姆沈阿姨會揣著牛奶杯追出弄堂，千哄萬哄，那小孩才勉強吮幾口，好幾回我見此情景，總擔心熱牛奶會潑灑出來。也知曉他們又會彈鋼琴，又會拉小提琴，我與他們也不太熟絡。趙先生出事後，沈阿姨就一直扶持著這個家，盡心盡責拉扯倆孩子長大，去外地農村插隊落戶再返城，從此這倆孩子與沈阿姨儼然是骨肉至親。

我娘說「沈阿姨是徐庶走馬薦諸葛，霜冷秋高託孤在白帝城，趙先生天不假壽，夜沉沉風蕭蕭孤王一命赴汪洋，亡國家未破，多少夫妻大難臨頭各自飛，趙先生這次擇妻有眼光，卻無福享受，沈阿姨十幾年風風雨雨看孤面、扶禪主，保漢邦，……。」這三分天下蜀漢江山終於香火沒斷。

## （二）

文革頭年號召取消春節鬧革命，然我們門幢裡除了走出幾個大串聯的兄姐，父輩們不放假外，婦孺兒童本來就擁來擁去，天天如過節一般，我娘原本經常說一句「我現在是黃蓮樹下操琴！」後來伊索性講「我養了你們這一堆，好比是黃蓮樹下自己搭了只苦瓜棚！」但是不管是操琴還是搭苦瓜棚，反正兒時弄堂過年的世俗熱鬧，我至今仍殘留記憶的。

臘月二十八開始忙，那日掃樑、拂灰、擦拭門窗的，涮衣台前一盆盆泡在肥皂粉裡的被褥、五彩斑斕的被子撐滿了晾衣竹竿，老虎灶前等候泡開水也長長一排人，我家一台磨糯米粉的石磨，平日踢牆角嫌佔地，這幾日便緊俏起來，面熟陌生皆來預定，天尚未明，商店、菜場人頭暗湧、摩肩接踵，東也一排隊伍、西也一堆人群，憑票供應的年貨全部擺放柜臺，一掃之前市街如洗，極致荒涼之景，讓你走到哪，都能見到一條長龍。

臘月二十九就要準備食物，比如浸年糕、煮肉皮、攤蛋餃做魚丸、拌肉餡炒瓜子、切水筍洗豬腸、殺雞宰鵝拔毛等等，凡能想得到的家務瑣事，基本在年三十前完成。

大年三十的晨曦微明，竈披間的煤球爐子早已捅開，煎炒之聲，戶戶連響。拼盆炒菜全家福、滿屋油香與肉香。

太陽剛剛斜過，餘暉從弄口牆上點點褪隱，年夜飯的碗筷瓢碟已張羅擺上。

我家有一套刻花玻璃茶具，不知道珍貴在哪裡，無出處無落款，爹娘說這套玻璃杯是手工雕花，全家將它當寶，極其愛惜，薄薄的玻璃光澤沉穩，用手去觸碰，刻紋處非常細膩光滑，一定出自優秀匠工之手，材質估計不會差。有時候我們幾個冒冒失失，用滾燙的開水，上手就沖泡，它不但沒有碎裂，瞬時只是在玻璃面浮一層簿霧，傾刻又返回晶瑩剔透，那杯中碧綠的龍井茶葉，與雕出來的絲絲菊花瓣，相映成趣，鮮活玲瓏幾可亂真。

這套杯子算是在我家呆的日子最長，主要是使用率低，每年只是在春節時，小心翼翼的從箱櫃裡取出來，和我們大夥打個照面，一過了初七八，尚等不到正月十五，早已洗淨包好，躺回箱櫃。所以每年除夕佳節將至，這套古董玻璃茶具臥在八仙桌上，那盼望了一年春節，就是真的到來。

落日終於落盡，一家人上桌吃過全家福年夜飯，收拾了碗筷，泡些淡鹹水將桌子的油膩抹淨，將盛在米袋裡幹濕適中，可以捏成湯圓的水磨糯米粉，扣在桌子上搓揉，豬油黑洋酥、桂花豆沙芯幾天前已備妥，然後滿滿噹噹裹上幾大盤。

年卅晚上就惦記著正月初一早起的那碗湯圓，及那切成丁狀的桂花糖年糕。

新春佳節，凡有客人上門拜年，必要遞上一碗，上海灘寧波人佔了半壁江山，浦東本地人吃的是大湯圓，以鮮肉為主，寧波湯圓則小巧玲瓏，以芝麻黑洋酥聞名。

過新年我家有規矩可以玩一次有賭資的牌。我家從不玩麻將，我娘說是外公立下的規矩，年輕時你爹曾被同學帶往外灘洋涇浜大樓裡賭梭哈、推牌九，玩過幾次，當年出入這種大樓的，一般不是做貿易的掮客，就是賭鬼、抽鴉片、票戲的白相人，這種交際花的客廳，一間間房間派頭十足，沙發電唱機、冰箱衛生沒備，連傢俬都是有講究的，一色流行混水的西洋木器，淡綠、奶油、粉紅，斜氣時髦，密斯脫王、密斯李，少奶奶小姐嘰嘰呱呱英文喊喊，洋氣十足。我娘告訴我們，你爹帶我去過一次，回來後我就講給你們外婆聽，風聲傳至外公耳朵，外公講這種地方不規矩，一日他去察訪，沒料在賭台將你爹爹逮個正著，那日你爹嚇得鞋也沒脫，藏在人家被窩裡，外公見了他露在外面的皮鞋，沒有當面戳穿，留下口信便走開了，從此你爹就發誓再也不上賭桌。難怪我家抽屜裡的麻將牌，都是讓我們玩甩扔光的。不過年初一爹娘還是准我們上桌打牌，玩賭一回，於是

我們怀揣壓歲錢，去後弄堂水果攤上換零錢，順帶削一根甘蔗，煮一鍋芋薺，賭資嘩啦啦壓上桌子，雖幾毛錢的輸贏，這幾毛錢贏者也不能裝進口袋，要起鬨去順昌路太平橋弄點小吃回來，共產主義公有製，吃大戶，天下才能太平。

初二規矩是肉絲黃芽菜炒寧波年糕，初三、初四就不太嚴格，可以煎春捲、也可以煎糖年糕，糯米餅等等。

初一、初二、初三，長輩的年已拜，平時不來往親戚已走動，分配的新鮮雞鴨魚肉菜蔬也吃完，這時候我家一個醉瓮瓦缸就粉墨登場。

這種大醉甕，不知產產自蘇、浙、淮、廣何地，過年制一缸醉瓮暈素菜餚，總是不會落脫，小陽春一過，西北風一刮，一串串冰凌掛下屋簷，縮手縮腳開始，這時候房管所會扛著稻草卷將露天的自來水管捆綁稻草，那麼家裡就要張羅去隔壁糟坊，討幾塊像普洱茶餅一樣的紅高粱酒糟，甕缸也是有講究的，先用冷水洗淨，再要用開水燙，讓它自然冷卻風乾，雞鴨蹄膀當然最高級，用金華火腿煮下來的原味老湯一灌，蔥薑八角茴香辣子一樣不能少，便宜些的豬腸、豬爪，雞蛋雞腳爪，黃豆芽百葉結茨菇金針菜，全部煮熟塞進去入甕封存。捱過二周半個月，到了初四、初五，掀蓋子裝盆，酒肉香氣濃郁四溢，醉了春光暈了食客，享受幾日舒舒服服、醉味泡飯閒書的好時光，於是春節就基本走過場。

正月十五來臨，元宵佳節沒有什麼新奇，吃碗湯元就完事。過了元宵下一輪節氣便是清明的團子，端午的粽子、立夏的鹹鴨蛋，中秋的月餅、重陽的糕，喝了臘八的粥，下一個春節就快了。

端午的弄堂也有些熱鬧，不過電影裡描寫的賽龍舟等，則從未見過。五月五日五，碧艾香蒲處處忙，粽香酬佳節。那天每戶大門的斜角是要掛上幾片艾蒿菖蒲，然後拖出床底下不常用的大木盆，一紮紮粽葉又浸又泡又涮洗後，油亮碧綠，孩子便很興奮的在主婦們包紮粽子的群裡鑽進鑽出，時而插手學著包裹小粽子玩，時而抽些小粽葉，折疊成哨子放在嘴裡卯足勁的吹，比賽誰的蘆葦葉哨子吹的響，手巧的人用粽葉折出的蜻蜓和公雞真的是唯妙唯俏。

糯米赤豆紅棗是必備的，票證的年月，糯米、赤豆、豬肉、紅棗都是憑證供應的，雖然每人每旬配給半斤豬肉票，但似乎總有辦法攢夠十斤八斤的肉票。端午那日的樓層弄堂，晝夜飄過粽子的葦葉香，聞的我們徹夜難以入睡。用煤球爐煮熟粽子時間很長，爹娘要輪流守候，晝夜添水翻轉，煮粽子也有些講究的，表層沒不過湯水的粽子，和下層潤浸在湯裡的要對換，爐子要保持旺盛的火頭，四到五個小時煮熟一鍋，夠自己吃和攤送些親戚鄰居，是需要有上百個粽子才可打

發，按每鍋二十來個計算，估計得分五鍋煮，所以光是廚房煮粽子，出出進進忙忽倆天不可避免。

端午早晨的飯桌上，一咬一口油的肥膩肉粽，醮了綿白糖的糯米赤豆粽，一夜風雨，海棠新綠，龍井飄香，我爹茶缸裡濃濃的新茶，沁進了我們身體的五臟六腑。

「哎呀！我剛剛泡的新茶，自己一口還都還沒喝過呢。」

「哦喲，怎麼有你這麼小氣的父親啊，孩子們喝你一口茶要叫的這樣大驚小怪啊，老三，把銅茶壺裡的冷開水倒了，姆媽替你們衝整壺的龍井茶。」

「哦喲，不要了、不要了，這包龍井是才上市的芽茶，這樣一銅壺，你以為是黴干菜啊，哎、你娘的大手大腳，沈萬三也要吃窮的，喝吧、喝吧，你們就在爹爹茶杯裡喝，爹爹再沏……。」

「十分酒，一分歌，誰家兒共女……。」

我們前門弄堂走出幾步，過一條小馬路，拐角處有一家古老的永安堂中藥舖，八面臨風的兩扇朱漆大門，朝九晚五敞開著，外觀粉牆磚瓦，走進裡面，青灰石板的一方小天井、廊簷下空空的條凳，寂寞的圍牆將陽光擋在院外，站在天井裡抬起頭閉上眼睛，陀羅打轉的仰視頂上那方方的一塊藍天，聞著鑽進耳鼻裡一股股苦澀的中藥，只覺時光回轉，神祕的方塊天空裡，騰雲駕霧走過了董永七仙女，來了鶴髮童顏，倒騎毛驢的張果老、鐵拐李、何仙姑，雲橫秦嶺的柳湘子……。

「我也升起來啦，我也升起來啦……。」

那份好奇與興致，能轉到我眨閃的眼睛冒出五彩金星，能轉到我全身飄起來。

抬腿又跨過門檻，店堂內雕花護壁，滿牆的抽屜，高高的鋪櫃，過家家一樣細小的藥稱，輕聲一句細語，都會有嗡嗡的回音，在四周震盪，文革時有部叫《春苗》的電影，是北影三朵金花之一李秀明主演的，男主角是上影廠演員達式常，裡面有個鏡頭，小春苗來抓藥，店鋪掌櫃胖臉上戴著一頂瓜皮帽，一付金絲邊眼鏡推在鼻樑上，手裡抓了一隻紅木算盤，窮凶極惡，因為小春苗付不出藥費，被打出了藥舖。就是在這家永安堂拍的，拍攝那幾天，我們都扒在門縫裡往裡瞧，看了老半天，就只見小春苗上前抓住一把紅木算盤住下扔，一下、二下、撿了再扔，撿了再扔，那老闆就過來打她。

而我卻無法將電影裡的鏡頭，那家熟悉的藥舖跑堂聯繫在一起，我見過的掌

櫃營業員，一個個都是仙風道骨的曹國舅，柔聲柔氣、清癯的面龐和藹親切，更有一位溫爾文雅的大姐姐，那皮膚白的和外國人一樣，又白又纖細的手，撮一把中藥在金閃閃的黃銅小稱上，動作如西施浣紗般美。

那時候幾分錢一包的草頭藥，例如甘草、板蘭根、冬瓜籽、柴胡等，是經常要去中藥房買了備上的，尤其是包治百病的中藥焦山楂，伴著我們一路長大，一角錢買上一大包，上吐下瀉，感冒發燒、頭痛腦熱，統統能治，黑赤赤炒熟的山楂，放在銅壺裡煮到沸滾，然後一人生病，全家服藥，放幾匙白糖，甜津津的不太苦，喝一碗不會不排斥，這藥也神奇，真包治百病，一碗下去，一會兒就揮散發熱、腸胃疏通，幾分鐘便一掃委靡不振，個個鮮龍活跳。

（三）

端午之後進入盛夏，冬眠的毒蟲在驚蟄裡被雷震醒，便蠢蠢出動，爬了出來。這時候要去中藥店買上一包雄黃粉，抗瘴防蟲，幾分錢就可以。雄黃粉化水調開後，我娘用手指醮上，在我們額頭點一下，說這樣一年不怕蛇蟲百腳了，並和我們開玩笑說：「今個天誰要是妖怪投胎的，我這一塗，內功撐不住的，學小青青上峨眉山去避一避，否則像白娘娘一樣，午時三刻熬不住，會顯原形的，」於是我們幾個就一邊嚼著粽子，一邊開心的吵來吵去：
「儂是妖怪，儂是妖怪，」的鬧，再把菜市場地灘上買的，一串串小粽子艾蒿香袋，往脖子上掛好，然後一跳一蹦的去弄堂裡過端午節了。
過了端午，進入悶熱的黃梅雨季，後弄堂蘇伯水果灘的油佈板上，蓋了一層新上市的楊梅，弄堂裡也走來了肩背手挑楊梅竹蔑簍的浙江餘姚人，偷偷摸摸的用糧票換時令水果，早已是我們渴望已久的春秋大戲，烏赤赤的楊梅，要放在鹽水裡浸泡過才能吃，再去糟坊打幾勺白酒，浸泡一瓶楊梅酒，濃郁甘醇，上吐下泄一隻酒楊梅，一線直入丹田，起死回生。
吃過楊梅，原本薄薄的陽光，漸漸的露出了笑臉，弄堂裡的竹竿又熱鬧了，被褥衣物拍拍曬曬，去霉防蛀，一弄堂的樟腦味，梅雨走後樹葉婆娑、蛙鳴蟬唱知了叫的立夏就來了。
立夏與端午是有些相像，弄堂裡的孩子走出來，脖子上都掛上了用彩色細線編織的蛋套，裡面裝一隻大大的鴨蛋，這天還有個講究，小伙伴都簇勇著去左右

隔壁的米店，或者醬菜店，站在磅秤上讓伙計替你磅一下身重，然後奔回家讓父母知道自己的體重。

清明節風清日暖、細草如茵，按理是應該要去上墳的，文革祖墳被掘了，也就不上了。每年在臨近冬至和清明兩個節氣前後，弄堂裡竄街走巷又會走來一些身背黃袋子，操著很難聽懂口音的溫州婆婆，挨門兜售陰間流通貨幣，「錫鉑要伐，長錠要伐，」錫鉑是一疊疊半成品，需要自己加工折疊完成，長錠是折好的金元寶式樣冥幣。到了清明那天，私下裡仍然要祭拜的，齋飯酒菜青團、香煙綠茶水果齊全，然後拿個舊銅臉盤，用紅紙寫上先人的名字，點燃一根衛生香，鞠躬磕頭，每次我娘要先說上一句：「姆媽、爹爹，現在文化大革命，破四舊、立四新，我也只能這樣了，你們體諒我，保佑我一家平平安安」，然後我們挨個磕頭。

清明節前後偶爾還要去一回龍華寺，龍華的春天是美麗的，與其說是去賞桃花的，不如說是衝著一句「牆外桃花牆內雪，一般鮮豔一般紅」去的，然實話說，每回繞著白粉牆轉幾圈，總搞不清楚是哪段牆，原來牆是隨文字而生的，昨天隻不過是今天的回憶，這和八月裡去桂林公園一樣，跟在我娘後頭再嘮叨聽一回：這八百多棵桂樹是當年大亨黃金榮為，拋下患難妻子桂生姐，負荊請罪種下的故事，雖然龍華寺的桃花沒有艷如血，桂林公園的桂樹故事也不能出去亂說，我們遊玩還是很高興的，我娘說從前上海人春天是一定要去一次杭城的，在一枝桃花一技柳的蘇堤白堤上走一圈，靈隱寺燒柱香，寒山寺聽一次鐘聲，現在都不時興了。

清明時節另有一絕，砂鍋醃篤鮮不能免。齋過祖宗，吃過豆沙青團子後，菜市場裡鮮筍上市，鮮筍上市，桌面上如果不端幾回砂鍋醃篤鮮，猶如清明沒有祭過祖宗。

醃是鹹，篤是燉，鹹肉鮮蹄膀，竹筍百葉結，放在一隻大砂鍋裡煮，吃起來口味鹹鮮，肉色淡紅、湯白汁濃，一張張黃豆製成的百葉千張，切成細條，疊好後打個蝴蝶結，入湯裡一起煮爛，抹了吃砂鍋醃篤鮮的嘴，清明節便正式走過場。

我們側弄堂因為沿街小舖店東居多，經過公私合營、三反五反，一份微薄的薪水過日子艱辛，典當變賣成了普遍現象，用我娘的話講：「我的金貨銀洋鈿都在你們肚子裡。」雖然那年月家家都在過被迫賤賣軟硬家甚、換取生活必需塞飽

肚子的事，然大人還是認為做這種事是丟臉的，有敗家娘門的嫌疑。記得有一回，我娘與二號娘姨一手交線、一手拿貨，交出了一隻銅鼓戒，換了八十元錢，午後我娘帶了我們幾個神情氣爽的兜了八仙橋、一人扯一塊紫紅燈芯絨罩衣料，采芝齋稱兩斤花生太妃糖，太平橋生煎饅頭雞鴨血湯吃飽，然後喜氣洋洋的打道回府，一路上我娘千叮嚀萬囑咐回家不要說出去，「姆媽，是不是有人背後會說我們普張浪費，」

「也沒什麼，我們過我們自己的日子，管啥人家背後講，只是現在每家都窮了，沒有必要張狂，會讓人羨慕，也會讓人講不懂做人家，雖說君子安貧，但你們是我的小囡，人活一世，只有享父母的福，才是名正言順，父母的福能享多少就多少……。」

小時候家裡曾有過的一些老物件，譬如收音機、父母的法蘭絨西裝、海富絨大衣，紅木花架、銀筷子，銅的暖腳暖手爐，都是這樣陸陸續續、不是換了五芳齋的咸肉菜飯、就是變成了光明邨的鮮肉湯團。

一日中午，房外邊很暗，天氣冷冷的，似寒潮來臨。隔壁豆腐店的四毛焦急的奔來我家，對著正在燒飯的我娘說：「他娘肚子痛，家裡沒人，娘讓我來叫您！」我娘提起爐子上煮的飯，看也不看就往桌上一擱，抬腿就往豆腐店急走過去，我僻裡拍啦著急的尾隨著。

原來是豆腐店老闆娘要生六毛，我娘見周圍只有我和四毛，再大一點的孩子都沒有，就問了四毛：「三毛呢？」「他和寶妹、龍龍一起去捉魚虫了。」

「怎麼又去捉魚虫？」我娘皺著眉，咕嘟一句，那年我與四毛五歲，三毛龍龍寶妹大三歲，是大人嘴裡七歲、八歲狗都嫌的年齡，前幾天他們去桂林公園捉魚虫，回來被他阿爸操起桌上的竹尺，抽了好幾下，關照下次不可以去這麼遠，不長記性，才幾天又犯。

「這次他們說不是去桂林公園，是去蓬萊公園。」

剛才四毛也想去，三毛龍龍乘四毛不注意時，拔腿逃走，四毛哭喊著剛要爬下樓梯，他娘在前屋一聲聲喚人，還責怪他為何早不說，說著說著把自己肚子說痛了，擺手讓四毛去隔壁喚人，四毛此刻說不出的火氣有多大，便將三去捉魚虫的事全兜出來，我娘沉吟後，對著我與四毛說：「你倆一塊去吧，到恒昌裡的衛生所，去請一下接生醫生。」我和四毛拉著手，幾分鐘就奔到衛生所，衛生所里坐著一位看上去比我娘年紀還大一些的女醫生，我倆互相爭搶報地址，幾弄幾號豆腐店，四毛還沒有將他娘的名字說出來，那女醫生就明白了，拿了藥箱，鎖了

衛生所的門，仨人匆匆的往回走。

# （四）

一會兒就聽見小毛頭像貓一樣的叫了幾聲，過後就哇哇的大聲哭上了。

前廂房的門關閉著，我和四毛蹲在亭子間前的樓梯前竄來竄去，很想去瞧瞧小毛頭。房門吱呀一聲開了，我探了半個身，就被我娘一把拖了出來，說讓我跟她回家去。

算命館的阿珍阿姨和我同學愛芝的外婆都在幫忙。阿珍的銅水壺在老虎灶灌了開水，一趟一趟的忙進忙出，她嫌我和三毛在這礙手礙腳，說了句「小孩最好走出去。」這讓我和四毛很不高興，我嘟嘟的回了一句，「醫生也是我們接來的。」隨後就跟在我娘後面走了出來。

回屋後，我娘有些坐立不安，沒來得及等我開口，她打開我家一隻上下翻板的老式櫃子，取出一套有黃綾子書套的線裝書，說讓我跟著她去馬路對面，原先的當舖、現在的寄售店去。

我知道這家原先是當舖，現在那座高高而又古舊的紅磚牆上，一個大大的繁體當字還在上面，只是黑字有些殘缺。

每次去那裡，我娘總是站在門外不進去。我們一家都知道這家本地當舖以前是馮家外公的股份，五八年公私合營，先是改成公有典當，現在成了寄售調劑商店，我娘說裡面的朝奉、伙計都會認出她，丟了馮家的臉。

淮海路龍門路僻靜處也有一家寄售店，自我懂事起，也曾經跟我娘去過幾回，當時還想過，為何要捨近求遠的跑那裡。大姐悄悄告訴過我們一件事，道出了我娘不願進這家店鋪的原因，說有一次她和我娘去對面當過一串金子打磨的掛件，裡面玲玲瓏瓏的串著一套算盤、剪子和尺的小玩藝。貨物送上去後，櫃檯裡走出一人對我娘輕聲的說「大小姐，你這付掛件別在我們這裡典當，你拿去南京路老鳳祥，現在製作這付掛件的手藝已經沒有了，他們會回收，價格出的高。」我娘飛紅著臉，道謝後退了出來，從此便沒敢跨進過這家鋪子。再去時她總是躲在大門外，我哥我姐是經常代我娘跑當舖的老手。

「為什麼我們要賣書啦？」我邊走邊問我娘。「剛才我問過三毛姆媽準備過什麼物品嗎，她說沒有，還問我借錢，我也是挺到月底，手裡早就沒有錢了，又不好意思回絕她，一時間上哪裡去湊啊。」想來想去只能先救急。」我娘說出這

句捆到月底的話，我是最清楚不過，「月底了，咱們再熬幾日。」

「乍富不知新受用，乍貧難改舊家風。」月頭飯桌上的一碗炒雪裡蕻菜，會配上肉絲冬筍絲，月底一盤炒土豆絲，隨你用筷子上下兜底攪，只能攪出幾根紅辣椒絲。

「哦、那我趕去爺爺家，問問他們有沒有錢？」

「來不及了，我們要快，醫生說她留下觀察兩小時，我們要燒碗點心請醫生的，當年你外公這套書說是刻印本，應該值一些錢，換了後我們去南貨店稱一些桂圓、雞蛋、紅糖、再買包奶粉。」

「這次可以賣多少錢啊？」

天空飄起了細雨，我們來不及取傘，我娘拖著我匆匆的走過一條小馬路，前面就是寄售店了，我又著急的問了一句。

「你就說五十元吧，」

「姆媽，上次大妹生病，南洋醫院看病回來，你帶我去龍門路賣掉的我爹那套豆沙顏色的毛貨西裝，也是賣了五十元錢的。」

「哎、這套西裝是不要提了，解放那年我和你爹包了汽車去蘇州，官前街上響噹噹的蘇幫裁縫定制出來的，銀洋鈿拿出去一大疊，一點不比培羅蒙價鈿推板，取回來後就壓在箱子裡，一趟風頭都沒有出過。」

「姆媽，爹爹為啥不穿啦，」

「哦喲，儂爹爹膽子小，伊講共產黨不時興穿西裝，後來又進了這種癟三單位，就再也沒有機會穿了，後來他去對面弄堂口的裁縫攤，踏了幾件灰不溜秋、藍兮兮的中山裝，十幾年穿下來也已經習慣，剛剛開始，我倒是觸過伊楣頭的，我叫伊索性做件草綠軍裝穿穿伐。」

「姆媽，儂不要老是講爹爹癟三單位、癟三單位，爹爹上次也講過你的，說講這樣的話，傳出去會讓人說你勞反動的。」

「曉得！曉得！好漢不提當年勇、美女不提當年嬌，是應該不要多提，儂小心拿好書進去吧，五十元不要忘記哦。」

我娘站定在路口的拐彎處，揮手讓我進去。調劑店的櫃檯和藥店一樣，我要惦腳才能將書舉起來放上去：「五十元，」沒等發問，我先喊的價。

「老張，您過來看看」櫃檯的伙計對著裡面叫了一聲，出來一個老先生翻了一下，「三十元，」櫃檯裡傳出話，「三十元，」我扭過頭朝門看了看，沒見我娘的影子。

「三十元就三十元，」我娘說過要爽快，拿了錢我三步併兩步的跳了出來。

接生的醫生喝了一碗四個雞蛋的紅糖桂圓湯，接生大概是免費，沒看見我娘付錢給醫生。醫生吃完後，阿珍阿姨給她一塊熱氣蒸騰的毛巾，擦了一把熱水臉，我和四毛送她回隔壁恒昌裡衛生所時，已是夕陽滿樹的黃昏時候，一路上醫生有些累，四毛替她背藥箱，我勾著她的手。

豆腐店是間雙開門面的大作坊，因為工場不開張，門板緊閉，後廊搭的雨篷拆去一半，雜亂剝落的碎屑散地上，走進去黑咕隆咚，屋雖寬敞，極顯簡陋，豆腐店一家住在樓上，每次去他們家，都是連滾帶爬，手腳並用才到樓上，豆腐店開門營業的日子，我腦子還是有一些殘影，滿屋的木架子上堆滿了篾籮，終日裡雲霧迷漫，磨坊流水嘩嘩，蒸汽騰騰，伙計赤膊圍著長腰圍，竄流不息的忙，豆腐工場房頂的高煙囪，冬天和隔壁老虎灶一樣，散著熱氣，樓上亭子間龍龍姆媽也在那裡做，她是豆腐店老闆娘的鄉下親戚，一直在豆腐店乾蒸豆腐的活，後來豆腐店被國家收走，豆腐店老闆和龍龍姆媽都去了菜市場，老闆娘和我娘一樣，因為孩子多，沒有出去工作，他家大毛剛去了新疆，家裡有二毛和我哥一般大、三毛和我二姐龍龍同歲，我和四毛是同學，今天生出來的一定是五毛，豆腐店和我家男女例倒個數，他家全是男孩，老闆娘是想生個女孩，結果生一個是男孩、生一個又是男孩，我家是女孩居多，後來聽人說科技發達了，有科學家揭開了這個謎團，因為豆腐是鹼性，吃多了會生男孩，我家開的是肉莊，豬肉酸性，只能生女孩。我娘說女孩有女孩的好處，我家女孩子多胃口小，省下了不少糧票給我娘作了貨幣交易，男孩子多的人家就不行，豆腐店或許還好，我娘曾說過像豆腐店曾經的排場，窮雖窮，總歸還有三擔銅，豆腐店老闆娘那胖胖的手腕上，也不會少戴過鐲頭手鍊金戒指，或多或少應該有些積存和細軟。

不過後弄堂海明家裡就不行，海明他爸是第一代來上海的安徽農村人，他爸做一份上鋼三廠爐前工，他娘無業，家中有高低四個發育中的男孩，從我認識他家起，就看見他娘每日三餐都拿一把有稱砣的木桿稱，像糧店買米麵般過磅稱一下，見日煮菜粥，春冬夏秋酷暑嚴寒，用麻繩將市場裡的菜葉皮用籮筐拖回家洗、醃、曬。別人家洗菜是拿臉盤漏水籃洗，他家洗菜是用一隻白木頭洗澡的大木盆，浸泡洗淨，再把搓衣服的反面，即平整的一面朝上，手勢麻利的剁菜，細碎的的菜和大鍋裡稱好的米一起煮，海明兄弟幾個喝起這種菜粥，發出一種呼嚕呼嚕的咂響聲。

我原先不太明白海明他爸這個陰雨晴熱永遠一套上鋼廠工作服，大頭靴踩的

咣咣響的工人階級怎麼會全家飯也吃不飽，他爸的工資再差，大不了與我爹一樣，永遠不增薪的最低工資，吃碗米飯還馬馬虎虎吧？一次他來我家，無意中道出他家不僅僅是男孩多造成的貧困，也讓我懂得了許多弄堂以外的世界。

在一個細雨裡的日午，海明來問我作業，我家竈披間爐子上，一鍋紅燒鴨頭待熟，香氣四溢，靠山吃山靠水吃水，這種帶頸脖的鴨頭，放上一把八角茴香、蘸上醬油及白砂糖，煮熟後，雖然鴨肉不多，但鴨舌、鴨腦、頸皮，再從頸上剔一些肉出來，是食品公司回售給職工的下腳料。我娘喚海明稍等等，喚他和我們一起坐在飯桌上，鴨頭上桌後，海明有些局促，紫漲著臉，斜視的瞧了瞧我們姐妹幾個，但還是低著頭，啃的很開心，一般我們吃一個鴨頭，桌子上會有一大堆碎骨的，但那天海明吃完了鴨頭，只是在手心裡握著一小把的碎屑，大妹和我眼神對瞅了一下，有些忍住沒敢笑出聲，我娘見狀掀開鍋蓋，又遞了一根給他，吃完了海明沒急著走，說他媽媽帶著他弟弟去鄉下了，因為安徽的外公死了。說著說著說到了說他爸每月五十元工資，其中一半錢要養活鄉下的爺爺奶奶和外公外婆。

## （五）

打小我家就沒有來過農村親戚，凡見鄰里有鄉下親戚上門，肩背手提的土布袋裡，鼓鼓囊囊倒出來的薰青豆，山竿幹、青棗、紅菱，羨慕的會饞死我們，每回曬台頂毛豆家小腳奶奶來後，血糯米赤豆玉米，熬出的甜粥，芬芳撲鼻香滿樓，每家雖然都攤上一碗，但送進口中，卻只有幾匙，記憶中軟滑糯口的味道，任何罐頭八寶粥始終無法超越。

我一直有一個羨慕農村的情結，經常幻想若我家在農村也真不錯，至少可以不用懼怕我爹這點工資老是寅吃卯糧，倘使我家屋前有一方池塘，屋後有一畝三分自留地，籬笆上掛些蔬菜，屋前屋後栽些果樹，推開我後窗，蛙聲滿稻田……，「家有餘糧雞犬飽，戶無徭役子孫康……。」

我爹說我這是在做白日夢夢，不過自從上次我爹帶我去了一回安徽農村，我的農村世外桃源夢應該已被震醒。

幼時，一個冷颼颼的黃昏，忙碌的廚房曾經來過一個撐著討飯棍、佝僂身子的農村人，他說是從安徽來的，我娘和樓上鄭家姆媽、龍龍姆媽等聚攏起在聽他

講家鄉餓死人的事，嗚咽的敘述讓大夥沉默良久，他坐在廚房裡吃了一碗蓋了菜的米飯，大家把湊出來的糧票和錢塞給了他，我見那人臨走時，把頭彎的很低，不停的說：「一定會再來的，會還你們錢的。」尤其是他說了句：「會帶山芋幹來給小孩吃的！」這句話讓我一直放在了心上，久久沒有忘懷。

這事過了有一年半載，有一天，樓上龍龍家的常州鄉下親戚又來了，見他們扛著胖鼓鼓的麻袋上樓，我就對我娘說：「上次那個安徽人說話不算數，說來還錢，還要帶山芋幹的，怎麼不來呢，」

「也許有別的原因吧，那人是個念過書的老派人，做好事不能老掛嘴上……，也許是餓死了，上次你爹說安徽農村餓死很多人的。」我娘停頓了一會，又說了一句。

安徽是個窮地方，這個戲文裡一直唱的，說鳳陽、道鳳陽，鳳陽本是個好地方，自從出了個朱元璋，十年倒有九荒「說書先生也是這樣講的，說一個地方出了個皇帝，山水精華都讓他吸走了，這個地方就要敗落的。」

「那現在是不是該瀏陽河的人都要討飯啦，」大妹剛則學會「瀏陽河彎過了九道灣幾十里水路到湘江，江邊有個湘潭縣，出了個毛委員……」的歌曲，唱的朗朗上口，隨口就甩了出來。

「這個話你們可不能在外面亂講。」「娘，農村為什麼要餓死人啊，糧食不是地裡長出來的。」

「說起地裡種出來的，就更加搞不懂了，從前茶樓裡說書先生說三國時，開場白就是三國紛爭，天時地利，蜀中寶地……，也說湖廣熟、天下足，上次明明姆媽說明明爸爸老家四川這個天下糧倉也一個村子一個村子的餓死。這個姆媽也真的不懂，不清楚了。報紙上說是三年自然災害，又說是與蘇聯老大哥吵架了，蘇聯人就逼我們還債，有說還債的蘋果、雞蛋都要長的一模一樣，用一個鋼篩子來套，太大太小都不合格，前幾年，你們還小，上海也是最鬧過饑荒的，菜場裡只有一種蔬菜叫光榮菜，這種菜從前在農村是餵豬的，哪裡是人吃的哦！那年你拿了一塊我剛攤好的菜餅，走出天井，就傳來哇哇的哭聲，我趕緊奔出來，一個大孩子搶了你的菜餅大口在吃，見我出來，你仍在哭，那人倒是一臉侷促緊張，想把餅子還給你的，一定也是餓極，再加上他雙手臟的不像樣，我也就揮揮手，叫他走了，還有一次你大姐去買米，剛把錢舉上去，後面一人伸手就把她的錢和糧票一把搶了，你姐拚命追了幾條弄堂，前面一道石牆，擋住了盡頭的去路，幸虧一條死胡同，錢倒是追了回來，你外婆聽了嚇也嚇死了，說這要是出些事可怎

麼辦噢。」

外弄堂拐角處，我的同學曉荔家，在我們這片也屬於很貧窮的。

她媽是福建潮州人，她爸是寧波人，在後弄堂口菜市場邊上擺了個修自行車輪胎的小灘。從她家走出來的孩子大大小小一排六個，三男三女。雖然都面有飢色，衣衫貧寒，卻男孩個個端正大氣，姑娘模樣俊俏窈柔，站出來也不帶窮相。

寧波潮州人可能都是偏好食魚，每回經過她們家門口，就能聞到飄散出來的漁腥味，一家老小吃起飯來，捧著一種我們用來盛菜的大碗，也是像海明家一樣，喝起來呼嚕呼嚕的響，不同之處他們喝的是散發一種海腥味的粥。

一般說籍貫是跟父親的，可是她們家明顯的是母親的基因強壯，孩子在家都說潮州話，不說寧波話的，因此弄堂裡大夥喚起她家時，只說是「隔壁潮州人家」，不說「隔壁寧波人家」的。

她媽身體一直是病病歪歪，經常見她臥躺在床上，開出口來鄉音又濃，互相理解很費力，弄堂裡她也很少露面。她家的日子過的非常窮困窘迫，我們弄堂鄰居是有目共睹。

那年深秋的冷雨淅淅瀝瀝，連綿不斷的下了幾週。夜半有些起風，陣陣寒風刮進弄堂，掃到清晨，肆虐的風雨才停了下來，陽光從薄薄的雲塵裡鑽了出來，濃霧間歇性地還透過弄口的樹枝，飄進我家窗櫺，窗玻璃便白了好些。

弄堂聲吵，我起床梳洗餐畢，仍覺屋內非常陰寒，晨午的人很難擺脫倦懶，什麼「一日之計在於晨，一年之計在於春」應該是過時了。

我用毛毯裹盤雙腿，臨窗翻炒些閒書，打打瞌睡，靜趣難形容，享受靠自己。突然一陣鑼鼓口號巨響耳邊又煞住，似當街拉響的警車橫你面前般，讓你緊張，我一個激靈，怔怔地瞧著窗外，又出大事啦，我問自己。

「趕快去看，曉荔家也要被抄家了」

「趕快去看，一卡車的造反隊已經進入他們家了！」我家的窗戶像鑼鼓一般被敲的乒乓響！

隔壁曉荔家被抄家，樓貼樓，簷碰簷。難怪鑼鼓就像是衝著我家。

曉荔是我最好的同學之一，好奇大過忙異，她家能抄什麼，她家就像發過大水被沖走過一般，家徒四壁、窮的叮噹響的名聲，早已享譽我們前後弄堂。

一間光線不太明亮的底層廂房，中間用板壁隔成前後兩間房，中間一張橢圓木桌桐油盡失，四周是幾張做工粗糙的竹椅長條板凳破破爛爛，散亂在前房間的水泥地上。

　　左牆角一個掉色磨損，鏡子也凹凸不平的梳粧櫃，正面並排三排抽屜，靠門口有一隻簡陋的木頭碗櫥櫃，上過的清漆和油漆在木頭表面留下一層不均勻的外殼。曉荔曾自豪的告訴我，這是她爸在買來燃爐子的柴火裡揀挑的木條，買包洋釘，自己拼敲涮油製作的。

　　裡屋除了一張木板床，靠牆倚著幾梱稻草卷，晚上鋪在地上當床睡覺的。「這陣子弄堂雖抄家熱鬧，但都是比較富庶的家庭，抄出來的書畫古董、紅木家具、金銀財寶都往卡車上裝，窮人抄家倒是沒有見過，」我們邊走邊議論，不太相信曉荔家會被抄家。不過曉荔她爸以前是上海灘的浪蕩子，曉荔媽以前也是有些來頭的，這個大家都曉得。

　　樓上毛頭、一號裡英娣和我一路小跑著，一路繼續說著話。「曉荔家是經常喝粥，乾飯都很少煮，她家會有金銀財寶嗎，」去年學校郊遊，青青河邊卓，鬱鬱楊柳樹，人人打開書包，除了一隻一角六分的藍油紙小孩游泳的甜麵包外，總歸少不了一包話梅，一隻梨，口袋裡再揣一角錢，公園裡買點零食，只有曉荔從包裡拿出一隻鋼精飯盒，一盒米飯，沒有零錢。我們不但同情還有些沮喪，曉荔卻還很高興的說，為了她的郊遊，她媽特意起早燒的干飯！吃碗乾飯也會高興，我至少是頭一回聽說。

　　「她家說不定有槍枝彈藥，」菊娣在一旁插了進來。「對！莫非她家有槍枝彈藥，」曉荔不止一次說過她爸媽的事，她們家海外關係複雜，我們也都是知道的，海外階級敵人多，所以有槍枝彈藥或許是有可能的。

　　說話間已經來到曉荔家門口，她家的前門緊挨菜市場，菜攤已經歇市，一輛卡車就停在倆張舖位中間，十幾個左手佩著造反隊紅袖章的工人在從車上下來，我們幾個剛擠進一半，只見居委會的主任和造反隊的頭頭在屋裡和曉荔他爸在說話，曉荔和她姐她哥一家子都在，我們剛想擠過去和她說話，裡屋傳出陣陣吵罵聲，哇哩哇啦的聲音竟然是曉荔那常年躺在床上、不大言語的姆媽嘴裡發出來。只見她凶悍的從床上跳起來，衝出來猛的一陣劈裡拍拉，那梳粧櫃的六隻抽屜，她爸自製的那架櫥櫃門全都打了開來，嘩啦啦一聲巨響，那架櫥櫃帶著滿櫥的碗筷全部掀倒在地上了，滿屋子的哭叫聲尖歷刺耳，她姆媽那高亢的潮州國語高聲的叫著「來抄呀，來抄呀。」

　　瞬間一地的破碗碎片，破棉絮破布衫，我睜大眼睛滿屋瞧，真沒看見她家有一件像樣的東西。

　　屋裡屋外的造反隊都傻了，沉默了一會兒，便喊起了口號「打倒地主反壞右！」打倒美蔣特務！」「共產黨萬歲！毛主席萬歲。」造反隊還加大了嗓門讀了毛主席語錄「歷史上的階級敵人是不會自行滅亡的，你不打，他就不倒……！沒有共產黨，就沒有新中國……。」

　　「不要告訴我新中國，你們不來我們都活的好好的，我不知道什麼叫新中國，我只知道共產黨是土匪、是強盜，你們還要搶什麼你們說呀！」

　　她姆媽的潮州音又尖又高，音量超過了造反隊的口號，曉荔她爸只是拿起掃把低頭在掃地上的碎片，她大哥二哥大姐二姐等一圈兒女看著眼前這批前來抄家的造反隊，眼裡都快噴出火，圍在她姆媽旁邊，橫眉豎眼、渾身都散發著的怒氣。

　　然後我長這麼大，的確是頭回聽到有人敢這麼大聲罵政府罵共產黨。

　　一群造反隊就這樣讓曉荔她姆媽給罵的狗血噴頭，一個個灰溜溜的爬上卡車開走了。

# （六）

　　回家後我問我爹娘，「曉荔她媽這麼反動，她就不怕被抓進去嗎，」

　　「這樣子天天抄家批鬥欺負人，誰的心裡沒有這一腔火，不過也只有曉荔她媽這種赤腳不怕穿鞋的，才敢這樣做。」

　　我娘的回答總是一刮兩響，從來不拖泥帶水，弄堂裡人人佩服曉荔姆媽。

　　「抓進去可以吃紅燒肉飯的。」

　　小妹幼時走失過一次，我爹娘在幾里路外一派出所門口的草蓆上將她領回，我爹娘說當時草蓆裡坐著好幾個走失的小孩，一女警察頗耐心的在餵這些小孩吃飯，香噴噴的一碗紅燒肉拌飯摯在手中，滴水之恩當湧泉相報，我們全家就老說這事，這碗紅燒肉的美味在我家簡直超過了陸稿薦，所以小妹大概就認為被派出所抓進去也不是壞事，能吃紅燒肉拌飯。

　　曉荔姆媽老是躺在床上，一付「簾捲西風，人比黃花瘦」的病懨懨樣子。然歌舞謝芳草，容顏與昔殊，人人都知道她年輕時是個大美人，雙眼大大的凹在眼窩裡，眼珠子有些淡棕色的，鼻樑細緻挺直，嘴唇嵌在下巴上，不笑都有酒窩。如今蓬鬆著一頭亂髮，蒼白的臉色，遮掩了她曾經的美色。

　　「媽，曉荔讓我保密一件事，說她媽老躺在床上並非生病，是因為經常去賣

血的緣故。」那日傍晚我娘用舊衣服扎了個包裹，囑我拿去給曉荔，我摸著七巧八裂不平，不知裝的是什麼，「幾個瓶瓶罐罐，她家用的著，你小心別打碎了。」我娘關照。

「媽，包裹我給了曉荔了，您想不到吧，曉荔家門口堆了好幾疊碗筷，曉荔還告訴我，弄堂裡有人還悄悄放棉花胎和衣物在她家門廊裡……。」

「那是你想不到，做人要鑑毛辨色，整櫥的油鹽醬醋、鍋碗瓢盆全碎了，你沒見嗎，看鬧猛搶在頭裡，瞎看啥啊，要用腦子想的，剛才鄭家姆媽也說了，不抄家還真不知道她家這般窘急。」

關於曉荔爸媽的傳說，有些像笑林廣記的新生版，讓人啼笑皆非。

雖然以前滴滴嗒嗒流出過一些，自這次她家被抄後，一個淺居不露面的潮州女人，潑辣凶狠罵退一車造反派，拔出蘿蔔帶出泥，連帶她以前的風流逸事，全部又兜底被翻出來，弄堂裡大家又津津樂道了一陣。

說起曉荔她媽，必須先說曉荔她爸，她爸出生在一個寧波商賈人家，在上海有很大的商號，一九四八年上海的形勢不好，他父母將上海的碼頭商號清貨關閉，雖然知道自己家這位活寶少爺是很爛糊三鮮湯的，然而倉促中人手不夠，非常時期嫡親兒子不用，用誰呢！所以一番叮囑後，就派他出任福建潮汕一帶關鋪收帳、歷時半年，曉荔阿爸二十不到富家公子一個，賈寶玉是含玉投胎，他則是含著金鑰匙落地，聞說他不但玩麼二三，四五六、愛司茄勾皮蛋凱、還拋股票抽鴉片，天天「先施百樂門」白相花花大世界，這次他可是春風得意馬蹄疾，一日看盡長安花！鈔票銀洋鈿經手麥克麥克，窮字怎麼寫，筆劃都不會。他逛花街、遊窯子、曉荔娘年方二八，芙蓉帳裡哭哭啼啼對郎君述說自己漂零的身世，出身馬來西亞，十歲時，與家人走散，歹人轉賣她到潮汕麗春院，曉荔阿爸見她生的千嬌百媚，彷彿杜十娘再生，脂粉香氣早已將他迷的雙腿挪不動，一個是寧願今宵一死酬公子，一個是天付紅顏豈能見死不救，於是上演了一齣英雄救美，半年多便將收帳來的金條全部花在這煙花巷裡，山盟海誓海枯石爛。

我娘說曉荔她爸倒蠻像戲曲《玉堂春》裡的「王景隆」，不過玉堂春裡的王景隆最後考中進士、八府巡按，和蘇三大團圓結束，千古佳話。而曉荔爸媽的故事就沒有延續玉堂春的情節演下去。

大鑼小鑼，饒拔鼓板一陣敲起，舞台幕布拉開，曉荔阿爸出場，那是可以演一齣越劇十姐妹，尹掛芳的拿手戲浪蕩子了，「黃浦江邊鐘聲響，鐘聲勾起浪子夢，時鐘響，響三點，勸人莫學浪蕩子，以免懊悔來不及。」

每天喝碗羅宋湯，癟的生司的窮小開，活脫脫就是她爸。

我娘說：「曉荔阿爸浪蕩歸浪蕩，總算糟糠之妻不下堂，因此曉荔姆媽也能算半個『蘇三』。」

「癟三還談下堂不下堂啊，曉荔姆媽沒有仙人跳算不錯了。」

「什麼叫沒有啊，那年『姐姐妹妹都站了起來』，她大概也嘸沒地方跳了。」

曉荔她爸家裡一封封電報聲聲催他回去，告知他家中已經打點好全家遷往台灣的事項，獨等他一人回來便舉家啟程。

他卻要帶著萬千嫵媚的曉荔娘一起走，無奈花完了盤纏，沒有贖金鴇兒豈肯放人，他發電文騙家裡說遇見了強盜需要錢才可保命。

他家匯出了銀票，贖金不夠，他又一次次發電文，騙家裡說於幾月幾日乘上海回寧波的江亞輪返回，戰火硝煙輪船票百倍漲價。

等到他在麗春院裡再收到家裡匯票，贖了曉荔娘，江海輪船一路吃喝玩樂，顛鸞倒鳳樂無涯，下了船還喚了腳伕，挑了幾擔特產回家哄父母，沒想到到了家鄉，雙腳卻跨不進家門了。

他胡編亂造的從上海回寧波的日程，就如一滴水滴進油瓶裡這麼巧，這件讓上海人覺得天都要塌下來的大事，竟然和他有關。

從上海開往寧波的江亞輪，剛剛駛出吳淞口，在晨光熹微一片霧氣的銅沙海面上沉船，遇難兩千多人。

曉荔阿爸後來說他在船上確也聽聞此事，只是沉浸在溫柔鄉裡的他，竟然忘了自己曾經拍過電文，說要乘那班輪船回家的。

他以為自己晚回家鄉十天半個月的，不礙什麼事。

萬萬沒想到沒想到父母家人卻認定他是搭上了這班沉掉的江亞輪迴寧波的。

十幾天斷了音訊，傷心欲絕的父母親人在江邊遙祭了一番，舉家倉促出走台灣。

等到他稀里糊塗的回到了舊故里時，物是人非，家鄉竟無他的立足之地。

在親戚們的幫助下，他帶著曉荔娘就在上海灘住了下來。

曉荔阿爸一輩子的幸福被他提前預支享用盡。

「紅粉佳人休使老，風流浪子莫教貧。」這倆人簡直天生一對、蓋世無雙，都不善於生活，曉荔阿爸將上海灘那種有文化無職業，有教養缺技能，舉止高雅衣著寒酸，文不能測字，武不能挑擔的破落頭相公的頭銜，活生生的演繹出來。

十幾年光景，他們夫妻倆倒驢不倒架，十足一幅窮王爺派頭，喝粥看戲，孩

子一生就生了半打，男孩女孩起名字都按馬來西亞水果命名，曉橘、曉芒、曉柚、曉菠、曉荔、曉櫻，弄堂裡人喚起來，一般都去掉前面的「曉」字，直接喊橘子、菠蘿、櫻桃、芒果的，還老有人跟曉荔爸開玩笑，說他不應該擺修自行車攤，應該擺水果攤。

這年頭家家戶戶一年不如一年，雖說遭難莫尋親，然曉荔阿爸卻一心盼著能聯繫上台灣的親人，不忌諱他的海外關係，連曉荔媽也整天想打聽馬來西亞的親屬，所以誰都知道他們家一心想叛國投敵，可能就是這些傳言，才讓曉荔家引來了抄家之禍。

曉荔她爸年輕時玩藍鈴自行車拆裝技術嫻熟，五十年代那會兒弄堂裡有人自行車壞了，他一鼓搗就好了，大夥就慫恿他開個修自行車攤，這也不要什麼本錢，拿個臉盤盛一盤水，剪幾塊橡皮，買一罐膠水，配幾把挫刀鐵刷剪子什麼的，備一隻打氣筒，曉荔他爸就在弄堂過街樓底下開了個修車攤，一修就修了十幾年，靠一個修腳踏車攤要養活一大家子人是有些困難，曉荔家吃了上頓沒下頓，大家都相信。「金滿箱，銀滿箱，轉眼乞丐人皆謗……。」

不過曉荔阿爸儘管窮愁潦倒，卻天生一付好性格，在弄堂口悠悠揚揚、無榮無辱，與大夥玩笑不斷，古往今來的世情閒話不離口，酷似小說《活著》裡面的二楞子富貴。她家後來的事，我就先提前說完它，話說水窮雲起，樹轉峰來，瓦片尚有翻身日，困龍也能上天庭，真是一點也不假。

七十年代中期，文革剛結束，上海的大街小巷出現了一些男女燙捲了頭髮，手裡拎著四隻喇叭的錄音機，花襯衫喇叭褲。

「美酒加咖啡、路邊的野花你不要採，何日君再來。」那些優美弦律，都是先從她們家窗口裡飄出來，在我們弄堂的上空飄來舞去，然後再滑出街面。

曉荔和她姐妹的衣服也引領了我們弄堂的新潮流，新穎的樣式一套一套的換著穿，她姆媽也不經常睡在床上，頭髮去理髮店燙成了捲髮，肩若削成，腰如約素，芳艷殘痕不褪色。與她大姐二姐站在一起，竟似三株姐妹花。家裡的牆壁刷了奶油色的油漆，抬進了一隻虎黃色的人造革的三人沙發，外屋一下子就很氣派。

曉荔告訴我，她爸的香港親戚聯繫了她們，並且攀尋找到了她爺爺奶奶，她爺爺奶奶連顛帶赴，從台灣趕去香港，要和她爸見面，現在她爸和她大哥、大姐都在辦去香港的探親，她香港親戚替她大姐曉橘、二姐曉櫻都介紹了香港人，都要嫁去香港了。

再後來她們家姑娘小伙一個、兩個、嫁人的嫁人，投親的投親，像一串螃蟹似的都爬了……。

## （七）

現在再回過頭說文革第三年的一日清晨，天色還灰濛濛，弄堂裡就響起了居委會的鑼鼓。「我們也有兩隻手，不在城裡吃閒飯」這一次的鑼鼓直接敲進了弄堂的所有門幢，敲的家家戶戶心驚膽寒。

六六年始，文革三年折騰下來，中學積攢了幾千萬的青年學生，單上海就有一百多萬的畢業生。

我大姐初中六六屆，大哥二姐六八、六九初中生。

六六屆年頭上分配時，學校欲將她分去崇明農場，因為兄姐一個中學，學校分配時就誘騙我大姐，讓她先去農村，騰出工廠名額給我六八屆的大哥，大哥知道後拿出了拚命三郎的勁頭，黑旋風轉世的義氣，披星戴月守在學子監外，激憤的簽下了願代胞姐下農村的生死文書，算是為我家賺了一個留城廠礦企業的名額，真的也算是天助我大姐，未及一月，國家政策法令朝出夕改，金色的光芒普照大地，一個雖不可思議卻千真萬確的消息傳來，又有最高指示下來了，六八、六九屆知青一片紅悉數發配農村。

「一個都不讓在城市裡吃閒飯，說是城市資源容納不下了他們。」

飯桌上父母在談論上山下山。

「啥叫吃閒飯啦，我的子女屬於我，從小到大是我養他們的，吃過他們飯了嗎，小囡都是我幸幸苦苦養大的，怎麼就吃了他們閒飯啦，這個是他們拆的爛污，無法收拾了，想出的這個濫招。」

我爹說：「單位同事阿丁他們開玩笑，講這批青年去農村鍛鍊幾年回來，將來就算不比重慶回來，也好比延安回來一樣有威風，我想想也許有道理，當年我們一家躲日本人，我從鐵絲網鑽進的租界，表娘舅家就是因為倆中學生兒子偷偷去了內地，空出了房間租給我們的，那時候徒步去昆明，再從昆明去四川，比現在要危險多，一路上不但要過日本人的卡子，還要跑飛機轟炸，後來日本人投降，這倆表兄從重慶回來，一個是工程師，在工部局供職，一個在銀行當主任，

都很有出息，我想這次政府讓孩子去農村鍛鍊幾年，也能將他們培養教育成這樣有出息回來，也不枉這些孩子年輕時吃的苦⋯⋯。」

「儂真是迂腐的沒有救了！截然不同的狀況，能放一起比嗎，我王家舅叔是蘇州大學老師，他也是去昆明的，抗戰勝利那年回家，他說長沙昆明教學的事情，那時候是政府要青年讀書，口號就是教育救國，知識救國，現在是不讓讀書，知識越多越反動，有書不讀子孫愚，儂國家現在不要講將大學開去雲貴川，儂如果把復旦、交大開去西伯利亞，我砸鍋賣鐵、把家中賣光也送他們去！常言說隻要有書讀，枯魚還可入水！現在儂國家口吐蓮花，心藏毒蠍，拿伊拉十六、七歲的小囡發配夫充軍、去種地，又沒有老師教知識，這樣子欺負老百姓，你們這種人還癡人說夢，胡天胡地好糊塗呀。

我娘的一番夾槍帶棒高拔子，十足瓦崗寨薑桂芝陣前槍挑老將羅藝的陣勢，「氣難忍好心傷、跨戰馬，提銀槍，爾等與我高聲嚷，叫羅義快下山來對花槍。」

我爹可是心中猶豫徬徨，七十四路槍法一招都扠不住，真正悲壯淒涼。

「講起來，王家娘舅幸虧五一年肺病吐血死了，他有一張蔣介石和他們大學師生一起拍的合影，他一直斜氣珍惜的，皮箱裡拿出來，大家傳看一圈，馬上就藏起來，他要是活到文化大革命，不被鬥死跳樓，也要脫離層皮的，早死竟然成了他的福報。」

我娘不依不饒。

我爹娘遙遠的記憶只是黑暗裡的蛛跡，河床的泡沫，極其無用，阻止不了每秒光年的速度強逼知青去農村的浪頭，我家的日子往憂慮靠進，這年月又豈止是我家。

天空自己遮擋自己，醞釀出一場黑色的暴風雨，抽去了千家萬戶的骨髓。

我們弄堂除了我大哥和二姐、亭子間的龍龍、豆腐店的二毛、三毛、腳踏車行的小鶴、鄭家姆媽家的建萍、大餅店國榮、醬菜店國強、小煙紙雜貨店美麗、美珍、小弄堂亭子間寶妹、三號畫家的兒子良良⋯⋯。這些還都是我喊的出的弄堂人，住底弄的鄰人，只是臉熟些，名字不知道。其實不用捌手指，輕鬆的劃分一下，這個年齡段的人，無一倖免。

紹興好婆與我娘等在竈披間裡說：「這批小囡投胎時眼睛都忘了睜開，出生的時辰不好。」

一生一代一批人，一旨一令一世命。

　　城市人沒有土地，地主一劫算是躲過了，三反五反、公私合營，整風運動、引蛇出洞、大鳴大放，大煉鋼鐵、趕英超美、自然災害，四清運動、文化大革命，總有一個緊箍咒會符合你的尺寸。城市窮人哪怕一貧如洗，也無法逃脫這場災難。五十年代頭中生人，及他們的家庭凜冬來臨。

　　一百多萬的青年，按當年上海人口九百多萬計算，也就是說九人中就有一人被送去農村。

　　一日、整个早上滂沱大雨不停，冬天的雨，寒氣能砭入肌膚。直到下午三、四點時分才轉成蒙蒙細雨。大哥身上淌著水匆匆回家說學校給了他黑龍江與貴州兩取一的選擇，雲南與江西農場輪他不到，農場是有工資的。黃昏的白熾燈泡照著桌子上的兩份表格，那年月少用一度電，可省二毛六分錢，主要是一棟樓一隻火表，因此哪怕家中條件還富足，也是不敢奢侈用電，因為這又宰涉到電費公攤這一層，所以家家窗戶的燈光都暗如鬼火。我爹為了這樁大事，將一盞從天花板上垂下、打過結的電燈線纏開，這盞燈的電線鬆開後光線聚焦，亮許多，不過因距離桌面太近，新事情把所有人的注意力都吸引了，全家八口人的腦袋全部碰一起，桌上攤著兩張手刻臘紙打印的表格，小妹從上往下念了一遍：「最高指示：知識青年上山下鄉很有必要……，你們青年人是早晨八九點鐘的太陽，中國的希望寄託在你們身上……，自願上山下鄉申請表，姓名、籍貫、年齡、家庭出身、家庭成份、政治面貌、教育程度、學生簽名、家長簽名、日期、最高指示、要鬥私批修……。」

　　我爹惦了貴州、放下了黑龍江，放下了黑龍江，又拿起了貴州。

　　「您說說看呀，老二究竟是去哪裡好，」

　　「你問我嗎，你這是殺人前問一聲，你要選擇伸頭殺呢？還是選擇縮頭殺？溺水之人手中的救命稻草，有揀揀挑挑嗎？『伸頭一刀，縮頭也是一刀……！』」

　　我娘的犀利，我爹無法抵擋。

　　「是呀是呀，這個就是要飯的叫花子，人家給什麼，你就吃什麼。」

　　「你看、你看，你娘的頭帶的不好，讓你們說話也都肆無忌彈。」

　　我也順竿爬梯來一句，我爹數落我不含糊。

　　上山下鄉的風聲緊迫，天低雲暗的弄堂，我娘心神不定、坐立不安了好幾天。

　　「你不要在小孩面前這樣講，影響不好，說是因為城市人口多出來了的緣

故……。」

「什麼叫多出來了，你們不讓孩子讀書，不讓他們工作，幸虧只是說他們吃閒飯，你要說他們生出來就多餘了，是不是可以殺光他們啊。」

「哦喲，這種閒話傳出去真的要被殺頭的。」

最終我爹替我哥挑選了貴州，理由是往南走，貴州雖不及湖廣、川中平原出稻穀，但是貴州壩子平原不但吃大米，生活在那裡一直與藍天白雲為伍……。」

也別說的那麼麼好！這種蠻夷之地，諸葛亮七擒孟獲不是也退居成都，怎麼沒有扎根落戶在那裡啊！不過「黑龍江冰天雪地一把炒米一把雪」的確也蠻嚇人的，算了算了，百鳥在天，不如一鳥在手，能吃上大米也就算了。」

遷出章蓋的是快索利落，手握戶口大印的人覺得送走一個，這份城市資源財產就會歸他所得。

又一個淒寒凜冽的清晨天空中布滿冰冷死寂色彩，我哥他們去貴州的知青，被運煤的鐵皮悶罐子、冒著雲霧般蒸汽的火車，穿過荒敗區送出上海。

# （八）

知道出發地是彭浦火車站時，我爹心情沉鬱，他對我娘說「這個火車站是運煤運牲口的。」

彭浦火車站位在郊野一片光禿禿灰濛濛的空地上，幾排沒有窗戶，矮矮的土磚平房，遠處沙礫上偶爾一株楊樹，偶爾一株柳樹，桿子在寒風中硬挺，落滿灰塵，軌道盡頭處停有生鏽的報廢車廂，避讓線上散停著數節車皮，是個荒涼偏僻的貨運站，今天是上海市民的集結地，政府是體恤民眾的，將全上海市的鑼鼓和紅旗都搬來了。公交車一下來，我抬頭望不見雲層，天空被紅旗遮的嚴嚴實實，雀兒難飛，通道被擺放的落地大鼓佔的只剩單人可通行，人流在緩緩的蠕動，鼓聲擂的石破天驚，高升爆竹碎屑洋洋灑灑，口號一陣緊似一陣，吆喝歡呼，又似鼓譟。

「四海翻騰雲水怒，五州震盪風雷激，要掃除一切害人蟲，全無敵！」亢奮的與呆板的，形成兩類，這是不同時空的靈魂，被撞到一起。

我哥他們安妥後從火車窗口裡探出身，他沒有哭，朝我們揮手傻笑著，他的同學奇峰和他擠在一起，前幾天奇峰到過我家，奇峰的父親是右派作家，說是摘了帽的，但仍然被關在白茅嶺農場不讓回來，前幾天他倆一塊去了農場，一

間獨立的殘破黃泥茅屋，很低，隔老遠奇峰就指著一道搖晃的炊煙說：「就是這間。」蘆葦編的天花板下，一盞如豆的煤油燈，奇峰父親佝僂的身體，從被褥裡窸窸窣窣挖出一百元小票塞在奇峰手裡，奇峰不要，他說每月他去媽媽單位領工資的，他媽媽去了五七幹校，沒有確切地址的，只是留下一半工資給他和妹妹，那天我娘問了他準備的行李，知道他只是買了一條憑票供應的粗紡毛毯，什麼都沒有置備，我娘讓我大姐幫忙按照我哥的行李，一式的讓他也備一份，今天送完後，我們要把他妹妹送去他們親戚家的。

啟動汽笛拉響，火車開動，男女老少像觸了彈簧般跳動著放聲慟哭，車廂內外齊刷刷的手臂攙在一起，分不清是火車外的手緊拉住車廂內的，還是車窗裡的手不肯鬆開車窗外的，緩緩前行的動力將他們強行分開了，站台上發出的哭聲氣氛猶如世界末日來臨，鬆開的手又在瘋了似的拍打火車的綠皮外殼，我領著大妹小妹，二姐拉著奇峰妹妹，隨人群在月台上狂奔追著火車，視線模糊了，迎面的風吹進那開著窗子的車廂，我哥始終探出半截身子，拿著小妹塞給他的那方紅手帕朝用力揮舞。

火車駛遠了，駛出了站台，火車不會返回，鐵軌拐彎了，火車現在背著太陽在行駛，火車的黑影越縮越小，吐出來的白氣也已散開，一陣陣低沉悠遠的鳴笛聲傳來，在火車再次的悲鳴聲中，狂追的我們拍著一節節駛過的車皮，一直到拍完尾部帶燈的最後一節車廂也馳過，我們仍在寒風中狂奔，滿目是頭巾，鞋子，跑丟後被風刮的滴溜打轉，父母又一個勁的追著將我們拉回，鐵軌上一排排伸展的枕木都已消失在白霧中時，冷風掃蕩著站台上，站台上抱頭痛哭的親人久久不散。

「耶娘妻子走相送，牽衣頓足攔道哭。」火車站的哭聲是每一個經歷過的人終身不會遺忘的。

火車駛遠了，火車朦朧的哨音斷斷續續，悲哀而尖銳。火車沿著軌道朝著荒涼行駛，轟隆轟隆聲音是有節奏的，而乘坐在這列火車上人的節奏卻被侵害打亂，艱幸的浮世畸零人。

二姐學校來了江西建設兵團的通知，我娘說十六歲生日還未過，能不能過兩年再去。學校回答：「已經改了明年二月份，到時這屆學生年齡基本都跨入十六歲。」

一片單調的黑雲就能將從天頂到地平線線的整個蒼穹遮住。兩個月後，天空同樣陰冷，風也持續地吹著，二月的風雪仍然強勁，隻是稍微轉了向，一列不同

目地的火車，將我二姐送到了江西鄱陽湖畔的墾殖農場。

「這是什麼世道啊！」「歷朝歷代有這樣嗎！」「這樣子欺侮老百姓，真正不作興的噢！」

竈披間爐子旁、洗衣籠頭水槽邊，怨聲載道、罵聲一片。

要說弄堂裡哭泣最兇，罵聲最爽，最無禁忌的，當屬豆腐店隔壁樓上的寶妹姆媽。我娘曾說過年輕時的寶妹姆媽很像月份牌上的標誌女人，水蛇腰、鵝蛋臉，妖艷苗條，眼珠漆黑滴溜轉，然芳華水逝終無例外，她的姿容早被紗廠嗡嗡的機器，日夜飛轉的錠子，磨成了可以獨擋幾台織機的快手擋車女強人，她驕傲的說，她的技術、速度不會比當副總理的吳桂賢，及上海的革委會副主任王秀珍差，不過我們弄堂裡沒有人相信她，她家牆上連一張勞動模範獎狀都沒有掛過。

再說現在的寶妹姆媽有些發福臃腫、臉龐骨架都大出一廓不算，走路速度看上去都沒有二號胖娘姨利索。

每日清晨她在弄堂裡生爐子時，她那蓋過紡織機噪音的嗓門，隨著藍色紙屑木柴的火苗一起騰騰上升，與壁裡啪拉的火焰交相配合：

「這是什麼世道啊！」「我比祥林嫂還要苦啊！我犯了什麼罪啊，儂要拿我兒子、女兒充軍新疆、黑龍江啊！我今世沒有作過孽啊，要麼我是上一世作的孽啊……！要麼是伊死鬼烏龜阿爸祖上作的孽吧！」

寶妹姆媽的過去猶如薔薇般粉艷，由於薔薇有刺，似乎無人去觸碰，不過聞香識女人，我們前後弄堂的每一個角落，不會不知曉寶妹姆媽的前世今生。

話說寶妹姆媽是在夏日炎炎的一天搬來我們弄堂的，一襲碎花旗袍，乳房突出，袖口縮在肩裡上，露出雪一樣的手臂，倆條白花花柔軟豐腴的大腿、滿燙了一排排卷花頂頭上，脂濃粉香打扮的蠻摩登，懷裡抱著寶妹，蔚藍色天空下的弄堂，白雲吹散，讓弄堂裡多少男人耕者忘其犁，鋤者忘其鋤，想像力無限延伸。藍天白雲，當你離去，我曾經眼裡只有你……。

她後面跟著一個五、六歲的男孩，一輛小三輪卡車搬進小弄堂，紅漆皮衣箱十幾隻，一色色鏤花綢緞面子的被褥，有點家當。寶妹阿爸一口廈西湖楊州上海話濃厚別緻，前前後後呵護著寶妹姆媽像手心裡的寶貝一般殷勤周到。寶妹阿爸是南京理發店的剃頭師傅，晚上回來及休息天能替大家燙髮，雖然不是免費的，但是價格比小菜場對面的大眾理髮店還要便宜，況且是南京理髮店走出來的高級師傅，一下子弄堂裡的女人都處在一種極度興奮的狀態下，都和寶妹姆媽結成姐妹淘。

　　儘管後來有人傳說他在南京理髮店根本不是女賓部的大師傅，只不過是剃剃男人頭髮掃掃地的，我娘與龍龍姆媽等反對這種言語，「這是弄堂裡男人妒忌伊瞎傳的，首先南京、滬江、新新、百樂門的理髮師傅開出口不是楊州口音，一般小姐太太就要不適宜，不管男子部、女賓部，楊州師傅三把刀的羅蔔乾飯不是隨便啥人都能出師，立腳就更不易，其次那日也許正好看到伊在掃地，這說明伊會做人、勤勞識相乖巧，新社會師傅都不能搭架子了，剪完頭髮自己掃掃地，也不代表伊就是手藝不靈呀……。」

　　尤其是阿珍阿姨像遇見了她祖宗十八代的同宗同族親人一般，拉著他就有一串串說不完的話，寶妹姆媽在一旁朝她翻白眼，寶妹阿爸不斷扭頭向寶妹姆媽賠笑臉，使出全部解數朝阿珍又是擺頭、又是搖頭，死阿珍就是不理不睬、裝沒有看見，楊州話講的像車速慣性一樣剎不住，寶妹阿爸的眼珠子都快眨掉下來，阿珍仍沒有感覺，寶妹阿爸長期從事服務女人的工作，圓滑周到是職業習慣，乍迎乍送、該斂該收一點不會搞錯，雙手左右開弓，一邊溥衍阿珍，一邊在寶妹姆媽肩上摸一下，摸一下，滿臉掬以殷勤溫順之笑容，以示賠罪。

　　雖說一見如故必有夙緣，然彼此相鄰而居，尋常來往最好，走的太熱絡並非好事，原本女人窺測別人天生有特異功能，再加上寶妹姆媽的粗糙，慢慢的幾件事都現出破綻、露了馬腳。她懷裡的寶妹才幾個月，她卻身材窈窕，一點不像生育過的還不算，當然她說是填房，男孩是寶妹阿爸鄉下老婆的，由於她一點點奶水也沒有，寶妹全靠豆腐漿、奶糕餵養，有人講剃頭師傅寶妹阿爸精怪到儂不相信，他找房子時看到隔壁就是豆腐店，一句閒話都沒有，眼睛裡閃著狂喜的光芒，迅捷付定金搬家，不但寶妹的豆腐漿從此吃不完，由於豆腐店三毛與寶妹的月份又比挨齊眉，壯碩風致的三毛姆媽，藕色的大腳褲子，滾一道寬邊，一件乾淨的白洋布衫，袖口寬邊，系一條寶藍布圍裙，由於經年吃豆腐，奶水氾濫成災，所以坐在竹椅上，腿上永遠是寶妹與三毛一左一右，兩個小毛頭瞄啊瞄的顛。後來弄堂裡傳出說豆腐店姆媽結棍，當年腿上硬是趴著一對「左青龍、右白虎」我想想真的也沒有講錯，這是後話先不提。又傳出說：「寶妹姆媽是一個沒有開懷過的女人……。」意思寶妹不是寶妹姆媽親生，實話不可實說，由此寶妹姆媽與豆腐店姆媽倆人的交誼憑空添了尷尬，然寶妹楚楚膩人、三毛劍眉俊目，一對嬰孩煞是可愛，也撫去一些母親們貌合神離的疴瘩。

　　誰都知道若要隱瞞住一樁事情，就得隱瞞住與其有關的所有事情，尤其是在我們這種地塊，真不是一件容易的事情。

一日午後，安寧的小弄堂裡來了一個楊州鄉下女人，拍腳拍手掀地打滾在弄堂裡與寶妹姆媽吵架，她罵寶妹姆媽是窯子裡的婊子，會樂里咸肉莊的臭貨，搶了她男人，一把鼻涕一包眼淚，寶妹姆媽也屏勿牢了，搥胸頓足與她對罵，大呼冤枉，說是上了這隻死烏龜的當，說自己沒有結過婚，花好稻好樣樣好，她嫁給了他，鄉下不但有女人，還鑽出三個小娃，自己替他拖油瓶拖出來一個，死男人每個月還要寄鈔票回去，搬了場還要尋過來吵相罵⋯⋯，後來這邊眾鄰居安慰了寶妹姆媽，那邊寶妹阿爸從南京理髮店趕回來，送走了鄉下女人和孩子，一場風波得以平息。

後來不多久，寶妹姆媽也露出一些口風，蠻驕傲的說她不是會樂里的姑娘，小時候被人賣在書院，是長三堂子的紅倌人，說她在五零年進了針織廠做擋車工，年輕手腳快，鈔票不比這死烏龜賺的少，好好交有買相的人追求她，她都沒有嫁，因為這個死烏龜盯的緊，嫁拔伊真是吃了大虧了⋯⋯。

為了這句「會樂里的姑娘與長三堂子的紅倌人。」我曾盯著問過我娘，她非但不作正面回答，總斥責一句，「小孩子如何可以聽這種話，長大了你自然會知曉！」

稍後，我尚未長至回首往事，謎底就已揭曉，半大的我東聽聽、西嗅嗅猜了出來，此言乃當年上海灘妓女的級別，福州路長三堂子為最高級，長三長三，就是講嫖資每次要三元銀洋鈿，其中還分接客的叫紅倌人，談唱的叫清倌人，賣進書院說明她學過文化、知曉琴棋書畫，意思比會樂里的姑娘檔次高一些，詩娼文丐流風遺韻也不是稀奇事，聽我娘說早先她邊發戲喉，不但會唱「桃花江是美人窩，美人桃花一樣多」，還能來幾句清脆宛轉的崑曲小調，即興時以像牙筷充牙板擊碟湊趣，雖無律卻帶腔，後來有人閒磕牙，浪聲浪氣說她宣傳反動封建糟粕，嚇得她不敢再哼唱，原說人無貴賤、蒼生平等，然有人的地方就是江湖，弄堂人多，江湖就深，販夫走卒、引車賣漿，三六九等分根植於心，寶妹姆媽雖屬見過世面之人，身子出落得與眾不同，會招致不人外表不言，內心排斥，我娘說寶妹姆媽性格好，偽愚內精，日子能過成今日這般順融，做人實屬不易。

尤其是寶妹阿爸對待寶妹姆媽的態度，姑且不論藏在寶妹姆媽心底的滿足感有多深，弄堂裡女人皆不免長嘆：「天下做女人的，凡能達此份上，也應知足！」

# （九）

　　記得小時候看到的寶妹姆媽下班回家從來不做家務，燒飯買菜汰衣裳拖地板，全部是這個男人所做，寶妹姆媽躺在涼椅上，寶妹阿爸夏天西瓜綠豆湯，冬天紅棗蓮心粥，一趟送塊熱毛巾，一趟涼茶摻熱水，遇上大熱天寶妹姆媽斜躺在搖椅上，輕揮羅扇，細斟慢飲地喝著寶妹阿爸從單位上帶回來的冰凍酸梅湯，這畫面真是精典到不可描述，弄堂裡大家都講寶妹姆媽在寶妹阿爸的世界裡活的比伊里莎白女皇還要舒服。

　　有一次寶妹姆媽拿白毛巾拂了一下手臂，跳起來講白毛巾上面有一些紅的印痕，是慢性出血，寶妹阿爸捧著她的手臂急的差些哭出聲，後來叫來三號裡趙家阿爸，就是第一人民醫院那個後來投江自盡的主治醫生，他看了看說是血小板減少，沒有關係，調養即好，再後來就經常會聽到寶妹阿爸追著寶妹姆媽去上班的身影在後面叫「你今天吃一點點早飯是不夠的，你要去單位上再買了吃噢，」或者就是「你今天的牛奶忘記喝了，你千萬不能餓哦，你千萬不能肚子餓哦……！」至此人間伉儷情深，在我們弄堂再難找出第二對。

　　寶妹阿爸這幾句哇哇響的江北話，對啟蒙我們弄堂孩子的方言技能，貢獻頗大，我至今能操半籮筐的蘇北方言，寶妹阿爸功德無量。

　　只是紹興好婆講夫妻要合到老，一定不能太過親密。這話也許有些道理，十幾年後，寶妹阿爸眼珠子蠟黃，黃疸肝炎一病不起，原本一個骨架大大的男人，變成了骨瘦如柴，他那猶猶豫豫、小心翼翼的性格，對生病的極其膽怯，與對康復的缺乏信心，因此就經常聽到他從亭子間裡傳出的哭泣聲。就這樣情深深雨濛濛、孟光接了梁鴻案的寶妹阿爸，在一個季節更換、樹葉飄落如舊的日子裡，短命夭折將寶妹姆媽中途拋下、撒手西去，有人說寶妹阿爸臨死前千瞻顧萬徘徊，不忍舍別，讓前來接他的小鬼等的甚是焦躁。

　　煙花三月的楊柳被折斷，牽不住的手永別在黃鶴樓。二十四橋明月夜，寶妹姆媽再也找不到像寶妹阿爸這種噓寒問暖的知心人。

　　寶妹兄長文革前去了新疆，寶妹姆媽與寶妹相依為命，稚嫩的寶妹傳承了她阿爸照顧她姆媽的那種優良傳統，家務活都能做，寶妹姆媽只管白天在針織廠擋車，回來後就睡在躺椅上吃西瓜綠豆湯。寶妹還會一趟一趟，上毛巾上茶。寶妹在大人的眼中，是我們這條喧囂弄堂里樹起來的女孩偶像樣板，她不但長的細眉

細眼模樣好，由於她家屬雙職工，比一般家庭有錢，當年捨的買最高級的黑人牙膏，故她一張口就顯露出上下一副大白牙，穿著得體，梳一對光潔的辮子，穩重成熟，總之，無論德言容工，都比的我們出不了頭。現在寶妹要上山下鄉了，她姆媽的喉嚨是最呱呱響的：「我不會讓寶妹再出去的，否則我血壓高、糖尿病、血小板出血死在床上臭掉，也沒人知道的。」

居委會與學校軍宣隊、工宣隊的鑼鼓就天天停在他們家後門口無休止的往死裡敲。聽樓上龍龍講，寶妹是想和龍龍他們一起去雲南的，但是寶妹姆媽把戶口簿貼肉藏在身上，寶妹就每天凌晨候在復興公園等開門，怕嫌疑，還讓三毛去城隍廟買了一把帶醬紅布套的竹劍，每天背著劍，坐在假山旁看書，可是不管寶妹姆媽在弄堂裡怎樣哇啦哇啦的罵，自古「窮不和富鬥、民不與官鬥。」孤兒寡母的這點路數怎麼有用。學校居委和她工廠，三國四方一聯合，威脅說「寶妹如果不去農村，你單位也不要去了，哪天想明白了，哪天再來。」

那天寶妹姆媽絕望猶如楚霸王四面楚歌、十面埋伏，就來一個烏江自刎了殘生，拿起一瓶敵敵畏就要喝，被大家一轟而上、拚命搶奪，總算沒有釀成大禍，當時只有樓下姜家姆媽倚在樓梯口一動不動，面孔異常冷靜，一絲詭笑。後來她走進我們竈披間說：「親眼看見寶妹姆媽拿豆腐漿加酸梅湯倒入敵敵畏瓶子裡。」要說姜老闆娘看問題的冷靜也是有點名氣的，弄堂裡發生了什麼事，在她漫不經心地點評下，事情是會有些不一樣的走向，她最拿手的是調侃自己兒子勇強，一刮兩響、毫不留情，總讓人忍俊不禁。那次曉荔姆媽摔碎一櫥碗碟，大夥都灑下一鞠同情的眼淚，只有她又在我們竈披間有不同觀點，她說女人吵架決不能摔碗，要摔只能摔筷子，嘩啦啦一下，同樣能夠起到震懾作用，過後撿起來，一點不浪費。

風長日短星蕭蕭，寶妹姆媽家陷入了僵局，無奈何，十六歲的寶妹摟著伊姆媽哭著請求讓她去農村：「天天躲在復興公園長凳上，從早到晚凍也凍死了，儂就讓我去吧，弄堂裡知青也都快走光了，我每年會回來看儂的，儂自己保重身體……。」

寶妹姆媽抱著寶妹哭的稀里嘩啦，哭的弄堂裡有知青去農村的家庭一片稀里嘩啦。

寶妹後來沒有和龍龍一起去雲南西雙版納，和二毛三毛、曉鶴等去了冰天雪地的黑龍江。

黃浦江水仍在流淌，弄口的梧桐樹枝芽又已返青，時間過去了小半年，寶妹

姆媽在弄堂裡生煤爐時，照樣天天罵罵咧咧。

「哦喲、寶妹娘，儂不要這樣子罵了，寶妹阿爸又沒有招惹你哦，拖伊出來瞎罵八罵罪過哦。」

「是呀，啥人作的孽，老天爺有眼睛的，迭個叫做時辰不到，時辰到了，總歸會報的，儂自己要保重身體才好……。」我們弄堂裡人總是將懲罰不公平的重任卸給老天爺。

大家原以為爽直不羈的寶妹姆媽肯定要這樣一直要罵到寶妹回滬，後來寶妹姆媽的罵聲曳的止住了，令人驚訝，透迤曲折傳來說是因為菸紙店老闆娘，就是那個小姨老闆娘，她養病回浙江天台數月，隨家鄉人篤信了耶穌，回來後在弄堂佈道傳福音，寶妹姆媽率先加入了，每日要跪床邊禱告，白菜靠種植，奇蹟靠祈禱，不久寶妹就調回了上海裡弄生產組。三分人事七分天，弄堂裡很多人堅信這是與寶妹姆媽天天跪在冰冷水門汀上的禱告分不開，更有人信誓坦坦的說一個人只要這樣虔誠的禱告五年，心中任何願望，上帝都能處理。寶妹姆媽心地純樸、性格粗糙，也有些知足常樂，本來在我們弄堂裡的人緣就不錯，現在成了個對上帝敬畏的虔誠信徒，於是信奉上帝就受到了多人青睞，將惡人受報應的事，又移交了耶穌。

當時形勢下，信奉上帝屬半公開的祕密話題，公開承認自己信了基督教，是要有一定膽量。龍龍姆媽也加入了組織，她就不願公開，後來由於舉止乖張，才露出了破綻。因為有段時間，午飯晚飯時，她總是關上房門，住石庫門房子與公寓樓有區別，公寓樓可以把門關嚴實，老死不相往來，住石庫門鄰里進出不但要關照一聲，將一串鑰匙託付給鄰居，也是經常的，比如：「我家阿二頭回來告訴他飯已煮好，悶在草窟裡了……，讓他做功課不要出去。竈披間爐子上的湯，拿起來小心一些，不要燙著……。」所以石庫門在吃飯時間鎖門，是此地無銀三百兩，阿拉屋裡廂有祕密事。後來龍龍姆媽大概覺得老是關門煩死了，再說冬天還能混，灼熱陽光裡的夏季，亭子間緊閉門窗專心禱告，熱的像蒸籠裡的鹹蹄膀，汗流浹背，對上帝似乎也不恭敬。於是就在昏黃浪漫夕陽照射下的竈披間爐子旁，故意淡淡的講開此事，「以前我們三林塘娘家都姓洋教，小辰光我就去過教堂，我倒不是為了寶妹調回上海才去信的上帝，主要是伲阿爸講，就是因為我一直沒有信奉耶穌，鄉下雙胞胎的房產一直沒有分到……，恐怕這是上帝在懲罰我。」

天堂的承諾畢竟遙不可及，弄堂裡過日子，鄰里通融無限重要。「哦，對

的，龍龍姆媽，儂一直聽阿福根談政策，房產一直沒有解決嗎，」竈披間一陣輕微的過堂風吹過，弄口大樹隨風搖曳的樹梢嘩啦啦響，鄭家姆媽平和的插進來。

「現在還講啥阿福根啦，伲阿爸講阿福根也被打倒了，靠阿福根是靠不牢了，這些年上帝對我可能很失望的，當年豆腐店喊我出來幫工，一對雙胞胎大娣小娣因為房子小，寄在娘家，十幾年下來娘家房子沒有分到不要說，大娣小娣本來可以做上海人，現在變成了鄉下人，不過這次幸虧是農村戶口，插隊落戶總算逃過一劫，所以伲阿爸講我：「一直做讓上帝不高興的事體，上帝還那麼眷顧你，你再不信奉上帝，能說的過去嗎。」

「龍龍娘，閒話不能這樣講，儂又沒有做錯啥，上帝不會與子民計較的，上帝施恩不圖報，儂不要放在心上。」

## （十）

弄堂裡走了那麼多人，一下子很清冷。文化大革命持續三年多，各行各業的資產階級當權派都已經被打倒了，大學停止招生，中學裡積壓的百萬學生被趕去了農村，教室騰給了我們，七十年代頭裡我進了中學，一所鄰近復興公園的中學。

在梧桐葉子半黃半綠的操場，我們排排坐著，聆聽工宣隊王師傅給我們講的國際社會形勢報告。

世界上美帝國主義沒有被消滅，又出了新興的蘇聯修正主義。亞州，非州，拉丁美州的形勢都不容樂觀。資本主義把牛奶倒進大海，也不給窮人喝。世界上還有三分之二的人民生活在水深火熱之中。尤其是台灣人民，在國民黨反動派的統治下，冬天連煤都沒有，好在台灣一年四季都是夏天。

清涼如水的夏日早晨，太陽尚未露臉，附近一條街的同學都聚集在我們弄口，你瞧我的背包，我瞅你的水壺，相互提醒有無漏帶的物品，我努力學會的將毯子疊成軍人規範，再放雙布鞋，裝束不是「海島女民兵」裡的海霞，也是「南海長城」的甜女。「中華兒女多奇志，不愛紅裝愛武裝！」

「練好鐵腳板，支援亞非拉」進中學聽完了形勢報告，我們就進行了一次野營步行拉練，八十多公里路程。從學校重慶路出發，途經川沙，南橋直插奉賢金山海岸。

「橫斷山，路難行，革命理想高於天，千錘百煉不怕難。」

「抬頭望見北斗星，心中想念毛澤東……！黑夜裡想你有方向，迷路時想您心裡明……。」

跌倒滾爬了幾天，我們到了金山衛海灘。

工宣隊王師傅發言讓我們提高警惕，並指著大海遠處的礁石說：「金山衛對面就是台灣特務盤據的舟山群島！」

「我阿姨家在舟山群島上，我去過兩回，從來沒有見過台灣特務。」突然後廂房明明舉手發言。「希望同學們不要隨便插話！」班主任朱老師及時揮手製止了明明，我失笑顧左右默然，也忙搗嘴。

守著日出，追著晚霞，趕到金山海灘時，最後一抹夕陽也快下去，我們在殘存的那一絲絲忽隱忽現的夕陽裡，彷彿似一堆一堆的精靈，散落在沙丘上，海灘裡，男同學顧不得勞累困頓，在沙磧上追打，將沙子塞進對方的衣服裡，一輪一輪的嬉戲喧囂、追逐。打鬧。

潮濕的沙灘在天邊的點點星光照射下，有些泛銀光，和著砂礫上的一垛垛灌木叢，一望無際的海灣清清冷冷。

「銀色的月光，映照著無邊的海洋，勇敢的水兵，焦急地等待著出航，到那水天象連的遠方，去打擊敵人保衛國防。」一會兒軍宣隊就來傳達命令，接到了保衛國防的任務。

然後列隊整裝，每個人接了三個帶甜味的白面饅頭，排成一線嚴密監視朦朧的海面上突出的礁石，遠處海灘上一排排沙棘樹叢，嚴重擋住了視線，朦朧的大海那一頭，浪漫神祕，遙遠虛假。三隻饅頭被我們偷偷的啃吃了，什麼情況都沒有發生，一會兒右邊傳來輕輕地耳語，「可以撤退了，」「可以撤退了，」這種在戰壕裡傳遞軍令的電影鏡頭，今天被我們募仿到位。

生產隊在院子裡搭的大灶，爐火通紅，滔水洗臉擦身。

海邊農屋外的天色一片濃黑，我們在稻草鋪上瘋夠了，正準備脫衣睡覺時，突然情況又有變化，村裡的民兵說，階級敵人今晚有可能與對岸舟山群島上的特務聯絡，因此要我們安排值班。

頭回喜見大海的我，舉手值了頭班。

「深夜大海邊，四處靜悄悄，只有風兒在輕輕唱……。」夏日的海風輕輕拂過，躺在金色的沙灘上，月色朦朧，倒在沙灘上的我們卻少了浪漫的情緒。

夜越來越深，天空愈來愈暗。白天已經走了一整天，手電筒閃著白光，盯著盯著，眼睛實在睜不開，撥開下垂的眼皮，撐著瞧一下，瞧一下，茫茫大海是鉛

灰色的，遠處天空是煙黑的，漲潮的海灘上出現一道道浪花，海浪有規律的拍打聲，無異就是一首慈祥的催眠小夜曲，我們都像一隻隻身子很沉的鳥兒撲倒在沙灘上，此時舟山群島上的美蔣特務全部打過來，也阻止不了我們的昏睡。

就這樣撲了倆小時，傳令說「接到上級指示，今天晚上階級敵人不出來。」

第二天早上，潮水退得遠遠的，霞光劃破灰暗的天光，卵石沙地在陽光下閃著光，海岸和舟山群島之間顯的距離越來越遠。

海岸看落日最美了，一抹胭脂痕塗在青藍的天空上，漸漸的玫瑰色，漸漸的紫色，終於暮色讓海天一色。

胡鬧了兩天，看了兩天的日出日落，我們又打起了背包，插進一雙滿是泥土的鞋，這一次的背包因為被幾日裡積攢的髒衣服塞的鼓鼓囊囊，缺了來時的矯健，整個一副殘兵敗將模樣。集合時我們在沙地上再一次的來蹦跳去，提前折根樹枝當拐杖備好，握一把沙沿途撒著玩玩，戀戀於沙堤徘徊，依依舍別這難的一見的大海，無憂無慮，再一路繼以破嗓高歌迴轉。

中學上課鬆散，十分鐘就能將作業做完，餘下就是讀報紙和背語錄了，七十年代的中學與五十年代、六十年代頭裡那種「一陣驛雨、一霎清風的青春萬歲」的激情浪漫，也很不相同，語文課主課就是批判稿，抄上幾段語錄、喊幾句報上抄截的的口號，結尾除了萬壽無疆，就踩上一隻腳，背誦語錄的這點花拳繡腿，早在小學階段就已輕車熟路，因此到了中學，反而多了閒暇，海量讀閒雜書打發無聊的日子，手邊抓到什麼就讀什麼，拎進籃裡就是菜。

嘴裡吃著泡飯醬菜，賈寶玉的火腿鮮筍湯、劉姥姥的茄鯗，薛蟠的螃蟹，緗雲的鹿肉，聞香陶醉。

抄家的時候雖然書被燒掉不少，但是我們弄堂裡的地下傳書巷道還是暢通的。我也來掉一回書袋吧，當時三國、紅樓、水滸，鏡花緣、隋唐、三言兩拍、兒女英雄傳、海上花列傳、小五義、廣陵潮、海龜志這類老書，我們這種石庫門、小市民父母的床頭櫃上，隨隨便便還是能拿出一些的，我不知道我家這些老書是哪裡來的，書面舊、書頁脆黃，我爹倒是手上經常捧捧閒書，我娘則只聽戲、不看書，不過我娘這種不看書，讓我們領教了說書先生的淵博刁鑽，時時刻刻她都能將書本裡冷僻到你忽略的內容名字、都給你擎的一清二楚，讓我們翻頁查尋都趕不上。最鬱悶的是那年我剛拿起水滸傳，她就把一百零八將的悲慘結局全部講出來，我在書裡又找不到這些內容，她又說：「噢，後面這本《蕩寇志》解放後說是污衊農民起義的，所以流傳不廣，我們家沒有……。」在我們家甚麼

正史、野史都不算數,歷史一律參照蘇州評彈說書為準。。

另外如金光大道、苦菜花、迎春花、敵後武工隊、歐陽海之歌、青春之歌、紅岩等⋯⋯,無疑是市面上流通貨,三家巷、四世同堂、金粉世家、啼笑姻緣、夜深沉這類書少一些,不過像基督山伯爵、約韓克利斯多夫、呼嘯山莊、戰爭與和平、巴爾扎克、紅與黑、安娜卡列尼娜、高老頭、包法利夫人等翻譯書,藏書人家就不多,因為有這類書的家庭,文革初期都是抄過家的,不是燒了便是收了。不過魔高一尺道高一丈,這類書經常還是能出現在我們手裡。

「竊書不算偷⋯⋯讀書人的事,能算偷麼⋯⋯!」

文革而期的圖書館都上封條,書包裡只有一本紅塑封皮的毛主席語錄小冊子。雖然我們也知道偷竊不可為,也觸犯法律,誰的心裡不清楚這些書的來源啊,某某中學、某某單位的印章清清爽爽。

向明、比樂、五愛、五十五中、甚至一中心、二中心、三中心小學的書籍,都在我們這一帶弄堂裡流通。淮海路泰山公寓弄堂裡,社科院黨校的書籍,應該遺失不少,還有文化廣場的圖書,一直成梱成捆的與鋼琴一起塞著,那年文化廣場特大火災,學校操場上空黑煙滾滾,老師與工宣隊只顧關閉大門,卻沒法阻止跳籬笆牆的我們,衝去現場時,只看見沿馬路兩旁堆滿了搶救出來的鋼琴,卻沒有人會火中取粟,救些書籍出來,還有就是盧灣區圖書館的書籍,也似小山般的堆著,那車庫廊棚,書籍到處堆放。所有的抄家物資裡,失竊圖書一般也沒人在乎。

我和曉荔、大燕、英娣、美沁等一些女同學,誰都做過幾單,月黑風高的夜晚,匍伏在圍牆外雜草叢生的荒地裡,與流浪貓一起,放風助周郎的買賣。

每天上下課經過長城電影院門口,黑市圖書交易活動就隱藏在那裡,交換、買斷都有。

一個陽光充足的午後,隔壁弄堂的王金海同學的書包像博士生一樣鼓鼓囊囊,一套劉大傑的中國文學史,黨校的藍印章,只賣不借,開價五毛,兜來兜去沒人要,我們翻幾頁,都覺得讀不懂,又不是小說,後來想想也許以後能讀懂,當時口袋裡只有貳毛錢,攤手上給他看,雙方僵持,又挖出八分錢,告訴他只有這些,旁邊同學還起鬨說八分錢可以去滄浪亭吃碗蔥油拌麵,味道不錯!成交。

就在我們吊兒郎當的時候,上海文革民間第一案的狂風刮過了我們弄堂。

夜深沉,寒冬臘月,淒厲的寒風中,警笛聲一陣緊一陣的在夜空中久久迴

盪。整個外灘，南京路，淮海路，北京路瞬間貼滿了復旦大學哲學系學生。炮打張春橋的大字報，驚動了整個上海城，我們弄堂也擠進了惶恐的行列。

夜深人靜的一天，警車的呼嘯聲竟然停在我們黑洞洞的弄堂裡。

急促的拍打著我家大門的吆喝聲，驚擾了整幢樓，我爹在穿衣要去開門，我娘趕緊摁住我爹，急促說了聲；「你心臟不好，我去開！」幾十年來，我一直認為我娘當時這句話有樣板戲裡台詞的嫌疑。我娘拖著鞋跟、披著棉襖將半扇石庫門吱呀一聲開了一條縫，沒容她探身看個究竟，幾十個人似一陣狂風把門撞開後呼擁而進，然後熟門熟路推搡開我娘，徑直就往樓上沖，時代不缺告密者。

披衣的鄰居紛紛走出來時，廂房鄭家姆媽家的小兒子鄭申強已被他們簇擁著下樓，當鄭家姆媽連滾帶爬的摸下樓時，申強已被關進了警車，鳴著警笛呼嘯而去。

像竹竿　樣細瘦伶仃戴著眼鏡的鄭申強是復旦大學二年級的學生。他捲進了文革上海灘民間第一大案，「胡守鈞小集團反黨反毛主席」的案件之中。

「金猴奮起千鈞棒，玉宇澄清萬里埃。今日歡呼孫大聖，只緣妖霧又重來。」

秋風秋雨肆虐下的梧桐樹被打的光光，吹落滿地的枯黃葉子粘在鞋底，濺上褲腿，讓人煩惱。今天虹口江灣體育場召開四十萬人集會，公審上海灘最大的反革命組織，胡守均小集團。全市學校、劇場、電影院均拉線聽廣播。

由於樓上廂房鄭家姆媽家申強被牽連在內，我們弄堂顯的很前衛。弄口過家樓底下一茬茬的人群竄流不息，述說，聆聽，個個臉上神情凝重，成熟老練分欣研討案情趨勢。

從黎明起揀菜剝豆的女人，到曉月初上，竹椅榻上閒聊的男人，話題全是胡守鈞小集團案。

這些一夜之間貼滿上海灘主要街頭的大字報，便是他們搞的。蘸著濃黑的粗體墨汁「反對張春橋竊取上海大權！」署名孫悟空。

然後白色恐怖籠罩了復旦校園，此案涉及上萬人皆作驚弓鳥散。

這塊土地上，想要逃避人民專政的天羅地網，是癡心夢想，明明告訴我說全城在搜查胡守均小集團，我認為是全國搜查才對，果然那日小狗爺叔講：「胡守均換上便衣，躲在蘇皖邊區小村莊裡，數月深居簡出，晝伏夜出，仍被逮捕。」有人問他胡守均不穿便衣，平時穿什麼呢？小狗爺叔想都沒想回答一聲「平時穿草綠軍裝」數年後，所涉之人悉數落網。

　　我有一本胡守鈞小集團的詩詞選，平時壓在床鋪褥子下，白色的封皮，一把鮮血淋淋的匕首，題有寶劍刀出鞘幾個字。有集團的主要人員介紹及一首首詩詞，有「彼是人，予是人……」，還有「世人稱君孔明燈，汝能將事照分明」一些詩。

　　厢房裡鄭家姆媽的哭聲時不時的會從窗戶裡飄出來，撒向弄堂都是淚。

　　三層攔的小鄭老師為兄弟兩肋插刀，騎著自行車終日奔波喊冤。

　　小鄭老師告訴我們，申強和許多復旦學生一起，關在離我們弄堂不遠的思南路看守所。

　　思南路是一條用沉思曲命名的幽靜宜人的小路，周公館，宋慶齡居所，梅蘭芳等許多名人曾居住過這裡。其中幾幢別墅裡住著我好幾個中學的同學。路兩旁是高大的洋梧桐，幾十幢帶有喬治亞風格的小樓，藤蘿花爬滿牆頭，任何時候路過，它都呈現出一幅懶散的寂靜。

　　我們中學的後籬笆牆翻出去，穿一條弄堂就到思南路，倆腳一落地，踩著厚厚的梧桐樹枯黃的落葉，嘩啦嘩啦奔都奔不快，耳邊響著全是樹葉咯吱咯吱聲，時間被定格。

　　「青春少年太匆匆，流金歲月人去樓空。」

　　我們在那裡學騎車，在那裡爬樹摘果子，慵懶的美麗我不懂，人煙稀少學騎車不撞人才是真的，摘些枇杷無花果解解饞也是真的。

　　其實那裡有兩處比較恐怖的地方。

　　一是在洋房的對面，長長的有幾十米綠藤爬滿的圍牆，一般我們不敢走這一邊，因為裡面是廣慈醫院的停屍房，醫院死人是不限制時間的，所以二十四小時冷不丁的就有淒慘的哭聲沿圍牆飄出來。對馬路法蘭西洋房裡的鋼琴聲，簡直就是肖邦的葬禮進行曲，或者是莫扎特的安魂曲，骷髏調讓你毛骨悚然。

　　那天我爹一下班，我就抓了我爹的破自行車，和幾個同學在那裡騎車玩。寂寥僻靜處傳來哭聲，哭聲竟然不是送靈柩，從牆裡面傳出來的，而是有人爬在停屍房圍牆外的梧桐樹上在慟哭，顯見倆個穿著粗紡套頭衫的男孩抱著樹桿在哀嚎，樹下一老婦人哭著用頭在撞樹，一藍衣年輕女子嚶嚶哭著扯拉老人，手裡還抱著一團棉襖，這是爬在牆頭樹上孩子脫下的棉襖，高牆樹上與底下的人都哭成一團，我們圍了過去，原來那家親人被判死刑，今天公審執行，他們一家沒法去會場，有人通信息給他們，屍體會在第二醫學院解剖取走派用場的器官後，送在這間太平間，屍體從車上搬下來那一刻，爬在牆外樹上能夠見上一眼。

寒風淒厲刮過，吹的地上梧桐枯葉不停的旋轉，不怕冷的老鴉盤旋在樹枝上呱呱的叫，我們和他們彼此無親無故，也不知道這犯人犯了什麼罪，但是那用頭猛撞樹身、嚎啕大哭的老婦人，原本幹乾淨淨的臉龐，如今完完全全地失去了她的體面，及那位年輕女子紅腫淒慘的雙眸，樹上那對小兄弟們哀哀聲刺痛了我們，默默的人群都眼睛紅腫，陪著他們掉了一會眼淚，冬日的夕陽褪的很快，寒風從屋頂一陣陣刮過來，整條馬路很快黯淡了，我們沮喪的一步一回頭的張望，暮色籠罩大樹，吞噬了這家人，但壓抑悲愴的哭聲一直跟隨著我們，已經到了路的盡頭，哭聲仍然跟著，顯然屍體仍未送來，他們仍在等著。我們踉踉蹌蹌推著自行車，逃出那條街，人間為什麼會有那麼悲苦的事情。二是馬路的盡頭有個第一看守所，鐵絲網圍著的磚牆裡面時不時有怪嘯聲傳出來，不知是人還是動物發出來的。聽說有演員趙丹，導演鄭君裡等人。我見到過一回趙丹的妻子黃宗英騎著自行車來探監，我能認出她，是因為我珍藏著她演的烏鴉與麻雀和聶耳的畫報，喜歡她那帶氣質的漂亮。

由於鄰居申強等復旦學生都關在裡面，每次上下課經過時，我會探頭探腦地看看，直到門口的警衛揮手驅趕。那天我磨蹭著，乘警衛沒注意的時候，溜進去十幾步，真的看見和電影裡拍出來的紅岩渣子洞彎像的，一排排的鐵攔柵，中間有隔開的，地上鋪著稻草，外面氣溫很低，裡面關著的人仍打著赤膊，我努力想看清這些人裡面，有沒有鄭申強，還沒有來得及細看，就被警衛衝過來的腳步聲和吆喝聲嚇得飛竄出去。

思南路，有我童年和青少年時代揮之不去的陰影。

記得哪裡讀到過「思南路的每片落葉都記載著文字。」思南路的落葉你真的記載著文字嗎，思南路的落葉被我踩在腳下，樹葉毛茸茸有彈力，似乎是物質、好像也有生命，是我的心跳，也是風的咆哮。

小鄭老師的執著，使得我爹娘和弄堂裡的嬸子大叔都替他也捏了把汗，但他堅持說，「復旦學生只是反張春橋，沒有反毛主席。」江灣體育場的有線擴音審判會，傳遍了上海的各個角落，在一個新聞不公開的時代，謠言與真實沒有區別，據說張春橋要判主犯死刑，市高法院認為此案反毛主席的證據不足，鄭家姆媽在竈披間說謝謝高法院的先生，這樣申強的罪也許可以輕一些。

主犯胡守鈞被判十年徒刑，其餘有判刑、勞改、下放農村不等，轟動上海灘的文革第一大案就這樣結束了。

　　鄭申強因為他兄長小鄭老師不停的奔波，最終無任何結論稀里糊塗白關了幾年給放了。在一個風雨如晦的黃昏，小鄭老師騎著一輛墨色的永久牌自行車馱著仍然瘦骨伶丁的鄭申強回到了家裡。

# 第六章

披髮佯狂別夢寒

# （一）

知青走了，走出了城市。站台上破碎的背影，忽遠忽近的嗚咽，火車裹挾下的白煙汽笛。看不清的歲月，抹不去的從前……。雖抹不去，卻被一點一點的吞噬。當他們身影回身再現時，已經是郊道裡下車的驛站客，鐵軌黑糊糊，迷茫在隧道。我腦子裡留存的知青畫面除了這個傷心的火車站，還有就是大牆上面的標語，「我們也有兩隻手，不在城裡吃閒飯。」再到居委會的鑼鼓，停在弄堂裡死敲，尤其是停在寶妹姆媽家亭子間外面的後弄堂裡，那裡空間狹窄，鑼鼓聲飛不出去，老在那裡打轉轉，傷害耳膜，敲了五千年，興也敲、衰也敲，敲的骨質疏鬆、混沌不開。

故鄉何處是，忘了除非醉。「告別了媽媽，再見吧故鄉。金色的學生時代，已轉入青春的史冊……。」

這是一首知青之歌，說是南京的知識青年譜寫，又被稱作「南京知青之歌。」上海、吉林、北京的知青之歌，一首接著一首飛進我們狹窄的弄堂。歌詞大同小異非常布爾喬亞。例如「踩在荒涼貧瘠的土地，時代的孤兒命運將你拋棄、寒風吹破我的窗戶」等等。

文字蒼涼，旋律悲愴。這讓已露前途命運同樣荒蕪端倪的我們，感同深受。爭相傳唱。

傳說這些歌最早是莫斯科廣播電台播出的，那會兒聽莫斯科電台的人似乎不多，蘇聯與上海相隔太遠，短播收不到。美國好像也遠，但美國之音那段登登登的精典前奏，各個樓道卻能斷斷續續散出。

聽短波在當時真不是簡單的一件事，我爹對電子科學技術類的新生事物還是頗有興趣，得空時他就攤一桌電子零件，一隻電烙鐵永遠插著電，嘶嘶冒煙。桌上的破電線、晶體管、爛松香，全是虬江路遛達淘來的，我娘說比他從前黃牛皮包裡的東西更加「癟三麼事。」

每回他出差回家後，便鼓搗裝出一隻只礦石半導體，我家人手一隻，如果有親戚家小孩表示羨慕時，他就更興奮了，桌子底下的紙板盒裡，隨時可以掏出幾塊赤膊的線路板，拆一個破壳子，立馬就又變出一隻。這些機器常常不敲擊不發聲，捶幾下才會有反應，我們就替它起了個「懶懶兮」的牌子。

半導體的功能只有在學唱樣板戲時最好，就算短路了，對於所有的台詞與音

樂過門都極其嫻熟的我們，根本就沒有被掐斷的感覺。收短波偷聽個敵台就不容易。舊的天線連最起碼的筆直都沒有，拉天線要順著它扭曲轉角度，一旦天線拉直後，聲音又出了問題，東敲敲西拍拍，手指頭捏住開關細微的撥，心跳加速到就差沒有驟停，三更半夜在被窩裡轉呀轉，辟噪音，猜頻道，好容易逮住了，舉耳朵旁凝神屏息，一句話意思都沒明白，登登登登的節奏又上來了，節奏剛過，嚓嚓嚓干擾聲重新來過，所有操作重新再來一遍，一不小心運轉失控，一串尖叫噪音似炸雷，隔壁人家都能聽見，你敢不停下直接關了嗎，手忙腳亂時想扔出窗外的心都有。

七十年代頭中是一個寡淡的時代，文革的後果使城裡城外都極度匱乏、破敗，家家如有幾個上山下鄉的，那真是窮到了極致，如今回憶起來也深感乏味無趣，那歲月存在腦海裡的似乎就是一個字，「窮！」爹娘口袋裡只要還有幾塊錢，想到的第一件事就是要去買幾包雲片糕，火炙糕，然後去郵局寄給在農村的插兄插姐，有一次我哥來信說：「這糕不要再給我寄了，給小妹吃……」問了才知道讀小學的小妹大概饞，但又知道兄姐在農村很苦，便在糕紙外面寫了一行行字：「這些糕是給哥哥吃的……。」我哥見了瞬間淚崩，說再也咽不下去了，從此以後，就一直來信說他能吃飽，家中務必不要再郵寄包裹了。反正那會兒讀中學的女生腰肢都纖細，一尺六腰圍的姑娘大把大把。腰圍細些倒也無妨，只是我的一張臘黃菜臉，十人見了九人懷疑我有肝病。

日落時分，雲霧稀薄，秋風在光禿禿的樹枝間穿進弄堂，天空深沉而寧靜，一絲風難以擾動這些敘述的苦難。龍龍探親從雲南回來，過街樓底下一圈竹椅圍攏，在聊他們怎樣半年、半年喝玻璃湯、海鮮湯。玻璃湯就，是水裡面放些鹽和醬油，海鮮湯就是去河溝裡撿生有青苔的石子煮出來的湯。

前幾日我哥也扛了半米袋的山核桃回家來了，參合著繪聲繪色在說他們怎樣把農民中毒病死的牛羊、從埋的很深的土地裡挖出來吃掉……。

龍龍黯淡的說了一件讓大家聽了很難受的事，上個月他們農場燒橡膠樹，把一個女同學被燒成了一截焦炭，他曾替那女同學捎物品去過她建國西路的家，昨天他又路過那條弄堂，特意還拐去她家門外，怔怔的站了好一會兒，她家花園裡的無花果紅熟，枝頭探出，似那秀媚面貌的姑娘在向他招手，他想走進去，或看看她父母也好，但見了又能說些什麼呢。還是莫再讓她父母傷心了吧，便沿牆跟悄悄走開。

月光下，二毛三毛、龍龍和我二姐還在搶著爭述：「黑龍江砍樹放木年年死

的知青肯定比雲南多……，鄱陽湖築堤挑泥，不會比你們那死的人少……！

那會兒有首歌是這樣唱的：「人說山西好風光，地肥水美五穀香……。」還有許多農村電影《我們村裡的年輕人》、《李雙雙、朝陽溝》……等，都是將社會主義下的農村描繪成美麗新世界，有著世外桃源一般的景色，豬滿圈、羊滿山，水牛滿稻田，農民整天除了樂呵呵的交公糧外，就是擁在生產隊裡學毛選，共產主義天堂的早期模式。」

我哥來信說乾部子女都已抽調回城，當兵的當兵，讀書的讀書，當地就剩我們這些城市底層貧民，及成份不好的子女在撐著，讓家裡想想辦法，他若能投親回江南農村也好，他說他也沒啥要求，聽說江南農村飯能吃飽，三姐來信說，能調回上海掃大街也願意。


信紙上幾處墨跡化成了黑團，信寫的語氣平坦，字裡行間的等級醜陋，讓我陡然間悲從中來，喉嚨像給扼住般難受。。同學中間經常會傳，同樣是知青，那些紅色幹部子女根本就不是什麼等抽調回城，而是根本就沒有下過鄉，直接就送去了軍隊，或者就去鄉下塗層金，馬上不是送到軍隊，就送進大學。牆上貼的扎根農村一輩子，與貧下中農打成一片，是說給對底層人聽的。

一月下旬，刮過大風的天空純靜的沒有一點霧氣，枯黃的樹葉全掉光了，應該是寒潮來臨的季節。

有人告御狀了，皇上接了狀紙。一個叫李慶霖的知青家長，他上訴毛主席，將二千萬知青的苦難說給了毛主席聽。毛主席給李慶霖回了信，表示十二分同情，但實在無能為力，只能附上三百元，苟且聊補一下無米之炊。

「頻帶惆悵為哪樁，只為我朝中不安康！」毛主席這麼同情李慶霖，這麼大的一個天子，當年大手一揮，中國人民從此站了起來，大手一揮，文化大革命如火如荼，大手一揮，三千萬知青下了農村。這次怎麼就無能為力了呢？知青怎麼就揮不回來了呢……？消息傳進弄堂，惶恐擔憂的人很多。

我娘說歷史是很相似的，一段時間會循環一次，皇帝被人架空，挾天子以令諸侯，消遙津裡的漢獻帝，「當憑魏公處之。」瀛台泣血記的光緒帝，「諸事當先請懿旨。」也不能不想到。有人就猜，大內紅牆裡面一定又有事情發生了。

不過，雖疑雲密布，我們弄堂裡有知青在農村的家庭，都還是奔走相告，毛主席說「深表同情！」了，天子一個同情，份量之重，老百姓不會惦不出的。於是個個還是欣喜之情，溢於言表，三百元點亮了知青家庭灶台的炊火，再等等

吧，反正已經等了七、八年了。

七十年代那會社會上有幾大羨慕，一是羨慕認識一個菜場賣豬肉的，懷揣三毛錢、二兩豬肉票，在肉攤頭排隊輪到時，那殺豬刀舉起來若偏一公分，手起刀落，二兩豬肉票切出個三兩，而且多些肥膘，一家子能興奮幾天，回家不但能炸些豬油出來，再將熱油渣拌些鹽花，算是美味佳肴了。

二是羨慕認識一個卡車司機，南來北往捎些上特產不算，搭搭順風車的優勢，足以讓你在圈子裡佔盡話語權的優勢。我同學秋秋的大哥不知從哪裡娶回一位卡車司機老婆，嫂子生的就跟那時朝鮮電影《摘蘋果的時候》裡一年可以賺九百個工分的女人一般高大，她站出你面前時，彷彿一列火車開到你面噴氣剎車，那慣性動力讓你緊張到怕被她一個猛哈，給吸進去。我去她們家時，明顯的她家父母弟妹，包括她大哥，見了她大氣都喘不順一口，不但家裡一間最好的朝南前樓做新房，開飯也要等她回來才上桌，不過後來的事我又要提前說了，沒過幾年，就聽說秋秋她大哥離婚去北京讀研究生，我本來認定她哥就是高加林，扔了巧珍，後來又聽說那媳婦的父親當年是單三種人，用權力讓鄉下女兒進招進廠，並當上卡車司機，女兒看中了她哥，那父親就讓身邊跟班小爬蟲出面，讓他父母掂份量，不娶他閨女，會有什麼後果……！然後她哥就委委曲曲當了附馬，總之清官難斷家務事，怎麼說就怎麼聽。

第三就是能搞到內部電影票的，哪怕認識個影院看門帶票的也好，樓梯角、幕簾後、甚至放映間都能藏著偷看一場電影。

那年代看的電影除了樣板戲，就是派生樣板戲，就是說交響樂、舞劇、地方戲來源於樣板戲，或者就是紀錄片。

曾經看過一部紀錄片叫《無影燈下頌銀針》一個人躺在手術台上心臟開刀，不用麻醉藥，周圍插幾根細細的銀針，醫生就在你身上掏心掏肺，我當時還想曹操這麼一個東臨碣石，以觀滄海，躊躇滿志的大英雄一見華佗拿出斧頭要劈他腦子時，被嚇到神智錯亂，哪有現在的人這般大智大勇、臨危不亂之氣概……。

忘了是哪一年的除夕傍晚，飄了幾天的雪顆粒，轉成了一朵朵六角的雪花。屋頂樹梢白皚皚一片，石庫門內飯菜溢香，家家戶戶透出了昏黃的燈光，燈光中都是忙忙碌碌的人影。我爹回家從褲子口袋裡掏出一張電影票，說是工會發的票子，工會的電影票一般就按規定排排坐吃果果的輪轉，輪到你什麼你就看什麼，這次說是有兩個電影一齊放，一個是周恩來接見西哈努克親王的紀錄片。笑容可

掬的西哈努克親王那時候非常喜歡來中國，不但來中國，還要來上海，他的真人我都見過兩回。有一次他來時住瑞金賓館，這是我們盧灣區地界，我們學校被安排停課，那天從虹橋飛機場到賓館途徑的延安路、淮海路、陝西路、瑞金路全線封閉，百里長街花團錦簇載歌載舞夾道歡迎，我換上了二號胖娘姨借給我的漂亮毛衣及裙子，站在復興中路瑞金路口，伸脖子踮腳尖的等候，老師說只要看見全副武裝的警用摩托車開過來，你們就按我的手勢跳起來，一陣騷動，一輛帶著車斗的摩托車揚著塵土駛來，坐在車斗裡的警察舉著戴白手套的手，像打拍子一樣，「趕快！趕快！」隨著老師的指令，我們就舉起塑料花又跳又叫「歡迎、歡迎、熱烈歡迎！」一直要跳到週總理陪伴親王的吉普車開過去，最後一輛押陣的雙鬥警用摩托車也駛過去，便算完成。第二回有些不同，老師剛想解散我們，就有人急促的奔來，讓原地隊伍不要動，因為親王現在是去賓館稍作休息，然後由周總理陪同去城隍廟綠波浪酒樓吃小籠包和雞鴨血湯。然後我們便在全封鎖的馬路上席地而坐，等待優雅的西哈努克親王伉儷再次經過，再跳一遍「歡送、歡送，熱烈歡送，」直到押尾的警車再一次駛過，才可以散去。

「我去看吧，回來再吃年夜飯！」

我接過我爹手中的電影票，趕去觀看周總理接見西哈努克親王的紀錄片，因為不知道另一個是放什麼。

我在除夕夜的華燈照射下，家家戶戶暖色窗戶的陪伴下，頂著呼嘯的北風，飛舞的大雪，深深淺淺一腳一腳踩著滑溜的冰水，往淮海電影院趕去。

## （二）

那次接連放兩部紀錄片，前面先放太行山區「農業學大寨」的楷模陳永貴、郭鳳蓮怎樣將「七溝八梁一面坡」的惡劣荒田開墾成人造平原，怎樣在梯田上種糧食，然後大螢幕全是特寫一雙雙手，和著配樂詩。

手，這是大寨人的手！

手，這是勞動人民的手！

手，這是全世界無產階級的手！

近個把小時傷痕累累的大寨手讓我看的氣餒，陡坡上石頭太多，玉米也沒法種植的土嶙岣的土地，這句話是上農業基礎課的老師講過的，但他們創造了耕種的奇蹟，石縫間都堆泥土，種上農作物。與移公移山沒有兩樣。不管後來這些人

怎樣被政治利用，經歷了怎樣的過山車人生，看電影時，我還是被他的艱苦的人生震驚，每揪土，每塊石頭都要靠人去壘成，我也不懂這個有沒有必要，是否與愚公移山一樣糟蹋自己人生，鐵棒磨成針，一輩子啥事都不干了，我一直握著自己的雙手，不時摸摸自己的手皮，為他們的手流淚。看完了他們的手，隨後再看「周恩來總理第八次歡迎西哈努克親王」的紀錄片。

　　影院的紅色布幕吸走了我來時的全部豪氣，紅色天鵝絨的椅子疙的我屁股疼，離開了放映廳的黑暗，室外屋頂、樹枝的銀白素裹，撕裂了我的眼睛，我在風雪夜孤獨行走，北風更加迅烈，雪勢亦濃，深夜單獨嚼著年夜飯的感覺，竟乏味如同一名困在客棧的外鄉人。

　　臉上泛著笑容的小妹走來問我「電影好看嗎。」並說下回爹還有電影票，應該輪到她。

　　我瞧著她不知說什麼的好。好半天迸發了一句，「我向毛主席保證，從今往後，我不再看電影了！」

　　很長一段時間，我確實喪失了去電影院看電影的強烈慾望。

　　那會兒普通百姓能看的電影、除了幾部哭哭笑笑的朝鮮故事，就是沒有台詞，滿屏飛機大炮轟來轟去的越南片子，或者就是阿爾巴尼亞那經剪裁後，沒法理解的摟摟抱抱，而且這個摟抱、男女的臉還不能稍微湊近一些，一近就又要咔擦剪去。但是儘管這麼可悲，卻也沒能擋住每家電影院的門口的一堆堆人群。中國人喜歡聚眾，聚眾就又滋事了。

　　小蘋初見，古今情不斷，當時年少春衫薄，可憐風月債難償。

　　悄無聲息的風流戰爭，在上海灘打響了，硝煙瀰漫。

　　幾天來班上同學神色嚴峻的、傳了好幾件社會上發生的事。

　　西區的新華影院門口有流氓聚眾，把姑娘的衣服給剝了，流氓被槍斃。

　　淮海影院有姑娘穿裙子不穿內褲，影院散場那荒廢的燈光全部射在她身上，拾級樓梯有如一陣一陣的浪潮，把她皺褶裙擺掀的嫵媚妖嬈、翩若驚鴻，偷窺者被視覺引起了顫抖，這是罌粟的流彈，這是嚴重的反動墮落，於是她就被抓進去判了重刑，後來我們姐妹幾個若說聲去看電影，我娘總不忘叮囑一句：「換上長褲再去！」

　　倘若我們回一聲「長城電影院沒有樓上。」我娘便不再言語。

　　小狗爺叔工作的五金廠突然名聲響遍了上海灘。阿娟講小狗這次差一點點，一腳踏進閻王殿，當然小狗爺叔不承認，罵阿娟神經病，迭種事體儂也七拉八拉，拉到自己身上，迭樁事體和我一點點也搭不上界。事體雖然與小狗爺叔不搭界，但是這樁事體與小狗爺叔的親密度值，別人再升級也到不了這個程度，從小狗爺叔嘴巴裡講出來的一五一十，那是鐵板釘釘與大街上聽來的不是一個等量級。

　　「那日晚上，天空不要太反常哦，強烈的閃電穿過空中厚厚的雲層，屋外墨黑墨黑。轟隆轟隆的閃電和打雷，震耳欲聾，半小時不停，車間空地上被雷雨打下的梧桐樹枝，啪的一根，啪啪的一根，漩渦的轉。嘩嘩的雨聲從四面八方襲來，一開始雨水還緩緩地從房頂上往下流，場地上幾十隻鏽跡斑斑的鐵皮桶被風刮的滿地滾，大雨就像汪洋似的咆哮，直接衝過來，傾缸大雨你們知道的呀。」

　　「知道知道，缸比盆大！」

　　「辣晃晃劈雷響的時候，暴雨中還夾著鵝蛋大的冰雹，劈哩啪啦的擊打屋頂，夏天的冰雹不要太厲害噢，好在車間的玻璃窗本來就塊塊是碎的，車間就像要響雷劈掉一樣。」

　　「小狗啊，到底是啥事體，儂不要學說書先生，包袱甩到外國大馬路，儂要講，就要一腳落手的講好伐。」

　　竈披間擠滿了人，連平時爐子放上曬台上的山東人毛豆姆小鄭老師的老婆春梅、兄弟申強，都在這裡聽故事，阿娟抱著女兒在一旁歪著頭看他，一副很欣賞的表情，小狗爺叔面露得意神色，有一些神抖抖，故意賣關子，被鄭家姆媽盯了一句。

　　「喂，你怎麼不說下去了……。」

　　「好好好，我快一點，不過你們也不要急呀，我剛才是怎麼說的，說到哪裡啦……。」

　　「小狗爺叔，儂剛剛講到雷聲大雨點小好像。」

　　「大家不要淘漿糊好伐，小狗一直是講雨牢大的，怎麼又變成雨滴小了呢。」

　　龍龍姆媽被大家搞的有點聽不懂。

　　「小狗，儂慢一點就慢一點，最要緊細節伐要漏掉。」紹興外婆插進來。

　　「儂到底講伐講啦……，剛才你說到車間被雷劈了，」明明到底年輕，被小狗爺叔拖沓的火氣大煞了。

「是伊拉打斷我的好伐……。」小狗爺叔不肯吃虧。

「車間到底被雷劈掉沒有。」極其八卦的我也被他搞的相當糊塗。

「我就是想講雷暴雨將車間裡的電劈掉，雨點嘩嘩啦啦落下來，車間的房子怎麼會劈掉啦，房子是水泥造的，裝避雷震的好伐，只是斷電，你們想過嗎，沒有電還要上啥的班啦，聽不懂啊，一點幽默也沒有。」

「好好好，小狗爺叔儂幽默，儂的幽默感也太與眾不同了。」

小狗爺叔聽出明明的聲音裡帶揶揄的語氣，又想回嘴，一屋子人都盯著他，暫且沒理睬。

「儂接著講呀。」有人又催了。

「後來大家都歇了下來，窗外墨赤黑，車間裡也墨赤黑。」

「小狗，儂不要一天到晚墨赤黑、墨赤黑的，語文水平勞差的，儂用一句暮色沉沉好聽多了……。」

申強尋小狗爺叔開心，插了一句，引起大家一陣轟笑。說實話小狗爺叔確實是我們弄堂裡與勇強不相上下，厚道且能營造歡樂氛圍的一個人，有人說歡樂的人少智慧，智慧的人少歡樂，這句話在小狗爺叔身上不存在。

申強自從胡守鈞小集團一事被抓後，雖然人是放了出來，有段日子沒有分配工作，最近在文化廣場裡面釘木頭道具，當了一名木匠，進進出出臉色沉鬱。難得今天心情愉悅，臉上有些喜氣，小狗爺叔不但沒有怪他，還充滿了貌似憨厚的狡黠坏笑，讚許的在他肩上拍了一下，無視他的打擾，保持風度，主要是沒有忘記剛才講到哪裡，冷靜沉著毫無斷裂地往下說：

「本來我們車間有二十幾個人，三個女的，兩個師付，一個徒弟，那天巧了，車間主任沒有來，兩個女師傅病假，只剩了一個小姑娘，斷電後，幾個老師付都溜去倉庫、焗爐房睡覺，車間裡剩下十來個男青工，及女徒弟彩萍，閒話講過來，這個彩萍一直是十三點兮兮的。後來發生的事體，我也是從別人那裡聽來，因為我在鍋爐房一直睡到早班來接班，彩萍這種小姑娘，大家懂得呀，伊平常最歡喜穿啥格裙子，你們肯定都知道。」

「哦喲，爺叔、阿拉倒是真的不懂，彩萍平常歡喜穿啥個裙子。」

小狗爺叔的敘事手法有些讓人吃不消。

「儂講下去呀，別人講啥啦。彩萍穿什麼裙子，你不說別人怎麼會知道呢。小狗爺叔儂憑良心講，儂講話邏輯思維能力是差一點的，儂再這樣講下去，會引發我心臟麻痺症。」

明明這句話絕對挑釁，被他姆媽頭上拍了一下。

「儂有邏輯，儂為啥不講啦！儂心臟麻痺，我還心動過速了好伐，你們這樣打岔，儂再插嘴，當心我前頭講過的又要忘記。」這次小狗爺叔明顯心虛。

「小狗爺叔儂講到哪裡忘記了，索性重新講伐，反正我前頭沒有聽到。」

曬台上毛頭剛剛走下來，午睡才醒，臉頰中寫滿了一覽無餘的迷惑的好奇，一腳跨進竈披間，前面沒有聽見，想乘機混水摸魚，叫小狗爺叔重新講。

「這個不可以，小狗爺叔儂剛剛講到儂在鍋爐房一覺困到天亮醒了，還問我們，彩萍歡喜穿什麼裙子。」

明明插一回嘴，小狗爺叔一反擊，自己講到哪裡又差一些忘記，我趕緊維持秩序，小鄭老師老婆春梅只會搗著嘴吃吃的笑。

「毛頭，算了算了，儂先聽下面，等一些我再講前面的給你聽，伊拉幾個人真是急煞鬼投胎的。」小狗爺叔對毛頭一臉謙虛。

「哦喲，小狗，我看儂再不講，剛剛講到哪裡，真的要忘記了。」這一次是春梅沒有摒牢。

「春梅儂不要急，我現在記性牢好，剛才是與他們尋尋開心！」小狗爺叔對自己一直很有信心，腔調很濃。

「小姑娘骨頭輕，男人麼，大家有數的，豬八戒也要戲嫦娥，小青工閒話裡浪聲浪氣開始，黑暗裡色膽包天，乘機上去你一把，我一下摸摸鬧鬧，吃起了豆腐，就這樣小姑娘的衣裳裙子全部被掀開，天生一個仙人洞，無限風光在險峰！你們知道的呀。」小狗爺叔一臉壞笑。「小狗啊，不要亂話三千，儂講下去。」

「主要是小姑娘的裙子……，我也是用不著講，你們不會不知道吧。」

小狗爺叔又來了，其實他就是想說彩萍穿超短裙，故意吸引男人來摸她，偏偏大家有些不好意思接他這種豁過來的靈子。

「小狗呀，小姑娘穿什麼裙子，我們怎麼會知道呢。」毛頭姆媽山東人，被小狗爺叔這種噱頭搞糊塗。這種是馬路上年輕人的切口語言，她搞不清楚，

「我剛剛就是要講伊穿什麼裙子，大家又不讓我講。」小狗爺叔回答毛頭姆媽。

「儂剛剛沒有講伊穿什麼裙子，儂是講我們都曉得伊穿什麼裙子好伐。」明明偏要揭穿。

「好了、好了！小狗儂不要往下講了，大家先忙去吧……。」

「這個不可以，不可以，啥人都不應該再插嘴了，」大夥一致反對。

「當過老師的明明姆媽在工廠裡已經聽說了這件社會新聞，接下來就要「頭云篦擊節碎，血色羅裙翻酒污」了，她怕我們這麼多年輕人聽去不文明，試圖阻止小狗，好奇心可以把老貓的九條命都害死，我們怎麼停的下來呢，所有人都縱恿小狗爺叔往後講。

「後來麼，大家曉得的呀，小姑娘平常就喜歡穿超短裙，束的很高。招蜂引蝶，有辰光彎下腰撿東西，不是我要講噢，屁股都會露出來，經常不去換衣室換衣服，在車間裡隨便一脫，解開鈕扣不小心露出的紅胸罩、紅短褲，的的確確稱的上風情萬種，不好瞎講她是潘金蓮再世，電影英雄虎膽裡面王曉棠扮演的阿蘭小姐總歸可以比喻的，所以搞的我們車間的小青工血都往上湧，我敢說，女人穿這種裙子，就是想讓馬路上男人看了都想上前摸一把，況且我們車間這麼多沒有結過婚的光棍漢，現在又沒有地方可以去解決。」

阿娟阿姨此時剛剛替英英換了尿布，手上的尿片帶子長長的拖手上，她捲起帶子對著小狗爺叔的後背甩拍上去，小狗爺叔一閃，剩手將英英的尿片接在手上，一邊在接著往下說，一邊用手把尿布帶子絞來絞去。

「反正天墨墨黑，有人就不管三七二十一，神魂顛倒靈魂出竅，夢魘似的，彷彿明天太陽再也不會升起了！一個、二個……！排好隊上去和她發生了關係，痴頭怪腦的採萍一開始還開心的在嘻嘻哈哈的痴，後來十來個青工都撲上去，她有些被嚇暈，起風了，雨小了許多，採萍的裙子這次沒有束上去，裙角低垂，事體穿繃了。在場的一個都逃不脫，女人再痴，不會判強姦男人，這種事體男人倒楣逃不脫，石榴裙下死，做鬼也風流。第一個與她發生關係的人被槍斃，其餘皆判二十、十幾年不等的徒刑，有一個小赤佬講沒有和她發生關係，自始自終只是在旁邊看了開心，也判了三年，所以阿娟瞎講八講，講我差一點進監牢，不可能的，就是因為我們師傅都溜去睡覺才闖的大禍。第二天早上，外面的天已經亮得像白天一樣，小雨滴答滴答，這種雨來的時候勢洶洶，走得時候卻慢吞吞，最煩人。」

「小狗啊，講事就講事，評論可以少插一些，特別是對天氣等大自然，儂就少講一點，講了也沒有用，儂講是伐。」

「就是麼，講點事情一天到晚開無軌電車。」

「儂又乘機了是伐。」

我跨進車間，卻仍舊灰濛濛一片死寂，我想，啥個事情啊，這麼大的事情發生在這裡！」

　　小狗爺叔傷心又難過,揚起肌肉鼓起來的手肘,在臉上擼了一把,感覺他眼框潮濕了,畢竟是抬頭不見低頭見的工友,斃的斃、關的關,這算什麼一回事呢。「現在車間已經換了一批人,大家心裡都很難過。」小狗爺叔一臉憤憤,手裡使勁的將英英尿布上的布帶子纏起來抽緊,讓我聽出他有些恨采萍。

　　濃濃的憂傷氣氛,沉重的壓在大家心頭上,竈披間沮喪瀰漫,紹興外婆蠻嚴肅的衝小狗爺叔說了一句:「小狗啊,這是你們家祖上積的德,儂要是也在車間裡,萬一昏了頭,禍就闖大了⋯⋯。」

　　小狗爺叔嘴唇一開一合幾下,大概在措詞反駁,但看到大夥都點頭表示贊同紹興外婆的話,倏忽一臉尷尬,神情中充滿落寞,沒有發出任何聲音,搓搓手,抬腿走了出去。

　　那年大雨滂沱,連宵達旦連下七七四十九天。

## （三）

　　「那一天清晨,從夢中醒來,啊朋友再見吧!再見吧!再見吧!」

　　這首歌是南斯拉夫電影《橋》的插曲,講游擊隊反法西斯炸橋的故事。二戰與歐洲離我們都很遙遠,戰爭總是同樣殘酷。這段音樂與地道戰、地雷戰裡面日本鬼子進村時的那段音樂一樣,不會讓人忘記戰爭的恐怖。戰馬嘶鳴、兵器相交。戰爭歌曲是帶著一股殺氣是毋容置疑的,千里刀光影,一腔無聲血,非常不吉利。

　　我們後弄堂靠菜市場口,一旁有一條院落的夾道,長年有個水果灘。擺灘位的是個廣東人叫蘇伯,從我記事起,就見他在那擺灘,這條道路一直沒有鋪水門汀,只是柵欄勾出的一方空地,雨天中間一片泥濘,一不小心就濺出一股泥漿,刮風時穿堂風呼嘯灰塵蔽日。一旁還有一條院落的夾道,一塊大油布、一頂油布傘,一間簡陋的茅竹披棚終年在那裡,棚屋半面靠著一座老屋的籬芭,屋頂用廢棄的招牌、石棉瓦、一楞楞的舊鐵皮蓋上去,周圍一圈釘子扎進去的薑黃色木板,一半住人,一半買水果,不能說是一間房屋,只能算是一片遮風擋雨的屋頂。

　　賣水果的蘇伯我也不知道他幾歲,反正打我認識他起,他就長這個樣子。中等身材,不善言辭,瘦骨嶙峋背部微駝,一副返祖樣貌,佝僂的身子除了不停歇的翻他的水果,就是坐在他的柳條椅上抽煙,雖然瘦削削,筋骨倒蠻好的,特別是一對眼珠子又大又曝,吆喝起來精氣神十足,後來我長大了才知曉,眼珠子曝

出來其實是甲狀線抗金，是一種毛病，不是精氣神十足，應該關照他去看醫生，現在講這個已經晚了。

蘇伯在老家廣東有個十七歲的兒子，也不知他叫什麼名字。我們只叫他小廣東，新近來的上海。蘇伯在水果攤旁邊增加了一個小的煙攤讓他兒子來做，這個小廣東老穿著格子細窄腳的褲子，站直的時候一直喜歡抖腿，抖腿就抖腿吧，還要吹口哨，不但吹口哨，還要用火鉗燙鬈頭髮，不過據說小廣東就是不用火鉗卷，他的頭髮也是不肯服服帖帖地貼在腦袋上。總之讓人看了不是《千萬不要忘記》裡面穿一身毛料西裝，打野鴨子的丁少純，也是《霓虹燈下的哨兵》中的阿飛特務老K，然而他與人打招呼、揮手道別的姿勢呢，又不像特務老K了，極有三排長陳喜的風度，反正總歸被定義為資產階級生活方式。雖然小廣東這些時髦衣服都是便宜料子地攤貨，不過地攤貨只要式樣好，也不妨礙他引領弄堂的服飾潮流。

「長安少年無遠圖。」他的攤位前總是聚合一堆年輕人，抽著小廣東的煙，喜笑顏開的閒聊八卦。馬路邊有女孩子走過，口哨吹的一浪高一浪。有時候還搭訕幾句。「春風一等少年心，閒情恨不禁。」

最根本的就是老喜歡吹這首非常凶險不吉利的歌曲，「啊朋友再見，啊朋友再見！」年少輕狂的小廣東就這樣觸楣頭，帶上老廣東蘇伯與我們弄堂澈底不再見。

那日傍晚氣候悶熱，天空好久沒有下雨，星光有些灰暗，月亮淡淡的掛在樹梢，雲朵裡泛出神祕冷寂的一條條白光，忽隱忽現，醞釀暴風雨的徵兆，一陣風刮過，不知是風吹的樹葉，還是樹葉引來的風。

弄堂裡納涼的圈子仍然有幾堆在頑強撐著，講故事，下棋，看書，打牌都有。小廣東那裡的一堆人更無視風雨將至，嘻嘻哈哈的撩撥著經過的行人。我擺一擺手，妳笑一笑，妹子咱們是老鄉。

一塊陰影無聲無息遮過來。突然一輛警車和一卡車的文攻武衛呼嘯的靠過來，弄堂口十一個人被抓了上車，小廣東被抓上了車，馬厩平房周家，弟兄三人一起被抓了。我過去時見到周家姆媽和周奶奶跌坐在小廣東的煙攤旁，大夥推來黃魚車，準備將周奶奶和蘇伯送醫院，聽說周家本來只是抓老三國強一個，老二國良、老大國生是知青回來探親的，拚命護著兄弟，結果就被一起塞上卡車。

華燈初上的上海灘腥風血雨，有計畫的抓流氓行動初戰告捷。

影院，賓館，公園，外灘，弄堂的一次突襲。公園的假山間，草地旁，外灘的椅子上，三百多對男女被抓，經父母證實是情人，則簽字畫押取保，沒有父母

保，就要關在文攻武衛設的牢房裡，送白茅嶺、還是提籃橋，碰運氣吧。

　　小廣東和周家老三，及弄堂裡另一個打扮的洋裡洋氣的年輕人被送去了勞改農場，底弄堂的阿軒爺叔因為歲數最大，弄堂口一般都是十幾歲的小青年，而他已經二十八歲，二十八與十六、七八，你不教唆誰教唆，所以被判十年重刑。

　　阿軒爺叔的事情聽弄堂裡人講，是遭人檢舉的，他這個人一直比較倒楣，他是音樂發燒友，老被人盯著檢舉匯報，說他家裡開地下舞場，我娘說只有千年做賊，沒有千年防賊，任誰也禁不起這般守株逮兔的害人，終於藉著嚴打的藉口，把他給迫害了。

　　關於阿軒爺叔家庭，弄堂裡傳出的消息一直也有些神神祕密，有說阿軒爺叔那做金融生意的父親去香港打點，妥善後會來接他們的，後來兩岸一封，便地老天荒音訊杳然。第二類說他姆媽本來就是外室，他父親家族撤退時，根本就沒有帶上他們，最唬人的還有一種傳聞說阿軒爺叔的父親那年股票市場崩盤，他是玩期貨做投機生意的，遭同行流氓暗算擺了一道，輸慘後便從外灘大樓一跳斃命，他姆媽娘家從前在環龍路與青紅幫有過交情，做過大交易，見過世面，滾過風浪，她悄無聲息帶著一對兒女回娘家靠手頭一點底子過日腳，十五號整幢樓以前都是他們外公的家產，雖也有點破舊了，但仍自有一種氣派。他姐姐大學畢業去了安徽，只有他姆媽整天縮在三層樓不下來，百葉窗緊閉，阿軒爺叔高中畢業時，走上社會是要講階級、講成份的，於是於是他就被剝奪了考大學的權利，得到一個在街道踩黃魚車的職業，冬天送煤並，夏天送飲料。他姆媽又深居簡出不接觸人，她家沒有被抄家，一個踩黃魚車的人大概沒有引起人們多大的注意力，再說居委會夏天的酸梅湯都是他一車一車送的，因此看在酸梅湯份上，居委會也沒有為難他，他家的房屋居住始終很寬鬆。

　　一層客廳前後打通，陳舊的牆紙，暗紅的燈罩，牆上幾副抽象立體派畫家的作品曾是他外公的，阿軒還對人說他姆媽三層樓房間裡有一幅莫奈印象畫，眾人在河上划船的原畫，因為他姆媽深居簡出，弄堂裡是沒人見過。不過，阿軒姆媽做過一件比諸葛亮還要聰明的事，我也將它提前先說了，這件事做的與我開牙齒店的同學曉露阿爸一樣聰明，我同學曉露阿爸是牙醫，會開模具，文革時他將家中的大黃魚、小黃魚都溶化做了毛主席像章別在胸前，金光燦燦。曉露阿爸是醫生，醫生智商高，道高一尺魔高一丈，也就算了，而阿軒姆媽是一個深居簡出的女人，這般聰慧，真讓人不得不服。傳說她屋子裡本來還掛著一幅名畫，畫的是裸體女人、花朵和田園風光，她竟然用粘紙將裸體女人粘掉，上面覆畫上鳥啊雲

啊，成了一幅死翹翹的風景畫，幾十年後掀了覆層，還原了它廬山真面貌，後來阿軒的兒子將畫帶去香港嘉士德拍賣，據說阿軒的兒子將拍來的錢，買了徐家匯黃金地段的兩套公寓樓。

所以阿軒家的品味層次擱在那裡，誰也不敢小覷。

不過，那時的阿軒家，還停在他們早年的派頭上，落魄相公、過氣排場。那些華麗的陳設早已破舊，格調盡失，好好的一套橡木貼皮、包深紅色的皮座的椅子，男主座掉了扶手、女主座被割了皮，其餘座椅不是裡面的棕毛露出來，就是榫頭鬆了，變成了三流酒吧的配置。

那會的音樂經過時代改造，除了語錄歌外，其餘聽起來都是靡靡之音，反動沒落，屋裡五顏六色的色彩、半明半暗的光線也腐朽，篷嗒嗒、篷嗒嗒的舞步都有階級性。

「他們家黃昏時的客廳像淮海路上的霓虹燈，一會兒紅，一會兒綠的交叉忽閃，肯定在開地下舞場！」

有人還檢舉四類份子黎莉莉也去跳過舞，有一次我聽見黎莉莉在我們竈披間講：「一把老骨頭了，不跳舞腳饅頭都克喇喇會響，還跳啥舞啊！瞎嚼舌根……。」

然居委會還是派人盯梢了一段辰光，客廳裡燈光閃爍時，警察即刻就衝進去，捉賊捉贓、捉姦捉雙，那天屋內並未有人跳舞，幾個人低著頭在鼓搗一架瑞典牌老式唱機，這幾張溝紋都磨平的破唱片正巧卡殼，樂聲緩緩流過不超過三秒，就會發神經病般顫抖跳動，公安局撤走前鄭重警告了幾句。

三爺叔說他曾經多次提醒過阿軒，讓他不要把年輕人帶家中，也尋他開心說這樣玩音樂，太不倫不類，倒胃口。落拓不羈的阿軒爺叔不認可三爺叔的評價，他也不認為自己是三爺叔說得精神空虛及靈魂空洞，他用音樂來傾訴他的情緒，在音樂中找回他的靈魂，完全是美輪美奐的，於是他不捨得丟棄他這幾張破唱片，不準備禁慾他認為神聖而又純潔的音樂，最後就當了音樂的殉道者。

阿軒與他的同道音友也許聽著聽著有些嫌枯燥，便運用了活躍的想像力，造出數個七彩霓虹，即在客廳搖曳的燭光下，用彩色塑料薄膜包裹白熾燈泡，將舞廳那種忽閃忽閃的裊裊薄霧任是募仿的維妙維俏，蕭邦、貝多芬，勃拉姆斯，古典音樂、流行音樂，冉冉在她家客廳升起……。

不過有人從門縫裡看見裡面不但跳舞步，還一直在咕嚕咕嚕燒冒泡的美國咖啡。這是資產階級生活方式，無產階級最多喝喝龍井茶和酸梅湯。

　　阿軒爺叔是一個創造型的人物，當然他不創造大米、螺絲釘，他創造的是與無產階級專政格格不入的音樂思想，創造思想不但屬于多此一舉，還浪費光陰，一寸光陰一寸金，寸金難買寸光陰。況且他創造的還是資產階級音樂的表現形式，跳舞，就是男男女女勾勾搭搭黃色下流，於是一個教唆小青年聽腐朽沒落音樂、跳黃色黑燈舞的罪名便套在他頭上。

　　據說房門被砸開的那一刻人贓俱獲，跳舞人的腿已邁開並劃出舞姿、鈣化在那裡，嚇得收都來不及收，於是就被逮個正著，一網打盡。

　　後來弄堂也有傳出他姐替他寫過書面上訴，說跳舞時家裡的電燈從來沒有關上過，也能算黑燈舞嗎。一點用處都沒有，那年月定罪不需要事實，有人瞧你不舒服，盯住你定個罪名是極小的一件事。

　　阿軒爺叔的被抓，讓我了解有一種舞叫黑燈舞，但我娘與鄭家姆媽等堅持說：「從前跳舞只分三步、四步、華爾茲探戈，爵士舞、狐步舞，再摩登的舞廳，也沒有聽說過有黑燈白燈。」

## （四）

　　小廣東是蘇伯零汀洋老家四個兒子中的老么，當年的文天祥路過時，洋面浩瀚，凌波御風，蓬山萬重，而今的零丁洋江面狹窄，只剩一個小漁村，村莊對面便是香港，自是有些香風撩撥過岸，方伯的大兒、二兒、三兒遊的遊、逃的逃都去了對岸，捎來的消息說老大老二活著，說老三爬到灘頭，一口氣沒有喘順，栽倒下去就沒有再爬起來，方伯慌了，怕麼兒又會游過去，便將他帶來了上海，沒有想到天天在眼皮子底下的小廣東，竟會出這麼大的事，早曉得還不如讓他跌死在惶恐灘頭爬不起來，也比來這裡好，世上無處可買後悔藥，老廣東悔的腸子發青，吐盡酸水。

　　思想的堡壘，你不去攻，敵人就把它攻下了。小廣東的思想堡壘就是被對岸吹過來的香風給攻佔了。儘管他不明白打份時髦的罪名叫風流罪，說犯了風流罪，小廣東更生氣了，手指都沒有沾過女人的衣襟，花襯衫格子褲就是風流啦。我的確從未見小廣東穿過合身的襯衫褲子，每套衣裳總是緊繃繃像綁在身上，尺碼都小一個尺寸，不過誰都知道就是把花格子佈梱在身上，也是構不成犯罪吧，因為小廣東眨巴著眼有些發急，一發急吐的都是廣東話，誰也聽不懂，再說誰敢與無產階級專政分辯，只有老老實實挨訓斥被體罰吧。小廣東滿腹怨憤無處訴，

承受壓力升到了極點，眼裡簡直要噴出火，不過眼睛裡的火是釀不成火災的，小廣東哪怕憤怒到把眼珠子變成子彈，也不可能射出去，小廣東的憤怒由於發不出去，便在他的胸腔裡凝結成一團解不開的死結，在送去勞改農場的前一日，他抹去了臉上的淚水，撤滅了眼睛裡的火，在獄中將筷子伸進鼻子、（很多人說是喉嚨），頭就在桌子猛的一磕，頓時眼鼻額心出血磕死了。飲恨吞聲死在這個神經病發作的時代裡。也有說是在荒野勞動時，鑽進荊棘茅草時，用硬枝戳在喉嚨裡磕的。也不知道是警方對家屬沒有詳細交代，還是家屬沒有詳細問詢，小廣東的的畫面又沒有被保存下來，不過存不存作用也不大，反正小廣東就是死了，維護了他小小的尊嚴。弄堂裡有人認為小廣東生的平庸，死的壯烈，行踪雖落，傲骨也嶙。

我不知道情竇初開、躁亢不安的小廣東讀過紅樓夢沒有，我為小廣東抱屈，感覺他就是個空擔了虛名的晴雯。

小廣東血染監門，讓我領教了廣東民族倔強的慓悍遺風。活躍在小廣東身上的野性很剛烈。我爹說過「害怕是人的根本天性，它源自遺傳……，」我爹這句話是在為他自己打掩護，他總是將自己的懦弱歸咎于祖輩傳下來的，好像這樣他就無需為自己擔責了。然而這次我覺得老廣東如此懦弱膽小，小廣東怎麼就沒有遺傳呢？後來有人傳出蘇伯曾在範圍很小的圈子裡說過，他老婆當年也跟著兒子一起逃港，因水性不好，鳧水遁去，才渡一半，其頭已昂不起來，未及海灘，便無影踪。聽說後，大夥都嘆息，原是一血性婦人。小廣東必是遺傳了其母之基因。

十七歲的小廣東很像封神演義裡的哪吒，削骨還父，割肉還母，自戕身亡。把自己一汪清澈見底的血肉之泉，全部奉還給了這浮雲遮日的世界。

只是哪吒當年曾救了他托塔父王，小廣東卻把自己老爹蘇伯害死了。老廣東急火攻心倒了下來，後弄堂的水果蒲包在風雨的侵蝕下，爛成一堆。蘇伯平時坐的破柳條椅也被風吹去了角落，弄堂裡每個過路的行人，彎身裝了一籃腐爛的水果，水果錢壓在了老廣東的枕頭下，老廣東的這間小小的舊屋，手一搭就能碰頭，一燈如豆。飽經風霜的臉、濃眉突起下一雙我所見過最哀痛傷心、又混濁的眼珠子，嘩嘩的淌下淚水。

菊瑛的師付榮發出面求了儐儀館頭頭，同意家屬小範圍告別一下，小廣東龍華儐儀館出喪的那天，天空布滿灰色的雲，空氣很窒息潮濕。老廣東躺在床上動不了，前後弄堂代他去送別小廣東，一去去了二百多人，約好上午十點弔唁，弄堂口老梧桐樹下一輛沒有蓬的四噸加長卡車凌晨就停在那裡，這輛卡車是姜老闆

娘家勇強開回家的。勇強因為在廠裡態度好、人緣好，已經培養成卡車司機，可是要用廠裡卡車做私活，也不是太容易，那時候在我們這種弄堂裡，要找一個有腔調一點的卡車司機，也只有勇強了，當三爺叔、小狗爺叔等商量弔唁活動程序時，勇強一腔熱血、大包大攬，胸脯拍的像虹橋動物園的大猩猩那麼使勁。

「卡車包在我身上，不要謙虛的。」

OK拍板。

「阿拉勇強這只憨浮屍，胸脯拍的紅的不得了，雙手吊在半空中落都落不下來。」

這是過後姜老闆娘講出來的。

勇強在工廠裡雖然被培養成司機，一點權力都沒有，車間主任等用他卡車跑私活，最多扔給他幾隻蘭碭梨、無錫水蜜桃的，這次他自己要借車跑私活，哪裡想到第一趟就跑火葬場，連蘭碭梨、無錫水蜜桃都拿不出，文革時期，鮮花也是資產階級情調，所有的花卉種植都要改種稻米，私人養花屬於消極牴觸革命，所以火葬場是不可能有鮮花的，姜家姆媽不了解形勢，還關照勇強，如果有籃裝的鮮花，你拿幾籃放卡車上帶回來，重新插插好，帶去工廠送給領導也沒有關係，花上面又不刻字，只要你不說，沒人知道是殯儀館帶出來的。「現在你見過有鮮花嗎，」勇強出席過好幾次柴油機廠逝世追悼會，知道個中行情。勇強說哪怕是去悼唁革命群眾，也還可以名正言順講給車間主任聽，現在是去送別自絕於人民、自絕於黨的壞份子，開都開不出口！勇強急得頭頭轉。姜老闆娘沒有辦法，捨出去了，這一回姜老闆老闆娘確實有一點江湖好漢秦叔寶的味道。她替勇強出了一個大開銷的主意，姜老闆連夜熬肉皮，醃鮮肉，煎了兩鍋正宗的煎饅頭送給他們車間主任，講夜裡廂要跑一趟海寧老家，搞一隻生煎饅頭的爐子，和生產工具及運一些煤回來，爺娘準備偷偷來一點投機倒把，地下做兩鍋生煎饅頭，弄堂裡混混……跑一趟海寧第二天趕回來會遲一些。車間主任吃了生煎饅頭講，從來沒有吃過這麼好吃的生煎饅頭，車子借去好了，下趟生煎饅頭不要忘記就可以了。勇強隔就將卡車停在了弄堂口，黃陂路街面太窄，勇強又怕車子被撞，那夜天空也是足夠的漆黑，雲層密布，暗暗的灰雲緊貼著弄口大樹葉梢，路燈由於電力不足，被間隔關停一片一片，勇強整夜睡在司機座上。

上午的陽光清冷又蒼白，人行道上凋敝冷清。由於被關照過「不許扎花圈，不許有哭聲，不准有任何儀式！」因此這輛沒有花圈圍扎的卡車，並不顯眼。幾天前放回家的周家老大，捧著小廣東的黑白相片鏡框先上了車，大夥默默的，沒

有微笑、沒有寒暄，一個接一個，上面的人自覺的挽扶一把跨車板的人，所有人魚貫而入爬上了卡車，勇強將擋板推上，揚手關照大夥站好，在路人疑惑不解的眼神裡，將插滿人的四噸卡車點火出發。

好些個騎自行車的便擺擺手，哐當哐當在陰霾裡提前走了。

租悼唁大廳的錢是弄堂眾人湊齊的分子，在訂大廳的的時候，我們弄堂差點又被抓進去幾個人，十六號石庫門沉默寡言的三爺叔是這次悼唁活動的主辦方，豆腐店四毛、後廂房明明，小狗爺叔都是協辦襄理。大夥被陰沉易怒的警察滔滔不絕的教育了近一小時，「我們人多訂個人廳犯什麼法啊。」「你嘴巴再兌試試看！是不是也想進去關幾天。知道你是在還誰的嘴嗎。知道是誰在與你說話嗎。」那辦事警員一臉的驕橫冷漠，猶如冬夜沙漠中的寒氣，逼透你的五臟六腑。四毛和明明年輕不懂事，在權力兩字早就刻在臉上的這位警察面前，竟然提高嗓門還了幾句嘴。一陣短暫的沉默，三爺叔將他倆拉開，弄堂裡跟著的女人用辛酸的世故將他倆推出去，暫時緩解了劍拔弩張的氣氛。

「那可以給我們中廳嗎。」「知道中廳是給什麼人的嗎。他是自絕於人民的壞分子，知道嗎。不是你們通了關係，早就直接火化了，你們橫什麼橫啊！挑釁無產階級專政嗎！」「知道，知道，活人有級別，死人也要分級別的。」「你什麼意思啊？誰不服氣嗎。」「什麼叫服不服氣啊，話也不能講嗎。」不服氣的是小狗爺叔，小狗爺叔自己是工人階級，平時說話大大咧咧也慣了，今天話已經衝出口，此時就是將舌頭咬斷也來不及，索性又還了一句嘴，這還了得，「你叫什麼名字！你是什麼人！」小狗爺叔的胸脯頓時被警員一把揪住，隨即擁上幾個打圓場的鄰人，一邊作揖賠禮，一邊將小狗爺叔推出了門外，說實話，我們在這個官民等級森嚴的社會裡長大，早已沒了受辱感覺，小狗爺叔更是一個極其現實的人，也不知那天他為何邪火上升，被人推出去，一隻壞腳還抵著門檻，回身對著警員那雙瞪死人的眼珠，憤怒粗魯地晃動手腕、揮胳膊聳肩，嘟噥咒罵。「是碼子！」弄堂裡人暗底裡撬起大拇指。

這是一個人人都被訓練得很馴服的年代，這是一個並非僅僅地富反壞右惶惶不安的時代，小狗爺叔那天的行為，顯得格外注目。

「那您們看什麼廳就什麼廳吧……。」平時說話語調溫和而有分寸的三爺叔，雖神情陰鬱、心事重重，也只得不斷賠禮，認錯、承諾，一句一頓的低頭哈腰，在決定取捨的關鍵，一屋子弄堂女人的媚笑、討好，還算管用，終於租下了一間小廳。

正當大夥正要風風火火去付費時，又節外生枝了，原因是收費窗口那位穿藍褂子的胖女人馬大哈，腦子不靈，眼珠也不閃她叫了一聲小廣東的名字，隨口拋一句「松柏長青！」三爺叔核了一下手上的單子，便走了上去，「慢著！」警員的階級覺悟很高，充滿戒備眼珠子閃了幾下，小廣東的名字與松柏長青合在一起時，聽起來是出現了「小廣東松柏長青」的錯覺，那原本就瘦削的臉，拉的更長了，他惱怒的走近窗口，口氣乾冷的要藍褂女人換房間，這下裡裡外外，一片藍灰褂子的男女，心都狠狠的一沉，眼珠子都不會閃了，因為告別廳不是繼續革命就是萬古長青，兩邊掛幅也都是寫有「生是毛主席的人，死是毛主席的鬼」，這類標語。小廣東這種自絕人民、自絕於黨的壞人，生也不是毛主席的人，死也不是毛主席的鬼，這事有些棘手。要說姜還是老的辣，儐儀館一個老師傅見多識廣有經驗，他湊過來告訴我們一個可以解決的辦法，囑我們趕緊去買些白紙，然後自己寫上句子覆上去。大夥又轉身齊齊的朝警員看，沉吟片刻，他便下巴一抬，算是通過。得令！迅即弄堂的混混們七手八腳就搞來了筆硯墨汁，三爺叔一手漂亮的顏體，左聯「三忠於四無限靈魂深處鬧革命」，右邊「東風吹戰鼓擂鬥私批修當闖將。」上聯按警察的要求「千萬不要忘記階級鬥爭！」對聯寫好後，我們幾個又無比熱情的撲上去，用嘴又哈又吹的弄乾了墨跡。突然又被告知上午沒有空廳，告別時間換在下午三點。下午就下午，那年月的一天二十四小時肯定比現在的二十四小時來的長，所以時間對我們是最不奢侈，每天大家都晃晃悠悠，什麼都緊俏，閒的就是時間。我們便三五成群的跟在男孩子後面，一步一顫的在停屍房外面穿梭，拖著發抖的雙腿，瞪著驚恐的眼珠，扒開一間間為死者化妝的門縫，到處是一具具亂七八遭堆著屍體，靜寂中只剩下風在無聲無息的哀鳴。

## （五）

一會兒雨停了，沉甸甸密集的雨雲飄走，天氣仍然濕氣很重，午後三時也快到了。在推遲悼唁的這段時間，卻把勇強給害苦了，他怕單位上著急要用卡車，有人見他在殯儀館廣場的棕櫚樹下在轉圈走，便告訴了在休息的小狗爺叔和三爺叔等，大夥認為勇強應該與單位聯繫一下，勇強就在儐儀館辦公室給主任打了一個電話，電話撥通後，勇強故事編的拽過了頭，說交通如何如何的堵，誇張車子在公路上像螞蟻爬，恨不得即興創造個特大交通事故，假惺惺問廠裡啥用車急伐。主任大度的講：「不要忘記生煎饅頭，一切都好辦。」勇強疏惑了此刻是在

殯儀館的辦公室，這種很出格的撒謊行為，正好讓殯儀館革委會的頭頭撞見，他抬起來朝勇強等幾個臉上查巡了幾遍，三爺叔心裡就虛了，和小狗勇強一起出來時，齊聲指責勇強聲音做啥要這麼哇哩哇啦，騙人的事體，不好講的輕一些嗎，萬一人家去檢舉呢。勇強不賣帳：「聲音輕一些怎麼證明我車子被堵在外地呢，每次我跑外地堵車打電話都是這麼大聲的，這次如果我不保持　樣的狀態，車間主任這麼精的人會相信嗎！」勇強黝黑的臉上還綻開一絲狡黠的笑容，他為自己的聰明感到自豪，三爺叔一臉茫然搖搖頭，聽不明白。三爺叔是個典型的老派上海人，儒雅的氣質裡藏著驕傲，他瘦瘦高高、臉龐清削，額頭上橫豎紋痕攢刻了好多條，一種種不緊不慢的老派作風讓我們這種弄堂野蠻小鬼都不得不尊重。隨意一件褐色夾克，穿在他身上不但妥帖自然，看起來還精神又精明。天熱弄堂裡乘風涼，不但從來不赤膊，也不會平腳短褲走出來，再熱的天，也總是一條長褲，不過也許是的確涼料子，否則是要熱死的。他講話聲音高雅平和、低沉，有人講他從前聲音還要還高一些，現在越來越低沉，人的發音器官是一種的天賦，美聲美聲，美好的聲音，天生就聲音好，我們一般人也是學不來的，再加上他以前曾讀過汾陽路音樂學院，嗓音本來就巧妙的介於高音與中音之中，特殊人才，現在專業荒疏，內行人講他現在嗓子滑過中音，直接落到低音，當然專業練過聲的人，就是低音也富有磁性，與阿珍就有很明顯的區別。

他屬於那種見人打招呼，再見時要揮手倒走、送客要站立恭送到不見影子。用我娘的話就是三爺叔這種修飾舉止、風度禮節，在你們這代人裡面，我一個都見不到！我娘這種涉嫌貶低我們的話，我早已聽習慣的，她說說三爺叔也就算了，三爺叔畢竟是文革前的大學生，受過正規教育，我們有自知之明，不與她爭。有一次我娘竟說我們這代人與寶妹姆媽都不能比，說寶妹姆媽當年出來坐有坐姿，站有站相，待人接物注意禮節，進退得當。這就讓我有些不賣帳了。

「姆媽儂意思老鴇把妓女都教育的比我們有腔調嘍。」

「哦喲，稱讚青樓女有大家風範，有啥大驚小怪啦，你的意思蘇小小、李師師，李香君、小鳳仙都沒有你們有腔調嘍……。」

「好好好姆媽，儂有理，講勿過儂。」

總在剎那間有一些了解，我的世界開始下雪。

那日二百多人排著隊瞻仰告別了臉頰上有塵土與血蹟的小廣東，他的嘴唇呈鉛灰色，一點都沒有化妝，略微張開，眼睛似睜似閉，一個死亡還得不到尊重的

年代。

　　大卡車載著浩浩蕩蕩的人群，將他送去爛泥浜路的火化地，留下三爺叔，小狗爺叔、四毛、明明、榮光一些人等候骨灰出爐，然後再去寄存，卡車將我們帶出火葬場時，車輛往東行駛，我們站在無頂蓬的車子裡，六月天，小孩臉，午後的天氣早已陰轉晴，夏天的太陽晚歸，欲夕的時候，已從金色變成橘色。一路上兩旁林蔭道倒退，夕輝如夢幻，樹葉上一層鐵鏽一層金黃，城市裡見不到小說裡描述的血色黃昏，遙遠的陰暗處雖有一層紅光，但近處的光澤卻凝靜如即將熄滅的爐火餘燼。

　　銹色下踽踽獨行的小廣東，在一跳一跳的餘暉裡，離開了我們視線。

　　昔日瓜州古渡的水果煙攤化作一縷青灰，一縷薄薄的青灰，任由著微風吹散。先走的後生，追趕的老生，老廣東嚥氣的那天，陽光照在這間灰色棚子小屋的頂上，夾弄院子的土道上投下一條莫明奇妙的長長影子，神祕莫測，長長的鐵皮被風從屋簷上吹下來，傾斜著橫在夾縫牆頭的半空中，有人說那是小廣東來接他爹。算命館王先生這一次緊閉嘴唇，什麼都不講，阿珍講的話，又沒有人信服，阿珍講老頭子關照阿珍：「現在形勢不好，叫她在外面少開口。」小狗爺叔反問阿珍：你們王先生既然形勢都能算出來，為什麼在嚴打前不說，否則弄堂裡小廣東幾個也能避避，救人一命勝造七級浮屠，鄉里鄉親的，你們王先生也太不夠朋友義氣。「也有人講算命王先生就是算出來，天機不可洩露，他也不能講。」小廣東、老廣東相伴躺進了黃土。弄堂人的心涼透涼透。烏鴉在空中繞樹三匝，無枝可棲也飛走了。

　　春天來了，春天的城市依然是寒冷陰雨的天氣，風淒淒雨森森的昔日水果煙攤，依然昏暗陰晦，野貓築窩，整條弄堂瀰漫著傷感氣氛，從此鄰人穿弄走巷時，俱倉皇急走，不敢停留。

　　很多年後，十月裡的一天，南太平洋的風，卻吹來了故國的消息，英娣旅游與我見面，她告訴我，小廣東和老廣東蘇伯的骨灰寄存費用一直是弄堂裡三爺叔和周家兒子、小狗爺叔、勇強等一些人均攤的，本來這事誰也不知道，因為有幾個人早已搬遷離開了，一天弄堂裡來了幾個香港人，這幾個香港人就是蘇伯的大兒和二兒，小廣東的哥哥，倆人由他們幾個陪伴接走了骨灰，還在後弄，原先的水果香煙攤處擺放了鮮花，灑酒敬香點煙，磕頭祭奠一番，表示不忘漂母一飯之恩，一定要送些禮給他們。

　　英娣講這件事，本來倒也講的很陽光燦爛，不過在快講完時，她將我扯過一

邊，賊兮兮的左右看了幾遍，說最近幾年弄堂裡很多人見過，小廣東與老廣東的鬼魂：「真撞鬼啦。」聽說有這種事，我是既驚悚又興奮。「這個不是我無中生有，六號裡張家姆媽、三號裡小保姆、馬廄平房裡周家阿爸都說見到的。」

「哦喲，快點講講，鬼魂究竟是什麼樣子的啊，」

「什麼樣子，儂也真是沒有知識，鬼又不會變化的，死時什麼樣，就一直是什麼樣的。」

「哦，我主要是想這麼些年，他們還沒有投胎轉世嗎。」

「沒有，他們幾個見到過的，說出來的樣子都和原來一樣，陰天時，老廣東仍然坐在破籐椅上，或者就佝僂著腰，繁忙的掇翻他的生梨蘋果，小廣東則站在一邊煙攤前，一堆人圍著……。」

「是思念產生的臆像吧。」

「本來大夥也半信半疑，不過由於三號裡保姆是新來上海的，她根本就沒有見過老廣東父子倆，她說有一回她從老家來，火車誤點，夜班電車一小時一班沒有趕上，她便徒步回來，穿進後弄堂時，神思恍惚的見仍有人，還搭腔打了招呼，第二天醒來問東家嫂嫂，後弄現在怎麼半夜還有水果攤和煙攤啊，這下炸了起來，嚇的束家嫂嫂心動過速，說她吃了半年的霍香正氣丸都不見效。後來半夜三更時，經常還有膽大的人埋伏在那裡，說想見見鬼魂。」

「後來呢？」

「後來居委會硬要小女孩僻謠，承認自己胡說八造！她家房東嫂嫂說她沒有瞎講，老小廣東的樣貌衣飾她都講的嚴絲合縫。」

「真的啊，後來呢，」

「沒那麼多後來了，小保姆也不知是被老小廣東嚇到了，還是被居委會嚇的，反正她逃回鄉下了。」

「故事裡的事說是就是不是也是，故事裡的事說不是就不是是也不是。」

我從小就養成的刨根問底、及惟恐天下不亂之性格，人鬼情未了的故事竟然發生在我的血地，萬分激動的我千里迢迢撥了越洋電話，迫不及待追問了小狗爺叔，表面上向他們幾個表示敬意，此外最好小狗爺叔再鬼尾續貂一下。

小狗爺叔說：「電話裡不聊鬼，以後回來詳訴，敬意也不要了，小事一椿，小事一椿，香港人對三爺叔講：『一飯千金，不忘漂母，』我回答了，不客氣、不客氣，小事體、小事體，當年老廣東、小廣東自己是自食其力，沒有吃過我們的飯！真是老天保佑，原本存放骨灰的錢並不多，每人一年也沒有攤到多少份

子，前陣子突然通知我們那裡要拆遷了，讓我們領去下葬，我們打聽了墓地，雙穴要好幾萬了，有人出主意說送去零汀洋吧，三爺叔和他一起乘火車去了一趟廣東，零汀洋大概乾涸了，什麼洋都沒有，淺灘也沒有，以前蘇伯曾自豪的說，別小看他們那荒涼村落，是蘇東坡住過的，斜陽古碣，他們蘇家村人總說自己是蘇東坡的後裔，三爺叔與小狗爺叔也就興致勃勃的以為可以玩名勝古蹟了，結果什麼沒有，在樓房群裡轉了幾圈後，三爺叔說這個樣子就是找到了，死人墓穴也許比上海的地價還要貴。我們就不找了，正在考慮讓原先的住戶都出出力，莫一老天有眼，現在一點事體都沒有了，十月說是最後期限，八月裡一個下雨的午後，香港人似乎是上帝派來的，竟然這麼及時。他們還送了我們每人一件禮物，我拿了一台全自動洗衣機，你阿娟阿姨開心死了。」

電話裡小狗爺叔語調透出了來自墳塋之淚的慰藉，我眼前滿屏浮出小狗爺叔那一臉狡黠得意的微笑。

話筒裡微弱的蜂鳴持續了好幾秒，窗外深秋傍晚的寒意在漸漸遠去，一輪黃色的滿月將眼前紛繁，從前細小的樁樁事情都毫無遲疑的照清晰了。

## （六）

十月光景，天色很是淒迷寒冷，淅淅瀝瀝愁煞路人，陽光閃閃爍爍，見天滴滴嗒嗒。這季節真讓人疏淡落寞又無奈。

文革快要走到了盡頭。

我的中學時代也結束了。

「讀讀讀，書中自有黃金屋，讀讀讀，書中自有顏如玉！」十年寒窗出個秀才，我讀了六年小學、四年中學，加起來也算有十年。

我這條秀才之路是與文化大革命的浪潮齊頭並進的。混沌而又虔誠的背誦領袖語錄，戴領袖像章，捧領袖寶書，是我們主要的文化課。

複雜的算術迷宮只讀過一元二次，二元一次的方程式，不存在迷失。物理課本的名字改稱工業基礎知識，學了什麼叫拋物線，及平行線之間不相交的原理，最有用的一招物理不是爬在課桌椅上換個日光燈的起跳開關，而是教會了我一條龍安裝法，這個在生活中還比較管用。化學課學了水和氧氣的字母，又名農業基礎課。第一節課就要識別韮菜與小麥的區別，還有幾種稻米的形狀。英語課不但仍在背二十六個字母，仍用英語說幾句「我們熱愛偉大領袖毛主席、熱愛共產

黨、打倒美帝國主義、打倒一切反動派」就可以，這幾句英語我小學畢業時就會講了，最大的難度是背誦馬克思主義、列寧主義、毛澤東思想的哲學，這種空洞的理想不知道是在說什麼，不理解沒關係，三要素、四無限，死命的背出來。

這樣我的中學就剩下最後一年了。最後一年學校的教育大綱是這樣寫的：偉大領袖毛主席教導我們，學生也是這樣，不但學農，也要學工、學軍，也要批判資產階級……！於是我便去了工廠，商店，然後再下鄉去接受貧下中農的教育。

我對這種學工、學農、學軍的玩玩日子也不反感，只是我娘要扶養我們幾個的吃飯、穿衣，教育、房租、生病的醫藥費，我爹讓我娘領他的工資，自己在外只花一份出差津貼，一家人的日子已經到了捉衿見肘的地步，我娘只要一聽我們回家，書包一扔說學校要付那個費、那個費時，她是最緊張的，這回聽見我要去學農勞動，就在灶陂間裡嘟囔不停：「哎，一年到頭不讀書的！」

「是呀，上半年零零落落去了工廠學工，後來再跑去商店學商，也是付了學費的！這下半年剛付了學費，索性一天學也不用上，直接去了農村。」

「哎，照道理，去農村是不作興收學費的。」

「姆媽，老師說了，我們這個也是去學習，是讓貧下中農教我們種地的。」

「噢，這樣說中學畢業如果被分配去農村，我是不是也要再付學費，去學種地啊。」

「老師說毛主席講的：我們這代人在城市裡生活，都分不清什麼是韭菜，什麼是稻穀，因此很有必要卜鄉學習。」

「分不清韭菜和稻穀有什麼要緊嗎，姆媽到現在也沒有分清了……！」

說心裡話，我也不認為搞清楚稻子和韭菜會很重要。下鄉勞動也是一場春遊秋遊，是換了形式的夏令營，與掃墓去郊外玩玩大同小異，我們還很興奮的等待這種沒有父母管束的愜意日子。

這幾日為我們下鄉勞動作準備，一股股炒麵粉的香氣飄蕩在弄堂的上空，一下一下單調有節奏的鍋鏟聲響在每家竈披間。

炒麵粉是將麥粉放在鐵鍋裡，然後要守住燒旺的爐子，不斷的用鏟子左一下，右一下的拚命翻炒，中間不可以停下來的，一停下，底部就會發出冒焦的糊味，這樣直至將麵粉炒熟。條件好些的家庭還會買些黑芝麻胡桃屑攔裡面，炒熟後放碗裡開水一泡，攪拌均勻成糊狀，吃口噴香噴香。

這種炒麵粉與做鞋底調漿糊也差不多，不同之處後者在爐子上攪拌備用，前

者先是鍋裡乾炒，然後攪拌調勻充當食物。

帶一瓶辣醬，稱一斤椒鹽小方糕，是人人必做的功課。那會兒一瓶有豬肉味的辣醬要四毛五分錢，清辣醬四毛錢，一般都帶四毛錢一瓶的清辣醬。大燕帶了瓶有豬肉的，我們問她「裡面真的有豬肉嗎，」大燕開了蓋，衝出一股辛辣香味，她用筷子攪一下，有幾塊小小的肉屑，但是味道比普通的濃郁。

「向前進，向前進，戰士的責任重，婦女的冤仇深。」

天空一片湛藍，涼風習習，學校包了幾輛單節車廂的巴士，一路上師生嘻笑燦爛，相互依偎，豪惜滿懷，歌聲飄蕩。一首接一首，挖空心思把會唱的歌，都挖出來唱，我們來到了郊區農村花木公社花木大隊。

花木，花木，顧名思義有花有木，這個名字就讓我無限遐想。

我們這些只見過弄堂裡幾盆蔥，幾株小花的人，有理由相信鄉村景色就是野花、流水、鳥鳴、籬笆、叢林，是世外桃源，也是伊甸園。

汽車停妥後，我們在蔚藍的天空下，沿著小河纏繞著阡陌農田，瓜菜成畦，瓜蔓株連，小道紆曲、不可辨認，曲裡拐彎步行了幾條田埂小道，隱隱約約發現有些不對頭，以前一直在小說裡讀到鄉村的空氣是多麼的清新，可是怎麼越走越臭，隨著微風飄來，我聞到了一股淡淡的糞味，有人說是剛剛澆了大糞的緣故，農村真實的空氣與小說裡描寫的，有很大出入。

一塊比學校操場還大的空地，幾排原先的倉庫磚瓦屋，是我們的居所。出門一條河，河堤上垂柳拂依，村莊矮坡、溝渠田野盡收眼裡，風光如畫。

次日晨起，遠處的田野若隱若現，空氣中薄霧未褪，我們都換上了帶來的勞動衣服，腳穿球鞋，乾淨利索，一色勞動裝束站在田頭上，精神飽滿，神采奕奕的等待著老師、隊長安排任務。沒想到一幕非常尷尬、也有些啼笑皆非的鏡頭，出現在大伙眼簾。大隊書記和隊長走過來，客氣的告訴老師和軍宣隊王指導員說：「前幾批學生也來過，田裡的活是越做越壞，我還要派人手在後面修整，所已經大隊討論，你們這批學生娃可以自由活動，我們不安排，住宿和大米已經發了，每天的蔬菜自己去地頭裡割。」

然後又是拱手作揖，又是揮手，倒退大步跨出了田頭，把我們全班師生撂在迎風的田埂上，自個一臉輕鬆的走了。過後聽老師說，軍宣隊王指導員去了別的大隊，都這樣。「哦，原來我們這麼不受歡迎啊。」我們胸中駐起的一丈洪水，足足退去了八尺。

「不過農民表示也不是一點也不歡迎我們。」突然老師欲言又止，自己先笑

了起了。「老師您說呀，有什麼活讓我們幹，我們願意幹，一不怕苦，二不怕死。」青青春的荷爾蒙使很多人振臂喊出口號。

老師瞧著我們，有些窘迫又有些樂的說了一句：「農民說我們這幾批學生娃來到這裡，帶來了足夠的人糞，使生產隊的蔬菜長勢喜人。」乍聽之下，我們有些不明白，低下頭沉思片刻，晃著腦袋各自在打量思忖，有人已在吃吃的偷笑。突然男生群裡率先爆出一陣拍手拍腳的轟笑，隨後女生也繃不住的相互摟著，勾肩搭背笑的直不起腰來。很長時間裡每每想起此事，我都會忍俊不住，真沒有想到人生如此悲哀，活了十五、六年，在農民的眼裡，竟然只是一台造糞機器。

就這樣我們在菜田裡嘻笑打鬧、歡奔，消耗著我們年輕的精力，田裡的蛙聲，綠油油的稻田，小河的流水，遠處的山崗，太陽下到那一邊的神奇，晚霞變換顏色的奧妙。

早餐的大米粥稠和香且甜。中午晚上用柴火大爐灶煮上隊長扛來的大米，吃口也比糧店買的米飯香，尤其是底下一層厚厚的嘎嘣脆的鍋巴，真是回味無窮，比弄堂裡偶爾進來的，那種手搖爆米花機爆出來的大米，及曬乾後的年糕片還要香甜美味。現摘的青菜也不錯，甜津津的。三個月的下鄉勞動，就被我們自己支鍋煮飯，任意去田裡摘幾把青菜炒上，品味著自己帶去的辣醬，餓了就燒開水沖一碗炒麵糊，挑涼快舒適的空地，講故事，外國民歌二百首翻到爛、找不到調門的吼叫，午後的河塘一群鴨子排成線的在徜徉，靜靜的小船，鬆開纜繩躺在船板上看天空，在綠藻的蘆葦蕩裡晃蕩，躺在被褥凌亂的炕上看書消遙，稀里糊塗的就被日子打發了。

最終留存在腦海裡的只是一場野外活動，因為季節的緣故，我一直在意的韭菜和麥子都沒有見到，因此始終沒有將這兩種植物搞明白。

至今能回憶的快樂細節，非我們那年輕的班主任朱一豪老師所講的故事莫屬。久久不能忘的那些《科學家換頭顱》，」福爾摩斯的《巴斯克維爾獵犬》，或者是《血字的研究》等故事，是我們飯後睡前最最山花爛漫、芬芳微風中的消遣。

朱老師個矮矮的，敦實細白，近視眼鏡度數也不會低，華師大出來的。

他的淵薄知識、引經據典讓我們五體投地。記得中學第一年正好是林副統帥竄通蘇聯，陰謀要害偉大領袖毛主席的關鍵時刻，後來又說沒有成功，自己在沙漠裡摔死了。毛主席發了最高指示，好像是說「天要下雨娘要嫁人。」我們大家對林副統帥一會兒是最偉大的接班人，並說毛主席都已經考察了他五十年，一會兒又是最壞的人、一輩子就想一件事，要除去毛澤東，等等等。

當讀到裡面一句「天要下雨娘要嫁人」時，有人饒有興致的問老師，放在此處是何用意？朱老師見我們關心這句典故，他就來勁了，講了一大段故事出處，說是古代有一位寡婦，含辛茹苦將兒子養大，並高中了狀元，衣錦還鄉時，壯元請奏皇上為其守寡多年的母親樹立貞節牌坊，皇上准奏，當狀元兒子向母親提起貞節牌坊一事，其母為難，因其母與兒子的恩師先生早已有情，只等兒子學業有成，便要改嫁恩師，狀元左右為難，擔心欺君之罪，又感母命難違，其母長嘆，隨手脫下身上羅裙，說明日即洗此羅裙，一天一夜曬乾，我便答應不改嫁，倘若羅裙不幹，娘就要改嫁，一切聽天由命，當日晴空萬里，然夜間卻烏雲翻滾風雨大作，下起了暴雨，羅裙是曬不幹了，兒子只得將此事報與皇上，請皇上治罪，皇上聽此怪事，嘖嘖稱奇，連說「天要下雨，娘要嫁人，此是天意，由她去吧！」

有同學舉手，說老師講迷信，朱老師講，「毛主席講過的話，都不算迷信的。」毛主席說他和和林彪林副統帥之間就屬於「天要下雨娘要嫁人」的這種關係，要我們大家正確對待。不過當老師讀這句最高指示時，我的腦海又開起了無軌電車，馬上聯想起我們居委會每次要把毛主席新的指示寫成大的標語牌，然後扛著去馬路上游幾圈。此時我眼前彷彿迭出了居委會豪氣沖天的扛著「天要下雨娘要嫁人」的牌子在弄堂裡轉悠。

漸漸的甜蜜濃烈的日子恬淡了，再好的風光天天看也會興趣索然，況且就這麼一個河灘田頭小村莊，該說的話也說完了，談天說地時出現了越說越不連貫的現象，逃出家門那一刻高漲的興趣，像計溫器的水銀柱，甩一下就降到了冰點，交談沉默間隔的時間越來越長。本來還有個玩處，就是溜去蘆葦蕩躺在船上看天空，後來有一次女同學尹倩在搖船時失去平衡，掉下去嗆進了好幾口綠水，又被睡蓮纏住了胳膊和腿，水藻裡掙扎了好一陣後才平安爬上岸，這下大夥全被嚇壞了，瞧著她渾身衣服及鞋和口袋都在往外淌水，不止一人跟她一起哇哇大哭，於是個個都有些失魂落魄，表示再也不玩船了。

深綠水藻的池塘，四周長滿了睡蓮，一朵朵帶紅蕊的白色花兒羞答答的爭相開放，水面上靜態的船隻似一副美麗的油畫，心情愉悅時瞧著是一池綠色的天鵝絨，白天鵝與黑天鵝在湖面上跳舞，情緒低落時十分相信半夜三更池塘裡跳出來的全是落水鬼與綠毛水怪，天還沒完全暗下來，走路都已經選擇繞過池塘了。

然後便天天追著老師問「啥時候能回家。」成了主要話題。原來美景只是一

種趣味，為苦為樂俱隨情境而發。

　　文革流出過許多匪夷所思的精典傳言，其中有一句說南京西路藍棠皮鞋店老闆被揪出來游鬥時，罪名是為什麼皮鞋名字要起「藍棠」這是資產階級的狼子野心，「藍棠」諧音滬語「爛盪」你想讓上海的無產階級都穿著你的皮鞋，整天不革命在南京路上「爛盪」「爛盪！」那年藍棠皮鞋店老闆被脖了上掛一串藍棠皮鞋遊街，親眼目睹的人不少，所以人人知道這句話。這句穿了皮鞋去南京路爛盪爛盪，也就成了我們這代人相互逗趣默契的一句口頭禪。這幾天大家賴在床鋪上情緒消沉，同學們都拋出了這句「不去爛蕩了」的話語。然後還反身討論農村怎麼就如此平靜，簡直平靜到膩煩發瘋。

　　不想出去爛盪，是因為這半年確實是爛盪到了極致。但說農村太平靜，卻也未必，看似平靜悠閒的日子，也不是桃花源。表面上藍藍的天空、彎彎的小河，倒映在水面上的蘆葦，陣陣花香的一個小村莊，似乎將世俗生活的嘈雜與紛擾都隔絕，其實沒有。每日黃昏降臨、夕陽西下，田地被染成一片金色的時侯，我們嘻嘻哈哈背靠著背，斜躺在山坡上，傳來顛去的幾本不會讓軍宣隊、工宣隊抄走的書籍、幾張破歌詞時，總會見到一個瘦削的老婦人，背著一個嬰孩，手裡拿著農具和小板登，孤孤單單地往後村自留地裡去。

　　這是發生在村裡一件醜陋殘酷又哀傷的事情。

　　公社書記的兒子原先是他們村的隊長。因為有權勢，據說全村的有夫之婦都和他上過床，嫁進這個莊的小媳婦，只有和他搭上關係，才可以安排進小賣部，社辦工廠等鄉鎮企業，免去出農田刮風淋雨受苦。

　　老婦人兒子在城裡游街穿巷做木工活，他聽聞一些風聲，起初並不是很相信，他倆的小女孩才呱呱落地，他風裡雨裡賺到了翻修新磚房的錢，在他的眼裡，天是藍澄澄的，地是明晃晃的，日子沒有什麼不稱心，但是每回酒桌上飄來他們村的流言蜚語，使他坐立不安，茶飯不思，無法釋放的仇怨被燃燒起來。在一個混沌漆黑的夜晚，他揣著把鋒利的木工刀，潛回了村庄，在書記兒子的炕頭上，他沒有原諒裸露雙腿讓他蒙羞的女人，手起刀落兩條人命赴向陰曹地府。殺人償命他也不逃，坐等灰色的黎明幽靈般出現讓人扭送，他被槍斃了，頭都沒回下了十八層地獄。村子裡人嫌她家不吉利。「這小女孩將來填檔案，怎麼寫！難道寫爹殺死了娘！」從此就無人搭理那對寂寞的祖母和孫女，刮風下雨天寒地凍，總會看見這一老一小的身影在田頭屋角，在人們的冷漠中淒慘而孤單。

　　傍晚，紅日西沉，光線將天色早早就變暗。老婦人又遲緩的從我們屋前走

過，大燕說咱們上去看看小女孩，老婦人側過被寒風吹得她流出了一些清鼻涕的臉。身子歪了一下，小女孩在老婦人背上睡著了，小臉紅紅的臉頰被風吹的全是一條條蘿蔔絲印，是哭著睡著的，睫毛下掛著淚珠。大燕說她餅乾罐頭裡還剩一些餅乾，她奔回去拿了，我拿不出零食，和英娣一起去了小賣部，敲開了一扇小窗，四毛錢買了一斤油棗果，倆人各抓了幾條塞嘴裡吃吃，其餘全塞在了老婦人的肚兜裡。天暗了下來，老婦人仍蹲在遠處自留地裡，如泣如訴深灰色的天籟，一點一點伸過來將她們吞沒了，現實的人生是那般艱苦蒼涼又憂傷。

村裡人口中咀嚼最津津樂道的是指指點點誰與誰有關係，誰與誰之間不正常……，愚昧混沌在這裡蔓延氾濫。

階級鬥爭、階級婚姻的侵蝕與污染，沒有遺忘這個小村莊。就這樣一個小小的生產隊，每天被一個階級打倒另一個階級的鬥爭，搞的雞飛狗跳。

黃昏降臨炊煙裊裊的時辰，應該是多麼寧謐而美好的一刻，然而小村莊卻不平靜了，躁動不安的氣氛籠罩在田野村落。收工後，女人紛紛去河裡洗衣、井台挑水，總會有些小孩子會跟在幾個女人後面扔石子，嘴裡不斷罵「反革命、爛貨、流氓、反革命、爛貨、流氓。」

上海農村罵女人是「爛貨」，其實就相當於北方人「破鞋」了，這個小小的村落，竟然有好幾雙「破鞋」。在村裡小孩的追罵下，我們慢慢地認識了一個眉眼很漂亮的破鞋女子，她叫阿秀，看上去比我們大不了幾歲，她妹妹叫阿蘋，和村裡幾個妹子一起，有時候會來我們這裡玩。

阿秀和隔壁桃木村的一個地主家的兒子叫春林的悄悄相好了。在還沒有見到春林的時候，我和大燕、荔枝幾個會私下裡可惜了阿秀這般水靈優秀的姑娘，怎麼就落了個這樣的名聲。

她妹子告訴我們，說她姐在家的日子也不好過，她媽不待見她，因為她的緣故，她們全家在村裡都遭受歧視，抬不起頭，她媽回家便沒給她好臉色，整天罵罵咧咧，逼的她三天兩頭尋死覓活的，她爹心疼大閨女，不但和他娘整天吵架。還要藏好家中所有的化學農藥，敵敵畏六六粉老鼠藥蟑螂水什麼的，提防她尋短見，她妹子告訴我們，她家現在繩子剪刀都讓她們爹給收起來的。

她家住在村東頭一塊小小宅基地的後面，左邊的池塘連接著一條小河，一直伸到我們住宿落腳的打穀場倉庫，所以我們去河裡洗衣洗菜，順著河流能看見她們家的房子。

一排普通老舊的屋子，中間客堂那幾扇掉了漆的木製大門白天終日敞開著，

客堂裡除了堆放了不少鐵扒鋤頭等農具，和散落在牆角裡亂七八糟的盛水做飯的木桶，最顯著的是中間安放著一隻長條的繡花棚架，另一個角落裡還有一架黃道婆紡紗的紡車，這是我們長這麼大一頭回見的稀罕物。朝朝暮暮我們站在宿舍外的河灘頭，遠遠的總是瞧見阿秀伏靠在棚架上，繡著五顏六色的緞子被面的背影。農舍、雞鴨、繡娘、織機，雨裡雞鳴一二家，臨風子規三四聲，如煙如畫且又那麼真真切切。

半年的學農勞動雖然是不用乾農活，政治學習除了每日上午郵遞員送來人民日報解放報，讓我們了解國際國內的形勢外，還要配合村裡的貧下中農，共同監視公社的地富反壞右份子。阿秀在這種形勢下，和地富反壞右的兒子春林悄悄好上，在村裡是一件很嚴重的事情，所以阿秀媽抹脖子上吊的不同意，後來阿秀肚子裡懷了孩子，全村的人要將那地主兒子綁去公安局判刑，阿秀對她媽講，若判他刑，我便跳河。後來阿秀打掉了孩子，地主的兒子雖然沒被判刑，但也被打成了腐化份子、破鞋，一起在村裡接受勞動改造。我們幾個在臨回城時還替阿秀傳遞過紙條給那地主兒子，一個衣履樸素，挺斯文乾淨的小伙子，他喜歡看書，我們幾個還裝模作樣、冒充風雅的和他聊一會紅樓夢，鏡花緣等古典小說。雖然聊的是文學，但與他的談話接觸，卻讓我們有了另一種感受，觸碰了一個農村人對城市人羨慕的神經。

他坦率了對婚姻的追求，阿秀和他確實是這個小村莊裡一道最亮麗的色彩，倆個相貌最出眾的年輕人自由戀愛，為什麼會有這麼大的困難，他盯著問我們：如果在城裡，他們的婚姻能夠自由嗎？他仰著憔悴的瘦臉，一種疲憊而認命的哀傷寫在他臉上，世俗的惡，將他束縛，一雙愁煩的眼睛，卻仍閃閃生輝在等我們的回答。這讓我們既無能為力又不知所措。後來為了他的這句話，我和大燕、曉荔、英娣、菊英、美貞、秀琴等將宿舍大門插死，躺在凌亂的床鋪上，兩條腿舒暢的踢在牆頭上，嘰嘰呱呱的商量了一下午，首次面對人生的我們，簡直是游在井底的青蛙，竟荒唐的將一把甩子全部押在阿秀母親這一頭，認為只要阿秀媽媽同意了這樁婚事，便萬事大吉。

屋外大日頭將一股股曬穀場的稻草陳年爛味，從牆上的氣窗裡斜送進來，嗆人的苦澀氣體似興奮劑般讓人亢奮，激動的我們已經認為春林與阿秀婚姻，只要我們幾個一出面，一切都會迎刃而解。

滬劇燕燕作媒裡燕燕的勇氣鼓舞了我們，「我也來學一學五嬸娘，這樁婚事世無雙，春林人才生的好，村裡哪個比的上……。」哈哈哈，那阿秀媽媽一定沒

有理由再不讓阿秀和春林結婚，如果她還不點頭，我們就指出她違反婚姻法。

「對！還要讓她想想滬劇羅漢錢。」

「對對對，再唱一段羅漢錢。」

「為了迪個羅漢錢，甜酸苦辣都嚐遍，二十年來心酸事，想當初還在娘家裡，我與那保安有情義，偏偏是自己的婚姻難作主⋯⋯！」

沒準阿秀媽媽的婚姻裡也有保安哥哥這段情。

天賦有極限，愚蠢沒盡頭。

於是在回城的前一天，我們振奮了昏倦的精神，壯膽結伴去了阿秀家，她家大門敞開，落日的紅光射進來，我們假裝說是來與姐倆告別，煞有介事的在客堂裡晃來晃去，阿秀的雙手一上一下，在鵝黃錦緞繡花被面的繃架裡來回穿梭。

阿秀媽忙進忙出，表情既熱血又生硬，理都沒有理過我們。

真沒想到，世上還有這麼沒有出息的我們幾個，洞裡老虎臨陣脫逃，一個都不敢開口。

我將滬劇《燕燕做媒》裡一段「燕燕也許太魯莽，有話對儂嬸嬸講，我來做個媒，包儂稱心腸⋯⋯」的台詞卷在舌頭裡上下翻滾，一遍遍從頭唱到尾、從尾唱到頭，卻始終只敢唱給自己聽。

回程路上，灰頭土臉的我們沉默無言。朝霞滿天，瀟瀟雨歇，躊躇滿志，英雄氣短。生命中頭回激發的大義凜然，就這樣無聲無息的夭折了，一朵浪花都沒有濺起。

地主的兒子春林送我一本學生筆記本，我垂臉望著他，模稜語哽，無功受碌讓我羞愧。雨天一個安靜地日子，我們捲包離別鄉下，坐上車後，我將頭靠著玻璃窗，窗上映著我慽慽的臉，一片冰冷的麻木將我吞噬，田地裡一片向晚的野花，平淡無奇，窗玻璃的雨滴又淌又跳，車子滑行拐彎，佇立在雨中田埂上單薄的春林，閃在我的視線，汽車前行讓影子越來越遠⋯⋯，拋下了寒酸、忍耐的春林，窗外的天空逐漸灰色，雨勢漸強，我的眼睛上蒙了一層水霧。

# 第七章

自是浮生無可說

# （一）

歡笑匆忙零落到，人到來年憶此年。

學農回校那天，由於行李未到，我們便先行回家。午後候至傍晚，透過窗玻璃的寒霧，我瞧見明明、四毛幾個推著菜市場的黃魚車在弄口招呼，我跳上車就跟了去，此時日光已落，風雨減弱至無，樹葉飄落，天空濛蒙淡紫，大地幾近銀白。

校門大開，行李躺在霧白夜光的操場上，幾百個同學聲音嘈雜，各自挑著自己的東西裝車。回程，路燈已啟，車輪咯吱咯吱，在燈影行人車縫裡匆匆穿梭。

我們在家中等候分配。根據各自家中現有狀況，小蔥拌豆腐一清二楚。，分配政策擺在哪裡，自己對號入座。有分配去農村，也有留在城市，我兄姐去了外地農村，給我存了一個城市指標，不過是二等，不是一等，一等可以當一名儀表、紡織、鋼鐵、機電等豪情萬丈的產業工人，二等則矮了半截，補鞋、配鎖、菜場、修房等服務行業，社會地位猶如賈府的寶玉與賈環，一個府裡住著，小娘養的。

畢業宣誓的口號振臂呼的哇哇響「革命戰士像塊磚，哪裡需要哪裡搬！」「黨叫幹啥就乾啥，打起背包就出發。」表忠心時形式夠隆重，信與不信，你知我知、天知地知。我沒信仰，也沒有理想，所以苦悶不徬徨。打撲克，看閒書，壓馬路，說廢話，把日子過得就像沒有色彩的肥皂泡，困頓無聊。

落葉滿地的時令，樹頭還掛幾片殘葉，風雨忽來忽去，落落停停，約有十多日未見青天爽朗，人便有些孤寒。

這段時光，弄堂裡最大的一件事，是海明他媽死了，淡淡的藥味，在太陽光照的灰塵裡飄著，浮著，飄了大半年，突然沒了，讓我覺得很遙遠，又好像很近。

他媽一直沒有工作，這幾年裡弄派給她一個修補防空洞的活，他媽天天一套蒙著白灰的藍布工裝服，一雙高統雨靴，清水直發刮瘦臉，朝朝晚晚路過我家門口時，倆手不是一扎一梱的青菜、大白菜，便是大餅攤的搶餅饅頭，搭閒話時，雙腳停不下幾分鐘，嘴裡就嚷著：「走了、走了，我沒你們好命，生幾個丫頭搭搭手，這頓晚飯我不燒，一個個都大眼瞪小眼，等著田螺姑娘來洗菜燒飯呢⋯⋯。」

　　城市在造土磚的時候，同時也把一些大樓底下掏出一條條蜿蜒數裡的防空洞，上海的地下水多，天干物燥時，這些洞的積水也會沒上腳背，一到雨天，那是要穿到膝的長統膠鞋，然後就派些人長期在防空洞裡淘水補漏，他媽就乾了這活。天天搬運水泥、攪拌水泥，後來由於咳嗽不斷，一種重體力勞作患上的粗糲冗長、猛烈的咳嗽，剛開始他媽總責怪是讓他爸抽煙給嗆的，後來人涮的消瘦了，他媽還撐強，一會說自己睡覺很好，一會兒又說胃口也挺好，年頭年尾拖了一段時日，後來吐出的痰裡面有血痕，再後來呼吸都必須小心翼翼，再後來就昏倒在防空洞裡。去仁濟醫院開的刀，醫生切開後，發現肺癌細胞已經擴散到淋巴和腸子，沒法治了又原封不動的縫了起來，化療試試吧……，醫生說。

　　她媽沒去化療，買了一隻艷紅的陶瓷藥壺，天天煮一壺對面永安堂幾毛錢的野生草藥，一隻小煤球爐放在門外走廊邊，我們路過時，這把很顯眼的藥壺，永遠在突突的往外吐著水氣，一股濃濃的草頭藥味撲鼻而來，瀰漫了整條後夾弄，每日黃昏，弄口總有一隻白紗布小袋藥引的藥渣倒在地上，千人踩萬人踏，甘草柴胡，桔梗板藍根，羅蔔葉子加牛膝，這些草藥苦味不夠，作用不大，海明媽喝了半年藥，大夥踩了六個月的渣。病勢像爐子上的藥罐，突突突突的只冒水泡，不滅不燃，夏走秋來，人廋的脫了形，便在藥引裡加了兩味藥「當歸」、「黃芪」，說是補血補氣。有人說就是這個「當歸黃芪」觸的霉頭，當歸諧音人人知道，樣板戲沙家浜裡面，地下黨在替沙奶奶兒子假裝看病時，就用當歸兩字暗喻蘆葦蕩裡的新四軍可以歸了，黃芪的芪字，滬語讀泉，喊起來就是「當歸黃泉！」那還能活啊！還補什麼氣血啊！一個冷風冷雨的清晨，他媽就「當歸黃泉」了。那日他家後窗上的濃霧被雨滴刮走，細雨塞進了整條弄堂，走廊爐子上的水汽不再冒泡，一縷青煙與藥味縈繞飄了出來。也是一輛帶門的三輪摩托車，弄堂裡人靜站兩旁，目送這輛殯葬車子突突開走。

　　他爸將這只原本艷麗，如今已燒焦黑的藥壺，連帶一罐藥渣摔碎在弄口，留下一灘深深印在水門汀裡的渣汁陰影。

　　海明有個哥哥海光六九屆一片紅，自找插隊，去了安徽老家，海明還有倆弟弟，也許是家中缺了主婦，家裡寒貧到睡覺的木板床上只鋪著棉絮，被單都沒有。

　　海明和同樣窮愁潦倒的曉荔惺惺相惜，有些愛的情愫，背後我們認定他倆在談男女朋友。

　　「曉荔要嫁人了，是個香港人，馬上要跟著去香港了。」

初冬的晨午，英娣趕來偷偷告訴我這個消息，「啥」，我驚呼出聲。「才十七歲就嫁人啦？」嘴快的我脫口而出。

這個年齡婚嫁，在我們那一輩裡聞所未聞。消息讓我們幾個啾啾竊竊了好一陣子，我們為海明感到惋惜。

這段日子細雨霏霏，薄霧蒙蒙，我好久沒有見到曉荔了，出嫁前一定是很忙的。英娣帶來一個口訊，曉荔約我們去淮海路紅房子西餐館，她說是香港人給她錢。

說到紅房子，我家是鬧過一次「鄉下人白相大世界」的囧事。

畫面疊在了秋末初冬的一天，我爹娘替一位叔叔介紹女朋友，本來說好在咱們家裡見面的，約在家裡見面，也是不錯的一件事，屆時男方總會攜帶些禮物，拎個水果竹蔑簍，攜一包精美的糕點、糖果等等，我很熱情的沏茶、煮糖水荷包蛋，無需三言兩語就可以將他們打發，反正他們的重點不在我家。一會兒他們恭敬謝過撤退，我等凝眸遠望，揮揮手，你們趕緊走。雙雙去影院看場電影，或去復興公園溜達溜達，王八看綠豆、對的上眼，對不上眼，都要看緣份，三生石上牽紅線線，天注定。不是冤家不聚首也好、結的一頭好親也好，與我們都沒啥關係，與我們有關係的只是這簍水果和糕點。

當我們將眼睛齊刷刷的轉過盯牢食物時，最多我娘就提醒一句：「不要這般猴急，萬一人家忘了東西，又回來呢……！」於是，一語警醒，隨即我們便巡視一遍，倘若真有帽子、手套遺下，不用吩咐，誰都會第一時間拔腿追出去。不過那日情況特殊，男方捎來信息說不來家中，邀請我們全家赴紅房子西餐館。

這趟紅房子請客，讓我們忙碌了幾天，身上的罩衣罩褲鞋襪圍巾都洗乾淨備好，深秋與臘月相似，身上早已夾衣疊起，棉襖抖開，棉鞋也拍曬過。那會兒棉褲已不時興穿，哪怕大雪紛飛，衛生絨秋褲外罩一條卡其單褲，若要俏、凍的跳，就是冷的跳腳，也決不套棉褲。

小辰光每年秋深除夕前，時裝公司門檻高，我們小家小戶是不踩進去的，一般就備好棉花布料，請個蘇幫本家裁縫來屋裡廂，擠個十天半個月，交給他一隻小煤球爐，搭一張小長桌，小半碗漿糊，一隻燙斗，他走時，便像變戲法一樣，夾襖、棉衣、罩衫長褲疊在那裡，衣香撲鼻。我家年年上門的老裁縫，我們管他叫老娘舅，蘇州人，每年秋深來上海，包吃包住，在熟人圈子裡一家家輪，主客就像親人一般，我們家姊妹多，到了添製衣服時，他會根據布料花色尺寸替東家出主意，少時感覺這份職業倒不錯，很招人待見，走哪都被人眾星拱月當寶一樣

的供著，年底他要回家鄉時，主婦們拖著他殷殷囑託來年出山的日子，慢慢地，多戶合起來請，上門三兩天，再慢慢地，習俗悄失了，老娘舅退隱無痕。

秋冬新年前夕我娘會帶我們去西藏路八仙橋兜一圈，每人自己挑一塊花布，我娘這個很民主，會指著一排布架，告訴我們只允許挑選這排的花布，其餘的不合適，就不用去看！於是我們鬧轟轟的扛起一捆捆花布，站鏡前橫豎比試，一家家布店竄進竄出，挑到滿意為止。一般布料都是窄幅，需剪六尺，對折再對折，腋下省出袖子、領子，家中買進了一架新的蝴蝶牌縫紉機，這種花罩衫就我娘、我姐鉸鉸踩踩製成。式樣就按她們高興，一會兒是中式立領連肩袖，一會是西式翻領拼肩貼兩口袋，如果是中式的領子，西式的肩胛，就說這是今年時興的中西結合式，那會織布廠花色品種單調，什麼寶大祥、葉大祥、恆大祥，店名不同，裡面內容就像現在統一試卷一樣，擺放格式都相同。大年初一走馬路上，二步路就有一撞衫的，習慣了也不尷尬，還相視一笑。也不曉得是那會兒的布質有問題呢，還是城市空氣污染，水質硬，或者是業餘裁縫手藝不好，反正簇簇新的一件花竹布罩褂洗幾回便起白渣，穿在身上硬繃粗糙，圖案模糊褪色，再加上竄個子階段，棉布縮水，穿起來會比裡面的棉襖跳上去一寸，看上去要多寒磣就有多寒磣。

「平時都跟你們說了吧，你們偏不信，『在家無新舊、出門無新鮮。』」

我娘大概見我們一個個像打過霜的小青菜，沒一點點水靈勁，追在後面時不時埋怨一句，她也不反省讓我們挑選的都是蹩腳布料，混紡面料價格貴，但不縮水，我家的經濟比曉荔家好一些，沒有讓我們剪一塊下一回水，縮一回的人造棉，已經不錯了，曉荔的罩衣料比人造棉還差，大過年的她娘彷彿不是中國人，一點也不忌諱，她娘是馬來人－，雖長了个華人臉，也許真的沒有漢人血統。她家不知從哪裡抱來一捆像孝布一樣的粗白布，藥房裡買一塊淀藍粉並，擱爐子裡燙開水自己染，這種染色本事不提也罷，濕手搭一下曉荔肩，色彩就會沾過來。我們身上的布料再蹩腳，比比曉荔，也是十二分的知足了。

「沒有關係的，只要乾淨就好」

「男人就不在乎細節，不虛榮，不會窮講究。」

我爹瞧我們的眼神，誰見了都知道一定是親爹。

「你就是癩痢頭兒子自家的好！」

「現在大家不是都這樣麼，不用這麼講究的。」

爹娘管爹娘的嘀咕，我們也不自慚形穢，西餐的誘惑使我們一路心花怒放。

# （二）

冬日黃昏的夕陽餘暉，紅得令人心醉，淮海路上乳香撲鼻，我們就像一群小乞丐似的，搶在爹娘的前頭，從黃陂路拐進淮海路，全國土產、婦女商店、新華書店，馬蘭花童裝、淮海電影院、國泰電影院，一路上熱熱鬧鬧、雙目生輝、面龐綻放，笑聲像裊裊炊煙，升起又散去，然後在彎腰鞠躬歡迎聲中，氣派的跨進紅房子西餐館。

我那乾癟的身體因為晚上要去西餐館，中午飯就沒有好好的吃，此刻早已餓得像狼一般，坐在鋪了白色桌布的餐桌前，呆呆的凝視發亮的盤子，挺討厭大人的假惺惺，還不趕緊點菜。

終於濃湯排骨、色拉麵包全部上桌。

今天是陌生人請客，我娘在出發前就已經嘮叨數遍：「你們出去一定要有見過世面的派頭，外面再饞、再吃的落，也要裝裝樣子，不要吃相太難看⋯⋯。」於是我們丫頭充小姐、強盜扮書生，給足我娘面子。

席間吮湯啃排骨皆寂寂無聲，一人一撮土豆泥色拉、幾塊硬麵包，一碗肉汁湯上來，我們也裝腔作勢用匙羹一口一口往嘴裡送。出門後我爹無意中說了句「西餐館的湯以後吃起來，不要用匙子，喝就可以。」真有些尷尬。

我盯著牆上的掛鐘，從坐下到站起來，一小時也沒有，我爹娘便起身虛偽的說：

「孩子還要回家做功課，你們再坐會兒，我們先走一步，」真不知做的哪門子功課。我們就呼拉呼拉的站起來，告別過叔叔孃孃，跨出紅房子。

說老實話，我從心底裡認為還不如剛才半道上留在滄浪亭裡吃碗蓋交面來的過癮。大妹說了句：

「鮮的來的排骨不會炸的這麼焦。」小妹還跟進一句「年糕比麵包好吃。」

冬月薄暮的淮海路，琥珀色的街燈照著人行道，陣陣冷風從樓頂刮下來，抽打著林蔭道上殘留的樹枝，馬路上冷冷清清，暗雲飄浮的夜空，稀落的幾顆星星在游移，如眉的一彎月光反射在錯落的建築物上，與一排排櫥窗的燈光輝霓閃爍，

「看星星。」小妹一手勾著我爹，一手愉悅地跳著指著遙對月亮一顆最亮的星星在叫喚。「這顆叫啟明星，也叫太白金星」，我爹抬抬頭，隨口一說。

「爹，那太白是不是詩人李白啊，」我也邊走邊抬頭仔細瞧了，並饒有興致

的問了一句。

「不是的，太白金星是天上的星宿，李白名李太白，是因為他母親生他時，夢見了太白星君，故起名李太白，學校沒有教過嗎。」我爹反問一句。「爹，學校是沒有教過，你問大妹好了。」「哦，爹當年小學就教過。不過你們看的神話故事裡也有，西遊記裡也描述的。」

「噢，大概有的，忘記了。」

路旁一棵棵上半截銀灰色、下半截涮了白石灰的梧桐樹，殘存的幾片葉子被風吹的窸窸索索，三三兩兩的電燈在樹枝間閃爍，我們在太白金星的一路伴送下，沉默的走著。反正與來時的心情大相徑庭，幸福到手，其實也就那麼回事。

我爹抬頭瞧瞧天空，虛無的說了句：「明天會是一個晴天。」

無人接話，各人邁腿只顧匆匆走著，沙沙的腳步聲響在街上，拐進重慶路，薄暮將形狀各異建築物的細節抹去，樓房頂矮了許多，斑駁燈火下透盡了清冷闌珊，越走燈火越稀疏，越走越寥落，寒風吹動燈罩，光影似一支支抖動的蠟燭。

洗漱上床熄燈睡覺，卻翻來覆去的無法入睡……。

「媽，為什麼我的心裡空落落、潮兮兮的。」

「媽，吃過西餐，晚飯就不用吃啦。」

「媽，我的肚子也一直在叫。」

「是呀，不是西餐吃過了麼。」

「姆媽，像沒有吃過晚飯一樣。」

「小孩長身體的時候，沒有吃飽是正常的。」

我爹欠出身子，捻亮了床邊櫃上的檯燈，說了一句，我估計他也沒有吃飽。

「不過也是的，從前吃西餐館，從來不會肚子餓，今天我也像沒有吃過飯一樣。」

我娘起床披衣，捅煤爐整鍋子，嘴裡說一句。「全部起床吃泡飯。」滿滿噹噹的一鍋泡飯，和著榨菜下了肚，這才拉燈入睡。第二天我娘在廚房裡和樓上鄭家姆媽，明明姆媽把這事當笑話的說開了：「要說現在的人噢，怎麼吃個西餐，也能吃的窮相畢露。」

「從前肚子裡是有油水的，現在青菜榨菜當主菜在撐，兩片麵包怎麼擋的住噢。」

「這倒也是，想想我們還總算有口飯吃吃，這餓肚子的滋味真不好過的。」年少時的紅房子體驗，讓我有了西餐不當飽、麵包不及米飯耐飢的感悟。

前面說過，我們學校操場毗鄰復興公園，公園裡有一條梧桐樹濃郁的小徑，斜插過去就是淮海中路新華書店，沿新華書店再走個八、九百公尺，差不多就到紅房子西餐館、國泰電影院。讀中學時我們去書店基本就書包一扔，籬笆欄一躍而蹴，假山下、水池邊，揪幾片冬青樹葉子在手心裡掐出水，然後心滿意足再從後門逛出去，如果口袋裡有幾分錢的話，進公園前就買一塊薄荷綠豆糕、或者一包話梅，坐在草地上先滋潤一下，進了新華書店後，大夥就散開，各自尋個角落蹲著，翻翻「公車上書」、「革命軍中的馬前卒」，「梁生寶賣稻種」、「馬尾巴的功能」、「小車不倒只管推」、「茴香豆的茴字如何寫」等故事，捱到窗外夕陽西沉，天色暗淡下來，於是就勾肩搭背回家。回來的時候，雁蕩路上的公園大門警衛森嚴，男生都表示成功翻越這堵蘺欄難度太大，因此我們一般都老老實實的從重慶路兜回家。

是日天氣陰冷，雲層很低，天空飄著毛毛雨，我們捌個同學一字排開，體面的走出了弄堂，曉荔穿一件淡綠的罩衣，黑長褲，燙了頭髮，看上去很漂亮，背了一個有斜背帶的皮包，癟癟的。

大燕說曉荔燙髮顯老氣，我想她大慨是為了與她嫁的新郎先生在年齡上靠攏，她朝我微微一笑，雖然頭髮換了造型，招呼我們的語調仍然親熱。

習慣了大雨奔跑、小雨洗頭的男生海明、德偉、四毛、明明幾個走在前面沒有撐傘，我和英娣，曉荔大燕還是撐開了兩頂黃油布傘，只搭進一隻頭，默默地行走著，兩眼瞪著前方那一平方米濕潤的土地。

腳下濕濘的梧桐葉子，甩的我褲腿全是泥水，才半程的路，所有人腿上已經全是一截泥漿，失去了出門時的矜持，淒淒惶惶來到了一派冷灰色調的復興公園圍牆，走在頭裡的男生腳步停頓了，四毛扭頭看著我們問：

「翻不翻。」

我們幾個猶豫了片刻。

「翻！」海明臉雖惺忪，語句簡短乾脆，甕聲甕氣，一種偽裝的瀟灑。

「最後一次！」大燕推了我一下，「最後一次！」我隨即點頭，。

「沒有糾察！」「沒有糾察！」

照例前後左右巡查一番，腳蹬手爬飛速魚貫躍下。

雙腳落在牆邊的小灌木上，輕微的瑟縮一下，眼耳鼻瞬間就被濃濃的潮濕味堵住。

公園的天空比街上更灰暗，厚厚的烏雲觸手可及，由於最近不緊不慢地總在

下雨，石頭假山全是濕漉漉的，水珠跌在河面上，濺起一圈圈波紋，草地上黃色一片，分不清是泥還是草，草地上有棵楓樹，那樹葉色彩從綠到紅，優雅知性，但等紅葉落滿地時，又那麼奔放熱烈，今天這棵襯在籬笆牆上的楓樹卻呈暗藍色，白花斑點駁駁，一幅落魄失意，隔鄰米色磚的教堂，平日裡濃彩玻璃鑲嵌的窗格，每次經過時霞光橫映，極盡西洋嫵媚，今天篁在那裡，也是平淡無奇，米灰成了難看的棕色，惟存肅靜。

往常會左顧右盼、一步一卡的玩玩，今日則速速竄過。

沿灌木叢快到牆外，回頭見曉荔與海明落後數尺。

（三）

紅房子走進了我們這幫青澀的小大人，服務員很有眼力，提供一間頂端無人打擾的包房，其實是一個僻靜隔開的角落，怕我們吵到別的客人。那會兒沒有包房增加收費一說，我們千謝萬謝。

曉荔問大夥吃什麼，我坦言承認：「除去番茄濃湯、炸豬排、色拉、硬麵包外，別的都不知道。」大家你看看我，我看看你，竟然沒有人知道還能吃什麼。「那咱們就吃番茄濃湯、炸豬排色拉麵包吧。」曉荔說臨出門時，她爸也說了：「吃什麼紅房子，你們這些土包子，去鴻興館吃一頓就可以了。」服務員笑著替我們再上了一道咖哩雞塊。

「麵包可以多一些嗎，」我有過餓的經驗。」可以。」

「炒麵有嗎。」

幾分鐘時間服務員連籃帶盤端湯全部上好。嘩啦啦一聲，一把像京劇武場打擊棍子般粗大的筷子也放了下來。

「噢，吃筷子啊，刀叉也不用啦。」

「你們如果要刀叉也可以的。」服務員的態度非常好。

「噢，不用了、不用了，筷子蠻好，省的出洋相，早知道真應該讓菊瑛姐的榮髮師傅教一下哪隻手拿刀，哪隻手拿叉。」

「又洋盤了吧，紅房子是法餐，榮髮師傅是德大出來的，德大是德國人開的，手勢不一樣。」

「還有這一說啊，你們瞎編吧。」

有人似信非信。

　　屋外又冷又潮濕，窒悶壓抑了幾分鐘後，透著緊張與謹慎的我們，好一會兒才有了一些話題。，礙於海明坐著，大伙也不打聽曉荔香港的事，更不談及她的婚姻。

　　「曉荔，你爹你姐都去了香港，現在你也要去了，你們一家肯定都會去吧，」英娣有些摒不牢，搜腸刮肚問了一句。「其實我真的也不知說什麼好，我家這些年過的日子，你們都親眼目睹，我們一家真是窮怕了，去年我爹與我大姐去香港探親回來，大姐回來後，輕輕說了一句，嫁老頭子她也要嫁過去！大姐去後，我們覺得大姐不會害我們，所以就一個個都答應了親戚替我們選的婚姻對象。」

　　情緒低落的曉荔，臉漲的通紅。大夥無言以對。我們弄堂裡有錢人不多，當官的也少，都是些門戶相當的底層貧民，不過，曉荔家屬於赤貧。

　　我們用常規的假笑回覆她，喉嚨中的酸澀，靜默的傷感，俱封存心底。

　　「天上一個月亮，水裡一個月亮，天上的月亮在水裡，水裡的月亮在天上……。」

　　跨出紅房子時，淅瀝的雨已停，空氣裡仍然一股濕的氣味，秋冬的黃昏似箭，夜已降臨，咖啡館外邊，路燈一個接一個地亮了，天空殘星亙古如斯，沒有什麼新奇，美景良辰通常要與賞心樂事結伴。我和大燕推說有事要去別處拐一下，「各自分手走吧……。」四毛、明明提議，沉默片刻，海明雙手交錯在一起望著我們，接著又垂下目光，曉荔朝我們揮揮手，他倆便先行一步，沿著一邊是梧桐樹，一邊是高牆的人行道，漸漸走遠，淡出我們視線線。

　　曉荔嫁的香港老公年齡看上去已有卅出頭，大曉荔一倍，身材矮而壯實，相貌平平。幾日後的一個早晨，天氣乾冷沒有雨，他乘一輛黑色轎車來接曉荔，我們站在弄堂口那塊曾經糊滿大字報的高牆下與她告別。

　　深秋的風刮起來很緊，冷風打在我的臉上、身上，也吹開了曉荔一件時髦款式裙子的邊，猛掀她圍在頸部的一塊漂亮頭巾，秀髮飛舞。曉荔與海明神色如常，握手道別，無小兒女意態，而我全身卻僵硬得像櫥窗裡的賽璐璐模特。

　　「今日一別無歸期，從此蕭郎是路人。」

　　岩石沉靜、樹木無言，晨風吹皺弄堂，我的悲憫也不知是從何處來，又將去往何處。

從記事起來我們弄堂送報送信的郵差叫老冒，時光荏苒，誰也沒去察覺又流逝了多少歲月，反正老冒風雨無阻、也可以說風雪無阻，除去週日，一天兩回綠衣綠褲一輛綠色的自行車竄行在我們弄堂裡。那會兒的郵差與戶籍警基本上都不換的，幾十年盯在一片地界，與弄堂大夥勾肩搭背一塊長老。老冒剃一個五十年代電影裡特務標配的中分頭，他臉孔不大，眼睛細咪，五官排的很密集，讓人感覺一張口，整張臉就一起在動，五官　起動的優點是一直喜氣洋洋，缺點是他的嘴不能動，動起來口型只朝一個方向送，還帶動眼耳鼻整張臉都歪過去，於是我們弄堂裡人基本上就喚他「阿歪」，歪這個詞滬語裡讀「花」，於是老老少少都叫他「阿花」。阿花很忠厚，每當他那輛綠色自行車一進弄堂時，大夥都與他打招呼「阿花來啦、阿花來啦，三號裡有信伐、六號裡有信伐，」他不但笑容燦爛的應承，還更起勁的回叫著，「五號張家要敲圖章，一號有掛號信，二號來拿雜誌……」他越誇張的叫，臉就越誇張的歪，喜感爆棚滿弄堂。

春天的浮雲匆匆掠過，暗影投在窗戶上使人無聊又乏味。時近黃昏，我娘在後門水槽旁用刀刮著魚鱗，阿花在大門外向我娘賀喜，遞上了一封我的工作單位錄用信，「謝謝老冒、謝謝老冒。」

「阿嫂不客氣，喜糖不要忘記。」

「老四出來拿信，」我娘手上沾著魚腥，沖我在喊，其實早幾天我就有耳報，我是被分在一支由社會閒散人員組成的區住房裝修隊。

聽到我娘與阿花的寒暄，我就明白工作錄用信來了，恨不得滄海一聲哭的我，一腔怒火悲情無處發洩，一個剪步就從屋裡竄出來，對著阿花爽爽地嚷開：

「這種破單位與下農村有啥區別啊，還想吃糖啊！吃你的大頭鬼哦……。」

「不吃糖、不吃糖！哈哈哈哈。」

「不要沒有禮貌！人家老冒送個通知，又招惹你什麼啦，你別柿子挑軟的捏。」

阿花被我吼得滿臉坏笑惶恐的騎上車就逃。

硬柿子我能上哪兒去找。那會兒我兄姐尚在農村，天天躺在陌生的屋頂之下盼回城，我的這份工作對我爹娘而言是久旱逢甘露。

我當了一名手執油漆桶，爬高落下涮粉塗膩、噴嵌刮鏟的漆匠學徒，三年出師，每月薪水十八元，舉手投足遂漸開始分不出性別。

我爹知道我厭惡這個工作，他去淮海路書店挑選了兩本有關木工、油漆工的

書籍，遞給我時還說了句「荒年餓不死手藝人，你有了手藝，走遍天下都不怕了。」

「哎，真是迂腐的沒救了。」我爹此言一出，我都沒來得及開口，我娘在一旁搖頭又翻眼的丟了一句。

「爹，您不會認為第三次世界大戰打起來，我能夠挑一副木匠漆匠挑，走大街穿小巷，替人推刨鋸板涮油漆吧。」

我接過書，見我娘在幫我講話，順竿子爬梯，見一點顏色，就開染坊，將積蓄的怨氣朝我爹拋撒過去。

「生計與理想不能混為一談，職業的目地只是養家糊口，先立起來，你們讀書不是一直在念李白的『天生我材必有用』嗎，爹爹二十八歲進了國營公司，二十年來一直跑農村，你們外公以前說：『一個男人創不下自己的一磚一瓦，連販夫走卒都不如，這個道理誰都明白，咱們小老百姓，總得先將家安穩了……。』」

如果沒有每月十八元工資，我也是絕對支撐不下去，那會兒五元錢可以吃一個月的午飯，蔥烤大排、菜底紅燒肉只消一毛二，黑洋酥或者豬肉大包幾分一隻，自此與大燕、菊娣等兜兜南京路、逛逛淮海路，出入店堂一碗蓋交面，烈日下的光明牌小冰磚，八分錢一塊奶白蛋糕，都敢去試試，口袋裡從來沒有零錢的我，總算告別了囊中羞澀，單位上根據每個人的住家地址，只要跨出區限有三個停車站的距離，就發一張副利公交月卡，這張公交月卡要六元，無限免乘包月，是每個新工人的最大誘惑。上海人擠上公交車那一刻，腳跟尚未擺平，先響亮的一聲「月票！」買票員來一句「看看好伐，不要空叫！」「哦喲，不是不拿呀，軋煞人了，儂看好拿伐啦，屏牢了……。」「大家鬆一鬆好伐，不下去的往後走走……。」然後車子動起來，人就像裝滿瓶子的顆粒，透幾透是會鬆一些的，這時候可以從挎包裡將月票挖出來，揚起右手高高的晃一下，那種瀟灑與驕傲，無法形容。有錢始有臉，無錢則無臉。

過日子如月亮潮汐，也像小時候踢毽子的兒歌，一五六、一五七，落地開花二十一，二五六，二五七，二八二九三十一……，可以一直唱下去。朝看水東流、暮看日西墜，前程似寒風、瑟瑟無出路。

每日下班伴著西沉的艷陽，我孤單走在滿是夕陽斜照的林蔭道，仲夏來過了，秋天也不太遠了，從一抹綠色到殘葉落盡，傷高懷遠、秋風秋雨愁煞人。自己心裡很明白，什麼不守本分、心比天高，好高騖遠，小資產階級思想嚴重……

等等，單位上小組學習，組長團支書口中的這些詞，都是衝著我的。

## （四）

我不滿身處的行業，怨恨達到高潮。心情最壞的那次是一個冬日的灰暗午後，我在一棟屋子斜頂上乾活，腳踩著碎裂的黑色瓦片，手執刷子，無聊散漫的漆著老虎窗，遠處靜靜的一輪淡黃的圓球臥在高壓線上，眼看就要鑽進淡白的霞光裡，天際雲影的日色裡，底下電車噹噹的在來去。一道道尋常不過的城市風景，卻讓我的腦子產生了強烈的迷失感，意識被局限，我為什麼在這裡。我站在窗邊，胳膊向外伸，抓住了窗框的兩邊，整個城市都彷彿被我抓在手中，此時的街道屋頂，能顯現的輪廓都在我的兩手之間，我認識這條狹窄的街道，這裡兩邊的房子都積聚著塵垢，我不能讓我的軀體躺在那裡，……。

寒風中瑟縮的枯枝竟能讓我產生自戕的念頭，一種嫌棄的感覺倏然而過，自己恍若也可以生活在空中，我的意識時而清晰時而模糊……。

「跳吧，你看，多麼藍的天哪，召倉跳下去了，唐塔也跳下去了，現在輪到你了，所以請你也跳下去吧！跳下去你就會融化在藍天裡……。」我探出頭盯著車水馬龍的街道，突然發現我與外邊的時速發生了問題，馬路瞬間靜止了，行人寥寥，路邊冬青樹叢間一道死亡輻射幻作一團稍淺不明晰的陰影，遙遙作招狀，面熟驀生的陰影令我不安，與影子僵持數妙，幻景交叉疊現我爹我娘、我家八口人的同框像片，我不想生，但死似乎也不必要，且很害怕，我吞了吞口水，忽然覺得嗓子很干，敝帚尚有千金之享，我不輕生。

於是我將踩在瓦片上的腳適時地往回縮一寸、縮一寸，影子即刻飄浮消失。

「你待在這裡幹什麼，這家結束了，我們抓緊去隔壁人家。」

咚咚的樓梯腳步聲，一通語速超快的話語，扎在腰部一塊圍兜，送過一陣強烈刺鼻的油漆味，是我師傅走進來，邊說邊彎腰收拾著地上的紙砂、膩子、刮板、鏟刀。

「師傅、昨晚你沒有去向陽院看《追捕》電視吧。」

「沒看，我忙完家務電視都快放完了，你師爹去看的，說日本人怎麼能拍出這麼好看的電影，嘴裡還不停的說『跳呀、你快跳呀』，這是要跳什麼啊，還拉呀拉的，晚上睡覺前也哼，早上漱牙時哼，發神精病了。」

「衛青不敗有天幸！」關鍵時刻我師傅走進來，切斷了我與靈魂的時空聯

繫，幸虧她昨晚沒去看有去看電視，幾句閒談，我已快速的爬了下來。

幻想與我開了一個膚淺的玩笑，潛意識裡，原來我還是怕死的，我逃過一劫。

膽怯雖抑制了衝動，然人生挫敗感仍如影跟定於我左右。

我的頭腦我的心，我的信念我的魂，原來都是如此失敗。


一九七六年，剛跨進公曆元旦，這塊土地便死訊不斷。這一年中國的領導人三人辭世，一月周恩來、七月朱德、九月毛澤東。

我們弄堂的上空飄過三回喪葬哀樂。

弄口的大樹枝叉被吹的發顫，枝桿在寒風中搖曳，斑駁的枯葉掉了一地，堆積的枯葉，與灰塵一起旋轉飄舞，行人步履雜杳踩出的沙沙響聲傳進弄堂，節奏單調平靜透著悲涼。

凌厲的西北風刮的比哪年都狠，報紙上說，這股寒風是從內蒙古吹過來的，內蒙到上海有近二千公里距離，路程如此遙遠風勢仍這般強勁。清晨騎車去單位，馬路上的行人，帽子、圍巾、手套，無不裹的嚴嚴實實。樓頂、樹梢，彷彿都是地平線、灰白灰白，和天空鑲接在一起，出奇的陰霾和詭異，令人壓抑的單調窒息。

一月份周恩來逝世，寒冷沏骨的北京十里長街送總理，全國城鄉組織電視悼唁。我睜大眼睛觀看螢幕，鏡頭從小超敬獻的花圈，到小超捧著的骨灰拋向了大海，始終沒有見到毛主席的影子，弄堂口的新聞發布進入神神祕密的狀態。

頭回哀樂響過後的清明，豆腐店大毛從新疆回來，丙辰清明去了一趟北京，回來後成了我們弄堂的消息靈通人士，他說北京的天安門廣場被悼念週總理的詩歌和花圈的海洋覆蓋了，他還抄了一些詩詞回來。

這些詩詞有指責毛主席的夫人江青的，也有將怨恨出在張春橋，姚文遠身上的，還有悼念楊開慧的詩詞。我娘說這個是怨恨後母哭親娘。

他還說天安門廣場好像氣氛不對，一輛輛的卡車上裝了很多穿工作服，柳條帽的工人。都往廣場裡駛去。

三層擱樓的小鄭老師，及自行車鋪樓上的大華等幾個告訴大家說，報紙上登載了批林批孔批周公，暗喻週總理。

「春寒陡峭欺燈暗，聽風聽雨過夜半。」

日已西沉，夕陽的餘暉仍懸在天邊，欲落未落。暗下來的弄堂，人群都在交頭接耳，說是天安門廣場又抓人又捕人，這場清明紀念活動被定性為反革命事

件。七月二十八日河北唐山大地震，山崩地裂，三十萬人口灰飛煙滅。

　　新聞報紙是不會將全部事實毫無保留的告訴你，究竟死了多少，又傷了多少，老百姓沒有必要知道的這麼清楚。第二天居委會在報刊欄裡塞人民日報、文匯報時，烏央央的人群就圍了上去，我踮著腳尖見到上面大黑粗體字醒目「英雄的中國人民是不可戰勝的⋯⋯！」並很自豪的登載了許多國家要給我們振災款與物品，我們外交部不但大義凜然拒絕，還印刷了毛主席著作，人手發一本給他們，讓他們了解中國人民是有志氣的，不需要別人施捨，據說我們已經是一個既無外債、又無內債的國家了，無債一身輕，楊白勞就是被債務壓的才賣兒賣女，最後落個喝鹽滷自殺。儘管我們弄堂有一些的人對此有異議，說這個是喪家收的份子錢，可以收下，下回他們家裡出事了，你再還也來得及。官與民考慮問題不可能一樣，說上海人精明不聰明，就是表現在這種地方，總是要算一些雞毛蒜皮的小事，油條恨不得買半根。不過這口送到嘴邊的肉沒有吃到，還是讓我們弄堂很多人爭的面紅耳赤，說著說著又帶出日本侵略戰爭賠款，憑什麼政府要拒絕，好像慈禧太后庚子賠款四萬萬五千萬兩的銀元，真的是從他們頭上　人一塊拿走的，竟然有人說日本如果真賠款來了以後，每戶最起碼能發一隻東芝電視機，後來無軌電車就越開越豁邊，話就越說越糙，好幾個人還為此事說翻了臉，好幾日見面沒打招呼。

　　弄堂最深處是我同學茜茜的家。茜茜慌裡慌張跑來告訴我們，她叔叔嬸嬸是唐山科學院的，家裡有倆小表弟，這幾天，她爸沒法通訊聯繫上她叔叔一家，她爸是區裡的干部，通過關係加入進了赴唐山的醫療隊，趕去了地震現場。又過了一陣，茜茜又來說，她已經爸從唐山回來了。茜茜說她爸冒著不斷在死人的餘震中，穿梭尋找了幾天幾夜，在一個殘陽消盡，星星已經出來的傍晚，瓦礫廢虛旁的一個地震棚裡找到了五歲和七歲的兩個表弟，煙熏火燎的在煮米飯，她叔和嬸在屋樑砸下的那一刻，緊緊的將他倆抱在懷裡。她爸將倆孩子帶回了上海。

　　九月的炎熱還沒散盡，光線傾斜，那日屋頂天窗透著陰沉，我們又經歷了一回發喪戴孝，人人手臂上都挽上了黑紗。學校、商店、大樓，公共場所一片白紙白幡。影劇院、體育遊樂，停止一切娛樂活動，關掉一切不合時宜的音樂，凜冽的寒風裡四處飄散著斷斷續續的哀樂嗚咽聲，大地一片蒼涼。

　　十月的一個初秋午後，毛澤東的遺體在水晶棺木裡放妥。他的夫人江青和另外共產黨領導人張春橋，姚文元，王洪文被抓了起來。滿大街又敲起了鑼鼓，人民日報說他們四人挑起的這場文革浩劫結束了。

文革結束與文革開始，形式完全一樣。一樣的人群，一樣的山呼海嘯。

想起有這麼一句話：「眼見他起高樓，眼見他宴賓客，眼見他樓塌……。」

隔天單位上開大會，頭尾還在猛唱無產階級文化大革命就是好！就是好！就是好！一覺醒來的電視畫面是天安門廣場排著瞻仰紀念堂的長龍，哀傷音樂配著詩朗誦「讓我再看看你，讓我再看看你的臉。」然後畫面切一下，是憤怒群眾一張張剁腳咬牙、誓將四人幫送上斷頭台的臉，主要是全國人民的臉一起還憤怒的朝著上海，上海人這次明顯又矮了一截，張春橋、姚文遠祖籍是哪不管用，這不是申請文化遺產，幾個省一起搶屍體立牌坊、一榮俱榮、一損俱損，誰讓這些人總住在上海呢，就算江青後半生住中南海，你年輕時總歸在上海呆過的。

鏡頭來回播放，瀰漫在空氣中的仇恨氣氛，讓你回憶起不遙遠的往事，十年前批鬥當權派的形式，口號、一樣風格的音樂，一樣的天安門城樓上一排人，一樣的敲鑼打鼓、一樣的舉國歡騰，傾吐十年文革的怨氣，與歡呼五一六指示沒有區別。

# （五）

天安門廣場人頭湧動與當年觀禮台接見紅衛兵時一模一樣，只是換了主角，相同的憤懣，相同的舒發。十年前運動與十年後運動，其形式惟一不同之處，是有了電視機。

還有就是批斗地富反壞右的牌子上有一些區別，原來寫大工賊劉少奇的孝子賢孫的，現在一律改四人幫的黑爪牙。

西方諺語「和平給農舍，戰爭歸宮廷。」意思老百姓不要參與宮庭鬥爭，庶民沒有朝代的間隔。中國人不同，盡忠報國，江山不可一日無君。

「古人不見今時月，今月曾經照古人」無古不成今。

由於美國之音與英國BBC電台將這場政變稱呼「懷仁堂事變」，因此歷史故事玄武門事變、安史之亂，等宮庭元素在弄堂裡很是發酵。「六軍不發無奈何，宛轉蛾眉馬前死」「千古興亡多少事，不盡長江滾滾流。」。

毛主席如果還活著，他會學唐明皇與江青唱一齣君王掩面救不得，回看血淚淚和流嗎？也許他會學清朝的順治皇帝愛江山更愛美人，出家五台山，做個老和尚吧？」

從前共舞台金少山的一齣《姚期》「伴君如伴虎，如羊伴虎眠……」，唱的還不夠明白嗎，哦喲：金少山的銅錘花臉，當年天贍舞台裘盛戎的草橋關，那真是一票難求……。

據說這次是毛主席遺囑給華國鋒的，說「等我死後，你們將江青幾個抓起來殺掉……。」

那他自己為什麼不殺呢？

「是呀，為什麼不自己親手殺了，以絕後患呢？北地王劉諶就殉妻殺子自刎。崇禎皇帝吊死煤山，也是親自舉刀殺死自己的妻妾子女的。」

「山河破社稷倒一場惡夢，到如今哭祖廟我淚灑胸膛。」

崇禎皇帝不忍痛下殺手，公主被砍下一隻手臂，被乳母救下，衍生無數野史，月黑風高的曠野，蒙臉遮眼的女俠客，人湮罕見的荒廟裡，反清復明的滅絕師太……，五千年的歷史，說不完編不盡。

文死諫、武死戰。我們弄堂人稟著位卑未敢忘憂國的大志，天天除了上班抓生產，下班後全聚眾在過家樓底聊革命了。


說歸說，侃歸侃，國喪期間其實人人說話做事，還是很小心的，剛才阿珍下班回家，工作服沒換就來說一件事，昨天後弄堂阿珠外婆與陳家姆媽在水泥板上涮被單，不知聊什麼事，倆人咯咯大笑，立刻被人匯報給居委會，隨即居委主任就帶人前來核查……。

我上班那小小的禮堂內也設好一座靈堂，每天去上班時，需要朝裹著白絹黑紗的毛主席像鞠上一躬，多數人意思意思，身子側偏一下就過，也有少數人傷心欲絕。有一位比我長幾歲的青年師傅，每天上班前，要彎腰站上五分鐘，有時候更長，下班也是，並傷心欲絕淚流不止，一日，數人下班經過，皆驚詫不已，只見他鼻涕淌流很長一條線，青紫色的嘴唇，上下略微張開。一雙眼睛，翕然合著，明顯憂傷過度。

過幾日，靈臺的白佈白幡尚未撤去，這人便對著鐮刀舉起了他的右臂，又過幾日，他就當上了我們單位的領導，功名原來此中求！


## （六）

冬日短暫空的太陽發出的白光很微弱，一會兒就失去了光芒。弄口梧桐樹落下

的枯樹葉被風吹的散開又聚集，無形無狀的堆在空蕩的馬路邊，等著被遺棄焚滅。

悵然若失走投無路的李慶霖告御狀後，毛主席不單單只是給了三百元錢，主要是曾表示要逐步解決知青問題，但是一直到他去世，知青仍在逐步解決。

我家和弄堂裡大多數平頭百姓家庭一起都在耐心等待，翹首以待盼著知青兄姐回來，窮人和弱者總是盼望，盼星星、盼月亮，盼著深山出太陽。

夏日過去，冬天還沒到。這段時間內，我們弄堂素靜無事。又半年，拂曉時分，窗外夕陽收盡，十一月的暮色，天地透著清冷，弄堂裡滿地落葉，風將之席捲，枯葉飛舞，眼看又是一個蕭索的黃昏。農村的兄姐尚未回，上蒼卻先降下了一波血緣，讓我尋親歸宗。

呼呼呼，有人敲擊著我家沿弄堂的窗戶，我探出頭看見院門的牆跟下，石庫門的銅環在晃動，天井裡已經走進好幾個農村裝束的男人，一色的黑褲黑襖，非常扎眼。「有人找你們爹爹」，豆腐店四毛不但敲窗叫喚，還領著他們跨進了廊沿。我娘迎了上去，與那黑棉襖領頭的咕嚕了幾句，隨即連聲謝過了三毛等鄰人，並將這批不速之客請進了屋。我和大妹小妹仨人都在家，小小的屋子，瞬間就擠的滿滿的，他們進屋前雙腳個個都在門口一塊小棕氈上擦拭了幾下，然地板上仍然帶進好幾片粘乎乎的黃葉。

「快坐下、快坐下、快、快、快沖茶」我娘吆喝著，不知什麼狀況，還蠻熱情的。沏過茶、拖過椅子，互相都在打量著。瞧著像是父子四人，父親約摸有五十多歲，一頭灰白色頭髮已稀疏了，三個年輕人，一色黑褲襖，黑臉腔，個高且壯的像是兄長，另外倆，一個挨一個的年輕人，只是小的那個更瘦削些，那父親雖有些佝僂，也比我爹的個子高。幾個人都肩挑手扛的拎著麻袋，演活了「西邊的太陽快要落山了，微山湖邊靜悄悄……，」那些扒火車的鐵道游擊隊員。見我們姐妹在打量他們，與我們年齡相仿的倆小游擊隊有些拘謹，微微低垂著頭環顧著四周，一邊觀察我們，一邊將肩挑手扛的麻袋卸下，尋找合適安放麻袋的地方。我娘起勁的吩咐著「隨便放、隨便放」。剛才他們和我娘在天井裡交談的時候，雖沒聽清說什麼，但能聽出他們說話的口音帶蘇北腔。我自然而然的猜想，一定是我爹出差在安徽、淮北，交的老鄉朋友吧。「都過來叫聲大伯」，「這是老四、老五、老六，老二、老三去了農村，老大一直和祖父祖母住，她們爹這幾天在上海，馬上要回來了。」我娘轉過臉，對著一臉懵懂的我們姐妹仨，讓我們管那位年長的叫大伯，並還很鄭重的加了一句「這是你們嫡親的大伯，是你們爹爹的嫡親兄長。」我娘的稀奇古怪讓我們驚訝，這話說的讓我們仨人齊刷刷的轉

過身，吃驚地望著她，當著客人面又不敢發問，只得客氣的奉茶稱呼。

我們不但狐疑，還興奮，感覺我家今天有酒有故事。

幾句寒暄後，我娘一邊關照，你們先坐著，他爹馬上要回來了，一邊裝著要續茶的樣子，拖著我走到黑乎乎的廚房。一緊張，摸了十幾年的竈披間頂燈開關線，我竟然沒有摸到，「姆媽、什麼事啊，真的、假的啊。」

黑暗中光影搖曳，我與我娘的身影在牆壁上亂躥亂跳，幽靈般的舞動。「先別問」「拿著這錢去菜市場隔壁，紅光食堂叫四碗麵」「什麼面？」「大肉麵。」「錢不夠」我瞇眼瞧著我娘遞給我的四毛錢，大肉麵一毛二一碗，四碗四毛八，「缺八分。」

我攤開手掌給她看，剛想得意的甩個響指，怕被我娘罵哪裡學來的流氓相，便趕緊將手縮了回來。

我娘順手點開了燈，一下子窗戶變黑了，牆上的幽靈不舞了，我的手無聊的在牆上又摸一把。

「拿著！」我娘往袋裡又掏了一下，換了一張一元的毛票，拿起鍋子，剛要跨出門，「糧票有嗎？」「有」「你有錢嗎？」「幹什麼？」「你不是存有一些錢，娘問你借行嗎？」「噢。」「先去買麵，回來再說。」我做了一年學徒，工資每月十八元，扣去五元飯菜票，我沒有太多的目標，只想存夠錢買一塊上海牌手錶、和一輛紅色永久牌自行車。

上海牌手錶要　百二十元錢一塊，大姐讓我放低一下目標，首次先買一塊上海手錶二廠出的「鑽石牌」也可以了，只要八十元，我在考慮之中。不過她自己手上為什麼戴一塊上海牌。我有些不忿。

後來我爹見我工作已經兩年多了，每回弄堂裡張三李四新買了永久、鳳凰自行車，總要湊上去詢問摸幾下，永久鳳凰都要一百七十元一輛，還要憑票供應，油漆小組幾次抓鬮三機一響票，永久鳳凰自行車、蝴蝶縫紉機、海鷗照相機、紅燈收音機，我票屑都沒有見到，盲人王先生算的命就是這般的準，「此命一生考試無考運，見官傷官缺官運！」工會上摸電影票，人家能摸到日本故事片《望鄉》、《人證》我就算摸到，也是紀錄片、科教片，不是《小蝌蚪回家》、《癩蛤蟆沒有祖父》，就是流了一塌糊塗的《泥石流！》人要認命！

我爹單位上一位爺叔換了新車，他出二十元錢將他那輛舊車扛回來，這回找曉荔爹整修都等了好幾日，曉荔爹現在手中有錢、心中不慌，那修自行車攤擺的是三天打魚兩天曬網，角落裡堆滿幾十輛車，有生意他也不稀罕，浪蕩子的老毛

病故態重萌。

「你到底有多少，娘問你借，會還你的。」「八十多元，我回答有些猶豫。」「你去取來借給娘。」

「你不要忘記著還……，」

「不要這麼小氣，你都吃娘十八年了，娘也從來沒有與你們算過帳，你才賺了幾日的錢啊……，」「好了好了，我沒有說不借，我也沒說利息不是，只是問一下你啥時候能還我。」

「你這是扔掉討飯棍、就打叫花子，你忘了問我拿錢的時候啦，你有還過本錢嗎……。」

「好了好了，說著玩的，別認真。」與我娘鬥智斗勇，想贏也不是那麼容易。

「都是沒良心的祖宗，娘下個月和樓上龍龍娘、明明姆媽、好婆、阿珍她們來一腳匯，這錢就歸你。」

我知道，弄堂裡主婦一直有搞這個集資花樣，調劑頭寸，有人急需錢使用了，招呼一聲，十幾個人一湊，十元、八元起底，然後首次歸急需資金的人，其餘人就打混了摸號，相當平等。

大肉麵還沒有吃完，我爹已經停好自行車進屋了，我爹和這個大伯的相見，反而沒有像我娘那般的爽快，倆人默默的對視了一會兒，我爹將站起來的大伯輕輕的摁了回去，遞煙、喝茶。我本來以為我爹和大伯見面，會有一種久違了的熱情，男人之間發散感情與女人不一樣。天色黯沉下來了，屋簷下昏黃的路燈射進了窗戶，與我家那淡淡的白熾光交織一起，有一種日光接火光的沉悶。

我把存了近一年的積蓄八十元錢在廚房裡，悄悄的塞給了我娘。

「他大伯，你們看這樣好嗎，讓他爹現在先陪你們去順昌路浴池洗澡，然後今晚就宿在那裡，明天開始去找人辦事。」

街燈昏暗的弄堂，我爹淡顏色的褲子夾在他們四個深色衣褲中很突出，腳步拖杳凌亂，一群人搖曳的身影從牆角拐去了馬路，隨著他們身影的遠去，我們幾個齊刷刷將視線拉回，轉過身盯著我娘，我娘抬著頭，目光仍追著牆角那面灰色的屋簷方向張望，不知她還在看什麼。

我把手插在口袋裡，一邊眨眼一邊瞧著大妹、小妹，仨人都賊笑盈盈。

「姆媽，原來你和爹爹也會藏些祕密的哦，」大妹抖了一下腿、先開的腔。

「啊、你爹不是你們親爹，奶奶也不是你們親奶奶。」

「媽，你是不是應該痛說一下革命家史了吧。」

「哦喲，你們家哪裡有什麼革命家史哦，都是樹葉飄落怕砸到的人，不過，話說回來，你們家也就出了這麼個革命的大伯，當年他和家裡劃清界限去革命的，最後反而當了反革命，要不是早些年斷了來往，大家都要成反革命家屬了，嫁到你們家，福是一天都沒有享過，讓我也成了地富反壞右，每天去掃弄堂，這日子怎麼過噢。」

「媽，沒有發生的事情，您老是無限誇大，已經發生的事情，您又不講。」我忙著打斷我娘的聯想。

天空又在飄毛毛細雨，秋風在屋頂、房後呼嘯。我們家還真的痛說了一回「革命家史」。

「說可話長。」我娘在醞釀。

「媽，看在我把存了一年的錢，都借給您的份上，您就把這個說來話長的故事，一五一十的全說出來吧。」

「是的、是的，慢慢來，不要漏了。」

家庭祕密的幕佈在揭開。

「這個也要從你們奶奶這邊說起了。」

噢「『你爹不是你們親爹，奶奶不是你們親奶奶』嗎。」

「別插嘴！」調侃被迅速止住。

「你們奶奶倒是你們的親奶奶，但你們現在的爺爺，的確不是你們的親爺爺。」

「你們爺爺的祖上是陸家浜開眼鏡店的，因為只有一個女兒，店裡一個蘇州東山的年輕伙計，做了招女婿」

「嗯、蠻像林家鋪子的哦！」我又插嘴了。

《林家鋪子》是三十年代作家矛盾的小說，後來拍成了電影，寫上海附近小鎮上一家雜貨店頻臨破產，老闆秀麗文靜的獨生女兒嫁給了忠厚老實的伙計壽生的故事。

「這種事當年上海灘是不稀奇的！」我娘強調一句。

「後來生有兩個兒子，大兒子在店裡做，小兒子留了洋，這個就是你們的親爺爺。你們爺爺回來後，弟兄攜手，將眼鏡店擴大成眼鏡廠了，二、三十年代，陸家浜眼鏡廠也是有點名氣的。娶了蘇州金門三官塘石塔頭韓氏的女兒，那就是你們祖母。韓家據說是韓世忠的後代，說有家譜為證，但你爹爹說沒有見過，不過你們祖母韓家出美女倒是真的，你祖母的姐姐嫁進蘇州一戶呂姓的唱戲人家，

生了個女兒叫呂美玉，頭像放在美麗牌香煙上面，儘管不常來往，你們祖母說起來也像驕傲韓世忠梁紅玉一般神采飛揚。

你們祖母生了兩個兒子，第二年春天你爹還在搖籃裡，你們親爺爺就得傷寒去世了。兩年後你們祖母就帶了你爹改嫁你們現在的爺爺，大兒子就留在老家。當年你們爺爺和叔爺只是盤下一家小小的肉莊，你們祖母也很辛苦，每天熬肉皮親自送酒樓，由於年輕標致，在外灘洋涇浜一帶，她還有個「肉皮西施」的綽號，小生意還過的去。」

「噢，為什麼爹爹與大伯沒有聯繫。」

「沒有聯繫的原因很多，後來的事情是有些複雜的。」

「爹爹回來了！」門廊裡傳來我爹爹的推門聲，「後面的事讓你們爹爹講吧，他們家很複雜，又牽出了一堆人，娘也說不清楚。」

我爹向我們幾個凝視了一會，屋子裡很安靜，我們屏住氣盯著我爹，座鐘空闊的準點噹的一聲，能把每個人都震的驚一下，我爹也許在回憶，能看出我爹的心情比我娘深沉，我們不敢再像剛才那樣貧嘴貧舌的，一個個默默的看著我爹，心裡還是很盼望我爹能將這無頭故事往下續。我爹眉毛垂低的連眼皮都幾乎要閤上，沉默了一刻，對我們說「你娘都說啦，」「爹，姆媽只是說那大伯是你的親兄長，別的我們都不知道。」「明天你們三個陪他們四個出去玩玩，爹和大伯去辦事，」我爹說這句話時聲音雖低，但語氣平靜，我覺得我爹這樣子，有續故事的希望。

「你們祖母帶著我再嫁走出了老宅，我和你大伯見面不多，我讀中學的時候，他已經讀大學，後來說生了肺結核，被老祖母送去了蘇州東山老家養病，在東山養病時，他參加了共產黨太湖游擊隊組織。」

「噢，地下黨啊，正宗的三八式老幹部啊，」

「不是三八，是四九。」「別打斷……。」

「他這個地下黨卻被趕出了上海，送往蘇北農場，當年他走的倉促，我們沒有見上一面，後來他帶信來，我去過農場，才聯繫上的。」「爹，大伯被關在勞改農場嗎，」「不是的，當年把他們趕出上海，有很多歷史原因，四九年上海街頭原本有很多乞丐及無房閒散人口，政府就一車一車的把他們送出城市，運往蘇北農場，你們大伯是內控勞改性質，表面說是管理這批人，其實是與這批人一樣待遇，被污辱被欺負。」

「爹，他們這個叫黨內鬥爭是嗎。」

「爹也不懂！」

## （七）

第二天我爹與大伯出去辦事，讓我們仨姐妹去小旅館接二位堂兄，帶他們去城隍廟遊玩。

冬天的遊人少，九曲橋上清清冷冷。荷花池只是枯枝殘葉，並未結冰，水中魚兒縱橫，碧波潭碧波蕩漾，桂花黃疏影橫窗，亭台水榭的湖心亭沒有夏蓮，一池的殘葉在陽光下粼粼波光，廟宇角樓雕欄玉徹新漆，朱顏深色奪目，流光溢彩俗的一塌糊塗，還好橋上來來往往的遊客衣襖一色藍黑，色調一勻一襯，尚不刺眼。

「你們家真的沒有一點點原因，就把你們趕出上海了嗎，」我們姐妹仨人還是沒有搞清楚大伯一家的遭遇，我對著仨位堂兄，提出疑問。「是的，是把我們當成城市裡的垃圾掃出去的，我們是一批多餘的人。」

「豈有此理」我憤憤。

「那你們是住在農民家裡嗎，」

「那裡沒有什麼房子與農民，那裡是一塊什麼都沒有的灘塗濕地，我們砍蘆葦和泥巴，蓋屋子⋯⋯。」

「哦，這是要你們自生自滅吧。」

「你爹當年是共產黨員嗎，」「不是！」「那有什麼政治歷史啊，為什麼要把你們家趕出上海，」「我父親以前是長江報的總編，因為說他是地下黨，可能有叛變情況，屬於內控對象，變相發配充軍⋯⋯」

「去年你爹來我們那裡，說是找到了當年蘇州老家東山的游擊隊的人，證明我爹當年只是在東山養病時，幫助過渡江的游擊隊，並沒有參加過共產黨，後來回到上海也在報社當主編，解放後國家不信任舊知識分子，採取滲沙子手段，另外又說當年東山地下黨遭到破壞，我爹的檔案就說不清，反正有些情況我們確實也不太清楚⋯⋯。」「是很複雜，但我們是嫡親堂族總歸不錯的！」「是的！這點是肯定的，我們共同的爺爺是陸家浜眼鏡店的⋯⋯。」

沿河岸排開，我們一字排開趴在欄杆上看湖面枯葉下翻來轉去水中魚躍，調皮地將太陽光影弄散成了萬點金光。

日漸西頹，湖風悄然而至，我們瞎轉悠到落日餘暉已從池子消失，湖面在暮

色中呈灰藍，層層皺起，橋板上游客更稀落了。

那日送行他們也在太陽落山時刻，黃昏血色下的一門老少愴愴行走，我們全家出動，將他們送至在河邊破舊的碼頭棧道上，走遠的身影，仍一色黑襖黑褲，在薄晚的西北風裡，只是一粒粒微不足道的塵埃。

我爹說那日與大伯去辦事還順利，那人會在你們大伯的申訴材料上簽名，這種事情對我們來說理解都費力。

禮拜天的早晨，待醒時光，窗外霧雨瀰漫，寒氣逼人，風兒撞擊著大門發出梆梆聲，春天還遙遙得很。大寒還沒來呢，這是一個誰都不願意自覺起早的日子，我戀枕依衾、慵懶斜臥，正尋思撩開窗簾抽一本閒書翻翻。

大燕撐著雨傘來敲窗，她說菊娣在上海，讓我與她一起去拜訪她。這都堵我家門口了，還能選擇說不好嗎。我咬牙下床，穿衣洗漱，隨她去了菊娣家。

菊娣中學畢業後，被分配去了崇明農場，我和大燕一直說要約了去農場看看她，卻從來沒有附諸行動。

「來親戚啦，」菊娣打開房門，從門縫往裡看一片烏黑墨漆，景物不太清晰，嘈雜音傳了出來，鬧轟轟人一定不少。

「我大姐回來了！」

房門的左邊有一扇小窗，我側頭扒著玻璃，碎花薄布窗簾遮的嚴嚴實實。透光映出有個老人模糊身影在床上躺著，房門半掩，我眼睛向內掃了一圈，屋裡傳出一陣陣熱腐酸味，瞧著有些潮濕灰暗、凌亂，靠牆一隻舊式木櫃上又疊了幾隻木箱子，上面堆著雜物。四處塞滿了舊佈物品與塑料袋。還有幾卷草蓆捲起後豎靠在壁角上，繫著繩子的糧食口袋就隨便放在門口，菊娣張羅著讓我倆進去時，心慌意亂我抬腳就往米袋上踩。「哦哦，真對不起！」嚇得我跨也不是，縮腳又不是，有些懊惱來的局促。」「哦喲，真不好意思，昨天就想將袋子盛進米缸的，一轉身忘了……。」菊娣邊打招呼，邊將米袋稀稀嘩嘩地推進牆邊，隨手又把靠牆壁倚放的幾把折疊硬背椅子拖出來，剛扯開就被倆小男孩搶著曳走了，菊娣吼了幾聲，也不管用，小男孩將椅子在地上蠻拖，發出的嘈音淹沒了菊娣的呼叫聲。我和大燕茫然不知所措的張望著，屋中央燃著熊熊的煤球爐。屋子外面一陣疾風呼嘯著吹過來，斜捲著雨點打在門旁的窗玻璃上，一串串掛在屋簷下的紅辣椒在風中不住的晃動，劈哩啪拉裡屋又傳出一陣亂響，大冷的天我沁出了一身細汗。十幾年沒見她大姐，我和大燕追著便問菊娣：「人呢，」「你大姐人

呢，」屋外搭了個罩棚，油毛氈頂，一個簡易灶台沒了爐子冷哈哈的，一張白木頭桌子，幾張木凳，菊娣正在把棚子裡的木凳往家裡搬，木柵欄裡潮濕的野草都從裂縫裡滋生出來。「趕快關上門，別著涼了。」

外房很冷，我和大燕接過條凳，趕緊掩了房門。「這家怎麼啦，」我不好意思將凌亂不堪說出口，菊娣家以前還是很乾淨的。「先來見見我大姐吧……，」菊娣指著床上一個面色灰白，氣色沉沉的一剪髮女人，花布被子一直拉在她的下巴，露在外面的一張臉。半身靠在厚枕頭上，頭支得高高，我倆走前，她掙著想欠一下身體，一隻手伸出來去抓床旁的衣服，瑟瑟的衣服響動聲，「不打擾了，您別動，大姐……。」

床上菊娣大姐費力的在挪蓋被，我和大燕顧不得棚屋寒冷，打了招呼，掩了房門，就退到外面。

菊娣家亂糟糟的情景，讓我和大燕感到不安。

「你姐還好嗎，」我挺憂慮的問了一句，「情況不好，她雙腳落地，腳趾麻痺、扭曲、彎斜，兩邊的膝蓋就會抖個不停，腰也無法直起來。」

外面雨滴聲越下越大，這間剛剛蔽得風雨的棚屋，風刮著氈頂顯得特別尖銳，一聲聲加強呼嘯著。

某種記憶不斷向我的腦子裡湧來，終於變得清晰：「天山腳下是我們可愛的家鄉」「塔里木的葡萄熟了，阿娜爾汗的心也醉了。」

那日空氣澄淨明澈，太陽光刺的雙眼滿滿的灼熱，絢美的彩虹下，天空的色彩顯得虛假不真實。

菊娣她大姐戴著大紅花，一身草綠的軍裝，翻一個淡綠的襯衫領，她的腿長而纖瘦、體形優美，右邊斜挎著軍用書包。左邊一個軍用水壺，一條為人民服務的白毛中扎在皮帶上，柔軟的髮辮也隨著她擺動的身姿左右盪動。青春少女的眼神清澈而純潔，如春花般芬芳隨風蕩漾。這種裝束永遠停格在幼年我的心靈深處，是電影明星的範。

剛才我已快速的算了一下我們與菊娣大姐之間的年齡差距，那年她去新疆建設兵團，我和菊娣剛剛讀小學一年級，那時我們六歲，大姐就算二十歲吧，現在我們二十出頭，那大姐不是應該才四十多一點吧，無論怎樣與床上那面頰上的髮絲黑裡夾灰夾白、蒼白的皺臉，一副木然神情的老人樣配合不起來。

菊娣說她大姐在新疆嫁了一個河南人，生了四個小孩，她姐夫積勞成疾生肝病。從發現到走才十幾天，她姐一個人拖著四個小孩，現在脊椎都直不起來，新

疆兵團讓她回上海來治病。

「那她們住哪兒呢，」我又問了一句。

「正在天天吵呢！」

菊娣家有兩間平房，父母早已過世，她大哥結婚佔了間裡屋，賓館的二姐菊瑛結婚後搬了出去，菊娣和弟妹三人住在外屋，這一下子添了五口人，疊起來也住不下。

「這不我嫂子已經天天扔東西罵呢。」

幾天後的一個黃昏，菊娣的舅公，就是她娘的舅舅，撐著拐棍來看外甥女，他囁嚅的勸慰了整天罵罵咧咧的海光媳婦，並說他已託人。拼湊了幾千元，在偏僻郊外替她們母子買了間農舍，那日全家上下拉著年邁舅公的手，都傷心的嚎淘大哭，哭的左鄰右舍勸都勸不止。一天菊娣來我家，我很是困惑的問她：「舅公替你們姐買了房子，不是天大的好事嗎，你們怎麼反而全家大哭一場。」

我一問又觸動了菊娣的傷心，她兩手掩面撲在我家桌子上，抽噎地告訴我說：她們父母死後十幾年，舅公一直用微薄的退休金接濟他們，他們六兄妹一直說長大了每個月要孝敬舅公的，現在我們幾個雖說工作了，不但沒有孝敬他，還讓他籌錢又幫大姐，舅公已經是八十多歲的人了，當時大姐拉著舅公的手，哭成了淚人，大哥突然就跪了下來，說實在沒臉讓你再幫我們，然後大家就都想念起早死的爹娘，圍在舅公身邊、抱著舅公的腿，隨後就越想越傷心，越想越傷心，都大哭了起來。菊娣把我也說哭了。

搬家那天，還是弄堂裡的四毛，三毛，海明和燕玲他哥，後廂房的明明等踩著菜場裡借來的黃魚車送她們去的。

早春二月，弄堂外的梧桐樹葉出了綠芽，然而「二月春風似剪刀」，那陡峭的春風拂過，雖刮臉不覺生疼，但一股股冷氣還是颼颼的往衣褲裡鑽。菊娣她姐裹著棉被躺在黃魚車裡，弄堂裡的鄉鄰都走出來和她姐惜別，有塞幾元錢的，有包些糖果的，也有給些塑料盆籃的。我大燕、四毛、明明等十幾個同學湊了二十元錢裝在信封裡提前就給了菊娣，臨走那天，我們又買了二包椒鹽小黃糕、塞給了她姐的幾個小孩。「大姐，前幾天二十元錢紅包是他們幾個的。」菊娣指著我們幾個，在告訴她大姐，我心怯怯，不敢瞧她姐的臉，更怕與她的眼睛相碰。

那天送她姐一家五口搬去新家時，弄堂裡的黃魚車和自行車又混搭成一條車隊，又一次浩浩蕩蕩的駛出弄口，這讓我想起十年前去康平路去救赤衛隊的那次。

　　這以後又有二十多年沒傳來過菊娣她大姐的消息，有一次遇見菊娣，我便問了她姐的狀況，沒想到病病歪歪的大姐也拖到現在，主要是她們舅公替她們買的那間平房，遇上了拆遷，「窮人翻身靠動遷」，她姐一家拿到了三套二居室的新房，幾個小新疆都活得還滋潤。

## （八）

　　我家前門斜出去拐兩個彎，有一塊連接菜市場的窪泥三角地，然後再走十幾步路，橫過一排穿堂屋簷，竄出我們後弄的巷口小道，有個破相的角落，那裡不但長年堆瓦礫，還豎有幾段不齊整的竹籬，一截頹牆橫著，作用是擋出一座簡陋的公共廁所，但晴雨氣味衝鼻，露天一方臨時擱的槽盆，滴水的籠頭關不緊，幽閉處一扇小窗戶，坐 一婦人，日日一簡單的動作，一疊疊黃糙手紙裁裁剪剪，端端正正壓上一塊石塊，一分錢二張零售急廁人。

　　文革始，那塊地彷彿暗伏一個共和國旋渦，最先匯聚是一波波辯論者，話題圍繞柴油機廠的東方紅聯司，隨後出現手託一版版各種材質制的毛主席像章，交換、兜售。隨後是天安門廣場的詩詞、隨後是手抄本小說，第二次握手，綠色屍體……。

　　七十年代中末，凜冬剛過，浩劫初歇，上海灘的自由市場小荷尖尖露角。農村自留地、小商品貿易的胚胎、資本市場的種子，自由化的萌芽，都在這塊爛泥地裡孕育，地下春天幾句早燕呢喃。我娘她們幾個主婦們說有些五十年代的恍惚感。

　　最先出現的是一波波竄流不息從三林塘、楊思、杜行、北蔡等鄰近郊縣趕來的農民，晨曦中的重型老坦克自行車、吱吱嘎嘎的人力黃魚車，魚貫駛過來，七手八腳的將一筐筐沉甸甸的篾竹筐卸載擺攤，地上散亂著毛竹扁擔、塑料盆，小方人凳，掏出細竿稱砣，搬過放在角落裡的石塊，用它來壓實攤開的油布。蔬果雜糧、活魚蛋禽，生熟製品、五花八門，品種甚至超過菜市場。一簇簇用土繩綁梱的苗木，綴著零零落落的花苞果實，幾分幾角就可以買上一株，散發著一股股城市裡極其稀罕的原野鄉村氣息。

　　中午的陽光綻放如花，透著梧桐樹葉，曬在地面上斑斑駁駁，菜市場的喧鬧褪盡，胳膊上綁著糾察紅布的大爺還在清掃菜皮碎殼，三角地的人群已經換了一波。

　　角落裡的石塊，又派上了用場，這次壓在下面的是，太平橋石庫門前樓面十八平方、朝南、廚房衛生三戶合用，意向徐家匯田林地區，全獨用二室，浦東免談……。又：本人工作銅陵小三線，國營企業大勞保，因長期夫妻分居，經組織同意，尋訪市郊集體所有製單位，自願對調……。怀揣諸如此類廣告紙的人群，從文化廣場、復興公園、電車三場、太平橋、陸家浜等鄰近地區聚來，爛泥地上，粗體黑跡卡片一字鋪開，竄來竄去看熱鬧亦不少，人與人問就答，不拘非誠勿擾，帖子的成功率有多少，我不太清楚，的的確確我也是跟在我爹後面，在這塊地攤上，悠哉悠哉的經常在轉。

　　由於深受底層房屋的潮濕之苦，我們全家也蠻想能有個樓房住住。雖然那會兒眾人都表示，交換房屋的高難度超過了婚姻介紹。婚姻介紹一般雙方家境有些般配，當事人若不太挑惕，成功率還是蠻高的，而且選擇機會也多，人與人一見面：「張家嫂嫂，這是你兒子啊，好久不見，長這麼大了，在那裡工作啊，」「閔行汽輪機廠的」然後一會兒，就可以湊在耳朵旁低聲問聲：「女朋友有了沒有啊，」「談是談過倆個姑娘，儂是曉得的呀，家裡房子小，所以都吹了。」「挑挑揀揀，高不中、低不就。」「李家姆媽，周圍有沒有熟悉的小姑娘啊，我一個要好的小姐妹，託我替她兒子物色一個姑娘」「哦，什麼條件呢……」，所以這種七姑八婆一多，婚姻的成功率就會超過換屋率。

　　終於尋尋覓覓有了收穫，一間徐家匯路二層樓的老式民居讓我們有些中意，外牆整整齊齊，順著樓梯走上去，一排朝南四扇元木長窗，似乎剛剛澗過桐油，往外一推，明亮利索，整棟樓磚板結構，一幅原汁原味的農村房屋樣式，空氣裡嗅到一股青草味，雖然與弄堂石庫門相比，這種房子不僅僅因為是土氣，我娘說牆體很單薄，是單層磚砌就的，冬暖夏涼一定是差一些的。但是我爹說，樓房會少一些寒氣的。木地板洗涮的很潔白。自來水在扶梯旁，三戶合用，沒有廚房，就在房門外轉角處，可以安放一隻煤球爐，樓梯間暗處掛一塊青花布做幕簾，必是馬桶間了。屋內有個樓梯拐角，目測一下，能安一小床，腳跟頭釘上一排書架，拉一塊花布，夜深人靜躺床上看書可以不愁了，室雅何須大，幸福有時候來的也很容易，一個樓梯拐角的一張小床、一排書架、一塊遮布所帶來的美好憧憬，比你現如今擁有一套花園洋房咀嚼起來更加甜蜜。

　　屋門外是巷底，一道澗了白石灰水的厚土牆，靠牆堆一個低矮的花台，石條砌的邊緣彷彿條凳，栽有一些花草，一角小園，一棵枝條垂懸在地面的柳樹，雖不及合抱，但粗粗的樹幹，蒼桑斑駁，杈枝形似樹洞，一圈泥地，嫩綠的小草在

晚風中搖曳，站樹下，佇立片刻，撫觸著樹皮，明明初見景緻，卻又似曾見過的夢幻，腦海裡跳出了隔世的記憶，夢裡定是來過此地，頓時對此屋充滿好感。霎時陷入遐思，一桌一椅一竹塌，一棵柳樹一壺茶，讀讀小說聽聽戲曲，有酒成仙，無酒成佛，管它冬夏與春秋。

我東聞聞西嗅嗅，院子裂縫裡長出的雜草與蘭花葉子太相似，樹上飄落一片葉子，竟從我頭頂滑過掉我肩上，我在都市裡聞到了一捧泥土的清香。一來二去，雙方都有誠意，一日傍午，我跟著爹娘又去了一次，相商如何辦理交換手續，出屋時，特意又瞧了一眼老樹，雖是秋天，只是葉子有些深色，未泛枯黃，比梧桐樹葉耐寒，那樹上的干葉子被晚風吹得喊喊的響，路盡頭泥地裡的野草透著靈氣。

跨出後檐，天空繁星未起，卻有夜來香味，一陣濃郁，更歡喜幾分。

拐出巷口，我爹走在頭裡，我與我娘落後幾步。突然一矮個乾癟婆婆閃過，擋去路，說有話和我們講，並低聲詢問是換房的嗎，聽到明確答復後，她悲慽慽一張臉，甚是驚恐，嘴唇一翕一張地，老淚簌簌的就掉下，嚇得我娘忙扶著她，「不哭不哭！」

「有事慢慢講。」我爹返回。

爹娘略致慰問，婆婆訴：換房與我們洽談的是她媳婦，有七歲和十歲倆孫了孫女，她就一個兒子，半年前工傷事故，在工廠裡不小心觸高壓線死了，她老先牛聞聽，立即腦中風暈倒，兒子五七那天，也成了他爹的頭七，我和媳婦都是傷心的，我是更傷心了，本來還好好的，最近，不知聽了誰的挑唆攛掇，媳婦說，這種死法叫做「五七撞七」那死去的靈魂不肯出屋，會扶牆摸壁一直留在家裡，媳婦怕了，神思恍惚對我講，彷彿見到他們父子的靈魂在堂屋裡飄來蕩去，有人替她出主意，讓她搬家，「我是不想搬，我要守在這裡，否則他們父子倆的靈魂怎麼能摸回來……。」

婆婆嗚咽的話語，好似秋風微嘯，未開言不由人珠淚滾滾，這家世表的我們仨人俱一身冷汗。

「非常抱歉，我們不了解，您老放心吧……。」

驚顫，好言勸走婆婆。天始黯沉，婆婆轉身，一搖一晃，從來處來，從去處去，瘦削的身子在風中痙攣，婆婆之眼神，夢幻泛彌，她能望及世外至親，我癡望著……。小時候讀過民間故事，有人冤屈悲傷變成了一棵樹，樹名泣柳，有魂，莫非空地上那株柳樹就是一棵泣柳，每回撫觸，耳旁秋蟲啾唧，如今越思越

覺黯淡，心驚肉跳。

　　適才出弄時，斜陽餘暉，晚晴還暖洋洋的，未幾一刻，上弦月卻已現，涼月涼風，有些透心涼的感覺，半小時回程，就將天色走暗，尾隨自己的影子，街燈也已亮，黴形聚光，在風中抖動變形，尚未進入晚秋節氣，梧桐樹葉已早早掉完，街頭聚堆起很多黃葉，踩著沙沙作響。從南往北，涼風刮臉，烏雲飄過，多條煙囪全部一起在噴煙，與烏雲攪成糊狀，夜色茫茫罩四周，重尋夢境何處求。

　　一行仃人走在道旁，路面窄，呈一字型，我身子微抖，步履沉悶，越想越怕，幸虧未曾搬去，兩個陌生的鬼魂在屋裡飄來蕩去，誰都吃不消。此時月色還青白，門戶尚可辨，一行摩挲跨入天井那一刻，我娘轉身對我爹講：「這換房子一事，您也別再操心了，房屋講究緣分，必是緣分未到，日子苦些沒有關係，平平安安要緊。」我爹嗯一聲，全家履行諾言，再不涉足房屋交易黑市，陰影籠罩，索盡了換房的雅趣。我在這條落地生根的老弄堂裡又「蘭棠」了數年。

　　由於隔壁地下市場裡苗木興旺，我們弄堂的舊盆爛罐裡，新桃換舊符的有了新氣象，我家石庫門外，那堵有些牆塌壁倒的圍牆下，原來只有幾盆蔥蒜，和一簇簇的無名野草，現在遂漸也種上了一些有名有姓的木本花卉。粉淡的桃花、爬伏的薔薇、矮矮的一棵石榴、開過幾朵紅花後，還掛了幾顆果實。不過石榴是龍龍姆媽買來栽種的，一見結了果子，就搬回她家亭子間。一盆丁香花是我娘種的，在小花盆裡已經種了一季，今年翻盆後，紫色小花嫩葉簇生，星星點點的紫碎花都已經開出來，芳香四溢，很是舒心。

　　我娘說，紫丁香花開過，明年一朵栽在瓦陶罐裡的粉色法華牡丹，應該也快要開了。

　　「姆媽，啥叫法華牡丹啦，牡丹還有名字啊。」

　　「洋盤了伐，上趟這個花匠推著板車來，十幾株用草繩綁著嫁接好的牡丹，有人問，啥地方的啊，那花匠斜氣驕傲講，放心挑揀吧，阿拉全部是法華牡丹，然後一歇歇這些牡丹就被大家統統拿光了，從前你們外公種牡丹，是一定要法華牡丹的，儂外公講，法華鎮上的牡丹，的的刮刮是南宋那時候從洛陽帶來的種。」

　　「噢，難怪要亡國，這個小朝廷從汴梁逃到杭城，啥也不帶，只曉得帶點牡丹，搞勿好了……。」

　　「勿要瞎三話四，信口開河罵祖宗，要遭天譴的……。」

「姆媽，南宋祖宗都跳崖絕種了，我們都是番邦的種，你看我的小腿這麼粗，祖上一定是騎在馬背上的……。」

「越說越昏頭了……。」

「娘，外面瓦缸裡的夜來香是誰買來的啊。」

「娘，開這麼多花，香氣會否太熏人啊。」

「哦喲，真是劉姥姥進大觀園，缺格兮兮，沒有見過世面，從前你們外公前天井後客堂的花開起來花團錦簇，沒人會說太熏人，現在瓦罐裡開幾朵小花，要講熏死人，真正是服帖了你們……。」

「姆媽，儂勿要一直貶低我們好伐，我講是夜來香，開起花來味道是蠻濃的，我在床上是聞到的，」

「夜來香防蚊子的，夜裡廂蚊子少一點。」

「亭子間的龍龍回來了。」

「隔壁小鶴、後弄堂良良，都回來了。」

這幾天插兄插姐扛著大包小包，神采奕奕的走進了弄堂。

我哥也來信說，他也快回來了。我們全家像盼過年一樣歡歡喜喜，我爹同事上門做客，送我家一盒咖啡，我爹也說要等他們回來一起燒，並且東藏西藏，怕我們提前喝掉。

# （九）

亭子間龍龍和腳踏車行的娟娟幾個雲南知青先回的城。原本有些煩悶的弄堂，有了新鮮話題。

日長無事，圓月耀眼，竹椅條登東一搭，西一圈，爭搶著講著同樣的話。高高低低的家人叫喊聲「吃飯了，睡覺了」，然後人群才散去。

亭子間的龍龍大哥回來後，帶了一個被太陽曬的黝黑臉，名字叫月英的上海姑娘一起回來的。

亭子間嫂嫂有一天在竈披間，拉家常講述她去月英娘家的事：「阿拉龍龍前幾天讓我去見一下月英的父母，月英也是個苦孩子，從小親媽早逝，她爹續弦後，生有倆兄弟，家住在閘北的棚戶區。」

「哦，你們親家見過面啦？」樓上鄭家姆媽插了一句。

「是呀，屋子也是豆腐塊大的一塊，龍龍帶我去過一次。」

「哦，這樣說起來，新房也是要建在亭子間了。」

「是呀，阿拉是男方，也是癩子頭上的疤，賴不掉的。」

「哎，家家有本難唸的經。」我娘也嘆了口氣說。

「月英爹媽在哪工作啊，人還客氣嗎。」明明姆媽見大家都有些沉重，有一搭沒一搭的接了一句。

「好像棉紡廠的，我也記不住，哦喲，客氣是斜氣客氣了，」龍龍姆媽一下子提高了嗓門。

「那次到了她家去，一條小路曲曲彎彎，迎面灰蓬蓬，地上東一灘積水、西一隻水潭，剛剛下完一場陣頭雨。進門時阿拉龍龍關照我：『姆媽當心哦』，並拿手擋住了頭頂上的門框，怕我撞到，我剛剛頭一抬，小心了上頭，月英旁邊一把拖牢我，喊道：『姆媽、小心腳下邊』我嚇的低頭一看，哦喲，裡面水泥地比門檻要低一大截了，差一點要跌進去了。我是頭也抬不上去，腳也伸不下去。後來總算龍龍、月英，扶我在一張方桌面前坐穩。月英的阿爸、後娘倒也蠻客氣的，一屋子春意、喜氣洋洋。一杯綠茶剛剛接好，馬上一碗紅糖水煮雞蛋送到手上，我一看又嚇了一跳，滿滿的一碗四隻雞蛋的麻油撒子糖水，又不是坐月子哦，做啥要吃四隻雞蛋啦。」

「哦，這個我也有聽說的，蘇北人媳婦生孩子是吃麻油撒子衝雞蛋紅糖茶，但是做客也要吃，倒是沒有聽說。」鄭家姆媽說了。

「這個倒也馬馬虎虎了，我講吃不了，月英講，吃不了讓龍龍吃。」

「我剛剛咬了一口水煮雞蛋，撲通一聲，頭頂上飛下來一個人，嚇得我吃了一半的雞蛋，不曉得是吐了出來，還是吞了下去。」

「這又是啥事體啦，」這下子，所有人都讓龍龍姆媽給嚇著了。

「月英一個勁的叫我不要怕，不要怕，她後娘還在我背心上拍了兩下，我定定神看清楚了，飛下來，站在我面前的是一個十幾歲的男孩子，他還朝我笑了一笑，我像椿子戳在那裡，動也不會動，魂靈像啥也嚇出來了，月英阿爸在他頭上敲了兩下，他一溜煙的逃了出去，我醒過來轉身要看看清楚，人影一閃跑遠了。」

「原來是月英的兄弟，他是從擱樓上跳下來的，月英阿爸還指指擱樓講，樓上還有一個了，哦喲我剛剛想坐下去，嚇得趕緊又站起來，怕再飛下來一個。」

「為啥要跳下來啊，沒有樓梯嗎，」大家不解。

「是呀，我進去時，是沒有看到樓梯的，所以根本沒有想到有擱樓。後來回

來的路上，龍龍對我說，因為擱樓低，不需要扶梯的，原來還放一隻方凳，踩踩腳，倆兄弟長大了，擱樓成了他倆的起居室，男孩子手一撐就上去了，下來自然也是跳下來了。」

龍龍講的蠻輕鬆，但是我對龍龍講，「這樣飛上飛下總歸有些嚇人的。」

「後來龍龍又怎麼講了，」我也覺得蠻好玩的，插了一句。

「龍龍講：『姆媽，這個叫跳，不是飛，儂也不要誇張』。」

「哦喲，我還誇張啊，我當時嚇得咬在嘴裡的水煮雞蛋，咕嚕一下，又掉落到碗裡，後來果然吃不下，太不衛生，所以也不能推給龍龍吃，自己只好硬撐把一碗四隻雞蛋的麻油撒子紅糖茶，全部吃下去，一邊吃，一邊還警惕，不曉得另外一個啥時候飛下來。」

龍龍姆媽回想起那天情景，想想也好笑，撲哧一聲，自己出聲笑了起來。

「月英父母肯定認准儂胃口倒蠻好的。」「哈哈哈哈。」明明姆媽說了一句，竈披間大夥都笑聲不止。

炎熱的九月快要走了，龍龍和月英要辦婚禮了，講是定了十月一日。

小狗爺叔在竈披間和大家說：「陪龍龍跑了老城廂德興館、城隍廟老飯店、和英國領事館」，「現在叫海員俱樂部」一旁的龍龍解釋了。詢問了婚宴酒水價格，一圈兜下來，包啤酒汽水，每桌都要四十元出頭，」「這麼貴啊！那麼幾菜幾湯呢？」「沒有選擇的八隻冷盤、八隻熱炒，再加全雞全鴨全蹄膀、整條魚，和最後一隻砂鍋全家福」「哦菜水倒還齊整，那麼魚是什麼魚呢？」「講是松鼠大黃魚。」「噢，還差不多，不會來條草鯉吧，」「哦，這麼貴的價格，不作興上花鯉魚的噢。」嘰嘰喳喳的竈披間有關熱炒、冷盤的菜口、材質，討論的熱火朝天。「其實這些雞鴨魚肉、時鮮蔬菜後弄堂三角地灘頭上自己配配，二十幾元一桌就可以搞定，大飯店就是吃個派頭啦。」

精明的主婦們捌著指頭算起了價格。不過，這倒是真的，上次大伯一家走的那天，我娘說就去一次飯店吧，我們幾個歡呼雀躍的去了一次大陸飯店，十個人點了冷盤熱炒、清蒸鰣魚、炒腰花、白宰雞、烤鴨、醃篤鮮、每人一瓶桔子水，大閘蟹三毛一隻，半斤不到，每人一隻，結帳三十元多些，回家時我大姐還說，幾年前她們幾個同學拼了一桌，也吃這些菜，二十多元還不到，也是這家飯店。

「那我們有沒有能力自己辦一頓酒宴啊，」「那有什麼問題啊，這種都是家常菜，自己都能燒的」「我以前娘家婚喪喜事都是村子裡開流水席，那可高興了，結婚和死人全村人都要吃上星期，」「什麼叫一星期啊，天天吃嗎，那當然

嘍，不要說午飯和晚飯，早飯都管。」阿娟阿姨是南匯南橋鎮人，」「那一定要廚師的吧，」「這個要正宗廚師的。」「如果大家決定自己辦酒宴，廚師朋友我有，工錢也不用付，最多給一條大前門香煙，意思意思。」「小狗爺叔儂最有腔調的了。」，「哦喲，你這個主意倒是不錯的。」大家都誇獎小狗爺叔。

「刁教官說合做媒人，辦喜事的門道我略知一二，儂要辦酒水，廚師最要緊，我有個姨夫在上海，十八把菜刀最出名……。」「阿慶嫂我別樣禮物送勿起，送一對江南絲竹小堂名，討娘子花轎最要緊……。」

「你們先不要起鬨，廚師是要緊的，那麼酒席是不是辦去蘇州陸家浜啊。」

龍龍姆媽見到小狗爺叔和阿娟、龍龍都尋開心在唱滬劇蘆蕩火種裡面，阿慶嫂聽到胡司令要結婚時的辦酒席唱段，急的在擺手打岔。

「常言道酒水只要看檯面」，「這倒是噢，陸家浜蘇州稱第一，鈔票不會便宜吧。」

「借場地都是要花錢的，不如辦酒水就設在自己這棟樓裡吧。」小狗爺叔回答了不無擔憂的龍龍姆媽提出的問題。

「春風得意喜訊高照，張燈結彩場面好。」連續幾週一棟樓的人皆沉迷在世俗的樂趣中難以自拔，日日繪聲繪色地在討論魚、家禽和鮮肉最適宜的烹調方法，及對好酒好菜深情款款的回憶，終於迎來了辦酒席一天。

清晨、從頂上下來，每間屋子都在忙著拆床移櫃，要塞二十多張大圓桌面的計畫計畫，龍龍、三毛、明明、小鄭老師、小狗爺叔等都已經測繪丈量過好幾一回了，連樓梯拐角走廊都沒放過，運桌椅搭檯面、置碗筷遞茶水、疊被鋪床包喜糖，剪紙貼花扎紅綢，似乎已經找不到閒人，天井水槽旁的雞鴨魚肉堆成了山。竈披間的煤球爐都有專人司責，出灰、添煤球、什麼時候小火悶、什麼時候大火沸，一律聽候小狗爺叔喊來的光頭廚師統一調配。

暖風吹在花上，花兒吐露芬芳，十月小陽春氣候仍悶熱。月英去八仙橋扯了幾丈的確良布，一塊淺天藍色，一塊粉色中帶小格子，我大姐比劃了裁剪的紙樣，在我家的蝴蝶牌縫紉機上替他們踩出兩件襯衣，結婚那天我們陪玉英去紅都理髮廳，就是以前的百樂門，想燙個捲髮，那年月燙髮說要憑文藝工作者證明才給燙，玉英出示了幼兒園老師工作證，勉強替她長髮盤起燙了個留海，回家後大夥七手八腳胭粉口紅替她一番塗描，那天弄堂裡人人稱讚酒水檯面吃的過癮，新娘溫婉秀麗、落落大方，我大姐的裁縫手藝了得。過後我大姐自己說，她的縫紉手藝能提高，主要得益於上海灘刮起的假領子簡約風，因為製衣上領子最難，那

會兒的人穿襯衫一般不會穿在毛衣裡面，一件內衣棉毛衫的，低圓無領，尤其穿棉襪節氣，脖子從藍灰色的棉襪裡鑽出來，廋骨零丁的脖頸頂著腦袋，極不符合當時的審美標準，然後每人就要做上幾個半截無袖的假領子，又漂亮又可以勤換，關鍵是節省，我家姐妹多，大姐就不停的替我們踩假領子，熟能生巧，她的縫紉手藝就這樣練了出來。

十幾平米的亭子間給龍龍月英布置了新房，床上月英陪嫁只有兩條綢緞被子，兩對繡花枕，羊毛毯也沒有，房間到處堆滿了鄰居親戚送的四一四毛巾、搪瓷臉盆、香皂、熱水瓶，五顏六色的熱水袋也有好幾隻。龍龍他爸在單位上申請了一個長年值夜班的活，龍龍姆媽搭了個行軍床，白天收起來，晚上拉塊布幔，擋一下湊合的過。

寒冬臘月，刮風下雨，龍龍姆媽像夜半歌聲裡的宋丹平，每天睡到半夜三更就起床，輕輕的從樓梯摸下來，輕輕的打開石庫門，她到菜市場排隊買菜去了，費時慢揀的菜，比如毛豆、綠豆芽等，難度越是高，她越是有信心，這個時刻你給她一桶煤球，估計她都有耐心替你洗白了。她端坐在屋簷下的小竹椅上，旁邊放一隻紅燈牌晶體管半導體，慢條斯理的摘揀洗。一直要等到紅日升到亭子間對面的牆牆角，兒子龍龍和月英蹲在水槽邊在刷牙洗臉了，她才會跨進房間、擺上大餅油條、張羅早餐。

朝暉暮靄，秋月春花，十幾平方米窄小的一間小屋子裡，四個成年人這樣擠著過日子，隱藏的寧靜不可能麻木不仁，一陣風吹過，不和諧的音調經常飄出亭子間的窗戶，彌散在弄堂的混雜空氣中。

知青在農村的經歷我也只能道聽途說，不過他們返城後的無奈尷尬，迷惘幸酸，我是親眼目睹的。

多少知青進出在弄堂裡，他們身上就有多少故事在發生。

在他們歷經艱難的擠回了這座曾經哺育過的城市時，實際上他們已成了這座城市的邊緣人。

## （十）

近來怕說當時事，風也瀟瀟，雨也瀟瀟！又一個易碎不易拼接的故事。

那幾日連續晴朗的好天氣說變就變，天空陰沉沉的，還飄著細雨。「米店老闆朱玉卿的女兒朱婷婷回來，你知道嗎？」下班回家我剛停下自行車，老同學

大燕拽著我發布了一條能當起弄堂年度最火爆的新聞：「她還活著。」「十年了，」記憶深處沉澱了的米店朱老闆一家三口的面容，又浮了出來。「挺驚詫的。」我喃喃的回答。

「人在姜老闆娘家呢，我們去看看吧。」大燕說。

「是呀，米店也被居委會收去堆雜物了。」

「說是姜老闆娘見有人在敲打，積滿灰塵緊閉的米店門板，走進一瞧，有些犯迷糊，光用手指著她，說不出話，還是婷婷叫了聲姜家姆媽。」小鄭老師和小狗爺叔，豆腐店二毛等幾個人隨後走進來告訴眾人說：『我們去了居委會，反映了朱婷婷回來事』，他們說馬上開會討論騰還婷婷家房子的事情。」婷婷忙站了起來說：「謝謝大家的幫助，我爹娘不在了，我也不想再回這屋子的」，說著說著又哭開來，那男人站在一邊，也沒吭氣，瞧著蠻憨厚的一個漢子，一旁的小女孩有七、八歲的樣子，清清秀秀，長的很像朱婷婷。

她沒多敘述這些年的去向，大家也沒敢多問。

後來米店樓上的曉英阿姨說有話要單獨和婷婷講，我們就散了。

沒過幾天二號胖娘姨就神神祕密的告訴我娘說，婷婷她娘也沒死，朱玉卿當年尋遍黃浦江後，沒見妻女蹤影，他萬籟俱灰將自己掛了。婷婷她娘是回了老家高橋鄉下的一個僻靜的庵堂出家做了尼姑的。樓上曉英阿姨知道這事，替婷婷她娘送過生活用品。

當年婷婷她娘認為她沒臉再出現在弄堂裡，尤其朱玉卿的死，她再也沒法回頭，她讓曉英阿姨嚴守祕密，十年來，曉英阿姨硬是沒露一絲口風。

昨天，曉英阿姨陪婷婷去了庵堂了，還說，婷婷當年是跳了黃浦江的，讓一條成都來的小煤船給救的，後來就跟去了四川。

故園風雨幾經年，歲歲月月斷腸日。

婷婷見過了她娘，拜別了弄堂裡的父老鄉鄰。暮色下，悠鳴哽咽的黃浦江水再一次的將婷婷帶走了，它鄉已經是故鄉。世事無常，當年她父母也是跟一隻涪凌小船去的下江，朱婷婷不但也被川城的小船救起，還在那裡散枝開花，那裡的月亮莫非比故鄉更白，故鄉的記憶被她沉進深深的泥塘，糾結著一團團駁雜的樹根，與紛亂的雜草。

我娘在家說這事搞的米店朱老闆不是又唱了一齣《荊釵記》嗎！「江邊一曲男祭，新科狀元王十朋是鴛鴦分離又重逢！儂朱玉卿倒好，自己先跳江了，真正是屈死了。」

　　崑曲荊釵記講戲中人物王十朋妻子投江，王十朋去江邊祭奠，其妻被人救起，幾經波折最後雁塔題名、鸞箋報喜，夫妻大團圓結局。同樣經歷的朱玉卿妻女也未曾去世，而陰差陽錯在黃浦江邊守了一晚上的朱玉卿卻沒有像戲中主角王十朋那般幸運。我娘說因為這齣戲也是俞振飛的重頭戲，當年在上海灘斜氣風光的，只是可惜了朱老闆，墳頭上草都出了十年！我娘這下又說錯了，其實朱玉卿連墳都沒有。

　　最後隨著大返城的浪潮，我哥也從貴州回到了他闊別十年的家鄉。

　　窮山惡水的偏僻鄉村，把他從一個弄堂裡走出去的純真少年，演變了額頭堆積著孤憤與落魄，一身風塵、皮膚黝黑，整個一幅蒼桑又玩世不恭的容顏出現在我們面前。

　　出走時的他吹些的口琴弦律是歡樂的，一手漂亮的鋼筆字大概是文革那幾刻蠟紙練就的，這些才華品性也許他認為沒有用了，於是就將它拋棄沒有帶回來，伴他一起回來的是插隊知青憤世嫉俗的血性，其中摻雜著沒有燃燒過的青春。

　　數年的煤礦作業，工作條件的惡劣，煤塵導致了他患了矽肺，透支了他的生命，不服命運的魯莽與衝撞，讓他處處碰壁，嗜著菸酒揮霍著他的青春，靈魂沉溺在萎靡的狀態，內心封閉且躁動不安，流年似水過客匆匆，我哥的生命停格在一個黃昏的晚寒裡，停格在他的壯年時期，生命的輪迴使我措手不及。扼腕而惜，至親已成前塵前夢。

　　我二姐不能回滬，她當了名鄉村教師，成家立業在當地。

　　有宣傳不少知青成了共和國的精英，雄據廟堂之上，而我眼眶淺，只是見到了生活在我們弄堂的回城知青，他們大多數是缺少文化率先下崗的企業工人，擠在狹小住房空間裡，擠掉了親人間的和諧，雞飛狗跳此起比伏，日常生活的平庸讓一個普通的群體，每一步的腳印都踩踏的無比艱辛。

　　清晨，我剛在門幢外將自行車坐墊啪啪打幾下，去些灰塵，抬頭看見大門外亭子間龍龍推了一輛自行車，媳婦月英和亭子間嫂嫂一左一右地扶著坐在自行車上的龍龍他爸，緩緩地從弄堂外走進來，他們是從南洋醫院打吊針回來。

　　前段時間龍龍辦妥了他爸提前退休，頂替進工廠的事，居委會也給安排了月英去裡弄托兒所的工作，龍龍和月英在郊區租了間小房子，每天晚上在這裡吃完飯，騎車去睡覺。龍龍他爸可以不用再值夜班的，龍龍姆媽也不用在大門口揀菜剝豆、耗時渡晨昏，可是這段時光的平靜期卻太短了，春去夏來、秋風秋雨又把龍龍阿爸的肺癌給愁了出來，龍龍月英天天推著他去醫院打針，漸漸地他消瘦

了，縮短了好幾寸，瘦小了好幾圈，一個高高大大的男人像一株霜打的植物，在我們眼前一點一點枯萎、凋謝、乾枯。灰灰的身軀彷彿是一張飄飛的舊報紙，被生命的一場風刮過來、掃過去。

第二年臨近春天的第一抹綠色剛剛出來，他被潔白的床單遮蓋在南洋醫院病床上。

我推著自行車讓過一邊，回過頭去踢車撐桿時，發現身後的野草全開花了，瓦盤裡的紫丁香小花開成一簇一簇，陶罐裡的一株牡丹花也結了好幾個花蕾，這個陰沉的早晨，分明已經有了春的氣息，卻又倒春寒了，細雨裡瀰漫著一股股腐敗的氣味，這味道竟將瓦瓦罐罐裡的一蓬蓬小草都惹哭，小草的淚水積深了，天空隱匿的瓦藍，被一層層堆積的雲朵遮住了。

# 第八章

獨留青塚向黃昏

# （一）

已過正午，日頭西斜的太陽從培琪睡覺的閣樓窗戶外透入，培琪有了動靜。

「你這燒的是早飯還是午飯啊？」

「張家姆媽儂是曉得的呀，現在培琪不知道是怎麼一回事，晚上嘰嘰咕咕的學英語到半夜三更還不熄燈，整個上午經常懶著不起床。」

「曉得、曉得，培琪最近特別要上進，在學英語，前幾天她還拿了書本來請教我家老頭子，培琪走後，老頭子在背後讚揚小囡有志氣，說三更燈火五更雞，她比男兒還有志氣。」

黎莉莉聽見擱樓上的培琪有了響動，趕緊將冷卻的泡飯拿去竈披間重新溫熱，與樓上茜茜姆媽搭話。

昨天上午居委會來通知黎莉莉要參加幾天學習班，培琪披衣踩滑擱樓扶梯直接就衝了下來，以前培琪見到居委會來她們家與黎莉莉說這說那，她一張五官很精緻的臉冷到錯位，這次聽見居委會與她姆媽說話的聲音，卻一反常態，擱樓扶梯拐痛了她的腳腳踝，她邊揉邊與居委會主任搭腔，確認她姆媽去辦學習班，是因為尼克松來上海了。眉宇露欣喜神態。

培琪這種反常行為，居委會幹部上下斜倪，一番打量，心裡疑惑。美帝頭子來，與你培琪何干。於是便顧不得與黎莉莉多講，交代了何時何地辦學習班事況，轉身匆匆離開。離開時又盯了培琪一眼。

二十二歲的培琪皮膚光潔，臉頰緋紅，眼大熾烈有神，笑起來咧嘴不管不顧，睫毛在發顫後，會變濃變深，春色無邪，興奮的活在自己的世界裡，不介意別人的看法。

美麗的黎莉莉是一個能撐起我們弄堂門面的人物。然黎莉莉又是一個很倒楣的女人，用她自己的話講：「一生無傍依，靠山山倒、靠水水涸。」

當年的黎莉莉儘管算不上池子裡的頭牌舞女，但只要從派拉蒙走出來的小姐，在上海灘是不會被小覷的。

過去所有的日子，彷彿是假的一般。遇上傑克，她喜歡這個肌肉強健有力、面部棱角分明的熱情男子，傑克給了腹中有子的黎莉莉信誓旦旦的承諾，一定會把孩子生在太平洋西海岸霓虹閃爍的舊金山……。人縱有千算，也是算不過老天爺。傑克泊在黃浦江上的軍艦在硝煙中被趕走，她帶著肚裡的孩子嫁給了風度翩

翩、溫文爾雅的南洋橋舞廳老闆陸庭昇，一年未到，一頂歷史反革命家屬的帽子讓她戴了二十多年。

她一生孤獨自尊，也相當世故，人前表現非常謙恭順從，就是自衛也不執拗，言語談吐從來不去刺激對方。

不過女兒培琪卻有一副天不怕地不怕的性格，「一點都不像她，」她對小弄堂裡的寶妹姆媽講：「培琪最近白說白話辭退了生產組的工作。」尼克松訪華，培琪反響很大，案頭上一套英語讀本，嘰嘰咕咕在學英語，黑夜白晝顛倒過日子，還經常在金陵中路、人民公園、外灘一帶出入，與外國人搭訕接觸。被人盯梢過，也被請進過黃浦分局。培琪堅持說動機很單純，只是想練習英語口語。公安局關照前來保她的黎莉莉說：「檢點這些出格的行為。」

「又要出去啊，」黎莉莉見培琪樣子像是又要出去，嗓門急的有些大，此時培琪已經走在她面前，倆人都嚇一跳，黎莉莉自己也發現近來不但心急絮叨，還老有血往後腦勺湧的感覺。

「哦喲姆媽，做啥拉，哇哩哇啦嚇我一跳，我昨天晚上不是告訴過儂，明日午後我有約的。」培琪眨著一雙無心無肺的棕色大眼睛，回答黎麗麗。

「培琪，不是我要嚇你，你自己一定要當心哦，姆媽現在是比儂還經不起嚇的，儂要記牢，世界上只有姆媽會把你往好的方面想，人家對儂的事情都是往最壞的方面著想的。」

「姆媽，我曉得。」

培琪對她母親憂心忡忡的指責雖不以為然，卻也曉得弄堂裡有人風言風語在傳她，說她在做專門勾搭外國人的事，當年做這種事在上海灘還有個煤餅模子的綽號。培琪天生性格倔強，她不怕這些亂嚼舌根，在背後說她壞話的人，過日子如魚飲水，冷暖自知，她要走一段自己生命的歸程。

見母親正盯著自己在看，沒有四目相接，抬腿快步穿過房間，拉開房門後，思忖片刻又站定，轉過身給了黎莉莉一個燦爛的笑臉，講了一句：「姆媽，儂放心好了，我有原則的，我不會跨進賓館房間一步，我只是與他們在馬路上、公園裡，咖啡廳談話。」

「我上次拿出儂給我的幾張照片與名字，有人回覆我了。」

「那麼你金陵路不要去！」

黎麗麗想起上次培琪在金陵中路拱廊下行走時被請進黃浦分局的，至今仍汗毛凜凜。

　　一日培琪梳洗打扮的漂漂亮亮，容光煥發，中西式毛藍布罩衫上翻一個玫瑰紅尖領，黃卡其長褲，一雙黑色搭扣布鞋，挎一隻藍綠格子佈袋，清新甜美，要拉門走出去，焦慮的黎莉莉有些頭暈，嘰嘰咕咕想提醒她什麼，女大不由娘，一點作用也沒有起到。

　　「男人都不是清心寡欲的聖人，儂要當心的。以前你一直說我上美國人的當，你說過你恨傑克，不會去找他……，你現在都忘了。」

　　「人的想法都會變的。」

　　培琪回答她娘，總是爽快的一刮兩響。風風火火的培琪閃過，黎莉莉聞出她身上有股子丁香花的芬芳，她怎麼能一點丁香花的憂愁也沒有呢？

　　黎莉莉是一株在世俗風塵中挺過來的植物，男人的風雪雨露她比誰都明白，她提醒培琪，不要對找父親這種渺茫的事情，抱著很大的希望。

　　培琪的高度現實與決心，確實也讓黎莉莉吃驚。

　　黎莉莉轉動頭顱盯著培琪看，培琪步履輕盈已經跨下廊簷，見她姆媽眼珠子始終圍著她轉，便咪了下眼睛，又揮揮手，邁著輕鬆的步子拉門出去。消息使培琪高興，她顧不上考慮其他事情，整張臉變得更孩子氣，狂熱的要改變生存慾望，是培琪的目標。

　　午時天空轉陰，刮起了風，黎莉莉一直站在門口看著培琪走出裡弄堂盡口，培琪似乎腦後有眼，知道她娘在盯著她看，走到弄堂要拐彎時，背影窈窕，腿纖長，身子不轉，抬起右胳膊揚了一揚，黎莉莉嘆了一口氣，自己這些年的日子，黯然神傷。

　　培琪的臉龐越來越像傑克，嘴角上翹，一副痴頭怪腦的迷人笑容，一口漂亮的白牙齒，我認為培琪小時候黎莉莉肯定也是買黑人牙膏給她刷牙的，她的牙齒看上去與秀玉一樣白……。

　　黎莉莉在她臉上還找回了傑克略微有點朝天的短鼻子，以前總以為美國人都長一隻筆挺又陰險的長勾鼻，傑克的鼻子不但顯短，還滿滿一股孩子氣，每回一見他的眉目鼻唇，她的心情也跟著燦爛。那古銅色的肌膚，粗壯的寬肩膀，褐色的眼珠子，舞場裡人說傑克的美國人不正宗，不是盎格魯薩克森種，傑克也承認有百分之七十五的墨西哥拉丁裔血統。黎莉莉對血源的百分比不太介意，中國人自己身上又是什麼血統呢，讀書時曾說過長城是用來抵禦外邦侵略的，現在番匈蒙滿全是內邦，全是漢人，百樂門對面理髮廳那個矮燙髮師，肚子裡裝滿了歷史，哀傷漢人快要絕後了，他說將來歷史說烽火台是造給皇家打獵的，都有可

能。反正傑克說帶她去美國，沒說回墨西哥。只是後來發現培琪越來越缺心眼，她才相信什麼叫四分之三遺傳。

「你真的這麼想的嗎。」

「是的，我有信心找到傑克，我一定要去美國。」

培琪立下了一定去美國的鴻鵠之志。

黎莉莉的詢問，得到培琪肯定的答復後，她沉默了，對面二樓伸出的竹竿，一條黃色的被單在風中飄揚，晃蕩的光線線射進窗戶，宛如舞池的色彩，頓時塵封的回憶紛至沓來。恍恍惚惚憶起了那日她斜靠在舞池的長沙發上與傑克的首次相遇，歡愉的慾念……。這段露水夫妻雖已很遙遠了，卻也是她寂寞黑暗人生，曾經的一小片溫暖。

壓抑的情慾，落日殷紅餘輝下的黃浦江邊，傑克對著美麗的黎莉莉賭咒罰誓會來接她。二十多年已過去，男人帶來的快感，已經有些陌生，但黎莉莉難以啟齒的是，見到發育豐滿的培琪，眼前仍然交叉浮現包裹在華達呢軍褲裡傑克的結實臀部。

人總不能一生都不幸，牆縫裡的小草也曾返青過，黎莉莉也曾綻開過她的如花笑臉，幼年時家境不錯，井然有序、平靜無波的讀書到高中一年級，父亡兄死，她十五歲就在派拉蒙當舞小姐，挑起了一家的生計，十七歲遇上傑克時，是她的瞬間芳華，如今想來酸酸楚楚都是怨。不翻也罷，遠去陌生的細枝末節，讓她憑空添了惆悵。

早幾年她經不住培琪一再的盯著問，就將四八年底美國水手回去，自己懷孕，陸庭升娶她做三房姨太太一事全盤託了出來，娶出珍藏在鄉下阿姨那裡的首飾和水手傑克的照片給培琪看，告訴培琪當年傑克的輪船如何突然消失，她為何要嫁給陸庭升，陸是南華的老闆，場面上的熟人，他講可以帶她去美國，那年自己如何害了陸庭升，本來走都走了，我突然肚子痛，輪船擠不上去，陸庭升講再與他兄長商量，或換乘飛機先去台灣，一念之差千秋恨。四九年除夕，我在醫院裡生了你，陸庭升就在這時候被抓走了。「哦姆媽，這些照相、首飾、信件，儂怎麼能一直存著的。」「那日我送醫院急促，你阿姨趕來看我，陸說醫院嘈雜，囑託你阿姨暫時保管一下，你阿姨連夜趕去蘇州老家，幾經輾轉，才存下來的。」

兩年後，培琪還真的托到了美國人，培琪將傑克的照片姓名、江面上停泊軍艦的時間地點寫明白，美國人也拍了幾張培琪的照片，沒多久，就有消息傳來，

核實曾有傑克這個人，不過目前並不在美國，美國領事館還是給了培琪去美國的簽證，培琪就這樣去了美國。

一日，太陽已經落下去，舞女孃孃挽著菜藍子，從午市菜場回來路過我家門口，我娘問她「培琪在美國可好，是否尋到了她爹。」她很明媚燦爛的告訴我娘說「快了，」「她也在辦去美國探親。黎莉莉就是黎莉莉，」「不搽紅粉也風流。」胸前一條長長的彩色絲巾飄逸，圍在她天鵝般的長脖頸上，她的服飾搭配看上去雖隨意漫不經心，卻投射出一種藝術風格。我在一旁太喜歡她那條五彩水墨的絲巾，便說了一句「頭巾很好看。」她的臉上飛出紅霞，一直紅到脖頸，絲巾讓她的五官變得更柔和，四十多歲的黎莉莉，美目流盼，不褪色、不凋零，平時稍顯略透蒼白，稱得上美麗，也惹人注目，仍有回頭率。

「謝謝妹妹，妹妹長大了，會說話了。」黎莉莉不但客氣的回了我，還伸出手臂優美的在我肩膀上輕點一下，微笑的對我娘說了句「妹妹越長越漂亮了，真是一朵花的年齡，皮膚怎麼這麼好。」

「哦喲，黎小姐客氣了，我是養了一屋子的粗使丫頭，走出去一個個不是肩背相罵本的九斤，也是燒火丫頭楊排風。」

「新嫂嫂儂更加客氣了，玲玲瓏瓏的九斤姑娘啥人會不歡喜啊，阿拉楊排風掛帥的時候，不要忘記我孃孃就好。」

黎莉莉撩起圍巾角，吃吃泯嘴露出迷人的淺笑。

## （二）

我娘與黎莉莉將上海人虛情假意的寒暄客套，發揮到了淋漓盡致，儘管我娘有機會就要惡意誹謗一下我們，但黎莉莉的這句誇獎我的話，讓青春期的我還是得意過一陣，並花了大量時間舉一塊菱花鏡，橫照豎照、前照後照。儘管儘管每次都很氣餒的放下了鏡子，感覺與黎莉莉比起來，真是有十萬八千里。不過後來每每想起這句「妹妹現在越長越漂亮了，」的話，心裡不但美滋滋、還會一而再、再而三地舉起一面巴掌大的菱花鏡、作一番上下左右、斜橫豎直，每個角度訣不遺漏的細致觀察。

六月冷雨的一天清晨，弄堂裡安安靜靜，突然一陣躁動與喧嘩，雖然不像以前婷婷家滿門煤氣自殺那種哭天愴地的聲音，但家家戶戶還是都被震驚的奔出房

門，驚諤程度不會比聽到南京路二十四層國際飯店發生十二級地震差，後廂房明明那天是在竈披間發布這條新聞的，我聽了整個人差些崩到天花板，我讓他再咀一遍，他姆媽也讓他別瞎說，說謠傳後果會很嚴重。然而我們這條平時傳言準確率並不太高的弄堂，這次卻百萬百，有人說這個叫做墨非定理。

見鬼的墨非定理！竟然在大家的眼皮子底下將黎莉莉被人殺害的傳言變成了事實。她躺倒在自己家客廳的地板上，長長的淺紫色絲綢沙巾在她的頸脖兜了幾圈，樓上張家姆媽發現後，一聲淒瀝的尖叫聲，喚來了警車、救命車，隨後她自己也暈厥過去，任人掐人中做心臟復甦，都未醒。於是幾個熱心人又七手八腳把張家姆媽也抬起來要往車子上塞，然後一旁看熱鬧的不明真相人都在指指戳戳，「犯罪團伙一下子殺了倆人。」

一會兒張家姆媽悠悠憋出一口氣，眼睛一睜，迷迷糊糊不知自己身在何處，聳起肩膀搖搖晃晃轉過身，突然發現自己與黎莉莉平躺在一起，一個激靈自己掙扎著往外滾，利索的爬在車子的踏板上，一下子圍觀的人群又抱頭鼠竄散去幾十米，當好奇心戰勝恐懼的人，重新圍攏過來時，爬出救命車的張家姆媽已經人哭起來，眾人弄明白後，對她進行了好生安慰。此刻黎莉莉因為呼吸已經停止，心臟也不跳了，意味著她再也見不到太陽升起了，又被人從救護車上抬了下來，馬上弄堂裡又開進一輛殯葬車，大家心裡澈底明白，黎莉莉是死了，不可能像張家姆媽這樣自己爬下來，重新活過。一下子弄堂看熱鬧的女人就都陪著張家姆媽一起嚎啕大哭，眾人勸慰不住。

真是一個時運低的女人，都快熬出了頭，怎麼就這麼觸楣頭呢。人生不寵愛她，運氣不眷顧她，也就算了，怎麼還真是霉頭觸到印度國。黎莉莉這樣一個儀態優雅，不同場合做人做事都很有分寸，誰會與她的樑子結的這麼深，要結果她的姓命，許多人都這樣在探討，一霎時黎莉莉曾是軍統特務，從前常常與極司菲爾路七十六號吳四寶老婆在一起……因為她要去美國了，所以將國民黨僭伏特務花名冊交給了共產黨，且黎莉莉之前將這份名單一直藏在了她繡花鞋的隔層裡，當然陸庭升這個國民黨高級特務是脫不了干係的，於是就被跟綜在她後頭、長期隱蔽的老特務給殺害了，傳言猶如樹搖樹、雲推雲的一傳十、十傳百，傳了一個夏季又一個秋季，一直傳不完。

有人說通常一個要死的人，在死前的十天半個月裡，魂靈早就飛了出去，眼神會像死白魚一般的翻來翻去，可她去世前幾天，我見她的兩眼仍然顧盼流轉，那鶯聲嚦嚦的一句「妹妹現在越長越漂亮了。」彷彿是崑曲遊園驚夢裡李慧娘見

裴舜卿時那句超凡脫俗的精典：「呀！美哉少年」的再生，才幾天的功夫，卻被時空轉換成霸王別姬裡虞姬的那聲：「忽聽得齊聲嘆、苦哇！」淒楚到曠世皆聞悲愁之音。

不過傳聞歸傳聞的播，迷信歸迷信的講，黎莉莉真真切切是死了，那天黃昏之際，是我見到她的最後一抹霞光。

一靈渺渺、白綾纏頸，剎那芳華，灰飛煙滅！

從此日暮晨昏的弄堂，清脆悅耳的嗒嗒嗒鞋跟拍打水門汀的聲音，就再也聽不見。

又過一陣，弄堂裡過家樓底下傳出來的新聞已經比軍統、中統、日本漢奸更荒誕不經，而且彌時更久。有人說冬至那幾日，天空在褥陰雪，黎莉莉陰魂不散，弄堂深處飄過黎莉莉高跟鞋發出的嗒嗒響聲。

書場裡說過，人死則魂散。千年不散者，終是死者感覺冤屈之故。我暗自思忖，昔日三國大將關雲長誅顏良、殺文丑，過五關斬六將如此英豪，卻也在三更半夜，明月清風時，「還我頭來、還我頭來……」的魂魄不散。

隔日稍晚，月亮已高，有風吹來，所有樓房裡的窗戶都已亮起了燈火，弄堂深處又傳出又一條新聞，說公安局二十四小時內就已鎖定一個中年男人，他就是經常上門教培琪英文的老師，也是黎莉莉的情人，並已捉拿歸案。所以黎莉莉慘遭情殺的真相，又以驚人的速度先在附近一帶傳開去，數日便傳遍半個上海灘。

有的人你一看相片就覺得特像殺人兇手，而這個英語老師怎麼看，你都想不出他的兩根指爪還會殺人。反正我覺得他前輩子就是一個教師，眉宇不軒昂也不畏縮，說話與他的步子一般的輕聲輕氣，弄堂里遇見過幾回也沒在意，早些時候英語老師據說是來教培琪英語的，後來培琪去了美國，這個男人仍舊經常出入弄堂，大家對他早已面熟不陌生。瓜田李下，弄堂裡就開始沸沸揚揚說他是黎莉莉的男朋友。那年代中國人的情事不敢癲狂，黎莉莉也很注意如何夾著尾巴做人，大夥有心想與黎莉莉開開玩笑，討個喜糖什麼的，黎莉莉是個得體的人精，總是用紗巾泯嘴、笑盈盈的扯開話題，從來沒有公開承認過。

小弄堂裡有個巧鳳阿姨與黎莉莉是同齡人，巧鳳阿姨與黎莉莉走在一起，只能替她挽包提化粧箱，巧鳳阿姨除了胸部生的波濤洶湧極其扎眼外，其餘都一般般，眼小鼻塌、矮胖腿短，巧鳳阿姨是老姑娘，從來沒有結過婚，雖然沒有結過婚，臀部卻比人家生過孩子的婦女還要大。「屁股大的人能坐財，屁股大坐江

山」，民間讚賞女人屁股大，早已淵源流長，當年朱元璋的原配馬娘娘就腳大屁股大。

　　上個月巧鳳阿姨大婚，弄堂裡我們家家收到一包小糖袋，那新郎倌把大伙的下巴都驚掉，，簡直就是增一分太長，減一分太短，那舞劇紅色娘子軍裡面的洪常青，而且年齡還比巧鳳阿姨小十來歲。弄堂新聞說他們倆人一直是同一單位財務辦公室的，巧鳳阿姨追這個男人，追了二十多年，男人結婚生子又離婚，巧鳳阿姨幾十年如一日噓寒問暖、體貼入微，冬煨羊肉煲、夏冰綠豆湯，春潮燉雞湯、秋霜銀耳羹，這種不為人知的柔情終於戰勝了缺乏魅力的外表，巧鳳阿姨將這個男人攬入懷中，卻讓阿珍卻有些想不明白，那天有人繪聲繪色嚼舌根說，這男人曾跪著向巧鳳阿姨求婚，聲淚俱下的表示，「今生能夠娶到巧鳳阿姨是上蒼賦予的福份。」紹興好婆說，這個叫做「男追女、隔座山，女追男、隔層紗。」我娘與鄭家姆媽等還形容巧鳳阿姨與這個男人，蠻像當年汪精衛與陳璧君。阿珍起先是不相信，後來有人證明說那蓋有紅色印泥公章的結婚證都見過，阿珍就沒話講了，不過始終顯得很不開心，急吼吼的說巧鳳有神經病，人家男的都結婚生子了，這樣硬把洪常青挖過來，不道德！弄堂裡很多人說：那天巧鳳阿姨大喜日，在弄口跨上那男人來接她上轎車的最後一分鐘，阿珍還使勁撇了兩下嘴。

　　阿珍阿姨善良熱情，雖徐娘半老，渾身仍散發一種放縱女人的爽朗笑聲、滿口粗俗的打情罵俏，男人身上拍拍打打一點不忌諱，現在又染上一身的煙草味，眼波四溢，嫵媚又熾烈，在我們弄堂是極遭男人待見，眾星捧月讓阿珍旋轉自適，很享受。

　　算命王先生喜歡囥些龜膠、人參、牛鞭子，可能老人不合適大補，於是沒有吃完，便一命嗚呼。阿珍就接上去天天煲紅棗湯喝，喝的唇白齒紅、面如桃花不算，更加活力四射，有人背後說她放浪形骸。有一次不知為啥事與對門阿姨吵架，那天我拖著鞋跟就想衝出去看的，被我娘吼了一句：「今天一個人也不要出去⋯⋯！」後來小狗爺叔在竈披間說：是因為對門阿姨生氣阿珍老和她男人搭訕，就在背後罵她「整天像個發春的母狗滿街跑⋯⋯。」想來我娘必是知曉這場相罵的污穢，才把著門。

　　城市不讓養狗，我也想像不出母狗發春是啥樣。捲菸廠這點活對她來說是小菜一碟，她主要是太閒了，其實她說起事來思路也蠻清晰，想像力跑得很遠，天生一雙無所不窺的眼睛，顧盼生姿，總是精力太過剩的緣故。

## （三）

一個月落星沉的黑夜，弄口老樹陰影下已經漆黑一團在濃濃樹蔭的隱蔽下，有人從開著透氣的窗戶中爬進房，用她脖子上的孔雀藍喬琪紗長絲巾將她勒死，拿走了她一些金銀首飾，百分之一百是謀財害命。

案子很快就偵破，堪比現場逮住，作案者秒煞鎖定，作案凶器確定，絲巾在她粉嫩的脖子上繞了兩圈，圍巾，門把，地板，無處不落嫌疑犯的腳印與指紋，並且嫌疑人匆匆竄出弄堂一刻，留下眾多目擊證人。

一日晨午，悶熱的弄堂大夥又都在紛紛議論這件事。隔壁算命館的阿珍講了一件事，把大夥嚇得不輕。算命館的王先生前幾年就已去世，阿珍講王先生曾經說過黎莉莉會死於非命，明明姆媽關照阿珍出去不要瞎講，這種說法套你一頂，宣傳封建迷信，阻撓公安局破案的帽子，牢有可能的。阿珍信誓旦旦保證不是造謠：「要造謠也是王老頭子造謠，與她阿珍沒有關係，誰要有本事，去陰曹地府與他對證去，去了有種再回來，算他本事大。」阿珍現仗著算命王先生已經過世，說話更加瘋瘋癲癲，想怎麼講就怎麼講，如果有人提出疑問，她就說是王老頭子說的，死無對證，居委會也拿她沒有辦法，在捲菸廠的工作不但得到轉正，還經常有工廠裡男人用腳踏車送她回來，而且三天兩頭還是不一樣的男人，阿珍就天天喜氣洋洋，千方百計擠出上班吃飯睡覺的時間，在過家樓底下、或竈披間，幹新聞再發布的事情，我們弄堂若沒有阿珍，簡直就是「長坂坡裡沒有趙子龍，空城計裡沒有諸葛亮。」會遜色無趣。

「那麼阿珍，儂倒說說看，當年你們家王先生怎麼算出黎莉莉會死於非命的呢。」

「那天黎莉莉把時辰八字報給我家老頭，老頭掐指一算就講了一句，」女人斷掌守空房。」

黎莉莉先是講「已經守了幾十年了」，後來想想不對，她又講，「我又沒有讓你看過手相，你怎麼知道我斷紋掌的。」

「這世人生我是無法見到你手掌的，命相帶來推不掉。」

老頭講了一句。「哦喲王先生對不起，我倒不是想講儂看見過我手掌，只是奇怪，小時候我奶奶看過我手掌，對我娘說了句：『她生了一付斷紋掌，到十二歲生日那天，你要買隻雞放切板上剁碎，連血水一起潑了，破破風水，否則不吉

利』，儂從來沒有見過我手掌，我也沒有在外面講過這件事，今天儂一算就算出來，王先生，我是真心佩服儂算命的本事。那麼我應該如何避去災難呢。」黎莉莉從心底裡佩服這次算命，虔誠的請示王先生能否指明一條路。「那麼你們王先生指點了迷津沒有啊。」

「當然指點了，當場就告訴她要往血地的西南方去燒香祈福，後來黎莉莉自己還算了一下，她出身的血地往西南走，好像路線最方便，應該是普陀山。」

「哦喲，那麼她去了普陀山沒有啊。」

「這個樣子肯定是沒有去過，否則怎麼遭來殺身之禍啊！」

「黎莉莉每年都去普陀山的。」寶妹姆媽證明，「不過是不是去拜佛，就不知道，因為黎莉莉現在信基督教。」

那天黎莉莉走後，阿拉老頭講，她的命是不好，「破財克夫損六親，骨冷伶仃有凶禍。」老頭的話雖有些迷茫，但我覺得溟溟中有个祥的預感和恐懼。後來這事過去了，黎莉莉被打成地富反壞右，凶禍不是來了嗎，這次我突然醒了過來，這個凶禍原來是殺身之禍。」噢，原來早就蘊含著不祥之兆啊。還正是「閻王註定三更死，誰敢留人到五更！」

「是呀，算命這種事體是蠻神奇，門前一堆灰，一陣風來吹，好運看不見，倒楣一定來！」

阿珍的嚼舌頭竟然大家都還相信，紹興好婆的諺語也真是出口成章，一套一套。

「照這樣講起來，殺人都有藉口了，是這個人命裡註定的嘍。」

我對這些縹緲的暗示，持懷疑態度。

不過是否命中註定，是否有份厄運和詛咒在等著她，其實已經不太重要，重要的是黎莉莉的確在我們弄堂上空飄走了。

黎莉莉出事的那幾日，月亮一定是有敏感嗅覺的，提前聞到了我們弄堂的悲傷信息，，忽閃忽閃與平時不一樣，把弄口那棵老梧桐樹幹照的如削去了樹皮一樣，發出詭異的森森白光。一場場七月裡的暗雨下的弄堂裡行人寂廖，晚歸夜行時，渾身的雞皮疙瘩長時間的僵硬不褪。

黎莉莉的追悼會也是在龍華殯儀館舉辦，此時的黎莉莉已經摘去了歷史反革命的帽子，居委會替她摘帽的那天公開宣讀說：「黎莉莉的一生是革命的一生，並沒有反對過革命……。」

最後我聽見黎莉莉說了聲：「謝謝政府。」

紅顏薄命古今同。

黎莉莉身世雖憋屈，但這種殺人案件傳播起來卻一點也不憋屈，流言滿天飛，情節鬼怪迷離、神祕莫測，儼然與手抄本《綠色屍體》、《一雙繡花鞋》一樣有轟動效應，有一回我同學的同學她舅舅家隔壁弄堂的朋友傳話問我：「聽說黎莉莉被殺後用手指蘸血在牆上寫了SOS的英文字母是伐。」

「是的！是的！這血還滴答、滴答在流淌。」

我都沒有力氣來僻這類謠言：

「也不動腦子想想，勒死的人會出血嗎。你們不如編一本《舞女弄堂泣血記》的手抄本，讓咱們弄堂的地下書籍交通站再增添些熱鬧。」

黎莉莉出殯那日，空中一絲風也沒有，酷熱，藍天白雲，林蔭道旁的梧桐樹枝葉婆娑，陽光從樹縫之間灑落，城市難得的一個好天氣，滿滿的陽光和希望，只可惜弄堂口停的錦江大巴士要往龍華火葬場駛。

這回出席的鄰人也不比小廣東那回少，喪禮不但在大廳舉行，儐儀館的走廊，草地花壇，看熱鬧的人熙熙攘攘數以千計。遺體四周擺滿了鮮花，整個悼唁大廳瀰漫著梔子花的縷縷安息馨香，光線透過花枝照在死者精心修飾的臉上、手上，照在棺木和棺衣上，唇白齒紅、栩栩如生的芳澤，好像是剛剛躺下來休息一樣，被人掐斷頭頸那種痛苦的面部恐懼，一點也看不見。

「大概是名人，可能是革委會領導，照片買相勞好，勞有氣質，勞像文藝界的。」火葬場旁觀者都在竊竊私語，更有人講上海灘除了當年阮玲玉出殯有這種風頭，別人還都沒有這種架勢派頭。當然這個褒獎有些誇張，不過黎莉莉活著就很像演員，死後化妝的更是比演員還像演員，這次也是菊瑛的師傅去託的儐儀館頭頭，塞過一點錢給化妝師傅。

追悼會按基督教形式舉辦，我也是頭回出席這種西式葬禮，信奉上帝的人，死亡對他們不是太可怕，死和活只是一番境界。不過悲傷程度仍然相同。我們在哀樂裡慢慢走圈，向她的棺埕蓋拋灑一朵胸前戴著的黃花，繽紛落英……並致以最後的默哀。

我的眼睛一直盯住她臉部下方，想再看一眼她那白白的脖子，但她的脖子又被一條長長的天鵝白與雪青夾色絲巾遮披，無法見到。我只得將視線拉向靈堂的天花板，突然感到一陣輕微的昏眩，頂上出現一大團模糊顫動的褐色光，聽人說靈魂飄過時，死亡之光的顏色就是褐色的。

大夥私下都說黎莉莉的一生確實是苦難的一生，基督教說苦難是通往天堂的

必由之路，大家這回都真心祈禱黎莉莉能直接進天堂。

主持人低沉的調子，每人手裡攥著一塊手絹，耶穌，來到我們心裡，向我們展示所有的愛。

「我們在這裡懷著悼念和悲傷的虔誠之心，感謝天主、聖母，所有聖徒，給予了我們堅強、正直、忠誠，野獸和魔鬼處處在威脅上帝的子民，上帝垂憐她，免去了她所有的不幸與痛苦，煩惱和恥辱，我生即我死，願她早升天堂，塵歸塵，土歸土，阿門！」屋外的雲朵與樹木收走了她那美麗影子，黎莉莉走完了她荊棘叢生的一生，成了一撮灰燼，碎裂成塵土，靈魂升去了天界。

喪事的氣氛莊重、典雅大方，一圈兜出來時，培琪悲痛欲絕，拖著靈柩的布帷，哭的天也要塌下來，一部分人哭的很真切，一部分人是來看熱鬧的，還有一部分人是官派小領導，來走過場，裝裝門面。

麵包車載著一弄堂人從徐家匯直奔老西門，再從太平橋到斜橋、陸家浜兜了老大一圈，專門挑人多的地方開，一會兒功夫，全部的人已經忘掉了黎莉莉，坐在大巴上舒舒服服的開始天南海北胡吹，坐等將黎莉莉的靈魂甩掉，平日裡花好稻好樣樣好，人一走、茶就涼，很陰險。

人情似紙張張薄，世事洞明局局新。這樣惡意兜圈、是決計狠心不讓黎莉莉的靈魂找回來了。

出殯回轉弄堂時，太陽已經有些洪荒，夏日黃昏魔幻，天空現出淺紫色，我們又成群站在弄口梧桐樹下，等候點火，然後依次撐腿跨過這堆蕩漾藍色火焰，小孩子雙腿併攏一跳而過，認真的人扶一把身邊人，將腿抬的老高，防止火苗燃及褲子，偷懶的人則單腳站定圓心，然後意思意思在火堆邊劃個很小的弧度，這儀式也有個說法，消消煞氣。

由於點燃了明火，燥熱撲面而來，隨著火裡那扎著草徑的花圈餘燼一點點的熄滅，黎莉莉終於化為一縷縷的輕煙旋轉、上升……，一縷縷又輕又薄的煙淡淡地化進雲層，天空開始陰沉，星月皆無，風也沒有，過家樓底下一堆堆過路人群仍然不散。

## （四）

原來大家以為凶手已被逮住是敲定的事，然而實情並非如此，奇峰突起，懸念一波三折，黑道上有人銷贓首飾，毫無懸念就鎖住了寶妹那黑龍江來的男友名

李偉。

　　黎莉莉的男友，那位英文老師他只是在那日雨聲淅瀝的凌晨利用買菜時間趕來，告訴黎莉莉他老婆從美國來了，並讓他這幾天去美領館辦簽證，他有黎莉莉家的鑰匙，走廊內內一如往常，清冷安靜，也不要敲門了，免得發出響聲，驚醒旁人，便直接掏鑰匙開了進來，他還看了看手中的鑰匙，剛才路上就想好的，老婆來了，暫時這把鑰匙先還給黎莉莉。突見她一動不動地躺在客廳地上，脖子上紗巾纏繞，以為她跌倒了，腦子一片空洞，連忙放下雨傘急撲上去，一隻手扶起她，另一隻手馬上拚命去扯她頸脖上方遮住部分面容的紗巾，絲巾扯了幾下，又奮力去推她，突然他停了下來，用雙臂蒙住了腦袋，僵在原地，他摘下眼鏡，擦了擦鏡片，他不明白發生了什麼？瞪大了眼睛一瞧，頸上怎麼有一條紅色凹痕？扼痕，是扼痕。他用顫抖的手去觸碰，才發覺這身子已有些冒涼氣，隨後大驚，斂手，嚇得跌坐在地上，老半天回不過神，血液超快的湧向大腦，眼睛失落而茫然，屋外雨點落在雨篷上發出滴嗒聲，滴一下，他的心會抽一下，骨骼與皮膚隨之都跳一下，剛才他悄無聲息隱進，原是來與黎莉莉商量要事，當然不排除欲與黎莉莉溫存一番，自己老婆回來了，這段時間倆人會面須謹慎，各自去美國後，再作打算。

　　他掙扎著想坐起來，結果沒有坐住，兩腿一軟又跪了下來，這一跪直接就貼在了黎莉莉的身上，也不知是活人與死人之間的強生物磁場將倆人吸住了呢，還是自己心臟因驚恐停止了跳動，此刻他覺得渾身上下連腳趾頭都已僵掉，就這樣直直跪的挺了好幾分鐘，幾分鐘後胸腔裡籲出了長長一口氣，他五臟六肺所有的內傷似乎有所緩解，他想喊叫，卻發不出聲，淚水沿著面頰不停流淌，又傾刻，凝固的大腦有了感覺，他沉思是否應該衝出去報案，但又怕被有人問是怎樣進來的，他難回答，他與黎莉莉的私情若東窗事發，老婆獅吼的狀態，嚇的他不禁抖了一下，他盯著黎莉莉脖頸上那餘出來的半根絲巾，不由自主伸出手將它拽著，很想自己將自己也勒死算了。他在等赴美的簽證，可以與黎莉莉在美國相聚，多麼麼關健的時刻，怎麼麼就出了這種事，這事讓老婆知道，去美國還不成泡影？這些年的努力、忍耐全完了，真正是竹籃打水一場空，白費力氣。他環望四周，真是絕望的一塌糊塗。一團糟的悔恨與羞愧。他決定不報案，趁下雨天霧朦朧，弄堂裡行人少，神不知、鬼不覺，一走了之。穿過前廳過道，天仍在下雨，雨下得不大，他把手從窗口向外探探雨滴，街燈的光從他打開的半扇窗裡透進來，馬上他又謹慎的將窗推上，他認定此刻別無

選擇，必須立即就走，他用手按了一下自己一顆忐忑不安的心，再次彎下身凝神望了望黎莉莉這張死狀都很美的臉，突然有砰砰的腳步聲，嚇的又一次渾身僵直，站起身退了幾步，驚慌中發現黎莉莉那條長紗巾被他攥在手上，馬上恐懼又哆嗦的將紗巾撲的一下朝地板上扔了，真是一場噩夢，他嘆了口氣，拿起一把剛剛進門時，將它隨意靠在牆角矮櫃邊的黑布雨傘，悄悄掩上房門，嗒的一聲，是司別令鎖碰上了，身體又顫抖的跳了一下，趕緊閃在門後，牆壁外面走廊裡光線晦暗靜寂，光禿禿的燈泡射出一圈光線，回頭看看，隔了一堵牆的室內更陰森怕人，一會兒自己又拍了一下腦門，想想也是裡面瘮人，外面只是空蕩盪鬼都沒有，裡面卻實突在在躺一死屍，能不陰森嗎……，倒吸一口涼氣，立定再凝神諦聽一會，這次的門虛掩的很輕，司別令鎖沒有再相碰，沒有弄出聲響，活人與死人都沒有聽見，此刻的弄堂，生者死者都在沉睡，他追著自己身子扭頭看了一看，淡淡的燈光從窗外射進來，影子使他有一絲慌亂，影子射在柳木地板上，被投射在天花板上放的很大，趕緊走，影子就沒了。他輕踩地板，大理石台階上，影子終於被自己拖了出來，他大大的跨過，雖險些不穩，搖晃幾下，掌握了平衡，撐傘，悵立，遂堅定離去。

室外小雨依舊不停，他把自己那張驚悸的臉，完全罩進深色雨傘，水珠在他臉頰上閃閃發亮，難分淚水與雨水，一縷頭髮，兩顆翻白光的眼珠，似無魂的走屍。

弄堂日色尚早，人頭走動稀疏，卻仍有目擊者，這人說，見到他時，差些被嚇死，他的雙腳在移動，卻不見臉，雨傘一直罩在喉結上，像個無頭鬼……。

有一人在旁糾正：「夢遊的人也這樣……，是的是的，上次阿拉毛頭就睡到一半走出去，與他說話他都沒有聽見，兜了一圈回來繼續睡覺，後來我問他為什麼出去，他說不知道。」

英語老師回家後，彷彿是一隻被招了頭的蒼蠅，在屋子裡撞來撞去，燒飯做菜做什麼事都心無定數，第二天就讓公安局給請了進去。請走的原因是沒有關嚴實的房門被風吹開一些，樓上張家姆媽下來就直指推門走了進去，結果被地上躺著的黎莉莉嚇得飛竄出去，那早晨見過他影子的證人馬上就告訴了居委會，線索一排，在第二天的太陽升起後剛要落下的那一刻，順藤摸瓜他就被請進了公安局。

連串的不連貫話語，偶然的行為，風度高雅，意志不堅的他，具備了嫌疑人該有的一切證據。

在講述整個晚上的時間分配時，由於驚恐傷心，抽泣止不住，抽搐的嘴唇結結巴巴，說了很多不可思議的胡話，一會兒指天發誓：「我沒殺人。」一會兒懇求公安局替他保密，一會兒又提出自己對案情的幾點懷疑，並且不斷地下一句糾正上一句，看著就像個殺人犯。最後自己都講不清楚了，支支吾吾不想回覆，顛來倒去一句話：「下雨時我已經離開她家，我離開她家時天在下雨，我是下雨了才去的她家……。」審問的警察都是受過訓練的，心智強大。若換了普通人，十個有九個會讓他逼瘋，公安局將龍華精神病醫院的專家給請來，專家們會診後說：「這是悲傷過度後出現的精神錯亂。」

最後還原他非嫌疑犯的理由，竟然是一把雨傘，當時地上有一小灘雨傘的水漬，而黎莉莉則是前半夜就斷的氣。更有三樓張家爺叔在東方露白一刻，失眠靠窗口抽煙，低頭彈煙灰時，見有模糊身影踩進黎莉莉屋前門台階，動作、服飾雖不清晰，然人形輪廓應該就是黎的男朋友，原本詭點掩口，隱笑不語的他，想想人命關天，遂也跑了一趟公安局。其妻雖悍，嫉啖，怒不煮食，分室僵臥，卻也不敢作假證。

釋放他的那天，刑事犯罪科的小魏望著他問了一句：「你自己明白做了一件蠢事嗎。」他滿面羞漸，垂頭反覆言：「是的是的，我不該如此謹慎，一定是有人誣陷，那天早上我並沒有犯錯，被你們無故抓捕……，謝謝公安同志……。」一通沒頭沒腦的話，反讓小魏無詞以對，面色都被氣白，怒氣沖衝揮揮手，遂出門。


寶妹男朋友李偉是殺人兇手，寶妹隨即就像是舞臺上燈光暗下時，一束追光打下來，眾目睽睽，所有的眼睛都盯在她身上。沒隔幾天，一輛白色的警車也接走了寶妹。

落日，緩緩西斜，寶妹被抓，無疑是摘走了寶妹姆媽失去寶妹阿爸後的又一縷陽光。脫下旗袍改換退色藍大褂的寶妹姆媽，閉目不復有言，惟兩行淌在臉上的淚水，目送寶妹被警車帶走，癱倒在弄口牆腳，暮光裡眾人將她扶歸入門，淚眼環望，不免唏噓。

沉靜穩重、心理髮育超出實際年齡的寶妹雙手俱銬被抓，罪名包庇殺人犯，提供偽證。即黎莉莉被殺當晚，與李偉互證作案時間。

目睹寶妹被推上警車後，大夥皆無比困惑，素來做事不失分寸的寶妹何以做出如此不光彩之事。人群喃喃嘆息不止。

「哎、女人就是耳根子軟。」

「耳根子軟……。」

「寶妹可不是耳根子軟的人。」有人驚呼出聲。「哎，寶妹闖了這麼大的禍，落到這種地步，真是想不到。」

寶妹這個人平時正經安詳的略顯畏怯，沉靜的讓人心痛，酷似一株雨雪霏霏在牆根的蘭芽，尚未臨風綻放就枯萎，有人說寶妹一直像一彎靜靜的湖水、這次出怪了，湖水竟然也會發生海嘯。於是眾說紛紜、嘰嘰呱呱，一地的疲憊嘆息聲險些將天上的繁星裂開。

## （五）

那日三毛亦混在人堆，不解寶妹斜睨他的臉似乎比陌生人更甚，回想幼時相親相伴的率情，三毛打小就認可寶妹將來定是他妻，所以一直將寶妹深藏心底，情不為因果，緣注定生死，寶妹不但視而不見，沉默一天長過一天，倆人中間似乎豎了一道屏障。寶妹啊寶妹，你的腦子裡到底裝著什麼，三毛及時吞嚥一口湧到喉嚨裡的淚水，一陣泛酸。

人有時候會走在十字路口，突然的要你選擇一條道，不是每個人都能選擇最正確的道，寶妹站在岔路口時鬼使神差讓她恰遇了一陣突如其來的颶風，把她人生的風向標打轉、掉了個向，生命進程頓遭迷失。

寶妹望著眼前這片模糊的景色，心想可怕的事終歸會來。

李偉走後她曾靜靜地想過許多，黎莉莉的死，她產生了良心的困擾，所有人會誤認為這是愛，是刻骨銘心愛情下的結局，其實她心裡明白，她與李偉之間的愛，是一場套上了枷鎖的愛。彼此糾結的心結無法解開，倆人原是注定無法相守。

寶妹在臨上囚車的那一刻，回頭看著憂心如焚、快要昏厥的母親，輕輕說了句「姆媽，我沒有和他一起做這件事，我也讓他去自首的，我沒有犯法，您不要太擔心我，您自己要保重身體。」

弄堂裡人憑天然直覺都說寶妹不可能參與李偉殺人，只是心思太重，成了包庇犯。

黎莉莉慘死，兇手落網，寶妹被抓，寶妹姆媽痛斷肝腸的倒下，這一串串接踵而至的巨浪，打的眾人彷彿也都失去方向似的都惶惶然，按理說一般人對

罪犯都會有難以抑制的厭惡，而這次大家卻搞不清應該為破案高興呢，還是應該悲哀。

李偉公審被槍斃的那天，陰雨綿綿，雲縫中擠出一絲灰白色的光亮。勇強和小狗爺叔等在弄堂口說起今天的公審大會在陝西路市體育館召開，聞者黯然。前幾天弄堂過街樓底下似乎成立了一個臨時法庭。唇槍舌辯在討論案件，一弄堂的人都冒充業餘陪審員，一致認為：「這個屬于不是有計畫擬定的犯罪，這種屬於臨時沒有控制住的即興殺人，非蓄意謀殺，不判死刑的⋯⋯。」

「純屬瞎扯，，結果案子不但判的從重從嚴，還說他是個流竄犯，無家屬，從快從的讓人眼睛都來不及眨一下，狗頭鍘就已舉起。」未及一月，盧灣休育館開審判大會，其中就有李偉。

那日小狗爺叔在竈披間對阿娟說想去市體育館看看，紹興好婆等力勸他不要去，說「看砍頭要觸楣頭。」阿娟阿姨就胡攪蠻纏把著門，不讓小狗爺叔去。隨後又在竈披間討論開，口吻都帶著惋惜：「李偉這小囡也真是鬼迷心竅，看上去也不像紅眉毛、綠眼睛，越貨殺人的江洋大盜，怎麼就闖下這麼大的禍呢。哎，都是十月懷胎生下，聽說他已經沒了娘，否則這娘的日子可怎麼過⋯⋯。」

小狗爺叔渾身無用的精力，被說的只能收住腳步，灰溜溜靠牆站一會，最終沒有去成。小狗爺叔天性喜歡軋鬧猛，笨就笨在每樁事情在八字沒有一撇的時候就哇哇叫，因為他生肖屬狗，背後有人說他是草狗。同樣三毛屬蛇，有些陰險，做事會先斬後奏，悄無聲息就游去了陝西路市體育館，擠在前排見了李偉最後一面，李偉見了三毛神情雖表現出有些激動，但眼睛裡透出絕望，微微張開著的嘴唇翕動幾下，又合成一絲，三毛近距離見了李偉生命的最後時刻，也有些淒慘，李偉那雙迷茫的眼睛似乎想對三毛說什麼，三毛心裡厭惡他殺害了黎莉莉，感情上很難原諒他，隻能在心裡默默地說了一句，「兄弟，服罪吧、來生再見了。」

人生路上是有一根根繩索橫七豎八繃緊在地面上，與其說是供你行走的，毋寧說是用來絆你腳踝的，就看你的腳如何抬過。

那日三毛親眼見李偉在體育場被拉走後，渾身上下突然就一點力氣也沒了，雙膝發軟有些站不穩，一會兒體育館內內原本喧囂的人群已全部散盡，被吆喝催促了好幾聲，他勉強強乏力地拖在最後，惱火自己的腿怎麼不聽使喚。

三毛想起三爺叔曾經講過：「有的人一生都在犯錯也沒有關係，有的人卻注定一生只能犯一次錯！」

　　李偉這次就犯了一個一生只能犯一次的錯。

　　三毛也責怪自己腦子大概出了問題，為什麼趕來見李偉一眼，宣讀最後判決時所有人都振臂高呼，大義凜然，他卻有些沒有原則的哀慟，李偉胸前的牌子明明白白寫著罪大惡極……！背後是黎莉莉那一抹淡紅的血色，李偉眼神一絲微漠的悲哀，交叉浮在他眼前。

　　其實這種矛盾的心理並非三毛一個人，黎莉莉的死毫無疑問讓大家難受，但是李偉的死，寶妹被抓，大夥都感覺開心不起來。

　　誰都搞不明白這是一種什麼心態。

　　人和人近在咫尺，心理的距離卻如此遙遠，吮過同一個乳房、童年的一天一天，同一塊青石板上的玩耍、少年時代的友情、青春期荒地上的勞作，都沒能成為今日可以無話不談的藉口，一種親密的陌生，很讓三毛傷心。

　　三毛躲在房裡，躺在硬棕棚床上，裹著被單睡了三天三夜，身體如落葉一般，無序飄蕩，他在苦苦地在與自己擰巴。

　　豆腐店姆媽講，三爺叔和他聊過兩個半天，三爺叔對三毛講：「每個人都會犯錯，每個人的身上都有殺人的潛質，有些事在情理上也許會說不通，但在人生現實上卻是成立的，每個人的思維與反應都有各自的局限性……，以及當事情往壞的方向發展時，我們只能儘量把局面挽回一些……等等。」

　　三毛表面上算是挺了過來，然心裡的陰霾始終吹不開，進進出出耷著一張陰沉的臉，有人說三毛一下子老了十歲，沒人敢開口與他說這件事。

## （六）

　　春殘花落時，公安局通知培琪回來處理他媽的後事，她夫了一趟公安局，拿回一些首飾，培琪曾敲過寶妹姆媽家房門，門鎖著，「她們家沒人。」樓下姜家姆媽踩著扶梯告訴培琪：「她家新疆兒子來過了，在三層閣住了半個月，一直在醫院照顧他媽，出院後，他就將他姆媽接去了新疆。」

　　培琪請三毛在紅房子西餐館吃了一頓，培琪讓三毛點菜，三毛心情不好，話也不多，也不肯點菜，培琪作主點了番茄濃湯、法式牛排、法式蝸牛、點心、紅酒，三毛講，不要這麼正式，培琪回答想喝酒，三毛不接話。西餐館過來打招呼講牛排已買光，豬排好伐，三毛講豬排牛排無所謂，培琪又點了兩隻菜，三毛講自己人不用甩派頭，培琪講今天一是謝謝三毛幫助破案，讓她娘安息，二是有些

頭緒沒理清，李偉她不熟悉，但無法想像寶妹會包庇李偉，「我與寶妹猶如姐妹般一起長大，自己真過不了這個坎。」

三毛告訴培琪他去看過寶妹，因為不是直系親屬，公安局不讓探望，三毛就講是寶妹的男朋友，一句話出口三毛收都來不及，公安局的人就劈頭蓋臉、口水似雨點的下來，罵的三毛狗血噴頭。

「赤那！上海灘人人曉得寶妹的男朋友是李偉，儂飯吃飽啦，儂是伊男朋友，伊去替殺人犯掩蓋，是儂太空了、還是儂認為阿拉太空了是伐！」

三毛只好拱手作揖好話講盡，講寶妹姆媽病倒了，他是隔壁鄰居，一起農場回來的，自己是這個案子立功的人，只是希望申請探一次犯人。後來花了勞大動靜，公安局從市裡層層批下來，答應通融一次，想不到寶妹冷酷絕望到一個人也不肯見。雖然我也知道寶妹就是那種願意開口就自然會說，不願意的話，你追問上去只是白費功夫。「不過這次寶妹絕對是禍闖大了，這種殺人案子，一命抵一命逃不過，又不是以前在農場，百貨大樓裡買兩隻馬桶包，捉到老鄉的雞鴨，往馬桶包裡一撳，繩子一收，晚上偷偷吃掉的小事。」

培琪與三毛東西南北的聊了許多，相互發散了心裡的煩惱。

「三毛儂腦子確實比寶妹活絡，這幾年打樁模子真不白做，放在三十年代的上海灘，儂就是頭腦活絡的捐客，放在美國華爾街，儂是正宗的經濟人，租間辦公室，肋下夾一隻黃牛皮公文包，賺大鈔票的。」

培琪雖然去了美國一年多，說話做事仍那般直爽。

「哦喲，培琪阿姐過獎了。」三毛一口紅酒喝的猛了一些，讓培琪恭維的臉都紅了。

「聽人講這次公安去黑龍江抓李偉時，李偉也蠻滑稽的，有人看見他在偏遠的一所勞改農場附近，公安局去蹲守張網，他果然躡手躡腳在那邊走動，據人反映，他白天黑夜經常在那裡走動，按道理做下了劫貨殺人的事，總該逃竄躲起來吧，可是李偉沒有這樣做，蠻反常的。」

「那李偉是不是在等啥人噢，大慨等寶妹噢。」

「培琪，儂腦子瓦塌啦，伊要等寶妹，當初不可以和寶妹一起逃啊，女人的腦子怎麼都這麼簡單啊。」

「三毛，儂不要講我腦子簡單，儂腦子也不複雜的，寶妹與三毛一起走，萬一讓人懷疑呢。」「也許吧，心裡活動蠻難分欣欣。」三毛想想也有可能。

「老實講，我總覺得公安局從重從嚴，案子銷的太快，我找不出他與寶妹的

意圖。就是直覺李偉不可能為了偷幾根金鍊條就殺了儂姆媽，況且這幾根金鍊條又不值幾個錢，李偉給我的印象，彷彿不是這樣的人，寶妹更不像這種人，太蹊蹺了，到底是什麼真相藏匿於案件的背後，估計只有李偉知道了⋯⋯。」

「三毛，儂真是福爾摩斯，或者就是尼羅河慘案裡的波羅偵探。」

培琪是真心的讚賞三毛，沒有嘲弄、也沒有消遣的意思。黃昏來臨，三毛拿著酒杯斜靠在窗欄上，疑慮躁動的心思讓他煩惱，望著這座浸在氤氳暮色之中的城市，他思緒飄起。

寶妹當年原與我們二樓廳子間的龍龍說好去雲南的，臨報名突然改變了主意，因為她知道豆腐店二毛、三毛都是去了黑龍江。

寶妹姆媽怕冷，反對去黑龍江，但是曉得寶妹與三毛像親兄妹一般，有二毛三毛照應也是不錯的一件事，後來寶妹因為她阿哥去了新疆，兩調一回了城，三毛搞了一張關節炎的醫生證明，也賴在上海。

弄堂裡大家隱隱感覺寶妹與三毛有些戲，寶妹分到了裡弄生產組工作，三毛沒有工作，經常不是跑盧工市場倒買倒買郵票，就是混在淮國舊門口調黑市外匯，一開始做這種事體只能鬼鬼祟祟躲在長樂路弄堂角落裡，這幾年樁頭立牢，才有了一些腔調，茶室坐坐、德大、紅房子、天鵝閣，能夠夠進去進去了，市面上提到黑龍江三毛，也是小有些名氣了。有人講三毛這種是道卜的調糞、倒鉤，幫助公安局破刑事盜竊案的線人。

上趟三毛生日在潔而精酒樓擺了幾桌，大廳幾桌鬧轟轟的親朋友鄰，三毛連敬酒的空都沒有，樓上包房一桌金色盾牌熱血鑄就，唱到昏天黑地，風流不懂。

三毛做人精怪，每次風聲一緊，他也很識相。弄堂裡曉得三毛現在黑道白道比小狗爺叔吃得開，小狗爺叔以前嘴裡經常有一句：「我在派出所的朋友講⋯⋯。」現在這句話，他很久不講了，估計這朋友在派出所已經不吃香，一榮俱榮、一損俱損，連帶小狗爺叔在弄堂裡的身價跌了不少，小狗爺叔只能拍拍三毛肩胛，誇一句：「長江後浪拍前浪，前浪拍在沙灘上。」小狗爺叔後來一直要到他兒子小毛頭復員回來，分在川沙六里橋當了警察，他好像有點鹹魚翻身的腔調，沒有想到小毛頭是悶夾子，小狗爺叔與他兒子講話，三句閒話問不出一個真屁，小狗爺叔從此在弄堂裡的江湖地位澈底禪讓，隻是經常捧一隻小毛頭當兵帶回來的「一人參軍、全家光榮」，中間還有一顆五角星的白底紅字搪瓷茶缸，混在過家樓底下人堆裡，聲音比從前輕了許多。

　　幾個月前東北人李偉來到寶妹家的時候，弄堂裡就沸沸揚揚傳出來他是寶妹在黑龍江的男朋友。

　　寶妹姆媽在我們家竈披間講：「心裡斜氣過意不去，這幾年家裡大大小小事體，比如調煤氣罐、修電燈自來水、都是三毛幫的忙，上次三毛還買了石灰水幫寶妹家房間樓梯走廊統統涮了一遍，屋頂有點傾斜，房管所也修不好，三毛起釘拔榫，拆柱移窗像模像樣修好了，屋頂板都抹了一遍石灰漿，一圈圈褐色污斑都沒有了，幾十年的老房子，被三毛涮涮洗洗一遍與新房沒有兩樣。」

　　寶妹姆媽的心像春天的花朵般怒放，一直認為寶妹早晚是要嫁給三毛，她認為寶妹對三毛也是有意思的，只是因為三毛回城後一直沒有工作的緣故，才不軋男女朋友的，但是寶妹姆媽一直想不明白的一件事，寶妹自回滬後，一直將自己包裹的嚴嚴實實，一點不像一朵青春期的花朵，上班下班、兩點一線，回家就看看書，什麼誘惑都不能打破她，不過隨便寶妹怎樣怪腔調，寶妹姆媽終一廂情願地拿三毛當毛腳女婿看，寶妹與李偉在黑龍江時就走的很近，三毛是知道一些的，這幾年他與寶妹各忙各，似乎都淡漠了語言的溝通，再加上三毛外面朋友多，他是有些疏忽寶妹。

　　寶妹這個人平時話很少，言語手勢都很緊，比如大家去針織廠外面的垃圾堆裡撿些線頭線腦及鉤針，一般人「夜深深，停了針繡，和小姐閒談心……，」就這樣玩過了三天也就沒了，寶妹卻悶聲不響，一周半月後能勾出半副手套戴手上。這種手套罩在手背上，五個手指仍然是靈活的，寒冬臘月戴手上，寫字做事需要手指的時候，不需要脫去手套，手指靈活，保暖且不容易生凍瘡。什麼都節省，一分錢也不會亂花，一般我們去游泳回來，大人總會給四分棒冰錢，游完了泳濕濕的頭髮，摯一根赤豆棒冰在手上，真是幸福的時刻，而寶妹不會，她不是沒有錢，口袋裡裝著錢，她也總是笑笑說：「回家去再吃」後來寶妹姆媽講出來，「阿拉寶妹講：『我在外面吃，一個人吃整根不合算，回家能與你一人一半！』」因此天再熱，寶妹吃棒冰也要趕回家吃。寶妹姆媽過年洗被子，寶妹悶聲不響去居委小組長那裡取來開井蓋的鑰匙，替她姆媽吊井水，鄰居說「哦喲，寶妹姆媽，井口都已經結冰了，寶妹吊井水勞危險的。」寶妹不聲不響仍然在沿口結了冰的水井裡，一桶一桶替她姆媽吊井水，寶妹姆媽都要勸她：「寶妹，天寒地凍，阿拉不吊井水了好伐？」「勿好。」寶妹講話就是這麼節省，寶妹姆媽也心疼寶妹，但寶妹姆媽講自己是癟三的命、宰相的品，每年冬天手背上還要結一層厚厚的凍瘡。

「井水是溫的。」寶妹看著她娘的手，只說一句，再不多說。寶妹姆媽是口風不緊的人，這句話她在我們竈披間裡講過多次，每次不但贏的大家對寶妹的讚嘆，還賺了主婦們不少眼淚。

寶妹姆媽為了東北人李偉的到來，前思後想決定去找黎莉莉攤苦經，要黎莉莉幫忙。

「寶妹姆媽，現在小囡的事情我們也真是管不了的，儂看阿拉培琪當年也是什麼都不聽我的，那年我被揪鬥，培琪照樣兇的不得了，我是蠻膽小的，我也勸過培琪要麼去農村算了，培琪就是摒牢。」

「培琪是對的，本來就是獨子，居委會看你們孤兒寡母，成份不好，欺負你們，幸虧培琪兇，兇出了名堂。阿拉寶妹要像培琪這樣就有出息了，儂看，阿拉寶妹悶伐，我想讓伊多透一點東北男人的情況，伊閒話勞節省，問一答一，一句不多講，我也不能多問，培琪姆媽，我看寶妹與你和培琪都蠻講的來，特別是儂來我家裡幾次，李偉對你蠻尊重的，謝謝儂去與寶妹談談好伐，講老實話，我是不想阿拉寶妹嫁給外地人的，儂講，寶妹難道又要去外地嗎。」

「寶妹姆媽，儂今朝託我，我一定會去與寶妹談談的，不過寶妹是蠻悶夾子，我講上去也不一定有用。」

「拜託儂一定找她聊聊好伐。」

「寶妹姆媽，我一定幫你向寶妹了解了解，儂也不要急，老話講姻緣天注定，不過話又講過來，這個李偉倒是生的相貌堂堂，人也是蠻文靜的，我原先以為東北人都是五大三粗的，寶妹姆媽儂講是伐。」

「培琪姆媽，我也不是講李偉不好，小囡倒也是蠻清爽規矩的，我也看出來每次你來我家，李偉對你恭敬禮貌，但是伊在上海又沒有工作，一直以為寶妹是在等三毛有工作，現在這個李偉不但沒有工作，上海戶口都沒有，阿拉寶妹真不曉得怎麼想的，我這幾天血壓又高了、血小板又出血了……。」

寶妹姆媽來找黎莉莉敘述苦經，一對女人拉拉家常，此時倆人沒有任何徵兆預知厄運就快臨在她倆頭上。

（七）

「三毛，我聽說是儂先懷疑李偉的是嗎，儂能不能拿細節講給我聽聽好伐。」

　　三毛一雙瞪得筆直的眼睛環繞著培琪焦灼的影子轉了一下，心情有些複雜的說：

　　「培琪，我曉得儂想聽這件事的，我在弄堂裡也沒有公開講過。」

　　三毛的嗓音漸漸低沉，似乎要以此來掩飾他的情感，「寶妹進去後，弄堂裡簡直炸開了，隨便啥人問我，我就講公安局不讓講案情，你們都不要問我。儂曉得的呀，我在黑龍江與寶妹一齊認識李偉的，他是農場職工的孩子，經常跟運輸車輛來我們知青連的，有時候大雪封山，他要住幾天的，他喜歡聽我們知青連東南西北胡侃，特別要聽上海的事，上海的馬路、商店、弄堂、吃的食品、穿的衣物，反正他都蠻有興趣的，有一次別人還問過他『你為什麼這麼要聽上海的事？』我看的出伊臉皮有些紫脹，悶了一會，說了句我們與勞改農場離的近，勞改農場有一些刑滿留場的上海犯人，告訴過他上海的許多故事，所以他好奇，有一次我們說起文革弄堂裡批鬥遊街的事，他插了一句，『解放前當過舞女的也要揪出來批鬥嗎。』」「哦喲，培琪，儂等一等，我有些糊塗了，他那天問舞女，難道他是有意在打聽嗎？」

　　三毛與培琪一搭一搭的交談，突然蹦出口的舞女兩字，讓三毛認為這個細節太珍貴。「培琪我現在心情太亂，我太激動了，我要安靜一會兒，休息一下，好好想一想。」「三毛，啥意思啦，我沒有聽明白呀，儂重新講好伐。」「培琪，我現在發覺我是有一點福爾摩斯的才能，好了，這一次儂姆媽的案子有花頭了，李偉幾年前在黑龍江就打聽過舞女、舞女的，我現在反應過來，李偉為啥盯上寶妹的。」「真的啊，儂認為李偉為了阿拉姆媽才去接近寶妹的嗎……。」

　　培琪越來越不明白了。「哦喲，我講不下去了，培琪，我現在有些亂，案子明顯有了蹊蹺，我一時半會也講不清楚。」

　　「三毛，你不要這樣好嗎，李偉已經槍斃了，阿拉姆媽也活不過來了，案情再突破有啥用啊。」

　　「培琪，寶妹一定有隱情。」

　　「三毛儂啥個意思啊，寶妹與男朋友一起殺了我姆媽，儂怎麼還講伊有隱情，儂意思是阿拉姆媽要奪他們的金銀財寶，才被他們殺的嚕。」

　　「女人腦子怎麼都這麼怪啦，我又不是這個意思！儂想，李偉在黑龍江問『舞女』，啥意思啊，我們走吧，我們回去再分析。」

　　「三毛，儂一定講李偉有也許早就認識阿拉姆媽，怎麼可能呢，如果李偉年齡比我大，我還有理由懷疑是阿拉姆媽的私生子，現在李偉比我小，怎麼會有可

能呢，阿拉姆媽祖宗十八代都沒有人在黑龍江的。」突然培琪想講啥，又停了下來，三毛翻翻眼皮問：「培琪儂想講啥。」

「三毛，我想講，當年陸庭升倒是死在了黑龍江，所以也不可以講阿拉姆媽十八代祖宗沒有人在黑龍江，阿拉姆媽也真是倒楣到家了，無人能及，與黑龍江有怨仇，男人死在黑龍江，自己又被黑龍江的人殺了，如果李偉比我歲數大，我真要懷疑是看日本電影《人證》了。」

培琪喉嚨裡好像有什麼束西哽住了，無意識的滑出了一段歌曲的旋律：

「媽媽，你可曾記得，你送給我那頂草帽？很久以前，失落了，它飄向濃霧的山嶴……那溪谷太深，找不到了！媽媽，只有那草帽，我多麼珍愛它，無價之寶，就像是你給我的生命……，失去了，找不到，失去了，找不到……。」

「培琪，我們走吧！」三毛打破沉默。

培琪輕哼了一段那會兒上海灘人人都會唱的日本電影人證的插曲，三毛見培琪那對褐色的眼睛潮濕，知道培琪是在想黎莉莉，心裡一陣難受，摩挲一下臉，眼睛隨之也模糊起來。

窗外樹葉間瀉下一縷陽光，生命不過是一種回憶而已，淮海路喧囂嘈雜之上的一種寂靜孤獨的回憶。

三毛讓服務員送來結帳單子，培琪一把搶過就掏錢，三毛擋住，講了一句：「阿姐，讓兄弟做做人好伐。」培琪講：「這算啥名堂呢，是我請儂來的。」三毛講：「就這樣了阿姐，儂請客，我會鈔。」

三毛結了帳，台子上叫的葡國雞和蟹斗碰也沒有碰過，三毛講不要了，培琪講這個做啥啦，帶回去放在冰箱裡，培琪裝好後，塞在自己背包裡，與三毛一前一後從樓上包廂外的小樓梯轉下來。

淮海路已經進入黃昏了，暮色降臨了，建築物的燈逐漸亮起。天色漸暗，方才染紅了天空的最後一抹紅霞也已慢慢退出天際，周圍一片朦朧的氛圍中。三毛手一抬，瀟灑的攔了一輛果綠的錦江出租：甩了一句：「黃陂路長城電影院。」倆人鑽進去。

「三毛，我心裡亂死了。」「培琪車子上不要講了，回去你家再講。」「三毛，儂先告訴我，儂是怎樣發現李偉嫌疑的，儂剛剛講了一半，」「回去講。」三毛又說了一句，培琪只能沮喪地點了點頭。

出租車到了弄堂口。培琪搶付了車錢，出租車突突地開走。培琪澡嗦，三毛就是不肯在車子上講。」

「培琪，這樁事體缺了寶妹不行，有些情況我要寶妹核實的，我可以肯定的告訴儂，李偉認識儂姆媽。」

「三毛，現在儂總歸好講了伐。我燒水泡茶。」倆人跨進家門，培琪更急了，盯牢三毛。

「培琪，儂性子也太急了，儂曉得伐，儂姆媽的案子，上海灘炒的啥人不曉的啊，車子上瞎問八問會闖焐的。」

「那麼儂現在好講了伐。」

「我剛剛講到一半突然腦子就煞清了，我越想越發現李偉這人心思縝密，有樁事體我一定要與寶妹核實的，也許背後的原因我們都不知道，現在說也沒有用。」

「三毛，儂挑有用的講好伐，沒有用的先不講。」「李偉來上海後，我撞見幾回寶妹和他一起上你們家，雖然我曉得你娘和寶妹姆媽是一個教會的，總歸覺得寶妹和李偉有些反常。」

「三毛，不是我培琪多嘴，阿姐問你一句，儂對寶妹到底有意思伐？」

「今朝阿姐問我，我就實講了，寶妹與我從小住了貼隔壁，我跟她青梅竹馬，像親兄妹一樣，十六歲一起去的黑龍江，四年後寶妹回滬，我病假混回來，現在沒有戶口、也沒有工作，有時候也會想起小時兩小無猜時的種種景象，但寶妹總是莞爾一笑，不知她有什麼心思，一個人變的越來越優鬱。」

「三毛，阿姐理解，不過這次李偉來上海，李偉條件也不會好過儂，寶妹怎麼會與他軋男朋友呢。」

「雖然大家都講李偉是寶妹的男朋友，但是我也沒有見到寶妹像一般人談戀愛時那樣開心快樂，好幾次我真的想問問寶妹，儂心裡到底有啥事情，為啥一直悶悶不樂，幾次話到嘴邊又咽了回去，我怕自己是剃頭挑子一頭熱。」

三毛對培琪說其實寶妹也蠻可憐的，培琪教育三毛：「可憐並不是愛。」三毛有些想不明白，一個男人可憐一個女人，為什麼不能由憐生愛呢。培琪講三毛不懂愛情。

三毛告訴培琪：「你娘事情發生後，雖然沒有人懷疑李偉，但我總感覺這小子的臉變的有些怪，朝你笑的時候，有一團黑氣。追悼會上有一樁怪事體，讓我起了疑心，那日，他站在一個陰暗的角落裡，面無表情，這個我也認為蠻正常，畢竟他和儂姆媽認識時間不長，後來結束時，他離開大廳的幾步路跛蹌明顯，我與他前後腳在廁所碰面，總感到他反常，無意中扭頭見他將身體急轉，不願與我

照面，而且眼睛紅紅，臉上神情恍惚，這種腔調蠻怪，伊一個外地人，與你姆媽才認識一個多月，怎麼會有如此深的感情。」

「過一日，聽說李偉要走了，阿拉姆媽要帶些東西給二毛，我就去了寶妹家，寶妹與他一起在裝行李，有兩套男式羊毛衫褲本來是放在旅行袋底部，寶妹要塞東西進去，翻的時候我覺得有些眼熟，隨口問了一句，這兩套是你自己買的呀，倒買的不錯，名牌，他點了一下頭，動作牢快又塞進包裡，我突然想起有次在淮海路看見儂姆媽在婦女商店對面春竹羊毛衫男式櫃檯上付錢，手裡拿的就是這兩套羊毛衫，我因為有生意要談，就立在一旁角落裡，儂姆媽沒有看見我，我也不方便招呼她，但是這兩套羊毛衫我看的煞煞清，不會搞錯。我就有些起疑心，」「還有就是儂開出來的遺失首飾清單，我瞄過一眼的。」

「這個我聽講了，儂是公安局的暗調，淮國舊門口軋軋，其實是腳踩黑白兩道的調羹。」

「瞎講點啥啦，沒有這麼誇張，有貨色啥地方流出來的，有人打聽，我們就提供些線索。」

「這樁事情是這樣的，李偉走後沒有幾天，我在金陵路茶室喫茶，有人拍了一下我肩膀，甩過來一句話，『去找山上下來的桃林路小黑皮，有一單生意露出頭了。』我剛一回頭，人沒有了，只有一隻背影。」

「贓物要這樣神祕啊？」

「儂不曉得的，啥人做的案子沒有查出來，阿拉又不是警察，殺人滅口還不是先殺我們啊。」

「哦喲，這麼危險啊，儂認識小黑皮啊？」

「認得。」

「貨在小黑皮手裡啊？」

「不是，小黑皮講貨是黃河路裘老闆收的，爛山芋價，裘老闆收過後就後悔了，覺得來路不正，想加一層拋掉，來不及了，風聲已經出去了。」

「我去對貨的，出貨的人特徵一講，我就曉得李偉這小子出事了。」

「培琪，我決定跑一趟黑龍江，我想去李偉老家轉轉，我就想不明白李偉為啥會打聽舞女的。」

「三毛，我和你一起去好伐。」

「尋開心了，我是黑龍江混過四年，再講阿拉二毛還在那裡，黑龍江儂曉得伐『北國風光、千里冰封！』不是尋開心的。」

「三毛，是真的呀，我去延簽證、退機票，和你一起跑一趟。」

「培琪，儂曉得我一是對李偉打聽舞女起疑心，二是想不通寶妹為啥要包庇李偉。」

「三毛，不要講了，我也跑一趟『北國風光、千里冰封。』」

培琪真的和三毛去了黑龍江農場。去乘火車的前一天，培琪準備的行李嚇壞了的三毛：

「阿姐，儂去插隊落戶啊。」

三毛看培琪地上堆了二隻大箱子，手裡還有一隻拉竿箱。

「三毛，儂講的呀，北國風光千里封呀。」

「赤那，我要是講萬里雪飄，儂是不是還要帶套棉襖棉褲啊。」

「三毛，棉褲倒是沒有，還真的帶了件滑雪衫。」

培琪不知東北季節變換，正宗是帶去寒衣禦嚴冬的。三毛告訴培琪，現在是春末夏初，我們黑龍江早就冰雪消融，溪流琤琤！

「哦喲三毛，北國之春了是嗎。」

「培琪，儂也不要想的這麼好，我們火車下來還要乘汽車的，省道沙石山路坑坑凹凹，儂要有思想準備的。」

「曉得曉得，三毛，我一生吃苦耐勞儂是曉得的呀，那些年我在生產組裡一疊疊紙板天天是我搬的。」

「培琪，儂背包裡切菜刀帶好嗎？」三毛隨便看了看培琪的箱子，又問了一句。

「三毛，儂不要嚇我好伐，啥事體啊，黑龍江治安這麼不好啊，再講帶了刀叫我去劈人家，我瞎勢勢的噢，哎呀，我長這麼大，打人都沒有打過，儂曉得的呀，阿拉姆媽都從來沒有打過我一下，現在突然要去劈人，不可能的……。」

「講介許多閒話做啥了，阿姐，我是讓儂帶把刀，晚上睡覺時放在枕頭底下，因為我蠻難控制自己不爬到你床上的……。」

「要死了，三毛，儂現在真的是流氓了是伐……。」

三毛話音未落，身上已經被培琪捶了好幾拳，便賊塌嘻嘻開門飛竄出去。

## （八）

培琪提著衣箱跟著三毛去了農場，繞過幾排密集的榛子樹，黃綠雜草，映山紅。二毛引倆人進縣旅社，拾級木梯水泥走廊，培琪一小間，推門而入，置行李

於鐵床上，一桌一椅一櫃已無可旋之地，培琪叩擊板壁，隔牆聲音清晰可聞，培琪說我頭回對上海人嘴裡講的「棧房、棧房」有了感覺。二毛搭小貨車來，講李偉的之事連隊裡人人盡知，非常可惜，什麼傳聞俱有，這段時間農場知青在搞回城，你們倆就不要去農場知青連，我與貨車司機說好了陪你們幾天，也與李偉老家生產隊的人打過招呼，先吃點東西，我們直接去那裡。

　　臨近中午初陽才緩緩出，三人走去一棟紅磚平房小飯店，門口一盞橘色燈，透過玻璃門見一戴帽子男人站在櫃檯前抽著煙，並看著來來往往的客人，餐廳裡有幾對吃客都是男的，煙抽的屋裡煙霧瀰漫，那男人見有人走進來，眯一記眼睛，面孔有些死板的點了下頭，裡面光線暗暗，有一股潮濕的氣味，濃霧和煙霧繞著一盞頂燈，髒兮兮的餐桌上黏著食物殘渣，櫥櫃背面走過來一位女店員，紅撲撲的臉兩頰亮光光，圍著一條青布髒圍裙，與培琪相互用眼打量著，垂直的手指間也夾著一根煙，女人有些拘謹將煙送嘴裡猛抽完一口，隨後就啐在地上，再用腳跟踩滅了，二毛三毛與她說的話語速很快，培琪竟然沒聽明白，對三毛講她要來碗湯麵，女人去了廚房，一會兒不緊不慢的將麵條端了出來，是女人關節粗大的手捧出來的，她一手還夾著一塊抹布，也沒托個盤子，湯麵擱桌上後，培琪盯著她的手看，疑心她的大拇指是浸在湯裡的，女人走後，培琪碰了一下三毛的肘子，輕聲說了句「怎麼像孫二娘的黑店」，於是自己把自己的胃口說倒了，還把蓋在上面的雜碎不分清紅皂白都挑出去，說了聲那我先吃了，用筷子把麵條卷挑出來吃，三毛見狀回了句：「不吃肉，麵條難道不是浸在人肉湯水裡的嗎？」培琪肚子已經飢餓感很強，一碗光面剛剛一半下肚，被三毛一講，摀住嘴巴就往外奔，二毛開了幾瓶啤酒蓋走過來，菜已上桌，香氣四溢，木耳炒肉片，小雞炒菌菇，雞蛋炒黃花菜，二毛用開酒蓋在三毛頭上敲了一下，讓三毛別亂說：「去把培琪喊進來吃一些，這幾個菜很好的」，「阿姐，真的吐啦？」剛才三毛培琪乘的客車鑽樹林，下山坡，翻過幾道山梁，塵沙裡顛簸得連路都看不清，駕駛員開的快，剎車頻繁，培琪緊張兮兮怕滾下去，走了大半天，她心擔了大半天。遠處傳來漠河水嘩嘩聲，三毛盡情睡了一覺，昏天暗地都不曉得，現在二毛來了，三毛精神活躍的不得了，培琪被他嚇的半死，翻江倒海的將麵條全部吐了出來。

　　「培琪，開開玩笑的，現在哪有黑店啊，這家店我們一直吃的，二毛讓我來喊你進去吃一些，炒菜味道不會比紅房子差的，儂進去吃吃看就曉得了。」培琪站了起來對三毛說，「我不餓了，培琪坐在屋外石頭上，她覺得四面八方飄過的

松林氣味聞起來非常香，天空白雲朵朵，藍天近得出奇，彷彿就在樹梢上，新鮮空氣還真是舒服。「你們吃吧。」培琪又強調了一下，盡情地享受大自然。「培琪，儂進來看看幾隻炒菜，保險儂有胃口」二毛也走了出來，手裡拿了杯啤酒，培琪也是爽快人，經不起倆人客氣的再三邀請，大概肚子也已吐乾淨，胃空空也有些飢餓，便隨二毛、三毛一起走了進去。在條凳上坐定後，接過二毛遞過來的一杯啤酒爽快的仰起脖子一飲而盡，頓感五臟六府氣流迴盪，豪氣湧上後便一口啤酒一口菜的吃上了。「現在不怕啦。」「豁出去了，人肉也吃！」三毛兮格格，培琪再怎樣嬌，也算是闖過三江六碼頭，是一個見過世面的女人。

　　「藍天白雲和這麼大片大片黃顏色的田野，我倒是從來沒有看見過。」小旅館住了一夜，第二天清晨，二毛說帶他們去打聽到的李偉老家。遠處白雲籠罩下的山嶺也是白色的，綿延起伏的黃色原野，樹木殘幹，老鷹在空中矯健的飛過，一切都很震撼。二毛讓車子停在一棟向敞開的門和窗戶的老房子外面。前面是幾間零零落落的黃磚房，拐進一條小巷，一長排房屋的盡頭有些黃色的菜花開在泥土斜坡上，圍牆邊有些綠色的草根，樹條編的柵牆，樹條編的院門。在一片車轍枯索車道的映襯下，這些房子顯的格外矮小。
　　「就是這家。」
　　仨人七手八腳的從車子上取下兩瓶捆紮在一起的二鍋頭，幾盒糕點，都是上海帶來的。
　　「還要加一些嗎。」培琪問。然後又塞上一盒大白兔奶糖。尚在幾米開外，柵欄裡的黃狗就吠著竄了出來，棉簾掀開，出來一溝溝鏊鏊挺利索的一農人，喝住了黃狗，二毛說就是這家，蔭影灑落院中，穿進院門的時候，蔭影中一黑衣婦人走出來，嘴角牽動了一下，算是打了個招乎，李大爺說了句，「上你妹子家嘮會，別處不要去。」二毛、三毛和培琪對看了一下，明白他是把老婆故意趕出去的，仨人跟進了室內。三毛培琪按二毛的吩咐，喚了一聲李大爺。「隨便坐吧。」李大爺指了條凳和炕頭，自己先在炕沿坐下了，他靜靜地先呼哧呼哧抽了幾口煙，有些靜場。狗蹲在他們腳下。「大爺，您這煙好，挺好聞的。」培琪沒話找話。「李偉這小孩我是看他長大的，當年他娘淑貞難產，硬挺沒有去醫院，我在外面跑車，這事也是聽我爹娘講的，淑英和他爹老李頭從死神手裡搶回來一個外鄉人，半年後，這個外鄉人被政府發現了，也不知咋的，半夜來了一輛車，把這外鄉人裝車裡拉走了。淑英顯肚子，莊裡人就指指點點，那肯定是外鄉

人的種。再後來淑英生孩子陣痛三天三夜，無法忍受的難產，聽說孩子橫在肚子裡，我老娘也去幫忙，孩子倒是扯了出來，淑英大出血，再送醫院已經遲了，半道上就死在板車上。這老李頭帶著孩子，一到開春就往外走，大概就是去找外鄉人，老李頭去世前對我娘講過一句，他早就找到李偉爹的，是個勞改犯，已經刑滿釋放，父子關係也認了，這外鄉人不壞。」「李偉這孩子從小就像一頭騾子那樣固執。長大後跑車送木材，與你們知青也講的來，這事怎麼整的，跑上海去殺人。」

「那李偉家的屋子現在沒人住了嗎？」二毛問了一聲，聲音有些沙啞。「帶你們去看看吧，就在東頭，距離不遠。」李大伯抽了幾口煙，從炕上惦腳站了起來：

「這次回來人就像變了一個，老兩眼發直、眼睛充眼血絲……。」

眾人起身，獨培琪被淑英生孩子之敘述驚著，俊秀的臉龐花容失色，慽慽拭淚嘆息跟隨在後。

經幾戶農家場院，一排簡陋有裂縫、塗著泥巴的圓木小屋出現在前面，四周有木頭架子撐著，過道上少了人走動，長出了一蓬蓬淺褐色的灌木叢，乾枯的落葉堆積在地上，從樑上木頭的高寬粗大，能看出老屋原先的風貌，現已成了幾間破房子。

「自打他姥爺死了後，李偉一個人盪來盪去，這個院落就有些塌，泥牆上的草筋掉落，進進出出也不修補，有時幾天不回來，我們也惦記他。」

門上的掛鎖生繡，房子無人住，院門推著搖搖欲墜。室內空氣沉悶，裡間更是暗如薄暮，一股陳腐氣味，一扇窗戶半開，上半部飄搖，窗簾皆已褪色，默默隨風拍打，靜寂，一種混雜的霉味，壁角一綑樹皮倚牆，笭無所依讓人掉淚。

## （九）

「那李偉的外地人父親你見過嗎？」二毛問大伯。「我沒有見過，我只知道是個刑滿留場的勞改犯。」「你有他地址嗎？」「沒有確切地址，不過我猜想是在那地方，咱們這方圓幾十里應該就是這個農場，如果不是那個，那我也就不知道了。」

「我找個人帶你們去吧，哎，找到了有啥用呢，壞消息還是不捎的好。」

「要真找到了，如果人家不知道這事，咱們不會講的，」二毛低頭悶聲悶氣

回了一句，三毛見大伯煙沒了，趕緊又遞煙又點火的。「有件事不知你們可知道，早幾年和李偉一起來過幾回的女知青生的一個女孩抱在一家人家養著，那戶人家說李偉與一個勞改農場的外地人去過她們家，那家女人是你嬸子娘家一個莊的，我與你嬸子琢摸，那孩子是李偉這小子的娃，他沒講，咱們也沒問，要不你們去那家吧，雖頭頭尾尾隔的也不近，但總是一個農場的，興許能問出那外鄉人的住址，」

真是千頭萬緒，就像墮入五里霧中。

「真沒想到哦，這麼複雜啊。」「這小子不動聲色，整天默默無言像做了虧心事似的，真是海水不可斗量哦⋯⋯。」

「那女知青就一定是寶妹了吧？」

「三毛你記得那年過春節我們回家，寶妹姆媽問『怎麼沒有與寶妹一起回來？』「你說什麼？」我反應不過來脫口而出，語帶詫異地反問，還是你反應快，扯了我一下，寶妹姆媽把我問的瞠目結舌，寶妹回滬都快大半年了，竟然沒有回上海。後來除夕夜寶妹回來了，說在別的知青連，因為回滬調令一直沒有給她什麼的，全是一頭霧水的事，，原來她與李偉都有孩子了⋯⋯。」

想起農場不少人在背後的議論，以及耳聞的一些閒言碎語，當時總以為是那些人多嘴多舌瞎猜疑，二毛此刻有些恍然大悟。

「三毛，這兩年弄堂裡你與寶妹抬頭不見低頭見的，儂還是公安局的暗調了，這麼大的一件事，儂怎麼一點風聲都沒有誘到啊？」

培琪被驚的老半天回不過神。

「赤那，還真的是服帖寶妹，老做出些驚天動地的大事。」

「如果這孩子是寶妹與李偉的私生子，那寶妹包庇李偉一事還真有些理由了。」

二毛越想越覺得透明，也像冷水泡身一般，有些冷，大腦恍惚有些供血不足。

第二天，車輛沿著一段遺留的爛枕木在往前開，雖春日盎盎山花滿路，然破軌石頭殘痕蒼涼，行走了兩個多小時，線路倒是筆直，沒有河流，路面也比前段乾燥，路旁一片片樹皮白漆漆的樹叢高高低低，也不知是白樺樹呢、還是白楊樹，什麼樅樹、松樹和冷杉，書本上的知識一個也對不上，小樹林一個接一個，培琪有些新鮮，目不暇接，二毛、三毛上車就打瞌睡。

車輛開過一片粗糙的殘茬的雜草野花地，爬在兩旁出現一段段木樁的地方，

司機說就是這裡了，從遠處望這片農場似乎是個凹坑，小屋和圍牆稀散排列，四周有紅磚牆，也有白粉涮過寫上標語口號的，村口一問路，便有人直接將他們帶進那戶人家。走出來的是一個高高的男人，肩膀微微下垂，一邊問話，頭還歪向另一邊，從外屋就瞧見裡屋坑上躺著人，裡屋坑下趴著一小女孩，不知在抓地上什麼東西。

果然與說的吻合。

「你們是來接小孩的吧。」那中年漢子先是用疑惑的目光掃視著他們，然後又冷靜直截了當的問了一句，目光裡露出的神色，顯然有些等待他們來。

「大哥，我們原先不知道小孩的事，是李伯讓我們來找你的。」二毛突然產生一種被脅迫的感覺，趕緊加以說明。」進來吧！」室內牆壁木樑有些暗淡，牆頭靠一張大桌，幾張松木條凳，桌上散放的空酒瓶有一個是倒下來的，裡面流出的黏稠液體都沒有擦去，一股酒氣味，桌子上方一扇小窗，一縷光線裡瀰漫著還沒有落下去的灰塵，與潮氣和煙氣溶在一起，裡外隔間牆一隻粗陋的矮櫃子，一包包中藥擱在那裡。但是踏進去聞到的卻不是藥味，而是一股尿騷味，粗糙的水泥地上也蒙著一層灰塵，培琪直皺眉頭。

「孩子是李偉抱來的，我老婆生病後沒法養了，上次對李偉說過後，讓我們等他，後來他來過，告訴我們再替他帶上半年，我們不是遺棄她，那年我們給了六百元錢，那女的沒有拿，那天走的時候不但把錢壓桌上，還送來一堆食物，所以有人提出要抱走這孩子，我們沒有答應，一直等李偉回來，後來知道出事了，和李偉一起來過的東頭勞改農場刑滿留場的那老頭倒是經常來，他讓我們暫時再養養，他每月出五元，倒不是幾塊錢的事，我老婆被怪病纏上了，經常要去縣城看病，我們又得將孩子託給別人，沒人能幫我們……。」

培琪佇立在門檻處朝房間裡張望，裡屋躺床上的大嫂顫動一下，一張臉模糊不清，隻見她用手在牆上摸索著，隨後啪的一聲，她打了裡屋的開關，招手喚培琪進去，屋內仍有些烏漆抹黑，并散發著另一種氣味，培琪邊打招呼邊小心翼翼伸手去扶地上的小女孩，小女孩的臉蛋糙糙的不算，眼尿鼻涕都結了塊，頭髮上也蒙了一層灰，愣了一下的培琪見桌邊有個盛了水的臉盆，便掏出手絹沾了沾水，輕輕地在孩子臉上試了幾下，床上女人見狀指著坑頭邊堆著的衣服對培琪說：「這兒有乾淨衣服，你替她換一件罩衫。」

男人與二毛三毛在說話，培琪朝女人笑笑點頭，又將手絹在臉盆裡搓了一下，把小孩的手也拖過來擦了，換好罩衣，從背包裡掏出一塊巧克力華夫餅乾，

拆去包裝紙，塞在小孩手中。

一會兒培琪見二毛三毛又要往外走，忙放下孩子，轉身去提自己的背包，沒想到小姑娘剛站穩，竟有些戀上了培琪，將小手摸了一把培琪的褲腿，培琪遂又轉回來蹲下盯著小姑娘看了看。

「大哥，我聽李伯說李偉那勞改農場的親戚住的不遠是嗎？」「是的，我們沒有去過，他會來的，上周剛來過。」

「我們怎麼能夠找到他呢？」

「上回他來時與村東頭的木匠陳老頭認識，興許陳老頭知道。」

「我們能去問問嗎？」「我帶你們去。」

二毛三毛要起身，「我抱著她一起去可以嗎？」培琪望著小手搭在她褲腿上的小女孩，試著問這男人。男人回頭瞧了瞧躺床上的老婆，「我們一會兒還過來。」女人默默地點一下頭。

木匠似乎不是太熱心，礙著面子，老半天吭哧一句，「我帶你們去吧……。」四人又魚貫而出。

車子走了一段南邊大路，拐了一條小道，司機說了句路不好開，就停這了，「你們翻過高坡往下走，瞧見嗎？北邊那堵磚牆，那條小河，」「是的是的，看見了，邊上那家鋸木廠，那老頭以前就在廠裡做，」「現在呢？」「五十歲以後就不做了，再往前走，有個村子，周圍有一排大榆樹的，一棵連一棵，十幾棵後，沿著牆身左轉一個小院是他家。」

那木匠連比劃指點，又說了聲我與娃也在車上等，那老頭脾氣怪，不喜歡見人，上回我帶幾個朋友路過這裡進去歇會，他不跟人講話，大家沒意思，所以你們自己去吧。

三人下了車，四周很安靜，遠處有狗叫聲傳過來，「哇、這裡真是人煙罕至那。」環境讓人詫異，培琪咕嚕了一句。

先往上爬一些山坡，然後又走了一小段下坡，轉過牆角，就看到被鉤子鉤住的一扇木籬笆門，比土坯小茅屋稍微好一點的一間破磚小屋。「確實是一個荒涼隱蔽的地方，整個空氣裡都是荒涼的味道，彷彿置身在沒有人蹟的荒野，三人小心將一扇敞開的院門吱吱碰一下，內院角落裡爬著苔蘚，煙筒裡煙被風吹散在左手一個棚子上方，中間房門半掩，」

「有人嗎？」二毛低沉的喚了幾聲，「進來。」屋裡有聲音傳出，跨進屋裡有兩個隔間，裡間一定是住處，外間是爐灶和堆放的柴及雜物，靠牆腳放著幾垛

草卷，往裡窺看，炕席旁圍了幾捆秸稈和玉米秸，一個穿一件磨損的黑舊短襖的老人，正在用一隻手把破爛裝進一隻麻袋裡，另隻手裡一把鏽蝕斑斑的鏟子，蹲在那裡抬頭瞧著他們，波瀾不驚。

過點的午後陽光雖不燦爛卻也不陰，一路還有暖風，然仨人跨進門坎時，一下子眼睛卻有些不習慣裡頭的水氣煙霧，眨了一眨眼睛，適應一會，又聞到木頭刨花氣味，中間搭了個木板推床，扔著刨子挫刀一些木匠工具。雲縫間一道黃色的光芒從窗框裡透進，培琪卻還打了個冷顫。

爐邊有一些木柴，幾塊木柴在破舊的水壺下燃著火苗─彷彿有發潮的木頭在冒煙，細聞卻又若有若無，牆壁上留下了很明顯的煙熏痕跡，那人扭過身點點頭，一句話也沒說。

額頭沁出的一頭汗水的三毛與培祺待在那裡，感覺室內空氣竟有些稀薄，氣都有些喘不順，簡直是一個被風化的人，和堆在旁邊的柴和木頭一般。

突然培琪盯著那人的臉，恍如置身夢境，明明是陌生人，怎麼有一種熟悉的感覺，我在什麼地方見過這張面孔，一片灰暗的頭髮中夾雜著一半的白髮，他的身子瘦削，顴骨較為凸出，深陷的雙頰、雙眼……，眼窩、鼻樑，以及牙床周邊的皮膚也都凹陷下去，歲月在他的臉上留下了一道道深深的溝壑，雖寒傖相，但那輪廓與一個人很像……。

培琪一陣面色蒼白，心兒怦怦狂跳，一種窒息感襲來。培琪在凝神察看著他時，那人扭過來的身子也沒有再扭回去，直楞楞的也在打量培琪，培琪有些神思恍惚，但想不出來哪裡曾經對這張臉有印象，當她呆若木雞的瞧著他時，那人只是頃刻間的驚愕浮上臉頰，瞬間就恢復了常態，他一眼就把培琪猜了出來，平靜的指著桌邊散放的條凳招呼他們坐下來，他自己卻緩緩地身子略向前彎，手肘放在膝蓋上站了起來，一點不吃驚地輪流看著他們三個人，對著培琪時，還露出一絲古怪的笑容，無聲黑白。

培琪被越看越驚，簡直好似脫離了現實一般，完全目瞪口呆，她家有好幾張陸庭升的老照片，似夢非夢的框架神態，她想掐一把自己的大腿，手從大腿一直移到小腿，鼓不起掐的勇氣，一陣空白，詭譎，太詭譎。

這是什麼事，此時二毛三毛也呆住了，他們覺得李偉與這老頭非常相像……，這裡究竟藏著什麼祕密，總之這仨人都認為自己的猜測很荒謬，心裡都在琢磨自己是不是在做夢。

「停舟暫借問，或恐是同鄉。」

沒錯！這仨人的思路走在一起了，這個早已拱手順服了命運、黯淡潦倒的人就是陸庭升，培琪法律上的父親陸庭升。

一九五三年黎莉莉曾接到過人民政府通知她歷史反革命陸庭升死於黑龍江的一紙公文。

下午的光影已從屋裡移了出去，簿陽正在西沉，窗框上仍染上一點淡紅的顏色，悄寂在沒有風聲的空中，一團白雲在悄悄散開，何來雁叫聲聲，卻又薄如蟬翼。

# 第九章

玉茹魂歸離恨天

# （一）

一九四九年底，南華舞廳老闆陸庭升被抓進了提籃橋。才幾週時間，他那張保養得宜的臉就已凹陷、刷白，肌銷神損。恍如這人飽經磨難足已半個世紀，恐慌來的太突然，他背抵著牆牆，窗洞外寒風凜冽，隆冬臘月。

監獄的牆上不掛畫，而陸此刻眼神空洞，眼前全是一幅幅畫影，這些畫從很遠很遠飄過來，疊疊在他面前，使他陷入了陰影虛空的緬想。

紳士落魄，前塵往事如雲煙。一九一九年臘月，陸庭升出生在一個老派灰濛濛的家庭裡。日子過的安逸平坦，父母親戚人人誇他生有一張品行端正的紳士臉，穿衣著裝、行為舉止皆規矩本分。讀書一帆風順，大學裡就結婚生子，他父親在南洋橋有一個食品雜貨店，生意做得紅火，所以又開了兩家分店，心高氣傲的他不願意接管雜貨店，老父親腦溢血一走，本該接管產業的兄長卻人影綜跡全無。

秋冬傍晚，冷風撲面，雨水沿廊簷撲打花缸遮蓋，一瓣一瓣的花片粘散在陸府天井的幾處角落，石板潮濕，數日無人清掃，凝泥滿階，好不淒冷。

陸庭升陪母親憵坐客堂間，遠處有軌電車的噹噹聲，虛空中讓他添了惆悵，弄堂盡頭小孩子的哭聲，長一聲、短一聲，長舌頭鬼投胎，哭起來不停。母親在一旁嘆息，無線電裡在唱楊寶森的捉放曹：「卻原來賊是個無義的冤家，馬行在夾道內我難以回馬，這才是花隨水水不能戀花，這時候我只得暫且忍耐在心下……。」

「你需要中斷學業，否則全家要喝西北風。」老母淒楚的聲音。

無奈之下他脫下西裝換上長衫，簿谷會計，算盤滴滴轉，恪守在南貨雜物的帳房間。日本人投降後，這神出鬼沒、無義的兄長死回來了。一日來到他的寫字間，笑嘻嘻看著兄弟左手打著算盤，右手用鉛筆在劃一份報表，眼鏡掉在鼻樑上、耳朵上架圓珠筆，時而又在那些陰沉的貨架裡穿梭。他倚在兄弟二樓窗戶前，嫌悶一邊在打開臨街長窗通風，一邊開玩笑說這屋子一股番茄、大蒜、橄欖油及臭海腥味！他告訴兄弟盤下一家舞廳，也在南洋橋，並告訴他這個舞廳老闆的名字是他……。

兄長邊說邊把煙頭丟去樓下沙礫裡，煩躁不安地將自己的手指關節摁的卡卡響。

　　陸庭升永遠不會忘記答應大哥接管舞廳的前一夜，他死去父親出了現在他夢中，土坡上薔薇盛開，幾幢零零落落、土塊要埋到屋簷的舊房子，憂愁的看著他，似有千言萬語要對他講，最終卻什麼都沒有講，無奈的飄走了，一場夢魘。人的命運是神祕的，興衰難料，誰也不知道以後是什麼結果。每個人有自己的命運，誰也猜不到，自己掌握不住，卻讓冥冥中的父親見到了，要說死人比活人神通廣大，還不得不信。

　　他無法解釋自己這種混亂的記憶，圖像似被切割成一小段，一小段，點點滴滴……。

　　噩夢的起點很清晰。舞池外的梧桐葉子落盡，成了兩株枯樹，夕陽晚照，天空還有最後一道殘霞，遠處傍晚的瞑色中，正有一隻烏鴉在飛。

　　人人都知道現在不是平凡正常的年間，貨倉的貨盤不出去，虧損嚴重，周轉資金越來越少，煩惱已經像掠奪者般的將他的沉穩奪走，不堪重負使他意氣消沉，哥哥倉促來告別，從他的眼神裡，讀出那種即將分別的悲傷，「你應該知道形勢吧……。」

　　「怎麼沒有呢……，這舞廳不是你要我接的麼？」

　　「怎麼沒有呢，此一時彼一時，南京天險守不住了，你為什麼還不安排，我看你一點沒有打點。」

　　兄長用用反問的語氣，一邊慢慢地眨一眨眼睛，反而指責他。

　　「您有消息嗎？」兄長告訴他，很快他就會走，並替他也安排了去香港的行程，讓他速速準備。

　　兄長走後，他想了想，兄長必須要離開的原因他是國民黨官員，自己有必要這麼緊張嗎？黎莉莉這幾週就要生了，跑路不方便，大太太也說上有老、下有小，怎麼走。此時的陸庭升並不知道兄長為了擴充力量，將他的名字放進了潛伏名單之中，後來又覺得不妥，故又來關照他及時撤走。

　　「非常可怕嗎？必須走嗎？我說現在的處境。」

　　他猶豫母親妻小及一大堆生意時，又咕嘟了一句。

　　「喏，這個還不夠讓你跑路嗎。」

　　兄長拿出他中國國民黨黨證的一張黑色硬紙片亮在他眼前，他疑惑了一下接了過來，黨員證號、印在證上的黨部關防印文等等，這個他見過，當年在學校裡一個浙江同學也拿給他看過。

　　「怎麼這時候下來？」「你真沒問錯，最近一批一批的在發出來，不是好兆

頭。」

　　兄長來過兩回力勸他及早離開，不要再守著這份數不大的破敗家業。

　　奧斯汀轎車的發動聲音，從對面街上傳過來，他站在敞開的窗前目視著，那
日起兄長就沒了影踪。

　　父母一直認為，從小兄長就比他不安份，機靈但不可靠。

　　安置生意及母親與大房妻兒，拖著身懷六甲的黎莉莉，他被折騰的疲憊不堪。

　　那些不堪的記憶，猶如水底的卵石，說不上什麼麼時候，突然就浮出了水面。

　　窗外，不知何時鐵灰色的天空裂開一隙，暮光已破窗而入。他披了一件米黃
色的毛衣在舞廳樓上一間小書房裡休息，連日奔波使自己雪上加霜的染上了感
冒，嘴裡叼著雪茄煙，躺在臥椅上聽到舞廳裡悠揚的音樂聲遠遠地傳過來，天花
板的吊燈被樓上腳步的踢踏有些震動，樓上他兒子在彈鋼琴的旋律，不斷重複彈
奏著兩三節副歌，音階練習曲，飄進他耳朵，他豎耳聽了一會兒，咧嘴笑了，這
小子彈奏的如此不熟練！他知足於這樣的生活。

　　保姆陳嫂走來告訴他二太太來電話替你約了醫院就診，並關照你這幾天不能
抽煙。他擺擺手說，「醫生已經來過，不礙事，不過患了傷風罷了，只是勞碌
了，休息即可，噢、你替我把書桌上的鼻煙壺拿來。」

　　「二太太講叫儂回她那裡吃晚飯，伊燒了幾樣素菜。」

　　陳嫂沏了壺熱茶退出去後又進來。

　　他仍然沉浸在舞廳的音樂中，尋思不走也有不走的惬意，兩週前的一次沒有
走成，使他內心躊躇不決，他有些疑惑自己是否一定要走，黎莉莉在房前門後的
笨重身子讓他為難，閃過的一經念頭，一家走是太困難，尤其是老母親那雙噙滿
淚水的雙眼，這個國民黨潛伏委任狀是兄長一手操辦的，事前自己一點都不知
道，自己本來就是個南貨店老闆，兄長的舞廳是掛名參股而已。

　　透過陽台，黃昏時段的霞飛路東段雖不屬熱鬧地段，卻也霓虹閃爍、暗香浮
動，這座城市讓他不感到孤獨。

　　突然，兄長走時的叮囑忽又跳出：「務必要走，你是不懂政治的，共產黨不
會放過你。」他的心又一陣怦怦亂跳，十分心神不寧，隨手將手上的鼻煙壺猛吸
了幾下，呼吸後一個響亮的噴嚏讓他通體舒坦，心情稍許又靜了一些。

　　一隻貓出現在對面屋頂上，軟軟地走著，飛過一隻鴿子，他感到有些疲倦
了，低頭見午睡時由於雪茄掮手裡沒有抽完，人已經睡著，結果沒有熄滅的雪茄

從他的手指間滑落在桃花心木的茶几上，又掉在地板上，燃燼後的雪茄將地板燙了一個黑點。

他深深地專注著旁邊床鋪上那個蜷曲膝蓋的人，暴烈性情的國民黨少將營長：「我們現在不想辦法出去，只會越來越困難的，成敗在此一舉，不成功便成仁，我們不能困在這裡，這是我們的最後歲月。」

這些話讓他的嘴角陪出一絲驚恐猶疑。

「我是抗日將士，我沒有罪行，將我們抓起來就是錯的，義無再辱、我們要去申訴！」「是的，共產黨不應該將我們受困於此……！」

「作為解放力量掌權者的共產黨是不會容忍他的前一屆政敵，個人恩怨或者集體仇恨。」

「我們是餘孽，氣數已盡！我們留下來就是個錯誤，我們是他們的報復者，這是一個民族對另一個民族的清算！」

「兄弟鬩牆，外禦其侮。喪亂既平，既安且寧。」

「『上帝的歸上帝，凱撒的歸凱撒』誰有這種氣概呢。」

牢房與走廊都呈灰色。

陸庭升說不出多少正義慷慨的言詞，也不是說他沒有憤慨，不想質疑，只是天生不具備反抗的雄心。黑暗裡一刻濃似一刻的窒息在向他襲來，機槍與探照燈下的監獄院子安靜的是可以思考任何問題，他絞盡腦汁也沒有把這個顯而易見的事實弄明白。事情發展早已超越了陸庭升能夠承受的範圍，他不發問也不言語，安坐在命運的陰影之中，臉孔上刻著幾條假裝沉思的線條，他無兄長那敏銳的風起青萍之末的嗅覺，兄長從政他從商，本來就對號入座。

當他在牢房草鋪上躺下的那一刻，他覺得自己和這個世界的緣分已經了結。

黑暗裡一陣陣顛來倒去的牽絆、刺透內心的痛，氣窗外一場傾盆大雨浩浩蕩蕩直倒下來，雨點打在堅硬的水泥地上錚錚作響，打的靜止不動的他哆嗦都絕望，野獸臨死前也會掙扎抽搐，如果此刻監獄牆壁全部隱形消失，他也不知自己會否動一下。他歷來性格拖沓，也是他習慣了日子一帆風順的緣由。說不清自己選擇的是複雜還是簡單，但絕對是選擇了屈從，別無他法，他知道自己的極限。

同牢幾個蹦跳的被槍斃在拂曉時分的院子裡，他至今我還記得那位言語不多的中年人，一付冷冰冰的眼神、瘦削精悍的身軀，拖走時的陰影被監獄高牆吞

沒，槍聲在雨夜裡很沉悶，但也足以震懾其餘囉哩囉嗦的。

幾天後的晨光從鐵窗柵中透進那一刻，陸庭升被武裝押解上車，將他從舊牢房搬運到新牢房，先是被運到一個髒兮兮的集中營，然後幾天幾夜的火車，在灰暗陰沉的天空下，又換了汽車後，昏昏沉沉的行駛在一片荒涼的道路上，沿途除了破敗的木房，也能從氣孔裡瞄到一些樹木、山谷，一路也看見一排排房屋，少許農田，周圍幾乎是一片荒野，汽車在凹凸不平的地面上顛簸的屬害，突然一個勢頭太猛，他被甩了出去，滾得多遠不清楚，滾過沙土覆裹的雜草叢，掉進了深溝時，四周揚起被他身軀震驚出來的的塵灰，及乾枯的草莖樹枝被斷折脆裂聲……。荒野曠敞著他被甩進一個坑，草木似是煙霧一樣在飄散，他伸手想去抓住，可是身體失去了平衡。沉沉的冬天剛過去，草木孕育了深深的根將他埋了進去。天色是暗的，這白光是月亮光，還有天空的繁星，樹林裡的風，這裡怎麼這麼安靜！遙遠而朦朧，飄逸又空靈，風從四面八方吹來，呼呼地刮著，淹沒了別的聲音……。

當他又被一陣嘰嘰喳喳的鳥兒亂叫吵醒，眼睛睜開時，有鳥成群盤飛在頭頂上，本能的動了一下腿，寒冷已經麻木了他的雙腳，又想伸直一下身子，塵霧在陽光下瀰漫，風仍然環繞在他不遠處，風聲裡傳來外灘悠悠的鐘聲，鐘聲將他帶去哪裡，那地方太遠……。細細的寒冷刺進他的衣服。他環顧四周，風在吹，水在流，看著頭頂上樹木疙疙瘩瘩的枝條，陷入沉思、冥想和回憶之中。越走越遠、越走越遠……，甦醒的陸，又動了動手指、手腕，他想起了自己順從屈服判決的經過，在他戰戰兢兢聽到自己是歷史反革命被判以二十年刑期時，早已面如土色。但當他被押解出去的那一刻，他卻已經不為自己二十年憂心忡忡，他感覺沒有死去已經是萬幸了。有了回憶的他，又一種恐慌的刺痛湧來，林中一千步、地獄門已開，轉而一想自己就這樣腐朽爛掉、隱到另一個世界，了卻身前身後多少煩惱事，白骨沙土埋蓬蒿也未嘗不是好事……，模模糊糊的思緒已飄遠，平靜中的他又睡了過去。

渾身上下滾燙滾燙，陰影中有人走來陣陣發冷，哆嗦得愈發屬害嘴唇開始抽搐，隱隱發麻，顫抖乾燥。

「爹，這人還活著，」眼睛睜開了，聽到了說話聲音更加重了他的恐懼，他想動一下，身體沉重得似乎與腳下大地合成一塊，只能將眼球吃力地眨巴了一下，荒野廢墟中的他被人拖了出來，天色又有些暗淡下去，隨後倆人用一輛車軲

轆將他拉了回去，聽天由命吧，他又絕望的閉上了眼睛，陡坡的上方見到屋影、樹影、煙囪、也聽到了狗吠聲，幾棟矮土房。那女人瞧著他，眼睛對視時，臉上有些羞澀的紅暈。

黎明的晨光中他又一次醒來。

熄了燈的屋子有聲響，「你醒啦，你乾嘔過好幾回，我爹擔心你腦子被摔壞，他替你去採草藥了。」老人和女人選擇了幫助他活下去。

被救回來的陸庭升帶著一股隱隱的焦慮感將自己的狀況告訴了那女人的爹，他抽了半晌煙，回答他：「等你的皮肉結實些再說。」陸庭升便在這裡一住半年多，他不可能逃出法網，事情不會這麼容易消亡。

一日傍晚，陸在院子裡用斧頭劈開大樹的枝幹，女人在陳年煙草味道很濃的屋子裡沖他嚷了一句：爹晌午就被人叫走了，不知啥事，到現在還沒有回來。

他抬頭望向遠處，有種不安的氣息，好像是氣候的變化，起風了，不一樣的風，他被一輛警車接走。

走的時候他望著天空一片火紅的晚霞默默無言，淒涼異地，形影相吊，女人不是名份的老婆，躲在黑洞洞的裡屋不敢走出來，更別說牽衣頓哭了，自己死活無所謂，只是對不住那女人和她肚子裡的孩子。

一個沒有月亮的黑暗晚上，天地混沌像是進入了一片完全沒有文明的黑暗，人類在做這種短暫快樂的古老事情時，黑暗與文明雖然都不重要，然而肌膚接觸帶來的歡樂也是有代價的，女人在溫柔的回憶裡絕望的等候著，她的腹部漸漸隆起了，她的世界遭到了封閉，落後與貧瘠將她送進了地獄，眾多的指責，甚少惋惜。

他見到這老人的時候，身邊的女人已經換了一個十二歲的孩子，他帶著小孩來監獄認親。在勞改農場如幽靈般地往返於工地與窩棚之間的短暫空隙，隔的遠遠的，見過幾回一天天長大的孩子，原先是一老一少倆人的身影，過了幾個冬天，再見到時，孤零零一個二十多歲的小伙子來到了他釋放後獨居的那間土房……。

## （二）

李偉試著回憶這一切是怎麼發生的？一頓晚餐，一隻掉了漆殼的小鐵箱，她側躺的姿勢……，靜默中輕輕的一陣風，窗外夜色迷濛、雨水瀟瀟。

他僵硬地坐在椅子裡一動不動的狀態持續了多久早已忘了，好幾次差點被自己的喘息聲給逼瘋，他站起來過，也四處走動了幾步。

昏暗的房間變得更昏暗了，透過窗簾的縫隙見到的是一幅漆黑的夜幕，遠處殘存一絲的白光。

他走去門口，輕扭門鎖，慢慢掀開一條縫，朝外窺視一眼。

房門口的落地燈沒開，窗外巷燈在濛濛細雨中很朦朧，天氣似乎有變，風吹得比來時大了，仔細一聽又不像。

幾個小時前他與寶妹一起在這裡吃晚飯，告別時好幾位鄰居都能見證。

透過窗簾的縫隙，他看到的是熟悉的黑色夜空，天空沒有星光點點，屋外漆黑如水，這是個潮濕的夜晚。

他轉動把手將門敞開一條縫，打開鐵門，向外窺視了一陣，周圍是死一般寂靜，樓道的燈沒有感應功能，黑暗一片，便迅速竄了出去，雖是對門，黎莉莉家要從前門出進，故要兜個岔道，他沒有再猶豫。慘澹的臉上，額頭淌下冰涼的汗珠，驚恐的李偉總算是走出了黎莉莉家。

自己用圍巾繞過她頭頸的嗎，怎麼一拽就會卡進她光滑的頭頸，她的身體似乎彈都沒有彈過，怎麼就被卡死了呢，我收緊過嗎？是我收緊的嗎？

我沒有用力掐緊過她脖子上的圍巾。我怎麼就是個殺人犯了呢，我是不是應該去自首……，也許自首也不會比這樣更讓人驚慌，我是否馬上就要被槍斃。

殺人後的李偉腦子裡一團團亂麻頭沒法解開，思考的每一個結論都讓下一秒迅速征服了上一秒，我不能去自首。

與寶妹一起在黎莉莉家晚餐回家後，他輕手輕腳又溜下樓，剛才寶妹姆媽在一起，很多話沒法說，他要自己單獨再去一次。

但當他打開夾弄後門時，抬頭瞟見二樓亭子間窗戶上貼有一對眼睛。也許是自己心虛吧，樓下姜家姆媽家的貓咪又叫了一聲。

夏夜，李偉來上海已經兩個多星期，李偉覺得寶妹姆媽見他的神色有些嫌棄，他很敏感，說要回去了，寶妹姆媽又覺得面子擱不下了，關照寶妹去淮海路買了不少物品讓李偉帶回家。

昨天下午日頭還很大的時候，黎莉莉故意挑了個寶妹姆媽與寶妹都未下班的時候來會李偉，李偉來上海沒有幾天，寶妹就帶李偉上過她家門，李偉將一樁很不可思議的事說給她聽，寶妹一旁也證實她見過李偉父親，應該是黎莉莉

的先生，那二十多年前說他已經死了的陸庭升。黎莉莉沉思好幾日，她採納了相信此事。

可是此時的黎莉莉覺得信不信對她已經作用不大，因為她去美國的簽證已經下來，她會與這裡一切不順心的日子作告別，因此她也買了一些禮物給李偉，讓李偉帶給陸庭升，並還告訴李偉明天請他們仨人一起去她那裡吃頓飯。

黑洞洞的門廳裡空無一人，李偉這次摁門鈴的手都是微弱顫栗，黎莉莉開門讓他進去，送走他們後，黎莉莉還未收拾停當，一邊在拉扯那張灰布三人沙發上的毛巾，一邊就打開房門，見只是李偉一人，並無寶妹跟著，心裡是咯噔一下的，但隨後就想，李偉一定還有話要講：「坐吧！」

她指著綠白格子桌布鋪就的一張小圓桌旁的一把椅子，又走去一邊將手柄茶壺形花缸裡的一束絹制向日葵插花放正。自己彎身端詳一下，嗯，挺滿意的。黎莉莉家一直很雅緻文靜，純白薄紗窗簾無風自飄，家具和地板都擦的干乾淨淨，一塵不染。牆壁角落裡一盞落地燈照在天花板上，中央吊燈的光線很暗。

「咦，什麼事啊，怎麼不說話，」見李偉雙手交握、尷尬不語，黎莉莉先開了口。

不管怎樣，避開細節不談，黎莉莉已經相信了陸庭升還活著，只是她明確告訴李偉，她等不到冰消雪融的一天，她很快就要去美國了。

見李偉仍不語，「要不這樣吧，我將陸庭升的一些身分資料給你帶回去，現在形勢寬鬆一些的，將來或許有用……。」

黎莉莉開櫥櫃門，又挖又掏的背著李偉取出一隻黑色小鐵箱，李偉眼尖、穿過黎莉莉的肩裡縫，一眼瞧見這只掉了烘漆斑駁的小鐵箱，在黎莉莉翻出信件紙片的一瞬間，他見到有綠翠光閃爍一下，想起那回自己在火車上花了五十元錢買了根盜墓出土的翡翠項鍊拿給陸庭升鑑別時，陸笑著扔還了他，說了聲假貨。他還有些狐疑，陸說有機會讓你見見什麼是真品，他知道陸是有些財物交在黎手中的。

他眯縫著眼睛，瞟了她一眼，也不知自己當時是什麼心態，脫口而出：「聽他說曾有價值連城的項鍊等首飾交給你收藏的。」他雖略顯志忑的一句話，卻讓黎莉莉一震，這些年那些小黃魚早就吃進肚子，幾件陸的珠寶首飾倒還存著，培琪去美國時，她並沒有全部給培琪……。

　　黎莉莉沉默了片刻，用冷冰冰的眼睛盯著李偉問了句：「這是他說的嗎？」李偉一下子就覺得異常沮喪，陸並沒有告訴過他，這一趟他也不是為首飾來。看著她那陌生的眼睛，他知道自己錯了，雙方的距離太遠了……。

　　黎又說了幾句，一句比一句陰冷，簡直冷若冰霜。

　　他沒看她、也沒聽清她在說什麼？只覺得陣陣背脊發涼，他心裡認定黎莉莉不但對自己冷淡，對陸庭升也很絕情，他感到陸庭升與他回上海要靠她是一點希望都沒有，他陷入了孤立無援的絕望境地，他又一次兩手抱頭。將頭深深地埋了下去，他的內心也在劇烈活動，另一些記憶片段與眼前的黎莉莉混雜在一起。

　　當他知道命運的真相後，他心底曾將黎莉莉當作親人，現在才知道原來距離這麼大，內心孱弱的人，難以承載現實。

　　「你可以走了，從今以後我不想再見到你的……。」

　　此時的黎莉莉到死也不明白自己為何要說這句話。

　　「你太過份了！」一霎時李偉覺得與寶妹的關係可能都會了斷，他的心似要裂開，兩頰泛出了潮紅、說話結巴，身子有些控制不住的在顫抖。

　　黎莉莉見他這樣，心裡也有些怯，欲將他攆出門，但已經來不及。

　　李偉利索地站起身，往櫥門方向走去，倆人不知是怎麼撕扯上。她攔著、捌開他臂膀，倆人坐的位置中間隔著一張小圓桌，及插著向日葵的花瓶，桌子沒有移動，花瓶也沒有倒下，李偉的身體已躍過了中間的小茶几，忽然一聲「滾出去！」他沒有防備，往後一仰。

　　黎莉莉沉浸在自己的怨憤中，她確實有兩點沒有想到，一是她死也沒有想到她會死在李偉手裡，二是她脖子上戴了一世的那條絲巾會引她赴向陰曹地府。

　　李偉也有一點沒有想到，他吐出哪一句結結巴巴的話使雙方從驚悚變成瘋狂，他不是決絕的血腥和蕭殺之氣之人，他只是絕望，圖窮匕現的絕望。

　　等他打了一個哆嗦，抬起頭來，黎莉莉的面容已經由傷心憤怒到失真，萬賴寂靜，她失去了掙扎的全部力量，兩腿打彎，身體下墜，軟綿綿的倒了下來，身體將自我意識的最後一束光芒散發。

　　崩潰失去的意識甦醒了，整個身子開始一陣陣哆嗦，剛才自己只是抓住了她一側肩膀，怎麼會猛抽著絲巾的呢，手裡的角度怎麼會越來越大，越來越大……！明明動靜都沒有，一旁的落地檯燈始終柔和，小圓茶几上的向日葵花瓶也沒有移動，怎麼她黎莉莉就倒下了呢。

　　沒有故事可以從頭再來，黎莉莉已經爬在望鄉臺的石級上，死亡的籠子一下子關進了兩隻鳥。

## （三）

　　花瓶、檯燈與桌子，都能見證自己竟然殺了人……！他試著想去搖她，一陣眩暈，她死了，我是個殺人犯，我已經是個殺人犯！恐怖的陰森寒意掠過他的心頭，他再次清清楚楚意識到，黎莉莉軟軟的塌了下來的一刻，就已經死了！最後一瞬間扭過頭，他見到她眼中的生命之光已熄滅。他使勁晃了晃自己腦袋，此刻他怯懦了。他不知不覺地跌坐了兩小時，他想點根煙，可是又不敢，總不能這樣呆到天亮吧，透過窗簾縫，外面漆黑一團，他悄悄在門後靠牆站得筆直，彷彿門一打開，黑暗中就有眼睛會盯著他，門外夜色是黑漆漆的，濃重的霧氣在瀰漫，不知細雨停了沒有，路燈下的雨絲像流蘇般垂落，暗雨不歇，臨窗燈火。對面三樓小窗有亮光，不知會否有人立在窗前抽煙，這些天來，見過很多上海人喜歡站立在窗前抽煙，尤其是二樓亭子間窗，抽煙人往往還要探出半個身子，窺伺弄堂行人的一舉一動，並搭訕幾句，再輕輕將煙灰彈落。

　　平時狹窄的弄堂，現在卻像曠野般橫在那裡，他茫然四顧，驚慌與悔恨交織的情緒，使他悲涼的快要窒息，一股寒意從脖領子直透下來，他走也不是，停也不是，猛然轉身，一步跨了出去，三步併兩步用小心翼翼的乞求的目光左右察看，弄堂從昏暗變得清晰……。到家了，他將自己的步伐慢頓下來，推開虛掩的後門，穩了下情緒，把門又掩成一條縫，往小弄堂看了看，夜色漆黑，人與物與隱形了。反轉身剛要邁樓梯，一絲恍惚，亭子間窗上仍有一雙眼睛……，半夜三更的弄堂，安安靜靜空無一人，家家大門緊閉，水門汀上反射出微茫白光，耳朵邊風聲呼呼，除了不知何處有扇沒拴好的窗框在緩緩地晃動，還有哪家的窗簾被風吹的沙沙響，此外就什麼動靜也沒有。

　　但這些仍讓他膽戰心驚，他躡手躡腳，手腳並用的上了樓，樓梯上很暗，他怕這隻大貓仍在，貓咪不在，跨進烏黑的後走廊時，他心虛的抬眼瞧了瞧二樓亭子間窗戶，雨中的窗格影子暗淡而模糊，這是什麼？亮晶晶的！多麼像是一雙陰森森的眼睛在貼窗窺視啊，他戰慄了一下，此刻似真似幻已經不重要，要緊的是趕緊將自己隱身。

　　往上爬，趕緊往上爬……，越往上，樓梯越昏暗，他灰頭土臉將擱樓移門輕輕推開時，後天井斜照跟進了一束月光，澌的照出了一張人臉，寶妹端坐在地舖旁的一張小椅子上，迷惘的瞪著他，彼此眼睛對視了下，瞬間李偉的臉痙攣煞白，恐懼流進了他每一根細小的血管，兩腿一軟，撲通一聲，他朝著寶妹跪了下去。夜晚的聲音被放大，他覺得自己已經掉在深淵，等他抬頭見到寶妹那張目光尖利又呆滯的面孔時，有恍若隔世的飄浮，他在半夢半醒中徘徊掙扎。屋子裡窒悶異常，怕有響聲出來，寶妹將打開窗戶關上：

　　「你去哪裡了。」

　　「黎莉莉死了。」

　　「為什麼？發生了什麼事？」

　　寶妹身子一陣顫抖，想從椅子上站起來，被李偉扯住跌在地板上，小椅子往後一倒，差些與樓板碰撞，李偉伸手擋住，倆人震驚片刻，這個小椅子若倒地，在老式房子裡會叫醒整棟樓，寶妹直直的身子似大風刮過的梧桐樹葉子般在簌簌顫栗。

　　僵持幾秒，沉默，延遲的目光，停頓。他們沒說話。

　　瞧著遠方，茫然。冷靜下來的寶妹上前幾步將打開的老虎窗關上，隨後又一陣暈眩窒悶得發慌，又伸手去推，剛推一半，又握住插屑，緩緩的將兩扇窗一齊拉上了。

　　這間七平米不到的三層斜頂擱樓，原本是三樓亭子間娘舅的，娘舅一家去了馬鞍山，房管所增配給了寶妹家，如今是寶妹的臥房，李偉來了兩週，寶妹與她母親合睡亭子間，小擱樓騰了出來，這樣窸窸窣窣寶妹怕她姆媽會聽到。

　　「我去自首，我去自首……」李偉慘白的臉嘴唇嘟囔。

　　「到底怎麼啦，你剛才出去了兩個多小時，你去了黎莉莉家了嗎？」

　　「是的！」李偉應。

　　「我猜想你是去黎那裡，怎麼會這麼長時間呢？」

　　寶妹又像是對李偉說，喃喃的更像說給自己聽。「我不了解她，我竟然一點兒都不了解她！一點兒都不……。」

　　他嘴裡喃喃的咕嚕著。

　　惶惶不知所措的他，現在才徹頭徹尾地醒悟過來，一陣後悔的刺痛讓他全身癱軟、淚水奪眶而出，撲通一聲原地跪倒，嗚咽的驚攣使他無法往下說。

　　「我聽到你輕聲下樓，扶梯上的貓也叫了一聲，一小時過去了，你沒有回

來，兩小時過去了，你仍然沒有回來，又過了四十分鐘，你才回來的，你們這麼會談這麼長時間，你們談了些什麼，你為什麼說黎莉莉死了？」

李偉將見黎莉莉後發生的鉅細述說了一遍，寶妹一言不發癱坐在椅子上，兩眼茫然不知所措，這個平淡無奇的日子，怎麼會死人呢？

一會兒她打了個激靈彷彿醒了一般的問李偉：

「你為什麼肯定她死了，咱們應該去看看，也許還能救呢……。」

寶妹一邊講，一邊搖晃著身子想伸手去開門。李偉一把將寶妹擼過來，捌著她臉頰對她說，「你問我為什麼這麼長時間，我就是兩個多小時跪在她身旁，我也是希望她能甦醒過來，我上百次的用手去試她呼息，不但沒有呼吸氣息，感覺已經開始在變冷了，我試圖去搖她，又不敢碰，我明白現在做什麼都是徒勞的。」

他臉色發白，嘴唇不斷地哆嗦著，身體直打冷顫，兩眼布滿恐懼，淚水潸潸流下臉頰。他痛苦的察視著四周，已經接近半夜，天又開始下起雨來，他走去門邊，悄悄打開房門一條縫隙，想聽聽外面的動靜。

「她沒有可能再活過來，一命抵一命，我會去抵命，我去白首，我回來就是告訴你一聲……。」

進退維谷的寶妹從沉思中緩過神來：「你想怎麼辦就怎麼辦吧……。」

不安痛苦與恐懼讓寶妹閉合但仍震顫的眼睫淌下了淚水。陰雨天的老虎窗外屋頂處已遙遙顯出一絲微白晨曦。

剎那間寶妹感覺自己不但協縱犯的事實無法泯滅，自己的良心也被撕成了碎片。

天快亮了，天空出現大片黯淡的白光，並又下起了雨，「我要下樓去了，你睡會兒吧。」

寶妹鑽進被窩時，寶妹姆媽只當寶妹半夜去了李偉那裡，終是一段紅塵中的緣分，不裝聾作啞還能說什麼。

半小時過去了，一小時過去了，這雨不像會停止的樣子，這雨停不停對李偉也沒什麼關係，寶妹走後他連坐姿都沒有變換一下，整個身體與臉極其僵硬。後來漸漸有些昏昏迷迷的狀態，睡不到五分鐘，又驚醒一下，寒顫讓他渾身哆嗦。

第二天寶妹因為昨晚上一夜無眠，便對她姆媽講：你上班時順便彎一下她工作的生產組告個病假，等她姆媽走後，一碰枕頭寶妹便掉進昏睡，就是睡著了苦惱也沒有放過她，人影憧憧紛至沓來，夢中的一聲驚叫，將自己嚇得毛骨悚然，

欠起身屏息斂氣剛想靜一靜，門外索索響，李偉下樓的聲音，寶妹開門放李偉進屋，顫抖的李偉伸過臂膀將寶妹揉在懷裡，互相抱成一團，窗外雨嘀打在後走廊的破蓬上，真的都太倦了，滴答寂寞的雨滴，倆人戰戰兢兢、迷迷糊糊的睡了幾個時辰，半夢半醒的倆人陷進了失憶狀態中，透過緊閉雙眼所看見的不知是現實，還是想像。

午後的天空雨早已停了，寶妹與李偉在淮海公園長凳上繼續說著此事。翠綠樹葉和清新空氣讓他那疲倦血絲的雙眼有了些舒適，倆人在小飯館吃飯時，寶妹先要了兩瓶啤酒、後來竟增加到了五瓶，當倆人拖著沉重的腳步跨進弄堂，酒醉睡意馬上被弄堂口聚集著一大群人驚醒：「寶妹回來了，寶妹回來了……。」

姜家姆媽驚恐萬狀的一把拖住寶妹：

「你還不知道吧？黎莉莉被人殺死了！」意料之中的事也沒有將倆人的惶恐掩蓋，仍然打了個冷戰的寶妹用力閉起雙眼，幸好昏暗掩飾了他們的蒼白，弄堂裡一撥又一撥的警察在進進出出，一派往常出事之後，人人神色緊張的鏡像，她倆便在站定一會兒，聽了一些，隨之踏著沉重的腳步、軟杳杳的回家，推開房門，飯菜用紗網罩在飯桌上，她姆媽肯定在豆腐店，家中沒人。

兩天後的薄暮時分，篤篤地有人敲門，樓下姜家姆媽上來關照，「明天上午十時，公安局約我們都去，也包括李偉。」

第二天上午十一點整，弄堂裡十來個人都坐在刑事科的會議廳，有文書在記錄，頭回去這種地方，目光都有些疑神疑鬼，左顧右盼的注視著周圍的一切，個別問訊的時候，確實讓大家都有些緊張焦慮，但是寶妹與李偉也不是最後一個接觸黎莉莉的人，他們倆在黎莉莉家吃的晚飯，寶妹洗的碗，告別出來的時候，黎莉莉將他倆送至大門外，弄堂裡滿是目擊者，證明她倆一齊離開黎莉莉家。好幾個人不但目睹，還與黎莉莉寒暄過，黎莉莉死亡時間在午夜時分，倆人都互證沒有作案時間的證詞，作為鄰居他們進入了警方的視野。

葬禮後的一個早晨，寶妹把李偉送上火車。兩人不聲不響的互相瞧著，李偉幾天來一直陰沉的臉突然沖她笑了一笑，寶妹覺得這個笑有些淒淒涼涼、無可奈何的寶妹也沖他笑了一笑，相互對視了幾秒鐘，一道絕望的目光掠過，此生倆人再也沒有見過面。

　　火車悄無聲息地在夜間行駛，車上沒有光亮，窗外漆黑一團，記憶不斷層、夢境也不空白，李偉恍惚覺得有人用槍頂他，朦朧昏暗的光線裡，只有帶著手電筒、一套制服的列車員不知是從哪裡冒出來，狹窄的車廂擦身時，白濁的雙眼對他瞟了一瞟。

　　夜色中他跌跌撞撞摸回到了自己家，開門進了那間忘了上鎖的屋子，昏慘慘的光照著這間幾近家徒四壁的屋子，他一頭倒下去睡到自然醒。

　　也不知道是哪個時辰，他來到的陸庭升棚屋，六十不到的刑滿留場犯陸庭升的名字早就不叫陸庭升。當年他車禍失蹤後被宣布死亡，後又被抓捕繼續關押，但無人替他恢復身分，牢改犯死而復活被糾正的話，勢必權力部門有人要承擔責任，沒有再一次將他捏死，讓他自生自滅已經不錯了，因此一直到七六年後將他釋放留場，沒有一個部門能夠恢復他的原身分。

　　朦朧的夜晚，一片單調的雲彩遮住了從天頂到地平線的整個遼闊的天空，此刻的陸庭升早已佝僂著身子躺在坑上，李偉幫他點亮了一盞小煤油燈，被命運和境遇冷落得太久，他的臉上出現的一直是一種冷漠的平靜，出現了短暫的沉默。給你兩套毛衣，李偉遞上一隻包裹，他轉身離開的背影，突然晃了一下，似乎是酒喝多了，想停頓要說點什麼，卻又什麼也沒有說，這讓陸庭升起了疑心，用一種特別強烈的目光注視著他，他明白李偉是去了上海。

　　他用鐵皮杯燒了壺水，父子倆聊了一回上海，今夜父子間的沉默，孤獨，距離，頭回有些縮小。

　　黑暗裡的涼風一陣陣穿進來，談話時，天都快亮了一派燦爛的晨光了。高高的天空，啟明星掛空中，出門時一片清澈的藍，大朵大朵的白雲。天空還是一片高遠澄澈的藍，還沒有一點踪影，這是個晴朗的好天。

　　事情的結局，比他想像的更不堪，兩週後，他從陸的農場走出來，四周靜寂，心境幽昧麻木，中間要穿過一片亂墳崗，小時候姥爺老告誡他，不要獨自穿墳地，有人喜歡在墳地裡殺人，屍體也不用搬運，直接就扔進一個坑裡……，今天他行走在這裡，一腳絆一腳，他仰頭望著空中，他願意姥爺的魂靈將他直接扔進亂墳崗。

　　孤獨是他的天命，月光皎潔的荒道，身影都不敢被照出來，黑色的樹影間，有一棵半燒焦的樺樹，野地裡滾落的一粒碎石，都使他打顫，他無意識的踢起幾

腳碎塊，突然被何物絆倒，是絆的嗎，我絆了什麼啦，忽然眼前一黑，一陣寒風
拂上面來，急忙抬頭一看，他除了瞥見身邊開滿了一叢一叢的野黃菊花，一溜黃
色的煙塵，一輛警車飛過帶出的沙礫，一滴露水在他面頰上流淌下來。

# （四）

連著幾日，弄堂裡又令人暈眩的熱鬧了一陣，三毛、培琪從黑龍江回來還帶
來一個小女孩。培琪說一切疑問讓三毛回答，自己簽證不能再延長，便搭上飛機
溜走了，培琪與三毛之間的隨意親暱，弄堂裡人也早已習慣，鄰家兄弟姐妹，一
種天然隱匿的親密。

男人天生沒有一五一十細述的本領，再加上三毛也不願意竹筒子倒豆，一古
腦兒什麼事都讓你們知道，因此，滿弄堂只知道小女孩是寶妹生的，父親是誰，
有人說是李偉的、也有人說是三毛的。反正小女孩已經被三毛推給了他姆媽。

豆腐店姆媽就經常抱著小孩來我家竈披間咋咋呼呼的嚷嚷：「我們老啦、老
啦、我們變老啦，真的不能與從前年輕時比啦，當年三毛、寶妹一邊腿上一個，
現在小姑娘奔起來追也追不上啦……。」

然後大夥就七嘴八舌的替她出主意，三個臭皮匠勝過諸葛亮，豆腐店姆媽在
眾多的錦囊妙計中抽了一條，就是將寶妹姆媽從新疆喊回來，小狗爺叔便屁顛屁
顛去複興中路郵局拍電報，每天一封，連拍三天，如果不是大夥阻止他，說等等
回音，懷疑他會連發十二道不是沒有可能。

寶妹姆媽聽到寶妹在黑龍江時產下一女、如今小姑娘已三歲多，並且已經有
三毛與培琪帶來了上海……等等。

七葷八素！簡直是年輕時聽過的江笑笑、鮑樂樂唱的賣梨膏糖小熱昏。想到
梨膏糖，最近自己咳嗽傷風一直不見好，新疆出生梨，怎麼不出梨膏糖呢……。

「七葷八素！」然後自己揮揮手，又罵了自己一句。

但是不對呀，隔壁摟梯間的小狗，電報拍的一封接一封，又不像是唱「瞎子
借雨傘、火燒豆腐店」般尋我開心，我又不是諸葛亮，請我出山派啥用場，思前
省後，還是讓新疆兒子送回了上海。

一跨進家門那梳著羊角辮的小女孩倚在豆腐店姆媽身邊，怯生生的一聲「外
婆」把寶妹姆媽喊的「一佛出世，二佛生天，」眼前活脫脫的一個小寶妹，頓時
一切顧慮都煙消雲散，霎時又想起監獄裡的寶妹，一把摟抱住小女孩、心肝寶貝

哭的昏天黑地、死去活來。

被大夥勸止後，摟著小女孩左瞧右看，並替她起了一個新名字叫冰冰，說是小姑娘出生在冰天雪地的黑龍江。

風和日麗，寶妹姆媽出出進進領著小冰冰，臉上露出了自寶妹抓進去後從未綻放過的笑容。儘管她也經常在弄堂裡講：「小囡喜歡粘著豆腐店姆媽與三毛，對他們比對她這個外婆還要親」，但任誰都能看出，她每天身上一股甜絲絲的熱氣往外冒泡，她自己也承認現在血壓也不高，血小板也很久沒有出過血。

冬之夜、夏之日，光陰荏苒，一晃時間悄然流逝了兩年多。連續幾日盛夏熱氣毫無遮掩的吹進了弄堂，「散髮乘夕涼，開軒臥閒敞。」又一日黃昏，一絲纖細的風從過家樓底下飄過時，掉下了一條能將玻璃杯都震碎的消息：「三號黎莉莉的先生、原南華舞廳老闆陸庭升死而復活回來了……。」

三毛和培琪去了一趟黑龍江，一串串的蹊蹺，堪比當年包公天齊廟內破了狸貓換太子。陸庭升因為大房太太已過世，倆孩子去了美國，也沒人替他送申訴材料，三毛與培琪帶著孩子回滬後，將此事與三爺叔、小狗爺叔等商量過，也寫過一些文字材料，但是遞上去後石沉大海、杳無音訊，案子上哪個衙門都摸不准。三爺叔講不可忽略了培琪的功勞，培琪在美國找到了陸庭升的倆兒子，他們將此事捅給了台灣的大伯。

浮生一夢，二十年河東二十年河西。陸的大哥，當年害陸庭升倒楣的那國民黨大官，遠走高飛香港、美國、台灣轉一圈，卻成了祖國的統戰對象，是他將厄運連連的陸庭升從地獄裡撈了出來。

與城市家庭斷絕聯繫近三十年之後突然再次現身，屈辱生活環境中苟活這麼些年的陸庭升雖然很沉默寡言，但老派做人的道埋是一點也沒欠缺，他鄭重其事造訪了寶妹姆媽的亭子間：「我不殺伯仁，伯仁卻因我而死。」他為李偉犯罪，讓寶妹蒙受災難一事，深深致欠。大家就講這種就叫上品，上乘天性的雅緻道德。以前說人家是舞廳老闆，是腰裡廂手槍別別的白廂人，人家白廂人也是一等白廂人。至於他這些年如何神祕地活著，勞改犯又如何生出一個兒子，兒子又如何潛進上海灘把他的老婆殺了，繼女如何為後父平冤奔波，重見天日……，這一串串離奇的劇情，需要極致的想像力才能理清，這段公案在我們弄堂裡簡直就是一千個人眼裡一千個哈姆雷特。不過我們弄堂裡獨獨不缺王熙鳳嘴裡那種「燒糊

了的捲子」混混的人，非要將這樁事情的來龍去脈弄個一清二楚，每天跨進弄堂那一刻，滿天飛舞的小道消息如雪片砸來。

比如這幾天又出來一段沒有考證過真實性的私密傳聞：「你們曉得伐，培琪將公安局退還的一些首飾還給了陸庭升，陸庭升就給了寶妹姆媽，寶妹姆媽原本要推卻，後來想想冰冰是陸的孫女，於是就收下了，你們知道是什麼首飾嗎，說出來小心你們經不起震，其中一根翡翠項鍊不會比宋美齡那根差多少。」

「寶妹出事那會兒寶妹姆媽的臉龐不但皺紋密布，還膚色焦黃，最近她的臉色的確一天比一天舒展……，」

「這種嚼舌根的話可千萬別瞎傳，這樣傳出去，讓人真相信起了歹心，那弄堂裡死了一個黎莉莉不算，又要刮一陣血雨腥風了。」

清澈明媚的一個早晨，小狗爺叔一邊煮牛奶，一邊公佈的這條昨天晚上剛出爐的最新消息，竈披間大夥又都七嘴八舌的搭了腔。

夏去秋來，冰冰讀小學了，儘管冰冰親爹的身分在鄰人眼裡仍然是迷，不說三毛高興起來就把冰冰頂肩上滿街晃悠，尤其是弄口乒乓器鐺鑼一敲，活森冊巴戲來了，那些魁偉的漢子，紫紅的臉蛋，詼諧的表情，藍褲襖的中腰扎一根破舊皮帶，「小弟來自河南信陽，今日流落江湖走天下，上海的父老鄉親們，有錢的捧個錢場，沒錢的捧個人場……，」咣咣咣咣抱拳兜幾圈，台中央的猴猻被一條鍊子牽，上竄下跳，此刻的三毛馱著冰冰，比那隻要上台表演的毛猴還興奮。

寶妹姆媽與陸庭升在弄口老梧桐樹葉斑駁細碎的光影下，被小冰冰偏著腦袋一蹦一跳、左手拉一個、右手勾一個，一種種小船兒推開波浪的畫面，溫情不但重構了歲月，也晃瞎弄堂人的眼睛，然後阿珍、阿娟、小狗爺叔等擠眉弄眼編織的另一段風流佳話也已經在啟動傳播。

那天竈披間在討論寶妹姆媽若嫁給陸庭升，後現代生活的美好前景在望，讚揚陸庭升是一個感情細膩、氣質高貴的人，倆人若能走出這一步，寶妹姆媽倒是又要享男人福了……。

「陸庭升不是勞改釋放犯嗎，怎麼到了你們嘴裡成紳士啦？」

「哦喲，你們這個就叫做白玉當豆腐、翡翠當青菜，拿著古董也看不懂的缺西阿木林。」

「哦喲，奈麼儂講對的，現在這種小囡懂啥啊，一個個洋盤搭搭，軋朋友不識貨，老式人家不嫁，斬沖頭就斬伊拉迭種人，世事洞明皆學問，人惜練達即文

章，狗不識人叫一生，人不識人苦一世。」

「再講現在不是時興相逢一笑泯恩仇嗎，國民黨官做的越大越是統戰對象，當年殺掉的小嚕嚕才是最倒楣，真正冤枉死！」

「過日子只要人好，陸庭升這種老派人溫爾文雅、彬彬有禮，現在打了燈籠上海灘也難找……。」

「哦喲，陸庭升這個老克勒也勞有勁的哦，討介子婆不是舞女，就是妓女哦……。」

「哦喲喲阿珍啊，迭種傷陰騭的閒話勿要講哦，傳出去難為情……。」

「老早就聽你們說過寶妹的楊州阿爸也是打了燈籠也找不到，怎麼都讓寶妹姆媽找到的啦。」

「大人在講這種俗氣閒話，小囡最好不要插嘴好伐。」

豆腐店姆媽更是積極表示：她即刻就去探探寶妹姆媽的口風，回來向你們匯報。

同樣是單身的阿珍似乎對寶妹姆媽又要嫁人，講不出是迷茫還是歡喜，像啥有點妒忌。

## （五）

培堪為了感謝三毛在這件事情上出的力，在探親時用僑匯票替三毛買了一輛雅馬哈摩托車，三毛就兮格格經常前後疊人開出去兜個風，未及半年就將這輛摩托車撞報廢了，大夥說幸虧他頭頂上那頂頭盔也是培琪帶來的進口貨，腦子沒有摔爛，只是搭進一條右腿，一隻胳膊，豆腐店姆媽講三毛真是撿了一條命，這幾天在廣慈醫院骨科，手腳都掛了起來。

日落時分，晚霞滿天，薄暮未降，黃昏的光影帶著灰塵射進窗戶，街上來往車輛的高低喇叭聲不斷，家家戶戶竈披間炊香四溢。匆匆去老虎灶泡壺開水的，煎魚時發現蔥忘了，趕緊跨出廊沿、摘幾根破瓦盆裡頑強生長的細小蔥白。好命的閒人倚在牆跟下，哭笑聲從玩鬧孩子的嘴裡出來，張家長李家短，祖祖輩輩的俏皮話也從他們口中汩汩冒出。這一刻是弄堂二十四小時裡最忙碌、最興奮的時間段，混亂熙攘的鄰居，糾結著平和的喧囂。這一刻實在讓你產生不出某種可怕的事情即將要發生的感覺。

突然一輛警車呼嘯著剌耳噪音停在弄堂口，頓時弄堂人的心都猛地抽了一下，用不知所措的眼神互相對瞅……，車上下來倆個身穿警服外罩白大褂的人，抬了副擔架，進了寶妹姆媽家的樓棟。

霎時寂然，大門口的紅牆泛黃，樹葉停止擺動，蟬也噤聲，驚恐的目光注視著擔架。

稍頃，有躁動，紛亂的哭聲從亭子間傳出來，哭聲中能分辨出有寶妹姆媽、也有豆腐店姆媽、姜家姆媽，更有小女孩冰冰的聲音。

窄窄的樓梯擠上去太多人，我站在天井外，盯著她家對著廊沿的木窗，幾塊掉了一段半截膩灰的玻璃被震的發出咣噹咣噹響聲。

擔架抬上去的是眼珠子與皮膚都蠟黃，目光呆滯、了無生氣的寶妹。公安局將寶妹用擔架抬回來，告訴寶妹姆媽說她生病了，你們自己送醫院治療，並說她痊癒後將不再追究剩餘刑期。

在寶妹姆媽等一干人的哭聲中，小狗爺叔與明明、海明、四毛等搶在未褪的夕陽裡，已借來小菜場的黃魚車，七手八腳鋪上蓆子枕頭，抬起寶妹就往廣慈醫院踩。

人送到了醫院，醫院說沒有床位，大夥就陪著寶妹一直在昏黃渾濁燈光下的屋簷廊棚裡候著，兩天後，曲裡拐彎的塞出去幾隻紅包，托到了關係，有護士出來將寶妹推進病房。

四毛一到醫院就奔去三毛那裡報訊。三毛百爪撓心、坐立不安，便對護士說要出去一次，那小護士回答的很爽快：「我們病房床位很緊張的，你若認為可以出去，我不阻攔，你自己走出去好了。」三毛憋了兩天，，一定要四毛想想辦法，把他吊起來的那隻腳放下來，找輛輪椅推他去看一眼寶妹，四毛說去辦公室請示過兩回，都被醫生罵回來。兩天後，三毛吊在空中的腳能放下來了，又對小護士纏著問：「是否可以坐輪椅了？」小護士白了他一眼說：「這周可以出院了。」下午四毛端著肉骨頭湯來看三毛，三毛激動的對四毛講：「趕快、趕快去護士辦公室取一輛輪椅來，我與她們說好了，你推我去見一下寶妹吧。」

四毛磨磨嘰嘰的只顧倒湯、騰鍋子。

「四毛、你聽見沒有，咱們先去，回來我再喝骨頭湯不可以嗎。」

「哥，不是我不帶你去，寶妹姆媽都不讓進去見，寶妹患的是傳染性肝炎，已經進了隔離間，我昨天從你這裡出去時，去看過她一次，隔著病房窗戶，寶妹

插著管子，一直昏迷不醒，看了也白看。」

「四毛，你不是說送寶妹進醫院時，她還認出你的嗎？」

「是的，她還對我和明明、小狗爺叔說謝謝，姆媽還對她說三毛的腿從摩托車上摔下來，人也在這家醫院，她也點點頭的。」

「你早幾日為何不說？」

「我也是才曉得的。」

「四毛，你現在推我去！」四毛推著三毛要竄來竄去兜好幾幢病房大樓，高高低低的踏級，幾處略陡的拐彎，吱吱嘎嘎的顛簸，把三毛彈跳的呲牙咧嘴。

「哥，你去了寶妹也不知道的。」

「你不開口沒人把你當啞巴吧，到也快到了，還廢話！」

已經來到傳染區大樓前，四毛還在囉嗦，被三毛嗆了一句，四毛沒有理睬三毛，只是嘴裡咕噥了幾句。

「三毛你別亂動，我有辦法讓你看見寶妹的。」

四毛剛將三毛推上隔離病區走廊，三毛便有些抬頭扭脖子的張望，來到一間玻璃窗外面，四毛一邊將三毛的輪椅橫轉一圈，又固定好車輪，一邊在與三毛說話。

此時三毛透著玻璃窗已經見到了形銷骨立，面頰塌陷，幾絡乾枯的焦髮貼著蠟黃臉的寶妹。

隔著玻璃欄杆的寶妹，給人一種始終是囚徒的感覺。

沒有思想準備的三毛眼睛瞪了半日，臉色煞白，，悶坐在輪椅裡，把自個兒憋得透不過氣，唾液在腮幫裡僵持，半晌不說話。眼前這人是從出生起就認識的寶妹嗎，是和從小一起長大的小姑娘寶妹嗎。

一點孤獨，一點凄楚，三毛扭過頭，他不願四毛見到他潸潸淚下的雙眼，舉止卻又掩飾不了內心的焦慮，四毛看了他一眼，嘴裡雖沒有說什麼，心裡不但不同情三毛，還有些瞧不起三毛，又不是梁山伯與祝英台的時代，早些年你死去哪裡了？弄堂裡人人開玩笑說你三毛與寶妹是青梅竹馬兩小無猜，我還以為你們倆人沒有這層意思，現在這付作態的腔調，真讓人看不懂。

三毛也算是個開朗、陽光的男人，愛情的色彩竟然被自己塗沫的如此灰暗。

粗心的三毛將他和寶妹之間有可能發生的任何結局都思考過，唯獨雙方還年少，從未往生病短命夭折上想。天空暗沉的快，病房四周光線朦朧，下午三點到了，是醫院探望病人的時間，寶妹新疆的大哥陪著寶妹姆媽進來，寶妹姆媽見到

三毛，一份沉甸甸的親情流露，一屁股坐在三毛前面的一張椅子上，把住三毛的輪椅柄，號淘大哭起來，搞的三毛哽哽咽咽也有些失控，寶妹大哥示意四毛趕緊將三毛推走。

一路歸程，斜陽穿過樹林紅牆，醫院環路冉冉西沉，一條野狗穿過偏僻泥地，警惕地望著他們，一抹一抹的濃煙映過，空氣潮熱混沌，讓人有些透不過氣，三毛的腦子裡有一種無法掩飾的隱隱不祥預感，輪椅拐進高樓的角落，總算有一股穿堂風徐徐刮過，混沌的氣流裡滿是濃濃燒焦的味道，這樹、這門、這水門汀，到處都在劈啪亂響，幾株矮植物簡直就是燒過的煙草，異味衝鼻，熏的三毛頭暈目眩，激起身體不斷顫栗、難以抑制。

「哥、這一股股煙嗆鼻子，廣慈醫院現在是不是自己在燒死人啦。」

四毛打了個噴嚏，拂了一下空中飄過的黃褐色煙塵，隨便張口一說。

「閉上你的嘴！你為何不說是燒樹葉垃圾。」

「這麼臭氣熏天不像是燒樹枝垃圾！」

「四毛，你拐錯路了，我們怎麼走進這空無一人的偏僻死角，整個林蔭路空空蕩蕩的，一片沒有樹木的空地，這裡是醫院的停屍房！」

「我還想抄些近路的，怎麼就走到這裡了，所以我聞到死人味的……。」

「四毛你還要胡說八道，誰與你說過死人是有味的……。」說說死人味有什麼關係嗎，四毛覺得三毛不但抬損，還生氣，老是生他的氣。

他沒見心虛的三毛兩眼直瞪著，前面恍惚出現有往上躥升的火光，伴著嗶嗶啵啵細微的嘶鳴。

四毛這橫一句死人、豎一句死人，簡直是火上澆油，氣味越來越濃，路面不好，輪椅被狠狠的咯噔幾下，騷動的手腳上石膏也在迸裂，臉頰通紅，隱形抽搐。

四毛不服氣，想頂回他幾句，見三毛臉色不好，欲言又止，先停了下來。

三毛被自己頭腦中閃過的不好預兆嚇到了，數年的小心翼翼、遮遮掩掩都浮了出來，在輪椅的咯吱咯吱聲中，鏡相又被脆斷。

「寶妹啊，孩子都帶了回來，再捱幾年也就撐過了，你怎麼就生病了呢。」

## （六）

昏迷了三天三夜的寶妹一直未能醒來，她那蠟黃的臉不但遺忘了自己，也遺

望了所有人，所有的情怨都被風吹走。被確鑿無疑打上死亡烙印的那天，寶妹剛滿二十六周歲零三天。寶妹的死，是一齣任何人都沒有責任的悲劇！是寶妹自己跳進了陷阱，這個陷阱是誰挖的，人人知道，人人又不知道。

長大的我頭回見證了同齡人的早逝，才知道生命的無常、花兒的凋謝，不是隨便哼哼的曲子，才知道不是人人都能長老了才會死的。

時乖命蹇的寶妹是一朵開在混亂無序土地上的花朵，從來沒有芬芳。在滿目粲然十六歲花季的年齡去了遙遠的黑龍江，四年後回滬，蹲了三年監獄，肝病復發，拋下了她的女兒、拋下所有愛她的、及她愛的人。因為肝炎傳染，與家屬的最後一面都不能見，醫院直接處理的火化，交給寶妹姆媽一隻骨灰盒。

黃葉落滿地，哀號長風下。孔雀東南飛，五里一徘徊。

死亡的殘忍，看上去表面終結了，卻能引起另一種真正的痛苦。

寶妹既歿，寶妹姆媽白髮人送黑髮人，用痛不欲生來形容，一點也不為過。然而對所有人來說，悲傷還是能控制，這次三毛就有些尷尬，他似乎心無所託，渾身一幅荒村沽酒、英雄末路的鬼樣，不但頭髮逢亂，且又手腳不齊整，走起路來腳步趔趄，當然三毛的一條腿與一隻胳膊，不能怪在寶妹頭上。有人說這幾天二十六歲的三毛，你說他已經三十六歲也可以，甚至說他四十六都有人相信。

寶妹沒有出事前，弄堂閒人都賭註說三毛將來定會娶寶妹，倆人雖未傳出交男女朋友的風聲，皆只因三毛尚無正當職業而已。。

深情的三毛被薄情的寶妹澈底澈底搞亂。

「襄王有夢，神女無心。」

幾天後的一個晴朗正午，三毛神情萎靡，幾個醒來就記不起來的夢，讓他更加昏昏沉沉。

趔趔趄趄地他又來到了寶妹姆媽的亭子間，餘燼難熄的三毛也許想在寶妹姆媽嘴裡再掏一些只言片語。

「三毛，你問我，我倒一直想問你了，」寶妹姆媽驀然想起一件事。「冰冰回來的時候，我帶她去監獄探望，告訴寶妹這是三毛與培琪接來的，寶妹卻說了句：『是我讓三毛去接的，我把所有事情都寫信告訴三毛的……。』」

「她告訴過我什麼啊？」三毛疑惑不解。「我與培琪去黑龍江時，根本就不知道有冰冰這檔子事。」

「那陸庭升還活著，是寶妹告訴你們的嗎？」

「哪裡有這樁事情啊，你可以去問陸庭升，我們見到他時，嚇得不輕，不過陸庭升一定是從寶妹嘴裡了解過我們，他倒是一點都不驚訝。」

「這次送她去醫院時，我告訴她三毛也在醫院，她只是說了句謝謝三毛幫我做的這些事情，我還回她一句，聽豆腐店姆媽講，三毛與培琪去黑龍江時，不知道有冰冰這件事，幸虧上帝保佑，冰冰與陸庭升都回來了，所以你也要養好身體，一切都有神保佑的。」

「寶妹這次講過什麼嗎？」

「你讓我想想……，寶妹好像還是講了一句，我都告訴過三毛的……，是不是寶妹寫信告訴你的。」

「信、信呢。」

「你問我嗎，是寫給你的呀。」

「寶妹這次帶回家的行李呢。」

「行李全燒了。」寶妹姆媽說到行李全燒了，自己被自己說傷心，又嗚嗚咽咽的哭了。

「你為什麼把寶妹行李都燒了？」三毛盯著寶妹姆媽，太陽穴上筋脈突現、眼露凶光。

「又不是我燒的，是傳染病防疫部門來燒的，你難道不知道嗎？」

寶妹姆媽一點不怕三毛，回的更兇。

看起來已經無法從寶妹姆媽這裡獲得更多信息。

「哦，是我忘了，也許有信夾在裡面……。」

「不會的，寶妹說給你信不是現在，是她被抓進去之前的事，你好好想想，收到過她的信嗎，是不是她放在哪裡……。」

「我真的沒有收到過……，她會放在哪裡呢……。」

三毛環顧四周，目光落到床鋪、五斗櫥、窗戶、牆上寶妹阿爸的照片，這間二樓亭子間現在所有物品除了寶妹姆媽的，還增加了許多冰冰的東西，寶妹的遺物基本上沒有，他想起以前寶妹住三層斜頂閣樓的，便問了句：「樓上現在有人住嗎？」「現在沒人住，你替我們裝修粉刷後，李偉來的時候住過，她大哥回來時住過……。」

「裝修、裝修……，」三毛嘟囔著想起了那次裝修，突然多年前的一幕，晃在他眼前。一個冬日下午，陽光透射進老虎窗戶的玻璃，由於屋子裡剛剛鏟過牆，傾瀉進來的陽光裡滿是浮塵，風穿過窗縫發出陣陣嘶嘶聲，寶妹講風大的時

候，窗前那根圓木會鬆動，發出空音……，

「我看看。」三毛拿著鏟子順牆上淌下的水漬查勘，發現圓柱樑的鬆動是牆磚邊緣沙灰脫落，於是將木樑使勁拉扯一下，吱嘎一聲響，頂頭一塊磚就掉了下來……，出現一個空洞。

「三毛，我下去找塊磚頭封住它，你說好嗎。」寶妹見狀插了一句。

「寶妹先不要，讓我看看……。」

「寶妹，我替你將外面封死，填了磚縫，你貼一張圖片蓋在上面，成了你的天然祕密保險箱不好嗎。」「三毛，我們窮人要保險箱幹嗎？」「藏首飾呀，你的金銀首飾洞呀……。」三毛笑著打趣。

記憶的閘門轟然打開，甚至寶妹被抓進去的那天，瞥了一眼三毛，當時三毛覺得寶妹的眼神透著全是遙遠與陌生，現在回過神，寶妹這定定的一瞥，大概要告訴他什麼，自己怎麼會沒有想過呢……！他一個激靈，一躍而起，顧不得斷腿殘手始終未痊癒，站起來就要往三樓去，

「三毛，門鎖著的，我把鑰匙給你，你要去三層閣找信，你自己慢慢找，我下去燒飯了，等會冰冰要回來吃飯的……。」

寶妹姆媽將裝在糖罐裡的鑰匙交在三毛手中，朝著三毛突然閃現的亮眼，不信任的看了看，眼皮子抖了幾下，也不說什麼，下樓去了。

三毛爬上三樓，扭開房門，房間裡一片靜置已久的昏暗，散發著塵封的氣味，一張可以收縮的小桌，沒有背靠的一張床，被單鋪疊疊的整整齊齊，一把褪色陳舊的帆布躺椅，三毛伸手熟悉的將天花板上懸下來的兩盞燈同時開亮，牆粉仍雪白無痕，屋內如昔。牆上一隻小鏡框，中央一張寶妹年幼時抱在她媽懷裡，寶妹阿爸靠一旁，腿前倚著寶妹大哥的照片，空檔處一時半吋的報名照，分嵌在周圍。

三毛無暇顧及其他，用腳移走擋道的一張矮竹靠椅，急撲柱樑角落，一把撕去遮糊在表面的年畫，用手中的鑰匙輕輕勾勒粉痕，與戲言相合，磚塊露出鬆動的跡象，洞孔如傷口暴露般突現，伸手去掏，一件寶妹的小衣裳作了包裹布，解開後，一隻鉛筆盒，杉木製作、拉開式盒頂的鉛筆盒，淡淡的木頭芬芳隨之飄出，一把小刮刀，一管被擠空的顏料管，一見這只自己小時候手功刨刨磨磨做好後送給寶妹的木頭鉛筆盒，三毛瞬間兒女情長英雄氣短，抑制不住的淚水便像決口一樣奪眶而出。發顫的手打開盒蓋，厚厚的一疊從練習本撕下的紙，安靜的躺

縮在盒底，另有用一方手帕包著的一根碧綠珠子項鍊。

　　三毛惦著手中這疊沉睡了三年多的信紙，顧不的擼去臉上淌著的熱淚，東摸西摸的從褲兜裡取了支煙，點煙時的手抖得厲害，一下、二下、點了四下才點燃，抽了幾口想把煙熄滅掉，手仍在發抖，煙燃著，找不到可供摁滅的東西，便隨手扔在屋頂瓦片間。

　　拖過一把僅有的椅子，身子靠在背椅上，瓦頂一絲淡淡的煙霧仍裊裊，以往的一點點、一串串，她和寶妹彼此走過的長長短短，消磨掉的無數黃昏，浮煙朝他飄來，飄出了幼時的一次帶寶妹去桂林路小河浜捉蝌蚪，玩著玩著忘了時間，夜幕即將降臨、樹林一片昏黑，害怕迷路的寶妹竟藏在一棵大樹後，抽抽搭搭地不肯出來，三毛只得像大哥哥一樣，一路又哄又騙的拖她回家……。正值春日，和風舒暢，燕兒呢喃……。

　　菸絲立正了，世界凝固了。

　　三毛：

　　在所有人眼裡我已經是個身敗名裂徹底的壞女人了，然而你我昔日的情感卻始終縈繞我心，我終於下決心給你寫信，不為我，只為我的女兒。

　　我你見到這封信時我肯定已經被抓進去了，根據法律規定，我犯下的罪行我自己明白，我今天想告訴你的就是我的罪過還不止這些，我還犯過更嚴重的罪，我不知道倘若事情敗露，我會面對什麼樣的懲罰。

　　今天我執筆寫這封信，真不知道從哪裡開始講起，我知道你一定不明白這幾年我寶妹怎麼活的那麼封閉，回溯三年來，隨著時間的推移，我越來越應了一句「一步錯步步錯」的老話，深更半夜時我也反問自己，為什麼會這樣，但沒有人能答復我，我天天坐立不安。我的心思一半沉浸在眼下的局面裡，一半擔憂著接下來會怎麼樣，事到如今我的事是紙包不住火的。

## （七）

　　殘酷的記憶喚起那天所發生的種種細節，你一定不會忘記我們三連支書喝醉後跌下懸崖的那件事吧，我現在告訴你，是我把他推下去的，讓我犯下這件彌

天大罪的原因是我那年按政策回城，他讓我去取證明時，他將我強姦，他明確告訴我，從這裡走出去的人，不讓他碰過不可能，他邪惡到什麼程度，你都想像不到，就這樣，他還卡著我的調令，一天一天的拖，當我知道肚子裡有了孩子後，私底下覺得很害怕，我一遍一遍在心裡祈禱，希望你們都不知道。一日下午我又去連隊問他要證明，他喝的酩酊大醉，要搭李偉車子出去，見到我就一把將我拉上車說一起去團裡取我的證明，回來時車在半道上他讓李偉停在路邊，要我與他一起下車，我們順著小徑往盡頭走，我問他證明取來了嗎？他從口袋裡取出來，在我面前晃了幾下，一看就知道根本不是現取的，封殼都舊憊憊的，我想奪過來，他說叫我自己脫衣服，讓他再玩玩才給我，我用手去搶，啪的一下，信封被拍的飛去了一丈遠，我奔去撿的時候被他一腳踩住，於是我猛的將他一推，他沒有站穩，趔趄的疾奔幾下衝到崖口，我發瘋般衝過去把他往下推，他就栽了下去。我跟蹌走到懸崖邊，叢林疏密，什麼也沒有。

懸崖並不高，但下面是一條亂石山溝。我在原地站了很久。羞怯的憤怒，與貞操的痛苦，使我發瘋，我的人生隨之斷成兩截，一個以前的寶妹、一個殺人犯寶妹。

李偉走過來時，我渾身打顫，樹叢裡的烏鴉撲騰著翅膀四散飛起，崖底吹來一陣寒冷的風，我又嚇又凍，瑟瑟發抖，不由自主地縮成一團，李偉肯定看見剛才的事，他雙眼銳利的盯著我，卻始終沒有開口，我心虛了：「他去那邊方便了，」他站定片刻，說了句：「我去看看，」一陣風吹過，他走回來對我說：「咱們上車子裡去等吧！」上車後我倆沒說話，被恐懼填滿的我，身體一直在發抖，他脫下身上的罩衣遞給我，又說了句：「他可能是酒喝多，腳一滑摔了下去，天已很晚，咱倆得開回連裡叫些人來」，我披衣低下頭，伏在膝蓋上，不禁流下了眼淚，我哭了，縱情地哭著一會兒，他默默地陪著我，好一會兒才回過神，顫抖的手打了幾下火，才將汽車發動。

那晚團部連部都去了好幾輛車，但是天太黑了，誰都不願下去，第二天天一亮，好幾個人繞了一圈將他的屍體抬了上來，這件事你們連也知道的，也來了很多人，李偉作了偽證說我與他都在車裡沒有下來，後來就將此事當酒後失足、摔下懸崖的事故處理了。然從此以後我每次望著李偉那平靜的面容，自己的心虛就更一層，當天他問我去哪裡，我回答不出，肚子一天比一天大，我落腳在他家，本來尷尬的住了一周後，我就想走，但我不但身體非常虛弱、惶恐不安，而且也無處可去，肚子一日大似一日，不嫁而孕羞回家，一拖就拖了五個月，渡過了一

生中一段與世隔絕的孤獨日子，孩子生在家裡，李隊長老婆的家人來幫忙的，當孩子從我手裡交出去時，我整個人也跌了下來，那對養父母見我淚流滿面，嚇得說你要不願意，改變主意我們沒關係的，但是我無法控制我的淚水。臨回上海前夕，是我走進了李偉的房間，他沒有強迫過我，但他凝視著我的眼睛，淺露出她對我的愛。是我自己脫鞋上了他的坑，每回他只是謙恭的騰出一半蓋被……，我不知道這一刻的歡樂是不是真實的戀愛，

回滬後，你的精神狀態與我已經有了距離，我不但無法將發生過的一切統統拋在腦後，且一日沈重一日的壓得我抬不起頭來。我無法面對你的熱情充沛、你的坦誠友愛，你小心翼翼的與我說話，從來不使用銳利的眼神看我，這使我更難受，我們倆是陌生人，好幾次我憋屈的慌極了，我想找個人把這一切說出來，我做不到，出於膽小和逃避，我把自己陷入在苦悶裡，我逃避黑龍江、逃避小孩、逃避李偉、逃避我娘、也逃避你……。我有時候也想順其自然吧，但是冥冥之中盼望的這種順其自然，似乎永遠不會發生。李偉來滬我很心驚膽顫，我想知道、但更怕聽到孩子有何不幸的消息，我活在這種會讓人發瘋的狀態裡。我的優柔寡斷感染了李偉，他也變的總是木呆呆望著我，他本來是懷揣著希望來上海的，沒過幾天，他的眼睛就光澤暗淡了，我們倆甚至都不敢彼此對視。他向我招認了這件罪過，他連最微小的細節都一一講述的很清楚，但他卻隱瞞拿了黎莉莉好幾件首飾一事，他只是說拿回屬於他的那根項鍊，當消息傳來因銷臟他被鎖定捕獲，我想這個就是所謂「天網恢恢」吧，是應該給黎莉莉一個交代的。

他來上海其實是為兩件事而來，他說小孩的養母生了重病，如果我們不把孩子領回，會轉讓給另外一戶人家，李偉讓他們千萬先不要轉出去，他來問我能否將小孩領回來、仨人成個家，他說哪怕回黑龍江也不怕。第二原因是他瞞著陸庭升想來見見黎莉莉，陸以前講過他有財產托黎保管的，或者黎能夠去一次黑龍江見見陸，萬一有法子讓陸回上海，他與我和孩子就可以一起留在上海。所有這一切折磨人的希望與慾望都在那天晚上被他自己毀滅了。自那日起我已經惶然無措、激底絕望，我覺得無論我怎麼做，我都會讓人鄙視一輩子……。

寶妹想起那幾日的渾渾噩噩，及將他送上火車站那天，原來烈日當頭的中午，一會兒卻變了天，頭頂上烏雲密布，一種不祥的預感告訴他，風暴馬上就會來，李偉的臉黑蒼蒼焦躁不安，火車站台上自己佇立很久，望著載他回去的列車在徐徐遠去，惶惑盯著列車消失的方向時，突然見有黑影踽踽獨行在沼澤泥淖

中，淚水不由自主地就在眼眶內打轉，一種淒惶。

隨後自己就一直被驚悚包圍，反夏做惡夢，夢境又反覆驚現。

三毛，你肯定會為我開脫，認為我並非要擔責他的殺人，但是一直有聲音在提醒我，他原本可以遠離這一切，是我害的他，三毛，我錯了，我突然想，如果我當初嫁給了他，我不回上海了，這後來的一切是否可以避免了。我寡言少語，大家都說很難從我嘴裡摳出話，尤其是返城後，弄堂裡誰都將青梅竹馬、兩小無猜加在我倆頭上，我倆一道上學、一道出出進進，多少個花晨月夕我們我倆聚在一起，我以為今生咱倆肯定會生活過一輩子，誰料我們竟如此無緣，我一直在編謊，謊言又使事情變得更為複雜，我嚥下種種的辛酸，我明白你活得也不開心，還記得那次你幫我家閣樓粉涮時，挖出一個牆洞，封存後又在壁上做了偽裝，並說這是我的首飾藏寶洞，我斜倚牆上，你見我眼中有淚，問我是否石灰掉入了眼中，你提及首飾使我聯想起生產組的小姐妹脖子上戴上新項鍊，大夥就會圍上去問是男朋友買，生產組有這股風氣，說是談了男朋友，對方若就送根項鍊是好兆頭，說明雙方就會談成功，我不知道這個藏寶洞會藏進誰送我的第一根項鍊，我看你嘻嘻哈哈，你想也沒有想過要送我項鍊吧，因此就有些傷感。

寶妹躲在三樓屋頂寫此信時，朦朧中抬頭，李偉於暗僻處，亂發遮面，色黑沉，依然一件顏色灰暗的罩衣，僵直地站著，似言非言，寶妹上前，他卻猝然轉身，一付枯瘦的肩胛，他從門前閃過，踏上木頭的樓梯，腳步聲一點一點遠去，李偉、李偉，我喊著追過去，黑影出後門，走到弄堂冰冷的暮色裡，朦朧中有人指指點點說看殺人犯，他腳踩枯葉，沙沙地走出視線，瞬間消失。驚訝，室內燈光昏暗，竟寂無兆，乃伏幾瞌睡，遂黯然含淚重又提筆。

三毛：

今天這封信我不為自己而寫，我想只有託你去黑龍江幫孩子找一份好的人家，我不知道自己的包庇罪要蹲多少年的牢，如果我的前案也被查出，我被槍斃了，你幫我經常照應一下孩子就可以，三毛你是我的親人，我娘一直視你如己出，你也把我娘當作親娘，我真心謝謝你這些年照顧我家，我哥山長水遠、鞭長莫及，我進去後我娘仍要你與你姆媽照顧，並祝你早些有一份好一些的工作，結婚成家，不要去做黃牛生意，風風雨雨不踏實，都擔心你早晚會出事。盒子裡這

根首飾是李偉從黎莉莉那裡搶來的，他說是陸庭升的，有一次他跑貨時，買了一根人家從墳墓裡挖出來的翡翠項鍊拿給陸庭升看，陸笑了，說是假的，並隨口說了一句他曾有過一根非常罕見的翡翠項鍊，交與黎莉莉收藏的，如能保存下來，價值連城。陸的事我也是在回滬前李偉說帶我去見一個上海人，說起住址那人說了句你們弄堂我很熟悉的，然後也沒有說下去。直到這次李偉回滬，我才知道原來他就是黎莉莉的男人陸庭升，李偉說他也是才曉得。

那天李偉瞟見黎莉莉取陸的證件時，盒子裡有一根翠綠的項鍊，他就問了，說陸講過有一根價值連城的項鍊你保管著，黎莉莉當時就發火了，覺得自己受了一輩子的委屈，你陸庭升怎能講這種不上桌面的話，後來倆人就都衝動了，李偉交給我這根項鍊時說了一句：這是我與黎莉莉倆條人命換來的，你替我收好，我帶路上不安全，並說他有權力繼承，說留下來讓我與孩子今後好好過日子，我想來想去這孩子不是李偉的骨血，用陸的錢不合適，你去黑龍江時帶還給陸吧，還有一件事要告訴你，李偉帶我去見陸的那幾次，都說孩子是他的，每次見陸看到我倆時，一張蒼白的面龐會高興的微微發光，我就再也無法開口，所以你看著辦吧，可能陸一直以為這孩子是我和李偉的，我當時也是有私心，他刑滿生活在那裡，離那戶人家又近，或許他能經常去看看子，所以我沒有理由不配合李偉來默認此事。

# （八）

窗外天空已經進入依稀的黎明，屋梢的天際線被風吹黃，寶妹這封信不知不覺就寫了一個晚上，天已快亮，遠處月亮淡成一圈的暈光已經透進窗簾，朦朧的光亮和她淒寒的心境相似，她寫了一張紙條貼在門上，讓她姆媽不要叫我，拉上窗簾，關好屋門，她想昏沉沉地永遠睡過去，知道李偉被抓後，她知道自己偽證罪難逃，寫完這封信，把一切說了出來，她的心情如日出的霧一般散開一些。

「什麼事都沒有了！」寶妹籲出聲對自己喃喃低語了一句。她疊好信紙，突然覺得還有幾句話想說，桌上已經沒有信紙，她就將疊好的信紙再鋪上，在右下角畫了一個箭頭，然後又寫上「接反面。」

我曉得儂饞酒饞小菜，喜歡吃我燒的菜，儂姆媽一直來我家告狀的，涮牆那天留你吃飯後你娘也來說「阿拉三毛每次吃了寶妹燒的菜，回來總是嫌我的菜不

是淡了就是鹹了，老頭也罵他說你就一直去寶妹家吃吧！上趟他在你們家裡吃了松鼠黃魚，回來贊不絕口，第二天我也去菜場買了條黃魚回來，不但照式照樣燒的噴噴香，四毛、五毛與阿拉老頭都講味道好，三毛筷子一伸，說沒有寶妹炸的酥脆，阿拉老頭差些一腳將三毛踢開飯桌，她說你每日晚餐要咪黃酒，三毛儂不能每天喝吃酒，對肝臟不好，我小時候生過乙型肝炎，現在每次看病醫生總是要問一句「飲酒嗎？」我當然不喝酒，見你天天喝酒，我認為對身體肯定會有妨礙，三毛，就此停筆，明天我會再燒一次松鼠黃魚。

寶妹

　　停筆後的寶妹走到窗邊，從窗子裡探出頭，眺望著凌亂的瓦頂，馬上第一道晨曦就要射進房間，會暈眩自己的眼睛，從老虎窗上望出去，夜幕漆黑孤清，微弱地閃著星光，一片片高低起伏的黑瓦房頂在綿延，輕風捲走了月亮，閃出後，一塊雲彩又將月亮遮住，一瞬間，月光被迷霧遮掩，陰影與窗外城市深沉的夜色交融在一起的時候，逐漸變得空曠了，她把窗子關好，把窗閂閂好，就把自己的背對著窗子，全身僵硬、一片死寂，淚水簌簌的望著眼前一把空椅子帶給她的落寞。

　　默默的她找出三毛小學時送給她的一個木頭鉛筆盒，用信紙將項鍊裹上藏好，請不打擾便紙已粘貼房門，灰色晨曦微露，自己麻木的頭與痙攣的身子一古腦埋入被子，樓下馬路菜場裝蔬菜的鐵筐被人用鉤子拖來拽去，猝不及防的刺耳聲，無意識的翻身數回仍昏昏然。

　　此時三毛也站在寶妹那時同樣位置的窗前，乾淨的白窗簾在一扇打開的窗前飄舞，從房頂的缺角處遙見一輛公共汽車熟練地拐過街角，人來人往，他抬頭望著天空，天際日光紅而凝靜，反光中的雲層呈魚鱗狀，彷彿是一片起伏的丘陵，散散合合又似一塊孤零零的沙灘，沙灘裡跪著一個被風吹散了秀髮的小姑娘，用手指頭插進沙裡一把一把的在抓沙，輕盈有如一顆塵埃，她在沙上用指頭畫出線條，那躲躲閃閃的眼睛一抹灰色的雲層如影子一般移過來，蓋住了沙丘……。

　　手上的信紙還攥著，一會兒三毛想起了一件事，便低頭翻看了一眼落筆的日子，原來是寶妹被警車帶走的前一天，「松鼠黃魚……。」三毛囁嚅了一句。

　　「寶妹你曾是我最苦澀的等待，是誰也擦不去的痕跡，你就真的像塵埃消失在風裡，風吹來的砂，穿過所有的記憶，誰都知道我在想你……。」

　　此刻的三毛有一種被人從他心臟裡抽走一筒血的感受。寶妹這段真實的經歷，把她青春年代應該有的所有激情全部拋殺了，這個本份靈氣的女孩寶妹，究竟是一種什麼屬性呢，這種親切的情感、這種善良道德的內核，這種相識一輩子不可分離的念頭，強烈的猶如一塊石頭一般始終留在那裡，他難卸下好幾年折磨內心的重負，他們彼此熟悉，卻對彼此了解又這麼不深，「我早就應該知道這件事，我怎麼能不知道這件事呢？」他喃喃道著黯然神傷，寶妹、你怎麼能對我隱藏這個讓我愧疚一世的悲哀祕密。寶妹、無論在道德與法律的界限內，你都根本就沒有犯罪，你怎麼就這麼糊塗啊！你犯罪了嗎？三毛癱在椅背上自己問自己，整理一下蕪雜的思緒。

　　真他媽的，寶妹你是犯罪的，讓我理理清楚，就是說你先犯了殺人罪，李偉犯包庇罪，李偉犯了殺人罪時，你又犯了包庇罪，世上怎麼會有這種事情。怎麼搞的這麼一團糟。

　　三毛想來想去最懊惱的是你寶妹在黑龍江時出了這等大事，為什麼就沒有將我當你的兄長，你最親的人，為什麼不告訴我，這時候一起商量商量多好，哎……，三毛抹去眼淚，又抽出一支煙，發現已是最後一支，便將煙殼留在桌子上，移步走向窗前，在香煙藍色的煙霧裡陷入沉思，此刻夜色已通過老虎窗進入房間，窗外也陰沉黯淡，天空中一片片沉重的灰雲帶著寶妹在移走。

　　掠過屋頂的時候，三毛抬頭望瞭望雲層，奇怪，今天這雲彩也真有些奇奇怪怪，朝著我的方向一浪一浪的在翻滾，這些年我還是頭一回站在樓頂上看雲，此刻寶妹也許見到我在讀信，隨即又否定了自己的荒謬。

　　三毛矗立窗前，任暮色將他吞沒。一卷薄紙，千言萬語，著墨相遺，備極淒惻。當晚他也學寶妹摘了牆上釘年畫的一隻圖釘，掩扉釘條，四仰八叉地宿在閣樓，輾轉反側，自己與寶妹到底還是人生長恨水長東，花開水流兩無緣。

　　前塵往事成雲煙，消散在彼此眼前。


　　聽說培琪又回來了，這次培琪因為是住酒店，所以我沒有在弄堂裡見到她。只是有消息說培琪主要是知道三毛因為她的摩托車差點沒命，下了飛機打了一輛的士先來看三毛，三毛恰巧不在家，培琪就抱著豆腐店姆媽蕩氣迴腸的哭了一通，培琪見過陸庭升、在寶妹姆媽家坐了會兒，說身體很累，要回酒店休息，改日請大家吃飯。豆腐店姆媽對培琪講：「明天儂在酒店裡睏睏醒，我讓三毛來接

你，我們叫上陸庭升、寶妹姆媽大夥聚聚。」

豆腐店姆媽關照二毛提行李將她送去酒店。

培琪前腳剛走，後腳寶妹姆媽拖著豆腐店姆媽就說：「這次培琪像是碰到什麼不稱心的事，哭的這麼傷心！」

「哦喲，是的呀，所以我約她明天來聚聚，春天了，我燒一隻砂鍋醃篤鮮好伐。」

「那麼我怎麼辦，我要麼也炒兩隻小菜，我的菜水在你面前是難為情的……。」

「哦喲，勿用客氣的，炒兩隻素菜就可以了。」

「這樣吧，我就飯店門口擺粥攤、關雲長面前使大刀，橫豎橫了，我燒碗油燜筍，拌一隻香乾馬蘭頭。」

「哦喲，儂迭個真是叫的的刮刮的時鮮貨。」


當晚三毛回家，二毛與他嘀嘀咕咕，一番言語，皆為培琪。二毛講培琪此次大概是被你車禍嚇壞……」三毛不明白，回：「神經病伐，好也好了，又沒有死掉。」二毛笑三毛大意，說培琪上次與你一起來黑龍江，我就看出她喜歡你，瞧你的眼神都情意綿綿，儂三毛只曉得在外面瞎混，家花不香野花香，趙匡胤千里送京娘，不懂京娘一片心……。哈哈哈哈，二毛一邊走出去，看看三毛，還哼了一句他姆媽無線電裡一直放的一段紹興戲，梁祝十八相送裡面的一句：「青青荷葉清水塘，梁兄你真像呆頭鵝。」

三毛曉得弄堂裡人不理解他與寶妹落到這個結局，但二毛講培琪對他有意思，他倒是真的沒有往這方面想過，一來培琪實在漂亮的太招搖，且早就聽說她在美國是有一個西人男友，三毛從她姆媽那裡還見過那張洋照，二來培琪一貫拿三毛當阿弟看，經常還毛手毛腳撩撩他，以前豆腐店姆媽也對培琪開過玩笑，說儂真是阿拉三毛的定頭貨，儂惹三毛，三毛拿儂一點辦法也沒有，別人要敢惹三毛，三毛的臉是屬猢猻的，一面光一面毛，翻起毛腔來斜氣快……。」

今天二毛的一席話說得三毛雖一愣一愣，但也有些驚喜興奮，並帶來感官一陣顫栗的高潮。

第二天午後，三毛又理髮又洗澡的從浴室回家，豆腐店姆媽看看太陽已過正午，三毛還在磨蹭，便在樓下問：「三毛、你還不去接培琪嗎？」

「不是說吃晚飯嗎？」

「那早點來，大家講講話不好嗎，再說培琪心情不好……。」

「奇怪了，她心情不好你們怎麼都知道，我心情也不好，怎麼沒人問的啦……，馬上就去！」

三毛從樓上下來時，二毛與四毛，及一起從黑龍江回來的二毛女朋友曉玲，仨人剛從外面回來，二毛看了看三毛，笑著問了聲：「去接培琪了是嗎？」三毛還未來得及說話，四毛見三毛不但穿了他惟一的那件最光鮮、最亮麗的花呢外套，身上濃濃的一股髮油及力士皂香味芬芳衝鼻，便脫口而出：「哥，賓館裡有洗澡的。」

這話一出口，四毛自己一點感覺也沒有，那年月若有外地親戚來上海住高檔賓館，蹭把浴是再正常不過的，心無旁鶩、無關風月。

而此刻的三毛卻有些風中凌亂，心虛的臉上有些掛不住，後面的二毛一臉坏笑，，腳一滑樓梯沒踩住，撞痛了緊跟在他後面曉琳的腳，也顧不上客套，拐彎鑽進竈披間仍沒忍住笑。

「就你多嘴、你不開口沒人把你當啞巴！」

四毛與三毛說話從來不投緣，不過三毛最凶也就是這句沒人將你當啞巴來回四毛，四毛納悶自己也沒有說錯什麼，有這麼好笑嗎？二毛笑成這樣，笑豁邊的笑，三毛又火成這樣，莫明奇妙。

「什麼事這麼好笑？」

二毛捉俠的笑聲竄出竈披間窗隙，豆腐店姆媽在後門就聽見。

「沒事、沒事，瞎笑！」

二毛覺得今天自己很偉大，讓三毛開竅了，不過這種事只能意會，說出去就沒有意思，所以擺擺手，瞞了他姆媽自己為何笑的原因，只有曉琳有些了解內幕，配合二毛痴了一通。

## （九）

經過幾星期陰冷潮濕的天氣後，梧桐樹枝葉全部泛綠，仲夏來臨有望。

三毛來到了酒店，與培琪之間的感情進展令他又驚又愛，一晚上想好的話一句都沒有派上用場，簡直沒費甚麼周折就將半推半就的培琪擁之入懷。

培琪住的酒店雖然沒有太高檔，倒也不是那些不三不四的小旅館，大堂服務員一整排，斜氣嚴肅，認真盤問三毛好幾遍，那時候尚未有身分證，三毛又拿不

出工作證，電話打上房間確認後，才疑疑惑惑將三毛放上去。當三毛從電梯跨出找到房間時，房門已虛掩，室內光線昏暗，厚薄窗簾只透了一絲縫隙，培琪穿著綢布睡衣站門後，見了三毛說了聲：「進來！」便仍趙回床上，誰都知道旅館的房間，唯一可以待的地方就是床，別處都尷尬不舒服。三毛站也不是，坐也不是，裝模作樣的捏了捏檯燈，隨手想去拉開窗簾，也不知是不敢，還是不願意，不安地喘著粗氣，笨拙舉動的三毛，頓感室內的所有都在竊竊泯嘴笑他。

「培琪，或者我出去等你。」

局促的三毛嗓音也有些改變了。

「三毛我不想去，我生病了……。」

三毛瞧著培琪漲得緋紅的臉：自己心咚咚直跳，簡直要跳到嗓子眼，擠出一句：「那麼我陪你看病去吧……。」

培琪自己把手放在前額上，閉上了眼睛。「我額頭髮熱，說明覺睡得太少了，我睡覺就行。」

三毛感覺現實有如進入夢境，他稍稍眨一下眼睛，然後再張開眼睛看，一切沒有改變，是真的，不是夢境，培琪羞羞漸漸，情態纏綿如繪。自己耳臉兩腮似火，這眼神分明是引誘他上床的靈光，還能是什麼，三毛不禁行不安、坐不寧，通體鼓脹、迷亂，混雜著興奮與飢渴的騷動。

他孟浪的在培琪床沿伏下身子，放縱輕佻的將培琪身上的蓋被一把掀開，培琪羞澀的用手遮住臉，隔著薄薄的春衫，她聳起的胸部在起伏劇烈波動，眼皮一瞬間的閉合，帶動著身體的反應，向他快樂敞開。撩人心魄的氣息讓三毛站不穩，培琪那雙深褐色的大眼睛更讓他著迷，此刻的三毛已被培琪婉轉凝眸的神情迷得已經神魂顛倒，覺得培琪連十趾都在向他發出挑逗，自是難以把持，便慢慢俯下身去、眼睛直勾勾地盯著，在她耳朵旁柔聲輕語：

「培琪，你現在確定還來得及！」，培琪睜開眼睛疑問的盯著三毛：

「我確定什麼？」三毛攔腰一把將培琪兜住，嘴壓上她的唇：「確定愛我！」

培琪騰出手就要打三毛，嘴裡嚷著：「三毛，我還沒有確定你愛不愛我，還讓我確定，你只愛寶妹……。」

培琪終於吐出了多年藏在心裡的一句話，長而黑的睫毛閃爍著火熱的光和一切都豁出去了的決心時，突然又感到一陣委屈心酸……。

此時三毛已將培琪身上的衣衫除到腳面，撫摸她溫熱柔軟的身子，貪婪的享

受著培琪的胴體，培琪一臉嬌羞、似躲非躲，難言的快感令她顫抖，三毛用嘴吻住培琪噙滿淚花的眼捷，意亂情迷的耳語：

「我說十五歲那年我就想咬你奶頭的，你信嗎……！」

「三毛你流氓……！」

培琪囁嚅著反手伸出兩條熱乎乎的胳膊緊緊擁抱著他，嘴唇親吻著他，袒露了她的慾望，袒露了她早就想給他的感情，迷人的歡樂，醉人的享受，倆人笑靨輕漾的臉龐融入天花板。

性慾的愛與情感的愛本來就是一體的，誰也不要將它拆開。

其實三毛與培琪是同一類人，雙方一點也不反感這種回應打趣的推搡，兩人經過一番毫不笨拙，帶有佔有慾的操作時，身體變的都很輕鬆，親昵合一相互非常適應。

飄飄欲仙的三毛帶著醉意的滿足感摟著培琪說：「我怎麼這麼快就一步跨過了那道障礙。」

「我怎麼就成了你的障礙。」

「不是的，是我怕自己有障礙，跨不過你的……。」

「要死了三毛，儂真的是流氓了！」培琪從三毛平靜溫暖的懷裡掙脫出來，摺拳捶打了三毛兩下，三毛笑著沒有理她，伸手去取椅子上的那件上裝，摸出一包萬寶路，培琪一把就搶過來，柔聲的對三毛講：

「三毛，能否戒菸。」

三毛看看培琪說了句：「培琪，在外面戒不掉，我在你這裡可以不抽。」

培琪嘴硬骨頭酥，一點用都沒有，見三毛將煙又放回口袋，探出身取過衣服，將煙從三毛薄花呢上裝口袋裡掏出來遞給三毛，並說了句：「今天不算！」

三毛笑著仍將煙塞回了口袋。

「三毛、你願意與我一起打拼嗎，我一個人太累太難，我想成家了。」培琪橫臥飄窗，斜睨一下這位江湖故友，嘴裡言道。

「行啊，培琪，長樂路弄堂裡哪個椿頭缺人時，我替你搶個位置，你不是說這個放在老上海裡面叫捐客，放在你們華爾街就是經濟人麼，阿拉夫妻雙檔打椿模子，也是蠻乒乒響的……。」

三毛看著培琪，心想在這片古老的地平線上，如此女人並不多見，雖屬調侃，實也惺惺相惜。

「哦喲三毛，儂好像一些些變作許仙了，介扭扭捏捏！啥人跟濃去做打椿模

子，反正儂這輩子不可以離開我……！」

「培琪，儂意思我要問世間情為何物直教人生死相許嘍……。」

「三毛儂勿要十三點噢，我這趟是真的，你跟我走，我保證你有幻想、有理想、有房子、有車子……。」

培琪有丁香味，但絕對不是那種撐著油紙傘，妖妖嬈嬈的丁香女子，她是個性格豪爽的快樂人，遇事習慣先往陽光的一面想。

「儂再給我一輛雅馬哈。」

「不不不，從此阿拉不騎摩托車了」培琪雙手直搖。你娘講的：「阿拉二毛儂不要看看伊長的長一嘛、杜一嘛，伊還是個小囡，哦唷，培琪這輛雅馬哈伊是開心死了，天天要開出去兜兜風，好了，這個叫肉包鐵，阿拉三毛怎麼包的牢，差點被它包去，我關照伊，從今往後只准鐵包人，培琪儂曉得伐，鐵包人就是人坐在轎車裡，所以三毛要麼開轎車，要麼就開|一路電車，腳踏車都不要騎了……。」

培琪把三毛姆媽的一番話學的唯妙維俏，把三毛說的有些難為情，伸手撩她幾下，讓她停下來，培琪天生三快，手快、腳快、嘴快，三毛根本不是她的對手，以前在弄堂裡培琪仗著自己比三毛大二歲，說話做事在三毛頭上拍拍，惹惹三毛，三毛好男不和女鬥，不過也鬥不過她，今天都躺在一個被窩裡，三毛仍然鬥不過，培琪就來勁了，慣性剎不住的往下講，三毛覺得培琪一直這樣拿他開涮，自己男人腔調真要被她壓住，便一個轉身耍出一手上海灘男人萬寶路的雄風，整個身子壓住培琪，一邊用手掌堵住培琪的嘴，一邊湊在她耳邊：

「剛才誰討饒的。」

「三毛你流氓……。」

培琪又要伸手打三毛，手已被三毛抓住動彈不得。

「培琪你以後不准老拿我尋開心，儂車我一趟，我就讓儂討饒一趟，培琪，你要試試看伐……。」

三毛在培琪耳邊呵出的熱氣酥軟了培琪一雙伸出來想堵三毛嘴的胳膊。

「培琪你別亂動，小心我真障礙了害你守空房……。」

「三毛我帶美國偉哥給你吃……。」

「現在誰是流氓啊……。」

「美景良辰」只可領略，不得描畫。

紅杏枝頭，浮生娛少，欲追流光，珍重當前。

　　三毛身處社會邊緣，對展望前途不存奢想，貧窮又無權勢的他，這幾年雖扒了些小分，但也時常失手，外幣檯面人贓俱獲，擼起來快，拗分也快，被公安局警告過不知幾回了，他姆媽還老是拿那位「五花馬、千金裘」的曉荔阿爸來比喻，曉荔阿爸那墮落的血液全流在他的血管裡。他姆媽半導體裡放不完的放「耳聽得，一點鐘，鐘聲勾起我浪子夢，往事歷歷在眼前，回憶不禁悔無窮……」，尹桂芳那纏綿柔和的浪蕩子選段，讓她越聽越沒有底氣。

　　弄堂裡那些外婆、孃孃的眼神親熱裡面帶著惋惜，三毛的墮落似乎已經在劫難逃，誰都料定他是一塊不會有出息的料。

　　以前三毛一段「志超讀信」在弄堂裡也是蠻拿得出手，現在越想越觸楣頭，寶妹就真的碧落黃泉了，只恨無緣與她成夫妻，只能每逢清明，拿束鮮花到墳上去祭一祭。

　　現在被培琪這樣一問，覺得心裡其實有許多話要說，這幾年的日子憋屈得有要爆炸的感受，自己也有一種非理性的貪欲，對女性身體的慾念，在外面自己活得風生水起，在寶妹身上，自己卻像個傳教士一般，不對，外國的傳教士也有妻子兒女，或者自己前身大概是和尚轉世，要說和尚自己大概也是個花和尚。

　　「馬行無力皆因瘦，人不風流只為貧。」吃喝嫖賭誰會不喜歡。說自己沒有理想吧，人往高處走、水往低處流，是個人誰沒有一點野心啊，每次朋友間胡天海地談些從來沒有付諸實踐的空泛計畫，真他媽的，晚餐桌上個個信誓旦旦，黑夜思量千條路，清早起來依舊磨豆腐！今朝講要做一票黃金生意，明朝講改石油鋼材了，後天又換了保健品，一些些販槍枝也有門路，一些些研究將鐵路賣到智利、委內瑞垃、阿根廷。牛皮揀大的吹，你們誰的父母打過江山啊！豁啥個胖！能輪到我們嗎！最後還不是白天黑夜苦熬苦守，站在培文公寓樓下吃西北風，賺來的幾張分還看的見、摸的著，還擔一個遊手好閒的銜頭，這種事情長做肯定是不行的，再混幾年我也不干了。

　　「有人讓我辦日本，我在考慮，小弄堂裡阿平與奇偉已經去了。」

　　「三毛、儂還是去讀托福，來美國吧……。」

　　「赤那、培琪，日本不需要過語言關的，我要去美國的話，光托福這個英文單詞，我學三個月不曉得考的過考不過。」

　　「噗嗤」一聲，培琪忍不住掀了被子，一頭鑽進被窩、笑的打顫。三毛一把

又將她拽過來，倆人又極度親密舉止了一番。

興奮和激情讓三毛覺得此時室內的牆紙、窗簾、桌椅板凳不但不再嘲笑他，還為他提供了性愛的風景，晨光也在曖昧倒轉，回到了年少春遊時，躺在長風公園的小船上，波光粼粼的河水載著他散漫飄遊。

春意盎然的三毛摟著培琪笑著說：「我們以前為什麼要浪費這麼多年。」

「三毛你以前都不看我，誰都知道你與寶妹情深猶似親兄妹、兩小無猜共長大……。」

剛剛肌膚相親嬌喘吁籲的培琪，一口氣順過來馬上語調中又開始酸溜溜。

「培琪我聽人家講女人嫉妒就是愛情的萌芽，那你什麼時候開始對寶妹產生嫉妒的啊？」

「三毛我要告訴你十五歲那年我就嫉妒了，你信嗎……。」

培琪說完這句話，自己心裡感到又戰勝了三毛一回，像吃了蜜一樣樂不可支，並伸胳膊做了武行抵制的準備，突然見三毛一言不發，培琪又慌了，連忙推推他：「怎麼生氣啦？」

「培琪，沒有，我只是想告訴你，從今往後我們不要再將寶妹掛在嘴邊，寶妹是個苦命人……。」

笑意在三毛的嘴邊凝結成傷感，目光飄向遠方，此時已紅日西沉，倆人尚未有動身的準備，便彎身看了看表，低沉的對培琪說：「我們應該去了好嗎？都六點多了。」

「三毛，我們今天不去了好嗎，你就打個電話說我身體不舒服，我去那裡見到你有些難為情的。」

三毛看了看培琪，用胳膊肘碰了碰此刻偎依在他身上的培琪那豐滿的身軀：「培琪你現在這樣不難為情，到我家去吃飯倒說難為情啦。」

「三毛、你又流氓了是伐，我不管，反正你去打個電話，我們出去吃飯。」

培琪見三毛嘴角出現嘲弄性的微笑，拔高了喉嚨。

培琪是個美貌、熱情極有女人味的濃郁女人，但也有些陰晴不定，三毛能分辨上海灘的幾種女人特性，寶妹理性，培琪感性，要論性感，她們倆都沒有三毛道上的女人性感，但是今天三毛覺得自己駕馭感性的培琪也很輕鬆。三毛從小就見慣培琪作起來的一套做法，笑著不與她理論，起床拔通了傳呼電話。

月沉沉、聲細細，春宵一刻值千金……。皎潔的月光窺屏著這對在浮躁與現

實的夾縫中生存的舊相識，床頭亮著的那盞粉紅色燈罩的光輝可以證明，整個晚上哪怕有刺客從跟隨他們一塊兒喘氣的窗簾後面伸出槍來瞄准他們，他們絕對也無暇顧及。如花美眷閨房樂，不知東方之既白。

三毛與培琪倆人進入一種未曾經歷過的情感，誰也解釋不了愛，同樣誰也阻止不了愛。愛情這樣東西表面上看起來舉止行為十分合理的一雙，往往會讓人跌破眼鏡，瞧著有些歪斜不平的，卻又顯出匪夷所思的和諧。

窗外吹來斷腸的微風，把不堪虛度的窗簾掀的飛揚跋扈，室外的風景嵌在窗戶的框裡，窗戶外面是都市的春末夏初，青蔥大地，碧空如洗，萬里無雲，陽光射在眼皮子上，一波一波的熱浪像太妃糖般香甜，將這倆人同時粘住，須知同一個太陽，同一種天氣，並非人人會有同一種心情，只有缺了理智的熱戀中人自當別論，那種神經愉悅無以言傳，倆人與枕同醒。

昨晚是培琪摁鈴叫的晚餐，早上培琪又摁鈴叫來了咖啡早餐。

「三毛，我本來不想提，但我覺得咱倆現在就隔心，以後日子沒法過。」

「什麼事啊？」

三毛斜倚在床上看培琪在放早餐。

「你在衛生間燒過東西，我說有煙味，你告訴我忍不住抽了一支煙，但是我點過煙，沒有少……。」

培琪站在那裡，一手將那包萬寶路扔出來，一手放在臀部，繼續往下說：

「你現在就有事瞞我，以後我們日子怎麼過。」

「赤那、培琪，香煙也點過啦……。」

「別打岔！你要說真話的，是不是外面有別的女人，你要告訴我，是和我玩玩呢，還是我們要做夫妻的。」

培琪一邊說，一邊在房間裡來回走動，儘管屬釋放情緒，然愁怨之容動人。

三毛頹坐床前，呆片刻，找理由蠻回：

「培琪聽人家講誠實的人遭到嚴刑拷打會撒謊，同樣會撒謊的人受到了威脅也會講真話，你現在這副樣子像法官一樣，我就是說出來，自己都不確定是不是真的。」

培琪險些又被三毛的胡說八道逗樂，但看見三毛面孔沉落，睜眼凝視天花板，話音雖固執卻似有下文，她也不敢接他的茬。

沉默中的培琪將充滿責備的眼光悄悄的收了回來，溫柔的在床頭靠著三毛坐了下來。

「三毛，你說什麼我都信，你告訴我好嗎？」

「培琪，我把寶妹給我的信燒了。」

「寶妹給你的信和我有關係嗎？你為什麼要燒呢？」

「培琪，這段時間你是知道的，我們倆擔了寶妹、李偉、陸庭升仨人太多的故事，有一些是說不清、理還亂的，我找到寶妹進監牢前寫給我的一封信，其中的內容我一個人也沒有透露過，昨天我來你這裡時，將此信帶來準備給你看，後來我改主意了，我覺得寶妹的事應當封存起來，從今以後我們也不要再談，我倆惟一能夠做到的，就按你說的我去學三級廚師，與你一起打拼開一家餐館，等冰冰長大接她來唸書，我們也就對的起寶妹了，你說是嗎。」

「嗯，三毛、聽你的，這不是我威逼出來的假話吧……。」

「培琪，你老在我這裡討嘴上便宜。」三毛一把摟過培琪，用甜蜜的親吻止住了培琪那張一點不肯吃虧的利嘴。

「一夜就郎宿，通宵語不息，須作一生拼，盡君今日歡。」

## （十）

太陽早已由東邊天空那頭升起，雖然有些薄弱，卻也穿透了覆蓋在樓頂的濃霧。倆人的肌膚被窗外射進的第一縷陽光染的像窗簾一般蠻橫軟綿，充滿了五色繽紛的溫馨。

這次培琪與三毛各自從空虛的日日夜夜、及睡思懨懨中將自己拯救了出來，找到了需求的歸屬感。

三毛即興想起要燒掉寶妹的信，是有兩層意思的，一是寶妹將連長推下懸崖一事，所有人都閉了嘴，自己再捅出來，實在無趣。二是又牽扯了冰冰不是李偉骨肉這一層，又會讓陸庭升無趣，三毛明白只有將信燒掉，這事就一了百了，自己笨的可以，還將信帶來給培琪看，因此他跳起來藉著洗浴，在浴室將信毀了，認為此事還是不說為好，實際上也隻字未提。

卻沒想到培琪這個精怪女人，聞到煙味不算，還將香煙點數，她才是看多了尼羅河慘案，或者福爾摩斯呢，以後自己在她面前說鬼話，也真是要先動動腦筋。

三毛怎能明白女人若真的愛上一個男人，心眼就是那麼小、那麼細，細的可

以穿過針眼。

　　弄堂裡一點點芝麻綠豆的小事都能像風一樣，塞進每一個角落。豆腐店姆媽接到三毛與培琪一起去杭州的消息後，激動的坐立不安，悄悄的拖住寶妹姆媽釋放一下，寶妹姆媽轉個身在扶梯口就把這段私房話透給了底樓姜家姆媽，姜家姆媽來我們竈披間說給紹興好婆與龍龍姆媽聽的時候，門忘了關，玻璃窗也開著，弄堂成了廣場，無遮無擋無隔板，尤其是長夜寒潮微收，一陣穿堂喜風，就吹跑了家的界線，爆裂階級的橫梁。當然每一次轉述的時候，敘述人都很負責任跟上一句「先不要說出去，等三毛培琪自己回來公佈佳訊。」結果只有一頓飯的功夫，消息洩露的範圍，按平方覆蓋，顧頭難顧尾的都難以計算，有人說女人的守口如瓶，就是將瓶一起交出去。

　　小狗爺叔在過家樓下誇張扭動著自己的五官，做出怪臉，哇哇發表感言：「我牢早就講過三毛就是曉荔阿爸，你們誰上次還與我爭，我可以講三毛見色忘義、狠角色超過曉荔阿爸，明明讓他去接培琪來吃醃篤鮮，伊倒好，一騙就拿培琪騙去了西湖邊，春江花月夜，遊人幾時歸，大家等著吃喜糖吧。」

　　三毛與培琪走到一起，小狗爺叔的表現稍許激動過了頭，情緒忘了收斂，讓人隱隱感覺飄出一些山西陳醋味。

　　「怎麼是喜糖那麼簡單呢，三毛培琪應該請大家吃喜酒的吧。」

　　「哦喲，迭格倒是時代進步了，前段時間還在說三毛怎麼辦，現在出出進進弄堂聲音也沒有，碧落黃泉，志超、志超，我來恭喜儂，他從此就不唱了，現在倒好，司馬相如帶了卓文君，一曲鳳求凰，倆人唱一齣文君私奔……。」

　　「有此佳人當壚扇，下馬飲酒觀嬋娟，」培琪肯替三毛扇泥火爐，當灶賣酒，確實是弄堂人平時將三毛看低了。

　　「男怕夜奔，女怕思凡，迭個不一定是唱文君私奔，紅拂夜奔也說不准的……。」

　　「現在是隨便伊拉啥個奔，反正三毛的地位從浪蕩子到志超，從司馬相如到隋唐好漢，四級跳了。」

　　鴛鴦戲水鳳求凰，紅拂夜奔不復還。

　　這幾日弄堂裡紛紛議論三毛拐走培琪、「山寺月中尋桂子，郡亭枕上看潮頭」，「萬種柔情，千般風韻，盡享春色美意」，「夢裡佳期，只許庭花與月知。」我就省略了。

　　夕陽西下，落日的餘輝漸漸弱下來，「志超，志超，我來恭喜儂，玉如形像你阿忘記，我搭儂一道求學書來讀，朝暮相聚有四年……。」

　　又到了黃昏密集度最高時辰的竈披間，只聽得阿娟阿姨悠然自在的哼起了「志超讀信」

　　「阿娟啊，儂唱碧落黃泉啦。」

　　「是呀，現在弄堂裡男人都不敢唱了，伊拉講都是三毛一直唱，拿寶妹唱了落脫了，所以我來唱了……。」

　　阿娟一邊煎她的橡皮魚，一邊在回答紹興好婆。

　　「哦喲，你們不要唱志超了，我來告訴你們一件大事體……。」

　　「又有啥事體啦，」豆腐店姆媽神采熠熠的走進來，打斷了大家的講話。

　　「我上趟講讓你們聽回音的事體，你們忘記了嗎，」

　　「唧一樁啊，阿拉這裡的事體實在太多。」

　　「就是去探探寶妹姆媽的口風，聽聽伊對陸庭升有勿有意思……，你們忘記啦。」

　　「哦喲，迭樁事體怎麼可能忘記呢，回音來啦，儂快點講呀。」「哦約，我剛剛講了交關閒話，嘴巴牢幹，先要吃口茶，」豆腐店姆媽天天聽說書，要緊關頭賣關子，笑嘻嘻的看著紹興好婆，「不嫌棄就喝兩口，我新沖的，」紹興好婆遞過一隻搪磁茶缸，豆腐店姆媽端過茶，喝著兩口，嘴裡連聲道「不礙啥、不礙啥，大家嘸沒毛病。」

　　「我告訴大家，這次我是十八隻蹄膀一個人包掉了，兩邊媒婆統吃……。」

　　「哦喲，豆腐店關門搶人家肉莊生意啦。」

　　「不要插嘴、大家不要插嘴好伐，儂快快點講呀。」

　　「嘿嘿，這趟不是我一個人吃了，是新郎官南華舞廳大亨國際飯店擺檯面，請大家歡迎光臨……。」

　　「這麼激動的事情也有啊。」

　　「想不到吧，老克勒就是老克勒，你們以為上海灘阿毛阿狗都可以叫老克勒嗎，從前有腔調都是只做不講的，一上口就算不得海派了，哪裡像現在人，做也沒有做的事，鑼鼓已經敲的三間門面六間響，哦喲不講了、不講了。」

　　「那麼三毛啥地方辦酒水請大家啦，」「三毛講叫二毛去打聽打聽長江飯店的價格，迭趟黑龍江三毛的檔子別不過舞廳大亨了吧。」

　　「長江飯店又不推板嘍，阿拉上趟弄堂飯店清水咣當，嘸有花頭才鴨水臭

了。」

「姆媽，阿拉弄堂飯店大家吃的介鬧猛，全雞全鴨全蹄膀，冷盤熱炒大菜甜點，一樣都不缺，怎麼就清水咣當了呢。」

「是的是的，龍龍娘勿要亂話三千，龍龍月英的婚禮，啥人講吃了講過不靈麼，真是嘸沒良心了。」

龍龍姆媽在自貶自己的弄堂飯店，大家出來糾正。

「我看啥人去當撬邊模子，讓三毛培琪的婚禮放在一起辦，大家講好了。」

「對的、對的，省的隨兩份禮。」

「哦喲，奈麼叫做瞎三話四了，婚禮放在一起，禮總歸是要派兩份的好伐！」

「不過想問問看，要隨多少分子啊？」

「這個你們不要面紅頸赤的問我，接下來橫豎橫沒有我的事了，我只是夾在中間傳傳閒話。」

「迭個不是尋開心的，不可以賴皮的，現在啥地方去打秋風啊，照規矩要派兩份禮的。」

「現在又沒有大佬倌了，大家都是癟三，吃啥人白食啊，從前麼，像迭種大享大喜日，人頭湧湧，樓上樓下流水席上啥人也不認得啥，當舖裡弄一套馬夾長衫，四馬路買一張請柬，陌生人弔孝，拱手作揖，用不著急吽吽，篤篤定定吃白食的滑頭人，還真的有……。」

「好婆又講老閒話了」

「哦喲，時間定好了要早點講的哦，我吃酒水的衣裳要去準備的哦……。」

「噢，到辰光讓小狗伊拉早點告訴阿拉，鈔票麼我看意思意思就可以了……。」

「去吃喜酒大巴士包車有伐啦？」

「包車就算了，鈔票很貴的，或者叫勇強再開一趟。」

「哦喲，我也是佩服你們想的出噢，開大卡車去吃喜酒，一路上風吹的頭髮都要亂死了，我情願十一路電車自己去的……。」

「志超呀！我唯一的希望只有儂，願與儂永遠在一起。現在我回想以往事，以往事好像就在眼面前。阿記得那一日在狂風暴雨夜，自問良心對不起，志超不能負情義……。」

夕照下的竈披間被龍龍嘴裡大段滾瓜爛熟的志超，唱出了一種安寧醇厚的

氣韻，不過龍龍姆媽想起三毛唱志超，拿寶妹唱的落掉一說，心裡總歸有些疑心疑活。

「哦喲龍龍啊，謝謝儂以後也不要哼志超了好伐。」

龍龍姆媽一邊講，一邊看看一旁洗菜的月英。

「哦喲，這裡鬧猛的屋頂也要掀了，好的，不哼這段，那麼哼啥啊。」

「馬上要去國際飯店吃酒水了，大家哼一點開心的歌好伐啦。」

「有的有的，就是俗氣些，要緊伐。」

「哈哈哈，阿拉這種弄堂還怕俗氣啊。」

小鄭老師，申強都不知是啥時候進來的。

「是的、是的，難道這世上的大多數人不是在世俗的滾滾紅塵中過日子嗎。」

「中國猿人、背起羅筐，差路！上海音樂廳、大光明……。」

我與明明的喉嚨最響。

（完）

# 跋

　　巴金先生在《家》的〈跋〉裡說：「我不是為了要做作家才寫小說：是過去的生活逼著我拿起筆來……」讀後我倍感羞愧。因為年少時我就有了想當作家的願望，不過沒有人在後面逼我。要說有，也許我娘算一個，因為我娘曾囑我們要替她爭氣，再不要像她那樣，讀書不上進，只能嫁進醃醃豬頭肉的小生意人家。

　　天空月高星稀，一地清淡。

　　「爹，我長大了想當作家！」說這句話時，我大概十四、五歲，時值薔薇競放蘭花飄香之季節，我一手裡捧著一本《青春之歌》，一手絞著自己甩過肩的短辮梢。

　　「可以的，你多讀些小說，自己就會寫了，作家不是遺傳的，做什麼事下了決心就成，只是父母幫不了你。」

　　「嗯，挺有志氣的，當年我嫁進你們家時，我馮家爹娘挺看不起我的，後來我又接連生了幾個女孩，他們就說：『嫁進這種小生意人家，又生一堆女孩，將來一個個配給隔壁賣豬頭肉的掌櫃，日日醃醃蹄蹄、醃醃腳爪的……。』所以你們一個個都聽好了，要有志氣、要有出息，姆媽的名譽翻身全部要靠妳們了，做作家蠻好，將來隨便怎樣可以嫁個中學老師……。」

　　我娘在一旁接了話，我爹說他確實在自家鋪子裡曾經醃過蹄蹄、腳爪，豬頭肉的。

　　「娘，我見過一副對聯說：『命苦不如趁早死，家貧無奈作先生。』我命苦沒死，您還讓我嫁老師啊。」

　　一陣夏天的小雨下了又停，小水珠滴在窗玻璃上閃閃發亮，陽光紅紅的射在我的碎花連衣裙上，我故意漫不經心地把自己一綹顫動的短頭髮撩向後邊。

　　「爹，我寫了一個越劇劇本，你要看看嗎？」

　　「哦，你怎麼知道劇本是這樣寫的？有誰教你嗎？」

　　「沒有人教我，照著三言兩拍的故事，照著看戲時舞臺上一幕一幕，人物出場，道具佈景，仿著寫的……。」

「哦，爹單位上一個人的女兒是上海戲劇學院唱崑曲的名角，要不爹有機會問問他，說我女兒明年中學畢業了，她喜歡戲劇，現在戲校還招學生嗎？」

「爹，別問，聽說現在大學招工農兵學生，除了幹部子弟，就是要托的到關係的知識份子家庭，我不做這個夢，咱家連一個文化界的親戚也沒有，任何一個活著的作家、劇作家、教授與我們家都沒緣份。隔壁算命館的王先生不是說過我的命不好吆，一生讀書無考運，見官傷官缺官運……」

「哦，爹也忘了，不過，算命不能太相信，爹的命相裡說活不過四十，今年爹二月二龍抬頭，四十四歲生日都已經過了……」

我沒有投過稿，所以也沒有退過稿。

流光容易把人拋，紅了櫻桃，綠了芭蕉。

半院都是淡黃的月色，花木影映在牆上。我說我寫小說了，觀其泥垢，辨其風雪，大學的門檻都沒有踏進過，沒人相信我會寫小說。

綠草繁花，靜如隔世，街對面一棵藍花楹枝葉扶疏，如雨似雪，落英繽紛。

「爹，我真的寫小說了，只有你相信我將來會寫小說。」

什麼樣的期待，我不知道。我憊憊地伏在窗前，風兒敲打著斑駁的木製百葉窗，無以名狀的渴望。

窗外街上一輛巴士在月臺駛停，嘎吱一聲打開，只上了一位乘客。忽然間又沉靜下來，我爹聽見了我的話。

遠煙似的過去，無從憑弔，無從懷想。

翻過金沙江路橋，一條柳絲搖曳的小河浜，幾根大煙囪的黑煙在夕陽裡噴著，上海西北角的徐涇墓園裡，我爹已經躺了近二十年。

我最想讓我爹娘知曉我寫了一本書，因為只有他們一直以為我會有出息，我會當個作家。這次澳洲南溟基金圓了我的出書夢，臺灣秀威出版社幫助我將夢想織成紙質書、電子版，我在此深深表示謝意。

同時也謝謝我先生、我妹妹，順也罷、惱也好，反正每段、每章節我都要去煩擾他們，硬要反覆灌進他們的耳朵。

謝謝我的老弄堂的鄉鄰大毛頭、培玲、天驕、三爺叔及三爺叔的所有讀了我還不成熟書稿的朋友，你們的留言及對我的勉勵與讚揚，如春風拂面般沁我肺腑。

謝謝朋友浪人、文森、古銀、阿雯、海倫、建英……，很痛苦的把我沒有最終修改完、亂遭遭的書稿，不但認真看完，還細心指出其中的錯誤與疏忽。

　　謝謝我兒子、兒媳綿綿不絕地要指點我如何規範、正確地使用Microsoft Word對此文進行編輯。

2019.5.29
於悉尼Canada bay

國家圖書館出版品預行編目

安義坊：弄堂往事如浮雲 / 金幗敏著. -- 臺北
市：獵海人, 2019.06
面；　公分
ISBN 978-986-97549-9-6(平裝)

857.7　　　　　　　　　　108008775

# 安義坊
## ──弄堂往事如浮雲

作　　者／金幗敏
出版策劃／獵海人
製作銷售／秀威資訊科技股份有限公司

114 台北市內湖區瑞光路76巷69號2樓

電話：+886-2-2796-3638

傳真：+886-2-2796-1377

網路訂購／秀威書店：https://store.showwe.tw

博客來網路書店：http://www.books.com.tw

三民網路書店：http://www.m.sanmin.com.tw

金石堂網路書店：http://www.kingstone.com.tw

讀冊生活：http://www.taaze.tw

出版日期／2019年6月
定　　價／560元